Angelologia

O CONHECIMENTO DOS ANJOS

SUMA de letras

DANIELLE TRUSSONI

ANGELOLOGIA

O CONHECIMENTO DOS ANJOS

Tradução
Paulo Afonso

SUMA de letras

Todos os direitos desta edição reservados à
EDITORA OBJETIVA LTDA. Rua Cosme Velho, 103
Rio de Janeiro – RJ – CEP: 22241-090
Tel.: (21) 2199-7824 – Fax: (21) 2199-7825
www.objetiva.com.br

Título original
Angelology

Capa
Barbara Estrada sobre layout original de Jaya Miceli

Revisão
Raquel Correa
Ana Grillo
Héllen Dutra

Editoração eletrônica
Abreu's System Ltda.

CIP-BRASIL. CATALOGAÇÃO-NA-FONTE
SINDICATO NACIONAL DOS EDITORES DE LIVROS, RJ

T795a

Trussoni, Danielle
Angelologia: o conhecimento dos anjos / Danielle Trussoni; tradução Paulo Afonso. - Rio de Janeiro: Objetiva, 2010.

455p. ISBN 978-85-60280-64-3
Tradução de: *Angelology*

1. Romance americano. I. Afonso, Paulo. II. Título.

10-3420. CDD: 813
CDU: 821.111(73)-3

Para Angela

A angelologia, uma das ramificações originais da teologia, é exercida pelos angelólogos, cujas atribuições incluem o estudo teórico dos sistemas angélicos e sua execução profética ao longo da história humana.

Caverna da Garganta do Diabo, montes Ródopes, Bulgária

Inverno de 1943

Os angelólogos examinaram o corpo. Estava intato, sem sinais de decomposição, a pele branca e lisa como pergaminho. Os olhos azul-claros e sem vida miravam fixamente a abóbada da caverna. Mechas aneladas caíam sobre a testa alta e os ombros esculturais, formando um halo de cabelos dourados. Até mesmo a túnica — cujo tecido era entremeado por um material branco e reluzente que nenhum deles conseguira identificar — permanecia imaculada, como se a criatura tivesse morrido num quarto de hospital em Paris, e não centenas de metros abaixo da Terra.

Eles não deveriam ter ficado surpresos por encontrar o anjo tão bem preservado. As unhas da mão, peroladas como o interior de uma concha de ostra, o ventre liso e sem umbigo, a assustadora transparência da pele — tudo na criatura era como eles sabiam que seria. Até o posicionamento das asas estava correto. Ainda assim, ela era graciosa demais, vívida demais, se comparada às reproduções de pinturas italianas do século XV que eles haviam observado em bibliotecas abafadas, estendidas diante deles como mapas rodoviários. Durante toda a sua vida profissional, os angelólogos tinham estado à espera do momento de vê-la. Embora nenhum deles admitisse, secretamente achavam que iriam se deparar com um corpo monstruoso, constituído apenas por ossos e fragmentos de fibra, como algo desenterrado em uma escavação arqueológica. Em vez disso, ali estava ela: mãos delicadamente afuniladas, nariz aquilino, lábios róseos premidos em um beijo congelado. Os angelólogos rodearam o corpo com ar de expectativa, como se esperassem que a criatura piscasse e despertasse.

A PRIMEIRA ESFERA

Esta fábula é para vós
que elevais vossa atenção
em direção à luz dos céus;
pois aquele que, vencido,
dirige os olhos para baixo
e contempla a caverna infernal
perderá todos os dons.

— Boécio, *O Consolo da Filosofia*

Convento de Santa Rosa, vale do rio Hudson, Mílton, estado de Nova York

23 de dezembro de 1999, 4h45 da manhã

Evangeline acordou antes de o sol nascer, quando o quarto andar estava silencioso e escuro. Sem fazer barulho para não acordar as irmãs que haviam rezado durante a noite, recolheu seus sapatos, meias e saia, e caminhou descalça até o banheiro comunal. Por uma fresta na janela, examinou as adjacências do convento, ainda cobertas pela neblina. Um grande pátio coberto de neve se estendia até a beira da água, onde uma cortina de árvores desfolhadas delimitava o Hudson. O Convento de Santa Rosa se empoleirava precariamente à beira do rio, tão próximo que, à luz do dia, parecia haver dois conventos — um em terra e outro tremulando levemente na superfície da água, o primeiro se desdobrando no segundo, uma ilusão desfeita no verão pelas barcaças e, no inverno, pelas placas de gelo. Evangeline olhou para o rio, uma larga faixa negra roçando a límpida brancura da neve. A manhã logo tingiria as águas com a luz dourada do sol.

Inclinada sobre a pia de porcelana, Evangeline jogou água fria no rosto, diluindo os restos de um sonho, do qual não conseguia se lembrar além da impressão que causara — um lampejo de mau agouro que jogara uma mortalha sobre seus pensamentos, uma sensação de solidão e confusão que ela não conseguia explicar. Semiadormecida, despiu a pesada camisola de flanela e tremeu com a friagem do banheiro. De shorts e camiseta de algodão (vestimentas-padrão compradas por atacado e distribuídas a cada dois anos a todas as irmãs do Santa Rosa), mirou-se no espelho com um olhar analítico — pernas e braços finos, estômago chato, cabelos castanhos desgrenhados, o pingente dourado repousando no peito. O reflexo no espelho diante dela era o de uma jovem sonolenta.

Evangeline tremeu de novo com o ar frio e virou-se para onde estavam suas roupas. Possuía cinco saias idênticas, que iam até os joelhos, sete blusas de gola rulê para os meses de inverno, sete camisas de manga curta, de algodão, para usar no verão, um suéter de lã preto, 15 pares de roupa de baixo brancas e inúmeras meias pretas de náilon; nem mais nem menos que o necessário. Enfiou-se então em uma das blusas de gola rulê. Sobre os curtos cabelos castanhos, colocou uma bandana, que apertou com força, antes de fixar um véu negro por cima. Calçou um par de meias de náilon e vestiu a saia de algodão, prendendo os botões, puxando o zíper e alisando as dobras plissadas com gestos rápidos e inconscientes. Em questão de segundos, sua personalidade desapareceu e ela se tornou a irmã Evangeline, irmã franciscana da Perpétua Adoração. Com o rosário nas mãos, sua metamorfose estava completa. Depositando a camisola no receptáculo que havia no outro lado do banheiro, ela se preparou para o dia.

Desde que completara sua formação e fizera os votos perpétuos, cinco anos antes, quando ela tinha 18, irmã Evangeline jamais faltara às orações das cinco da manhã. Vivia no Convento de Santa Rosa desde os 12 anos e conhecia o convento tão intimamente quanto se conhece o temperamento de uma amiga querida. Assim, transformara em ciência a rotina matinal de percorrer o prédio no escuro. Orientava-se pelo corrimão da escadaria, que descia velozmente, fazendo deslizar, nos degraus, os sapatos de borracha. O convento estava sempre vazio àquela hora, dominado por sombras azuladas e um ar sepulcral. Mas, ao alvorecer, iria enxamear de vida, transformando-se em uma colmeia onde cada recinto resplandecia com orações e atividades devotas. O silêncio já estava para terminar. As escadarias, os aposentos comunais, a biblioteca, a lanchonete comunal e as dezenas de quartos de dormir, não maiores que armários, logo seriam tomados pela agitação das irmãs.

Depois de descer três lances de escadas, Evangeline começou a correr. Conseguiria chegar à capela de olhos fechados.

Ao chegar ao primeiro andar, caminhou até o salão central, a espinha dorsal do Convento de Santa Rosa. Pendurados nas paredes, havia retratos de abadessas há muito falecidas, de irmãs famosas e de várias fases do prédio do convento. Centenas de mulheres observavam o salão de dentro das molduras, lembrando a cada irmã que ela fazia parte de um antigo e nobre matriarcado, em que todas as irmãs — tanto as vivas quanto as mortas — estavam unidas em uma missão comum.

Embora soubesse que corria o risco de se atrasar, irmã Evangeline parou no centro do salão. A imagem de Rosa de Viterbo, a santa que dera nome ao convento, estava em uma moldura dourada, com as pequenas mãos cruzadas em uma prece e uma tênue auréola de luz resplandecendo sobre a cabeça. Santa Rosa tivera uma vida curta. Logo após seu terceiro aniversário, começou a ouvir sussurros de anjos, que insistiam em que ela levasse a mensagem deles a quem quisesse ouvir. Rosa acatou. Já moça, adquiriu santidade ao pregar a bondade de Deus e seus anjos em um vilarejo ímpio. Foi condenada a morrer como feiticeira. Os moradores do local a amarraram em uma estaca e acenderam uma fogueira ao seu redor. Mas, para grande consternação da multidão, Rosa não queimou. Ficou conversando com os anjos durante três horas, enquanto as chamas lambiam seu corpo. Algumas pessoas acreditam que os anjos a envolveram, cobrindo-a com uma armadura protetora. Ela acabou morrendo no fogo, mas a intervenção milagrosa tornara seu corpo indestrutível. Centenas de anos após sua morte, o corpo sem mácula de Santa Rosa foi levado em procissão pelas ruas de Viterbo e não se via em sua pele adolescente nenhum sinal da provação que sofreu.

Lembrando-se do horário, irmã Evangeline parou de admirar o retrato e andou até a extremidade da sala, onde um portal entalhado com cenas da Anunciação separava o convento da igreja. Em um dos lados, na simplicidade do convento, estava irmã Evangeline; do outro, a igreja majestosa. Ela ouviu seus passos ecoarem quando passou do carpete do convento para o piso de mármore rosa, com veios esverdeados, que revestia a igreja. Atravessar o portal exigia somente um passo, mas representava uma enorme diferença. Paredes de argamassa branca davam lugar a grandes placas de pedra. O ar estava saturado de incenso. Uma luz azulada se filtrava pelos vitrais. O teto se elevava a alturas imensas. A profusão dourada do estilo neorrococó ofuscava os olhos de Evangeline. Deixando o convento e entrando na igreja, ela se despia de suas obrigações terrenas — obras de caridade e trabalhos comunitários — e penetrava na esfera do divino: Deus, Maria e os anjos.

Em seus primeiros anos no Santa Rosa, o número de imagens angélicas na igreja de Maria Angelorum parecia excessivo a Evangeline. Quando menina, ela as achava avassaladoras, demasiadamente elaboradas e repetitivas. As criaturas preenchiam todos os cantos e reentrâncias da igreja, deixando pouco espaço para outras coisas. Serafins contornavam o domo central; arcanjos seguravam os cantos do altar. As colunas eram incrustadas de halos dourados, trombetas, harpas e asas minúsculas; rostos entalhados de crianças espreitavam das extremidades dos bancos, hipnóticos e compactos como morcegos de frutas. Embora compreendesse que a opulência era uma oferta ao Senhor, um símbolo de devoção, Evangeline secretamente preferia a funcionalidade do convento. Durante sua formação, tivera uma postura crítica com relação às irmãs fundadoras. Perguntava-se por que não tinham usado tanta riqueza para propósitos melhores. Mas, como tantas outras coisas, suas objeções desapareceram e suas preferências mudaram depois que ela tomou o hábito, como se a cerimônia de recepção de hábitos a tivesse derretido ligeiramente, conferindo-lhe um novo formato, mais uniforme. Depois de cinco anos como irmã consagrada, a garota que ela fora já quase se desvanecera.

Parando para molhar o dedo indicador na pia de água benta, irmã Evangeline se benzeu (testa, coração, ombro esquerdo, ombro direito) e entrou na estreita basílica românica, passando pelas 14 Estações da Via Sacra, pelos bancos de carvalho vermelho e espaldar reto e pelas colunas de mármore. Como a iluminação era fraca àquela hora, foi até a sacristia pela nave central. Na sacristia, cálices, sinos e vestimentas estavam trancados em armários, aguardando a hora da missa. No outro lado da sala, havia uma porta. Ela pousou a mão sobre a fria maçaneta de metal e, com o coração palpitando, empurrou a porta.

A Capela da Adoração irrompeu em seu campo de visão. Paredes douradas refulgiam, como se ela tivesse entrado em um ovo Fabergé. A capela particular das Irmãs Franciscanas da Perpétua Adoração tinha um domo central elevado e imensos vitrais, que tomavam todas as paredes. Um conjunto de vitrais bávaros acima do altar constituía a obra-prima da Capela da Adoração. Representava as três esferas angélicas. A primeira esfera era a dos Serafins, Querubins e Tronos; a segunda, a das Dominações, Virtudes e Potências; e a terceira, a dos Principados, Arcanjos e Anjos. Juntas, formavam o coro celestial, a voz coletiva do céu. Todas as manhãs, irmã Evangeline contemplava os anjos flutuando no vidro brilhante e tentava imaginar seu brilho original, a pura luz radiante que emanaria deles.

Irmã Evangeline olhou para as irmãs Bernice e Boniface — cujo horário de adoração era das quatro às cinco da manhã — ajoelhadas diante do altar. Dedilhavam as contas entalhadas de seus rosários, confeccionados há sete décadas, concentradas em murmurar a última sílaba das preces com a mesma atenção que haviam dedicado à primeira. A qualquer hora do dia ou da noite, na capela, era possível encontrar duas irmãs ajoelhadas lado a lado diante do altar de mármore branco, movendo os lábios de forma sincronizada. Seus propósitos as tornavam irmãs siamesas. O objeto da adoração das irmãs estava em um ostensório de ouro colocado sobre o altar: uma hóstia branca emoldurada por um flamejante fundo dourado.

As Irmãs Franciscanas da Perpétua Adoração rezavam durante todos os minutos de todas as horas de todos os dias, desde que madre Francesca, a abadessa fundadora, iniciara a adoração no início do século XIX. Cerca de duzentos anos depois, as orações prosseguiam, formando a mais longa e ininterrupta cadeia de preces do mundo. Para as irmãs, o tempo era marcado pelo dobrar de joelhos, pelo suave clique das contas dos rosários e pela jornada diária do convento até a Capela da Adoração. Hora após hora, elas chegavam em turnos, faziam o sinal da cruz e se ajoelhavam humildemente diante do Senhor. Rezavam à luz da manhã e rezavam à luz de velas. Rezavam pela paz, pela misericórdia e pelo fim do sofrimento humano. Rezavam pelas Américas, África, Índia, China e Europa. Rezavam pelos vivos e pelos mortos. Rezavam pelo mundo, cheio de pecados.

Benzendo-se seguidamente, as irmãs Bernice e Boniface saíram da capela. As saias pretas de seus hábitos — vestimentas longas e pesadas, de corte mais tradicional que a indumentária pós-Concílio Vaticano II de irmã Evangeline — arrastavam-se pelo chão de mármore polido enquanto elas davam lugar à próxima dupla.

Irmã Evangeline afundou os joelhos na almofada do genuflexório, que irmã Bernice deixara ainda morno. Dez segundos depois, irmã Philomena, sua parceira nas orações diárias, reuniu-se a ela. Juntas, continuaram uma oração que se iniciara gerações antes, uma oração que ligava cada irmã da ordem como uma corrente de perpétua esperança. Um relógio de pêndulo, pequeno, dourado e intrincado, cujas engrenagens clicavam com suave regularidade sob um vidro protetor, bateu cinco vezes. Uma sensação de alívio inundou a mente de Evangeline: tudo no céu e na Terra estava perfeitamente no horário. Ela inclinou a cabeça e começou a rezar. Eram exatamente cinco horas da manhã.

Nos últimos anos, Evangeline fora designada para trabalhar na biblioteca do Santa Rosa como assistente de irmã Philomena, sua parceira de orações. Era uma posição pouco atraente, é verdade, não tão importante quanto trabalhar no Gabinete das Missões e de Recrutamento; e não trazia nenhuma das recompensas proporcionadas pelas obras de caridade. Como que para enfatizar a natureza modesta de sua posição, o escritório de Evangeline era localizado na parte mais decrépita do convento, no mesmo corredor da biblioteca. Era uma ala no primeiro pavimento, exposta a correntes de ar, com encanamentos que vazavam e janelas da época da Guerra Civil — uma combinação que provocava umidade e mofo e lhe causava vários resfriados a cada inverno. Nos últimos meses, Evangeline estivera às voltas com uma série de infecções respiratórias, que a deixavam sem fôlego, o que ela atribuía exclusivamente às correntes de ar.

A única coisa boa em seu escritório era o panorama. Sua mesa de trabalho era próxima a uma janela na face nordeste do prédio, com vista para o rio

Hudson. No verão, a janela suava, dando a impressão de que o mundo exterior era úmido como uma floresta pluvial; no inverno, acumulava gelo e ela quase esperava avistar uma colônia de pinguins. Desbastando o gelo com um abridor de cartas, olhava para os trens de carga que se deslocavam paralelamente ao rio, e para as barcaças que flutuavam sobre as águas. Da escrivaninha, via o maciço muro de pedras que cercava a área do convento, uma fronteira simbólica entre as irmãs e o mundo exterior. Embora fosse um resquício do século XIX, quando as freiras se mantinham fisicamente distantes da comunidade secular, o muro mantinha sua solidez no imaginário das irmãs. Com 1,20 metro de altura e 60 centímetros de largura, ainda representava uma formidável barreira entre o puro e o profano.

Todas as manhãs, depois da oração das cinco, do café da manhã e da missa, Evangeline se posicionava em sua mesa oscilante, sob a janela do escritório. Ela chamava a mesa de escrivaninha, embora nela não houvesse gavetas, nem nada que se aproximasse do mogno brilhante da escrivaninha de irmã Philomena. Mas era ampla e arrumada, com os apetrechos habituais. Evangeline endireitava o calendário, arrumava os lápis, repunha os cabelos sob o véu, cuidadosamente, e começava a trabalhar.

Talvez porque a maioria das cartas destinadas ao Santa Rosa se referisse à coleção de imagens angélicas — cujo índice principal estava na biblioteca —, toda a correspondência do convento acabava na escrivaninha de Evangeline, que a recolhia de manhã no Gabinete das Missões, localizado no primeiro andar. Enfiando as cartas em uma sacola preta de algodão, retornava à sua sala. Tornou-se tarefa sua organizar a correspondência em um sistema (primeiro por datas, depois por ordem alfabética de sobrenomes) e responder às consultas no papel timbrado do Santa Rosa, o que ela fazia na máquina de escrever elétrica do escritório de irmã Philomena — um ambiente muito mais aquecido, que se comunicava diretamente com a biblioteca.

Era um trabalho tranquilo, bem definido e regular, qualidades que agradavam Evangeline. Aos 23, ela gostava de acreditar que seu caráter e sua aparência já estavam formados. Tinha grandes olhos verdes, cabelos escuros, pele alva e uma atitude contemplativa. Depois de fazer os votos perpétuos, optara por vestir roupas discretas e escuras, o que pretendia manter pelo resto da vida. Não usava nenhum adorno, com exceção de um pingente de ouro que pertencera à sua mãe. Embora fosse uma linda joia, feita de ouro puro, seu valor para Evangeline era exclusivamente emocional. Ela herdara o pingente após a morte de sua mãe. Fora sua avó, Gabriella Lévi-Franche Valko, quem lhe trouxera o colar. No funeral, levara Evangeline até uma pia de água benta e, lavando ligeiramente o pingente, pusera o colar em seu pescoço. Evangeline percebeu que uma lira idêntica cintilava no pescoço de Gabriella. "Prometa que usará isso o tempo todo, dia e noite, como Angela usava." Sua avó pronunciava o nome da mãe de Evangeline com sotaque, engolindo a primeira sílaba e enfatizando a segunda: An-*ge*-la. Evangeline preferia a pronúncia de sua avó a todas as outras e, ainda menina, aprendera a imitá-la com perfeição. Assim como seus pais, Gabriella se tornara para ela pouco mais que uma forte recordação. Mas o pingente sobre sua pele lhe dava uma sensação de segurança, estabelecendo uma sólida conexão com sua mãe e sua avó.

Evangeline suspirou e começou a arrumar a correspondência do dia. Estava na hora de trabalhar. Escolheu então uma carta, cortou o envelope com uma lâmina prateada e retirou um papel dobrado, que abriu sobre a mesa e leu. Percebeu logo que não era do tipo habitual. Não se iniciava, como a maior parte das cartas comuns, com cumprimentos às irmãs pelos duzentos anos de perpétua adoração, numerosas obras de caridade ou orações pela paz mundial. Não incluía donativos nem a promessa de uma lembrança no testamento. Começava de forma abrupta, com uma solicitação:

Prezada representante do Convento de Santa Rosa:

Conduzindo uma pesquisa para um cliente particular, chegou ao meu conhecimento que a sra. Abigail Aldrich Rockefeller, matriarca da família Rockefeller e patrona das artes, pode ter se correspondido brevemente com a abadessa do Convento de Santa Rosa, madre Innocenta, de 1943 a 1944 — quatro anos antes de morrer. Recentemente, encontrei algumas cartas de madre Innocenta que sugerem que as referidas senhoras se conheciam. Como não consigo encontrar nenhuma referência a esse relacionamento nas obras acadêmicas sobre a família Rockefeller, estou escrevendo para perguntar se os papéis de madre Innocenta estão arquivados. Caso estejam, eu gostaria de pedir permissão para visitar o Convento de Santa Rosa e examiná-los. Asseguro que não tomarei muito de seu tempo e que meu cliente está disposto a cobrir todas as despesas. Agradeço desde já pela sua ajuda neste assunto.

Atenciosamente,
V. A. Verlaine

Evangeline leu a carta duas vezes e, em vez de arquivá-la como de costume, dirigiu-se ao gabinete de irmã Philomena. Chegando lá, tirou uma folha de papel da pilha que estava sobre a escrivaninha, enfiou-a no rolo da máquina e, com vigor maior que o habitual, datilografou:

Prezado sr. Verlaine,

Embora o Convento de Santa Rosa tenha muito respeito pelas pesquisas históricas, nossa política atual é não disponibilizar o acesso aos nossos arquivos e à nossa coleção de imagens angélicas para pesquisas particulares ou matérias destinadas à publicação. Aceite, por favor, nossas mais sinceras desculpas.

Deus o abençoe.
Evangeline Angelina Cacciatore,
IFPA

Evangeline assinou o nome no final do texto, estampando abaixo o timbre oficial das Irmãs. Dobrou então o papel e o pôs em um envelope, no qual datilografou o endereço do remetente, em Nova York. Colando o selo no envelope, colocou-o junto com outras cartas a serem remetidas que estavam sobre uma mesa envernizada, aguardando que ela as levasse até a agência de correios de New Paltz.

A resposta podia parecer severa, mas irmã Philomena instruíra Evangeline, especificamente, a negar acesso aos arquivos a pesquisadores amadores, cujo número crescera nos últimos anos, em função da febre New Age por anjos da guarda e coisas do gênero. Evangeline negara acesso a um ônibus de excursão de gente assim há apenas seis meses. Não gostava de discriminar visitantes, mas as irmãs tinham orgulho de seus anjos e não gostavam que sua séria missão fosse alvo da curiosidade de amadores, munidos de cristais e baralhos de tarô.

Evangeline olhou para a pilha de cartas com satisfação. Ela as levaria ao correio naquela mesma tarde.

Subitamente, algo na solicitação do sr. Verlaine lhe pareceu estranho. Tirando a carta do bolso da saia, ela releu a informação de que a sra. Rockefeller poderia ter se encontrado brevemente com a abadessa do Convento de Santa Rosa, madre Innocenta, nos anos 1943 e 1944.

A data intrigou Evangeline. Algo relevante ocorrera no Santa Rosa em 1944, algo tão significativo na história das irmãs que seria impossível subestimar sua importância. Evangeline atravessou a biblioteca, andando por entre as mesas de carvalho encimadas por pequenas lâmpadas de leitura, até chegar a uma pequena porta de metal, à prova de fogo, na extremidade mais afastada do aposento. Tirando do bolso um conjunto de chaves, abriu a porta e entrou na sala dos arquivos. Seria possível, perguntou a si mesma, que os acontecimentos de 1944 estivessem de alguma forma relacionados à solicitação do sr. Verlaine?

Considerando a quantidade de informações que continham, os arquivos ocupavam um espaço ínfimo da biblioteca. Classificadores bem-arrumados repousavam nas prateleiras de metal que se alinhavam no cômodo estreito. O sistema era simples e organizado: recortes de jornais eram arquivados nas caixas à esquerda; correspondência do convento e itens pessoais, tais como cartas, diários e trabalhos artísticos de irmãs falecidas, ficavam à direita. Cada caixa fora rotulada com determinado ano e colocada sobre uma prateleira em ordem cronológica. A série iniciava em 1809, o ano de fundação do Convento de Santa Rosa, e terminava no presente ano de 1999.

Evangeline conhecia bem a disposição dos artigos de jornais, pois a irmã Philomena lhe confiara a árdua tarefa de inserir os frágeis recortes entre camadas de poliéster transparente. Mas não conseguiu localizar imediatamente o que procurava, o que a deixou aborrecida, depois das horas que gastara recortando, fixando e arquivando os recortes nos classificadores de papelão.

Ela se lembrava com precisão dos acontecimentos ocorridos no início de 1944: no inverno, um incêndio destruíra grande parte dos andares superiores do convento. Ela mesma havia envelopado uma foto amarelada do convento, em que se viam o teto devorado pelas chamas e, no pátio coberto de neve, antiquados equipamentos contra incêndios. Centenas de freiras em hábitos de sarja — não muito diferentes dos usados pelas irmãs Bernice e Boniface — observavam seu lar ser destruído pelo fogo.

Evangeline ouvira histórias a respeito do incêndio, contadas pelas Irmãs Venerandas. Naquele gélido dia de fevereiro, centenas de freiras permaneceram de pé, tiritando de frio, olhando o convento se dissolver. Algumas irmãs temerárias entraram no prédio, subindo pela escadaria da ala leste — a única passagem ainda livre do fogo —, e jogaram estrados de cama, escrivaninhas e o máximo possível de roupa branca através das janelas do quarto andar, tentando salvar os bens mais preciosos. A coleção de canetas-tinteiro das irmãs foi atirada no pátio em sua caixa de metal. A caixa quebrou quando atingiu o chão congelado, arremessando as canetas pelo ar. Algumas explodiram como se fossem granadas, tingindo a neve com manchas azuis, negras e vermelhas, que lembravam feridas abertas. Logo, o pátio ficou entulhado com estrados de cama retorcidos, colchões encharcados, escrivaninhas quebradas e livros manchados pela fumaça.

Após alguns minutos, o fogo atingiu a ala principal do convento e invadiu a sala de costura, devorando rolos de musselina negra e algodão branco. Alastrando-se pela sala de bordados, incinerou pilhas de trabalhos em tricô, crochê e renda inglesa que as irmãs estavam guardando para vender no bazar de Páscoa. Por fim, chegou aos armários onde estavam as flores de papel — centenas delas —, um arco-íris de junquilhos, narcisos e rosas multicoloridas. A enorme lavanderia, com seus tanques de tamanho industrial e ferros de passar aquecidos a carvão, foi completamente tomada pelas chamas. Jarros com alvejantes explodiram, alimentando o fogo e enviando fumaça tóxica para os andares mais baixos. Cinquenta hábitos de sarja recém-lavados desapareceram instantaneamente. Quando o incêndio se tornou um vagaroso filete de fumaça, no fim da tarde, o Santa Rosa era um monte de escombros carbonizados.

Finalmente, Evangeline encontrou as caixas referentes a 1944. Percebendo que o noticiário sobre o incêndio poderia ter se prolongado até meados de 1944, retirou as três caixas da prateleira e as levou para fora dos arquivos, fechando a porta com o quadril. Retornou então ao seu frio e lúgubre escritório, para examinar o que continham.

Segundo um artigo minucioso recortado de um jornal de Poughkeepsie, o incêndio começara em um ponto indeterminado do quarto andar do convento e se espalhara por todo o prédio. Uma foto em preto e branco, granulada, mostrava o esqueleto do convento, com as vigas transformadas em carvão. Uma legenda dizia: *Convento de Milton Devastado por Incêndio Matinal.* Ao ler o artigo, Evangeline descobriu que seis mulheres, inclusive madre Innocenta, a abadessa que podia ou não ter se correspondido com a sra. Abigail Rockefeller, haviam morrido asfixiadas.

Evangeline respirou fundo, deprimida com a imagem de seu amado lar sendo engolfado pelas chamas. Abriu outra caixa e folheou um maço de recortes. No dia 15 de fevereiro, as irmãs se instalaram no porão do convento, onde ficava a cozinha, de modo a ajudar na reconstrução do prédio. Lá, além de preparar os alimentos, dormiam em catres e tomavam banho. Como se nada tivesse ocorrido, mantiveram a rotina de orar na Capela da Adoração, que fora deixada intata pelo fogo. Chegando ao final da página, Evangeline se deteve abruptamente. Para seu espanto, leu:

Apesar da destruição quase total do convento propriamente dito, soube-se que um generoso donativo da família Rockefeller permitirá que as Irmãs Franciscanas da Perpétua Adoração restituam o Convento de Santa Rosa e a Igreja de Santa Maria dos Anjos ao seu estado original.

Evangeline recolocou os recortes nas caixas, que empilhou nos braços e levou de volta aos arquivos. Ao se encaminhar para os fundos da sala, percebeu uma caixa com os dizeres: *Efemérides 1940-1945*. Se madre Innocenta estivera em contato com alguém tão ilustre quanto Abigail Rockefeller, as cartas deveriam estar arquivadas entre aqueles papéis. Retirou a caixa da prateleira, pousou-a sobre o linóleo do chão e se agachou para examinar o conteúdo. Encontrou todo o tipo de registros do convento — recibos de roupas, sabonetes e velas; um programa das celebrações do Natal de 1941; cartas entre madre Innocenta e o chefe da diocese, referentes à chegada de noviças. Para sua frustração, não encontrou mais nada.

Talvez os papéis pessoais de Innocenta tivessem sido arquivados em outro lugar, raciocinou ela, enquanto devolvia os papéis à caixa. Havia um certo número de arquivos em que ela poderia encontrá-los — Correspondência Missionária e Instituições de Caridade no Exterior pareciam particularmente promissores. Estava para examinar outra caixa, quando avistou um envelope claro, embaixo de um maço de recibos de suprimentos para a igreja. Ao pegá-lo, viu que estava endereçado a madre Innocenta. O endereço da remetente estava escrito em uma caligrafia elegante: "*Sra. A. Rockefeller, 10 W. Rua 54, Nova York, Nova York.*" Evangeline sentiu o rosto corar. Ali estava a prova de que o sr. Verlaine tinha razão. Houvera, realmente, uma conexão entre madre Innocenta e Abigail Rockefeller.

Examinou cuidadosamente o envelope e lhe deu uma sacudidela, retirando uma fina folha de papel.

14 de dezembro de 1943

Prezada madre Innocenta,

Tenho boas notícias a respeito de nossos interesses nos montes Ródopes, onde nossos esforços foram um sucesso, sob quaisquer pontos de vista. Suas orientações ajudaram enormemente o progresso da expedição, e me atrevo a dizer que minhas próprias contribuições também foram úteis. Celestine Clochette chegará a Nova York no início de fevereiro. Você terá mais notícias em breve. Até lá, sinceramente,

A. A. Rockefeller

Evangeline olhou para o papel em suas mãos. Estava além de sua compreensão. Por que alguém como Abigail Rockefeller escreveria para madre Innocenta? O que significaria "nossos interesses nos montes Ródopes"? E por que a família Rockefeller pagara pela reconstrução do Santa Rosa após o incêndio? Não fazia sentido. Os Rockefeller, pelo que Evangeline sabia, não eram católicos e não tinham nenhuma conexão com a diocese. E, ao contrário de outras famílias abastadas — os Vanderbilt logo lhe vieram à mente —, não tinham propriedades nas vizinhanças. Deveria haver uma explicação para tão generoso donativo.

Evangeline dobrou a carta da sra. Rockefeller e a colocou no bolso. Saindo da sala dos arquivos, sentiu imediatamente a diferença de temperatura — o fogo da lareira havia superaquecido a biblioteca. Retirou então a carta que escrevera ao sr. Verlaine da pilha destinada ao correio e levou-a até a lareira da biblioteca. No que as chamas pegaram a ponta do envelope e começaram a abrir uma trilha negra no papel rosado, a imagem de Santa Rosa de Viterbo — uma jovem esbelta em meio a um fogaréu — surgiu na mente de Evangeline, desaparecendo logo em seguida, como se levada por uma espiral de fumaça.

Metrô, Expresso da 8ª Avenida, estação Columbus Circle, Nova York

As portas automáticas se abriram e uma rajada de ar enregelante penetrou no vagão. Verlaine abotoou o sobretudo e saiu para a plataforma, onde foi recebido por um coro natalino — uma versão reggae de "Jingle Bells" interpretada por dois homens de dreadlocks. O som combinava com o calor e os movimentos das centenas de pessoas que se moviam ao longo da estreita plataforma. Seguindo a multidão pelos degraus largos e sujos da escadaria, Verlaine chegou a um mundo coberto de neve. O frio de inverno embaçou seus óculos. Sem enxergar direito, com passos hesitantes, começou a caminhar pela cidade gélida.

Assim que seus óculos desembaçaram, Verlaine percebeu que o movimento de Natal estava a todo vapor — a entrada do metrô estava decorada com enfeites natalinos. Um Papai Noel do Exército da Salvação, nem um pouco animado, sacudia um sino de bronze ao lado de um balde pintado de vermelho. Luzes natalinas tingiam a iluminação da rua de vermelho e verde. Em meio a multidões de nova-iorquinos que passavam por ele, protegendo-se do frio com cachecóis e sobretudos, Verlaine consultou o calendário de seu relógio. Para seu enorme espanto, viu que faltavam só três dias para o Natal.

Todos os anos, nessa época, hordas de turistas invadiam a cidade. E todos os anos Verlaine jurava que ficaria longe do centro da cidade por todo o mês de dezembro, escondendo-se na quietude almofadada de seu estúdio, em Greenwich Village. De alguma forma, conseguira atravessar muitos Natais em Manhattan sem participar de fato deles. Seus pais, que viviam no Meio-Oeste, costumavam lhe mandar um pacote com presentes, que ele geralmente abria enquanto falava ao telefone com a mãe. Mas seu espírito natalino só ia até aí. No dia de Natal, ele saía para tomar um drinque com amigos; depois, meio alto com alguns martínis, ia ver um filme de ação. Isto já se tornara uma tradição pela qual ele ansiava, especialmente naquele ano. Tinha trabalhado tanto nos últimos meses que uma pausa seria bem-vinda.

Verlaine abriu caminho na multidão. O sal jogado sobre as calçadas derretia a neve, formando uma lama que grudava em seus clássicos e gastos sapatos de duas cores. Por que motivo seu cliente insistira em um encontro no Central Park, e não em um tranquilo e aquecido restaurante, estava além de sua compreensão. Se o projeto não fosse tão importante — na verdade, se não fosse atualmente sua única fonte de renda —, ele teria insistido em enviar o trabalho pelo correio. Mas a pesquisa demorara meses para ser efetuada, e era indispensável que ele explicasse suas descobertas de modo apropriado. Além disso, Percival Grigori determinara que Verlaine seguisse suas ordens ao pé da letra. Se Grigori quisesse se encontrar com ele na lua, Verlaine daria um jeito de ir até lá.

Ele esperou o trânsito diminuir. A estátua ao centro do Columbus Circle surgiu diante dele, uma imponente estátua de Cristóvão Colombo, colocada sobre um pilar de mármore, emoldurado pelas tortuosas e desfolhadas árvores do Central Park. Verlaine a considerava uma escultura feia, extravagante e espalhafatosa, além de completamente deslocada. Ao passar por ela, notou um anjo de pedra entalhado na base, com a mão sobre um globo que representava o mundo. Parecia tão natural que dava a impressão de que poderia se desprender do monumento, voando acima do burburinho dos táxis e desaparecendo nos céus enevoados que cobriam o Central Park.

À frente, o parque era um emaranhado de árvores nuas e trilhas cobertas de neve. Verlaine passou por um vendedor de cachorros-quentes que aquecia as mãos no vapor, por babás que empurravam carrinhos de bebê e por uma banca de revistas. Os bancos na extremidade do parque estavam vazios. Ninguém, em seu juízo perfeito, daria um passeio em tarde tão fria.

Olhou mais uma vez para o relógio. Estava atrasado. Isso não o incomodaria em circunstâncias normais — sempre chegava cinco ou dez minutos atrasado aos encontros, o que atribuía a seu temperamento artístico. Hoje, contudo, o tempo tinha importância. Seu cliente estaria contando os minutos, senão os segundos. Verlaine endireitou a gravata, uma Hermès azul-clara dos anos 1960 que ele adquirira em um leilão no eBay, com padrão de flores-de--lis. Quando se sentia inseguro a respeito de alguma situação, ou achava que poderia parecer pouco à vontade, tendia a escolher as roupas mais esdrúxulas que houvesse em seu guarda-roupa. Era uma resposta inconsciente, uma espécie de autossabotagem que Verlaine só percebia quando já era tarde demais. Primeiros encontros com namoradas e entrevistas para empregos eram particularmente difíceis. Ele aparecia como se tivesse acabado de sair de um circo, usando roupas que não combinavam e coloridas demais para as circunstâncias. A perspectiva daquele encontro certamente o deixara nervoso. Além da gravata de marca, ele vestira uma camisa risca de giz vermelha, uma jaqueta branca de veludo cotelê, calças jeans e seu par favorito de meias com desenhos do Mickey Mouse — presente de uma ex-namorada. Realmente se superara.

Feliz por poder se ocultar embaixo da lã cinzenta, macia e neutra, apertou mais o sobretudo e inalou profundamente o ar frio. Então, segurando com força o dossiê, como se o vento pudesse arrancá-lo de suas mãos, adentrou o Central Park, sob os flocos espiralados de neve.

Corredor sudoeste do Central Park, Nova York

Distante do alvoroço das compras de Natal, em um bolsão de gelada tranquilidade, um vulto fantasmagórico aguardava, sentado em um banco do parque. Alto, pálido, frágil como porcelana chinesa, Percival Grigori não parecia mais que uma extensão da neve rodopiante. Tirando um lenço de seda branca do bolso do sobretudo, colocou-o diante da boca e tossiu espasmodicamente. A cada acesso de tosse, sua visão se turvava e tremia, mas, depois de alguns momentos, readquiria o foco. O lenço ficara manchado de luminosos pingos de sangue azul, vívidos como safiras na neve. Ele já não tinha como negar. Sua situação vinha piorando nos últimos meses. Jogando no chão o lenço ensanguentado, sentiu a pele se arrepiar. Cada pequeno movimento era uma tortura.

Percival olhou para o relógio, um sólido Patek Philippe de ouro. Conversara com Verlaine na tarde da véspera, para confirmar o encontro, e fora bem claro a respeito do horário: meio-dia em ponto. Já era meio-dia e cinco. Irritado, curvou-se para a frente, batendo com a bengala no chão congelado. Detestava esperar por qualquer pessoa, ainda mais por um homem a quem pagava tão bem. A conversa de ambos ao telefone, no dia anterior, fora superficial, profissional, nada divertida. Percival detestava discutir negócios ao telefone — não confiava no que era dito —, mas precisara de força de vontade para não inquirir sobre os detalhes das descobertas de Verlaine. Ao longo dos anos, Percival e sua família haviam reunido um grande número de informações acerca de dezenas de conventos e abadias existentes na América. E Verlaine afirmava que descobrira uma coisa interessante bem ali perto, subindo o Hudson.

No primeiro encontro, Percival presumiu que Verlaine acabara de se formar em alguma escola de ciências econômicas, um novato tentando a sorte no mercado de artes. Verlaine tinha cabelos negros e crespos, bastante desgrenhados, e uma postura autodepreciativa. Usava um terno que não combinava com o resto das roupas. Parecia do tipo artístico, como os homens pareciam naquele período da vida — tudo em suas roupas e em sua atitude era jovem demais, moderno demais, como se ele ainda não tivesse encontrado seu lugar no mundo. Com certeza, não era o tipo de pessoa que Percival costumasse ver trabalhando para sua família. Ele soubera mais tarde que, além de sua especialização em História da Arte, Verlaine era pintor e lecionava em meio expediente numa faculdade; também frequentava leilões e fazia trabalhos de consultoria. Era claro que se via como boêmio, com uma impontualidade boêmia. Mas vinha se mostrando competente no trabalho.

Enfim, Percival o avistou. Andava a passos rápidos pelo parque. Ao chegar perto do banco, estendeu-lhe a mão.

— Sr. Grigori — disse ele, ofegante. — Desculpe o atraso.

Percival apertou a mão de Verlaine, friamente.

— Segundo meu relógio altamente confiável, você está atrasado sete minutos. Se deseja continuar trabalhando para nós, é melhor ser pontual no futuro. — Ele encarou Verlaine, mas o jovem não pareceu intimidado. — Vamos caminhar?

— Por que não? — Olhando para a bengala de Percival, Verlaine acrescentou: — Ou podemos ficar sentados aqui, se o senhor preferir. Pode ser mais confortável.

Percival se levantou e caminhou pela aleia coberta de neve. A ponta metálica de sua bengala clicava levemente ao bater no gelo. Há não muito tempo, quando ainda era forte e bonito como Verlaine, ele não teria se incomodado com o vento, a neve ou o frio do dia. O rigoroso inverno de 1814 lhe veio à lembrança. Fizera tanto frio em Londres que o Tâmisa congelara. Mas ele caminhara quilômetros sob ventos cortantes, sentindo-se tão aquecido quanto se estivesse em casa. Era um ser diferente, então — estava no auge da força e beleza. Agora, o ar gelado fazia seu corpo doer. Era melhor andar, apesar da dormência nas pernas.

— Você tem algo para mim — disse finalmente, sem olhar para Verlaine.

— Como prometi — disse Verlaine, puxando o envelope que trazia sob o braço, e o apresentando com um floreio, suas madeixas negras lhe caindo sobre os olhos. — Os pergaminhos sagrados.

Percival hesitou, sem saber como reagir ao humor de Verlaine, e sentiu o peso do envelope na palma da mão; tinha o tamanho e o peso de um prato.

— Espero mesmo que você tenha algo que me impressione.

— Acho que o senhor vai ficar muito satisfeito. O relatório começa com a história da ordem que eu descrevi ao telefone. Inclui perfis pessoais das residentes, a filosofia da ordem dos franciscanos, observações sobre as inestimáveis coleções de livros e imagens que estão na biblioteca das irmãs, e um resumo das missões que elas realizam no exterior. Eu cataloguei as fontes de informação e fotocopiei os documentos originais.

Percival abriu o envelope e olhou distraidamente para os documentos.

— São informações bastante comuns — disse ele, indiferente. — Não consigo nem ver o que teria atraído a sua atenção para esse lugar.

De repente, alguma coisa atraiu a atenção dele. Retirando do envelope alguns papéis, que o vento agitava, desdobrou uma série de desenhos do convento — pavimentos retangulares, torres circulares, o estreito corredor de conexão com a igreja, o grande saguão de entrada.

— Desenhos arquitetônicos — comentou Verlaine.

— Que tipo de desenhos arquitetônicos? — perguntou Percival, mordendo o lábio enquanto folheava os papéis. O primeiro deles estava marcado com uma data: 28 de dezembro de 1809.

Verlaine respondeu:

— Pelo que eu sei, são os projetos originais do Santa Rosa, carimbados e aprovados pela abadessa que fundou o convento.

— Eles mostram a parte externa do convento? — perguntou Percival, examinando os desenhos com mais atenção.

— E os interiores também — disse Verlaine.

— Onde você encontrou esses papéis?

— Em um arquivo do condado, no norte do estado. Ninguém parecia saber como foram parar lá e, provavelmente, ninguém vai notar que desapareceram. Depois de pesquisar um pouco, descobri que as plantas foram transferidas para o prédio em 1944, depois de um incêndio que houve no convento.

Percival olhou para Verlaine com um leve ar de desconfiança.

— E você julga que esses desenhos são significativos?

— Na verdade, não são desenhos comuns. Dê uma olhada neste aqui — disse Verlaine, mostrando a Percival o esboço de uma estrutura octogonal. As palavras "Capela da Adoração" estavam grafadas no topo. — É realmente fascinante. Foi desenhado por alguém com um olho excelente para escala e profundidade. A estrutura é mostrada com tanta precisão, com tantos detalhes, que o desenho não combina com os outros. No início, pensei que não fazia parte do conjunto (é muito diferente em estilo), mas foi carimbado e datado, como os outros.

Percival olhou para o desenho. A Capela da Adoração fora retratada com enorme esmero — o altar e a entrada tinham merecido atenção especial. Uma série de anéis fora desenhada dentro da planta, círculos concêntricos que se sucediam. No centro dos círculos, como um ovo em um ninho protetor, havia um selo dourado. Folheando os desenhos, ele descobriu que um selo idêntico fora colocado em todas as folhas.

— Eu gostaria de saber uma coisa — disse Percival, colocando um dedo sobre o selo. — O que você acha que significa este selo?

— Isso também me interessou — informou Verlaine, enfiando a mão dentro do sobretudo e tirando um envelope. — Então fiz uma pequena pesquisa. Trata-se da reprodução de uma moeda de origem trácia, datada do século V a.C. A moeda original foi descoberta no início do século XX, durante uma escavação arqueológica financiada por japoneses no que é hoje a Bulgária oriental, mas que antes foi o centro da Trácia. A região era um oásis cultural na Europa do século V. A moeda original está no Japão, de forma que eu só consegui esta reprodução.

Verlaine abriu o envelope e deu a Percival uma fotocópia ampliada da moeda.

— O selo foi colocado nas plantas arquitetônicas cerca de cem anos *antes* que a moeda fosse descoberta. Isso faz com que ele e os próprios desenhos sejam absolutamente incríveis. Segundo as minhas pesquisas, parece que esta imagem é única entre as moedas trácias; a maioria delas mostra cabeças de figuras mitológicas como Hermes, Dionísio, Poseidon. Mas esta moeda mostra um instrumento: a lira de Orfeu. Tem algumas moedas trácias no Met.* Eu fui lá para ver. Estão nas galerias gregas e romanas, se o senhor estiver interessado. Infelizmente, não há nada parecido com essa moeda em exibição. Ela é única.

Percival Grigori se apoiou no lustroso castão da bengala, tentando conter a irritação. A neve caía do céu em gordos flocos, que se infiltravam por entre os galhos das árvores e pousavam no chão. Evidentemente, Verlaine não percebia como os desenhos, ou o selo, eram irrelevantes para seus planos.

— Muito bem, sr. Verlaine — disse Percival, endireitando-se o melhor que pôde e olhando para Verlaine com ar severo. — Mas certamente você tem mais para mim.

— Mais? — perguntou Verlaine, perplexo.

— É uma história interessante — disse Percival, devolvendo a fotocópia a Verlaine com um gesto desdenhoso. — Mas é secundária para o trabalho em vista. Se você obteve alguma informação ligando Abigail Rockefeller a esse convento, imagino que tenha tentado obter acesso. Algum progresso?

---

* Met — Metropolitan Museum of Art. Famoso museu de Manhattan, Nova York. (N. do T.)

— Eu enviei uma solicitação ao convento ainda ontem — respondeu Verlaine. — Estou esperando pela resposta.

— Esperando? — disse Percival, com a voz esganiçada de irritação.

— Eu preciso de permissão para examinar os arquivos — explicou Verlaine, demonstrando uma leve hesitação, uma ligeira vermelhidão no rosto, uma perturbação quase imperceptível.

Percival se aproveitou furiosamente de sua insegurança.

— Nada de esperar. Ou você vai encontrar a informação que interessa à minha família, informação que você teve muito tempo e dinheiro para descobrir, ou não vai.

— Não há mais nada que eu possa fazer sem obter acesso ao convento.

— Quanto tempo vai demorar para você obter esse acesso?

— Não vai ser fácil. Vou precisar de uma permissão formal só para passar pela porta. Se elas me derem o sinal verde, pode levar semanas até que eu encontre alguma coisa que valha a pena. Eu estou planejando ir até lá depois do ano-novo. O processo é demorado.

Grigori dobrou as plantas arquitetônicas e as devolveu a Verlaine, com as mãos tremendo. Disfarçando a irritação, tirou um envelope do bolso do sobretudo.

— O que é isto? — perguntou Verlaine perplexo, ao descobrir um maço de notas de 100 dólares, novinhas, no interior do envelope.

Percival pousou a mão sobre o ombro de Verlaine, sentindo um calor humano que achou estranho e fascinante.

— É uma pequena viagem — disse ele, conduzindo Verlaine pela aleia, em direção ao Columbus Circle. — Mas acho que você chegará lá antes do anoitecer. Este bônus é para compensar qualquer inconveniência. Assim que você concluir o seu trabalho, confirmando a associação de Abigail Rockefeller com este convento, nós continuaremos nossa conversa.

Convento de Santa Rosa, Mílton, estado de Nova York

Evangeline caminhou até o outro lado do quarto andar. Passando em frente à sala de televisão, chegou a uma desconjuntada porta de ferro que se abria para uma escadaria cheirando a mofo. Atenta à fragilidade da madeira, começou a subir os degraus, acompanhando a curvatura da parede úmida, até chegar a um aposento no alto de uma estreita torre circular, que se elevava bem acima dos andares térreos. A torre era a única parte da estrutura original que restara nos pavimentos superiores do convento. Partia da Capela da Adoração e, com sua escadaria em espiral, abria-se no quarto andar. Não havia passagem para o segundo e o terceiro andares. Isso proporcionava uma comunicação direta entre a capela e os quartos das irmãs. Embora projetada para facilitar o acesso das irmãs ao local de adoração, a torre fora abandonada havia muito tempo, em favor da escadaria principal, que oferecia as vantagens do conforto e da luz elétrica. O incêndio de 1944 não atingira a torre, mas Evangeline sentia um cheiro de fumaça no madeirame, como se a torre tivesse inalado a fuligem do fogo e prendido a respiração. O local jamais tivera instalações elétricas; a única luz existente vinha de janelas estreitas abertas na curva leste, guarnecidas com um vidro espesso. Mesmo agora, ao meio-dia, o quarto estava tomado por uma gélida obscuridade, enquanto um implacável vento do norte martelava as vidraças.

Ela colocou as mãos sobre o vidro frio. A distância, um anêmico sol de inverno baixava sobre colinas ondulantes. Mesmo os dias mais ensolarados de dezembro eram como uma mortalha sobre a paisagem, como se a luz fosse filtrada por lentes desfocadas. Nas tardes de verão, uma claridade abundante se derramava sobre as árvores, iluminando as folhagens com uma tonalidade iridescente que a luz de inverno, por mais brilhante que fosse, não conseguia igualar. Um mês antes, ou talvez cinco semanas, as copas das árvores formavam uma colcha de retalhos vermelhos, amarelos, laranja e âmbar, que se refletia no espelho marrom das águas do rio. Evangeline imaginou turistas de Nova York viajando no trem que percorria a margem leste do Hudson. Deviam se maravilhar com a linda vegetação, enquanto se preparavam para colher maçãs e abóboras na área rural. Agora as árvores estavam desfolhadas e as colinas, cobertas de neve.

Evangeline raramente se refugiava na torre, no máximo uma ou duas vezes por ano, quando seus pensamentos a afastavam da comunidade à sua volta e a levavam a procurar um lugar tranquilo para pensar. Não era comum, entre as irmãs, alguém se afastar para meditar, e Evangeline sentia-se arrependida por dias quando fazia isso. Entretanto, não conseguia ficar completamente afastada da torre. Em cada visita, percebia que sua mente se acalmava, que seus pensamentos se tornavam claros e profundos enquanto ela subia os degraus, e mais claros ainda quando ela contemplava a paisagem que cercava o convento.

De pé à janela, Evangeline recordou-se do sonho que a despertara naquela manhã. Sua mãe aparecera para ela, falando suavemente em uma língua que ela não conseguia entender. A dor que sentira ao tentar ouvir de novo aquela voz permaneceu com ela por toda a manhã, mas ela não deixava de pensar na mãe, o que era natural. Hoje, 23 de dezembro, era o dia do aniversário de Angela.

Evangeline não se lembrava muito dela — apenas de seus longos cabelos louros e do som de sua voz falando ao telefone, em francês rápido e meloso, enquanto pegava um cigarro num cinzeiro de vidro, enchendo o ar com espirais de fumaça. Evangeline se recordava do incrível comprimento da sombra que ela projetava, uma mancha diáfana que deslizava pelas paredes do apartamento da família, situado no *14º arrondissement.*

No dia em que sua mãe morreu, seu pai foi buscá-la na escola no Citroën DS da família. Estava sozinho, o que era inusitado. Seus pais trabalhavam na mesma atividade, que Evangeline sabia agora ser extremamente perigosa, e raramente iam a algum lugar sem estarem juntos. Evangeline logo percebeu que o pai estivera chorando — seus olhos estavam inchados e sua pele tinha a cor de cinzas. Depois que ela subiu no banco traseiro do carro, dobrando o casaco e ajustando o cinto de segurança, seu pai lhe disse que sua mãe não estava mais com eles. "Ela foi embora?", perguntou Evangeline, sentindo-se tomada por um profundo desespero, enquanto tentava entender o que ele estava dizendo. "Para onde ela foi?"

Seu pai abanou a cabeça, como se a resposta fosse incompreensível. Disse: "Ela foi tirada de nós."

Mais tarde, quando Evangeline compreendeu que Angela fora sequestrada e morta, não conseguiu entender por que o pai escolhera aquelas palavras. Sua mãe não fora só tirada deles. Sua mãe fora assassinada, eliminada do mundo tão completamente quanto a luz deixa os céus depois que o sol se esconde atrás do horizonte.

Ainda menina, Evangeline não tinha capacidade para entender como sua mãe era jovem quando morrera. Com o tempo, no entanto, ela começou a comparar a própria idade com a de Angela, considerando cada ano como uma reconstituição preciosa. Aos 18 anos, sua mãe encontrara seu pai. Aos 18 anos, Evangeline fizera os votos perpétuos como Irmã Franciscana da Perpétua Adoração. Aos 23 anos, a idade que Evangeline tinha no momento, sua mãe se casara com seu pai. Aos 39, sua mãe fora morta. Ao comparar as cronologias das vidas de ambas, Evangeline tecia sua própria existência em torno da mãe, como uma vinha se agarrando ao suporte. Apesar de tentar se convencer de que vivera bem sem a mãe, e que o pai fizera o melhor que podia, ela sabia que, a cada minuto de cada dia, a ausência de Angela permanecia em seu coração.

Evangeline nascera em Paris. Seu pai, sua mãe e ela viviam juntos em um apartamento no primeiro andar de um prédio em Montparnasse, cujos cômodos estavam impressos em sua memória de modo tão vívido, que era como se ela tivesse estado lá no dia anterior. Os aposentos eram contíguos, cada um se comunicava diretamente com o seguinte. Tinham tetos altos ornamentados com sancas e janelas imensas, que iluminavam o espaço com uma luz acinzentada. O banheiro era anormalmente grande — tão grande quanto o banheiro comunal do Santa Rosa, no mínimo. Evangeline se lembrava das roupas de sua mãe penduradas em uma das paredes do banheiro: um leve vestido de primavera, um cachecol vermelho vivo enrolado no cabide e um par de sandálias de couro despontando abaixo, dando a impressão de que o conjunto estava sendo usado por uma mulher invisível. Uma banheira de porcelana se destacava no centro do banheiro, compacta e pesada como um ser vivo, com os lábios brilhando de umidade e os pés encurvados como garras.

Outra lembrança que Evangeline acalentava, passando-a e repassando-a em sua mente como se fosse um filme, era uma caminhada que dera com a mãe no ano em que esta morrera. De mãos dadas, elas percorriam as calçadas e as ruas de pedra, tão rapidamente que Evangeline tinha de correr para acompanhar o passo de Angela. Era primavera, ou Evangeline achava que era, pela abundância de flores coloridas nos vasos que enfeitavam as soleiras das janelas.

Angela estava ansiosa naquela tarde. Segurando com firmeza a mão de Evangeline, conduzira-a até o pátio de uma universidade — pelo menos Evangeline achava que era uma universidade, por causa do enorme pórtico de pedra e do grande número de pessoas que vagueavam pelo pátio. O prédio parecia excepcionalmente antigo, mas tudo em Paris parecia antigo se comparado com os Estados Unidos, em especial em Montparnasse e no Quartier Latin. De uma coisa, entretanto, ela tinha certeza: Angela estava procurando alguém. Arrastando Evangeline através da multidão, apertando sua mão até que esta formigasse, ela sinalizava que a menina teria de correr para acompanhá-la. Por fim, uma mulher de meia-idade as cumprimentou, aproximando-se e beijando sua mãe em ambas as faces. Tinha cabelos negros e os mesmos traços definidos e atraentes de Angela, embora ligeiramente suavizados pela idade. Evangeline reconheceu sua avó, Gabriella, mas sabia que não tinha permissão para lhe dirigir a palavra. Angela e Gabriella discutiram, como sempre faziam, e Evangeline percebeu que não deveria se colocar entre ambas. Muitos anos mais tarde, quando ela e sua avó estavam vivendo nos Estados Unidos, Evangeline começou a saber mais coisas sobre Gabriella. Só então passou a entender a avó com mais clareza.

Embora muitos anos tivessem se passado, Evangeline ainda ficava incomodada com o fato de que a recordação mais clara que tinha daquele passeio era estranhamente mundana: o reluzente couro das botas de cano longo que sua mãe usava sobre a calça jeans desbotada. Por alguma razão, Evangeline se lembrava de tudo a respeito daquelas botas — os saltos altos, o zíper que ia do tornozelo até o alto do cano, o som das solas sobre os pavimentos de pedra ou tijolo. Mas não conseguia se lembrar, de jeito nenhum, do formato das mãos de Angela, nem da curvatura de seus ombros. Nas brumas do tempo, perdera a essência de sua mãe.

O que torturava Evangeline, talvez mais do que tudo, era ter perdido a capacidade de se recordar do rosto da mãe. Por fotos, sabia que Angela era alta, magra e de pele clara. Costumava usar os cabelos enfiados em uma boina de um jeito que Evangeline associava às atrizes francesas de compleição frágil dos anos 1960. Mas Angela parecia tão diferente em cada fotografia que Evangeline tinha dificuldade em criar uma imagem inteira. De perfil, seu rosto parecia estreito, com lábios finos. Em uma perspectiva de três quartos, suas maçãs do rosto eram largas e altas, quase asiáticas. Olhando de frente para a câmera, os grandes olhos cinzentos de Angela eclipsavam tudo o mais. Evangeline tinha a impressão de que a estrutura do rosto de sua mãe se modificava conforme a luz e a posição da câmera, sem deixar impressão duradoura.

Depois que Angela morreu, o pai de Evangeline evitava falar sobre ela. Quando Evangeline perguntava alguma coisa a seu respeito, ele simplesmente virava as costas, como se não tivesse ouvido. Mas às vezes, quando abria uma garrafa de vinho no jantar, ele oferecia alguma curiosa informação sobre ela — como Angela podia passar toda a noite no laboratório, só voltando para casa ao alvorecer. Como podia ficar tão imersa no trabalho que deixava livros e papéis no lugar em que tinham caído; como desejava viver perto do mar, longe de Paris; a felicidade que o nascimento de Evangeline lhe trouxera. Por todos os anos que vivera com a filha, ele sempre desencorajara qualquer discussão substancial sobre Angela. Mesmo assim, quando Evangeline fazia alguma pergunta sobre a mãe, sua postura se abria, como se desse as boas-vindas a um espírito que lhe trazia dor e felicidade em partes iguais. Odiando e amando o passado, ele parecia dar boas-vindas à lembrança de Angela ao mesmo tempo que fazia de conta que ela não existira. Evangeline tinha certeza de que ele jamais deixara de amá-la. Nunca voltara a se casar e tinha poucos amigos nos Estados Unidos. Por anos, ele telefonara semanalmente para Paris, falando por horas em uma língua que Evangeline achava tão linda e musical que acabava ficando na cozinha só para ouvir a voz dele.

Ele a levara para o Santa Rosa quando ela estava com 12 anos, confiando-a às mulheres que se tornariam suas mentoras e a encorajariam a acreditar no mundo delas — quando, para ser honesta, a fé era uma substância que lhe parecia preciosa mas inalcançável, uma coisa que muitos possuíam, mas que lhe fora negada. Com o tempo, Evangeline compreendeu que o pai dava mais valor à obediência que à fé, ao treinamento que à criatividade, ao comedimento que à emoção. Com o tempo, ela se entregou às tarefas e à rotina. Com o tempo, ela perdeu de vista sua mãe, sua avó e a si mesma.

Seu pai a visitava com frequência no Santa Rosa. Sentado rigidamente em um sofá na sala comunal, ele a observava com grande interesse, como se ela fosse um experimento cujo desfecho ele desejava presenciar. Olhava seu rosto com atenção, como se este fosse um telescópio através do qual ele poderia, forçando a vista, descortinar os traços da esposa amada. Mas, na verdade, Evangeline não se parecia nem um pouco com sua mãe. Seus traços eram semelhantes aos de sua avó, Gabriella. Era uma semelhança que seu pai preferia ignorar. Ele havia morrido há três anos, mas, enquanto viveu, apegara-se firmemente à convicção de que sua única filha se parecia com um fantasma.

Evangeline apertou o colar até que a ponta aguçada da lira penetrasse na palma de sua mão. Ela sabia que deveria se apressar — sua presença era necessária na biblioteca, e as irmãs poderiam começar a se perguntar aonde ela teria ido. Assim, deixou que os pensamentos sobre os pais se desvanecessem e se concentrou na tarefa do momento.

Curvando-se, deslizou os dedos sobre a áspera parede da torre até sentir um ligeiro movimento na terceira fileira de tijolos a partir do chão. Inserindo a parte achatada do pingente em uma ranhura, puxou o tijolo solto e o removeu da parede. Do espaço que se abriu, retirou uma estreita caixa de aço. O simples ato de tocar o metal frio a deixou aliviada, como se a solidez da caixa fosse um remédio contra a imaterialidade das lembranças.

Ela colocou a caixa à sua frente e levantou a tampa. No interior, havia um pequeno diário envolvido por uma tira de couro, cuja fivela dourada tinha o formato de um anjo, de corpo longo e delgado. O olho do anjo era uma safira azul, e suas asas, quando pressionadas, abriam a fivela, liberando as folhas. O diário era encadernado em couro flexível e desgastado. Na primeira página, a palavra ANGELOLOGIA fora estampada em ouro. Folheando o livro, Evangeline viu mapas desenhados à mão, anotações garatujadas em tintas coloridas, e esboços de anjos desenhados nas margens, assim como instrumentos musicais. Uma partitura ocupava uma página central. Análises históricas e exegeses bíblicas enchiam muitas folhas. No último quarto do livro havia uma grande quantidade de números e cálculos que sua mãe estivera formulando antes de morrer. O diário pertencera à sua avó. Agora, pertencia a ela. Evangeline passou a mão pela capa do livro, desejando poder entender os segredos que lá estavam.

Enfiada na contracapa, havia uma foto, que ela retirou. A foto mostrava sua mãe e sua avó abraçadas. Fora tirada no ano em que Evangeline nascera. Ela comparara a data impressa na margem da fotografia com a de seu aniversário e concluíra que sua mãe estava grávida de seis meses na ocasião, embora não desse para notar. Evangeline olhou para a imagem com o coração doendo. Angela e Gabriella estavam felizes na foto. Ela daria tudo o que tinha para estar com elas de novo.

Evangeline teve o cuidado de retornar à biblioteca com uma expressão alegre, ocultando seus pensamentos tão bem quanto podia. O fogo se extinguira na lareira, e uma corrente de ar frio entrava pela chaminé, agitando a bainha de sua saia. Ela pegou um suéter de lã negra que estava sobre a mesa de trabalho e o enrolou nos ombros, antes de ir até a lareira para investigar o que ocorrera. A lareira era bastante utilizada durante os longos e frios meses de inverno, e as irmãs deviam ter deixado a chaminé entreaberta depois que o fogo se apagara. Em vez de fechá-la, ela a abriu totalmente. Retirando da pilha de lenha uma nodosa acha de pinheiro, depositou-a no centro da grelha e acendeu alguns pedaços de papel em volta. Segurou então as empunhaduras do fole e soprou alguns jatos de ar no interior da lareira, até que o fogo, encorajado, tomou corpo.

Evangeline passara muito pouco tempo estudando os textos angélicos que haviam conferido ao Convento de Santa Rosa tanto renome nos círculos teológicos. Alguns desses textos — como a história da representação angélica na arte, ou trabalhos sérios de angelologia, incluindo cópias modernas de esquemas angelológicos e estudos sobre o papel dos anjos no universo, na visão de São Tomás de Aquino e Santo Agostinho — estavam na coleção do convento desde sua fundação, em 1809. Alguns estudos sobre angelomorfismo podiam também ser encontrados nas estantes, embora fossem muito acadêmicos e não despertassem o interesse da maioria das irmãs, principalmente da geração mais nova, que (verdade seja dita) não perdia muito tempo com anjos. O lado mais palatável da angelologia também estava representado, apesar do desprezo que as irmãs nutriam pelos entusiastas da Nova Era. Havia livros sobre os diversos cultos de veneração aos anjos existentes no mundo antigo e moderno, assim como sobre os fenômenos relacionados aos anjos da guarda. Havia também alguns livros de arte cheios de gravuras, inclusive um excepcional volume com anjos retratados por Edward Burne-Jones, do qual Evangeline gostava particularmente.

Na parede oposta à lareira erguia-se uma pequena plataforma sobre a qual estava o livro de registros da biblioteca. Nele as irmãs anotavam os títulos dos livros que retiravam das estantes, levando quantos quisessem para seus quartos e os devolvendo quando quisessem. Era um sistema caótico que, de alguma forma, funcionava perfeitamente, com a mesma organização intuitiva e matriarcal que caracterizava o convento. Mas nem sempre fora assim. No século XIX — antes do livro de registros — os livros iam e vinham sem nenhuma sistematização, acumulando-se sobre qualquer prateleira disponível. A tarefa mundana de separar trabalhos de ficção e não ficção era tanto uma questão de sorte quanto um milagre de improvisação. A biblioteca continuou tomada pelo caos até que a irmã Lucrezia (1851-1923) impôs a ordem alfabética na virada do século XX. Quando uma bibliotecária posterior, a irmã Drusilla (1890-1985) sugeriu a adoção da Classificação Decimal de Dewey, a grita foi geral. Para não terem que ceder a isso, as irmãs concordaram com o livro de registros, escrevendo os títulos dos livros que retiravam em suas grossas folhas de papel, com tinta azul.

Os interesses de Evangeline eram mais práticos. Ela preferia ler sobre as instituições mantidas pelas irmãs — como o banco de alimentos, em

Poughkeepsie, o Grupo de Estudos do Espírito da Paz Mundial, em Milton, e a Feira Anual de Roupas do Convento de Santa Rosa/Exército da Salvação —, que tinham representações desde Woodstock até Red Hook. Mas, como todas as freiras que faziam votos perpétuos no Santa Rosa, Evangeline aprendera o básico sobre anjos. Sabia que haviam sido criados antes da formação da Terra. Suas vozes ecoavam no éter enquanto Deus moldava o Céu e a Terra (Gênesis 1:1-5). Evangeline sabia que anjos eram imateriais, etéreos e cheios de luz; e no entanto, falavam em linguagem humana — hebraico, segundo os estudiosos judeus; latim ou grego, segundo os cristãos. Embora a Bíblia contivesse poucos exemplos de angelofonia — Jacó lutando contra um anjo (Gênesis 32:24-30); a visão de Ezequiel (1:1-14); a Anunciação (Lucas 1:26-38) —, estes eram deslumbrantes e divinos, momentos em que a cortina entre o Céu e a Terra se rasgava e a humanidade contemplava os maravilhosos seres etéreos. Evangeline refletira muitas vezes sobre esses encontros entre os homens e os anjos, o material e o imaterial roçando um no outro, como vento contra a pele. No final, ela concluiu que tentar apreender um anjo com a mente era um pouco como tentar segurar água em uma peneira. Não obstante, as irmãs do Santa Rosa não tinham esmorecido. Centenas e centenas de livros sobre anjos se alinhavam nas prateleiras da biblioteca.

Para surpresa de Evangeline, irmã Philomena se juntou a ela ao pé do fogo. O corpo dela era redondo e sardento como o de uma pera, e sua altura fora reduzida pela osteoporose. Ultimamente, havia começado a se esquecer de encontros marcados e a confundir suas chaves. Evangeline andava preocupada com a saúde dela. As freiras da geração de Philomena — conhecidas pelas novas gerações como as Irmãs Venerandas — só conseguiam ser liberadas de seus afazeres já muito idosas, pois o número de freiras havia diminuído drasticamente depois das reformas introduzidas pelo Concílio Vaticano II. Irmã Philomena, em particular, parecia sempre estafada e agitada. De certa forma, as reformas do Concílio Vaticano II haviam tirado das gerações mais velhas o direito à aposentadoria.

Evangeline acreditava que as reformas, em sua maior parte, haviam sido benéficas — ela tivera liberdade para escolher um uniforme confortável, em vez do velho hábito franciscano, e se beneficiara das modernas oportunidades educacionais, formando-se em história no Bard College, que ficava nas proximidades. As opiniões das Irmãs Venerandas, em contraposição, pareciam congeladas no tempo. Mas, estranho como pudesse parecer, Evangeline frequentemente tinha posições tão conservadoras quanto as delas, cujos pontos de vista tinham sido formulados durante as épocas de Roosevelt, da Grande Depressão e da Segunda Guerra Mundial. Evangeline descobriu que admirava as opiniões de irmã Ludovica, a mais velha, com 104 anos de idade, que a chamava para sentar ao seu lado e ouvir histórias dos velhos tempos. "Não havia nada dessa história de laissez-faire, essa bobagem de fazer o que se quer com o tempo", dizia irmã Ludovica, inclinando-se na cadeira de rodas, com as mãos finas pousadas no colo, tremendo levemente. "Nós éramos enviadas a orfanatos e escolas paroquiais para lecionar, antes mesmo de conhecermos o assunto! Trabalhávamos o dia inteiro e rezávamos a noite inteira! Não havia aquecimento em nossas celas! Tomávamos banhos frios e comíamos batatas cozidas com aveia no jantar! Quando não havia livros, eu memorizava todo o *Paraíso Perdido*, de John Milton, para poder recitar as suas lindas palavras na minha aula: *A Serpente infernal; com seus ardis, / Incitada por inveja e vingança, iludiu / A mãe da humanidade, / Após seu orgulho a arremessar para fora dos Céus, com seu exército / De Anjos rebeldes, com cuja ajuda, aspirava / Se elevar acima de seus pares, / E acreditava poder se igualar ao Deus Supremo, / Caso este se opusesse, e com esta meta ambiciosa / Contra o trono e a monarquia de Deus, / Moveu guerra impiedosa e cheia de orgulho, / Numa vã empreitada.* As crianças também conseguiam decorar Milton? Sim! Agora, eu lamento dizer, a educação é uma moleza."

Apesar das grandes diferenças de opinião a respeito de mudanças, as irmãs viviam como uma família harmoniosa. Estavam protegidas das vicissitudes do mundo exterior de uma forma não acessível aos leigos. As terras e os prédios do Santa Rosa haviam sido comprados à vista no final do século XIX e, apesar das tentações para modernizar suas instalações, as irmãs não haviam hipotecado a propriedade. Produziam suas próprias frutas e hortaliças, seus galinheiros lhes proporcionavam quatro dúzias de ovos por dia, e suas despensas estavam cheias de conservas. O convento era tão seguro, tão bem abastecido de alimentos e remédios, tão bem equipado para suas necessidades intelectuais e espirituais que as irmãs às vezes brincavam dizendo que, se um segundo Dilúvio inundasse o vale do rio Hudson, elas poderiam simplesmente trancar as pesadas portas de ferro da frente e dos fundos, selar bem as janelas e continuar rezando por muitos anos, em sua arca autossustentável.

Irmã Philomena segurou Evangeline pelo braço e a levou até seu escritório. Inclinou-se então sobre sua escrivaninha, com as mangas do hábito roçando nas teclas da máquina de escrever, e remexeu em alguns papéis. Parecia estar procurando alguma coisa. Esse tipo de busca não era incomum. Philomena era quase cega. Usava óculos de lentes grossas, que ocupavam uma área desproporcional de seu rosto. Muitas vezes, Evangeline a ajudava a procurar coisas que estavam bem à vista.

— Talvez você possa me ajudar — disse irmã Philomena, por fim.

— Terei o maior prazer — respondeu Evangeline —, se você me disser o que está procurando.

— Acho que nós recebemos uma carta referente à nossa coleção angélica. Madre Perpétua recebeu um telefonema de um rapaz de Nova York, um pesquisador, consultor ou alguma coisa desse tipo. Ele afirma que escreveu uma carta. A carta chegou a você? Sei que eu não teria deixado de notar se tivesse recebido uma solicitação assim. Madre Perpétua quer ter certeza de que estamos sendo coerentes com a política do Santa Rosa. Ela gostaria que uma resposta polida fosse enviada imediatamente.

— A carta chegou hoje — informou Evangeline.

Irmã Philomena olhou através das lentes dos óculos, com os olhos aumentados e úmidos, como se estivesse se esforçando para enxergar Evangeline.

— Então você leu a carta?

— Claro — disse Evangeline. — Eu abro toda a correspondência no momento em que chega.

— Era um pedido de informações?

Evangeline não estava acostumada a ser interrogada tão diretamente a respeito de seu trabalho.

— Na verdade — respondeu ela —, era um pedido para visitar nossos arquivos em busca de uma informação específica sobre madre Innocenta.

Uma expressão sombria atravessou o rosto de Philomena.

— Você respondeu à carta?

— Com nossa resposta-padrão — disse Evangeline, deixando de mencionar que destruíra a carta antes de enviá-la, uma dissimulação que lhe pareceu profundamente estranha, enquanto ela continuava a falar. Era algo perturbador, ter capacidade para mentir a Philomena com tanta facilidade. Ela prosseguiu: — Estou ciente de que nós não permitimos pesquisas de leigos em nossos arquivos. Eu escrevi que nossa política era recusar esse tipo de solicitações. Eu fui polida, é claro.

— Muito bem — disse Philomena, examinando Evangeline com interesse especial. — Temos de ter muito cuidado antes de abrir nosso lar a estranhos. Madre Perpétua deu ordens específicas para que nós não autorizássemos essas pesquisas.

Evangeline ficou surpresa em saber que madre Perpétua tinha um interesse tão pessoal na coleção do convento. Era uma mulher rude e distante, que Evangeline não via com frequência. Tinha opiniões fortes e estilo autoritário de administrar. As Irmãs Venerandas a admiravam por sua frugalidade e, ao mesmo tempo, condenavam sua visão moderna das coisas. Madre Perpétua fora quem pressionara as Irmãs Venerandas para que adotassem as mudanças mais benignas introduzidas pelo Concílio Vaticano II, insistindo que descartassem seus incômodos hábitos de lã, em favor de tecidos mais leves, sugestão que elas não acataram.

Quando Evangeline se virou para sair, irmã Philomena pigarreou — sinal de que ainda não havia terminado e de que Evangeline deveria esperar um pouco. Então disse:

— Eu trabalho há muitos anos nos arquivos, minha filha, e peso cada solicitação com muito cuidado. Já rejeitei pedidos de muitos pesquisadores irritantes, escritores e pseudorreligiosos. É uma grande responsabilidade ser a guardiã do portão. Eu gostaria que você me informasse quando receber qualquer correspondência fora do comum.

— É claro — disse Evangeline, perplexa com o zelo que a voz de Philomena deixava transparecer. Deixando-se dominar pela curiosidade, ela acrescentou: — Eu estava me perguntando uma coisa, irmã.

— O quê? — respondeu Philomena.

— Há alguma coisa fora do comum em relação a madre Innocenta?

— Fora do comum?

— Alguma coisa que possa despertar o interesse de um pesquisador privado, cuja especialidade é a história da arte.

— Eu não faço a menor ideia do que poderia interessar a esse tipo de gente, querida — disse irmã Philomena, estalando a língua enquanto levava Evangeline até a porta. — Acho que a história da arte tem pinturas e esculturas em número suficiente para ocupar um estudioso indefinidamente. Mas, ao que tudo indica, nossa coleção de imagens angélicas é irresistível. Nunca é demais ser cautelosa, minha filha. Você vai me informar se chegar algum novo pedido?

— Claro — disse Evangeline, sentindo o coração bater com rapidez incomum.

Parecendo ter notado o embaraço de sua jovem assistente, irmã Philomena se aproximou mais, permitindo que Evangeline sentisse nela um odor vagamente mineral — talco, talvez, ou pomada para artrite. Então segurou as mãos de Evangeline, aquecendo-as entre suas palmas roliças.

— Vamos, não há motivo para se inquietar. Nós não vamos permitir que entrem. Podem tentar como quiserem, mas vamos manter as portas fechadas.

— Eu sei que você tem razão, irmã — disse Evangeline, sorrindo apesar de sua perplexidade. — Obrigada por sua preocupação.

— De nada, menina — disse Philomena, bocejando. — Se mais alguma coisa aparecer, vou estar no quarto andar pelo resto da tarde. É quase hora da minha soneca.

Assim que irmã Philomena saiu da biblioteca, Evangeline mergulhou em um turbilhão de sentimentos de culpa, especulando sobre o que acabara de ocorrer entre ambas. Estava arrependida por ter enganado sua chefe daquela forma, ao mesmo tempo que conjeturava sobre a estranha reação de Philomena à carta, a intensidade de seu desejo de manter os visitantes longe do Santa Rosa. Entendia, é claro, a necessidade de preservar o ambiente de tranquilidade contemplativa que todas elas haviam se esforçado tanto para criar. É verdade que a reação de irmã Philomena parecera excessiva, mas o que levara Evangeline a mentir de forma tão audaciosa e injustificada? Era um fato: ela mentira para uma Irmã Veneranda. Essa quebra de hierarquia, entretanto, não amenizara sua curiosidade. Qual seria a natureza do relacionamento entre madre Innocenta e a sra. Rockefeller? O que irmã Philomena quisera dizer quando falou que elas não abririam as portas para estranhos? Que mal haveria em compartilhar as belas coleções de livros e imagens? O que elas teriam a esconder? Ao longo de todos os anos em que Evangeline vivera no Santa Rosa — quase metade de sua vida —, nunca acontecera nada fora do normal. As Irmãs Franciscanas da Perpétua Adoração levavam vidas exemplares.

Evangeline enfiou a mão no bolso e retirou a carta da sra. Rockefeller. A caligrafia era floreada e agradável — seus olhos percorriam com facilidade os arcos e os ângulos das palavras. *Suas orientações ajudaram enormemente o progresso da expedição, e me atrevo a dizer que minhas próprias contribuições também foram úteis. Celestine Clochette chegará a Nova York no início de fevereiro. Você terá mais notícias em breve. Até lá, sinceramente, A. A. Rockefeller.*

Evangeline releu a carta, tentando entender seu significado. Depois, dobrando cuidadosamente o papel fino e desbotado, guardou-o no bolso, sabendo que não poderia continuar seu trabalho até entender o significado da ligação de Abigail Rockefeller com o Convento de Santa Rosa.

Quinta Avenida, Upper East Side, Nova York

Enquanto esperava o elevador, Percival Grigori martelava o chão com a ponta da bengala, marcando os segundos numa sequência de cliques metálicos precisos. O saguão de seu prédio, revestido de carvalho, era tão familiar que ele já nem lhe prestava atenção. O prédio datava de antes da guerra e tinha vista para o Central Park. A família Grigori ocupava a cobertura havia cerca de meio século. Em outros tempos, ele poderia ter notado a deferência do porteiro, o opulento arranjo de orquídeas no saguão, o polimento dos caixilhos de ébano e madrepérola que emolduravam o elevador, a lareira que dourava o piso de mármore e aquecia o saguão. Mas Percival Grigori não estava reparando em nada, com exceção dos estalidos em suas juntas e seus joelhos, a cada passo que dava. As portas se abriram e ele entrou claudicando no elevador. Vislumbrando sua imagem curvada no bronze polido do revestimento, desviou os olhos rapidamente.

No 13º andar, saltou em um hall de mármore e abriu a porta do apartamento. Imediatamente, os elementos redentores de sua vida privada, tanto antigos quanto modernos — em parte madeira polida, em parte vidro faiscante —, inundaram seus sentidos, relaxando a tensão em seus ombros. Jogando as chaves sobre uma almofada de seda dentro de um vaso chinês, pousou seu pesado sobretudo de caxemira em uma cadeira de braços, estofada, e entrou em um corredor revestido de calcário travertino. Amplos aposentos se abriam à sua frente — a sala de estar, a biblioteca, a sala de jantar com o candelabro veneziano de quatro braços suspenso no teto. Enormes janelas se abriam para o parque, emoldurando o balé caótico dos flocos de neve.

Na extremidade oposta do apartamento, uma grande escadaria em curva levava aos aposentos de sua mãe. Olhando para cima, Percival percebeu que havia amigos dela na sala de estar. Convidados vinham almoçar ou jantar no apartamento quase todos os dias, reuniões de improviso que permitiam a sua mãe receber seus amigos mais queridos da vizinhança. Era um ritual a que ela se habituara, principalmente porque lhe dava poder: ela selecionava as pessoas que desejava ver, as encerrava em seus aposentos revestidos de madeira escura e deixava para lá o resto do mundo, seu tédio e suas misérias. Havia anos, ela só deixava sua suíte em raras ocasiões, acompanhada por sua filha ou por Percival, e apenas à noite. Sua mãe estava tão à vontade com a situação, e seu círculo de amigos se tornara tão regular, que ela raramente se queixava do confinamento.

Discretamente, para não chamar a atenção, Percival entrou em um banheiro no final do corredor, fechando e trancando a porta silenciosamente atrás de si. Em uma série de movimentos rápidos, despiu o casacão, o paletó de lã feito sob medida e a gravata de seda, deixando as peças caírem sobre o piso de ladrilhos. Com dedos trêmulos, desabotoou seis botões perolados, de baixo para cima, até a garganta. Tirou a camisa e ficou de pé diante de um grande espelho pendurado na parede.

Passando os dedos sobre o peito, pôde sentir as correias de couro, que se sobrepunham. O dispositivo enrolado em torno de seu corpo lembrava arreios. As tiras estavam tão apertadas que penetravam em sua pele. De alguma forma, por mais que ajustasse o colete, o couro ficava apertado demais. Respirando com dificuldade, ele afrouxou uma tira após outra, passando-as através de pequenas fivelas de prata. Até que, com um arranco final, o dispositivo de couro caiu sobre os ladrilhos.

Seu peito nu era liso, sem umbigo ou mamilos. A pele, de tão branca, parecia feita de cera. Girando os ombros, ele podia ver o reflexo de todo o seu corpo no espelho — as espáduas, o queixo longo e esculpido, a curvatura do tronco. No centro de suas costas, molhadas de suor, deformadas pela forte pressão do colete de couro, estavam duas pequenas protuberâncias ósseas. Com um misto de espanto e tristeza, ele notou que suas asas — outrora grandes, fortes, curvas como cimitarras douradas — já quase se haviam desintegrado. O que restara estava enegrecido pela doença, tocos murchos e atrofiados. Duas feridas azuladas, inflamadas pelo atrito, fixavam os ossos enegrecidos em uma poça gelatinosa de sangue coagulado. Ataduras, repetidas limpezas — nada conseguia curar as feridas ou aliviar sua dor. Mas ele sabia que o verdadeiro sofrimento viria quando não restasse mais nada de suas asas. Tudo o que o distinguira, tudo o que os outros haviam invejado, teria então desaparecido.

Os primeiros sintomas da enfermidade tinham surgido havia dez anos, quando finos veios de fungos começaram a aparecer no interior das raques e nas barbas das penas, um bolor esverdeado e fosforescente que se alastrava como pátina sobre o cobre. Ele pensara que era uma simples infecção. Mandara escovar e limpar as asas, especificando que cada pena fosse esfregada com óleo — e mesmo assim o problema continuou. Em questão de meses, a envergadura de suas asas diminuiu pela metade. O brilho dourado empalideceu. Antes elas se dobravam suavemente em suas costas, alojando-se com perfeição nas ranhuras curvas que corriam ao longo de sua espinha. Embora fossem feitas de substância material, asas sadias tinham estrutura assemelhada a um holograma. Assim como os corpos de anjos, suas asas não eram afetadas pelas leis da física, embora fossem estruturas sólidas. Percival era capaz de abrir as asas através de grossas camadas de roupas, com tanta facilidade quanto as movia no ar.

Agora, já não conseguia recolhê-las; eram uma presença constante, a lembrança de seu declínio. A dor o esmagava. Ele perdera a capacidade de voar. Alarmados, seus familiares chamaram especialistas, que confirmaram os piores temores da família Grigori: Percival contraíra uma doença degenerativa que andava se espalhando pela comunidade. Os médicos previram que suas asas iriam morrer; depois, seus músculos. Ele seria confinado a uma cadeira de rodas e então, quando suas asas murchassem completamente, com as raízes dissolvidas, Percival morreria. Anos de tratamento haviam retardado a progressão da doença, mas não a conseguiram detê-la.

Percival abriu a torneira e jogou água fria sobre o rosto, tentando diminuir a febre que se apossara dele. O colete o ajudava a manter a coluna ereta, uma tarefa cada vez mais difícil à medida que seus músculos enfraqueciam. Desde que fora obrigado a usar o colete, meses antes, a dor ficara mais intensa. Ele não conseguia se acostumar com o couro lhe mordendo a pele, com a pressão das fivelas, aguçadas como alfinetes, com a sensação de queimadura. Muitos de sua espécie haviam escolhido viver distantes do mundo depois que ficaram doentes. Era um destino que Percival não desejava.

Ele pegou o envelope que Verlaine lhe dera e sentiu-lhe o peso na mão com uma sensação de prazer. Tirando o dossiê com a delicadeza de um gato se refestelando com um pássaro capturado, rasgou o envelope com calculada lentidão e colocou os papéis sobre o mármore da pia. Leu o relatório, esperando achar algo que pudesse ser útil. Verlaine produzira um documento completo e detalhado — quarenta páginas de linhas bem juntas, formando um bloco maciço do início até o fim —, mas nada havia de novo.

Recolocando os documentos no envelope, Grigori respirou fundo e tornou a vestir o colete. O couro apertado já não o incomodava tanto, agora que sua cor tinha voltado ao normal e seus dedos estavam firmes. Depois de se vestir, percebeu que não tinha a menor esperança de se mostrar apresentável. Suas roupas estavam amarrotadas e manchadas de suor, seus cabelos louros estavam desgrenhados, caídos sobre o rosto, e seus olhos, injetados. Sua mãe ficaria assustada se o visse em estado tão deplorável.

Após pentear os cabelos, Percival saiu do banheiro e foi procurar a mãe. O som de cristais se entrechocando, a vibração de um quarteto de cordas e os risos dos amigos dela ficavam cada vez mais altos à medida que ele subia a grande escadaria. Chegando à porta da sala, parou para recuperar o fôlego — o menor esforço o deixava exausto.

Os aposentos de sua mãe estavam sempre cheios de flores, criados e tagarelice, como se ela fosse uma condessa patrocinando um evento de gala. Mas Percival descobriu que a reunião em curso era ainda mais elaborada do que ele esperava, com cinquenta ou mais convidados. Estavam sob um teto envidraçado, cuja luminosidade habitual fora turvada por uma camada de neve. As paredes do segundo andar estavam repletas de pinturas que sua família adquirira ao longo de quinhentos anos, muitas das quais os Grigori haviam subtraído de museus e de colecionadores, para seu deleite pessoal. Eram obras-primas, na maioria, e todas originais — eles tinham providenciado cópias produzidas por peritos para ocupar o lugar dos trabalhos verdadeiros, incorporando estes à sua coleção particular. As pinturas exigiam cuidados meticulosos, desde controle ambiental até uma equipe de limpeza profissional, mas a coleção valia a pena. Havia um bom número de mestres holandeses, alguns quadros da Renascença e umas poucas gravuras do século XIX. Uma parede inteira da sala era ocupada pelo famoso tríptico *O Jardim das Delícias Terrenas*, de Hieronymus Bosch, uma visão esplendorosamente horrível do paraíso e do inferno. Percival crescera estudando-lhe o aspecto grotesco, e o imenso painel central representando a vida na Terra fora responsável por suas primeiras noções sobre o comportamento da humanidade. Percival achava fascinante o fato de que a representação de Bosch para o inferno mostrasse instrumentos musicais, alaúdes e tambores, em diversos estágios de dissecação. Uma cópia perfeita da pintura estava no Museu do Prado, em Madri, uma reprodução que o pai de Percival encomendara pessoalmente.

Segurando com força o castão de marfim de sua bengala, Percival começou a abrir caminho em meio à multidão. Geralmente tolerava bem essas festinhas, mas sentia agora que — no estado atual — estava difícil atravessar a sala. Ele acenou com a cabeça para o pai de um antigo colega de escola, amigo de sua família havia muitos séculos, que se mantinha afastado da aglomeração, exibindo suas imaculadas asas brancas. Acenou também, sorrindo levemente, para uma modelo que certa vez levara para jantar, uma criatura adorável, de translúcidos olhos azuis, que pertencia a uma tradicional família suíça. Ela ainda era jovem demais para ter asas; portanto, não se podia ter uma noção exata de sua linhagem, mas Percival sabia que sua família era antiga e poderosa.

Antes que a doença o tivesse afetado, sua mãe tentara convencê-lo a se casar com a garota. Algum dia ela seria uma poderosa participante da comunidade.

Percival tolerava os amigos de famílias tradicionais — era vantagem para ele fazê-lo — mas abominava os novos conhecidos, um bando de administradores de investimentos novos-ricos, magnatas da mídia e outros parasitas que haviam se insinuado nas boas graças de sua mãe. Eles não eram como os Grigori, é claro, mas quase todos conseguiam se aproximar do delicado equilíbrio entre deferência e discrição exigido pela família Grigori. Costumavam se reunir em torno de sua mãe, inundando-a de cumprimentos e lisonjeando seu sentido de *noblesse oblige*, assegurando um convite para a próxima reunião vespertina no apartamento.

Se dependesse de Percival, sua família manteria a privacidade, mas sua mãe não suportava ficar sozinha. Ele desconfiava que ela se cercava de distrações para esquecer o terrível fato de que sua espécie perdera o lugar na ordem natural das coisas. Sua família formara alianças havia muitas gerações e dependia de uma rede de amizades e parentesco para manter seu status e sua prosperidade. No Velho Mundo, essa rede estava inextricavelmente ligada à história de sua família. Em Nova York, tinham de recriá-la sempre.

Otterley, sua irmã mais nova, estava de pé à janela, iluminada por uma luz fraca. Otterley era de altura média — 1,90 metro — e magra. Usava um vestido bastante decotado, algo exagerado para um almoço, mas bem de acordo com seu gosto. Estava com os cabelos puxados para trás, amarrados em um discreto coque, e pintara os lábios com um batom cor-de-rosa que parecia juvenil para ela. Otterley já fora linda, mas desperdiçara a juventude em um século de farras e relacionamentos inadequados que a abalaram de forma tão significativa quanto à fortuna da família. Ela estava agora na meia-idade, já com seus 200 anos, e, apesar dos esforços para disfarçar o fato, sua pele parecia a de um manequim de plástico. Por mais que tentasse, ela não conseguia voltar a ter a aparência que tinha no século XIX.

Ao ver Percival, Otterley foi até onde ele estava, deu-lhe o braço e o conduziu através da multidão como se fosse um inválido. Todos os homens e mulheres presentes olharam para Otterley. Mesmo quem nunca tivera negócios com ela, já a conhecia por seu trabalho em vários conselhos de família, ou por sua incessante agenda social. Os amigos e conhecidos da família tratavam Otterley com muita consideração. Ninguém poderia se dar ao luxo de desagradá-la.

— Onde você anda se escondendo? — perguntou ela a Percival, estreitando os olhos em um olhar reptiliano. Fora criada em Londres, onde o pai deles ainda morava, e seu enfático sotaque britânico adquiria uma nota aguda quando ela se irritava.

— Duvido muito que você esteja se sentindo só — disse Percival, relanceando a multidão.

— Com mamãe, ninguém se sente só — replicou Otterley, asperamente. — Ela torna esses encontros mais elaborados a cada semana.

— Ela está por aí, não está?

A expressão de Otterley demonstrou irritação.

— Da última vez que chequei, ela estava recebendo convidados em seu trono.

Eles andaram até o outro lado da sala, passando por janelas francesas que pareciam convidar as pessoas a transpor suas profundezas espessas e transparentes, e flutuar sobre a cidade brumosa e coberta de neve. Os Anaquins, a raça de servos que os Grigori e todas as famílias de boa cepa mantinham, surgiam à sua frente e sumiam. *Mais champanhe, senhor? Madame?* Vestidos totalmente de preto, os Anaquins eram mais baixos e menos robustos que os seres aos quais serviam. Além do uniforme preto, a mãe deles insistira para que expusessem as asas, para distingui-los dos convidados. A diferença de formato e envergadura era marcante. Enquanto os convidados, de raça pura, tinham asas musculosas e cobertas de penas, as dos servos eram finas como películas, teias de cor cinza opalina. Devido à estrutura das asas — que eram como asas de inseto —, os servos voavam com movimentos rápidos e precisos. Tinham grandes olhos amarelos, maçãs do rosto salientes e pele pálida. Percival presenciara um voo de Anaquins no tempo da Segunda Guerra Mundial, quando um enxame de servos atacara uma caravana de humanos que fugia do bombardeio de Londres, trucidando as pessoas com facilidade. Depois desse episódio, Percival compreendeu por que os Anaquins eram considerados caprichosos e imprevisíveis, cujo único propósito era servir aos seus superiores.

A cada passo, Percival reconhecia amigos da família e conhecidos, cujas taças de champanhe captavam a luz. A tagarelice se fundia no ar, dando a impressão de um zumbido. Ele entreouvia comentários sobre feriados, iates, empreendimentos, conversas que caracterizavam os amigos de sua mãe tanto quanto o brilho dos diamantes e a faiscante crueldade dos risos. Os convidados olhavam para ele de todos os cantos, avaliando seus sapatos, seu relógio, fazendo uma pausa para observar a bengala e finalmente percebendo — ao verem Otterley — que aquele cavalheiro desgrenhado e de aspecto doentio era Percival Grigori III, herdeiro do nome e da fortuna dos Grigori.

Enfim, ambos chegaram ao lugar onde sua mãe, Sneja Grigori, estava reclinada em seu divã favorito — uma bela e imponente peça de mobiliário gótico, com serpentes entalhadas na armação de madeira. Sneja engordara ao longo das décadas, desde a mudança para Nova York, e usava somente túnicas de seda, folgadas e esvoaçantes. Ela arrumara as asas viçosas e coloridas atrás de si, de modo a causar o maior efeito possível, como se estivesse exibindo as joias da família. Enquanto se aproximava, Percival quase foi cegado pela luminosidade delas; as delicadas penas brilhavam como se fossem feitas de papel laminado colorido. As asas de Sneja eram o orgulho da família, o auge da beleza dos Grigori, a prova da pureza de sua herança. Era considerado um sinal de distinção o fato de que a avó materna de Percival tivesse sido agraciada com asas multicoloridas, que se estendiam por mais de 10 metros, uma envergadura inédita em mil anos. Dizia-se que aquelas asas haviam servido de modelo para Fra Angelico, Lorenzo Monaco e Botticini. Sneja, certa vez, dissera a Percival que as asas eram um símbolo de seu sangue, de sua origem, de sua posição predominante na comunidade. Exibi-las de forma adequada trazia poder e prestígio. Fora um grande desapontamento para Sneja o fato de que nem Otterley nem Percival lhe tivessem dado um herdeiro para levar adiante o grande atributo da família.

Otterley preferia manter as asas escondidas, o que deixava Percival aborrecido. Em vez de exibi-las, como era de se esperar, ela as mantinha dobradas contra o corpo como se fosse uma mestiça comum e não integrante de uma das melhores famílias angélicas dos Estados Unidos. Percival compreendia que a habilidade em retrair as asas era uma coisa útil, especialmente quando se estava em meio a pessoas comuns. Era o que permitia a um membro de sua espécie se movimentar na sociedade humana sem ser detectado. Mas, em companhia de seus pares, ocultar as asas era uma ofensa.

Sneja Grigori saudou Otterley e Percival, erguendo uma das mãos, para que fosse beijada por seus filhos.

— Meus querubins — disse ela, com sua voz profunda, de sotaque vagamente germânico, remanescente de sua infância na Casa de Habsburgo. Fazendo uma pausa, ela estreitou os olhos e examinou o colar de Otterley, cujo pingente era um diamante cor-de-rosa incrustado em um engaste antigo. — Excelente peça de joalheria — disse ela, como se estivesse surpresa em ver um tesouro como aquele no pescoço da filha.

— Você não está reconhecendo? — disse Otterley, alegremente. — É uma das joias da vovó.

— É? — Sneja ergueu o diamante entre o polegar e o indicador, deixando que a luz brincasse na superfície chanfrada. — Acho que eu deveria reconhecer isso, mas parece totalmente estranho para mim. Estava no meu quarto?

— Não — respondeu Otterley na defensiva.

— Não é do cofre, Otterley? — perguntou Percival.

Otterley apertou os lábios e lhe lançou um olhar que o informou de imediato que ele a tinha delatado.

— Ah, bom, isso explica o mistério — disse Sneja. — Eu não examino o cofre há muito tempo. Já esqueci completamente o que está lá dentro. Todas as joias da minha mãe são tão magníficas como esta?

— Elas são adoráveis, mamãe — disse Otterley, com a autoconfiança abalada. Estava retirando peças do cofre havia anos, sem que sua mãe notasse.

— Eu simplesmente adoro esta peça — disse Sneja. — Será que devo fazer uma incursão ao cofre? Talvez esteja na hora de fazer um inventário.

Sem hesitar, Otterley desatou o colar e o entregou à mãe.

— Vai ficar lindo em você, mamãe — disse ela. Então, sem esperar pela reação de Sneja, ou talvez para disfarçar a angústia de perder uma joia como aquela, girou sobre seus sapatos de saltos altos e mergulhou de novo na multidão, com o vestido colado ao corpo como se estivesse molhado.

Sneja segurou o colar contra a luz — numa explosão de fogo líquido — antes de deixá-lo cair em sua bolsa ornada de contas. Então, voltou-se para Percival, como se tivesse acabado de perceber que seu filho único testemunhara sua vitória.

— Chega a ser engraçado — disse Sneja. — Otterley pensa que eu não sei que ela tem roubado minhas joias nos últimos 25 anos.

Percival riu.

— Você não demonstrou que sabia. Se tivesse feito isso, Otterley já teria parado há anos.

Sua mãe fez um gesto, descartando o assunto como se fosse uma mosca.

— Eu sei de tudo o que acontece nesta família — disse ela, acomodando-se no divã de modo que o arco de uma das asas captasse a luz. — Inclusive o fato de que você não está se cuidando bem. Você tem que descansar mais, comer mais, dormir mais. As coisas não podem continuar como sempre foram. É hora de se preparar para o futuro.

— É exatamente o que eu tenho feito — disse Percival, aborrecido com o fato de que sua mãe insistia em dirigi-lo como se ele ainda estivesse no primeiro século de vida.

— Entendi — disse Sneja, avaliando a irritação do filho. — Você teve o seu encontro.

— Conforme planejado — disse Percival.

— E é por isso que você apareceu aqui com essa cara tão amargurada, para me contar como foram as coisas. O encontro não correu como planejado?

— E quando é que corre? — respondeu Percival, embora seu desapontamento fosse evidente. — Confesso: eu tinha grandes esperanças nesse encontro.

— Sim — disse Sneja, olhando para outro lado. — Todos nós tínhamos.

— Venha — Percival segurou a mão de sua mãe e a ajudou a se levantar do divã. — Preciso falar com você a sós por um momento.

— Você não pode falar comigo aqui?

— Por favor — disse Percival, olhando para a festa com repulsa. — É completamente impossível.

Cativando sua plateia de admiradores, Sneja transformou sua saída do divã em uma grande encenação. Desfraldando as asas, afastou-as dos ombros para que drapejassem atrás dela como uma capa. Percival a observou, paralisado por uma pontada de inveja. As asas de sua mãe eram maravilhosas, reluzentes, saudáveis, totalmente emplumadas. Uma gradação de cores suaves se irradiava das pontas, onde as penas eram pequenas e lustrosas, e se dirigia ao centro das costas, onde as penas eram grandes e brilhantes. As asas de Percival, quando ele as tinha, eram ainda maiores que as de sua mãe, angulosas e impressionantes, com penas salpicadas de dourado, moldadas no formato de adagas. Ele não conseguia olhar para a mãe sem ficar ansioso para recuperar a saúde.

Sneja Grigori fez uma pausa, permitindo que seus convidados admirassem a beleza de seus atributos celestiais. Então, com uma graça que Percival achou maravilhosa, recolheu as asas e as dobrou em suas costas com a facilidade de uma gueixa fechando um leque de papel.

Segurando o braço de sua mãe, Percival desceu a escadaria com ela. A mesa da sala de jantar estava coberta de flores e louças, guarnecida para os convidados de Sneja. Um pequeno porco assado, com uma pera na boca, estava estendido entre os buquês, com um dos lados trinchado em fatias róseas. Através das janelas, Percival podia avistar as pessoas que se apressavam abaixo, pequenas e negras como roedores, abrindo caminho em meio ao frio enregelante. Dentro de casa estava quente e confortável. O fogo fora aceso na lareira, e o som amortecido de conversas e música suave chegava até eles vindo de cima.

Sneja se acomodou em um longo banco estofado.

— Agora me diga: o que você quer? — perguntou ela, parecendo aborrecida por ter sido levada para fora da festa. Tirando um cigarro de uma cigarreira de platina, ela o acendeu. — Se é dinheiro de novo, Percival, você sabe que vai ter que falar com seu pai. Eu não faço ideia de como você consegue gastar tanto tão depressa. — De repente, sorriu com indulgência. — Bem, querido, na verdade eu faço ideia. Mas seu pai é a pessoa com quem você deve falar.

Percival retirou um cigarro da cigarreira da mãe e permitiu que ela o acendesse. No momento em que deu a primeira tragada, soube que cometera um erro: seus pulmões começaram a arder. Sneja empurrou um cinzeiro de jade em sua direção, para que ele pudesse apagar o cigarro.

Depois de recuperar o fôlego, ele disse:

— Meu informante se mostrou inútil.

— Como era esperado — comentou Sneja tragando a fumaça do cigarro.

— A descoberta que ele alega ter feito não tem valor para nós — disse Percival.

Os olhos de Sneja Grigori se arregalaram.

— Descoberta? Exatamente que tipo de descoberta?

Enquanto Percival narrava o encontro em detalhes, descrevendo a ridícula obsessão de Verlaine com desenhos arquitetônicos de um convento no norte do estado, e uma preocupação irritante com as excentricidades de moedas antigas, sua mãe deslizava os longos dedos, brancos como giz, sobre a mesa laqueada. Então parou abruptamente, com ar espantado.

— É incrível — disse finalmente. — Você realmente acredita que ele não achou nada que sirva?

— O que você quer dizer com isso?

— De algum modo, na sua ânsia de localizar os contatos de Abigail Rockefeller, você não enxergou o principal. — Sneja apagou o cigarro e acendeu outro. — Esses desenhos arquitetônicos podem ser exatamente o que nós estamos procurando. Me dê esses desenhos, eu gostaria de examiná-los.

— Eu disse a Verlaine para ficar com eles — disse Percival, percebendo, no instante em que falava, que as palavras iriam irritá-la. — Aliás, nós deixamos de lado o Convento de Santa Rosa depois do ataque de 1944. Não sobrou nada depois do incêndio. Você acha que esquecemos alguma coisa?

— Eu mesma gostaria de ver os desenhos — disse Sneja, sem se dar ao trabalho de esconder a decepção. — Sugiro irmos logo a esse convento.

Percival se agarrou à oportunidade de se redimir.

— Já cuidei disso — disse ele. — Meu informante está a caminho do Santa Rosa neste exato momento, para verificar o que descobriu.

— Seu informante... ele é um de nós?

Percival encarou a mãe por alguns instantes, sem saber como continuar. Sneja ficaria furiosa em saber que ele depositara tanta confiança em Verlaine, um estranho à rede de espiões mantida por eles.

— Eu sei como você se sente a respeito de usar estranhos, mas não há nada com que se preocupar. Eu chequei tudo sobre ele.

— É claro que checou — disse Sneja, expirando a fumaça do cigarro. — Assim como checou os outros, antes.

— Esta é uma nova era — observou Percival, medindo as palavras com cuidado. Estava decidido a ficar calmo diante das críticas da mãe. — Já não é tão fácil nos trair.

— Sim, você tem razão, nós estamos vivendo uma nova era — retrucou Sneja. — Vivemos em uma era de liberdade e conforto, uma era em que não corremos perigo de ser descobertos, uma era de riqueza sem precedentes. Somos livres para fazer o que quisermos, viajar para onde quisermos, viver como quisermos. Mas esta é também uma era em que os melhores de nossa espécie se tornaram complacentes e fracos. É uma era de doenças e degeneração. Nem você, nem eu, nem nenhuma daquelas ridículas criaturas que estão perambulando no meu salão, nenhum de nós está a salvo do perigo de ser descoberto.

— Você acha que eu tenho sido complacente? — perguntou Percival, elevando a voz apesar de seus esforços. Segurando a bengala, preparou-se para ir embora.

— Não creio que você possa ser outra coisa no seu estado atual — disse Sneja. — É fundamental que Otterley ajude você.

— É apenas de se esperar. Otterley vem trabalhando nisso há tanto tempo quanto eu — lembrou Percival.

— E seu pai e eu estamos trabalhando nisso há muito mais tempo — disse Sneja. — E meus pais estavam trabalhando nisso muito antes de eu nascer, e os pais deles também, antes deles. Você é só um entre muitos.

Percival bateu com a ponta da bengala no chão assoalhado.

— Eu diria que o meu estado torna as coisas mais urgentes.

Sneja olhou para a bengala.

— É verdade, a sua doença dá um novo significado à busca. Mas a sua obsessão em se curar cegou você. Otterley nunca teria devolvido os desenhos,

Percival. Na verdade, Otterley estaria no convento agora, verificando os desenhos. Veja quanto tempo você perdeu! E se a sua tolice nos custar o tesouro?

— Então eu morrerei — respondeu Percival.

Sneja Grigori tocou o rosto do filho com a mão branca e macia. A mulher frívola que ele escoltara desde o divã endureceu como uma estátua, tornando-se uma criatura cheia de ambição e orgulho — qualidades que ele admirava e invejava nela.

— As coisas não vão chegar a esse ponto. Não vou permitir que cheguem. Agora, vá descansar. Eu cuido do sr. Verlaine.

Percival se levantou e, apoiando-se na bengala, claudicou para fora da sala.

Convento de Santa Rosa, Milton, estado de Nova York

Verlaine estacionou o carro, um Renault 1989 que comprara de segunda mão na época da faculdade, diante do Santa Rosa. Um portão de ferro forjado impedia a entrada ao convento, não lhe deixando outra opção a não ser subir no largo muro de pedra que cercava o terreno. De perto, o convento mostrou ser o que Verlaine já esperava: isolado e sereno, como um castelo encantado em um sonho. Arcos neogóticos e pequenas torres se projetavam diante do céu cinzento; bétulas e coníferas se aglomeravam por todos os lados, formando paredes protetoras. Musgo e hera se agarravam às paredes de tijolos, como se a natureza empreendesse uma campanha lenta e inexorável para reclamar a estrutura de volta. Na extremidade do terreno, corria o Hudson, entre margens cobertas de neve e gelo.

Caminhando por uma trilha de seixos salpicados de neve, Verlaine tremia. Sentia um frio pouco usual, uma sensação pesada e sufocante que se apoderara dele no Central Park e perdurara por todo o trajeto até Milton. Ele aumentara o aquecimento do carro até o máximo, em uma tentativa de se livrar do frio, mas suas mãos e seus pés continuavam dormentes. Não sabia por que ficara tão perturbado com o encontro, e por saber quão doente Percival Grigori estava. Havia algo lúgubre e perturbador nele que Verlaine não conseguia definir. Verlaine tinha uma intuição desenvolvida — percebia muito sobre qualquer pessoa minutos depois de conhecê-la, e raramente fugia à impressão inicial. Desde o primeiro encontro, Grigori provocara nele uma forte reação física, tão forte que ele se sentira enfraquecido de imediato em sua presença, vazio e inerte, sem nenhum traço de calor.

O encontro daquela tarde fora o segundo e talvez, pensou Verlaine com alívio, fosse o último. Se não terminasse o trabalho logo — o que poderia estar para acontecer, caso a viagem corresse conforme o planejado —, havia uma chance real de que Grigori não vivesse por muito tempo. A pele de Grigori parecia tão pálida, tão incolor, que Verlaine conseguia avistar a malha de veias azuis sob a pele fina. Os olhos de Grigori ardiam de febre e ele só se mantinha em pé com o auxílio da bengala. Se já era incrível que conseguisse se levantar da cama, era quase inacreditável que tivesse marcado um encontro sob uma nevasca.

Mais inacreditável, entretanto, era ter enviado Verlaine ao convento sem as formalidades necessárias. Fora uma atitude impetuosa e pouco profissional, o tipo de coisa que se poderia esperar de um colecionador de arte fantasioso como Grigori. O procedimento-padrão para pesquisas exigia a obtenção de uma licença para visitar as bibliotecas particulares, e a biblioteca em questão era provavelmente ainda mais conservadora que a maioria. Ele imaginava uma sala pequena, estranha, repleta de samambaias e horrendas pinturas a óleo retratando cordeiros e crianças — toda a decoração cafona que as religiosas acham charmosa. Achava que a bibliotecária deveria ter cerca de 70 anos, uma criatura pálida, severa, sombria e rude, sem nenhum apreço pela coleção de imagens que guardava. Beleza e prazer, os elementos que tornavam a vida suportável, não deveriam ser encontrados no Convento de Santa Rosa. Não que ele já tivesse estado em algum convento. Vinha de uma família de professores agnósticos que mantinham suas crenças enclausuradas dentro de si, como se falar sobre fé pudesse fazê-la desaparecer totalmente.

Verlaine subiu os largos degraus de pedra da entrada do convento e bateu na porta de madeira. Bateu duas, três vezes; depois procurou uma campainha ou um sistema de alto-falantes — alguma coisa que pudesse atrair a atenção das irmãs. Mas não encontrou nada. Como costumava deixar destrancada a porta de seu apartamento, achou estranho que um grupo de irmãs contemplativas se cercasse de tanta segurança. Aborrecido, começou a contornar o prédio. Removendo a fotocópia de uma planta arquitetônica do bolso, observou os desenhos, esperando achar uma entrada alternativa.

Usando o rio como referência, descobriu que a entrada deveria estar localizada no lado sul do prédio. Na realidade, ele estava na face leste, contemplando o portão principal. Segundo o mapa (como ele agora intitulava os desenhos), a igreja e a capela deveriam dominar os fundos do terreno, com o convento formando uma estreita ala na frente. Mas, a menos que tivesse interpretado os desenhos de modo incorreto, os prédios tinham uma configuração inteiramente diversa. Estava cada vez mais claro que as plantas arquitetônicas não combinavam com a estrutura que estava diante dele. Curioso, deu uma volta em torno do convento, comparando os contornos de tijolos com os desenhos a tinta. Os dois prédios não eram nada do que deveriam ser. Em vez de duas estruturas distintas, ele encontrou um conjunto sólido mantido de pé por uma miscelânea de tijolos velhos e novos, como se dois prédios tivessem sido cortados e depois reunidos em uma colagem surrealista, feita de alvenaria.

Verlaine não sabia o que Grigori acharia daquilo. O primeiro encontro entre ambos fora em um leilão de pinturas, móveis, livros e joias que haviam pertencido a famosas famílias da Era Dourada:* elegantes objetos de prata oriundos da família de Andrew Carnegie, um conjunto de tacos de croquet com bordas douradas, incrustados com as iniciais de Henry Flagler, e uma estatueta de Netuno proveniente de The Breakers, a mansão que Cornelius Vanderbilt II possuía em Newport. Era um leilão de pouca monta, e os lances ainda estavam menores que os esperados. Percival Grigori chamou a atenção de Verlaine quando fez um lance alto por alguns itens que tinham pertencido a Laura "Cettie" Celestia Spelman, a esposa de John D. Rockefeller.

Verlaine conhecia o suficiente sobre a família Rockefeller para saber que o conjunto disputado por Grigori não era especial. Ainda assim, Grigori o desejava muito, elevando o preço bem acima do valor inicial. Mais tarde, após os últimos lotes terem sido arrematados, Verlaine se aproximou de Grigori para congratulá-lo pela compra. Acabaram conversando sobre os Rockefeller, e prosseguiram a análise da Era Dourada diante de uma garrafa de vinho num bar no outro lado da rua. Grigori manifestou sua admiração pelos conhecimentos de Verlaine sobre a família Rockefeller, demonstrou curiosidade sobre suas pesquisas no MoMa** e perguntou se estaria interessado em fazer um trabalho particular sobre o mesmo assunto. Anotou então seu número de telefone e o contratou pouco tempo depois.

Verlaine tinha uma afeição especial pela família Rockefeller. Sua tese de formatura fora sobre os primeiros anos do Museu de Arte Moderna, uma instituição que não existiria sem a visão e o patrocínio de Abigail Aldrich Rockefeller. Verlaine começara a estudar história da arte a partir de seu interesse por desenho. Assistiu a algumas aulas no Departamento de História da Arte da Universidade de Colúmbia, e depois a outras tantas. Descobriu então que seu interesse se transferira do desenho moderno para as ideias por trás do Modernismo — primitivismo, a vontade de romper com as tradições, a supremacia do presente sobre o passado — e, finalmente, para a mulher que ajudara a construir um dos maiores museus de arte moderna do mundo: Abigail Ro-

---

* Era Dourada — Gilded Age, em inglês. Na história dos Estados Unidos, a expressão se refere ao período de rápido crescimento econômico e populacional após a Guerra Civil. (N. do T.)
** MoMa — Museum of Modern Art. Museu de Arte Moderna de Nova York. (N. do T.)

ckefeller. Verlaine sabia muito bem, e seu orientador sempre o lembrava disso, que ele no fundo não era um professor. Era incapaz de sistematizar a beleza, de reduzi-la a teorias e anotações. Preferia as cores vibrantes e comoventes de um Matisse à rigidez intelectual dos formalistas russos. Seu curso não o tornara mais intelectual no modo como via a arte. Mas ele aprendera a apreciar a motivação que havia por trás dela.

Enquanto escrevia sua tese, Verlaine se tornou um admirador da sensibilidade artística de Abigail Rockefeller e, após alguns anos de pesquisas, começou a conhecer razoavelmente os negócios da família Rockefeller no mundo das artes. Uma parte de sua dissertação fora publicada um ano antes em uma prestigiosa revista universitária, o que lhe valeu um contrato para lecionar na Universidade de Colúmbia.

Se tudo corresse conforme o planejado, Verlaine pretendia reescrever sua tese, no sentido de torná-la mais atraente para o público; se os astros ajudassem, ela seria publicada algum dia. Em sua forma atual, estava uma mixórdia. Durante as pesquisas que fizera, seus arquivos foram se transformando em um novelo de fatos e imagens sem muita organização. Grigori conseguira persuadi-lo a lhe entregar cópias de quase todos esses documentos, relatórios e informações. Verlaine acreditava que seus arquivos eram bem abrangentes; portanto ficou surpreso ao descobrir que, durante os anos em que se especializara — os anos em que Abigail Rockefeller estivera totalmente absorvida por seu trabalho no Museu de Arte Moderna —, houvera uma troca de cartas entre a sra. Rockefeller e o Convento de Santa Rosa.

Ele descobriu esta conexão em uma visita que tinha feito ao Arquivo Rockefeller no início do ano. Saindo pelo norte de Manhattan, dirigira por 25 minutos, até chegar a Sleepy Hollow, uma pitoresca cidadezinha de bangalôs e chalés às margens do Hudson. O arquivo estava alojado em uma ampla mansão de pedras no alto de uma colina, com vista para 10 hectares de terras. A propriedade pertencera a Martha Baird Rockefeller, segunda esposa de John D. Rockefeller Jr. Verlaine estacionou o Renault, pendurou a mochila no ombro e subiu os degraus. Era incrível como aquela família acumulara tanto dinheiro e como soubera se cercar de belezas infindáveis.

Um arquivista conferiu sua credencial — uma identificação como instrutor da Universidade de Colúmbia, com o grau de Estudante Graduado claramente indicado — e o levou até uma sala de leitura no segundo andar. Grigori pagava bem: um dia de pesquisas cobria um mês de aluguel do apartamento de Verlaine — que, portanto, não se apressou, deleitando-se com a tranquilidade da biblioteca, com o cheiro dos livros, com a organização cuidadosa das pastas e dos arquivos. O arquivista lhe trouxe caixas com documentos retiradas de um cofre com temperatura controlada, um grande anexo à mansão, construído em concreto, e as pôs à sua frente. Os papéis de Abby Rockefeller haviam sido divididos em sete partes: Correspondência de Abby Aldrich Rockefeller, Papéis Pessoais, Coleções de Arte, Arquivos de Filantropia, Papéis da Família Aldrich/Greene, Morte de Abby Aldrich Rockefeller e Arquivos da Biografia de Chase.* Cada parte continha centenas de documentos. O simples volume de papéis exigiria semanas de pesquisas. Verlaine mergulhou no trabalho, tomando notas e tirando cópias.

Antes de fazer a viagem, ele relera tudo o que conseguira encontrar a respeito de Abby, determinado a achar alguma coisa original que lhe fosse útil, alguma informação que não fosse conhecida por outros historiadores de arte moderna. Lera numerosas biografias, reunira muitas informações sobre a infância dela em Providence, Rhode Island, seu casamento com John D. Rockefeller Jr., e sua vida subsequente na sociedade nova-iorquina. Lera descrições de seus jantares de gala, de seus cinco filhos e uma filha rebelde, todos os quais pareciam desinteressantes se comparados com sua paixão pela arte. Embora as vidas de ambos não pudessem ser mais diferentes — Verlaine vivia em um pequeno estúdio, levava uma vida desorganizada e tinha uma situação financeira precária, como instrutor universitário em meio expediente, enquanto Abby Rockefeller se casara com um dos homens mais ricos do século XX —, ele nutria uma grande afinidade por ela. Sentia que entendia suas preferências artísticas e a misteriosa paixão que a levara a amar a pintura moderna. Não havia muita coisa na vida particular dela que não tivesse sido examinada mais de mil vezes. Ele sabia muito bem que havia pouca esperança de encontrar algo de novo para Grigori. Se ele descobrisse o veio de ouro — ou pelo menos um fragmento de material que pudesse ser útil ao seu patrão —, seria uma sorte muito grande.

Assim, pulou as resmas de papel já vasculhadas pelos estudiosos, tirando os Arquivos da Biografia de Chase de sua lista e se concentrando na caixa referente às aquisições de obras de arte e ao planejamento do MoMa — as Coleções de Arte, Série III: Inventários dos trabalhos comprados, doados, emprestados ou vendidos; Informações a respeito de gravuras chinesas e japonesas, e arte folclórica norte-americana; Apontamentos de marchands sobre a coleção Rockefeller de arte. No entanto, após horas de leitura, não encontrou nada de excepcional.

* Chase — Mary Ellen Chase, biógrafa de Abby Aldrich Rockefeller. (N. do T.)

Finalmente, ele devolveu as caixas da Série III e pediu ao arquivista que trouxesse as da Série IV: Filantropia. Não tinha um motivo claro para examiná-las, excetuando-se o fato de que as doações filantrópicas eram talvez a única coisa que ele ainda não tinha examinado, pois geralmente eram páginas tediosas de lançamentos contábeis. Quando as caixas chegaram, Verlaine começou a trabalhar. Descobriu então que, apesar da monotonia do assunto, a voz de Abby Rockefeller o intrigava quase tanto quanto sua paixão pelas pinturas. Depois de estudar os documentos por uma hora, achou uma estranha correspondência — quatro cartas enfiadas entre as páginas de um relatório de doações filantrópicas. Estavam cuidadosamente dobradas em seus envelopes originais, sem nenhum comentário ou anexo. Na verdade, notou Verlaine, examinando o catálogo daquela série, as cartas não estavam documentadas. Ele não tinha como classificá-las, mas lá estavam, amareladas pelo tempo, delicadas, deixando uma fina poeira em seus dedos, como se tivesse tocado as asas de uma mariposa.

Ele as desdobrou e colocou bem sob a lâmpada para vê-las com mais clareza. No mesmo instante, entendeu a razão do descuido: as cartas não tinham uma relação direta com a família, com a vida social ou com o trabalho de Abigail Rockefeller. Não havia como classificá-las. Não tinham sido sequer escritas por Abigail Rockefeller, mas por uma mulher chamada Innocenta, abadessa de um convento em Milton. Ele nunca ouvira falar daquela cidade, mas, após consultar um atlas, verificou que ficava às margens do rio Hudson, a apenas algumas horas de carro ao norte de Nova York.

A caligrafia de Innocenta era angulosa e antiquada, obviamente escrita a bico de pena, com numerais estreitos, em estilo europeu, e consoantes elaboradas. Ao terminar de ler as cartas, Verlaine estava perplexo. Pelo que pôde depreender, madre Innocenta e a sra. Rockefeller partilhavam o interesse por trabalhos religiosos e levantamento de fundos para obras de caridade — como era de se esperar de mulheres nas respectivas posições que ocupavam. O tom de Innocenta era de deferência e polida humildade, mas se tornara mais caloroso a cada carta, sugerindo que havia uma comunicação regular entre as duas mulheres. Ele não encontrou nas cartas nada que o comprovasse, mas seu palpite era que alguma obra de arte religiosa estava no início de tudo. Tinha certeza de que aquela correspondência poderia levá-lo a algum lugar, se ele pudesse entender seu conteúdo. Era exatamente o tipo de descoberta que poderia promover sua carreira.

Rapidamente, antes que o arquivista tivesse chance de notar, Verlaine enfiou as cartas no bolso interno de sua mochila. Dez minutos depois, dirigia velozmente de volta a Manhattan, com os papéis roubados abertos no colo. Sabia que deveria partilhar a descoberta com Grigori — o homem que pagara sua viagem, afinal de contas —, mas havia pouca informação concreta. Por conseguinte, decidiu que só falaria a Grigori sobre as cartas mais tarde, depois de ter analisado sua importância.

Agora, ao comparar os desenhos arquitetônicos que tivera tanto orgulho em descobrir com a estrutura que se erguia à sua frente, Verlaine estava desconcertado. A fraca luz de inverno iluminava as páginas com os desenhos, a fachada do convento e as silhuetas angulosas das bétulas, estendendo-se sobre a superfície da neve. A temperatura caía rapidamente. Ergueu o colarinho do sobretudo e iniciou uma segunda volta em torno do prédio. Seus sapatos estavam completamente encharcados com a lama formada pela neve. Grigori tinha razão a respeito de uma coisa: eles não saberiam mais nada a respeito da correspondência se não tivessem acesso ao Convento de Santa Rosa.

A meio caminho, Verlaine descobriu alguns degraus cobertos de gelo e resolveu descer por eles, segurando um corrimão de metal para não escorregar. Chegou então a uma porta, que fechava uma passagem abobadada. Girando a maçaneta, descobriu que estava destrancada. Entrou em um recinto escuro e úmido, que cheirava a pedra molhada, madeira apodrecida e poeira. Quando seus olhos se acostumaram à luz fraca, fechou a porta com firmeza. Depois, seguindo um corredor abandonado, enveredou pelas entranhas do Convento de Santa Rosa.

Biblioteca de imagens angélicas, Convento de Santa Rosa, Milton, estado de Nova York

Quando havia visitantes, as irmãs encarregavam Evangeline de servir como elemento de ligação entre os reinos sagrado e profano. Ela tinha um talento especial para deixar os não iniciados à vontade, um ar de juventude e modernidade que faltava às outras irmãs. Frequentemente, via-se na obrigação de explicar aos forasteiros o funcionamento interno da comunidade. Os convidados esperavam ser recebidos por uma freira vestida com o hábito completo, usando um véu negro e pesados sapatos de cordões, com uma Bíblia numa mão e um rosário na outra — uma velha senhora com a tristeza do mundo estampada no rosto. Em vez disso, eram recebidos por Evangeline. Jovem, bonita e inteligente, ela logo acabava com o estereótipo. Fazendo uma brincadeira, comentando alguma notícia do jornal, ela quebrava a imagem de severidade transmitida pelo convento. E enquanto ziguezagueava pelos corredores com os convidados, informava que sua comunidade era moderna, aberta a novas ideias. Explicava que, apesar de suas vestes tradicionais, as irmãs de meia-idade usavam tênis Nike nos passeios que faziam à beira do rio durante o outono, ou sandálias Birkenstock quando capinavam os canteiros de flores durante o verão. As aparências, dizia Evangeline, não significavam muita coisa. As rotinas estabelecidas há duzentos anos, rituais reverenciados e mantidos com férrea determinação, eram o que mais importava. Quando os leigos se admiravam com o sossego dos corredores do convento, com o igualitarismo que reinava entre as freiras e com a regularidade de suas orações, Evangeline, com habilidade, fazia tudo aquilo parecer normal.

Naquela tarde, entretanto, sua postura mudou completamente — ela nunca se sentira tão surpresa ao ver alguém de pé à porta da biblioteca. Um leve ruído na extremidade da sala atraíra sua atenção. Virando-se, percebeu um jovem encostado na porta, olhando para ela com inusitado interesse. Foi como se tivesse levado um choque. Uma sensação de pânico pressionou suas têmporas, desfocou sua visão e provocou um leve zumbido em seus ouvidos. Empertigando-se, ela assumiu inconscientemente o papel de guardiã da biblioteca e encarou o intruso.

Embora sem saber como, teve certeza de que o homem que estava de pé à porta era o mesmo homem cuja carta lera de manhã. Era estranho que reconhecesse Verlaine. Imaginara o autor da carta como um mirrado professor universitário, de óculos e cabelos grisalhos. Mas o homem diante dela era muito mais jovem do que presumira. Seus óculos de aros dourados, seus cabelos negros revoltos e seu ar hesitante lhe pareceram infantis. Como ele conseguira entrar no convento e, ainda mais curioso, como chegara à biblioteca sem ser interceptado por uma das irmãs era um mistério para Evangeline. Ela não sabia se deveria cumprimentar o intruso ou pedir ajuda para tirá-lo do prédio.

Por fim, levantou-se, alisando a saia com cuidado, decidida a cumprir seu dever no tocante à carta. Andando até a porta, encarou-o friamente.

— Posso ajudá-lo, sr. Verlaine?

A voz dela soava estranha, como se estivesse passando por um túnel de vento.

— Você sabe quem eu sou? — perguntou Verlaine.

— Não foi difícil deduzir — respondeu Evangeline, de forma ainda mais severa do que pretendia.

— Então você sabe — disse Verlaine corando, um sinal de timidez que fez com que ela suavizasse a atitude com relação a ele. — Eu falei com alguém ao telefone, Perpétua, acho que era esse o nome, sobre visitar a biblioteca de vocês para propósitos de pesquisa. Também escrevi uma carta sobre programar uma visita.

— Meu nome é Evangeline. Fui eu que recebi sua carta. Portanto, estou a par do seu pedido. Também sei que você falou com madre Perpétua sobre sua intenção de realizar uma pesquisa aqui. Mas, pelo que sei, você não obteve permissão para entrar na biblioteca. Na verdade, nem sei como entrou aqui, principalmente a esta hora do dia. Posso entender que alguém possa entrar em áreas restritas depois da missa de domingo — o público é convidado para o nosso culto, e isso já aconteceu antes, algum curioso passeando em nossa área privativa —, mas no meio da tarde? Estou surpresa por você não ter encontrado nenhuma das irmãs enquanto se dirigia à biblioteca. De qualquer forma, você tem de se registrar na secretaria da Missão; esse é o protocolo para todos os visitantes. Acho melhor irmos até lá imediatamente, ou pelo menos falar com a madre Perpétua, para o caso de haver algum...

— Desculpe — disse Verlaine. — Eu sei que isso é irregular e que eu não deveria ter vindo sem permissão, mas tenho esperança de contar com sua ajuda. Os seus conhecimentos podem me tirar de uma situação muito difícil. Eu, com certeza, não vim até aqui para lhe causar problemas.

Evangeline olhou para Verlaine como se estivesse tentando avaliar sua sinceridade. Então, indicando uma mesa de madeira próxima à lareira, disse:

— Não existe problema com o qual eu não possa lidar, sr. Verlaine. Sente-se, por favor, e me diga o que eu posso fazer para ajudar você.

— Obrigado. — Verlaine sentou-se em frente a Evangeline. — Você deve saber, pela minha carta, que eu estou tentando encontrar provas de que houve uma troca de correspondência entre Abigail Rockefeller e a abadessa do Convento de Santa Rosa no inverno de 1943.

Evangeline assentiu, recordando-se do texto da carta.

— Bem, eu não mencionei na carta, mas estou escrevendo um livro. Na verdade, é a minha tese de formatura que estou tentando transformar em um livro, sobre Abigail Rockefeller e o Museu de Arte Moderna. Eu li quase tudo o que foi publicado sobre o assunto, além de muitos documentos não publicados. Um relacionamento entre os Rockefeller e o Convento de Santa Rosa não é mencionado em lugar nenhum. Como você deve imaginar, as cartas que eu encontrei podem ser uma descoberta importante, ao menos na minha área acadêmica. É o tipo de coisa que poderia mudar completamente as perspectivas da minha carreira.

— Isso é muito interessante — disse Evangeline. — Mas não vejo como posso ajudar você.

— Deixe eu lhe mostrar uma coisa.

Verlaine remexeu no bolso interno do sobretudo e colocou um maço de papéis sobre a mesa. Estavam cheios de desenhos que, à primeira vista, pareciam pouco mais que uma série de formas retangulares e circulares. Mas, depois que Evangeline olhou com mais atenção, transformaram-se na representação de um prédio. Alisando as folhas com os dedos, Verlaine disse:

— Estas são as plantas arquitetônicas do Santa Rosa.

Evangeline se inclinou sobre a mesa para enxergar os papéis com clareza.

— São os originais?

— Sim, são. — Verlaine virou as páginas para mostrar a Evangeline os diversos desenhos do convento. — Datados de 1809 e assinados pela abadessa fundadora.

— Madre Francesca — disse Evangeline, fascinada com a idade e a complexidade das plantas. — Francesca erigiu o convento e fundou nossa ordem. Ela mesma projetou grande parte da igreja. A Capela da Adoração foi inteiramente uma criação dela.

— A assinatura dela está em todas as páginas — comentou Verlaine.

— É natural — disse Evangeline. — Ela era uma mulher de espírito renascentista. Deve ter insistido em aprovar as plantas pessoalmente.

— Olhe para isso — disse Verlaine, espalhando os papéis pela superfície da mesa. — A impressão digital dela.

Evangeline se inclinou mais. De fato, um pequeno borrão de tinta, cujo centro lembrava o núcleo de uma velha árvore, manchava a página amarelada. Evangeline conjeturou se a impressão não seria da própria Francesca.

— Você estudou esses desenhos com muita atenção — observou Evangeline.

— Só não entendo um detalhe — disse Verlaine, reclinando-se na cadeira. — A disposição dos prédios está muito diferente da que se encontra nas plantas arquitetônicas. Eu andei um pouco aí fora, fazendo comparações, e há diferenças fundamentais. O convento ficava em um lugar diferente do terreno, por exemplo.

— Sim — disse Evangeline. Ficara tão entretida com os desenhos que se esquecera de que tinha de ser cautelosa com Verlaine. — Os prédios foram reconstruídos. Tudo mudou depois que um incêndio destruiu completamente o convento.

— O incêndio de 1944 — comentou Verlaine.

Evangeline ergueu uma sobrancelha.

— Você já sabe do incêndio?

— Foi por causa do incêndio que esses desenhos foram tirados do convento. Eu os encontrei enfiados em um arquivo de antigas plantas arquitetônicas. O Convento de Santa Rosa recebeu permissão para ser reconstruído em fevereiro de 1944.

— Você teve permissão para tirar essas plantas de um arquivo público?

— Tomei emprestado — disse Verlaine, encabulado.

Ela ergueu os olhos, avaliando Verlaine com interesse renovado. Se no início pensara que ele era um oportunista disposto a saquear a biblioteca, agora percebia que ele tinha a candura de um adolescente em uma caça ao tesouro. Não conseguia imaginar, entretanto, por que isso a tornava mais calorosa com ele.

Embora não desejasse que Verlaine percebesse nenhum sinal desse calor, ele parecia menos hesitante, como se tivesse detectado uma mudança nos sentimentos dela. Olhava para ela por trás das lentes embaçadas dos óculos, como se a estivesse vendo pela primeira vez.

— O que é isso? — perguntou ele, sem deixar de olhar para ela.

— O que é o quê?

— Esse colar — disse ele, chegando mais perto.

Evangeline recuou, temendo que Verlaine a tocasse, quase derrubando a cadeira.

— Desculpe — balbuciou ele. — É só que...

— Não há mais nada que eu possa lhe dizer, sr. Verlaine — disse ela, com a voz ficando esganiçada.

— Espere um segundo. — Verlaine folheou os desenhos. Retirando uma folha da pilha, ele a apresentou a Evangeline. — Acho que o seu colar já disse tudo.

Evangeline pegou o papel e o estendeu na mesa diante dela. Era uma brilhante representação da Capela da Adoração, seu altar, suas estátuas e seu formato octogonal. Tudo era idêntico ao que ela via todos os dias havia tantos anos. Fixado no desenho, no próprio centro do altar, havia um selo dourado.

Pressionando o selo com a ponta da unha, de modo a marcá-lo, ele perguntou:

— Você sabe o que este selo está indicando?

Evangeline olhou atentamente para o selo dourado. Estava posicionado no centro da Capela da Adoração.

— Está mais ou menos na localização do altar — disse ela. — Mas parece que não é o lugar exato.

— A lira — indicou Verlaine. — Está vendo? É a mesma coisa.

Com os dedos tremendo, Evangeline desprendeu o colar do pescoço e o colocou cuidadosamente sobre o papel. O pingente de sua mãe era idêntico ao selo dourado.

Retirou então do bolso a carta que encontrara nos arquivos, enviada por Abigail Rockefeller a madre Innocenta em 1943, e a colocou em cima da mesa. Não entendia a conexão entre o selo e o colar. Subitamente, a possibilidade de que Verlaine talvez soubesse explicá-la a deixou ansiosa para partilhar a descoberta com ele.

— O que é isso? — perguntou Verlaine, pegando o papel.

— Talvez você possa me explicar.

Enquanto Verlaine desdobrava o papel amarfanhado, Evangeline começou a ter dúvidas. Lembrando-se do aviso de irmã Philomena, perguntou a si mesma se estaria traindo suas ordens ao partilhar aquele documento com um estranho. Tinha uma terrível sensação de que cometera um erro grave. Mas se limitou a olhá-lo ansiosamente enquanto ele lia o que fora escrito.

— Esta carta confirma o relacionamento entre Innocenta e Abigail Rockefeller — disse Verlaine por fim. — Onde você a encontrou?

— Passei algum tempo no arquivo hoje de manhã, depois que li o seu pedido. Não havia dúvida, na minha cabeça, de que você estava enganado a respeito de madre Innocenta. Eu tinha certeza de que não existia nenhuma conexão.

Achava que não haveria nada, em nossos arquivos, que a relacionasse a uma mulher leiga como a sra. Rockefeller. Muito menos um documento que confirmasse uma troca de cartas entre elas. É simplesmente extraordinário que exista uma prova física. Na verdade, eu fui até o arquivo para provar que você estava enganado.

O olhar de Verlaine permanecia fixo na carta. Evangeline conjeturou se ele teria ouvido alguma palavra do que ela dissera. Finalmente, ele tirou um pedaço de papel do bolso e anotou um número de telefone.

— Você disse que só encontrou uma carta de Abigail Rockefeller?

— Sim — respondeu Evangeline. — A carta que você acabou de ler.

— Mas todas as cartas de Innocenta para Abigail Rockefeller eram respostas. Isso significa que existem três, talvez quatro cartas da sra. Rockefeller em seu arquivo.

— Você realmente acredita nisso?

Verlaine entregou a ela o papel com seu número de telefone.

— Se encontrar alguma coisa, você telefona para mim?

Evangeline pegou o papel, sem saber o que dizer. Seria impossível telefonar para ele, mesmo que encontrasse o que ele estava procurando.

— Vou tentar — disse ela finalmente.

— Obrigado — disse Verlaine, olhando-a com gratidão. — Enquanto isso, você se incomodaria se eu fizesse uma fotocópia desta carta?

Evangeline recolocou o colar, apertou-o em volta do pescoço e conduziu Verlaine até a porta.

— Venha comigo — disse.

Conduzindo Verlaine até o gabinete de Philomena, Evangeline retirou uma folha de papel de uma pilha e a entregou a Verlaine.

— Você pode fazer uma transcrição neste papel — sugeriu ela.

Verlaine empunhou uma caneta e começou a trabalhar. Depois que ele copiou o original e o devolveu a ela, Evangeline percebeu que ele queria lhe perguntar mais coisas. Só o conhecia há dez minutos e já conseguia perceber o que se passava na cabeça dele. Finalmente, ele perguntou:

— De onde vêm esses papéis?

Evangeline pegou uma folha da pilha que estava sobre a escrivaninha de Philomena. Era um papel espesso e rosado. A parte de cima era decorada com rosas e anjos barrocos, imagens que ela já vira mil vezes.

— É o nosso papel de escritório — disse ela. — Por quê?

— É o mesmo papel que Innocenta usou nas cartas para Abigail Rockefeller — informou Verlaine, tirando outra folha e a examinando atentamente. — Qual é a idade deste desenho?

— Nunca pensei nisso — respondeu Evangeline. — Mas deve ter uns duzentos anos. O timbre do Santa Rosa foi criado por nossa abadessa fundadora.

— Você me permite? — disse Verlaine. Retirou então algumas folhas da pilha, dobrou-as e as enfiou no bolso.

— Com certeza — respondeu Evangeline, perplexa com o interesse de Verlaine por algo que ela achava tão banal. — Pode pegar quantas quiser.

— Obrigado — disse Verlaine, sorrindo para Evangeline pela primeira vez. — Você, provavelmente, não deveria estar me ajudando assim.

— Para falar a verdade, eu deveria ter chamado a polícia assim que o vi — disse ela.

— Espero que eu possa lhe agradecer de alguma forma.

— Você pode — disse Evangeline enquanto levava Verlaine até a porta. — Pode ir embora antes que seja descoberto. Se por acaso encontrar uma das irmãs, você não esteve comigo nem pôs os pés nesta biblioteca.

Convento de Santa Rosa, Milton, estado de Nova York

A neve recomeçara a cair enquanto Verlaine estava no interior do convento. Os flocos desciam do céu em lençóis, pousando nos braços esguios das bétulas e ocultando o calçamento de pedras. Apertando os olhos, Verlaine tentou localizar seu Renault azul na escuridão além do portão de ferro, mas a luz era fraca e sua visão não podia competir com a neve que se acumulava. Atrás dele, o convento desaparecera em um nevoeiro. À frente, ele não via mais que um vazio cada vez mais profundo. Equilibrando-se o melhor que podia sobre as novas camadas de neve, começou a se afastar do convento.

O ar fresco em seus pulmões — delicioso, após o calor sufocante da biblioteca — aumentou a euforia que estava sentindo. De alguma forma, fora bem-sucedido. Evangeline — ele não conseguia pensar nela como irmã Evangeline; era muito atraente, feminina e intelectualmente estimulante para que a visse como uma freira — não só lhe franqueara a biblioteca, como também lhe mostrara o que ele mais desejava encontrar. Ele mesmo lera a carta de Abigail Rockefeller. Agora podia dizer com certeza que ela estivera envolvida em algum projeto com as irmãs do Convento de Santa Rosa. Embora não tivesse conseguido obter uma cópia da carta, reconhecera a caligrafia. O resultado certamente deixaria Grigori satisfeito e — ainda mais importante — impulsionaria suas pesquisas particulares. Teria sido melhor se Evangeline tivesse lhe dado a carta original ou, melhor ainda, se ela tivesse descoberto tantas cartas de Abigail Rockefeller quantas ele tinha de Innocenta, e lhe entregado os originais.

Do outro lado das grades do portão, um brilho de faróis atravessou a cortina de flocos de neve. Uma caminhonete Mercedes preta apareceu e estacionou ao lado do Renault. Verlaine se escondeu atrás de um grupo de pinheiros, em um movimento instintivo que o colocou fora do alcance dos faróis. De uma estreita brecha entre as árvores, observou um homem de boné sair do veículo, seguido por um homem maior, louro, que empunhava um pé de cabra. A repugnância física que ele sentira mais cedo — da qual tinha acabado de se recuperar — retornou quando viu os homens. No clarão dos faróis, eles pareciam ameaçadores, incrivelmente grandes. Suas silhuetas tinham um reflexo brilhante. O contraste entre luz e sombra encovava seus olhos e bochechas, fazendo com que seus rostos parecessem máscaras de Carnaval. Grigori os enviara — Verlaine sentiu isso no momento em que os viu. Mas os motivos de Grigori estavam além de sua compreensão.

Com a aresta do pé de cabra, o homem mais alto retirou uma crosta de neve que grudara em uma das janelas do Renault. Então, com uma demonstração de violência que assustou Verlaine, bateu com a ferramenta no vidro, que se estilhaçou. Depois de limpar os cacos, o outro homem enfiou a mão dentro do carro e destrancou a porta. Seus movimentos eram rápidos e eficientes. Juntos, ambos examinaram o porta-luvas, o assento traseiro e, depois de abri-lo pelo interior, o porta-malas. Então começaram a remexer nos pertences de Verlaine, retirando o conteúdo de sua sacola e guardando os livros — muitos deles emprestados pela biblioteca da Universidade de Colúmbia — no interior da caminhonete. Verlaine percebeu que Grigori devia ter enviado aqueles homens para roubar seus papéis.

Ele não voltaria para Nova York dirigindo o Renault, isso estava claro. Esforçando-se para se afastar o máximo possível daqueles bandidos, Verlaine se abaixou e engatinhou pelo chão, com a neve rangendo sob seu peso e o cheiro de seiva de pinheiros enchendo suas narinas. Se pudesse permanecer sob o abrigo da floresta, talvez pudesse escapar sem ser visto. Quando chegou aos limites do arvoredo, levantou-se ofegante, com as roupas cobertas de neve. Um descampado entre o bosque e o rio não lhe dava outra opção a não ser expor-se. Sua única esperança era que os homens estivessem ocupados demais em destruir o Renault para reparar nele. Então correu na direção do Hudson, só olhando para trás depois de atingir a margem do rio. A distância, viu os bandidos entrarem na caminhonete. Eles não tinham ido embora. Estavam esperando por ele.

A margem do rio estava congelada. Olhando seus sapatos — agora totalmente encharcados —, ele sentiu uma onda de raiva e frustração. Como voltaria para casa? Estava aprisionado em um lugar ermo. Os capangas de Grigori haviam se apoderado de seus blocos de notas, de seus arquivos, de todo o fruto do seu trabalho durante os últimos anos. E ainda tinham arrebentado seu carro. Será que Grigori saberia como era difícil encontrar peças sobressalentes para um Renault R5, modelo 1989? E como ele iria caminhar naquele campo coberto de neve e gelo com um par de sapatos de luxo?

Verlaine avançou pelo terreno ao longo do rio, seguindo na direção sul, tomando cuidado para não cair. Logo, viu-se diante de uma cerca de arame farpado. Presumiu que esta demarcasse os limites das terras do convento, que fosse uma estreita e pontiaguda extensão do maciço muro de pedras que cercava o Santa Rosa. Era mais um obstáculo. Pisando no arame, ele transpôs a cerca, rasgando o casaco na operação.

Somente depois de caminhar por algum tempo, afastando-se do convento por uma estrada rural coberta de neve, percebeu que cortara a mão enquanto passava pelo arame farpado. Estava tão escuro que ele não conseguia enxergar o corte, mas achou que era profundo; talvez precisasse de pontos. Dobrando a ensanguentada manga da camisa, tirou a gravata, sua Hermès favorita, e a enrolou sobre o ferimento, formando um torniquete apertado.

Verlaine tinha um péssimo sentido de orientação. Com a nevasca obscurecendo o céu noturno, e seu completo desconhecimento dos vilarejos às margens do Hudson, ele não fazia ideia de quando ou como poderia voltar para casa. O trânsito era esparso. Quando faróis apareciam a distância, ele se ocultava entre as árvores. Havia centenas de pequenas estradas, e ele poderia ter ido dar com os costados em qualquer uma. Não conseguia deixar de se preocupar com os homens de Grigori. Eles deveriam estar empenhados em procurá-lo e poderiam passar de carro a qualquer momento. Ele sentia a pele irritada, lacerada pelo vento cortante, e os pés dormentes. Sua mão começou a latejar e ele parou para examiná-la. Enquanto apertava a gravata com mais força em torno do ferimento, notou, com grande sangue-frio, a eficiência da seda em absorver e estancar o sangue.

Depois do que lhe pareceram horas, desembocou em uma estrada maior, com um tráfego mais intenso. Eram duas pistas de concreto rachado, onde um sinal informava a velocidade máxima: 90 quilômetros por hora. Seguindo em direção a Manhattan, ou na direção em que ele achava que estava Manhattan, caminhou sobre gelo e seixos, com o vento fustigando sua pele. O trânsito aumentou enquanto ele andava. Caminhões com anúncios na carroceria, ou cargas industriais, minivans e carros compactos passavam ao seu lado em alta velocidade. A fumaça dos escapamentos se misturava ao ar frio, formando uma densa mistura tóxica que tornava difícil a respiração. A estrada aparentemente sem fim, o vento gelado, a atordoante feiura do cenário — tudo fazia com que Verlaine se sentisse dentro de uma aterrorizante obra de arte pós-industrial. Caminhando mais depressa, ele examinou os veículos que passavam, esperando vislumbrar um carro de polícia, um ônibus, qualquer coisa que o tirasse do frio. Mas o trânsito era como uma caravana indiferente. Finalmente, ele ergueu o polegar.

Com um assobio de ar quente, um caminhão articulado diminuiu a marcha e, fazendo ranger os freios, parou a cerca de 100 metros. A porta do passageiro se abriu e Verlaine correu em direção à cabine iluminada do veículo. O motorista era um homem gordo, com uma enorme barba emaranhada e um boné de beisebol, que olhou cordialmente para Verlaine.

— Vai para onde?

— Para Nova York — disse Verlaine, já se deliciando com o calor irradiado pela cabine.

— Eu não vou tão longe, mas posso deixar você na próxima cidade, se você quiser.

Verlaine escondeu a mão ferida dentro do casaco.

— Qual é a cidade? — perguntou ele.

— Milton — respondeu o motorista, olhando para ele com atenção. — Parece que você teve um dia terrível. Entra aí.

Depois de rodarem por 15 minutos, o motorista parou, deixando que ele saltasse em uma pitoresca rua coberta de neve, com algumas lojinhas. Estava totalmente vazia, como se a cidade tivesse fechado por causa da nevasca. As janelas das lojas estavam às escuras, e o estacionamento em frente aos correios estava vazio. Um pequeno bar numa esquina, com uma propaganda de cerveja na janela, era o único sinal de vida.

Verlaine verificou os bolsos, procurando sua carteira e as chaves. Pusera o envelope com o dinheiro em um bolso da jaqueta. Retirou-o e contou as notas, para se certificar de que não faltava nenhuma. Para seu alívio, estavam todas lá. Quando se lembrou de Grigori, sua raiva aumentou. Por que estava trabalhando para um sujeito que o seguia, arrebentava seu carro e quase o matava de medo? Devia estar ficando louco.

Cobertura dos Grigori, Upper East Side, Nova York

A família Grigori adquirira a cobertura no final dos anos 1940, da filha endividada de um magnata americano. Era espaçosa e imponente, grande demais para um solteirão avesso a festas, de forma que foi um alívio para Percival quando sua mãe e Otterley passaram a ocupar os andares superiores. Quando ele morava lá sozinho, passava horas jogando bilhar, com as portas fechadas, para não ser incomodado pelo movimento dos criados que circulavam nos corredores. Baixando as pesadas cortinas de veludo e diminuindo a iluminação da sala, bebia uísque escocês, enquanto dava uma tacada após outra, aninhando nas caçapas as bolas reluzentes.

Com o tempo, ele reformou vários cômodos do apartamento, mas deixou a sala de bilhar exatamente como era na década de 1940 — um mobiliário um tanto gasto, um rádio antiquado com botões de baquelite, um tapete persa do século XVIII, um monte de velhos livros bolorentos ocupando estantes de cerejeira, poucos dos quais ele tentara ler. Quase todos os volumes eram puramente decorativos, admirados pela idade e pelo valor. Encadernados em couro, versavam sobre as origens e os feitos de seus numerosos parentes — histórias, memórias, novelas épicas de batalhas, romances. Alguns dos livros haviam sido embarcados da Europa após a guerra; outros foram adquiridos de um venerável livreiro das vizinhanças, um velho amigo da família originário de Londres, que tinha uma sensibilidade aguçada para o que a família Grigori mais apreciava — histórias das conquistas europeias, das glórias coloniais e do poder civilizatório da cultura ocidental.

Até o cheiro característico da sala de bilhar continuava o mesmo — sabonete e lustrador de couro, um leve aroma de charutos. Percival ainda adorava passar o tempo lá, às vezes pedindo que a criada lhe trouxesse uma bebida. Ela era uma jovem Anaquim, maravilhosamente silenciosa. Colocava um copo de uísque ao lado dele e levava embora o copo vazio, tornando a vida dele confortável com treinada eficiência. Ele a dispensava com um ligeiro gesto de mão, e ela desaparecia num instante. Ele gostava do modo como ela saía discretamente, fechando as largas portas de madeira com um leve estalido.

Percival se acomodou em uma poltrona estofada, agitando o uísque no copo de cristal. Esticando as pernas — lenta e suavemente —, pousou-as em um pufe. Estava pensando em sua mãe, em seu desdém pelo esforço que ele fizera para trazê-los até onde estavam. Ele obtivera informações precisas sobre o Convento de Santa Rosa; isso deveria fazê-la acreditar nele. Em vez disso, Sneja instruíra Otterley a supervisionar as criaturas que enviara ao norte do estado.

Tomando um gole de uísque, Percival tentou telefonar para a irmã. Otterley não atendeu, e ele conferiu o relógio, aborrecido. Ela já deveria ter ligado àquela hora.

Apesar de seus defeitos, Otterley era como o pai deles — pontual, metódica e extremamente confiável sob pressão. Se ele a conhecia bem, ela devia ter consultado o pai deles em Londres e concebido um plano para eliminar Verlaine. Ele, na verdade, não ficaria surpreso em saber que seu pai tinha arquitetado o plano em seu escritório, proporcionando a Otterley tudo que ela precisasse para executá-lo. Otterley era a favorita do pai. Aos olhos dele, ela nunca fazia nada de errado.

Olhando para o relógio novamente, Percival percebeu que só haviam se passado dois minutos. Alguma coisa deveria ter ocorrido para justificar o silêncio de Otterley. Talvez os esforços deles tivessem fracassado. Talvez tivessem sido atraídos para uma situação aparentemente inócua e acabado mal. Não seria a primeira vez.

Ele sentiu suas pernas latejarem, como se os músculos estivessem se rebelando contra o repouso. Bebeu mais um gole de uísque, esperando se acalmar. Mas nada funcionava quando ele estava tão nervoso. Deixando a bengala para trás, levantou-se da cadeira e mancou até a estante, de onde retirou um livro, que pousou suavemente sobre a mesa de bilhar. A lombada estalou quando ele abriu o volume, como se a encadernação fosse rasgar. Percival não abria o *Livro das Gerações* havia muitos e muitos anos, desde que o casamento de um de seus primos o fizera procurar conexões familiares no lado da noiva — era sempre constrangedor comparecer a uma festa de casamento sem saber quem era importante e quem não era, principalmente quando a noiva pertencia à família real dinamarquesa.

O *Livro das Gerações* era um amálgama de história, lendas, genealogia e predições a respeito de sua espécie. Todas as crianças nefilins recebiam um volume idêntico, encadernado em couro de bezerro, quando terminavam o segundo grau, uma espécie de presente de despedida. Narrativas de batalhas, a formação de países e reinos, alianças, pactos de lealdade, as cruzadas, as fidalguias, os objetivos e as conquistas sangrentas — essas eram as grandes histórias das tradições nefilins. Percival por vezes desejava ter nascido naqueles tempos, quando as ações deles não eram tão visíveis, quando podiam levar suas vidas discretamente, sem o risco de serem monitorados. O poder dos Nefilins crescera com a ajuda do silêncio, cada vitória conduzindo à vitória seguinte. O legado de seus ancestrais estava todo lá, registrado no *Livro das Gerações*.

Percival leu a primeira página, impressa em negrito. Era uma lista de nomes, documentando a extensa linhagem dos Nefilins, um catálogo de famílias que se iniciava na época de Noé e se ramificava em dinastias reais. Jafé, filho de Noé, havia migrado para a Europa, povoando a Grécia, a Pártia, a Rússia e o norte da Europa. Seus filhos asseguraram a predominância da família. A família de Percival descendia diretamente de Javã, quarto filho de Jafé, o primeiro colonizador das "Ilhas dos Gentios", que alguns achavam que significava a Grécia, enquanto outros acreditavam que eram as ilhas britânicas. Javã teve seis irmãos, cujos nomes estavam relacionados na Bíblia, e algumas irmãs cujos nomes não ficaram registrados. Foram eles que estabeleceram as bases de influência na Europa. Sob muitos aspectos, o *Livro das Gerações* era uma recapitulação da história do mundo. Ou, como os modernos Nefilins preferiam pensar, da sobrevivência dos mais aptos.

Examinando a lista das famílias, Percival constatou que a influência dos Nefilins, outrora, fora absoluta. Mas nos últimos trezentos anos, as famílias nefilins haviam declinado. Antes, havia um equilíbrio entre humanos e Nefilins. Após o dilúvio, eles haviam nascido em números quase iguais. Mas os Nefilins sentiam-se atraídos pelos humanos e se casavam com gente da espécie humana, acarretando a diluição genética de suas melhores qualidades. Nefilins com características predominantemente humanas eram agora comuns, enquanto eram raros aqueles com puros traços angélicos.

Como nasciam milhares de humanos para cada Nefilim, as boas famílias estavam debatendo sobre a relevância de seus parentes humanos. Alguns desejavam excluí-los, considerá-los cada vez mais como simplesmente humanos, enquanto outros enxergavam neles algum valor, ou ao menos utilidade para a causa maior. Manter boas relações com os membros humanos de famílias nefilins era uma manobra tática, que poderia proporcionar excelentes resultados. Uma criança nascida de pais nefilins, sem o menor traço angélico, poderia produzir um rebento nefilim. Era uma ocorrência incomum, por certo, mas não inédita. Em função dessa possibilidade, os Nefilins observavam um sistema de castas que não se relacionava à riqueza ou posição social — embora esses critérios também tivessem importância —, mas aos traços físicos e à semelhança com os ancestrais, um grupo de anjos chamados Vigias. Embora alguns humanos tivessem o potencial genético de produzir uma criança nefilim, o ideal angélico era encarnado pelos próprios Nefilins. Somente um Nefilim podia desenvolver asas. E Percival tivera as asas mais magníficas já vistas em meio milênio.

Ele folheou as páginas do *Livro das Gerações*, parando por acaso em uma seção no meio do livro, em que havia uma gravura representando um nobre mercador vestido de seda e veludo, que segurava uma espada em uma das mãos e um saco de ouro na outra. Escravos e mulheres estavam ajoelhados em torno dele, aguardando suas ordens, enquanto uma concubina se estendia em um divã ao seu lado, com os braços sobre o corpo. Acariciando a imagem, Percival leu a biografia do mercador, que o descrevia como "um astuto mercador, que enviava frotas de navios para todos os cantos do mundo não civilizado, colonizando as regiões selvagens e organizando os nativos". Quanta coisa mudara nos últimos trezentos anos, quantas partes do mundo haviam sido subjugadas. O mercador não reconheceria o mundo atual.

Abrindo outra página, Percival se deparou com um de seus trechos favoritos do livro, a história de um famoso tio de seu lado paterno — sir Arthur Grigori, homem de grande riqueza e renome, de quem Percival se lembrava como um maravilhoso contador de histórias. Nascido no século XVII, sir Arthur fizera sábios investimentos em muitas das incipientes companhias de navegação do Império Britânico. Sua fé na Companhia das Índias Orientais, por exemplo, rendera-lhe lucros fabulosos — como sua mansão, sua casa de campo, suas fazendas e seus apartamentos poderiam confirmar. Percival sabia que ele empreendera diversas viagens e acumulara muitos tesouros, embora nunca tivesse se envolvido mais a fundo na administração dos negócios no estrangeiro. As viagens lhe proporcionavam enorme prazer, principalmente quando ele explorava os rincões mais exóticos do planeta. Mas seu principal objetivo durante suas longas viagens eram os negócios. Sir Arthur era conhecido pela habilidade de convencer as pessoas a fazer o que ele esperava delas. Percival acomodou o livro no colo e leu:

> O navio de sir Arthur chegou poucas semanas após o infame levante de maio de 1857. A revolta se alastrara desde o litoral até a planície do Ganges, e também a Meerut, Delhi, Kanpur, Lucknow, Jhansi e Gwalior, provocando a discórdia entre as classes que governavam a Terra. Camponeses atacaram seus mestres, matando e mutilando os ingleses com cajados, sabres ou qualquer arma que conseguissem fazer ou roubar para servir à sua traição. Em Kanpur,

foi relatado que duzentas mulheres e crianças europeias foram massacradas na mesma manhã, enquanto em Delhi camponeses espalharam pólvora nas ruas; era como se estivessem cobertas de pimenta-do-reino. Um imbecil acendeu um fósforo para assar uma galinha e provocou uma explosão que fez tudo em pedaços.

Sir Arthur, percebendo que a Companhia das Índias Orientais mergulhara no caos e temendo que seus lucros fossem afetados, convocou o governador-geral ao seu apartamento, certa tarde, para discutir o que ambos poderiam fazer para corrigir o rumo das coisas. O governador-geral, homem corpulento e rosado, com uma queda por chutney, chegou na hora mais quente do dia, cercado por um bando de garotos — um deles segurava um guarda-sol, outro abanava um leque e outro, ainda, carregava uma bandeja com um copo de chá gelado. Sir Arthur o recebeu com as persianas abaixadas, para manter do lado de fora o brilho do sol e a curiosidade dos passantes.

— Devo dizer, governador-geral — começou sir Arthur —, que a revolta não é uma recepção das melhores.

— Não, senhor — respondeu o governador-geral, ajustando um monóculo brilhante diante de um esbugalhado olho azul. — E também não é um adeus dos melhores.

Percebendo que se entendiam, começaram a discutir o assunto. Durante horas, dissecaram as causas e os efeitos da revolta. No final, sir Arthur fez uma sugestão:

— Um exemplo deve ser dado — disse ele, retirando um comprido charuto de uma caixa de madeira, que acendeu com um isqueiro em que estava incrustado o brasão da família Grigori. — É essencial incutir o medo nos corações deles. Vamos promover um espetáculo que os aterrorize tanto que os faça colaborar. Juntos, vamos escolher uma aldeia. Quando terminarmos, não haverá mais revoltas.

Embora a lição que sir Arthur ensinou aos soldados britânicos seja bem conhecida nos círculos nefilins — na verdade, os Nefilins praticam táticas de intimidação há muitas centenas de anos —, raramente foi utilizada em um grupo tão grande. Sob o hábil comando de sir Arthur, os soldados encurralaram os habitantes da aldeia escolhida — homens, mulheres e crianças — e os levaram até a praça do mercado. Sir Arthur escolheu uma criança, uma menina de olhos amendoados, sedosos cabelos negros e pele morena. A garota olhou com curiosidade para aquele homem, tão alto, magro e claro, como se dissesse: mesmo entre esses britânicos esquisitos, este homem é estranho. Mas, obediente, ela o seguiu.

Indiferente aos olhares dos prisioneiros de guerra — como os aldeões eram chamados agora —, sir Arthur ergueu a menina nos braços e a enfiou no cano de um canhão carregado. O cano, longo e largo, engoliu totalmente a criança. Somente suas mãos ficaram visíveis, enquanto seguravam com força as bordas de ferro, como se fossem a beirada de um poço onde ela pudesse afundar.

— Acenda o pavio — ordenou sir Arthur Grigori. Enquanto um jovem soldado acendia um fósforo, com dedos trêmulos, a mãe da garota gritou na multidão.

A explosão foi a primeira de muitas, naquela manhã. Duzentas crianças da aldeia — o número exato de britânicos mortos no massacre de Kanpur — foram levadas uma a uma para o canhão. O ferro ficou tão quente que queimava os dedos dos soldados que despejavam os fardos de carne trêmula no cano. Sob a mira de armas, os aldeões eram obrigados a assistir. Depois que a sangrenta atividade terminou, os soldados apontaram os mosquetes para os aldeões, ordenando-lhes que limpassem a praça do mercado. Pedaços de seus filhos estavam pendurados nas barracas, nos arbustos e nas carroças. O sangue tingira a terra de cor laranja.

Notícias daquele horror logo se espalharam pelas aldeias vizinhas. Destas aldeias, chegaram à planície do Ganges, e também a Meerut, Delhi, Kanpur, Lucknow, Jhansi e Gwalior. E a revolta, como previra sir Arthur Grigori, terminou.

A leitura de Percival foi interrompida pelo som da voz de Sneja, que se debruçara sobre seu ombro.

— Ah, sir Arthur — disse ela, enquanto a sombra de suas asas caía sobre as páginas do livro. — Ele era um dos melhores Grigori, o meu favorito entre os irmãos de seu pai. Como era valoroso! Ele garantiu nossos interesses ao redor do mundo e abriu caminho para a nossa rede global. Quem dera que o fim dele tivesse sido tão glorioso quanto o resto de sua vida.

Percival sabia que sua mãe estava se referindo à morte triste e patética de tio Arthur. Ele fora um dos primeiros da família a contrair a doença que agora afligia Percival. Suas asas gloriosas haviam murchado até se transformarem em tocos pútridos e enegrecidos. Depois de uma década de terrível sofrimento, seus pulmões se desintegraram. Ele morrera de forma dolorosa e humilhante, sucumbindo à doença no quinto século de vida, uma idade em que ainda deveria estar aproveitando sua aposentadoria. Muitos acreditavam que a doença resultara de sua exposição a formas inferiores de vida humana — os ignóbeis nativos de diversos portos coloniais. Mas a verdade era que os Grigori não sabiam de onde ela vinha. Só sabiam que deveria haver um modo de curá-la.

Nos anos 1980, Sneja se apoderara do trabalho de uma cientista que se dedicava ao estudo das propriedades terapêuticas da música. O nome da cientista era Angela Valko, filha de Gabriella Lévi-Franche Valko, que estava entre os mais famosos angelólogos da Europa. Segundo as teorias de Angela Valko, havia um meio de devolver Percival, e outros como ele, ao estado de perfeição angélica.

Como de hábito, Sneja parecia estar lendo a mente do filho.

— Apesar dos seus esforços para sabotar sua própria cura, eu acredito que o seu historiador de arte nos colocou na direção certa.

— Vocês encontraram Verlaine? — perguntou Percival, fechando o *Livro das Gerações* e se virando para sua mãe. Sentia-se criança novamente, desejando a aprovação da mãe. — Ele estava com os desenhos?

— Assim que tivermos notícias de Otterley, vamos saber com certeza — disse Sneja, tirando o *Livro das Gerações* das mãos de Percival e começando a folheá-lo. — Nós evidentemente fomos negligentes em nossas incursões. Mas sem dúvida iremos encontrar o objeto de nossas pesquisas. E você, meu anjo, vai ser o primeiro a se beneficiar de suas propriedades. Depois que você estiver curado, nós vamos ser os salvadores da nossa espécie.

— Ótimo — disse Percival, imaginando suas asas novamente viçosas. — Eu mesmo irei até o convento. Se estiver lá, quero ser o primeiro a encontrá-lo.

— Você está fraco demais. — Sneja relanceou o copo de uísque. — E bêbado. Deixe Otterley e o seu pai cuidarem disso. Você e eu ficaremos aqui.

Sneja enfiou o *Livro das Gerações* embaixo do braço, beijou Percival no rosto e saiu da sala de bilhar.

A ideia de estar preso em Nova York em um dos momentos mais importantes de sua vida irritava Percival. Pegando a bengala, ele caminhou até o telefone e discou o número de Otterley mais uma vez. Enquanto esperava que ela atendesse, disse a si mesmo que suas forças logo iriam voltar. Ele seria belo e poderoso como antes. Com a restauração de suas asas, o sofrimento e a humilhação que estava sofrendo se transformariam em glória.

Convento de Santa Rosa, Milton, estado de Nova York

Abrindo caminho pela aglomeração — irmãs a caminho do trabalho, irmãs a caminho das orações —, Evangeline tentava aparentar calma sob os olhares inquisidores de suas superiores. Havia pouca tolerância para demonstrações públicas de emoção no Santa Rosa — fossem de prazer, medo, dor ou remorso. Esconder qualquer coisa no convento, no entanto, era praticamente impossível. Dia após dia, as irmãs comiam, rezavam, trabalhavam e descansavam juntas. A menor mudança no estado de humor de qualquer uma delas se disseminava pelo grupo, como que transmitida por um fio invisível. Evangeline sabia, por exemplo, quando irmã Carla estava aborrecida — três rugas de tensão surgiam sobre sua boca. Sabia quando irmã Wilhelmina cochilara durante a caminhada matinal à beira do rio — seus olhos ficavam fixos, imóveis, durante a missa. Não existia privacidade. Só restava fingir e esperar que as outras estivessem ocupadas demais para notar.

A enorme porta de carvalho entre o convento e a igreja permanecia aberta dia e noite, grande como uma boca esperando ser alimentada. As irmãs transitavam à vontade entre os dois prédios, do soturno convento à gloriosa luminosidade da capela. Para Evangeline, retornar à Maria Angelorum durante o dia era como ir para casa, como se o espírito se libertasse um pouco do confinamento do corpo.

Tentando se aliviar do pânico provocado pelo que acontecera na biblioteca, ela fez uma pausa diante do quadro de avisos, ao lado da porta da igreja. Uma de suas responsabilidades, além do trabalho na biblioteca, era a preparação do Programa de Preces de Adoração (PPA). Todas as semanas, ela anotava os horários das irmãs, tendo o cuidado de assinalar mudanças e substituições. Depois, colocava o PPA no amplo suporte de cortiça que também trazia a lista de Parceiros de Preces alternativos para os casos de doença. Irmã Philomena sempre dizia: "Nunca subestime nossa dependência do PPA!" Era uma afirmativa que Evangeline sabia ser totalmente correta. Era comum que as irmãs programadas para as preces noturnas desfilassem de pijama e chinelos pelo corredor que levava à igreja, com os cabelos brancos presos sob um lenço de algodão. Conferiam então o PPA, olhavam para os relógios e corriam para a capela, tranquilizadas pela confiabilidade de um programa que mantivera a continuidade das preces perpétuas por duzentos anos.

Encontrando alívio na exatidão de seu trabalho, Evangeline fixou o PPA no quadro, molhou um dedo em água benta, ajoelhou-se rapidamente e seguiu em direção à capela. A regularidade de suas ações começou a tranquilizá-la. Ao se aproximar da capela, já se sentia serena. No interior, as irmãs Divinia e Davida estavam ajoelhadas no altar — eram as parceiras de prece das três às quatro da manhã. Evangeline sentou-se nos fundos e, tomando cuidado para não perturbar Divinia e Davida, tirou o rosário do bolso e começou a dedilhar as contas. Logo, suas orações adquiriram ritmo.

Para Evangeline, que sempre se esforçava para examinar seus pensamentos com olho clínico, as preces eram uma boa oportunidade para uma autoanálise. Durante sua infância no Santa Rosa, muito antes de ter feito os votos e adquirido, com estes, a responsabilidade das preces das cinco, ela visitava a Capela da Adoração muitas vezes ao dia só para tentar entender a anatomia de suas lembranças — recordações duras e assustadoras que desejava deixar para trás. Por muitos anos, o ritual a ajudara.

Mas aquele encontro com Verlaine a abalara profundamente. As investigações dele tinham dirigido os pensamentos de Evangeline, pela segunda vez naquele dia, para um acontecimento que ela desejava esquecer.

Depois da morte de Angela, Evangeline e seu pai se mudaram da França para os Estados Unidos, alugando um minúsculo apartamento no Brooklyn. Às vezes, nos finais de semana, eles iam de metrô passar o dia em Manhattan, chegando de manhã cedo. Passando pelas catracas, subiam as rampas cheias de gente e emergiam na rua acima. Lá, não andavam de metrô nem de táxi. Preferiam caminhar, percorrendo quarteirões e atravessando avenidas. Os olhos de Evangeline eram atraídos pelos chicletes enfiados nas rachaduras do pavimento, pelas pastas dos executivos, pelas sacolas de compras e pelo incessante movimento de gente apressada para almoços, reuniões e encontros. Uma existência frenética, bem diferente da tranquilidade em que ela e o pai tinham vivido.

Quando chegaram aos Estados Unidos, Evangeline tinha 7 anos. Ao contrário do pai, que penava para se expressar em inglês, ela aprendeu rápido o novo idioma, absorvendo os sons e incorporando o sotaque americano sem grandes dificuldades. A professora do primeiro grau a ajudou com o temido som do *th*, que escorregava por sua língua como uma gota de óleo, atrapalhando sua comunicação. Ela repetia as palavras *this*, *the*, *that* e *them* sem parar, até conseguir dizê-las de forma adequada. Assim que a dificuldade desapareceu, sua pronúncia ficou tão clara e perfeita quanto a das crianças nascidas no país. Quando estavam a sós, ela e seu pai falavam italiano, a língua nativa dele, ou francês, a de sua mãe — como se ainda estivessem vivendo na Europa. Mas Evangeline logo começou a sentir falta da língua inglesa, como alguém sente falta de comida ou de amor. Em público, ela respondia ao melódico italiano do pai com seu novo e perfeitamente articulado inglês.

Na infância, Evangeline não percebia que as viagens a Manhattan, que ocorriam várias vezes por mês, eram mais que passeios agradáveis. O pai nada dizia sobre seus propósitos, só prometia levá-la ao carrossel do Central Park, ao restaurante favorito deles ou ao Museu de História Natural, onde ela se maravilhava com a baleia suspensa no teto, prendendo a respiração enquanto examinava a enorme barriga exposta. Embora essas excursões diurnas fossem aventuras para Evangeline, ela acabou percebendo, quando ficou mais velha, que o verdadeiro objetivo delas eram encontros entre o pai e seus contatos — uma troca de documentos no Central Park, uma conversa sussurrada em um bar perto de Wall Street ou um almoço com diplomatas estrangeiros, que falavam rapidamente em línguas ininteligíveis, enquanto bebiam vinho e trocavam informações. Mas a Evangeline criança não entendia o trabalho do pai, nem como seu pai, após a morte da esposa, precisava dele cada vez mais. Simplesmente acreditava que os passeios a Manhattan eram um presente para ela.

Essa ilusão se desfez certa tarde, quando ela tinha 9 anos. O dia estava completamente ensolarado, com as primeiras pontadas de inverno já presentes no vento. Em vez de irem até um lugar determinado, como sempre faziam, eles caminharam sem destino pela ponte do Brooklyn, seu pai à frente, em silêncio, enquanto passavam pelos cabos de metal. A distância, o sol se derramava sobre os arranha-céus de Manhattan. Caminharam por quilômetros, até pararem no Washington Square Park, onde seu pai insistiu que descansassem em um banco por alguns momentos. O comportamento do pai, naquela tarde, pareceu muito estranho a Evangeline. Visivelmente nervoso, suas mãos tremeram quando ele acendeu um cigarro. Ela o conhecia bem o bastante para saber que suas menores reações nervosas — a contração de um dedo ou um tremor nos lábios — revelavam uma enorme ansiedade reprimida. Embora soubesse que havia alguma coisa errada, ela não disse nada.

Seu pai fora um homem bonito quando jovem. Em fotos tiradas na Europa, ele aparecia impecavelmente vestido com roupas sob medida, os cabelos crespos e escuros caindo sobre um dos olhos. Mas naquela tarde, tremendo no banco de um parque, ele parecia ter se tornado, subitamente, um velho cansado. Tirando um lenço de seda do bolso, ele enxugou o suor da testa, deixando uma mancha escura na seda azul. Ainda assim, Evangeline permaneceu em silêncio. Se falasse, poderia quebrar um acordo não verbalizado entre eles, uma comunicação silenciosa que haviam desenvolvido depois que a mãe dela morrera. Era o costume deles — um respeito tácito pela mútua solidão. Seu pai nunca lhe falava sobre o que o preocupava. Não lhe fazia confidências. Talvez seu estranho comportamento tenha feito com que ela prestasse uma atenção inusitada aos detalhes daquela tarde; ou talvez fosse a enormidade do que ocorreu. O fato é que ela reviveu aquele momento um sem-número de vezes, imprimindo os fatos em sua memória. Conseguia se lembrar de cada momento, de cada palavra, de cada gesto — e até das menores alterações nos próprios sentimentos, como se ela ainda estivesse lá.

— Venha — disse o pai, enfiando o lenço no bolso do paletó e se pondo de pé de repente, como se estivessem atrasados para um encontro.

Folhas secas estalavam sob os sapatos elegantes de Evangeline. Seu pai fazia questão que ela se vestisse do modo que achava correto para uma jovem. Isso a deixou com um guarda-roupa repleto de aventais engomados, saias bem passadas, casacos sob medida e caros sapatos provenientes da Itália — roupas que a diferenciavam das colegas do colégio, que usavam jeans, camisetas e as últimas marcas de tênis. Eles caminharam até um bairro decrépito, onde cartazes coloridos anunciavam cappuccino, *gelato* e *vino*. Evangeline logo reconheceu o bairro — já tinham visitado Little Italy. Ela conhecia bem a área.

Pararam então diante de um café, cujas mesas de metal estavam espalhadas na calçada. Segurando a mão dela, ele a conduziu por uma sala lotada, onde uma lufada de vapor adocicado os envolveu. As paredes estavam repletas de retratos em preto e branco da Itália, em molduras douradas e ornamentadas. No bar, homens bebiam café expresso, com jornais abertos à frente e chapéus puxados sobre os olhos. Uma caixa de vidro cheia de doces atraiu a atenção de Evangeline, que ficou olhando para ela, faminta, desejando que seu pai lhe permitisse escolher um dos bolos cobertos de glacê, arrumados como buquês sob uma luz suave. Antes que tivesse chance de falar, um homem saiu detrás do balcão, limpou as mãos em um avental vermelho e apertou a mão do pai, como se fossem velhos amigos.

— Luca — disse ele, sorrindo calorosamente.

— Vladimir — disse o pai dela, retribuindo o sorriso, e Evangeline soube que deviam ser velhos amigos. Seu pai raramente demonstrava afeição em público.

— Venha, coma alguma coisa — disse Vladimir em seu inglês carregado de sotaque, puxando uma cadeira para o pai dela.

— Nada para mim — disse o pai, apontando para ela. — Mas eu acho que minha filha está de olho em *i dolci*.

Para o deleite de Evangeline, Vladimir abriu a caixa de vidro e permitiu que ela escolhesse o que quisesse. Ela pegou um pequeno bolo de glacê rosado, com delicadas flores de marzipã azul espalhadas por cima. Segurando o prato como se este fosse quebrar em suas mãos, ela andou até uma mesa alta, de metal, e sentou-se, com seus sapatos Mary Janes apoiados na barra inferior da cadeira. Vladimir trouxe um copo com água, que colocou ao lado do bolo, pedindo-lhe que fosse uma boa menina e esperasse ali enquanto ele conversava com o pai dela. Parecia muito velho — seus cabelos eram totalmente brancos e sua pele, bastante enrugada —, mas tinha um jeito galhofeiro, como se estivesse brincando com ela. Ele deu uma piscada e ela entendeu que os dois homens tinham negócios a tratar.

Sem problemas com isso, Evangeline cravou o garfo no bolo e descobriu que estava recheado com um creme espesso e amanteigado que tinha sabor de castanhas. Seu pai era comedido com a alimentação de ambos — não gastava dinheiro com aquelas extravagâncias. Evangeline cresceu sem uma alimentação muito variada. Aquele bolo era uma rara iguaria. Ela começou a comê-lo bem devagar, para que durasse bastante. Enquanto comia, sua atenção se concentrou naquele ato de puro prazer. O café aconchegante, o barulho dos clientes, o sol que bronzeava o piso — tudo desapareceu de sua percepção. Sem dúvida, ela também não teria prestado atenção na conversa do pai, se não fosse pela intensidade com que este se dirigia a Vladimir. Eles estavam a algumas mesas de distância, perto da janela, mas perto o bastante para que ela escutasse.

— Eu não tenho outra opção, a não ser fazer uma visita a eles — disse seu pai, acendendo um cigarro. Mas ao ouvi-lo mencionar o nome de sua mãe, uma raridade, Evangeline ficou paralisada. — Já são quase cinco anos desde que perdemos Angela.

— Eles não têm o direito de esconder a verdade de você — observou Vladimir.

Ouvindo isso, seu pai tragou profundamente o cigarro e disse:

— É claro, eu tenho o direito de entender o que aconteceu, principalmente depois da ajuda que eu dei durante as pesquisas de Angela, até no meio da noite, quando ela estava no laboratório. E do estresse que causaram durante a gravidez dela. Eu estava lá desde o início. Apoiei as decisões dela. Fiz sacrifícios. Evangeline também.

— É claro — concordou Vladimir, chamando um garçom e pedindo café. — Você tem o direito de saber de tudo. Só peço para pensar se vale a pena correr riscos para conseguir essa informação. Pense no que pode acontecer. Você está seguro aqui. Você tem uma vida nova. Eles se esqueceram de você.

Evangeline olhou para o bolo, esperando que o pai não notasse o enorme interesse que sua conversa despertara — ela e o pai jamais conversavam sobre a vida e a morte de sua mãe. Mas, ao se inclinar para ouvir melhor, acabou desequilibrando a mesa. O copo com água caiu no chão, espalhando cacos pelos ladrilhos. Surpresos, os homens olharam para ela, que tentou disfarçar a vergonha limpando a mesa com um guardanapo e voltando a se concentrar no bolo, como se nada tivesse acontecido. Com um olhar de reprovação, seu pai se ajeitou na cadeira e reatou a conversa, ignorando que suas tentativas para manter segredo apenas aguçavam a curiosidade de Evangeline.

Vladimir suspirou profundamente e disse:

— Se você quer mesmo saber, eles estão sendo mantidos no armazém. — Ele falou com tanta calma que Evangeline mal pôde ouvir sua voz. — Eu recebi um telefonema ontem à noite. São três: uma fêmea e dois machos.

— Da Europa?

— Foram capturados nos Pirineus — informou Vladimir. — Chegaram aqui ontem, tarde da noite. Eu ia lá pessoalmente, mas, para ser honesto, não consigo mais fazer isso. Estamos ficando velhos, Luca.

Um garçom parou ao lado da mesa deles e pousou duas xícaras de café expresso. Seu pai tomou um gole.

— Eles ainda estão vivos, não?

— Bem vivos — disse Vladimir, acenando com a cabeça. — Eu soube que são horripilantes, completamente puros. Não sei como conseguiram trazer essas criaturas até Nova York. Nos velhos tempos, seria preciso um navio e uma tripulação completa para fazer isso. Se são de raça pura, como disseram, vai ser quase impossível que fiquem presos. Eu não acho que seja possível.

— Angela conheceria melhor do que eu os detalhes sobre a capacidade física dessas criaturas — comentou o pai dela, cruzando as mãos diante do rosto e olhando pela janela, como se a mãe de Evangeline fosse aparecer diante dele na vidraça ensolarada. — Foi o foco de seus estudos para o doutorado. Mas acho que há um consenso crescente de que os Famosos estão ficando mais fracos, mesmo os mais puros deles. Talvez estejam tão fracos que agora possam ser capturados com mais facilidade.

Vladimir se inclinou na direção do pai dela, com os olhos arregalados.

— Você quer dizer que eles estão se extinguindo?

— Não exatamente se extinguindo — disse o pai. — Mas dizem que a vitalidade deles está declinando seriamente. A força deles está diminuindo.

— Mas como isso é possível? — perguntou Vladimir, atônito.

— Angela dizia que algum dia o sangue deles iria se misturar demais com o humano. Ela acreditava que eles iriam se tornar parecidos demais conosco, humanos demais para manter suas características físicas exclusivas. Acho que é algo na linha da evolução negativa. Eles se reproduziram com espécimes inferiores, seres humanos, com muita frequência.

O pai dela pousou o cigarro em um cinzeiro de plástico e tomou mais um gole do expresso.

— Eles só podem conservar as características dos anjos por um certo tempo, e isso se não se hibridizarem. Vai chegar a hora em que a ascendência humana vai tomar conta deles, e todos os seus filhos nascerão com características que classificam como inferiores: expectativa de vida menor, suscetibilidade a doenças, tendência à moralidade. A única esperança deles é infundir neles mesmos traços angélicos puros. E isso, como sabemos, está além da capacidade deles. Eles estão sendo assolados por traços humanos. Angela costumava dizer que os Nefilins estão começando a sentir emoções, como os humanos. Compaixão, amor, bondade; essas coisas que nos definem podem estar emergindo neles. Na verdade — concluiu o pai dela —, eles consideram isso uma grande fraqueza.

Vladimir se reclinou na cadeira e cruzou as mãos sobre o peito, como se estivesse pensando no assunto.

— A extinção deles não é impossível — disse por fim. — Mas como poderemos dizer o que é possível e o que não é? A própria existência deles desafia a inteligência. Mesmo assim, você e eu temos visto muitos deles. Perdemos muita coisa para eles, meu amigo.

Os olhares dos dois homens se encontraram.

— Angela acreditava que o sistema imunológico dos Nefilins reagia negativamente a substâncias químicas e poluentes de fabricação humana — observou o pai dela. — Ela achava que essas substâncias artificiais quebravam as estruturas celulares herdadas dos Vigias, criando uma forma mortal de câncer. Outra de suas teorias era que a mudança na dieta deles, nos últimos duzentos anos, alterou a química dos seus corpos e afetou a reprodução. Angela estudou algumas das criaturas com doenças degenerativas que encurtaram drasticamente suas vidas. Mas não chegou a nenhuma conclusão definitiva. Ninguém sabe ao certo o que está causando isso, mas seja qual for a causa, as criaturas estão desesperadas para acabar com a doença.

— Você sabe muito bem o que pode acabar com ela — disse Vladimir com voz suave.

— Exatamente — disse o pai dela. — Angela tinha começado a testar muitas das teorias que você desenvolveu, Vladimir, para determinar se as suas especulações musicológicas também tinham importância biológica. Eu desconfio que ela estava a ponto de descobrir alguma coisa monumental, e por isso foi morta.

Vladimir segurou sua xícara.

— A musicologia celestial não é uma arma. Sua utilização nesse sentido é só especulação, na melhor das hipóteses, para não falar que é algo extremamente perigoso de pesquisar. Angela devia saber disso melhor que ninguém.

— Pode ser extremamente perigoso — lembrou o pai dela. — Mas pense no que aconteceria se eles descobrissem uma cura para a degeneração. Se pudermos impedir isso, eles perderão suas propriedades angélicas e se tornarão mais parecidos com os seres humanos. Vão ficar doentes e morrer.

— Não creio que as coisas estejam acontecendo assim — disse Vladimir, abanando a cabeça. — É só especulação.

— Talvez — respondeu o pai dela.

— E mesmo que estejam — continuou Vladimir —, o que isso representaria para nós? Ou para sua filha? Por que você arriscaria a felicidade que você tem em troca de incertezas?

— Igualdade — respondeu o pai dela. — Nós nos livraríamos do domínio traiçoeiro que eles têm sobre a nossa civilização. Poderíamos controlar nossos destinos pela primeira vez na história.

— Um sonho maravilhoso — disse Vladimir, pensativo. — Mas uma fantasia. Nós não podemos controlar nossos destinos.

— Enfraquecer essas criaturas lentamente talvez seja um projeto de Deus — disse o pai dela, ignorando o que dissera o amigo. — Talvez Ele tenha preferido extermina-las devagar em vez de fazer isso de repente, com um só golpe.

— Já me cansei dos planos de Deus há anos — disse Vladimir com ar fatigado. — E você também, Luca.

— Você não vai voltar para nós, então?

Vladimir olhou para o pai dela por alguns momentos, como se estivesse medindo as palavras.

— Me diga a verdade... Angela estava trabalhando com as minhas teorias musicológicas quando eles a pegaram?

Evangeline teve um sobressalto, sem saber se tinha ouvido corretamente. Angela se fora havia anos, e Evangeline ainda não conhecia os detalhes exatos sobre sua morte. Ela se ajeitou na cadeira para ter uma visão melhor do rosto do pai. Para sua surpresa, os olhos dele estavam marejados de lágrimas.

— Ela estava trabalhando com uma teoria genética da degeneração dos Nefilins. A mãe de Angela, a quem eu culpo por tudo isso, patrocinou a maior parte do trabalho, conseguiu financiamentos e encorajou Angela a assumir o projeto. Presumo que Gabriella achasse que este era o nicho mais seguro dentro da organização. Por que mais ela iria esconder Angela em salas de aula e bibliotecas se não achasse que era prudente? Angela desenvolvia modelos em laboratórios, sob a supervisão da mãe, é claro.

— Você culpa Gabriella pelo sequestro? — perguntou Vladimir.

— Quem pode dizer quem tem culpa? Angela corria perigo em qualquer lugar. A mãe dela com certeza não a protegeu deles. Mas eu vivo na incerteza. Gabriella tem culpa? Eu tenho? Eu podia ter protegido Angela? Foi um erro permitir que ela continuasse o trabalho? É por isso, amigo velho, que eu preciso me encontrar com as criaturas agora. Se alguém pode entender meu mal, minha determinação em conhecer a verdade, esse alguém é você.

De repente, um garçom veio até a mesa de Evangeline, bloqueando sua visão do pai. Ela estava tão entretida em ouvir o que este dizia que se esquecera completamente de comer. O bolo estava no prato, comido pela metade, com o recheio escorrendo. O garçom limpou a mesa, enxugando o resto da água derramada e, com cruel eficiência, levou o bolo embora. Quando olhou de novo para a mesa onde estivera o pai, Evangeline só viu Vladimir acendendo um cigarro. A cadeira de seu pai estava vazia.

Percebendo a perturbação dela, Vladimir acenou para que ela fosse até ele. Ela pulou da cadeira, procurando pelo pai.

— Luca me pediu para tomar conta de você enquanto ele dá uma saída — disse Vladimir, sorrindo bondosamente. — Você pode não se lembrar, mas eu já me encontrei com você antes, quando você era uma menininha bem pequena. Sua mãe levou você até nossa casa, em Montparnasse. Eu conhecia sua mãe muito bem, quando estávamos em Paris. Nós trabalhamos juntos, por pouco tempo, e éramos bons amigos. Antes de passar meu tempo preparando bolos, eu era professor, se é que você consegue acreditar nisso. Espera um momento, e eu vou mostrar uma foto que eu tenho da Angela.

Enquanto Vladimir desaparecia nos fundos do café, Evangeline correu para a porta e saiu do café. A dois quarteirões de distância, no meio da multidão, ela avistou o paletó do pai. Sem pensar em Vladimir, ou no que seu pai diria se ela o alcançasse, começou a correr, passando por lojas, carros estacionados e barracas de hortaliças. Na esquina, atravessou a rua, quase pisando em um cão conduzido numa coleira. O pai estava à frente, ela conseguia vê-lo claramente na multidão.

Ele dobrou uma esquina e caminhou na direção sul. Evangeline o seguiu por muitos quarteirões, passando por Chinatown e por prédios que iam se tornando cada vez mais industriais, avançando com determinação, os dedos dos pés doendo nos sapatos apertados.

No final de uma rua suja, coberta de lixo, seu pai parou. Evangeline o viu bater na porta de um grande armazém com paredes de aço corrugado. Preocupado com o que estava fazendo, ele não reparou que ela vinha em sua direção. Quando ela já estava quase próxima o bastante para gritar por ele, a porta se abriu e ele entrou no armazém. Foi tudo muito rápido e brusco.

Empurrando a pesada porta, Evangeline entrou em um corredor empoeirado. Subiu então uma escadaria de alumínio, pisando nos degraus com cuidado, levemente, para que o ruído das solas de seus sapatos não alertasse o pai — ou quem mais estivesse no armazém — sobre sua presença. No topo da escadaria, ela se agachou, pousando o queixo sobre os joelhos, esperando que ninguém a descobrisse. Nos últimos anos, todos os esforços de seu pai eram no sentido de mantê-la afastada de seu trabalho. Ficaria furioso se soubesse que ela o seguira até ali.

Demorou um pouco para que os olhos dela se acostumassem ao espaço escuro. Quando isso aconteceu, ela percebeu que o armazém era amplo e vazio, exceto por três jaulas penduradas nas vigas do teto por meio de correntes de aço. Eram tão grandes quanto automóveis. Dentro de cada uma, aprisionada como um pássaro na gaiola, havia uma criatura. Uma delas parecia estar quase louca de raiva — agarrava as barras de aço da jaula e gritava obscenidades para seus captores, que estavam embaixo. As outras duas estavam caladas, deitadas indolentemente. Aparentavam indiferença, como se tivessem sido espancadas ou drogadas até a submissão.

Observando melhor, Evangeline percebeu que as criaturas estavam totalmente nuas, ainda que as suas peles, de um dourado claro e luminoso, as fizessem parecer recobertas de pura luz. Um dos seres era fêmea — tinha cabelos longos, seios pequenos e um tronco delgado. Os outros eram machos. Muito magros e sem pelos, eram mais altos que a fêmea, e pelo menos 60 centímetros mais altos do que um homem adulto. As barras das jaulas estavam lambuzadas com um líquido brilhante, parecido com mel, que pingava lentamente no chão.

O pai de Evangeline estava de braços cruzados, na companhia de outros homens. O grupo parecia estar realizando algum tipo de experiência. Um dos homens segurava uma prancheta, outro empunhava uma câmera. Ao lado deles, havia um grande painel iluminado. Três radiografias estavam presas nele — caixas torácicas e pulmões apareciam em branco fantasmagórico contra um fundo cinzento. Uma mesa próxima estava coberta de material médico — seringas, bandagens e diversos instrumentos que Evangeline não conseguia identificar.

A criatura fêmea começou a andar em sua jaula, gritando com seus captores, arrancando seus longos cabelos louros. Seus gestos eram tão violentos que a corrente que sustentava a jaula rangia, como se fosse quebrar. Com um movimento brusco, ela se virou de costas. Evangeline piscou, incapaz de acreditar no que via. No centro de suas costas esguias, havia um par de asas brancas, grandes e articuladas. Evangeline cobriu a boca com as mãos, com medo de que o espanto a fizesse gritar. A criatura flexionou os músculos e suas asas se abriram, abarcando toda a largura da jaula. Brancas e de grande envergadura, brilhavam com uma luminosidade suave. Enquanto a jaula oscilava com os movimentos do anjo, desenhando uma parábola no ar estagnado, os sentidos de Evangeline se aguçaram. As batidas de seu coração começaram a palpitar em seus ouvidos; sua respiração se acelerou. Aqueles seres eram, ao mesmo tempo, atraentes e horripilantes. Eram monstros lindos e iridescentes.

Evangeline observou a fêmea andar de um lado para outro em sua jaula, com as asas desdobradas, como se os homens que estavam abaixo fossem pouco mais do que camundongos, que ela poderia atacar e devorar.

— Me soltem — rugiu ela, com uma voz cortante, gutural, angustiada. As extremidades pontudas de suas asas se projetavam através das grades.

O pai de Evangeline se virou para o homem com a prancheta.

— O que você vai fazer com as criaturas? — perguntou, como se estivesse se referindo a uma coleção de borboletas raras.

— Nós não sabemos para onde vamos mandar os restos, até termos os resultados finais dos testes.

— Provavelmente vamos mandar essas criaturas para os nossos laboratórios no Arizona, para dissecação, documentação e preservação. Elas são de uma beleza rara.

— Você já fez alguma avaliação da força delas? Notou sinais de enfraquecimento? — perguntou o pai dela. Evangeline detectou uma entonação esperançosa na pergunta. Embora não pudesse ter certeza, sentia que aquilo tinha algo a ver com sua mãe. — Alguma coisa nos fluidos delas?

— Se você está querendo saber se têm a mesma força de seus antepassados — disse o homem —, a resposta é não. São os espécimes mais fortes que já vi em muitos anos, mas a vulnerabilidade deles aos nossos estímulos é acentuada.

— Ótimas notícias — disse o pai dela, aproximando-se mais das jaulas. Dirigindo-se às criaturas, sua voz se tornou autoritária, como se estivesse falando com animais. — Demônios — disse ele.

Isso tirou um dos machos de sua letargia. Agarrando as barras da jaula com suas mãos brancas, ele se ergueu completamente.

— Anjo e demônio — disse ele. — Um é não mais que a sombra do outro.

— Vai chegar o dia — disse o pai de Evangeline — em que vocês irão desaparecer da face da Terra. Algum dia nós nos livraremos de vocês.

Antes que Evangeline pudesse se esconder, seu pai se virou e caminhou rapidamente até as escadas. Embora tivesse sido cuidadosa, ocultando-se no alto da escadaria, ela não planejara sua fuga. Assim, não teve outra opção, senão galopar escada abaixo, sair pela porta e emergir sob o brilhante sol da tarde. Ofuscada pela luz, começou a correr sem parar.

Milton Bar & Grill, Milton, estado de Nova York

Abrindo caminho no bar lotado, Verlaine sentiu o zumbido em sua cabeça se dissolver em uma torrente de música country. Estava congelando, não comera nada desde o café da manhã e o corte em sua mão doía. Se estivesse em Nova York, já teria encomendado comida em seu restaurante tailandês favorito, ou iria tomar uma bebida com amigos no Village. Não teria outra preocupação além de pensar no que iria assistir na TV. Em vez disso, estava enfiado em uma espelunca longe de tudo, tentando imaginar um meio de sair dali. Contudo, o bar estava aquecido e lhe oferecia um lugar para pensar. Esfregando as mãos, tentou reviver os dedos dormentes. Se conseguisse se descongelar, talvez pudesse resolver o que diabos deveria fazer em seguida.

Ocupando uma mesa à janela, com vista para a rua — era o único lugar isolado ali —, ele pediu um hambúrguer e uma lata de cerveja. Tomou a bebida depressa, para se aquecer, e pediu mais uma. Bebeu a segunda cerveja lentamente, permitindo que o álcool o trouxesse, pouco a pouco, de volta à realidade. Seus dedos formigaram; os pés começaram a descongelar. A dor em sua mão diminuiu. Quando a comida chegou, Verlaine já se sentia aquecido e alerta, mais preparado para enfrentar os problemas que tinha pela frente.

Tirando o pedaço de papel do bolso, estendeu-o sobre a mesa de fórmica e releu as frases que copiara. Uma luz pálida, enfumaçada, iluminava suas mãos castigadas, a lata de cerveja e o papel rosado. A mensagem era curta, apenas quatro frases diretas e despojadas. Mas abria um mundo de possibilidades para ele. As relações entre madre Innocenta e Abigail Rockefeller, é claro, ainda continuavam misteriosas. Obviamente, elas haviam colaborado em algum projeto, sendo bem-sucedidas no trabalho realizado nos montes Ródopes. No entanto, ele pressentia que o objeto que as mulheres tinham trazido das montanhas era muito importante — talvez fosse possível escrever um livro sobre o assunto. O que também intrigava Verlaine era a presença de uma terceira pessoa na aventura, cujo nome era Celestine Clochette. Verlaine tentou recordar se alguma vez encontrara alguém com este nome em suas pesquisas. Qual seria a ligação de Celestine com Abigail Rockefeller? Seria negociante de arte na Europa? A perspectiva de entender aquele triângulo era o que o fazia amar a história da arte: em cada objeto havia o mistério da criação, a aventura da distribuição e as particularidades da preservação.

O interesse de Grigori no Convento Santa Rosa tornava suas informações ainda mais perturbadoras. Não era possível que um homem como Grigori encontrasse beleza e significado na arte. Pessoas como ele viviam a vida inteira sem entender que havia mais em uma pintura de Van Gogh do que o preço recorde alcançado em um leilão. Deveria haver algum valor monetário no objeto em questão, ou Grigori não perderia tempo procurando-o. Como Verlaine se envolvera com alguém assim estava além do seu entendimento.

Olhando para fora, ele tentou divisar alguma coisa na escuridão. A temperatura devia ter caído ainda mais; o calor da sala aquecida reagia com o frio da janela, criando uma camada de condensação sobre o vidro. Um carro solitário passou na rua, desenhando, com seus faróis, uma trilha alaranjada no ar frio. Verlaine olhava e aguardava, perguntando a si mesmo como voltaria para casa.

Por alguns instantes, considerou telefonar para o convento. Talvez a linda freira que encontrara na biblioteca tivesse alguma sugestão. Então se deu conta de que ela poderia também estar correndo perigo. Sempre havia a chance de que os bandidos que ele vira no convento entrassem lá procurando por ele. Mas não havia como saberem que ele tinha entrado lá, e, com certeza, não poderiam saber que ele falara com Evangeline. Ela não ficara muito feliz em vê-lo e provavelmente jamais falaria com ele de novo. De qualquer forma, era importante ser prático. Ele precisava chegar a uma estação de trem ou encontrar um ônibus que o levasse de volta à cidade. Mas duvidava que qualquer das opções fosse possível em Milton, naquele momento.

Convento de Santa Rosa, Mílton, estado de Nova York

Evangeline não conhecia muito bem a irmã Celestine. Aos 75 anos, a irmã estava presa a uma cadeira de rodas e não passava muito tempo com as freiras mais jovens. Embora comparecesse todas as manhãs à missa matinal, quando uma das irmãs empurrava sua cadeira até a frente da igreja, Celestine vivia em isolamento, protegida e sacrossanta como uma rainha. As refeições eram levadas até seu quarto e, de tempos em tempos, Evangeline era enviada à sua cela, carregando uma pilha de livros históricos e de poesia. Ocasionalmente, levava algumas obras em francês, conseguidas por irmã Philomena junto a outras bibliotecas, as quais, segundo notou, deixavam Celestine particularmente feliz.

Atravessando o primeiro andar, Evangeline percebeu que os corredores haviam se enchido de irmãs atarefadas com suas tarefas vespertinas — uma aglomeração de hábitos em preto e branco que se movia à fraca luz de lâmpadas fixadas em soquetes de metal. Algumas das irmãs estavam vestindo aventais, enrolando para cima as mangas dos hábitos e calçando luvas de borracha. Outras abriam os armários de serviço, de onde retiravam esfregões, trapos e garrafas com produtos de limpeza. Espanavam então a poeira das cortinas e abriam as janelas, de modo a evitar que o bolor e o mofo — sempre presentes naquele clima úmido — se instalassem definitivamente. As irmãs se orgulhavam de sua capacidade para efetuar sozinhas quase todo o trabalho do convento. A alegria irradiada pelos grupos de trabalho vespertinos disfarçava o fato de que estavam apenas esfregando, encerando e espanando as dependências de um convento, criando a ilusão de que participavam de algum projeto maravilhoso, muito mais importante que suas humildes tarefas individuais. O que, de fato, era verdade: cada piso lavado, cada corrimão polido, representava uma oferta e um tributo ao bem maior.

Evangeline subiu os estreitos degraus que partiam da Capela da Adoração e chegou ao quarto andar. A cela de Celestine era uma das maiores do convento — um aposento de canto, perto do elevador, que dispunha de um banheiro privativo cujo chuveiro era equipado com uma cadeira de plástico dobrável. Evangeline às vezes se perguntava se o confinamento de Celestine, que a liberava do fardo das obrigações diárias da comunidade, era para ela uma coisa agradável, ou se seu isolamento era como uma prisão. Achava aquela imobilidade horrivelmente restritiva.

Hesitante, deu três batidinhas na porta.

— Sim? — disse Celestine, com sua voz fraca. Celestine nascera na França e, apesar de meio século vivido nos Estados Unidos, conservava um forte sotaque.

Evangeline entrou no quarto, fechando a porta atrás de si.

— Quem está aí?

— Sou eu — respondeu ela baixinho, com medo de perturbar Celestine. — Evangeline, da biblioteca.

Celestine estava aninhada em sua cadeira de rodas, perto da janela, com um cobertor de crochê sobre as pernas. Já não usava véu. Seus cabelos estavam curtos, emoldurando o rosto com um tufo branco. Na outra extremidade do quarto, um umidificador borrifava vapor no ar. Em outro canto, as serpentinas candentes de um aquecedor transformavam o aposento em uma sauna. Celestine parecia ter frio, apesar do cobertor de crochê. A cama estava coberta com uma colcha, feita também de crochê — uma das peças típicas confeccionadas para as Irmãs Venerandas pelas mais jovens. Celestine apertou os olhos, procurando uma razão para a presença de Evangeline.

— Você trouxe mais livros para mim, é isso?

— Não — disse Evangeline, ocupando um banco perto da cadeira de rodas de Celestine e de uma mesinha de mogno coberta com uma pilha de livros, encimada por uma lente de aumento. — Parece que a senhora já tem bastante coisa para ler.

— Sim, sim — disse Celestine, olhando pela janela. — Sempre há mais coisas para ler.

— Peço desculpas por incomodar, irmã, mas gostaria de lhe fazer uma pergunta.

Evangeline retirou do bolso a carta da sra. Rockefeller para madre Innocenta e a colocou sobre os joelhos.

Celestine cruzou no regaço os longos dedos brancos. Um anel com o emblema das IFPA reluzia em seu dedo anular. Ela encarou Evangeline com um olhar frio e avaliador. Era possível que irmã Celestine não se lembrasse do que comera no almoço, quanto mais dos acontecimentos de muitas décadas atrás.

Evangeline pigarreou.

— Eu estava trabalhando nos arquivos hoje de manhã e encontrei uma carta que menciona o seu nome. Realmente não sei onde devo arquivá-la...

estava pensando se a senhora poderia me ajudar a entender o assunto tratado, para que eu possa colocar a carta no lugar certo.

— Lugar certo? — perguntou Celestine, com ar de dúvida. — Eu não sei se posso ajudar a colocar qualquer coisa no lugar certo hoje em dia. O que diz a carta?

Evangeline entregou o papel à irmã Celestine, que o desdobrou.

— A lente — disse ela, agitando os dedos em direção à mesa.

Evangeline pôs a lente de aumento nas mãos dela, olhando seu rosto com atenção enquanto a lente se movia sobre as letras, transformando o papel em um lençol de luz aquosa. A expressão da irmã deixava claro que ela estava se sentindo confusa, embora Evangeline não pudesse dizer se eram as palavras na página que estavam causando a confusão. Depois de alguns momentos, Celestine pousou no colo a lente de aumento. Evangeline logo entendeu: ela reconhecera a carta.

— É muito antiga — disse Celestine afinal, dobrando o papel e descansando sobre ele a mão cheia de veias azuladas. — Escrita por uma mulher chamada Abigail Rockefeller.

— Sim — comentou Evangeline. — Eu li a assinatura.

— Estou surpresa por você ter encontrado esta carta nos arquivos — disse Celestine. — Pensei que tinham levado tudo embora.

— Eu estava na esperança de que a senhora pudesse esclarecer o significado dela — sugeriu Evangeline.

Celestine suspirou profundamente e desviou os olhos, emoldurados por dobras de pele enrugada.

— Isso foi escrito antes que eu viesse morar no Santa Rosa. Eu só cheguei no início de 1944, cerca de uma semana antes do grande incêndio. Eu estava enfraquecida pela viagem e não falava uma palavra em inglês.

— Por acaso a senhora sabe por que a sra. Rockefeller enviaria uma carta assim para madre Innocenta? — insistiu Evangeline.

Celestine endireitou-se na cadeira de rodas, arrumando o cobertor de crochê sobre as pernas.

— Foi a sra. Rockefeller quem me trouxe para cá — disse ela, na defensiva, como se estivesse com receio de revelar muita coisa. — Chegamos em um Bentley, eu acho, embora não conhecesse bem os carros feitos fora da França. Realmente, era um veículo que combinava com Abigail Rockefeller. Era uma mulher idosa, gorda, usava um casaco de peles. Eu era exatamente o oposto. Era jovem e magérrima. Na verdade, vestida com meu hábito franciscano antiquado (do tipo que eles ainda usavam em Portugal, onde eu fiz meus votos antes de embarcar na viagem), eu me parecia muito com as irmãs que estavam reunidas no pátio, com seus sobretudos e cachecóis pretos. Era Quarta-feira de Cinzas. Eu me lembro por causa das cruzes de cinzas nas testas das irmãs, bênçãos da missa daquela manhã.

"Nunca vou me esquecer da recepção que tive por parte das irmãs. Aquela multidão de freiras murmurou uma coisa para mim enquanto eu passava: *Bem-vinda*, elas disseram. As vozes delas eram doces e musicais. *Bem-vinda, bem-vinda à sua casa.*"

— As irmãs me receberam de forma parecida quando eu cheguei — disse Evangeline, lembrando-se de que a única coisa que ela queria naquele momento era que o pai a levasse de volta para casa.

— Sim, eu me lembro — concordou Celestine. — Você era tão jovem quando veio para cá... — Ela fez uma pausa, como se comparasse a chegada de Evangeline à sua própria. — Madre Innocenta veio nos dar as boas-vindas, e eu percebi que ela e a sra. Rockefeller já se conheciam. E quando a sra. Rockefeller disse "é um prazer conhecê-la, afinal", eu me perguntei se as irmãs estavam reunidas para me receber ou para receber a sra. Rockefeller. Eu sabia que minha aparência era um bocado estranha. Eu estava com olheiras profundas e muitos quilos abaixo do peso. Não sabia dizer o que tinha me afetado mais: as privações na Europa ou a travessia do Atlântico.

Evangeline se esforçou para imaginar o espetáculo da chegada de Celestine. Era difícil imaginá-la jovem. Quando chegou ao Convento de Santa Rosa, ela era mais jovem do que Evangeline era hoje.

— Abigail Rockefeller devia estar preocupada com o bem-estar da senhora — aventou Evangeline.

— Isso é bobagem — replicou Celestine. — A sra. Rockefeller me empurrou para que Innocenta me examinasse, como uma matrona apresentando a filha em um baile de debutantes. Mas Innocenta só fez escancarar aquela enorme porta de madeira, que ficou escorando com o corpo para que as irmãs voltassem para o trabalho. Enquanto passavam, eu sentia o cheiro dos trabalhos que elas faziam em suas roupas: polidor de madeira, amônia, cera... Mas a sra. Rockefeller não parecia estar prestando atenção nisso. O que atraiu a atenção dela, eu me lembro, foi a estátua de mármore do arcanjo Miguel, com o pé esmagando a cabeça de uma serpente. Ela colocou a mão enluvada no pé da estátua e, bem delicadamente, passou um dedo no ponto exato em que a pressão deveria quebrar a cabeça do demônio. Eu percebi que ela estava usando um colar de pérolas duplo, umas esferas cremosas que brilhavam mesmo naquela luz fraca. Apesar da minha indiferença pelo mundo material, aqueles enfeites prenderam a minha atenção por alguns momentos. Eu não pude deixar de notar como ela parecia combinar com a majestade da escultura que estava admirando. E também pensei em como era injusto que tantas crianças de Deus estivessem fracas e doentes na Europa, enquanto essas pessoas nos Estados Unidos se enfeitavam com peles e pérolas.

Evangeline ficou olhando para Celestine, esperando que ela continuasse. Além de conhecer o relacionamento entre Innocenta e Abigail Rockefeller, aquela mulher parecia estar no centro dele. Teve vontade de lhe pedir que continuasse, mas estava com medo de que uma intervenção direta a pusesse na defensiva. Finalmente, disse:

— A senhora deve saber um bocado a respeito do assunto dessa carta que a sra. Rockefeller escreveu a Innocenta.

— Foi meu trabalho que nos levou aos montes Ródopes — explicou Celestine, olhando Evangeline nos olhos, com tanta firmeza que a deixou inquieta. — Foram meus esforços que nos levaram ao que encontramos na garganta. Nós tivemos o cuidado de nos assegurar de que tudo correria conforme o planejado nas montanhas. Eles não nos surpreenderam, o que foi um grande alívio para a dra. Seraphina, nossa líder. Era nossa maior preocupação, sermos capturados antes de alcançarmos a garganta.

— Garganta? — perguntou Evangeline, cada vez mais confusa.

— Nosso planejamento foi meticuloso — prosseguiu Celestine. — Tínhamos os mais modernos equipamentos e câmeras que nos permitiram documentar as descobertas na caverna. Tomamos cuidado para proteger as câmeras e os filmes. As descobertas estavam em ordem. Embrulhadas em pano e algodão. Muito seguras, realmente. — Celestine olhou pela janela, como se estivesse medindo a elevação do nível do rio.

— Não tenho certeza se entendi — disse Evangeline, esperando que Celestine explicasse. — Que caverna? Que descobertas?

Irmã Celestine encarou Evangeline novamente.

— Nós dirigimos pelos Ródopes, entrando pela Grécia. Era o único caminho durante a guerra. Os americanos e os britânicos tinham começado os bombardeios no oeste, em Sófia. A destruição aumentava a cada semana, e nós sabíamos que a garganta podia ser atingida, embora isso não fosse provável, é claro; era uma garganta entre milhares. Mas nos pusemos em movimento. Tudo aconteceu muito rápido depois que Abigail Rockefeller nos deu o financiamento. Todos os angelólogos foram incentivados a continuar seu trabalho.

— Angelólogos — repetiu Evangeline, pensando na frase que ouvira. Embora fosse uma palavra familiar, ela não ousou dizer isso a Celestine.

Se Celestine detectou alguma mudança de comportamento em Evangeline, não demonstrou nada.

— Nossos inimigos não nos atacaram na Garganta do Diabo, mas rastrearam o nosso retorno a Paris. — A voz de Celestine tornou-se mais animada, enquanto ela se virava para Evangeline, de olhos arregalados. — Eles começaram a nos caçar naquela mesma noite. Colocaram em ação as redes de espiões que tinham e capturaram minha querida professora. Eu não pude ficar na França. Era perigoso demais permanecer na Europa. Tive de vir para os Estados Unidos, embora não tivesse nenhuma vontade de fazer isso. Fui incumbida de trazer o objeto para um lugar seguro; nossa descoberta foi deixada aos meus cuidados, e não havia outra coisa que eu pudesse fazer a não ser fugir. Ainda sinto que traí nosso movimento de resistência quando parti, mas não tive escolha. Era minha atribuição. Enquanto outros morriam, eu tomava um barco para Nova York. Tudo já tinha sido preparado.

Evangeline lutou para disfarçar sua reação aos estranhos detalhes da história de Celestine, mas quanto mais ouvia, mais difícil era manter o silêncio.

— A sra. Rockefeller ajudou a senhora? — perguntou ela.

— Ela arranjou a passagem para que eu saísse do inferno que a Europa tinha virado. — Foi a primeira resposta direta que deu a Evangeline. — Fui contrabandeada para Portugal. Os outros não tiveram tanta sorte. No momento em que eu parti, já sabia que os que ficaram para trás estavam condenados. Quando nos achavam, aqueles horrendos demônios nos matavam. Era o costume deles, criaturas cruéis, perversas, desumanas! Não descansariam até que nos exterminassem. Somos caçados até hoje.

Evangeline olhou para Celestine, chocada. Não sabia muita coisa a respeito da Segunda Guerra Mundial, nem qual a relação desta com os temores de Celestine, mas estava com medo de que a anciã pudesse passar mal em seu estado de agitação.

— Por favor, irmã, está tudo bem. Eu garanto que agora a senhora está a salvo.

— A salvo? — Os olhos de Celestine estavam vidrados de medo. — Ninguém nunca está a salvo. *Nunca.*

— Me diga uma coisa — disse Evangeline com voz firme, para disfarçar sua crescente perturbação. — De que perigo a senhora está falando?

Com a voz reduzida a pouco mais que um sussurro, Celestine disse:

— *A cette époque-là, il y avait des géants sur la terre, et aussi après que les fils de Dieu se furent unis aux filles des hommes et qu'elles leur eurent donné des enfants. Ce sont ces héros si fameux d'autrefois.*

Evangeline entendia francês; era, afinal, a língua nativa de sua mãe, que falara com ela exclusivamente em francês. Mas ela já não ouvia esse idioma havia 15 anos.

Falando rápida e claramente, Celestine repetiu as palavras em inglês:

— Havia então gigantes na Terra, e também depois, quando os filhos de Deus se uniram às filhas dos homens e nelas geraram filhos, estes se tornaram grandes homens de outrora, homens de renome.

A passagem era familiar a Evangeline, que conhecia seu lugar exato na Bíblia.

— É do Gênesis — disse ela, aliviada por ter entendido pelo menos uma fração do que irmã Celestine dizia. — Eu conheço a passagem. Ocorre pouco antes do Dilúvio.

— *Pardon?* — Celestine olhou para Evangeline como se nunca a tivesse visto.

— A passagem que a senhora citou do Gênesis — explicou Evangeline. — Eu a conheço bem.

— Não — disse Celestine, com o olhar subitamente repleto de animosidade. — Você não entende.

Evangeline pousou sua mão sobre a mão de Celestine, para acalmá-la, mas era tarde demais. Celestine estava furiosa. E sussurrou:

— No início, as relações entre os humanos e as divindades estavam em simetria. Havia ordem no cosmos. As legiões de anjos estavam organizadas em regimentos bem definidos; o homem e a mulher (os filhos mais adorados de Deus, que os fizera à sua imagem e semelhança) viviam em beatitude, livres da dor. O sofrimento não existia; a morte não existia; o tempo não existia. Não havia motivo para a existência de tais elementos. O universo, perfeitamente estático, era puro em sua recusa de se mover. Mas os anjos não conseguiam se conformar com esse estado de coisas. Sentiram ciúme do homem. Os anjos das trevas tentaram a humanidade, movidos pelo orgulho, mas também para ferir a Deus. Assim caíram os anjos, juntamente com o homem.

Deixar que Celestine continuasse a desfiar essas loucuras, percebeu Evangeline, só iria prejudicá-la. Removeu então a carta, que estava sob os dedos trêmulos da irmã, guardou-a no bolso e se levantou.

— Desculpe, irmã — disse. — Eu não queria perturbá-la desse jeito.

— Vá embora! — retrucou Celestine, tremendo violentamente. — Vá embora e me deixe em paz!

Confusa e bastante amedrontada, Evangeline fechou a porta da cela de Celestine e caminhou, quase correndo, pelo estreito corredor até a escadaria.

Na maioria das tardes, a sesta de irmã Philomena durava até a hora do jantar. Portanto, Evangeline não se surpreendeu ao achar a biblioteca vazia quando chegou. A lareira estava apagada e o carrinho com os volumes a serem recolocados nas estantes, repleto. Ignorando a pilha de livros, ela se ocupou em acender o fogo para aquecer a gélida sala. Empilhando dois pedaços de lenha nodosa na grelha e colocando papel de jornal por baixo, riscou um fósforo. Assim que o fogo pegou, se endireitou e arrumou a saia com as mãos pequenas e frias, como se alisar o tecido pudesse ajudá-la a se concentrar. Uma coisa era certa: ela iria precisar de toda a concentração que pudesse reunir para entender a história contada por Celestine. Tirando do bolso a carta do sr. Verlaine, ela a releu:

Conduzindo uma pesquisa para um cliente particular, chegou ao meu conhecimento que a sra. Abigail Aldrich Rockefeller, matriarca da família Rockefeller e patrona das artes, pode ter se correspondido brevemente com a abadessa do Convento de Santa Rosa, madre Innocenta, de 1943 a 1944.

Não era mais que um bilhete inofensivo, solicitando uma visita ao Convento de Santa Rosa, o tipo de carta que instituições que abrigassem coleções de livros e imagens raras recebiam regularmente; o tipo de carta que Evangeline deveria ter respondido com uma recusa rápida e clara, esquecendo o assunto para sempre depois de postá-la. Aquele singelo pedido, entretanto, virara tudo de cabeça para baixo. Embora cautelosa, ela estava consumida por uma intensa curiosidade sobre irmã Celestine, a sra. Abigail Rockefeller, madre Innocenta e a prática da angelologia. Queria entender o trabalho de seus pais e, ao mesmo tempo, desejava o privilégio da ignorância. As palavras de Celestine ecoavam em sua cabeça como se ela tivesse vindo ao Santa Rosa apenas para ouvi-las. Mas a possível conexão entre a história de Celestine e a sua própria causava-lhe profunda agitação.

Seu único alívio era a biblioteca estar completamente silenciosa. Ela sentou-se a uma mesa perto da lareira, pousou os cotovelos pontudos sobre a superfície de madeira e colocou a cabeça entre as mãos, tentando clarear a mente. Embora o fogo já estivesse alto, uma lufada de ar enregelante se infiltrava pela chaminé da lareira, criando uma corrente de calor intenso e frio cortante, que provocava uma estranha mistura de sensações em sua pele. Tentou então, o melhor que pôde, reconstruir a história confusa de Celestine. Tirando do bolso um marcador e um pedaço de papel, fez uma lista:

Caverna da Garganta do Diabo
Montes Ródopes
Gênesis 6
Angelólogos

Quando precisava se orientar, Evangeline lembrava mais uma tartaruga que uma jovem — retirava-se para um espaço escuro e frio de si mesma, ficava completamente imóvel e esperava que a confusão passasse. Por meia hora, encarou as palavras que tinha escrito: *"Garganta do Diabo, montes Ródopes, Gênesis 6, Angelólogos."* Se alguém tivesse dito, na véspera, que aquelas palavras estariam escritas diante dela, confrontando-a quando menos esperava, teria rido. Aqueles, porém, eram os pilares da história de irmã Celestine. Com o envolvimento da sra. Abigail Rockefeller — que a carta que ela encontrara deixava claro —, Evangeline não tinha escolha, a não ser decifrar o mistério das relações entre aquelas mulheres.

Embora seu impulso fosse o de analisar a lista até que as ligações magicamente ficassem claras, Evangeline sabia que não podia esperar. Atravessando a agora aquecida biblioteca, retirou um enorme atlas mundial de uma prateleira e o abriu sobre a mesa. Achou no índice um registro para os montes Ródopes e abriu a página correspondente. Os Ródopes eram uma pequena cadeia de montanhas no sudeste da Europa, que se estendiam do norte da Grécia ao sul da Bulgária. Evangeline examinou o mapa, esperando encontrar alguma referência à Garganta do Diabo, mas a região inteira era um pontilhado de manchas escuras e triângulos, significando terrenos elevados.

Foi quando se lembrou de que Celestine havia mencionado que entrara nos Ródopes pela Grécia. Então, deslizando o dedo na direção sul, chegou ao território grego, quase cercado por mares, onde encontrou o ponto em que os Ródopes se erguiam das planícies. Verde e cinza cobriam as áreas próximas às montanhas, indicando um baixo índice populacional. As únicas estradas importantes pareciam sair de Kavala, uma cidade portuária no mar Egeu, de onde uma rede de rodovias se estendia até pequenas cidades e vilarejos ao norte. Movendo os olhos para o sul e descendo pela península, ela encontrou nomes familiares — Atenas e Esparta —, que conhecia de seus estudos de literatura clássica. Lá estavam as antigas cidades que ela sempre associara com a Grécia. Mas jamais ouvira falar do remoto trecho montanhoso que se erguia ao norte, na fronteira com a Bulgária.

Percebendo que aquilo era tudo o que um mapa poderia informar sobre a região, Evangeline examinou um surrado conjunto de enciclopédias, da década de 1960, e localizou um registro para os montes Ródopes. No centro da página, encontrou uma foto em preto e branco da entrada de uma caverna. Sob a foto, ela leu:

> A Garganta do Diabo é uma profunda garganta existente nas montanhas Ródopes. Trata-se de uma estreita fenda cortada na enorme massa rochosa, que desce profundamente até o subsolo, formando uma impressionante chaminé no granito sólido. A estreita abertura possui uma cachoeira interna que cai pelas rochas até formar um rio subterrâneo. Uma série de cavernas no fundo da garganta deu origem a uma antiga lenda. Os primeiros exploradores falaram de estranhas luzes e sensações de euforia ao entrarem nessa remota garganta, fenômeno que pode ser explicado pela existência de bolsões de gás natural.

Evangeline continuou a ler e descobriu que a Garganta do Diabo fora declarada patrimônio da humanidade pela Unesco na década de 1950, e era considerada um tesouro mundial, tanto por sua beleza estonteante quanto por sua importância histórica e mitológica para os trácios, que haviam vivido na área nos séculos IV e V a.C. Embora as descrições físicas fossem bastante interessantes, Evangeline queria saber mais sobre a importância histórica e mitológica da caverna. Então ela abriu um livro de mitologia grega e trácia e, após uma série de capítulos descrevendo recentes escavações arqueológicas de ruínas trácias, leu:

> Os gregos antigos acreditavam que a Garganta do Diabo era a entrada para um submundo mitológico através do qual Orfeu, rei da tribo trácia dos Cicones, viajou para salvar sua amada Eurídice do esquecimento no Hades. Na mitologia grega, dizia-se que Orfeu

trouxera a música, a literatura e a medicina para a humanidade e acreditava-se que promovera o culto a Dionísio. Apolo presenteou Orfeu com uma lira de ouro e o ensinou a tocar músicas que tinham o poder de domar animais, fazer com que objetos inanimados ganhassem vida e acalmar todos os seres, inclusive os moradores do mundo subterrâneo. Muitos arqueólogos e historiadores afirmam que ele praticava rituais místicos e extasiantes para as pessoas comuns. Especula-se que os trácios ofereciam sacrifícios humanos durante rituais dionisíacos, abandonando corpos desmembrados para se decompor na Garganta do Diabo.

Evangeline ficou bastante entretida com a história de Orfeu e de sua posição na mitologia antiga, mas a informação não se relacionava com o relato de Celestine, que não fizera qualquer menção a Orfeu e aos cultos dionisíacos que ele, supostamente, teria inspirado. Foi com enorme surpresa, portanto, que leu o parágrafo seguinte:

> Na era cristã, acreditava-se que a Garganta do Diabo fosse o local onde os anjos rebeldes caíram, após sua expulsão do céu. Os cristãos que viviam na área acreditavam que a encosta vertical da garganta havia sido escavada pelo corpo em chamas de Lúcifer, durante sua queda do céu até o inferno — daí o nome da caverna. Além disso, acreditava-se que a caverna no fundo da garganta fosse não só a prisão do contingente de anjos caídos como também a prisão dos "Filhos de Deus", as criaturas do pseudoepigráfico Livro de Enoque. Chamados de "Vigias" por Enoque e por "Filhos de Deus" na Bíblia, este grupo de anjos desobedientes perdeu as graças de Deus depois que se uniram com mulheres humanas, produzindo a espécie híbrida de humanos com anjos chamados Nefilins (v. Gênesis, 6). Os Vigias foram aprisionados sob a Terra depois de seu crime. Sua prisão subterrânea é mencionada na Bíblia (v. São Judas, 1:6).*

Deixando o livro aberto, Evangeline se levantou e caminhou até onde estava a edição americana da Bíblia, em um pedestal de carvalho no centro da

* Embora nas traduções da Bíblia em inglês os Nefilins sejam mencionados com este nome (*nephilim*), nas traduções em português são chamados de "gigantes". (N. do T.)

biblioteca. Folheando as páginas, ela passou pela Criação, pela Queda e pelo assassinato de Abel por Caim. Parando no Gênesis, 6, ela leu:

> 1 Quando o ser humano começou a procriar-se sobre o solo da
> Terra e gerou filhas, 2 os filhos de Deus viram que as filhas dos
> humanos eram bonitas e escolheram as que lhes agradassem como
> mulheres para si. 3 E o SENHOR disse: "Meu espírito não ani-
> mará o ser humano para sempre. Sendo apenas carne, não viverá
> mais do que cento e vinte anos." 4 Havia então gigantes na Terra,
> depois que os filhos de Deus se uniram às filhas dos humanos e
> lhes geraram filhos. São eles os famosos heróis dos tempos antigos.
> 5 O SENHOR viu o quanto havia crescido a maldade das pessoas
> na Terra e como todos os projetos de seus corações tendiam unica-
> mente para o mal. 6 Então o SENHOR arrependeu-se de ter feito
> o ser humano na Terra e ficou com o coração magoado.*

Era a passagem completa, de onde Celestine extraíra a citação que fizera naquela tarde. Embora Evangeline já tivesse lido esta parte do Gênesis centenas de vezes — quando era criança, sua mãe lia o Gênesis em voz alta para ela, fora sua primeira paixão por uma grande narrativa, a história mais dramática, cataclísmica e impressionante que jamais ouvira —, ela jamais parara para pensar nos detalhes curiosos: o nascimento de estranhas criaturas chamadas Nefilins, os seres humanos condenados a viver apenas 120 anos, a decepção do Criador com sua criação, a malignidade do Dilúvio. Em todos os seus estudos, em toda a sua preparação como noviça, em todas as horas de discussões bíblicas das quais participara junto com as outras irmãs do Santa Rosa, esta passagem nunca fora discutida. Ela releu a passagem, parando para analisar a frase: *Havia então gigantes* [Nefilins] *na Terra, depois que os filhos de Deus se uniram às filhas dos humanos e lhes geraram filhos.* Depois, leu a passagem de São Judas: *Os anjos que não conservaram a sua dignidade e abandonaram a própria moradia, ele os prendeu em cadeias eternas, debaixo das trevas, para o juízo do grande dia.*

Começando a sentir dor de cabeça, Evangeline fechou a Bíblia. A voz de seu pai lhe ecoava na mente. Mais uma vez, viu-se subindo as escadas de um armazém frio e empoeirado, produzindo um leve barulho nos degraus metálicos com seus sapatos elegantes. A forma recortada de uma asa, a luminosidade

* Tradução: Bíblia da CNBB. (N. do T.)

de um corpo, a estranha beleza das criaturas enjauladas — eram visões que ela, por muito tempo, acreditou que fossem invenções de sua própria imaginação. A ideia de que aquelas criaturas eram reais — e eram o motivo que levara seu pai a trazê-la para o Santa Rosa — era mais do que ela podia suportar.

Evangeline se levantou e foi para os fundos da sala, onde vários livros do século XIX ocupavam as prateleiras de uma estante cujas portas de vidro estavam trancadas. Embora aqueles livros fossem os mais antigos da biblioteca, trazidos para o Convento de Santa Rosa no ano de sua fundação, eram modernos se comparados aos textos analisados e discutidos em suas páginas. Tirando uma chave de um gancho na parede, ela abriu a estante e retirou um dos livros, que carregou com cuidado até a mesa de carvalho ao pé da lareira. Examinou o volume — *Anatomia dos Anjos das Trevas* — e alisou a encadernação de couro com os dedos, de modo bem suave, temerosa de que, na pressa de abrir o livro, acabasse danificando a lombada.

Calçando então um par de finas luvas de algodão, abriu a capa delicadamente e examinou o interior do livro. Encontrou centenas de páginas que discorriam sobre o lado sombrio dos anjos. Cada página, cada diagrama, cada gravura se relacionava, de alguma forma, com as transgressões das angélicas criaturas que haviam desafiado a ordem natural das coisas. O livro era uma combinação de tudo o que havia sobre o assunto, das exegeses bíblicas à posição dos franciscanos sobre o exorcismo. Evangeline folheou as páginas, parando em um estudo dos demônios na história da igreja. Embora nunca fossem discutidos pelas irmãs, sendo um enigma para Evangeline, os demônios haviam sido, outrora, objeto de muitas discussões no âmbito da Igreja. São Tomás de Aquino, por exemplo, afirmara ser um dogma de fé o fato de que os demônios tinham o poder de produzir vento, tempestades e chuvas de fogo proveniente do céu. A população demoníaca — 7.405.926, divididos em 72 grupos, segundo relatos do Talmude — não era aferida diretamente nas obras cristãs. Evangeline achou que este número não deveria ser mais que especulação. Mas o total lhe pareceu assombroso.

Os primeiros capítulos do livro continham informações históricas sobre rebeliões angélicas. Cristãos, judeus e muçulmanos discutiam sobre a existência dos anjos das trevas há milhares de anos. A mais concreta referência aos anjos podia ser encontrada no Gênesis, mas textos apócrifos e pseudoepigráficos circularam por séculos depois de Cristo. Esses textos influenciaram enormemente a concepção judaico-cristã dos anjos. Histórias a respeito de visitas angélicas eram abundantes. Informações erradas sobre a natureza dos anjos eram tão correntes no mundo antigo quanto na era atual. Era um erro comum, por exemplo, confundir os Vigias — segundo constava, enviados por Deus à Terra com o propósito específico de espionar a humanidade — com os anjos rebeldes, seres angélicos popularizados em *Paraíso Perdido*, que seguiram Lúcifer e foram banidos do céu. Os Vigias pertenciam à décima ordem de *bene Elohim*, enquanto Lúcifer e os anjos rebeldes — o Diabo e seus demônios — pertenciam à dos *Malakim*, que incluía as ordens de anjos mais perfeitas. Enquanto o Diabo foi condenado ao fogo eterno, os Vigias foram aprisionados por um período de tempo indeterminado. Encerrados no que foi alternadamente traduzido como poço, buraco, caverna e inferno, eles lá permaneceram, aguardando a liberdade.

Depois de ler por algum tempo, Evangeline percebeu que, sem se dar conta, acabara escancarando as páginas do livro. Seu olhar vagueou para a porta da biblioteca, onde havia poucas horas vira Verlaine pela primeira vez. Fora um dia totalmente estranho. O desenrolar das coisas, de suas abluções matinais até seu presente estado de ansiedade, parecia mais sonho do que realidade. Verlaine irrompera em sua vida com tanta força que parecia — assim como as lembranças de sua família — uma criação de sua mente, real e irreal ao mesmo tempo.

Tirando a carta dele do bolso e a abrindo na mesa, leu-a novamente. Havia alguma coisa em seus modos — sua franqueza, sua informalidade, sua inteligência — que tinha se infiltrado na concha em que ela vivia. A aparência dele a lembrara que existia outro mundo além das terras do convento. Ele incluíra um número de telefone e um endereço para contato no final da carta, escritos descuidadamente embaixo de sua assinatura garatujada. Evangeline sabia que, apesar de sua consideração pelas irmãs e do perigo de ser descoberta, tinha de falar novamente com ele.

Dominada por uma sensação de urgência, ela atravessou os movimentados corredores do primeiro andar, passando direto por uma reunião de Parceiras de Orações, que estava sendo realizada no Saguão da Paz Perpétua, e por uma aula de artesanato, ministrada no Centro de Artes Santa Rosa de Viterbo. Também não se deteve no vestiário comunal para pegar o casaco, nem no Gabinete das Missões e de Recrutamento para ver se havia correspondência. Não parou nem mesmo para verificar se o Programa de Preces de Adoração estava em ordem. Simplesmente saiu pela porta principal e se dirigiu à grande garagem de tijolos no lado sul, onde pegou um molho de chaves em uma caixa de metal, e deu partida no automóvel do convento. Por experiência, sabia que o único lugar verdadeiramente isolado para uma Irmã Franciscana da Perpétua Adoração do Convento de Santa Rosa era o interior do sedã marrom, de quatro portas.

Evangeline tinha certeza de que ninguém faria objeções a que ela saísse no carro do convento. A rotina diária de dirigir até o correio era uma tarefa que ela adorava cumprir. Dia sim, dia não, às tardes, ela enfiava a correspondência do convento em um saco de algodão e entrava na rodovia 9W, uma estrada de duas pistas que serpenteava à beira do Hudson. Só um punhado de irmãs tinha carteira de motorista. Assim, Evangeline se punha à disposição para realizar outras incumbências, além de transportar a correspondência: buscar remédios, comprar material de escritório e trazer os presentes de aniversário das irmãs.

Naquela tarde, como fazia por vezes, Evangeline decidiu atravessar o rio, passando pela ponte metálica Kingston-Rhinecliff e entrando no condado de Dutchess. Enquanto cruzava a ponte, diminuiu a velocidade e contemplou as propriedades que se espalhavam como cogumelos em ambas as margens do rio. Muitas pertenciam a comunidades religiosas, entre elas o Convento de Santa Rosa, cujas torres se destacavam na paisagem. Perto de uma curva, avistou a mansão Vanderbilt, protegida por vários hectares de terra. Daquela altura, conseguia enxergar por quilômetros. Sentindo o carro oscilar levemente, com a força do vento, teve uma pontada de pânico. Estava dirigindo muito acima das águas, tão acima que, olhando para baixo, entendeu por um segundo como seria voar. Sempre adorara a sensação de liberdade que sentia ao cruzar pontes, uma paixão que desenvolvera nas muitas vezes em que atravessara a ponte do Brooklyn com seu pai.

Chegando à extremidade oposta, fez meia-volta e retornou pela pista contrária, deixando seus olhos vagarem pela cordilheira azul-arroxeada das Catskills, que se erguia a oeste. A neve começara a cair, espiralando ao vento. Uma vez mais, enquanto a ponte a erguia cada vez mais alto, ela voltou a sentir uma agradável sensação de desligamento, uma vertigem similar à que sentia em determinadas manhãs na Capela da Adoração — uma absoluta reverência pela grandeza da criação.

Evangeline aproveitava essas saídas à tarde para desanuviar a mente. Antes desse dia, seus pensamentos invariavelmente se voltavam para o futuro, que parecia se estender diante dela como um corredor obscuro e infindável, pelo qual ela andaria eternamente, sem encontrar um destino. Agora, ao entrar na 9W, ela só conseguia pensar na estranha história de Celestine e na inesperada irrupção de Verlaine em sua vida. Gostaria que o pai estivesse vivo, para lhe perguntar o que ele, com toda a sua experiência e sabedoria, recomendaria que ela fizesse naquela situação.

Abaixando o vidro da janela, deixou que o ar gélido invadisse o carro. Embora fosse pleno inverno e ela tivesse saído sem casaco, sua pele estava ardendo. O suor lhe encharcava as roupas, fazendo com que se sentisse pegajosa. Olhou-se no espelho retrovisor e viu que seu pescoço estava coberto de manchas no formato de amebas, que avermelhavam sua pele pálida. A última vez que isso ocorrera fora no ano da morte de sua mãe, quando desenvolvera uma inexplicável série de alergias — que desapareceram quando ela chegou ao convento. Os anos de vida contemplativa talvez tivessem criado uma bolha de conforto e bem-estar em torno dela, mas não a tinham preparado para enfrentar o passado.

Saindo da estrada principal, ela seguiu pela estrada estreita e serpenteante que levava até Milton. Logo, o denso arvoredo tornou-se esparso, revelando um céu inundado de neve. Na rua principal, as calçadas estavam vazias, como se a neve e o frio tivessem empurrado todo mundo para dentro de casa. Evangeline parou em um posto de gasolina, encheu o tanque do carro com gasolina sem chumbo e entrou no escritório do posto para usar o telefone pago. Com dedos trêmulos, depositou uma moeda na ranhura; discou o número que estava na carta de Verlaine, com o coração aos pulos. Ouviu cinco, sete, nove toques antes de a secretária eletrônica atender. Ouviu a mensagem de Verlaine, mas pôs o fone no gancho sem nada dizer, perdendo a moeda. Verlaine não estava.

Ligando o carro, olhou para o relógio ao lado do velocímetro. Eram quase sete da noite. Ela deixara de fazer as tarefas da tarde e perdera a hora do jantar. A irmã Philomena deveria estar aguardando que ela voltasse, trazendo uma explicação para sua ausência. Acabrunhada, perguntou a si mesma o que havia de errado com ela. Dirigira até a cidade para telefonar a um homem que não conhecia, com o objetivo de discutir um assunto que ele, com certeza, acharia absurdo, senão completamente louco. Estava a ponto de dar meia-volta e retornar ao Santa Rosa quando o viu. No outro lado da rua, emoldurado por uma grande vidraça, estava Verlaine.

Milton Bar & Grill, Milton, estado de Nova York

Evangeline ter sabido que ele precisava dela — que estava ensanguentado, desamparado e, àquela altura, significativamente embriagado com cerveja mexicana — foi algo que Verlaine considerou tão milagroso quanto intuitivo. Talvez um truque que ela aprendera em seus anos de clausura, algo que fugia à compreensão dele. Entretanto, lá estava ela, caminhando lentamente em direção à porta do bar, com sua postura perfeita e seus cabelos curtos arrumados por trás das orelhas. Suas vestes negras lembravam, se ele forçasse a imaginação, os trajes sombrios das garotas misteriosas e melancólicas com quem saía na faculdade, a quem ele conseguia fazer rir, mas nunca convencer a dormir com ele. Em questão de segundos, ela atravessou o bar e sentou-se em frente a ele, uma mulher etérea com grandes olhos verdes, que evidentemente jamais estivera antes em um lugar como o Milton Bar & Grill.

Ele a observou estudar o ambiente, relanceando os olhos pela mesa de sinuca, o jukebox e o alvo de dardos. Evangeline não parecia notar, ou se importar, com o fato de estar visivelmente deslocada naquela multidão. Olhando para ele do modo como alguém examina um pássaro ferido, franziu as sobrancelhas e esperou que Verlaine lhe dissesse o que acontecera com ele desde que tinham se encontrado.

— Houve um problema com o meu carro — disse Verlaine, evitando a versão mais complicada de suas provações. — E eu vim para cá.

Evangeline ficou genuinamente espantada.

— Nessa tempestade?

— Eu segui pela autoestrada na maior parte do tempo, mas fiquei meio perdido.

— São mais de 8 quilômetros — disse ela, com uma ponta de ceticismo. — Me surpreende que você não tenha se congelado.

— Consegui uma carona na metade do caminho. Foi bom, ou eu ainda estaria lá fora, tomando neve nos cornos.

Evangeline ficou examinando-o um pouco longamente demais, a ponto de ele conjeturar se ela estaria incomodada com o palavreado. Afinal de contas, ela era uma freira, e ele deveria se comportar com certo recato. Mas achou impossível saber o que ela estava pensando. Ela era muito diferente da imagem — reconhecidamente estereotipada — que ele tinha de uma freira. Era jovem, irônica e bonita demais para se enquadrar no perfil severo e sisudo das Irmãs da Perpétua Adoração que ele desenhara mentalmente. Ele não sabia como Evangeline produzia esse efeito, mas havia nela algo que o fazia sentir como se pudesse dizer qualquer coisa.

— E por que você está aqui? — perguntou ele, esperando que seu humor funcionasse. — Você não deveria estar rezando, fazendo boas ações ou coisa parecida?

Sorrindo com a brincadeira dele, ela disse:

— Na verdade, eu vim até Milton para telefonar para você.

Foi a vez de Verlaine ficar espantado. Jamais teria imaginado que ela quisesse vê-lo de novo.

— Você está brincando.

— De jeito nenhum — respondeu Evangeline, tirando uma mecha de cabelos negros da frente dos olhos. Então ficou séria. — Não há privacidade no Santa Rosa. Eu não poderia me arriscar a ligar de lá. E eu sabia que precisava perguntar uma coisa que deve ficar só entre nós dois. É um assunto muito delicado, e espero que você possa me dar alguma orientação. É sobre a correspondência que você encontrou.

Verlaine tomou um gole de Corona, impressionado com a aparência vulnerável dela, sentada na beira de uma cadeira de bar, com os olhos avermelhados pela densa fumaça de cigarros e os dedos rachados pela friagem do inverno.

— Não há nada de que eu queira falar mais do que isso — disse ele.

— Então você não se importaria — disse ela, inclinando-se sobre a mesa — de me dizer onde você achou essas cartas?

— Em um arquivo dos papéis pessoais de Abigail Aldrich Rockefeller — respondeu Verlaine. — Não estavam catalogadas. Passaram totalmente despercebidas.

— Você roubou as cartas? — perguntou Evangeline.

Verlaine sentiu as bochechas corarem com a reprimenda.

— Peguei emprestado. Vou devolver assim que entender o que significam.

— E quantas você tem?

— Cinco. Foram escritas em um período de cinco semanas em 1943.

— Todas de Innocenta?

— Não há nenhuma da Rockefeller no lote.

Evangeline encarou Verlaine, esperando que ele falasse mais. A intensidade de seu olhar o surpreendeu. Fosse pelo interesse que tinha no próprio trabalho — que até Grigori subestimara —, fosse pela sinceridade da atitude dela, ele percebeu que estava ansioso para agradá-la. Todo o medo, frustração e sensação de inutilidade que estava sentindo desapareceram.

— Eu preciso saber se há alguma coisa nas cartas sobre as irmãs do Santa Rosa — disse Evangeline, interrompendo as divagações dele.

— Não tenho certeza — disse Verlaine, reclinando-se na cadeira. — Mas acho que não.

— Havia alguma coisa sobre uma colaboradora no trabalho de Abigail Rockefeller? Alguma coisa sobre o convento, a igreja ou as freiras?

Verlaine ficou perplexo com o rumo que Evangeline estava dando à conversa.

— Eu não decorei as cartas, mas, pelo que eu me lembro, não há nada sobre as freiras do Santa Rosa.

— Mas na carta de Abigail Rockefeller a Innocenta — disse Evangeline, levantando a voz acima do barulho do jukebox, perdendo um pouco da compostura — menciona especificamente a irmã Celestine: "Celestine Clochette chegará a Nova York no início de fevereiro."

— Celestine Clochette era uma freira? Passei a tarde toda tentando imaginar quem seria Celestine.

— *É* uma freira — informou Evangeline, abaixando a voz, que mal se ouviu devido ao barulho do jukebox. — Celestine *é* uma freira. E está bem viva. Fiz uma visita a ela depois que você saiu. Ela é idosa, e não está muito bem, mas sabia tudo sobre a correspondência entre Innocenta e Abigail Rockefeller. Sabia sobre a expedição mencionada na carta. Disse um monte de coisas assustadoras sobre...

— Sobre o quê? — perguntou Verlaine, cada vez mais preocupado. — O que ela disse?

— Não entendi exatamente — respondeu Evangeline. — Foi como se ela estivesse falando em enigmas. Quando eu tentava decifrar o significado, ainda fazia menos sentido.

Verlaine sentiu-se dividido entre um impulso de abraçar Evangeline, que tinha empalidecido inteiramente, e o desejo de sacudi-la. Em vez disso, pediu mais duas Coronas e pôs em cima da mesa sua cópia manuscrita da carta da sra. Rockefeller.

— Lê isso de novo. Você acha que Celestine Clochette trouxe um objeto dos montes Ródopes para o Convento de Santa Rosa? Ela falou alguma coisa sobre essa expedição? — Esquecendo que mal a conhecia, ele estendeu o braço sobre a mesa e tocou a mão dela. — Eu quero ajudar você.

Evangeline recolheu a mão, lançou-lhe um olhar desconfiado e olhou para o relógio.

— Não posso mais demorar. Já fiquei fora por muito tempo. Está claro que você não sabe mais do que eu a respeito dessas cartas.

Enquanto a garçonete pousava duas cervejas diante deles, Verlaine disse:

— Deve haver mais cartas. Pelo menos, mais quatro. Innocenta, obviamente, estava respondendo a Abigail Rockefeller. Você poderia procurar por elas. Ou talvez Celestine Clochette saiba onde podemos encontrar essas cartas.

— Sr. Verlaine — disse Evangeline com um tom imperioso, que pareceu forçado a Verlaine —, simpatizo muito com suas pesquisas e com seu desejo de atender ao seu cliente, mas não posso participar de uma coisa dessas.

— Isso não tem nada a ver com meu cliente — replicou Verlaine, tomando um grande gole de cerveja. — O nome dele é Percival Grigori. Você nem pode acreditar como ele é horroroso. Eu jamais deveria ter aceitado trabalhar para ele. Ele mandou uns bandidos arrombarem meu carro e levarem todos os papéis da minha pesquisa. Ele está atrás de alguma coisa, e se é a correspondência que nós descobrimos, sobre a qual, aliás, eu não falei nada para ele, nós vamos ter que achar a outra metade da correspondência primeiro.

— Arrombaram seu carro? — exclamou Evangeline, incrédula. — É por isso que você está preso aqui?

— Não tem importância — disse Verlaine, tentando parecer despreocupado. — Bem, na verdade, tem importância. Preciso que você me dê uma carona até uma estação de trem. E preciso saber o que Celestine Clochette trouxe com ela para os Estados Unidos. Isso só pode estar no Convento de Santa Rosa. Se você puder encontrar esse objeto, ou pelo menos as cartas, vamos ter uma boa chance de entender tudo isso.

A expressão de Evangeline se suavizou ligeiramente, como se ela estivesse estudando o pedido com atenção. Finalmente, ela disse:

— Não posso prometer nada, mas vou dar uma olhada.

Verlaine sentiu vontade de abraçá-la, de dizer a ela como se sentia feliz por ter se encontrado com ela, de implorar a ela que o acompanhasse a Nova York para começarem a trabalhar naquela mesma noite. Mas, sabendo que sua insistência a deixaria nervosa, decidiu não falar nada.

— Venha — disse Evangeline, pegando as chaves do carro, que estavam sobre a mesa. — Vou dar uma carona para você até a estação de trem.

Convento de Santa Rosa, Milton, estado de Nova York

Evangeline tinha perdido a refeição comunal na lanchonete, assim como perdera o almoço. Estava morrendo de fome. Sabia que poderia encontrar algo para comer na cozinha, se quisesse — os refrigeradores de tamanho industrial estavam sempre repletos de bandejas com sobras —, mas pensar em comida lhe dava enjoos. Ignorando a fome, passou direto pela escadaria que levava à lanchonete e seguiu em direção à biblioteca.

Quando abriu a porta da biblioteca e acendeu as luzes, percebeu que a sala fora limpa em sua ausência: o registro encadernado em couro (que deixara aberto na mesa de madeira) fora fechado; os livros empilhados no sofá tinham sido guardados; alguma pessoa meticulosa passara o aspirador de pó nos carpetes. Obviamente, uma das irmãs fizera o trabalho para ela. Sentindo-se culpada, prometeu a si mesma dobrar seus esforços no dia seguinte. Poderia se oferecer para o serviço na lavanderia, embora, com a quantidade de hábitos a serem lavados à mão, este fosse um trabalho bastante detestado. Ela errara ao deixar o trabalho para as outras. Quando uma pessoa se ausenta, as outras têm de dar conta do serviço.

Pousando a bolsa no sofá, Evangeline se ajoelhou em frente à lareira para acender o fogo. Uma luz difusa logo se refletiu no chão. Ela se afundou nas macias almofadas do sofá, cruzou as pernas e tentou montar o quebra-cabeça do dia. As informações em sua cabeça estavam tão embaralhadas que ela teve de lutar para mantê-las em ordem. Como o fogo era reconfortante e o dia fora exaustivo, ela se esticou no sofá e logo caiu no sono.

A mão em seu ombro a fez acordar assustada. Endireitando-se, viu que irmã Philomena estava de pé ao seu lado e a olhava com alguma severidade.

— Irmã Evangeline — disse Philomena, ainda com a mão sobre seu ombro. — O que você anda fazendo?

Evangeline piscou. Dormira tão profundamente que mal sabia onde estava. Parecia estar vendo a biblioteca — com suas prateleiras de livros e o fogo oscilante da lareira — como se estivesse embaixo da água. Rapidamente, pousou os pés no chão e sentou-se.

— Tenho certeza que você sabe — disse Philomena, sentando-se no sofá ao lado de Evangeline — que a irmã Celestine é uma das integrantes mais antigas de nossa comunidade. Não sei o que aconteceu hoje de manhã, mas ela está muito transtornada. Passei a tarde inteira com ela. Não foi fácil acalmá-la.

— Peço mil desculpas — disse Evangeline, seus sentidos entrando em foco à menção do nome de Celestine. — Fui ver a irmã para lhe perguntar sobre uma coisa que encontrei nos arquivos.

— Ela estava muito nervosa quando estive com ela esta tarde — disse Philomena. — O que você disse a ela?

— Não tive intenção de perturbar a irmã — explicou Evangeline, percebendo a loucura de falar com Celestine a respeito das cartas. Fora ingênua em acreditar que poderia manter em segredo aquela conversa volátil.

Irmã Philomena olhou para ela, como se avaliando sua boa vontade em cooperar.

— Estou aqui para dizer que Celestine quer falar com você de novo — disse ela afinal. — E para pedir que você me informe sobre tudo o que for falado na cela dela.

Evangeline achou estranha a atitude de Philomena e não conseguia atinar quais seriam suas motivações, mas assentiu com a cabeça.

— Não podemos permitir que ela fique tão exausta novamente. Por favor, tenha cuidado com o que disser.

— Está bem — replicou Evangeline, pondo-se de pé e espanando as fibras do sofá que haviam grudado na blusa e na saia. — Vou imediatamente.

— Quero que você me dê sua palavra — disse Philomena severamente, enquanto conduzia Evangeline até a porta da biblioteca — de que vai me informar de tudo o que Celestine lhe disser.

— Mas por quê? — perguntou Evangeline, surpresa com os modos bruscos de Philomena.

Philomena fez uma pausa, como se tivesse sido repreendida.

— Celestine não é tão forte quanto parece, minha filha. Nós não queremos que ela corra perigo.

Nas horas que se seguiram à visita de Evangeline, irmã Celestine ficou deitada na cama. Seu jantar — canja, bolachas e água — permaneceu intocado em uma bandeja sobre a mesinha de cabeceira. Um umidificador borrifava vapor no ar, cobrindo o quarto com uma névoa. A cadeira de rodas fora empurrada para um canto, perto da janela, e deixada lá. As cortinas cerradas davam ao aposento o aspecto esterilizado e sombrio de um quarto de hospital, um efeito ampliado quando Evangeline fechou a porta suavemente atrás de si, cortando o barulho dos corredores.

— Entre, entre — disse Celestine, fazendo um gesto para que Evangeline se aproximasse do leito.

Ela estava com as mãos cruzadas sobre o peito. Evangeline sentiu uma súbita vontade de cobrir com a mão aqueles dedos brancos e frágeis, de protegê-los, embora não soubesse dizer do quê. Philomena tinha razão: Celestine era desgraçadamente frágil.

— A senhora pediu para falar comigo, irmã — disse Evangeline.

Com grande esforço, Celestine se ajeitou em uma pilha de travesseiros.

— Quero lhe pedir desculpas pelo meu comportamento de hoje à tarde — disse ela, olhando Evangeline nos olhos. — Nem sei como me explicar. É que não falo sobre essas coisas há muitos e muitos anos. Foi uma grande surpresa descobrir que, apesar do tempo que passou, os acontecimentos da minha juventude ainda estão tão vívidos e são tão perturbadores para mim. O corpo pode envelhecer, mas a alma permanece jovem, como Deus a fez.

— Não precisa pedir desculpas — replicou Evangeline, pousando a mão sobre o braço de Celestine, fino como um galho sob o tecido da camisola. — Foi erro meu perturbá-la.

— Na verdade — disse Celestine, com voz dura, como se estivesse extraindo as palavras de uma reserva de raiva —, eu simplesmente fui pega de surpresa. Não sou confrontada com esses acontecimentos há muito tempo. Eu sabia que iria chegar a hora de lhe contar tudo. Mas pensei que seria bem mais tarde.

Mais uma vez, Celestine deixava Evangeline confusa. Ela conseguia abalar seu delicado senso de equilíbrio de modo muito perturbador.

— Vamos — disse Celestine, olhando em volta. — Pegue aquela cadeira ali e se sente aqui ao meu lado. Há muita coisa para ser conversada.

Evangeline ergueu uma cadeira de madeira que estava em um canto e a trouxe para perto de Celestine. Então sentou-se, escutando com atenção a voz fraca da irmã.

— Acho que você já sabe — começou Celestine — que eu nasci e fui educada na França, e que vim para o Santa Rosa durante a Segunda Guerra Mundial.

— Sim — observou Evangeline, falando baixinho. — Eu já sabia disso.

— Você também deve saber... — Celestine fez uma pausa, olhando Evangeline nos olhos, como se procurasse alguma censura neles — que eu deixei tudo nas mãos dos nazistas (meu trabalho e meu país).

— Eu imagino que a guerra forçou muita gente a se refugiar nos Estados Unidos.

— Eu não me refugiei — disse Celestine, enfatizando cada palavra. — As privações da guerra eram sérias, mas acredito que eu teria sobrevivido a elas se tivesse ficado. Talvez você não saiba disso, mas eu não era uma freira professa na França. — Ela tossiu em um lenço. — Fiz meus votos em Portugal, a caminho dos Estados Unidos. Antes disso, eu pertencia a uma outra ordem, cujos objetivos eram praticamente os mesmos dos nossos. Só que — e Celestine sustentou o pensamento por um instante — nós adotávamos uma abordagem diferente para alcançá-los. Eu fugi desse grupo em dezembro de 1943.

Celestine se ergueu um pouco mais no leito e tomou um gole de suco de tomate.

— Eu deixei esse grupo — disse ela por fim. — Mas a coisa ainda não tinha acabado. Antes de partir, eu ainda tinha um trabalho para fazer. Eles me instruíram a levar uma caixa para os Estados Unidos e entregá-la para um contato em Nova York.

— Abby Rockefeller — arriscou Evangeline.

— No início, a sra. Rockefeller era apenas uma rica filantropa que frequentava os encontros em Nova York. Como outras mulheres da sociedade, participava apenas como observadora. Meu palpite é que ela se interessava pelos anjos assim como os ricos se interessam por orquídeas, com muito entusiasmo e pouco conhecimento real. Honestamente, não sei dizer quais eram os verdadeiros interesses dela antes da guerra. Quando a guerra começou, no entanto, seu envolvimento foi muito sincero. Ela manteve vivo o nosso trabalho. A sra. Rockefeller enviava, da Europa, equipamentos, veículos e dinheiro para nos ajudar. Nossos estudiosos não eram oficialmente filiados a nenhum dos lados. No fundo, éramos pacifistas, financiados privadamente, como sempre fomos.

Celestine piscou, como se um cisco lhe tivesse irritado os olhos, e continuou.

— Como você pode adivinhar, doadores particulares eram fundamentais para nossa sobrevivência. A sra. Rockefeller abrigava nossos membros em Nova York. Ela arranjava passagens para que viessem da Europa, ia recebê-los no cais, oferecia refúgio. Foi com o apoio dela que conseguimos realizar nossa maior missão: uma expedição até as profundezas da Terra, ao próprio centro do mal. A viagem estava programada havia muitos anos, desde a descoberta de um relato por escrito sobre uma expedição anterior à garganta. Este relato veio à luz em 1919. Uma segunda expedição foi realizada em 1943. Foi arriscado dirigir rumo às montanhas enquanto as bombas caíam sobre os Bálcãs. Mas, graças ao excelente material doado pela sra. Rockefeller, nós estávamos bem equipados. Pode-se dizer que a sra. Rockefeller foi nosso anjo da guarda durante a guerra, embora muita gente não queira chegar a tanto.

— Mas a senhora saiu do grupo — disse Evangeline, baixinho.

— Sim, saí — replicou ela. — Não vou entrar em detalhes a respeito dos meus motivos, mas basta dizer que eu não queria mais participar da nossa missão. Eu sabia que estava liquidada antes mesmo de chegar aos Estados Unidos.

Celestine foi tomada por um acesso de tosse. Evangeline a ajudou a sentar e lhe ofereceu um gole de água.

— Na noite em que nós regressamos das montanhas — prosseguiu ela —, houve uma tragédia terrível. Seraphina, a minha mentora, a mulher que me recrutou quando eu tinha 15 anos e depois me treinou, foi apanhada. Eu amava muito a dra. Seraphina. Ela me deu uma oportunidade para estudar e progredir que poucas garotas da minha idade tiveram. A dra. Seraphina acreditava que eu poderia ser uma das melhores. Por tradição, nossos membros eram frades e professores, de forma que as minhas qualificações — eu era muito precoce na escola, conhecia muitas línguas antigas — tinham uma atração especial para eles. A dra. Seraphina prometeu que depois da expedição eles iriam me admitir como participante plena, com acesso aos vastos recursos espirituais e intelectuais deles. A dra. Seraphina era muito querida para mim. Depois daquela noite, o meu trabalho de repente perdeu todo o sentido. Eu me culpo pelo que aconteceu a ela.

Evangeline percebia que Celestine estava profundamente angustiada, mas não sabia como tranquilizá-la.

— A senhora deve ter feito tudo o que podia.

— Havia muito sofrimento naqueles dias. Deve ser difícil para você imaginar, mas milhões de pessoas estavam morrendo na Europa. Na época, eu achei que nossa missão nos Ródopes era a coisa mais importante que havia. Eu não entendia a extensão do que estava ocorrendo no mundo como um todo. Só me importava com meu trabalho, meus objetivos, meu aperfeiçoamento, minha causa. Eu esperava impressionar os membros do conselho, que decidiam o destino dos jovens peritos, como eu. Claro, eu estava errada em ser tão cega.

— Desculpe, irmã — interpôs Evangeline —, mas não entendi: que missão? Que conselho?

Evangeline via a crescente tensão no rosto de Celestine, enquanto ela passava os dedos descarnados sobre o cobertor de crochê colorido e analisava a pergunta.

— Vou contar para você de forma direta, como meus professores me contaram — disse ela, por fim. — Mas meus professores tinham a vantagem de poder me apresentar a outros como eu e me mostrar o patrimônio da Sociedade Angelológica, em Paris. Eu fui apresentada a provas sólidas e indiscutíveis que eu podia ver e tocar, mas você vai ter que acreditar na minha palavra. Meus professores me introduziram gentilmente no mundo que estou para lhe revelar, minha filha, uma coisa que eu não tenho condições de fazer por você.

Evangeline começou a falar alguma coisa, mas Celestine a cortou:

— Para simplificar as coisas, nós estamos em guerra.

Incapaz de responder, Evangeline sustentou o olhar da mulher diante dela.

— É uma guerra espiritual travada no palco da civilização humana — disse Celestine. — Estamos continuando uma coisa que se iniciou há muito tempo, quando os Gigantes nasceram. Eles viviam na Terra então, e ainda vivem hoje. A humanidade lutou contra eles, e estamos lutando contra eles agora.

— A senhora está inferindo isso do Gênesis — observou Evangeline.

— Você acredita literalmente na palavra da Bíblia, irmã? — perguntou Celestine rispidamente.

— Meus votos são baseados nela — respondeu Evangeline, aturdida com a prontidão dos revides de Celestine, e do tom de censura que havia na voz dela.

— Há quem interprete o Gênesis 6 como uma metáfora, uma espécie de parábola. Não é esta a minha interpretação, nem a minha experiência.

— Mas nós nunca mencionamos essas criaturas, esses Gigantes. Eu nunca ouvi nenhuma das irmãs falar deles.

— Gigantes, Nefilins, Os Famosos; esses eram os nomes antigos para os filhos dos anjos. Os primeiros estudiosos cristãos argumentavam que os anjos eram imateriais. Eles os descreviam como luminosos, espectrais, iluminados, evanescentes, incorpóreos, sublimes. Os anjos eram os mensageiros de Deus, infinitos em número, criados para levar Sua mensagem de um reino para outro. Os humanos, criaturas menos perfeitas (foram criados à imagem de Deus, mas eram feitos de barro), só podiam olhar com assombro para a flamejante imaterialidade dos anjos. Eram criaturas superiores, caracterizadas por corpos resplandecentes, rapidez e santidade de propósitos; a beleza delas combinava com seu papel de intermediários entre Deus e a criação. Então, alguns desses anjos, uns poucos rebeldes, se misturaram com a humanidade. Os Gigantes foram o resultado infeliz dessa união.

— Se misturaram com a humanidade? — perguntou Evangeline.

— Mulheres foram engravidadas por anjos. — Celestine fez uma pausa, perscrutando os olhos de Evangeline, para se certificar de que ela estava entendendo. — Os detalhes técnicos da mistura são objeto de intensos estudos há muito tempo. Durante séculos, a Igreja negou que a reprodução tivesse ocorrido. A passagem no Gênesis é um embaraço para quem acredita que os anjos não têm atributos físicos. Para explicar o fenômeno, a Igreja afirmou que o processo reprodutivo entre anjos e humanos foi assexual, uma mescla de espíritos que deixou as mulheres grávidas, uma espécie de Imaculada Conceição, em que o fruto foi mau em vez de bom. Minha professora, a dra. Seraphina, de quem já lhe falei, acreditava que isso era pura tolice. Ao se reproduzirem com mulheres, os anjos provaram que eram seres corpóreos, capazes do ato sexual. Ela acreditava que o corpo angelical é mais semelhante ao corpo humano do que se poderia esperar. Durante nosso trabalho, nós documentamos a genitália de um anjo, tirando fotos que provam, de uma vez por todas, que os seres angélicos são, como direi, dotados de equipamentos idênticos aos dos humanos.

— Vocês tiraram fotos de um anjo? — perguntou Evangeline, sem conseguir controlar a curiosidade.

— Fotos de um anjo morto no século X, do sexo masculino, como todos os anjos que se apaixonaram por mulheres humanas, segundo os relatos. Mas isto não exclui a possibilidade de existirem os do sexo feminino no exército celeste. Já foi dito que um terço dos Vigias não se apaixonou. Essas criaturas obedientes voltaram ao paraíso, à sua morada celestial, onde permanecem até hoje. Suspeito que eram os anjos fêmeas, que não foram tentados do mesmo modo que os machos.

Celestine respirou com dificuldade e se acomodou na cama antes de prosseguir.

— Os anjos que ficaram na Terra eram extraordinários em vários aspectos. Isso sempre me pareceu notável, o quanto eles parecem humanos. A desobediência deles foi um ato de livre vontade; uma qualidade bem humana, que lembra a má escolha de Adão e Eva no Jardim. Os anjos rebeldes também eram capazes de exercer uma forma de amor bem particular aos humanos: amavam de forma completa, cega, temerária. A verdade é que eles trocaram o céu pela paixão, uma troca difícil de compreender, em especial porque você e eu abandonamos qualquer esperança de viver esse tipo de amor.

Celestine sorriu para Evangeline, como se expressasse sua solidariedade pela vida sem amor que esta tinha pela frente.

— Eles são fascinantes nesse ponto, não é? A capacidade deles para sentir amor e sofrer por amor nos faz compreender suas más ações. Mas os céus não demonstraram tanta compreensão. Os Vigias foram punidos sem perdão. Os frutos da união entre anjos e mulheres foram criaturas monstruosas que trouxeram grande sofrimento ao mundo.

— E a senhora acha que ainda estão entre nós — disse Evangeline.

— Eu sei que ainda estão entre nós — disse Celestine. — Mas evoluíram através dos séculos. Na época moderna, essas criaturas se disfarçaram com nomes diferentes. Se escondem sob a égide de famílias antigas, governos ditatoriais e empresas gananciosas. É difícil imaginar que vivam em nosso mundo, entre nós, mas eu lhe asseguro: se você passar a reparar na presença delas, vai descobrir que estão por toda parte.

Celestine olhava com atenção para Evangeline, como se avaliasse o modo como esta recebia as informações.

— Se nós estivéssemos em Paris, seria possível lhe mostrar provas concretas e irrefutáveis do que estou dizendo. Você leria depoimentos de testemunhas, e talvez até pudesse ver as fotografias da expedição. Eu lhe explicaria as vastas e maravilhosas contribuições que os pensadores angelológicos ofereceram através dos séculos — Santo Agostinho, São Tomás de Aquino, Milton, Dante —, até que nossa causa aparecesse de forma clara diante de você. Eu a levaria pelos corredores de mármore até o quarto onde os registros históricos são guardados. Nós tínhamos esquemas elaborados, intrincados, os tratados angelológicos, que situavam cada anjo exatamente em seu lugar. Trabalhos assim dão ordem ao universo. A mente francesa é extraordinariamente organizada. O trabalho de Descartes é a prova disso, e não a origem. Havia algo nesse sistema que me reconfortava muito. Eu gostaria de saber se você também acharia isso.

Evangeline não sabia o que responder, e ficou aguardando mais explicações.

— Mas, claro, os tempos mudaram — disse Celestine. — A angelologia já foi um dos maiores ramos da teologia. Reis e papas sancionavam os trabalhos dos teólogos e pagavam a grandes artistas para que pintassem os anjos. As ordens e finalidades do exército celeste eram debatidas pelos mais brilhantes professores da Europa. Hoje, os anjos não têm mais lugar em nosso universo.

Celestine se inclinou na direção de Evangeline, como se a revelação daquelas informações lhe desse novas forças.

— Embora os anjos já tenham sido o epítome da beleza e da bondade, agora, nos dias de hoje, são irrelevantes. O materialismo e a ciência os relegaram à inexistência, uma esfera tão indeterminada quanto o purgatório. A humanidade costumava acreditar nos anjos implicitamente, intuitivamente, não com as nossas mentes, mas com as nossas almas. Agora, precisamos de provas. Precisamos de dados materiais e científicos para atestar sem dúvidas a existência dos anjos. E ainda assim, imagine a crise que haveria se as provas surgissem! O que você acha que aconteceria se a existência material dos anjos pudesse ser provada?

Celestine se calou. Talvez estivesse cansada ou, simplesmente, perdida em pensamentos. Evangeline, por sua vez, estava começando a ficar alarmada. Os rumos que a história de Celestine estava tomando confirmavam a mitologia de modo assustador. Evangeline tinha estudado o assunto naquela tarde. Esperava encontrar motivos para descartar a existência daquelas monstruosas criaturas, e não para confirmá-la. Desalentada, percebeu que Celestine parecia estar mergulhando no mesmo tipo de agitação que tivera durante a tarde.

— Irmã — disse ela, esperando que Celestine admitisse que tudo o que dissera era uma ilusão, uma metáfora para alguma coisa prática e inócua —, me diga que não está falando sério.

— Está na hora de tomar minhas pílulas — disse Celestine, gesticulando em direção à mesa. — Pode pegar para mim?

Virando-se para a mesa, Evangeline parou de repente. Onde à tarde repousava uma pilha de livros, havia agora frascos e mais frascos de remédio, o suficiente para indicar que Celestine sofria de alguma doença séria e prolongada. Evangeline pegou um frasco de plástico alaranjado e o examinou. O rótulo trazia o nome de Celestine, a dosagem e o nome da substância — cadeias de sílabas impronunciáveis que ela jamais vira. Evangeline sempre fora saudável, resfriados recentes eram sua única experiência com doenças. Seu pai fora robusto até o último minuto, e sua mãe desaparecera na plenitude da vida. Evangeline, com certeza, jamais vira uma pessoa tão devastada por uma enfermidade. Ocorreu-lhe que jamais pensara sobre a complexa combinação de remédios necessária para manter vivo um corpo doente e amenizar seu sofrimento. Sua falta de sensibilidade a deixou envergonhada.

Abriu então a gaveta da mesa. Encontrou um folheto que explicava os possíveis efeitos colaterais das drogas contra o câncer e, grampeada nele, uma lista de nomes de remédios e dosagens prescritas. Evangeline prendeu a respiração. Por que não fora informada que Celestine tinha câncer? Estivera tão absorvida pela curiosidade que não percebera o estado dela? Sentando-se de novo ao lado da irmã, mediu a dosagem certa.

— Obrigada — disse Celestine, pegando as pílulas e as engolindo com água.

Evangeline estava angustiada por ter sido tão cega. Evitara fazer muitas perguntas a Celestine, embora estivesse desesperada para entender tudo o que ela dissera mais cedo. Mesmo agora, enquanto a olhava engolir os tabletes com dificuldade, sentia-se ansiosa para que as lacunas da história fossem esclarecidas. Queria conhecer as conexões entre o convento, a rica filantropa e o estudo dos anjos. E mais: precisava saber que lugar ela mesma ocupava naquela estranha teia de associações.

— Me desculpe por pressionar a senhora — disse, sentindo-se culpada por sua insistência. — Mas como a sra. Rockefeller começou a nos ajudar?

— Claro — respondeu Celestine, sorrindo levemente. — Você ainda quer saber sobre a sra. Rockefeller. Muito bem. Mas você ficará surpresa de saber que conhecia a resposta o tempo todo.

— Como assim? — replicou Evangeline. — Só ontem eu soube do interesse dela pelo Santa Rosa.

Celestine suspirou profundamente.

— Permita que eu comece do princípio — disse a ela. — Na década de 1920, um dos principais estudiosos de nosso grupo, dr. Raphael Valko, marido da minha professora, a dra. Seraphina Valko...

— Minha avó se casou com um homem chamado Raphael Valko — interrompeu Evangeline.

Celestine olhou friamente para Evangeline.

— Sim, eu sei, embora o casamento deles tivesse acontecido depois que eu saí de Paris. Muito antes disso, o dr. Raphael descobriu registros históricos que provavam que uma antiga lira fora descoberta em uma caverna por um de nossos fundadores, um homem chamado Padre Clematis. Até aquela época, a lira tinha sido objeto de muitos estudos e especulações entre os nossos estudiosos. Nós conhecíamos a lenda da lira, mas não sabíamos se ela realmente existia. Até a descoberta do dr. Raphael, a caverna era simplesmente associada ao mito de Orfeu. Eu não sei se você sabe, mas Orfeu foi um homem real, que se tornou importante e poderoso pelo carisma e pelos dotes artísticos, entre eles, é claro, a música. Como muitos desses homens, ele se tornou um símbolo depois da morte. A sra. Rockefeller soube da existência da lira através de seus contatos com nosso grupo. Ela financiou nossa expedição acreditando que poderia obter a lira.

— O interesse dela era artístico?

— Ela tinha um gosto artístico maravilhoso, mas também entendia o valor dos objetos. Eu acredito que ela acabou se interessando pela nossa causa, mas sua ajuda inicial teve motivação financeira.

— Ela era uma parceira de negócios?

— Esse tipo de envolvimento não diminui a importância da expedição. Estávamos planejando uma expedição para encontrar a lira havia muitos anos. O auxílio dela foi usado apenas como um meio para atingir um fim. Nós tínhamos nossas próprias motivações. Mas, sem a ajuda da sra. Rockefeller, nós não teríamos conseguido nada. Com os perigos da guerra, a falta de escrúpulos e o poder de nossos inimigos, nossa jornada até a caverna, por si só, já foi um milagre. Só posso creditar nosso sucesso à assistência e proteção de um lugar mais alto.

Celestine lutou para respirar. Evangeline podia perceber que ela estava cada vez mais cansada.

— Assim que cheguei ao Santa Rosa, entreguei a caixa com nossas descobertas nos Ródopes à madre Innocenta, e ela, por sua vez, confiou a lira à sra. Rockefeller. A família Rockefeller tinha muito dinheiro. Nós, na Europa, mal conseguíamos imaginar uma fortuna tão grande. Por isso, fiquei muito aliviada quando soube que a sra. Rockefeller iria cuidar do instrumento.

Celestine fez uma pausa, como se estivesse meditando sobre os perigos da lira. Finalmente, disse:

— Minha parte na busca ao tesouro estava terminada, pelo menos foi o que eu pensei. Eu acreditava que o instrumento estaria protegido. Não percebi que Abigail Rockefeller iria nos trair.

— Trair vocês? — perguntou Evangeline, espantada. — Como?

— A sra. Rockefeller concordou em proteger os artefatos descobertos nos Ródopes. E fez um excelente trabalho. Ela morreu no dia 5 de abril de 1948, quatro anos depois de estar de posse deles. E não revelou onde os escondeu. A informação sobre onde estava o instrumento morreu com ela.

Os pés de Evangeline estavam dormentes de tanto permanecer sentada. Então, levantou-se, andou até a janela e abriu a cortina. Dois dias antes, a lua estava cheia. Mas o céu estava coberto de nuvens.

— A lira é muito preciosa? — perguntou.

— Não dá nem para imaginar — respondeu Celestine. — Cerca de mil anos de pesquisas nos levaram às nossas descobertas na caverna. As criaturas, que prosperaram com o trabalho humano por tanto tempo e floresceram com os esforços da humanidade, imitaram nossos esforços com o mesmo vigor. Eles nos observavam, estudavam nossos movimentos, introduziam espiões em nosso meio e às vezes, só para manter um certo nível de terror entre nós, sequestravam e matavam nossos agentes.

Evangeline pensou imediatamente em sua mãe. Ela suspeitava havia muito tempo que acontecera alguma coisa com ela que seu pai não revelara. Mas a ideia de que aquelas criaturas que Celestine descrevera pudessem ser as responsáveis era horrível demais. Decidida a entender, perguntou:

— Mas por que só alguns? Se eram tão poderosos, por que não mataram vocês todos? Por que, simplesmente, não destruíram toda a organização?

— É verdade que esses seres poderiam ter nos exterminado com facilidade. Com certeza, tinham poder e recursos para fazer isso. Mas não seria interessante para eles acabar com o mundo da angelologia.

— Por que isso? — perguntou Evangeline, surpresa.

— Apesar de todo o poder, eles têm uma falha notável: são seres sensuais, totalmente cegados pelos prazeres do corpo. Têm riqueza, força, beleza física e falta de escrúpulos em nível inacreditável. Têm conexões familiares antigas que os protegem nos períodos tumultuados da História. Construíram baluartes financeiros em quase todos os cantos do globo. São os maiores beneficiários do sistema de poder que eles mesmos criaram. Mas o que eles não têm é a destreza intelectual ou os vastos recursos históricos e acadêmicos de que nós dispomos. Basicamente, precisam de nós para pensar por eles. — Celestine suspirou mais uma vez, como se o assunto lhe doesse. Esforçando-se para continuar, acrescentou: — Essa tática quase funcionou em 1943. Eles mataram minha mentora e, quando souberam que eu fugi para os Estados Unidos, destruíram o nosso convento e muitos outros tentando encontrar a mim e ao objeto que eu trouxe comigo.

— A lira — disse Evangeline. As peças do quebra-cabeça se juntaram de súbito.

— Sim — disse Celestine. — Eles querem a lira, mas não porque saibam o que ela pode fazer, mas por saberem que nós lhe damos valor e temos medo de que se apossem dela. Desenterrar o tesouro foi um risco, é claro. Nós tínhamos de encontrar alguém que o guardasse em segurança. Portanto, o confiamos a um de nossos mais ilustres contatos em Nova York, uma mulher rica e poderosa, que jurou servir à nossa causa.

Um olhar de dor perpassou pela expressão de Celestine.

— A sra. Rockefeller foi nossa última grande esperança em Nova York — prosseguiu ela. — Eu não tenho dúvida de que ela levou seu papel a sério. Na verdade, foi tão competente que o lugar onde escondeu o tesouro permanece oculto até hoje. As criaturas matariam todos nós para descobrir o esconderijo.

Evangeline tocou seu pingente em forma de lira, sentindo a tepidez do ouro em seus dedos. Entendia finalmente o significado do presente de sua avó.

Celestine sorriu.

— Estou vendo que você entendeu. O pingente marca você como uma de nós. Sua avó acertou ao lhe dar esse presente.

— A senhora conheceu minha avó? — perguntou Evangeline, espantada e confusa com o fato de que Celestine conhecesse a procedência do colar.

— Conheci Gabriella muitos anos atrás — respondeu Celestine, com uma ponta de tristeza na voz. — E, mesmo naquela época, eu não a conheci de verdade. Gabriella era minha amiga, uma estudiosa brilhante, que lutava com dedicação pela nossa causa. Mas, para mim, ela sempre foi um mistério. O coração de Gabriella era uma coisa que ninguém, nem mesmo sua melhor amiga, conseguia entender.

Já fazia muito tempo desde que Evangeline falara com sua avó. Ao longo dos anos, ela começara a acreditar que Gabriella morrera.

— Então ela está viva? — perguntou Evangeline.

— Bem viva — disse Celestine. — Ela teria orgulho de ver você agora.

— Onde está ela? — perguntou Evangeline. — Na França? Em Nova York?

— Isso eu não posso dizer — falou Celestine. — Mas se sua avó estivesse aqui, sei que ela explicaria tudo para você. Como não está, só posso tentar, do meu jeito, ajudá-la a entender.

Erguendo-se no leito, Celestine gesticulou para que Evangeline fosse até o canto no lado oposto do quarto, onde estava um antigo baú reforçado por desgastadas tiras de couro. Um cadeado pendia da fechadura de metal brilhante como se fosse uma fruta. Evangeline foi até lá e segurou o frio cadeado. Uma pequena chave se projetava dele.

Certificando-se da aprovação de Celestine, ela girou a chave. O cadeado se abriu. Ela o desprendeu da fechadura e o pousou suavemente no assoalho. Abriu então a pesada tampa de madeira. As dobradiças de metal, sem lubrificação havia muitas décadas, rangeram com um gemido felino. Um cheiro de suor rançoso saiu do baú, junto com a poeira, mesclado a um odor mais sutil de perfume almiscarado, que o tempo começava a suavizar. No interior, uma camada de papel de seda, arrumada com esmero, cobria o conteúdo. Evangeline a levantou com cuidado, para não vincar o papel. Por baixo, havia uma pilha de roupas bem passadas. Retirando as roupas do baú, ela as examinou uma a uma: um avental de algodão negro, culotes marrons com manchas escuras nos joelhos, um par de botas femininas com solas de madeira bastante gastas. Evangeline desdobrou um par de calças largas de algodão, que pareciam mais adequadas a um rapaz do que a Celestine. Roçando as unhas sobre elas, sentiu o cheiro da poeira entranhada no tecido.

Pesquisando mais profundamente, ela sentiu alguma coisa macia como veludo no fundo do baú. Amarrotado em um canto, havia um vestido de cetim vermelho. Evangeline lhe deu uma leve sacudidela e o vestido se abriu. Era uma peça fluida e brilhante de tecido escarlate. Pendurando o vestido no braço, ela o examinou atentamente. Nunca havia tocado um material tão macio, que deslizava em sua pele como água. O estilo do vestido parecia saído de um filme em preto e branco — corte enviesado, decote generoso, cintura afunilada e uma saia estreita que ia até o chão. Botões forrados de cetim fechavam o vestido no lado esquerdo. Evangeline encontrou uma etiqueta, costurada em uma bainha, com a palavra CHANEL. Uma série de números estava estampada embaixo. Segurando o vestido junto ao corpo, ela tentou imaginar que mulher usaria um vestido como aquele. Como seria, conjeturou ela, usar um vestido tão bonito?

Estava recolocando o vestido no baú quando, aninhado entre algumas roupas velhas, ela encontrou um maço de envelopes. Verdes, vermelhos e brancos, os envelopes tinham as cores do Natal e estavam atados com uma larga tira de cetim. Evangeline passou um dedo sobre ela e sentiu sua textura lisa e macia.

— Traga esses envelopes para mim — disse Celestine em voz baixa. O cansaço estava começando a pesar sobre ela.

Deixando o baú aberto, Evangeline levou os envelopes para Celestine, que desatou a fita com dedos trêmulos e os devolveu a ela. Folheando-os, Evangeline descobriu que as datas correspondiam à época natalina de cada ano, iniciando-se em 1988, ano em que ela ingressara no Convento de Santa Rosa, e terminando no Natal de 1998. Para seu espanto, o nome do remetente era Gabriella Lévi-Franche Valko. As cartas haviam sido enviadas a Celestine pela avó de Evangeline.

— Ela enviou esses cartões para você — disse Celestine com voz trêmula. — Estou juntando e guardando esses envelopes há muitos anos, 11 para ser exata. Chegou a hora de você ficar com eles. Eu gostaria de poder explicar melhor, mas acho que já fui além das minhas forças esta noite. Falar do passado é mais difícil para mim do que você pode imaginar. Explicar minha complicada história com Gabriella ainda seria mais difícil. Leve os cartões. Acho que vão responder a muitas das suas perguntas. Depois que tiver lido, volte para falar comigo. Há muitas coisas para nós discutirmos.

Com grande cuidado, Evangeline tornou a amarrar os envelopes com a fita de cetim, dando um nó apertado. A aparência de Celestine mudara drasticamente durante a conversa delas — sua pele se tornara pálido-acinzentada, e ela mal conseguia manter os olhos abertos. Por um momento, Evangeline perguntou a si mesma se deveria pedir ajuda, mas estava claro que Celestine precisava apenas de repouso. Então, cobriu os frágeis ombros da irmã com o cobertor de crochê, assegurando-se de que ela estava aquecida e confortável. E saiu do quarto com o maço de cartas nas mãos, deixando Celestine dormir.

Cela de irmã Celestine, Convento de Santa Rosa, Mílton, estado de Nova York

Celestine cruzou as mãos sobre o peito debaixo do cobertor de crochê, tentando enxergar além das cores vivas de sua roupa de cama. O quarto estava quase que inteiramente mergulhado nas sombras. Embora ela tivesse lhe examinado os contornos todos os dias dos últimos cinquenta anos e conhecesse o lugar de cada objeto, sentia no aposento uma estranheza não definida que a confundia e embotava-lhe os sentidos. O barulho dos aquecedores estava distante e amortecido. Por mais que tentasse, não conseguia divisar o baú na outra extremidade do aposento. Sabia que estava lá, conservando seu passado como uma cápsula do tempo. Reconhecera as roupas que irmã Evangeline tirara de lá: as botas surradas que usara na expedição, o desconfortável avental que a torturava na escola e o maravilhoso vestido vermelho que a fizera linda por uma noite especial. Celestine sentia até o cheiro de perfume misturado ao de bolor, uma prova de que o frasco de cristal trabalhado que trouxera de Paris — um dos poucos tesouros que recolhera freneticamente minutos antes de deixar a França — ainda estava lá, coberto de poeira, mas com um perfume ainda poderoso. Se tivesse forças, ela iria até o baú e pegaria o frasco. Tiraria a tampa, também de cristal, e inalaria o aroma do passado, uma sensação tão deliciosa e proibida que mal conseguia pensar nela. Pela primeira vez em muitos anos, sentiu seu coração doer com saudades da juventude.

A semelhança de irmã Evangeline com Gabriella era tão pronunciada que havia momentos em que a mente de Celestine, enfraquecida pela exaustão e pela doença, ficava confusa. De repente, os anos se esvaneciam e, para seu espanto, ela não conseguia mais se lembrar da hora, do lugar e do motivo de seu confinamento. Enquanto cochilava e acordava, imagens do passado se destacavam nas tênues camadas de sua mente, emergindo e desaparecendo como as cores em uma tela, cada qual se dissolvendo na seguinte. A expedição, a guerra, a escola, os dias de aulas e estudo — todos aqueles acontecimentos de sua juventude pareciam a Celestine tão claros e vibrantes como os do presente. Gabriella Lévi-Franche, sua amiga e rival, a garota cuja amizade mudara tanto o curso de sua vida, apareceu diante dela. Enquanto Celestine entrava e saía do sono, as barreiras do tempo caíram, permitindo que ela enxergasse o passado novamente.

A SEGUNDA ESFERA

Louvai-o ao som da trombeta,
Louvai-o com a lira e a cítara.
Louvai-o com tímpanos e danças,
Louvai-o com a harpa e a flauta.
Louvai-o com címbalos sonoros,
Louvai-o com címbalos retumbantes.

— Salmo 150

Faculdade Angelológica de Paris, Montparnasse

Outono de 1939

Foi menos de uma semana depois da invasão da Polônia, numa tarde do meu segundo ano como estudante de angelologia, que a dra. Seraphina Valko me pediu para procurar Gabriella, minha errática colega de turma, e trazê-la de volta para o Ateneu. Gabriella estava atrasada para a aula, um hábito que desenvolvera no verão e que mantivera, para desespero de nossa professora, nos meses frios de setembro. Ela não estava em nenhum lugar da escola — nem no pátio, para onde costumava ir sozinha durante os intervalos, nem em nenhuma das salas de aula onde costumava estudar. Portanto, achei que estaria em sua cama, dormindo. Como meu quarto era ao lado do dela, eu sabia que ela só chegara bem depois das três da manhã, quando pusera um disco no fonógrafo e ouvira uma gravação de *Manon Lescaut*, sua ópera favorita, até o alvorecer.

Andei pelas ruas estreitas próximas ao cemitério, passei por um café cheio de homens que ouviam as notícias da guerra no rádio e entrei em uma travessa, chegando ao apartamento que dividíamos na rue Gassendi. Morávamos no terceiro andar. Nossas janelas se abriam acima dos castanheiros, uma altura que nos protegia do barulho da rua e enchia os quartos de luz. Subi a larga escadaria, destranquei a porta e ingressei em um apartamento silencioso e ensolarado. Tínhamos abundância de espaço — dois amplos quartos, uma estreita sala de jantar, um quarto de empregada com entrada pela cozinha e um grande banheiro, com uma banheira de porcelana. O apartamento era luxuoso demais para duas estudantes, percebi isso desde a primeira vez que pisei no assoalho encerado. As conexões familiares de Gabriella lhe asseguravam o melhor que nossa escola poderia oferecer. Por que eu fora designada para morar com Gabriella num imóvel daqueles era um mistério para mim.

Nosso apartamento em Montparnasse representava uma grande transformação na minha vida. Nos meses seguintes à minha mudança para lá, deliciei-me com seu luxo, cuidando para que tudo estivesse em perfeita ordem. Antes de vir para Paris, eu jamais vira um apartamento igual, enquanto Gabriella sempre vivera bem. Éramos diferentes de muitos modos, e mesmo nossas aparências pareciam confirmar as diferenças. Eu era alta e clara, com grandes olhos castanhos, lábios finos e o queixo reduzido que sempre considerei a marca de minha ascendência nórdica. Gabriella, por sua vez, era morena e tinha uma beleza clássica. Alguma coisa nela fazia com que as outras pessoas a levassem a sério, apesar da fraqueza que tinha pela moda e pelos romances de Claudine. Enquanto eu vim para Paris com uma bolsa de estudos, com alojamento e despesas pagos inteiramente por doações, Gabriella era de uma das melhores e mais antigas famílias angelológicas da cidade. Enquanto eu me sentia feliz por ter oportunidade de estudar com as melhores cabeças do nosso campo, Gabriella crescera na presença deles, absorvendo-lhes o brilhantismo como quem sorve a luz do sol. Enquanto eu mergulhava nos textos, memorizando-os e categorizando-os meticulosamente, como um boi arando um campo, o intelecto de Gabriella era natural, elegante, impressionante. Eu anotava sistematicamente cada detalhe do que nos era ensinado, fazendo tabelas e gráficos para melhor reter as informações. Gabriella, ao que eu saiba, jamais fez anotações. Mesmo assim, conseguia responder a qualquer pergunta sobre teologia, ou dissertar sobre qualquer assunto mitológico ou histórico, com uma facilidade que eu não sabia de onde vinha. Éramos as melhores alunas da turma, mas eu tinha sempre a sensação de ser uma penetra nos círculos de elite aos quais Gabriella pertencia por direito hereditário.

Percorrendo o apartamento, encontrei-o como o deixara de manhã. Um grosso volume de Santo Agostinho encadernado em couro estava aberto sobre a mesa de jantar, ao lado de um prato com os restos do meu café da manhã, pão e geleia de morango. Limpei a mesa, levei o livro para o meu quarto e o coloquei entre uma pilha de papéis soltos sobre minha escrivaninha. Havia livros à espera de serem lidos, vidros de tinta e muitos blocos de notas semipreenchidos. Uma fotografia amarelada dos meus pais — dois robustos fazendeiros castigados pelas intempéries, cercados por nossas colinas cobertas de vinhedos — estava ao lado de uma fotografia desbotada de minha avó, Baba Slavka, com os cabelos presos sob um lenço, como era costume no vilarejo estrangeiro onde nascera. Meus estudos haviam me ocupado tão completamente que eu não visitava minha casa havia mais de um ano.

Eu era filha de vinhateiros, menina do campo, tímida e protegida, com talento acadêmico e inabaláveis crenças religiosas. Minha mãe provinha de uma família de *vignerons*, cujos ancestrais haviam subsistido mediante trabalho duro e tenacidade, cultivando *auxerrois blanc* e *pinot gris*, enquanto escondiam as economias da família nas paredes da casa, preparando-se para quando voltasse a haver guerra. Meu pai era estrangeiro. Imigrara da Europa oriental para a França após a Primeira Guerra Mundial. Casara-se então com minha mãe, cujo nome de família adotara, antes de assumir a responsabilidade de administrar os vinhedos.

Embora não tivesse cultura, meu pai reconheceu o talento que eu tinha. Quando atingi idade suficiente para andar, ele me encheu de livros, muitos deles teológicos. Depois que completei 14 anos, conseguiu que eu fosse estudar em Paris, acompanhando-me no trem quando fui fazer os testes. Depois que obtive uma bolsa de estudos, ajudou-me a colocar meus pertences em um baú de madeira que pertencera à sua mãe e me acompanhou na viagem até minha nova escola. Mais tarde, quando soube que minha avó quisera estudar nesta mesma escola, entendi que meu destino como angelóloga estava traçado havia muitos anos. Enquanto procurava minha bem relacionada e atrasada amiga, perguntei a mim mesma se estava disposta a trocar definitivamente a vida que levava com minha família por esta. Se Gabriella não estivesse no apartamento, eu teria de me encontrar com a dra. Seraphina, no Ateneu, de mãos abanando.

Quando saí do meu quarto, um movimento no grande banheiro ao final do corredor atraiu minha atenção. A porta estava fechada, mas um movimento por trás do vidro fosco me alertou sobre a presença de alguém. Gabriella devia estar tomando banho, algo estranho para fazer em uma hora em que deveria estar na escola. Eu podia ver a silhueta de nossa ampla banheira de porcelana, que devia estar cheia de água quente até a borda. Ondas de vapor enchiam o aposento, cobrindo o vidro da porta com uma espessa camada de vapor leitoso. Ouvi a voz de Gabriella. Embora achasse estranho que ela estivesse falando consigo mesma, acreditei que ela estivesse sozinha. Ao levantar a mão para bater na porta, de modo a avisar Gabriella da minha presença, percebi um clarão dourado. Um vulto enorme passou diante do vidro. Não confiava totalmente no que vira, mas tive a sensação de que o quarto fora inundado por uma luz suave.

Entrei no banheiro, esforçando-me para entender a cena à minha frente. Vi roupas espalhadas pelo chão de ladrilhos — uma saia de linho e uma blusa de raiom estampada, que reconheci como sendo de Gabriella. Emboladas junto às roupas de minha amiga, avistei umas calças amarrotadas como um saco de farinha, evidentemente tiradas às pressas. Era óbvio que Gabriella não estava sozinha. Mas não saí dali. Em vez disso, avancei mais. Olhando com atenção, deparei-me com uma cena que me deixou tão chocada que só pude ficar olhando, em estado de assombro horrorizado.

Do outro lado do banheiro, envolvida por uma névoa de vapor, Gabriella estava de pé, enlaçada nos braços de um homem. A pele dele era de um branco luminoso cujo brilho parecia sobrenatural aos meus espantados olhos. Pressionava Gabriella contra a parede como se quisesse esmagá-la com seu peso, em um ato de dominação que ela não tentava repelir. Os braços alvos dela estavam enlaçados no corpo dele.

Esgueirei-me para fora do banheiro, tomando cuidado para que Gabriella não notasse minha presença, e saí do apartamento. De volta à faculdade, passei algum tempo perambulando pelo emaranhado de corredores, tentando me recompor, antes de ir falar com a dra. Seraphina Valko. Os prédios, que ocupavam uma área enorme, eram ligados por corredores estreitos e passagens subterrâneas. Isso conferia à escola uma assimetria cheia de sombras, que achei estranhamente tranquilizadora, como se a irregularidade ecoasse meu estado de espírito. As dependências, nada imponentes, eram às vezes inadequadas para as nossas necessidades: salas de conferência pequenas demais e salas de aula sem aquecimento adequado. Mas minha concentração no trabalho quase não me deixava perceber isso.

Passando pelos gabinetes vazios dos professores, que já haviam deixado a cidade, tentei entender o choque que sentira ao ver Gabriella com seu amante. Minha incapacidade para chegar a uma conclusão a respeito do que vira e a caótica mistura de lealdade e rivalidade que eu sentia em relação à minha amiga não me permitiriam contar a verdade à dra. Seraphina, embora no fundo eu soubesse que era a coisa certa a ser feita. Em vez disso, ponderei sobre o significado dos atos de Gabriella. Especulei sobre o dilema moral em que seu romance me colocava. Eu teria de explicar à dra. Seraphina onde estava, mas o que diria? Não ficaria bem trair o segredo de Gabriella. Embora fosse minha única amiga, Gabriella Lévi-Franche era também minha maior rival.

Mas minha ansiedade já não tinha importância. Quando regressei ao gabinete da dra. Seraphina, Gabriella já estava de volta. Acomodara-se em uma cadeira Luís XIV, com uma aparência descansada e calma, como se tivesse passado a manhã relaxando em um parque sombreado, lendo Voltaire. Usava um vestido de crepe verde vivo, meias de seda brancas e recendia fortemente a Shalimar, seu perfume favorito. Quando me cumprimentou de forma polida, como de hábito, percebi com alívio que não sabia o que eu vira.

A dra. Seraphina me cumprimentou com afabilidade e interesse, perguntando o que *me* fizera demorar. A reputação da dra. Seraphina residia não só em suas próprias realizações, como também nas de seus alunos; assim, fiquei aflita com a possibilidade de que minha busca por Gabriella fosse interpretada como morosidade de minha parte. Eu não alimentava ilusões a respeito do meu status na faculdade. Ao contrário de Gabriella e suas conexões familiares, eu era descartável, embora a dra. Seraphina jamais fosse dizer isso abertamente.

A popularidade dos Valko entre os estudantes, de modo geral, não era nenhum mistério. Seraphina Valko era casada com o igualmente brilhante dr. Raphael Valko, e muitas vezes dava aulas junto com o marido. Essas aulas ficavam lotadas, todos os outonos, por multidões de jovens alunos, cujo número superava em muito a quantidade de estudantes do primeiro ano às quais se destinavam oficialmente. Nossos dois professores mais proeminentes eram especializados em geografia antediluviana, um pequeno, mas vital, ramo da arqueologia angélica. As aulas dos Valko abrangiam mais do que sua especialização, no entanto, resumindo a história da angelologia desde suas origens teológicas até sua prática moderna, e revivendo o passado de tal forma que a estrutura das antigas alianças e batalhas — e seu papel nas mazelas do mundo moderno — tornava-se clara diante de toda a plateia. A dra. Seraphina e o dr. Raphael tinham o dom de fazer as pessoas entenderem que o passado não era um lugar distante, um refúgio de mitos e contos de fadas. Não era só um compêndio de vidas assoladas por guerras, pestes e infortúnios; a história vivia e respirava no presente, existia entre nós todos os dias, proporcionando uma janela para a nebulosa paisagem do futuro. A capacidade dos Valko para tornar o passado acessível aos alunos lhes assegurava a popularidade e a posição que desfrutavam em nossa escola.

A dra. Seraphina olhou para o relógio.

— É melhor nós irmos — disse, arrumando alguns papéis em sua escrivaninha. — Já estamos atrasadas.

Andando depressa, martelando o piso ladrilhado com seus saltos altos, ela nos conduziu pelos corredores estreitos e sombrios até o Ateneu. Embora o nome sugerisse uma augusta biblioteca, com janelas altas e colunas coríntias, o Ateneu era escuro como uma masmorra. Não tinha janelas e, em sua perpétua obscuridade, mal se discerniam as paredes e o piso de mármore. Muitas das salas de aulas estavam instaladas em prédios similares de Montparnasse, que haviam sido adquiridos ao longo dos anos e eram interligados por corredores caóticos. Assim que cheguei a Paris, aprendi que nossa segurança dependia de permanecermos escondidos. A labiríntica natureza das salas nos permitia trabalhar sem sermos molestados, uma tranquilidade agora ameaçada pela guerra iminente. Muitos dos professores já haviam deixado a cidade.

Apesar das sombrias instalações, o Ateneu foi um bálsamo no meu primeiro ano de estudos, com sua grande coleção de livros, muitos dos quais intocados havia décadas. Quando a dra. Seraphina me apresentou à Biblioteca

Angelológica, observou que até o Vaticano invejaria nosso acervo, que dispunha de textos datados dos primeiros anos da era pós-diluviana. Mas eu nunca tivera oportunidade de examinar tais textos antigos, pois eram guardados em um cofre, fora do alcance dos alunos. Frequentemente, eu entrava no Ateneu no meio da noite, acendia uma pequena lâmpada a óleo e me sentava a um canto, com uma pilha de livros ao lado e o doce e empoeirado cheiro de papéis velhos ao redor. Eu não achava que essas horas extras de estudo fossem uma prova de ambição, embora muitos alunos pudessem achar o contrário quando me viam estudando de madrugada. Para mim, o inesgotável suprimento de livros servia como ponte para minha nova vida. Era como se, ao entrar no Ateneu, a história do mundo saísse de um nevoeiro, dando-me a sensação de não estar sozinha, e sim, de fazer parte de uma ampla rede de sábios, que já estudavam textos semelhantes séculos antes de eu nascer. Para mim, o Ateneu representava tudo o que era civilizado e ordeiro no mundo.

Assim sendo, foi penoso demais ver a biblioteca em total desarrumação. Enquanto a dra. Seraphina nos levava mais para o interior de suas dependências, avistei uma equipe de assistentes desmontando o acervo. O processo estava sendo conduzido de modo sistemático — com uma coleção tão vasta e valiosa, não poderia ser diferente. Mas a impressão que tive foi a de que o Ateneu mergulhara em um estado de puro caos. Livros se empilhavam nas mesas; caixas de madeira, muitas delas cheias até a borda, espalhavam-se pelo recinto. Havia apenas alguns meses, alunos ocupavam tranquilamente aquelas mesas e se preparavam para as provas, como gerações de outros alunos haviam feito antes deles. Eu me sentia como se tudo estivesse perdido. O que sobraria depois que nossos textos fossem escondidos? Desviei então os olhos, incapaz de olhar para o desmonte do meu santuário.

Aquela operação, entretanto, não era uma grande surpresa. Quanto mais os alemães se aproximavam, mais perigoso era permanecer naqueles prédios vulneráveis. Eu sabia que nossas aulas logo seriam suspensas e recomeçariam de outra forma, ministradas para pequenos grupos bem escondidos, fora da cidade. Nas últimas semanas, a maioria dos cursos fora cancelada. Interpretações de Criação e Fisiologia Angélica, meus dois cursos favoritos, haviam sido suspensos indefinidamente. Apenas as palestras dos Valko continuavam, mas sabíamos que eles logo iriam se dispersar. O perigo da invasão, no entanto, não parecia real até eu ver o Ateneu desmantelado.

Tensa e apressada, a dra. Seraphina nos conduziu até um aposento nos fundos da biblioteca. Seu estado de espírito refletia o meu: eu não conseguia me sentir tranquila depois do que presenciara naquela manhã. Às vezes olhava disfarçadamente para Gabriella, como se sua aparência pudesse ter sido alterada por seus atos, mas ela estava tão impassível como sempre. Deixando transparecer a ansiedade, a dra. Seraphina fez uma pausa, prendeu uma mecha de cabelos atrás da orelha e alisou o vestido. Naquela ocasião, achei que ela ficara perturbada com meu atraso e estava preocupada porque teria de cancelar sua aula. Mas, quando chegamos aos fundos do Ateneu, descobri que estava havendo um tipo diferente de reunião. Percebi então que o comportamento da dra. Seraphina tinha outro motivo.

Um grupo de prestigiosos angelólogos estava sentado em torno de uma mesa, mergulhado em um acalorado debate. Eu conhecia os membros do conselho pela reputação — muitos haviam sido professores visitantes no ano anterior —, mas jamais os vira juntos em um ambiente tão íntimo. O conselho era composto por homens e mulheres que detinham posições de poder em toda a Europa — políticos, diplomatas e líderes sociais cuja influência se estendia muito além de nossa escola. Alguns eram autores de livros que se alinhavam nas prateleiras do Ateneu, cientistas cujas pesquisas sobre as propriedades físicas e químicas dos corpos angélicos haviam modernizado nossa disciplina. Uma freira vestida com um hábito de pesada sarja negra — uma angelóloga que dividia seu tempo entre estudos teológicos e trabalhos de campo — sentava-se ao lado do tio de Gabriella, o dr. Lévi-Franche, um angelólogo idoso que se especializara na arte de invocar os anjos, um campo perigoso e intrigante que eu tinha vontade de estudar. Os maiores angelólogos de nossa época estavam lá, observando a dra. Seraphina nos levar à presença deles.

A dra. Seraphina gesticulou para que nos sentássemos nos fundos da sala, a certa distância dos membros do conselho. Sentindo uma profunda curiosidade em relação ao tema de reunião tão extraordinária, esforcei-me ao máximo para não ficar boquiaberta diante de tantas celebridades e concentrei minha atenção em uma série de grandes mapas da Europa que estavam pendurados na parede. Pontos vermelhos assinalavam as cidades de interesse — Paris, Londres, Berlim e Roma. Mas o que realmente aguçou meu interesse foi que, além das localidades habituais, algumas cidades obscuras estavam destacadas: havia marcas em cidades próximas à fronteira com a Grécia e a Bulgária, criando uma linha vermelha entre Sófia e Atenas. A área tinha especial interesse para mim, pois fora naquela região remota da Europa que meu pai nascera.

O dr. Raphael ficou em pé à frente dos mapas, esperando para falar. Era um homem sério, um dos poucos membros totalmente seculares a fazer parte do conselho e ainda dar aulas na faculdade. A dra. Seraphina uma vez mencionara que o dr. Raphael mantinha a mesma dupla posição de Roger Bacon, o angelólogo inglês do século XIII, que ensinara Aristóteles em Oxford e teologia franciscana em Paris. O equilíbrio que Bacon mantinha entre o rigor intelectual e a humildade espiritual eram realizações que a sociedade olhava com grande respeito — e eu não conseguia deixar de ver o dr. Raphael como seu sucessor. Depois que a dra. Seraphina ocupou seu lugar à mesa, o dr. Raphael recomeçou a falar.

— Como eu estava dizendo — prosseguiu ele, gesticulando para as prateleiras quase vazias e para os assistentes que estavam acondicionando os livros em caixas —, nosso tempo é curto. Logo, todo o nosso patrimônio estará embalado e armazenado em locais seguros espalhados pelo campo. É claro que não há outro jeito; estamos nos prevenindo para contingências futuras. Mas esta medida vem no pior momento possível. Nosso trabalho não pode ser paralisado durante a guerra. Não há dúvida de que temos de tomar uma decisão agora.

Em tom solene, ele prosseguiu:

— Eu não acredito que nossas defesas falharão. Tudo indica que estamos preparados para as batalhas que virão, mas temos de estar preparados para o pior. Se esperarmos mais, corremos o risco de acabarmos cercados.

— Olhe para a Europa, professor — disse um membro do conselho chamado Vladimir, um jovem estudioso enviado a Paris pela Academia Angelológica de Leningrado, que operava clandestinamente, a quem eu conhecia de fama. Jovem e bem-apessoado, ele tinha olhos azul-claros e um corpo esguio. O modo tranquilo e seguro com que se comportava dava a impressão de um homem mais velho, mas ele não poderia ter mais de 19 anos. — Parece que já estamos cercados.

— Há uma grande diferença entre as maquinações das potências do Eixo e as de nossos inimigos — disse o dr. Lévi-Franche. — O perigo terreno não é nada em comparação ao perigo oferecido pelos nossos inimigos espirituais.

— Temos de estar preparados para enfrentar os dois — disse Vladimir.

— Exatamente — disse a dra. Seraphina. — E para fazer isso, temos de aumentar nossos esforços para encontrar e destruir a lira.

A afirmativa da dra. Seraphina foi recebida em silêncio, como se os membros do conselho não estivessem muito certos de como deveriam reagir a uma declaração tão corajosa.

— Vocês conhecem minha opinião a respeito deste assunto — observou o dr. Raphael. — Enviar uma equipe às montanhas é nossa melhor esperança.

A freira, cujos traços eram obscurecidos pelo véu, olhou para os integrantes do conselho e disse:

— A área mencionada pelo dr. Raphael é grande demais para ser coberta sem coordenadas precisas, mesmo pelas nossas equipes. A localização exata da garganta precisa ser mapeada antes que uma expedição seja estabelecida.

— Com os recursos adequados — disse a dra. Seraphina —, nada é impossível. Nós temos recebido um generoso apoio de nossa benfeitora americana.

— E os equipamentos fornecidos pelo espólio da família Curie serão mais do que adequados — acrescentou o dr. Raphael.

— Vamos olhar para a realidade prática — disse o dr. Lévi-Franche, claramente cético em relação ao projeto. — Qual o tamanho da área de que estamos falando?

— A Trácia era parte do Império Romano do Oriente, que depois se chamou Bizâncio. Seu território abrangia partes dos territórios atuais da Turquia, Grécia e Bulgária — disse o dr. Raphael. — O século X foi uma época de grandes mudanças territoriais para os trácios. Mas, segundo o relato que o Venerável Clematis fez de sua expedição, podemos limitar um pouco nossas pesquisas. Sabemos que Clematis nasceu na cidade de Smolyan, no coração dos montes Ródopes, na Bulgária. Clematis escreveu que percorrera sua terra natal durante a expedição. Portanto, podemos restringir a área ao norte da Trácia.

— Essa área, como minha colega lembrou corretamente, é imensa — disse o dr. Lévi-Franche. — Vocês acham que podemos explorar uma parte desse terreno sem sermos detectados? Mesmo com vastos recursos e mil agentes, levaríamos anos, talvez décadas, para fazer apenas uma pesquisa superficial, sem falar em descermos aos subterrâneos. Não temos recursos nem pessoal para uma empreitada dessas.

— Não vão faltar voluntários para a missão — replicou Vladimir.

— É importante lembrar — disse a dra. Seraphina — que a guerra não ameaça só a destruição dos nossos textos e da estrutura física da nossa escola. Podemos perder bem mais se os detalhes da caverna e do tesouro que está escondido lá vierem a público.

— Talvez — disse a freira. — Mas nossos inimigos estão observando as montanhas o tempo todo.

— É verdade — disse Vladimir, cuja disciplina era musicologia angelológica. — E é precisamente por este motivo que devemos ir agora.

— Por que agora? — perguntou o dr. Lévi-Franche, baixando a voz. — Já capturamos e protegemos instrumentos celestiais menos importantes, deixando o mais perigoso intocado. Por que não esperar até que a guerra termine?

A dra. Seraphina disse:

— Os nazistas posicionaram tropas na área. Eles adoram antiguidades, principalmente as que têm significado mitológico para o regime deles, e os Nefilins vão usar essa oportunidade para se apossar de um instrumento poderoso.

— Os poderes da lira são notórios — disse Vladimir. — De todos os instrumentos celestiais, é o único que pode ser usado para finalidades desastrosas. Talvez sua força destrutiva seja mais insidiosa do que qualquer coisa que os nazistas façam. De qualquer forma, é um instrumento muito precioso para ser deixado de lado. Vocês sabem tão bem quanto eu que os Nefilins sempre cobiçaram a lira.

— Mas é óbvio — disse o dr. Lévi-Franche, cada vez mais perturbado — que os Nefilins vão seguir nossa equipe em qualquer esforço de recuperação que venhamos a empreender. Se nós tivermos a sorte milagrosa de achar a lira, não temos a menor ideia do que pode acontecer a quem estiver com ela. Pode não ser seguro. Ou pior, ela pode ser tirada de nós. Qualquer esforço nosso pode simplesmente ajudar nossos inimigos. E seremos responsáveis por todos os horrores que a música da lira poderá provocar.

— Talvez — disse a freira, empertigando-se na cadeira — a lira não seja tão poderosa quanto você acredita. Ninguém jamais viu o instrumento. Muito do terror que ele inspira vem de lendas pagãs. Há muitas possibilidades de que o mal que a lira pode infligir seja meramente um produto de lendas.

Enquanto os angelólogos consideravam a hipótese, o dr. Raphael observou:

— Estamos então diante da opção de agir ou de não fazer nada.

— Uma ação imprudente é pior do que um sábio comedimento — disse o dr. Lévi-Franche, e eu não pude deixar de antipatizar com o comentário dele, tão diferente dos sinceros argumentos do meu professor.

— No nosso caso — retrucou o dr. Raphael, cada vez mais agitado —, a inação é a opção mais imprudente. Nossa passividade pode ter consequências terríveis.

— É exatamente por isso que devemos agir agora — disse Vladimir. — Não podemos permitir que os Nefilins consigam a lira.

— Permitam-me uma interrupção — disse gentilmente a dra. Seraphina. — Eu gostaria de fazer uma proposta. — Caminhando até onde Gabriella e eu estávamos, e atraindo para nós a atenção dos membros do conselho, a dra.

Seraphina prosseguiu: — Muitos de vocês já conhecem estas moças, mas, para quem não conhece, eu gostaria de lhes apresentar duas de nossas mais brilhantes angelólogas. Gabriella e Celestine têm me ajudado a organizar nosso patrimônio durante a transição. Elas têm andado ocupadas com a catalogação de textos e a transcrição de anotações. Eu acho o trabalho delas muito útil. Na verdade, foi a atenção que tiveram com os pormenores da nossa coleção e os detalhes que extraíram cuidadosamente dos nossos papéis históricos que deram a Raphael e a mim a ideia de como proceder nesta conjuntura tão importante.

— Como muitos de vocês sabem — disse o dr. Raphael —, além de nossos deveres aqui na faculdade, a dra. Seraphina e eu estamos trabalhando em alguns projetos particulares, entre eles determinar com mais precisão a localização da caverna. Durante esse processo, acumulamos uma enorme quantidade de dados e anotações que passaram despercebidos anteriormente.

Olhei para Gabriella, tentando encontrar algum tipo de tristeza pela nossa situação, mas ela desviou os olhos, arrogante como sempre. De repente, conjeturei se Gabriella não conheceria em detalhes o assunto que os membros do conselho estavam discutindo. Era possível que ela tivesse informações confidenciais que me tinham sido negadas. A dra. Seraphina nunca me falara da lira, nem da necessidade de impedir que nossos inimigos se apoderassem dela. O fato de Gabriella ouvir suas confidências me deixou cheia de inveja.

— Quando percebemos que a guerra poderia interromper nosso trabalho — disse a dra. Seraphina —, decidimos garantir a preservação dos nossos documentos, acontecesse o que acontecesse. Com isso em mente, pedimos a Gabriella e a Celestine que nos ajudassem a organizar e arquivar anotações de pesquisas. Elas começaram há alguns meses. O trabalho exigido delas, essa humilde coleta de dados, foi estafante, mas elas demonstraram grande engenhosidade e determinação, e completaram a tarefa antes da mudança. Ficamos impressionados com seus progressos. A juventude delas permite que elas tenham paciência para executar o que pode parecer, a muitos de nós, um simples trabalho burocrático. A diligência dessas duas, porém, produziu excelentes resultados. Os dados foram inacreditavelmente úteis e nos permitiram rever uma infinidade de informações que estavam ocultas há décadas.

A dra. Seraphina andou até onde estavam os mapas e, retirando uma caneta do bolso do suéter, desenhou um triângulo sobre os montes Ródopes, da Grécia à Bulgária.

— Sabemos que a área está situada dentro desses limites. Sabemos que já foi explorada anteriormente, e que existem muitas tentativas de descrever a geologia e a paisagem da garganta. Nossos estudiosos têm sido intelectualmente escrupulosos em seu trabalho, mas nossos métodos organizacionais talvez não sejam tão perfeitos. Embora não tenhamos as coordenadas exatas, acredito que se esquadrinharmos todos os textos à nossa disposição, inclusive relatos que não foram examinados antes com essa finalidade, vamos lançar uma nova luz sobre a localização.

— E você acredita — disse a freira — que através desse método vocês descobrirão as coordenadas da caverna?

— É o nosso propósito — respondeu o dr. Raphael. — Se pudermos limitar nossas buscas a um raio de 100 quilômetros, gostaríamos de obter aprovação total para a Segunda Expedição.

— Se falharmos em limitar a área de busca — disse a dra. Seraphina —, vamos esconder as informações o melhor que pudermos, ir para o exílio como planejamos e rezar para que nossos mapas não caiam nas mãos de nossos inimigos.

Fiquei espantada ao ver o quão prontamente os membros do conselho aprovaram a proposta, após um debate tão acalorado. Talvez a dra. Seraphina soubesse que a valorização de Gabriella fosse uma carta que poderia jogar para obter a aprovação do dr. Lévi-Franche. Qualquer que fosse sua estratégia, deu certo. Embora eu estivesse confusa a respeito do tesouro que estávamos procurando, minhas ambições haviam sido alimentadas. Eu me sentia eufórica. Gabriella e eu havíamos sido colocadas no centro das pesquisas empreendidas pelos Valko em busca da caverna dos anjos aprisionados.

Na manhã seguinte, cheguei ao gabinete da dra. Seraphina uma hora antes das nove, o horário marcado. Eu dormira muito mal, enquanto, no quarto ao lado, Gabriella não parara quieta, abrindo a janela, fumando cigarros, tocando seu disco favorito, *Douze Etudes*, de Debussy, enquanto andava de um lado para outro. Imaginei que seu relacionamento secreto contribuía para sua falta de sono, como fizera comigo, embora os sentimentos de Gabriella, na verdade, fossem um mistério para mim. Eu achava que a conhecia melhor que qualquer outra pessoa em Paris, mas não a conhecia de verdade.

Desnorteada pelos acontecimentos da tarde anterior, não parei para pensar na magnitude do papel que os Valko haviam nos atribuído na procura da caverna. O fato de que eu quase não conseguia pensar em outra coisa, a não ser em Gabriella com seus braços enlaçados em uma figura indecifrável, de cuja existência eu mesma duvidava, apenas aumentava minha cautela com relação a ela. Assim, saí da cama antes que o sol se erguesse, peguei meus livros e fui estudar em meu canto no Ateneu.

Estar sozinha entre nossos textos me deu oportunidade de pensar sobre a reunião do conselho no dia anterior. Era difícil, para mim, acreditar que uma expedição de tanta importância pudesse ser conduzida sem o conhecimento exato do local da garganta. Faltava um mapa — componente fundamental para qualquer missão. Qualquer aluno do primeiro ano, de inteligência média, saberia que uma expedição não pode ser considerada um sucesso sem produzir um material cartográfico completo. Sem a exata localização geográfica do percurso, futuros estudiosos não teriam como replicar a missão. Em resumo, sem um mapa, não haveria provas sólidas.

Eu não seria sensível à importância de um mapa se não fosse pelos anos que passei com os Valko, cujo estudo de cartografia e formações geológicas beirava a obsessão. Assim como um cientista acredita na repetição para a comprovação de experimentos, o trabalho dos Valko na área de geologia antediluviana advinha de sua paixão pela reprodução concreta e exata de antigas expedições. Seus debates técnicos sobre formações minerais e rochosas, atividade vulcânica, camadas geológicas, variedades de solo e topografia de regiões calcárias não deixava dúvidas de que utilizavam métodos científicos. Não poderia haver engano. Se existisse um mapa, o dr. Raphael o encontraria e reconstruiria a expedição passo a passo, rocha a rocha.

Depois que o sol se levantou, bati levemente na porta da dra. Seraphina e a abri, depois de ouvir sua voz. Para minha surpresa, Gabriella estava com nossa professora, sentada em um canapé forrado de seda vermelha, diante de um café da manhã. Eu podia perceber que ambas estavam envolvidas em uma profunda discussão. A ansiosa Gabriella da noite anterior desaparecera. Em seu lugar, estava a Gabriella aristocrata, perfumada, maquiada e imaculadamente vestida, com os luzidios cabelos negros penteados para trás. Mais uma vez, eu fora derrotada por ela. Incapaz de disfarçar minha consternação, fiquei de pé à porta, sem saber qual era minha posição.

— O que você está fazendo aí, Celestine? — disse a dra. Valko, com uma ponta de irritação na voz. — Entre e se junte a nós.

Eu já visitara o gabinete da dra. Seraphina muitas vezes antes, e sabia que era um dos melhores aposentos da escola. Localizado no último andar de um prédio em estilo Haussman, desfrutava de uma vista panorâmica das vizinhanças — inclusive uma praça, cuja fonte e os pombos que a frequentavam sobressaíam no cenário. O sol da manhã iluminava as janelas francesas, uma das quais estava aberta para o frio ar da manhã, banhando a sala com um odor de terra e água, como se tivesse chovido a noite inteira e houvesse uma camada de lama nas ruas. O cômodo era grande e elegante, com estantes embutidas, sancas caneladas e uma grande mesa com tampo de mármore. Era um gabinete que se esperaria encontrar na Margem Direita em vez de na *rive gauche*. O escritório do dr. Raphael, uma sala empoeirada, manchada por fumaça de tabaco e repleta de livros, era mais representativo da escola. O dr. Raphael era frequentemente encontrado no gabinete ensolarado e resplandecente da esposa, discutindo detalhes de uma aula ou, como Gabriella naquela manhã, bebendo café nas xícaras de porcelana de Sèvres da dra. Seraphina.

O fato de Gabriella ter chegado antes de mim ao gabinete da dra. Seraphina me deixou mais abatida do que demonstrei. Eu não conseguia atinar com seus motivos, mas me parecia que ela marcara uma reunião particular, deixando-me de fora para obter alguma vantagem. No mínimo, aproveitara a oportunidade para conversar com a dra. Seraphina sobre a tarefa que iríamos empreender, talvez solicitando os trabalhos mais cobiçados. Eu sabia que nossos esforços poderiam mudar nosso status na escola. Caso os Valko gostassem dos resultados, talvez houvesse um lugar na expedição — e eu achava que somente uma de nós o obteria.

Havíamos recebido trabalhos condizentes com nossas qualificações letivas, que eram tão díspares quanto nossa aparência. Enquanto eu adorava a parte técnica de nosso curso — a fisiologia dos corpos angélicos, as proporções de matéria e espírito nos seres criados e a perfeição matemática das primeiras taxonomias —, Gabriella sentia-se mais atraída pelos elementos artísticos da angelologia. Gostava de ler histórias épicas de batalhas entre angelólogos e Nefilins; podia contemplar pinturas religiosas e descobrir simbolismos que com certeza me escapariam; dissecava textos antigos com tanto cuidado que o significado de cada palavra parecia ter o poder de mudar o futuro. Ela acreditava no progresso do bem e, no nosso primeiro ano de estudos, fez com que eu também achasse que esse progresso era possível. Assim, a dra. Seraphina escolheu-a para trabalhar nos textos míticos, deixando para mim a tarefa mais sistemática de organizar os dados empíricos de nossas tentativas anteriores de encontrar a garganta, peneirando informações geológicas de várias épocas e cotejando mapas antigos.

Pelo ar de satisfação no rosto de Gabriella, elas já deviam estar conversando havia algum tempo. Havia diversas caixas de madeira no meio do escritório, cujas bordas ásperas se afundavam no tapete oriental vermelho e dourado. Estavam entulhadas com diários de expedições e papéis avulsos, como se tivessem sido enchidas às pressas.

Meu espanto com a presença de Gabriella, para não mencionar minha curiosidade a respeito das caixas, não passou despercebido. Acenando para que eu entrasse na sala, a dra. Seraphina me pediu que fechasse a porta.

— Entre, Celestine — disse ela novamente, enquanto me indicava um divã perto das estantes. — Eu estava me perguntando quando você chegaria.

Como se para corroborar a observação da dra. Seraphina, um relógio de pêndulo no outro lado da sala bateu as oito horas da manhã. Eu estava uma hora adiantada.

— Pensei que começaríamos às nove — disse eu.

— Gabriella quis começar antes. Nós estávamos examinando algumas das coisas novas que você vai catalogar. Nessas caixas estão os papéis de Raphael, que ele trouxe do gabinete dele ontem à noite.

Caminhando até a escrivaninha, a dra. Seraphina pegou uma chave e destrancou um armário. As prateleiras estavam cheias de blocos de notas, meticulosamente ordenados.

— E estes são os meus. Eu os organizei por assunto e data. Meus apontamentos de estudante estão nas prateleiras de baixo; minhas anotações mais recentes, na maioria citações e rascunhos para artigos, estão em cima. Eu evitei catalogar meu trabalho por anos, em grande parte para manter segredo. Porém, o que é mais importante, eu estava esperando pelos assistentes certos. Vocês duas são alunas brilhantes com conhecimento das áreas básicas da angelologia — teleologia, frequências transcendentais, teorias de angelologia morfológica, taxonomia. Enquanto estavam estudando essas matérias em nível básico, vocês também aprenderam alguma coisa sobre a nossa área, a geologia antediluviana. Vocês são esforçadas, meticulosas, informadas e talentosas de diversos modos, mas não são especializadas. Assim, espero que possam encarar o trabalho sem ideias preconcebidas. Se houver algo nessas caixas que tenha nos passado despercebido, eu sei que vocês, meninas, vão encontrar. Também vou pedir que vocês assistam às minhas aulas. Sei que completaram meu curso básico no ano passado, mas o assunto tem um significado especial para a nossa tarefa.

Folheando uma coleção de diários, ela retirou alguns volumes e os colocou sobre a mesinha de café entre nós. Embora meu primeiro impulso fosse pegar um dos diários, esperei para ver o que Gabriella faria. Não queria parecer ansiosa demais.

— Vocês deviam começar com esses — disse Seraphina, acomodando-se de novo no divã. — Acho que vão achar um desafio pôr em ordem os arquivos de Raphael.

— Há tantos — disse eu, encantada com a simples quantidade de papéis para examinar e curiosa em saber como iríamos classificar aquela massa de informações.

— Eu já dei a Gabriella informações precisas a respeito de nossa metodologia para catalogar os papéis — disse Seraphina. — Ela vai repassar essas instruções para você. Só há uma diretriz que vou repetir: vocês têm de se lembrar de que esses diários são excepcionalmente preciosos. Eles formam o corpo de nossas pesquisas originais. Embora nós tenhamos extraído algum material para publicação, nada foi copiado totalmente. Peço que vocês tomem o maior cuidado com os volumes mais delicados, em particular os textos que descrevem nossas expedições. Sinto muito, mas esses papéis não podem sair do meu gabinete. Mas, contanto que terminem em tempo hábil, podem examinar o material como quiserem. Acho que há muita coisa para se aprender, apesar da desordem dos papéis. Na verdade, estou esperando que esse trabalho sirva para que vocês entendam a história de nossa luta e, se tivermos muita sorte, nos ajudem a achar o que estamos procurando.

Pegando um diário encadernado em couro e o estendendo para mim, ela disse:

— Aqui estão algumas das coisas que eu escrevi quando ainda era estudante. São anotações sobre minhas leituras, algumas conjeturas sobre a angelologia e seu desenvolvimento histórico. Já não olho isso há muito tempo, e não sei dizer o que vocês vão encontrar. Eu era uma aluna ambiciosa e, assim como você, Celestine, passava muitas e muitas horas no Ateneu. Com tantas informações sobre a história da angelologia, eu senti que precisava fazer um resumo. Muitas especulações bem ingênuas da minha parte devem estar incluídas aí, e peço que você as releve.

Esforcei-me para pensar na dra. Seraphina como aluna, aprendendo as mesmas coisas que nós. Era difícil pensar que algum dia fora ingênua em algo.

A dra. Seraphina disse:

— As anotações dos últimos anos podem ser mais atraentes. Eu reescrevi o material e o transformei em um, como direi, relato sucinto da história do nosso trabalho. Um dos princípios que nossos estudiosos e agentes procuram seguir é o de que a angelologia é puramente funcional; nós usamos nossos estudos como uma ferramenta concreta. As teorias valem pela sua execução e, no nosso caso, as pesquisas históricas desempenham um papel importante na nossa capacidade de lutar contra os Nefilins. Eu, pessoalmente, tenho cérebro bastante empírico. Não sou muito de entender abstrações, então usei o estilo narrativo para tornar as teorias angelológicas mais tangíveis para mim. É assim também que eu organizo as minhas aulas. Enquanto o uso da narrativa é lugar-comum em muitos aspectos da teologia (alegorias e coisas semelhantes), a Igreja evitou essa abordagem quando tratou dos sistemas angelológicos. Como vocês talvez saibam, os sistemas hierárquicos foram usados como justificativa para a divisão entre as espécies pelos pais da Igreja. Eles acreditavam que, assim como criou hierarquias de anjos, Deus criou hierarquias na Terra. Uma coisa explicaria a outra. Por exemplo: assim como os Serafins possuem uma inteligência angélica superior à dos Querubins, o mesmo ocorre com o Bispo de Paris em relação a um agricultor. Vejam como funcionariam as coisas: Deus criou hierarquias e todos devem permanecer no lugar que lhes foi designado por Ele. E pagar seus impostos, *bien sûr*. As hierarquias angélicas reforçaram as estruturas políticas e sociais. Também ofereciam uma narrativa sobre o universo, uma cosmologia que imprimiu ordem ao aparente caos da vida cotidiana das pessoas. Os angelólogos, claro, discordam dessa concepção. Acreditamos em uma estrutura horizontal que permite liberdade intelectual e promoção baseada no mérito. Nosso sistema é único.

— Como esse sistema pôde sobreviver? — perguntou Gabriella. — Com certeza não foi com a permissão da Igreja.

Espantada com a atrevida pergunta de Gabriella, olhei para minhas mãos. Eu jamais seria capaz de questionar a Igreja daquela maneira direta. Talvez fosse uma falha minha, acreditar na solidez da Igreja.

— Creio que essa pergunta já foi feita muitas vezes — retrucou a dra. Seraphina. — Os fundadores da angelologia definiram os limites de nosso trabalho em um grande encontro de angelólogos realizado no século X. Há uma descrição maravilhosa do encontro, escrita por um dos pioneiros que estava presente. — A dra. Seraphina voltou ao armário e retirou um livro. Virando as páginas, disse: — Sugiro que vocês o leiam quando tiverem oportunidade, que não vai ser agora, pois estão cheias de trabalho.

Seraphina pousou o livro na mesa.

— Quando vocês começarem a ler a história de nosso grupo, verão que existem mais coisas na angelologia do que estudos e debates. Nosso trabalho se desenvolveu a partir das sábias decisões tomadas por alguns homens sérios e espiritualizados. A Primeira Expedição Angelológica, a primeira tentativa física feita pelos angelólogos para descobrir a prisão dos anjos, ocorreu quando os Veneráveis Fundadores, convidados por seus confrades trácios, organizaram o Concílio de Sozopol. Foi a reunião que deu origem à nossa disciplina. Segundo o Venerável Fundador Bogomil, um dos mais importantes pioneiros, o concílio foi um grande sucesso, não só por ter implantado os parâmetros de nosso trabalho como também por ter juntado os maiores pensadores religiosos da época. Desde o Concílio de Niceia não se verificava uma reunião tão grande de representantes de todos os credos. Padres, diáconos, acólitos, rabinos e religiosos maniqueus participaram de uma enxurrada de debates sobre dogmas no salão principal. Mas um encontro secreto estava sendo realizado em outro lugar. Um velho bispo chamado Clematis, que nascera na Trácia e vivia em Roma, convocara um grupo seleto de padres que partilhavam de sua grande paixão pela procura da caverna dos Vigias. Ele desenvolvera uma teoria sobre a localização da caverna, postulando que esta, assim como os restos da Arca de Noé, deveria ser encontrada nas proximidades da costa do mar Negro. Clematis acabou indo para as montanhas com o objetivo de testar sua teoria. Raphael e eu presumimos, embora não tenhamos qualquer prova que sustente nossas conjeturas, que Clematis traçou um mapa.

— Mas como vocês podem ter tanta certeza de que há alguma coisa lá? — interpôs Gabriella. — Que prova vocês têm? E se não tiver caverna nenhuma e isso for só lenda?

— Há um fundo de verdade nisso, com certeza — disse eu, sentindo que Gabriella estava ansiosa demais para desafiar nossa professora.

— Clematis encontrou a caverna — disse a dra. Seraphina. — O Venerável Fundador e sua equipe foram os únicos indivíduos que descobriram a verdadeira localização da abertura, os únicos que desceram por ela e os únicos, em muitos milhares de anos, que viram os anjos rebeldes. Clematis morreu por esse privilégio. Felizmente, antes de morrer, ele ditou um breve relato sobre a expedição. O dr. Raphael e eu usamos esse relato como texto básico em nossas pesquisas.

— Certamente o relato deve indicar o local — disse eu, ansiosa para conhecer os detalhes da expedição de Clematis.

— Sim, há um local mencionado no relato de Clematis — disse a dra. Seraphina. Pegando um pedaço de papel e uma caneta-tinteiro, ela escreveu algumas letras em alfabeto cirílico e as mostrou para nós:

Гяурското Бърло

"O nome fornecido no relato de Clematis é Gyaurskoto Burlo, que significa Prisão dos Infiéis em búlgaro arcaico, ou, mais coloquialmente, esconderijo dos infiéis. Infiéis é uma descrição acurada para os Vigias, que também eram chamados de rebeldes ou pagãos pelos cristãos da época. Os turcos ocuparam a região em volta dos montes Ródopes a partir do século XIV, até serem expulsos pelos russos, ajudados pelos búlgaros, em 1878. Isso serve para complicar a busca nos dias de hoje: os muçulmanos se referiam aos cristãos búlgaros como infiéis, acrescentando mais uma camada de significado sobre a descrição original da caverna. Fizemos algumas viagens à Grécia e à Bulgária na década de 1920, mas, para nossa enorme decepção, não achamos nenhuma caverna com esse nome. Quando são questionados, os aldeões dizem que nunca ouviram falar da caverna ou associam o nome aos turcos. Mesmo depois de anos de pesquisas cartográficas, não conseguimos achar o nome em nenhum mapa da região. Seja por negligência, seja por desígnio, a caverna não existe no papel."

— Talvez seja mais correto concluir — disse Gabriella — que Clematis errou e que não existe essa caverna.

— Aí é que você se engana — replicou a dra. Seraphina. A rapidez de sua resposta evidenciava sua paixão pelo assunto. — A prisão dos anjos rebeldes existe. Apostei minha carreira nisso.

— Então deve haver um meio de encontrá-la — disse eu, entendendo pela primeira vez a real extensão da vontade que os Valko tinham de resolver o enigma. — Precisamos estudar o relato de Clematis.

— Isso — observou Seraphina, indo mais uma vez até o armário — vai ficar para outra vez, depois que vocês terminarem o trabalho de agora.

Abri o volume que estava diante de mim, curiosa para saber o que havia entre suas capas. Não podia deixar de ficar satisfeita com o fato de que minhas ideias estavam alinhadas com o trabalho da dra. Seraphina, e que Gabriella, cujas ideias costumavam ser admiradas pelos Valko, entrara em choque com ela. Na verdade, ela parecia estar pensando em algo totalmente diferente. Estava claro, para mim, que Gabriella não tinha por mim o mesmo sentimento de rivalidade que eu tinha por ela. Gabriella não sentia nenhuma necessidade de se afirmar.

Percebendo como eu estava ansiosa para começar, a dra. Seraphina disse:

— Vou deixar vocês trabalharem. Talvez descubram alguma coisa nesses papéis que me escapou. Eu aprendi que nossos textos falam profundamente conosco ou não falam coisa nenhuma. Depende de nossa sensibilidade para o assunto. A mente e o espírito amadurecem a seu próprio modo e em seu próprio ritmo. Uma música pode ser linda, mas nem todo mundo é capaz de apreciá-la só porque tem orelhas.

Desde meus primeiros dias na escola, adquiri o hábito de chegar cedo às aulas dos Valko, para garantir um lugar entre a multidão de estudantes. Embora Gabriella e eu já tivéssemos assistido às aulas dos Valkos no ano anterior, continuamos a frequentá-las semanalmente. Eu era atraída por aquele ambiente de pesquisas apaixonadas e unidade acadêmica. Gabriella parecia se deleitar com seu status de aluna do segundo ano de boa família. Os alunos mais jovens mantinham os olhos fixos nela durante as aulas, como que avaliando sua reação às afirmativas dos Valko. As aulas eram ministradas em uma pequena capela de pedra erguida sobre os muros de um templo romano, cujas paredes, grossas e calcificadas, como que subiam das pedras abaixo. Os tetos eram de tijolos fragmentados, sustentados por vigas de madeira de aparência tão frágil que, quando o ronco dos carros na rua aumentava, eu achava que o prédio iria desmoronar sobre nós.

Gabriella e eu descobrimos lugares no fundo da capela, enquanto a dra. Seraphina arrumava seus papéis e iniciava a aula.

— Hoje vou contar uma história familiar à maioria de vocês, de uma forma ou de outra. É o pilar da nossa ciência. Sua posição de destaque na História é indiscutível e sua beleza poética, inquestionável. Vou começar pelos anos que precederam o Grande Dilúvio, quando os céus despacharam um esquadrão de duzentos anjos chamados Vigias, para monitorar as atividades das criaturas. O nome do Vigia-chefe, de acordo com os relatos, era Semjaza. Semjaza era bonito e dominador. Sua pele branca como giz, olhos claros e cabelos dourados constituíam o ideal da beleza angélica. À frente de duzentos anjos, Semjaza atravessou a abóbada celeste e chegou ao mundo material. Entre seus comandados estavam: Araklba, Rameel, Tamlel, Ramlel, Danel, Ezeqeel, Baraqijal, Asael, Armaros, Batarel, Ananel, Zaqiel, Samsapeel, Satarel, Turel, Jomjael, Kokabiel, Araqiel, Shamsiel e Sariel.

"Os anjos se movimentavam entre os filhos de Adão e Eva sem serem vistos, vivendo nas sombras, ocultando-se nas montanhas, buscando abrigo onde a humanidade não os acharia. Moviam-se de região em região, seguindo os movimentos dos homens. Assim, descobriram populosas civilizações às margens do Ganges, do Nilo, do Jordão e do Amazonas. Viviam discretamente em locais sem atividade humana, observando os costumes dos homens.

"Certo dia, na era de Jared, quando os Vigias estavam estacionados no monte Hermon, Semjaza viu uma mulher se banhando em um lago, com os cabelos negros enrolados ao seu redor. Ele chamou os Vigias até a beira do monte e, juntos, aqueles seres majestosos ficaram observando a mulher. Segundo diversas fontes doutrinais, foi quando Semjaza sugeriu que os Vigias tomassem esposas entre os filhos dos homens.

"Mal acabou de falar essas palavras, Semjaza ficou nervoso. Ele conhecia o castigo para a desobediência — testemunhara a queda dos anjos rebeldes. Mesmo assim, reafirmou seu plano. E disse: 'As Filhas dos Homens devem ser nossas. Mas, se vocês não me seguirem, eu sofrerei sozinho o castigo por esse grande pecado.'

"Os Vigias fizeram um pacto com Semjaza, jurando sofrer as penalidades juntamente com seu líder. Eles sabiam que aquela união era proibida e que o pacto quebrava todas as leis do Céu e da Terra. No entanto, desceram o monte Hermon e se apresentaram às mulheres humanas. As mulheres se casaram com aquelas estranhas criaturas e logo ficaram grávidas. Depois de algum tempo, nasceram filhos dos Vigias e de suas esposas. Essas criaturas foram chamadas de Nefilins.

"Os Vigias observaram os filhos que cresciam. Perceberam então que eles eram diferentes de suas mães e também eram diferentes dos anjos. Suas filhas se tornaram mais altas e elegantes que as mulheres humanas; eram intuitivas e sensitivas; possuíam a beleza física dos anjos. Os filhos se tornaram mais altos e mais fortes que os homens normais; raciocinavam com perspicácia; possuíam a inteligência do mundo espiritual. Como dádiva, os Vigias reuniram os filhos e lhes ensinaram a arte da guerra. Ensinaram aos rapazes os segredos de como acender e manter o fogo e como usá-lo para cozinhar e produzir energia. Foi uma dádiva tão preciosa que os Vigias passariam à mitologia humana, notoriamente na lenda de Prometeu. Os Vigias ensinaram metalurgia aos filhos, uma arte que os anjos aperfeiçoaram mas sempre ocultaram da humanidade. Também lhes ensinaram a arte de transformar metais preciosos em braceletes, anéis e colares. Ouro e pedras preciosas eram extraídos do solo, polidos e transformados em objetos de valor. Os Nefilins acumularam riquezas, armazenando ouro e cereais. Os Vigias ensinaram às filhas como tingir tecidos e como pintar os olhos com minerais brilhantes transformados em pó. Adornavam suas filhas, provocando inveja entre as mulheres humanas.

"Os Vigias ensinaram seus filhos a fabricar instrumentos que os tornaram mais fortes que os homens. Eles os ensinaram a fundir metal e moldar espadas, facas, escudos, armaduras e pontas de flechas. Percebendo o poder que os instrumentos lhes davam, os Nefilins fabricaram inúmeras armas, elegantes e afiadas. Eles caçavam e armazenavam carne. E protegiam suas posses com violência.

"E os Vigias deram outros presentes aos filhos. Ensinaram às esposas e filhas segredos ainda mais poderosos que o fogo ou a metalurgia. Eles separaram as mulheres dos homens, retirando-as da cidade e entrando profundamente nas montanhas, onde lhes ensinaram a lançar feitiços e usar ervas e raízes para fazer remédios. Transmitiram a elas os segredos das artes mágicas, ensinando-lhes um sistema de símbolos para que registrassem seus feitiços. Logo, elas começaram a trocar manuscritos. E as mulheres — que até então viviam à mercê do poder dos homens — tornaram-se poderosas e perigosas.

"Os Vigias ensinaram muitos outros segredos celestiais às suas esposas e filhas:

Baraqijal lhes ensinou astrologia.
Kokabiel lhes ensinou a ler presságios nas constelações.
Ezeqeel lhes ministrou conhecimentos práticos sobre as nuvens.
Araqiel as instruiu sobre os signos da Terra.
Shamsiel mapeou o curso do sol.
Sariel mapeou os sinais da lua.
Armaros lhes ensinou contrafeitiços.

"Com essas dádivas, os Nefilins se organizaram em uma tribo e se armaram, controlando terras e recursos naturais. Aperfeiçoando a arte da guerra, começaram a arrebatar poder da humanidade. Identificavam-se como senhores do mundo e se apoderavam de grandes extensões de terra, que transformavam em reinos controlados por eles. Faziam escravos e confeccionavam bandeiras para representar seus exércitos. Dividindo seus reinos, designavam os homens que deveriam servi-los como soldados, mercadores e trabalhadores. Equipados com segredos eternos e sede de poder, os Nefilins dominaram a humanidade.

"Enquanto os Nefilins dirigiam a Terra e homens pereciam, a humanidade pediu ajuda aos Céus. Miguel, Uriel, Rafael e Gabriel, os arcanjos que observavam os Vigias desde que estes desceram ao mundo, também monitoravam os progressos dos Nefilins.

"Convocados, os arcanjos confrontaram os Vigias e os cercaram com um anel de fogo. Então desarmaram seus irmãos. Derrotados, os Vigias foram acorrentados e transportados até uma caverna remota e deserta no alto das montanhas. À beira de um abismo, com os grilhões pesando sobre eles, os Vigias receberam ordem de descer. Eles caíram através de uma fenda na terra, mergulhando cada vez mais profundamente, até que chegaram a uma prisão escura. Nas profundezas, começaram a sofrer com a falta de ar, luz, e com a perda de sua liberdade. Separados da terra e dos céus, ficaram aguardando o dia de sua libertação, implorando pelo perdão divino e gritando para que seus filhos viessem salvá-los. Mas Deus ignorou suas súplicas. E os Nefilins não apareceram.

"Mas o anjo Gabriel, mensageiro das boas-novas, não conseguiu suportar a angústia dos Vigias. Em um momento de piedade, atirou sua lira aos irmãos caídos, para que eles pudessem amenizar o sofrimento através da música. Enquanto o instrumento ainda estava caindo, Gabriel percebeu seu erro: a música da lira era poderosa e sedutora. Poderia ser usada em favor dos Vigias.

"Com o tempo, a prisão de granito dos Vigias começou a ser conhecida como submundo, a terra dos mortos, onde os heróis desciam para encontrar a vida eterna e a sabedoria. Tártaro, Hades, Kurnugia, Annwn, inferno — as lendas cresciam, enquanto os Vigias, acorrentados no poço, gritavam para serem libertados. Até hoje, em algum lugar nas profundezas da Terra, eles ainda gritam para serem salvos.

"O fato de que os Nefilins não resgataram seus pais tem sido uma fonte de especulações", disse a dra. Seraphina concluindo suas considerações. "Os Nefilins seriam mais fortes com a assistência dos Vigias e, com certeza, teriam ajudado a libertá-los se pudessem fazer isso. Mas o local da prisão dos Vigias permanece desconhecido. É nesse mistério que se inicia o nosso trabalho."

A dra. Seraphina era uma oradora talentosa, com uma habilidade dramática para enfatizar seus argumentos para os alunos do primeiro ano — um talento que muitos de nossos professores não possuíam. Como resultado de seus esforços, ela sempre parecia exausta ao final de uma palestra, e aquele dia não foi exceção. Erguendo os olhos de suas anotações, ela comunicou que faria uma pequena pausa. Gabriella fez um gesto para que eu a seguisse. Deixando a capela por uma porta lateral, atravessamos uma série de pequenos corredores até chegarmos a um pátio vazio. Uma agradável noite de outono nos envolveu, espalhando sombras pelas lajes do piso. No pátio, uma grande faia se agigantava. Sua casca era estranhamente manchada, como se a árvore sofresse de lepra. As aulas dos Valko podiam levar horas, muitas vezes entrando pela noite, e eu estava ansiosa para respirar um pouco de ar fresco. Desejava perguntar a opinião de Gabriella sobre a palestra — na verdade, eu me tornara amiga dela solicitando esse tipo de análise —, mas percebi que ela não estava com disposição para isso.

Tirando uma cigarreira do bolso da blusa, Gabriella me ofereceu um cigarro. Quando recusei, como sempre fazia, ela apenas deu de ombros. Era um gesto que eu aprendera a reconhecer, um leve e despreocupado sinal que deixava claro o quanto ela desaprovava minha incapacidade para me divertir. *Celestine, a ingênua*, o gesto parecia dizer. *Celestine, a provinciana.* Gabriella me ensinara muito através de suas pequenas rejeições e seus silêncios, e eu sempre a observava com particular cuidado, notando como ela se vestia, o que lia, seu modo de arrumar os cabelos. Nas últimas semanas, suas roupas haviam ficado mais bonitas, mais reveladoras. A maquiagem, sempre inconfundível, ficara mais escura e mais pronunciada. O espetáculo que eu testemunhara na manhã anterior sugeria a razão da mudança, mas seus modos, ainda assim, despertavam meu interesse. Eu olhava para ela como se olha para uma irmã mais velha.

Gabriella acendeu o cigarro com um lindo isqueiro de ouro e tragou profundamente a fumaça, como que demonstrando o que eu estava perdendo.

— Que lindo — disse eu, tirando o isqueiro da mão dela e o revirando em minha mão. À luz noturna, o ouro adquiria uma tonalidade rosada. Fiquei tentada a perguntar a Gabriella como um isqueiro tão caro fora parar em suas mãos, mas me contive. Gabriella desencorajava até mesmo as perguntas mais superficiais. Mesmo depois de um ano de convivência quase diária, falávamos muito pouco a respeito de nossas vidas particulares. Limitei-me, então, a uma simples constatação do fato: — Eu ainda não tinha visto este.

— Pertence a uma pessoa amiga — disse ela sem me olhar nos olhos. Gabriella não tinha amigos, a não ser por mim; comia comigo, estudava comigo e, se por acaso eu estivesse ocupada, preferia ficar sozinha a fazer novas amizades. Portanto eu soube, na mesma hora, que o isqueiro pertencia ao seu amante. Ela certamente já notara que sua atitude reservada me deixaria curiosa. Não pude deixar de fazer uma pergunta direta:

— Que tipo de amiga? Estou perguntando porque você parece estar muito distraída do trabalho nos últimos dias.

— A angelologia é mais do que estudar velhos textos — disse ela. Seu olhar de reprovação sugeria que minha percepção sobre nosso trabalho na escola era extremamente falha. — Eu larguei tudo pelo meu trabalho.

— Então me diga — repliquei, incapaz de disfarçar meus sentimentos. — Sua atenção está sendo perturbada por alguma coisa, Gabriella.

— Você não sabe nada a respeito dos poderes que me controlam — disse ela. Embora ela tentasse responder com sua típica altivez, detectei uma ponta de desespero em sua atitude. Minhas perguntas a tinham surpreendido e magoado.

— Eu sei mais do que você pensa — observei, esperando que uma confrontação direta a levasse a confessar tudo. Eu nunca usara um tom tão estridente para falar com ela. O erro da minha tática ficou evidente antes mesmo que as palavras terminassem de sair da minha boca, mas eu não consegui me segurar.

Tirando o isqueiro da minha mão, e o colocando no bolso do casaco, Gabriella jogou o cigarro no piso de ardósia e se afastou.

Quando retornei à capela, ocupei meu lugar ao lado de Gabriella. Ela colocara o casaco sobre a minha cadeira, guardando meu lugar, mas se recusou a olhar para mim, mesmo de relance. Eu podia perceber que estivera chorando — leves manchas negras borravam os cantos de seus olhos, onde as lágrimas haviam se misturado com a maquiagem. Eu queria falar com ela. Estava desesperada para que abrisse o coração comigo, e me sentia ansiosa para ajudá-la a superar qualquer erro de julgamento que tivesse cometido. Mas não havia tempo para falar. O dr. Raphael Valko tomara o lugar da esposa no palanque, e estava arrumando um maço de papéis enquanto se preparava para iniciar sua parte na palestra. Então, pus minha mão sobre a dela e sorri, para demonstrar que eu lamentava muito. Meu gesto foi recebido com hostilidade. Gabriella retirou a mão e se recusou até a me olhar. Reclinada na dura cadeira de madeira, cruzou as pernas e esperou o dr. Raphael começar.

Durante os primeiros meses de estudo, aprendi que havia duas correntes distintas de opinião a respeito dos Valko. Quase todos os alunos os adoravam. Atraídos por sua inteligência, por seus misteriosos conhecimentos e sua dedicação à pedagogia, bebiam cada palavra que proferiam. Eu pertencia a esse grupo majoritário. Uma minoria não gostava tanto deles. Seus integrantes desconfiavam dos métodos dos Valko e achavam pretensiosas suas aulas conjuntas. Embora Gabriella jamais fosse admitir sua inclusão em qualquer dos grupos, e nunca expressasse o que sentia a respeito das aulas do dr. Raphael e da dra. Seraphina, eu desconfiava que ela fazia restrições aos Valko, assim como seu tio fizera na reunião do Ateneu. Os Valko eram intrusos que haviam aberto caminho até o topo enquanto a família de Gabriella lhe conferia uma distinção imediata. Eu costumava ouvir as opiniões de Gabriella sobre nossos professores, e sabia que seus pontos de vista, muitas vezes, divergiam das ideias dos Valko.

O dr. Raphael deu umas pancadinhas na borda da plataforma, para fazer silêncio na sala, e começou sua palestra.

— As origens do Primeiro Cataclismo Angélico são frequentemente contestadas — começou ele. — Na verdade, examinando os diversos relatos existentes em nossa coleção a respeito dessa batalha cataclísmica, descobri 39 teorias conflitantes, isto só no que diz respeito a como ela começou e como terminou. Como a maioria de vocês sabe, os métodos científicos para dissecar eventos históricos dessa natureza mudaram, evoluíram — ou involuíram, diriam alguns. Portanto, vou ser franco com vocês: meus métodos, assim como os de minha esposa, mudaram com o tempo, de modo a incluir perspectivas históricas múltiplas. Nossas leituras de textos e as narrativas que criamos a partir de material fragmentado refletem nossos objetivos maiores. Como futuros acadêmicos, é claro, vocês formularão suas próprias teorias a respeito do Primeiro Cataclismo Angélico. Se tivermos êxito, vocês sairão desta aula com a semente de dúvida que inspira as pesquisas individuais e originais. Ouçam então com atenção. Acreditem e duvidem, aceitem e descartem, transcrevam e revisem tudo o que aprenderem aqui hoje. Assim o futuro dos estudos angelológicos estará garantido.

O dr. Raphael pegou um volume encadernado em couro. Abriu-o e começou a ler, com voz firme e séria.

— No alto das montanhas, sob uma saliência de rocha que os protegia da chuva, os Nefilins se reuniam, pedindo orientação às filhas de Semjaza e aos filhos de Azazel, a quem consideravam como líderes, depois que os Vigias haviam sido levados para o interior da Terra. O filho mais velho de Azazel deu um passo à frente e se dirigiu à enorme multidão de gigantes brancos, que lotava o vale abaixo.

"Ele disse: 'Meu pai nos ensinou os segredos da guerra. Ele nos ensinou a usar uma espada e uma faca, a modelar flechas, a guerrear contra os nossos inimigos. Ele não nos ensinou a nos protegermos dos Céus. Logo, estaremos cercados de todos os lados pela água. Mesmo com nosso poder e número, será impossível construir um barco como o de Noé. Também é impossível atacar diretamente Noé e tomar a embarcação dele. Os arcanjos estão protegendo Noé e sua família.'

"Era um fato conhecido que Noé tinha três filhos, e que esses filhos haviam sido escolhidos para ajudar na manutenção da Arca. O filho de Azazel comunicou que iria até o litoral onde Noé estava carregando seu barco com animais e plantas, e lá acharia um meio de se infiltrar na Arca. Levando com ele a feiticeira mais poderosa que havia, a filha mais velha de Semjaza, ele se despediu dos Nefilins dizendo: 'Irmãos e irmãs, vocês devem ficar aqui, no ponto mais alto da montanha. É possível que as águas não cheguem a esta altura.'

"Juntos, o filho de Azazel e a filha mais velha de Semjaza desceram a íngreme trilha da montanha, através da chuva impiedosa, abrindo caminho até o litoral. No mar Negro, estava tudo um caos. Noé havia alertado sobre a inundação por vários meses, mas seus conterrâneos não lhe deram a menor atenção. Continuaram a festejar, a dançar e a dormir, felizes diante da total destruição. E riram de Noé. Muitos deles chegaram a permanecer perto da Arca, zombando enquanto ele levava comida e água para bordo.

"Por alguns dias, o filho de Azazel e a filha de Semjaza observaram as idas e vindas dos filhos de Noé, que se chamavam Sem, Cam e Jafé. Cada um deles era muito diferente do outro. Sem, o mais velho, tinha cabelos escuros e olhos verdes, mãos benfeitas e falava de modo brilhante. Cam era mais escuro que Sem; tinha olhos castanhos, muita força e bom-senso. Jafé tinha pele clara, cabelos louros e olhos azuis; era o mais frágil dos três. Sem e Cam não se cansavam de ajudar o pai a carregar o barco com animais, sacos de alimentos e jarros com água. Mas Jafé trabalhava devagar. Sem, Cam e Jafé eram casados havia bastante tempo, e haviam proporcionado muitos netos a Noé.

"A filha de Semjaza percebeu que a aparência de Jafé era muito parecida com a dos Nefilins, e decidiu que este seria o irmão a ser abordado por seu parceiro. Ambos aguardaram por muitos dias, observando, até que Noé embarcou os últimos animais na Arca. O filho de Azazel se esgueirou então até o grande barco, cuja enorme sombra o ocultou, enquanto ele chamava Jafé.

"O filho mais novo de Noé se debruçou sobre a amurada da Arca, com os cachos de cabelos dourados lhe caindo sobre os olhos. O filho de Azazel pediu que Jafé o acompanhasse até um lugar mais longe da costa, por uma trilha que levava ao coração de uma floresta. Os arcanjos, que montavam guarda no barco, inspecionando todos os objetos que entravam e saíam da Arca para verificar se atendiam aos ditames do Senhor, não prestaram atenção em Jafé, que saiu da embarcação e seguiu o luminoso estranho até a mata.

"Enquanto Jafé adentrava cada vez mais a floresta, seguindo o filho de Azazel, uma chuva começou a martelar o dossel de folhas sobre sua cabeça, produzindo um barulho alto como trovões. Já sem fôlego, Jafé se emparelhou com o majestoso estranho. Mal podendo falar, perguntou: 'O que você quer de mim?'

"O filho de Azazel não respondeu, mas enroscou os dedos em torno do pescoço do filho de Noé e apertou até sentir que os frágeis ossos da garganta se quebravam. Neste momento, antes que o Dilúvio eliminasse da Terra as criaturas perversas, o plano de Deus para purificar o mundo foi solapado. O futuro dos Nefilins se solidificou, enquanto um novo mundo surgia.

"A filha de Semjaza, que decorara os feitiços que seu pai lhe ensinara, saiu da floresta e pôs as mãos sobre o rosto do filho de Azazel. Ao fazer isso, a aparência dele mudou. A reluzente beleza diminuiu, os traços angélicos se esvaneceram. Ela sussurrou algumas palavras em seu ouvido e ele ganhou a aparência de Jafé. Enfraquecido pela transformação, afastou-se cambaleante da filha de Semjaza, e iniciou o caminho de volta à Arca, atravessando a floresta.

"A mulher de Noé olhou para o filho e logo percebeu que ele mudara. Seu rosto era o mesmo, assim como sua postura, mas alguma coisa em sua atitude era estranha. Ela então lhe perguntou onde ele estivera e o que acontecera com ele. Como ele não sabia falar em linguagem humana, permaneceu em silêncio, o que a amedrontou. Ela mandou chamar a esposa de Jafé, uma mulher encantadora que o conhecia desde que ambos eram crianças. Também ela percebeu a mudança do seu Jafé, mas, como suas características físicas eram idênticas às do homem com quem se casara, ela não soube dizer o que mudara. Os filhos de Jafé se mantinham afastados do pai, amedrontados com sua presença. Jafé, entretanto, estava a bordo da Arca quando as águas começaram a inundar o chão abaixo. Era o décimo sétimo dia do segundo mês. O Dilúvio começara.

"Martelando a Arca, a chuva inundava os vales e as cidades. O nível das águas subiu até as bases das montanhas, depois alcançou os picos. Os Nefilins observavam, enquanto a água subia cada vez mais. Guepardos e leopardos espavoridos se agarravam às árvores; uivos horríveis de lobos agonizantes ecoavam no ar. Uma girafa se mantinha de pé sobre uma colina, com água esguichando sobre seu corpo enquanto ela esticava as narinas para o alto, até que as águas as cobriram. Cadáveres de humanos, animais e Nefilins boiavam como libélulas sobre a superfície do mundo, ondulando com as marés, apodrecendo e afundando no oceano. Emaranhados de membros e pelos emergiam e se chocavam contra a proa do barco. O ar se encheu do odor adocicado de carne tostada pelo sol.

"A Arca permaneceu à deriva até o vigésimo sétimo dia do segundo mês do ano seguinte, o que totalizava 370 dias flutuando sobre a Terra. Noé, sua família e o filho de Azazel nada encontraram a não ser uma mortandade e um oceano intermináveis, uma cortina cinzenta e cambiante de chuva, um horizonte líquido até onde os olhos podiam enxergar, água e mais água, um mundo sem margens e sem solidez. Flutuaram por tanto tempo que esgotaram o estoque de vinho e de trigo, passando a viver de ovos de galinha e água.

"Quando as águas recuaram e a Arca encalhou, Noé e sua família soltaram os animais do porão, desembarcaram os sacos de sementes e as plantaram na Terra. Não demorou muito, os filhos de Noé começaram a repovoar o mundo. Os arcanjos, agindo segundo a vontade de Deus, vieram ajudá-los, aumentando a fertilidade dos animais, do solo e das mulheres. As lavouras desfrutaram de sol e chuva; os animais encontraram bastante alimento; as mulheres não morreram no parto. Tudo cresceu. Nada pereceu. O mundo se iniciava de novo.

"Os filhos de Noé reclamaram a posse de tudo o que viram e se tornaram patriarcas. Cada um deles fundou uma raça humana. Emigraram para regiões longínquas do planeta e estabeleceram dinastias que ainda hoje reconhecemos como ilustres. Sem, o mais velho, viajou para o Oriente Médio e fundou a tribo semita; Cam, o segundo filho, foi para além do equador, na África, formando a tribo dos camitas; e Jafé, ou melhor, a criatura disfarçada de Jafé, se apoderou da área entre o Mediterrâneo e o Atlântico, fundando o que um dia seria chamado de Europa. Os descendentes de Jafé têm nos atormentado desde então. Como europeus, devemos analisar nossas relações com nossas origens ancestrais. Será que estamos livres dessa associação diabólica? Ou estamos, de alguma forma, ligados aos filhos de Jafé?"

A dissertação do dr. Raphael terminou abruptamente. Ele parou de falar, fechou o bloco de notas e nos exortou a comparecer à próxima aula. Eu sabia, por experiência, que o dr. Raphael terminava suas palestras assim intencionalmente, fazendo com que os alunos quisessem mais. Era uma ferramenta pedagógica que aprendi a respeitar, depois de ter assistido às suas aulas no primeiro ano — eu nunca perdera nenhuma. O farfalhar de papéis e o arrastar de pés encheram a sala, enquanto os estudantes se reuniam em grupos, preparando-se para o jantar ou para os estudos noturnos. Assim como os demais, recolhi meus pertences. A história do dr. Raphael me deixara em uma espécie de transe. Eu achava que seria muito difícil sair dele em meio à multidão de pessoas, muitas totalmente desconhecidas. A presença familiar de Gabriella ao meu lado era reconfortante. Pensei então em lhe pedir que fosse comigo até o apartamento, para prepararmos um jantar.

Assim que olhei para ela, no entanto, fiquei imóvel. A aparência de Gabriella havia mudado. Seu cabelo estava encharcado de suor e sua pele, pálida e viscosa. A densa pintura negra que ela usava em torno dos olhos, uma combinação de cosméticos que eu considerava sua marca registrada, borrara abaixo dos olhos; eu não saberia dizer se era em função de suor ou lágrimas. Seus grandes olhos verdes olhavam diretamente para a frente, mas não pareciam ver nada. Ela estava com um aspecto bastante assustador, como se estivesse com tuberculose. Então percebi as queimaduras sanguinolentas em seu braço e o lindo isqueiro de ouro em sua mão. Tentei falar, queria lhe pedir uma explicação para aquele comportamento estranho, mas um olhar dela me deteve. Em seus olhos, havia uma força e uma determinação que eu não tinha. Eu sabia que Gabriella permaneceria inescrutável. Os segredos obscuros e terríveis que ela carregava, fossem quais fossem, jamais me seriam revelados. Sem que eu soubesse o motivo, esta certeza tanto me tranquilizava quanto me aterrorizava.

Quando retornei ao apartamento, mais tarde, Gabriella estava sentada na cozinha. Uma tesoura e algumas bandagens brancas estavam na mesa à sua frente. Percebendo que ela poderia estar precisando da minha ajuda, fui até onde ela estava. A queimadura tinha um aspecto horrendo — sua carne estava escurecida e minava uma substância clara. Eu medi um pedaço de bandagem.

Gabriella disse:

— Obrigada, mas posso cuidar de mim sozinha.

Tirou então a bandagem de minhas mãos e começou a fazer o curativo. Com a frustração aumentando, observei-a por alguns momentos.

— Como você pôde fazer uma coisa dessas? — perguntei. — O que há de errado com você?

Gabriella sorriu como se eu tivesse dito algo engraçado. Por um momento, achei que fosse rir de mim. Mas ela simplesmente se concentrou no curativo no braço, dizendo:

— Você não iria entender, Celestine. Você é boa demais, pura demais para entender o que há de errado comigo.

Nos dias que se seguiram, quanto mais eu tentava entender a misteriosa atitude de Gabriella, mais reticente ela se tornava. Ela começou a passar as noites fora do apartamento que dividíamos na rue Gassendi, enquanto eu me preocupava com seu paradeiro e com sua segurança. Ela só voltava ao prédio depois que eu já tinha saído, e eu detectava suas idas e vindas só pelas roupas que largava para trás ou retirava do armário. Eu entrava no apartamento e achava um copo vazio com uma mancha de batom vermelho na borda; alguns fios de cabelo preto; o aroma de Shalimar pairando sobre as roupas no banheiro. Assim percebi que Gabriella estava me evitando. Apenas de dia, quando trabalhávamos juntas no Ateneu, com caixas de blocos e papéis diante de nós, eu tinha a companhia de minha amiga. Mesmo assim, era como se eu não estivesse presente.

E pior: comecei a desconfiar que Gabriella andava examinando meus papéis na minha ausência, lendo meus blocos de notas e verificando em que página eu estava nos vários livros que nos tinham sido confiados, como se avaliasse meus progressos. Gabriella era esperta demais para deixar indícios de suas intrusões, e nunca encontrei provas da presença dela em meu quarto. Portanto, passei a tomar cuidados extras com o que deixava sobre a minha escrivaninha. Eu não tinha dúvida de que ela roubaria qualquer coisa que achasse útil, embora parecesse apática em relação ao nosso trabalho no Ateneu.

À medida que os dias se passavam, comecei a me distrair com nossa rotina diária e com o trabalho que compartilhávamos. Nossas tarefas eram tediosas, no início; pouco mais fazíamos do que ler livros de anotações e redigir relatórios sobre informações potencialmente úteis. Gabriella recebera um trabalho de acordo com seus interesses nos aspectos mitológicos e históricos da angelologia; eu me incumbia do trabalho mais matemático de classificar cavernas e desfiladeiros, tentando achar a localização da lira.

Certa tarde, em outubro, enquanto Gabriella estava sentada diante de mim, com espirais de cabelo negro emoldurando seu queixo, retirei um livro de anotações de uma das muitas caixas ao nosso redor e o examinei com cuidado. Era pouco comum, pequeno e muito grosso, com uma capa dura e arranhada. Uma tira de couro — fixada por uma fivela dourada — o mantinha fechado. Examinando a fivela com mais atenção, percebi que fora confeccionada na forma de um anjo dourado, não maior que meu dedo mínimo. Uma imagem fina e alongada, com um rosto estilizado, onde duas safiras serviam de olhos. Tinha uma túnica esvoaçante e um par de asas no formato de foices. Passei os dedos sobre o frio metal. Pressionando as asas, senti certa resistência. Então, com um estalido animador, a fivela se abriu. Coloquei o bloco aberto sobre meus joelhos, alisando as páginas. Olhei para Gabriella, para verificar se ela tinha notado minha descoberta, mas ela estava absorta em sua leitura e, para meu alívio, não viu aquele belo livro de anotações em meu poder.

Logo compreendi que era um dos diários que Seraphina mantivera em seus últimos anos de estudo, no qual consolidara e resumira suas observações em uma cartilha sucinta. De fato, o diário continha muito mais do que simples anotações de aulas. No início do livro, descobri a palavra ANGELOLOGIA estampada na primeira página em tinta dourada. As páginas estavam repletas de anotações, especulações e perguntas rabiscadas durante aulas ou estudos para provas. Enquanto lia, pude perceber a florescente paixão da dra. Seraphina pela geologia antediluviana: mapas da Grécia, Macedônia, Bulgária e Turquia haviam sido desenhados meticulosamente nas páginas, com as fronteiras de cada país nitidamente traçadas, assim como lagos e cadeias de montanhas. Os nomes de cavernas, desfiladeiros e gargantas apareciam em caracteres gregos, latinos ou cirílicos, dependendo de qual fosse o alfabeto nativo de cada região. Pequenas anotações apareciam nas margens. Logo ficou claro que aqueles desenhos haviam sido feitos em preparação para uma expedição. A dra. Seraphina tinha o coração voltado para uma segunda expedição desde seus tempos de estudante. Uma constatação me deixou atordoada: retomando o trabalho da dra. Seraphina com aqueles mapas, talvez eu mesma conseguisse descobrir o mistério geográfico da expedição de Clematis.

Continuando a leitura, descobri esboços que a dra. Seraphina espalhara como tesouros entre as estreitas colunas de palavras — auréolas, trombetas, asas, harpas e liras —, rabiscos feitos havia trinta anos por uma aluna sonhadora, distraída durante as aulas. Havia páginas cheias de citações e desenhos extraídos de antigos tratados de angelologia. No centro do diário, encontrei algumas páginas com quadrados numéricos, ou quadrados mágicos, como são mais conhecidos. Os quadrados eram formados por números que totalizavam uma soma constante em cada fileira, diagonal ou coluna: a constante mágica. Eu conhecia, é claro, a história dos quadrados mágicos — sua presença na Pérsia, na Índia e na China, e sua entrada na Europa através das gravuras de Albrecht Dürer, um artista cuja obra eu admirava —, mas nunca tivera a oportunidade de examinar nenhum.

Em uma desbotada tinta vermelha, a dra. Seraphina escrevera:

> Um dos mais famosos quadrados — e o mais comumente utilizado para os nossos propósitos — é o Quadrado Sator-Rotas, do qual o mais antigo exemplo foi encontrado em Herculaneum, ou Herculano, como se diz hoje, uma cidade italiana parcialmente destruída pela explosão do monte Vesúvio no ano 79 da era atual. O Sator-Rotas é um palíndromo latino, um acróstico que pode ser lido de diversas formas. Tradicionalmente, esse quadrado tem sido usado em angelologia para revelar que um padrão está presente. Não é um código, como frequentemente se acredita, mas um símbolo cuja finalidade é alertar o angelólogo da importância esquemática maior de alguma coisa. Em alguns casos, o quadrado nos avisa de que há algo escondido por perto — uma carta ou comunicado, talvez. Os quadrados mágicos foram sempre usados em cerimônias religiosas, e esse não constitui exceção. Nosso grupo não tem nenhum crédito por seu uso nesse sentido, que é antigo. De fato, os quadrados foram encontrados na China, na Arábia, na Índia e na Europa. Alguns até foram criados por Benjamin Franklin, nos Estados Unidos, durante o século XVIII.

S	A	T	O	R
A	R	E	P	O
T	E	N	E	T
O	P	E	R	A
R	O	T	A	S

A página seguinte trazia o Quadrado de Marte, cujos números atraíram minha atenção com uma força quase magnética.

11	24	7	20	3
4	12	25	8	16
17	5	13	21	9
10	18	1	14	22
23	6	19	2	15

Abaixo do quadrado, Seraphina escrevera:

> O Sigilo de Miguel. Sigilo deriva do latim *sigilum*, que significa "selo", ou talvez do hebreu *segulah*, que quer dizer "palavra de efeito espiritual". Na cerimônia, cada sigilo representa um ser espiritual — branco ou preto —, cuja presença pode ser invocada pelo angelólogo, principalmente as ordens superiores de anjos ou demônios. A invocação ocorre mediante encantamentos, sigilos e uma série de interações entre o espírito e o agente invocador. Atenção: a invocação encantatória é extremamente perigosa, e muitas vezes se revela fatal para o médium; deve ser usada somente como um esforço derradeiro para convocar os seres angélicos.

Passando para outra página, encontrei numerosos croquis de instrumentos musicais — alaúdes, liras e harpas — lindamente desenhados, semelhantes aos desenhos que enchiam as primeiras páginas do diário. Aqueles instrumentos tinham pouco significado para mim. Eu não conseguia imaginar os sons que produziriam quando tocados, nem sabia ler notação musical. Minhas habilidades sempre foram numéricas; assim, eu estudara matemática e ciências e conhecia muito pouco a respeito de música. Musicologia Etérea — que Vladimir, o angelólogo russo, conhecia tão bem — deixava-me quase aturdida, os modos e as escalas enevoavam minha mente.

Fiquei ocupada com esses pensamentos por algum tempo, depois, afinal, levantei os olhos do livro. Gabriella se sentara ao meu lado no divã, com o queixo apoiado na mão e os olhos se movendo languidamente pelas páginas de um texto encadernado. Usava uma roupa que eu nunca vira antes: uma blusa de seda e calças com pernas largas que pareciam feitas sob medida para o corpo dela. A sugestão de um curativo no braço esquerdo aparecia sob a diáfana manga da blusa, o único indício do traumatismo que eu presenciara durante a aula do dr. Raphael algumas semanas antes. Ela parecia uma pessoa totalmente diferente da garota assustada que queimara o próprio braço.

Examinando o livro em suas mãos, distingui o título *O Livro de Enoque* gravado na lombada. Por mais que desejasse partilhar minha descoberta com ela, sabia que não devia interromper sua leitura. Em vez disso, recoloquei a tira de couro e pressionei as asas do anjo até que a fivela se fechou com um clique. Então, decidida a dar sequência às nossas tarefas de catalogação, prendi meus cabelos — longos e louros, que eu desejava cortar curtos, como Gabriella fizera — e recomecei o tedioso trabalho.

Diariamente, ao meio-dia, a dra. Seraphina vinha verificar como estávamos indo, trazendo uma cesta com pão e queijo, um pote de mostarda e uma garrafa de água gelada para o nosso almoço. Geralmente, eu mal conseguia esperar pela chegada dela; mas, naquela manhã, eu estava tão entretida com o trabalho que não percebi que estava quase na hora da pausa, até ela entrar no gabinete e depositar a cesta na mesa à nossa frente. Nas horas anteriores, eu mal prestara atenção em outra coisa que não fosse a sucessão aparentemente infindável de dados, sobretudo anotações referentes à primeira expedição dos Valko, uma cansativa jornada nos Pirineus, que enchiam dez livros, recheados com medições de cavernas e índices de densidade de vários tipos de granito. Só quando a dra. Seraphina sentou-se conosco, e eu consegui interromper o trabalho, percebi que estava extremamente faminta. Limpando a mesa, juntei os papéis e fechei os livros. Acomodei-me no divã, fazendo minha saia de gabardine deslizar sobre a seda vermelha, e me preparei para o almoço.

Depois de pousar a cesta na mesa, a dra. Seraphina se dirigiu a Gabriella:

— Como você está indo?

— Estou lendo o relato de Enoque sobre os Vigias — respondeu Gabriella.

— Ah — disse Seraphina. — Eu deveria saber que você se sentiria atraída por Enoque. É dos textos mais interessantes de nossos cânones. E dos mais estranhos.

— Um dos mais estranhos? — intervim, relanceando os olhos para Gabriella. Se Enoque era tão interessante, por que Gabriella não me mostrara o trabalho dele?

— O texto é fascinante — disse Gabriella, o rosto transbordando de inteligência, o brilho passional que eu costumava admirar. — Eu não sabia da existência dele.

— Quando foi escrito? — perguntei, mal disfarçando o ciúme. Gabriella estava à frente do jogo mais uma vez. — É moderno?

— É uma profecia apócrifa escrita por um descendente direto de Noé — disse Gabriella. — Enoque alega ter sido levado ao céu e tido contato direto com os anjos.

— Na era moderna, o *Livro de Enoque* foi descartado como a visão onírica de um patriarca enlouquecido — comentou Seraphina. — Mas é nossa referência básica para a história dos Vigias.

Eu descobrira uma história semelhante em um dos diários de nossa professora, e me perguntei se teria lido o mesmo texto. Como se lesse meus pensamentos, a dra. Seraphina disse:

— Eu copiei alguns trechos de Enoque no diário que você andou lendo, Celestine. — Pegando o livro com o fecho em forma de anjo, ela o revirou nas mãos. — Você deve ter se deparado com as passagens. Mas o *Livro de Enoque* é tão elaborado, tão cheio de informações maravilhosas, que eu recomendo que você o leia todo. Na verdade, o dr. Raphael vai pedir que vocês o leiam no terceiro ano. Quer dizer, se nós ainda estivermos dando aulas no ano que vem.

— Há uma passagem que me chamou a atenção de forma especial — observou Gabriella.

— É? — disse a dra. Seraphina, parecendo encantada. — Você se lembra dela?

Gabriella recitou a passagem:

— "Apareceram dois homens, muito altos, como eu jamais havia visto na Terra. Seus rostos brilhavam como o sol, seus olhos eram como lâmpadas acesas e fogo saía de seus lábios. Suas vestimentas tinham a aparência de penas. Seus pés eram de cor púrpura, suas asas, mais brilhantes que o ouro e suas mãos, mais brancas que a neve."

Senti meu rosto ficar quente. Os talentos de Gabriella, que antes me faziam amá-la, agora tinham o efeito oposto.

— Excelente — disse a dra. Seraphina, parecendo contente e contida ao mesmo tempo. — E por que essa passagem chamou sua atenção?

— Esses anjos não são aqueles doces querubins que ficam às portas do céu, nem as figuras luminosas que vemos nas pinturas renascentistas — explicou Gabriella. — São criaturas assustadoras, de meter medo. Enquanto eu lia o relato de Enoque sobre os anjos, descobri que são horríveis, quase monstruosos. Honestamente, eles me apavoram.

Olhei para Gabriella com ceticismo. Ela sustentou meu olhar e eu senti — por um momento fugaz — que ela estava tentando me dizer alguma coisa, mas não conseguia. Desejei que ela falasse mais, explicasse a si mesma para mim, mas ela voltou a me olhar com frieza.

A dra. Seraphina avaliou a declaração de Gabriella por alguns momentos, e me perguntei se ela não saberia mais sobre minha amiga do que eu. Levantando-se, ela andou até o armário e abriu uma gaveta, de onde retirou um cilindro de cobre. Calçou então um par de luvas, abriu a tampa do cilindro, retirou um pergaminho do interior e o estendeu sobre a mesa à nossa frente, prendendo uma das extremidades com um peso de papéis, segurando a outra com a mão fina e comprida. O pergaminho estava amarelado e vincado.

Gabriella se debruçou e tocou a borda do pergaminho.

— É a visão de Enoque? — perguntou.

— Uma cópia — disse a dra. Seraphina. — Havia centenas desses manuscritos circulando no século II a.C. De acordo com nosso arquivista-chefe, temos alguns dos originais, todos ligeiramente diferentes entre si, como essas coisas costumam ser. Nós nos interessamos em preservar os manuscritos depois que o Vaticano começou a destruí-los. Este aqui não é tão precioso quanto os que temos no cofre, nem perto disso.

O pergaminho era de um material grosso e coriáceo. O título estava em latim e as palavras haviam sido escritas numa caligrafia precisa e bem articulada. As margens possuíam iluminuras representando anjos esguios com túnicas prateadas e asas douradas.

A dra. Seraphina se dirigiu a nós:

— Vocês conseguem ler?

Eu estudara latim, grego e aramaico, mas a caligrafia era difícil de decifrar, e o latim me parecia pouco familiar.

— Quando o pergaminho foi copiado? — perguntou Gabriella.

— Por volta do século XVII — disse a dra. Seraphina. — É uma reprodução moderna de um manuscrito muito mais antigo, que antecede os textos que se tornaram a Bíblia. O original está trancado em nosso cofre, assim como centenas de outros manuscritos. Lá eles estão a salvo. Nós garimpamos textos desde que nosso trabalho começou. Essa é a nossa maior força: somos os guardiões da verdade, e as informações nos protegem. Vocês vão descobrir que muitos dos fragmentos coletados na própria Bíblia e muitos que deveriam ter sido incluídos mas não foram estão em nosso poder.

Inclinando-me mais sobre o pergaminho, eu disse:

— Está difícil de ler. É da Vulgata?

— Deixe eu ler para você — disse a dra. Seraphina, alisando o pergaminho novamente com sua mão enluvada. — "Os homens me levaram para o segundo céu e me mostraram as trevas, e eu vi os prisioneiros pendurados, aguardando o Juízo Final. E estes anjos tinham uma aparência sombria, mais sombria que a escuridão da Terra. Eles choravam todas as horas e eu disse aos homens que estavam comigo: 'Por que esses homens estão sendo torturados?'"

Revolvi as palavras em minha mente. Embora tivesse passado anos lendo os textos antigos, eu nunca antes ouvira nada como aquilo.

— O que é isso?

— Enoque — disse Gabriella imediatamente. — Ele acabou de entrar no segundo céu.

— Segundo? — perguntei, confusa.

— Existem sete — respondeu Gabriella com autoridade. — Enoque visitou cada um deles e escreveu sobre o que viu lá.

— Vá até ali — disse-me a dra. Seraphina, acenando em direção a uma estante que ocupava toda uma parede da sala. — Na prateleira mais afastada, você encontrará as Bíblias.

Segui as indicações da dra. Seraphina. Depois de escolher uma Bíblia que achei particularmente atraente — um volume pesado, com uma capa de couro grossa e uma encadernação costurada à mão —, levei-a até a mesa e a pousei diante da minha professora.

— Você escolheu a minha favorita — disse a dra. Seraphina, como se minha escolha confirmasse sua fé no meu julgamento. — Eu vi esta mesma Bíblia ainda menina, quando informei ao concílio que iria ser angelóloga. Foi na famosa conferência de 1919, com a Europa devastada pela guerra. Senti uma atração instintiva pela profissão. Nunca houvera um angelólogo na minha família, o que é bastante estranho, pois a angelologia costuma ser questão de sangue. Mas, com 16 anos, eu sabia exatamente o que seria, e não tive nenhuma inibição para dizer isso. — A dra. Seraphina fez uma pausa, recompôs-se e acrescentou: — Agora, aproximem-se. Tenho uma coisa para lhes mostrar.

Ela abriu a Bíblia lenta e cuidadosamente.

— Aqui, Gênesis 6. Leiam.

Lemos então a passagem, extraída da tradução de 1297, de Guyart des Moulins:

> Ocorreu naqueles dias, quando os filhos dos homens se multiplicaram, que eles tiveram filhas lindas e claras. E os anjos, filhos do céu, as viram e desejaram, dizendo uns aos outros: "Venha, vamos escolher esposas entre as filhas dos homens e ter filhos com elas."

— Eu li isso esta tarde — disse Gabriella.

— Não — corrigiu a dra. Seraphina. — Não é Enoque. Embora haja uma versão muito similar no *Livro de Enoque*, esta é diferente. É do Gênesis. É o único ponto em que a versão aceita dos acontecimentos, a que os acadêmicos cristãos contemporâneos tomam como verdadeira, combina com a versão apócrifa. Os trabalhos apócrifos, é claro, são a fonte mais rica para a história angélica. Antigamente, Enoque era bastante estudado, mas, como costuma ocorrer com uma instituição dogmática, a Igreja o achou ameaçador e começou a remover Enoque dos cânones.

Gabriella pareceu perturbada.

— Mas por quê? — perguntou ela. — Esse material poderia ser muito útil, principalmente para os estudiosos.

— Útil? Não vejo como. Era natural que a Igreja suprimisse essa informação — retrucou bruscamente a dra. Seraphina. — O *Livro de Enoque* era perigoso para sua versão da história. Essa versão foi escrita depois de muitos anos de lendas transmitidas oralmente. Na verdade, provém da mesma fonte. O autor a escreveu numa época em que muitos dos textos do Velho Testamento da Bíblia, em outras palavras, os textos talmúdicos, foram compilados.

— Mas isso não explica por que a Igreja suprimiu Enoque — disse Gabriella.

— O motivo é óbvio. A versão de Enoque está entremeada por todo tipo de linguagem extática, extremos religiosos e visionários que os estudiosos conservadores consideraram como exageros, ou pior: como loucura. As reflexões pessoais de Enoque sobre o que ele chama de "o eleito" eram particularmente perturbadoras. Há muitas passagens de conversas pessoais de Enoque com Deus. Como vocês podem imaginar, muitos teólogos acharam que o trabalho era uma blasfêmia. Para ser franca, o *Livro de Enoque* foi considerado controverso nos primeiros anos do cristianismo. Mas é o texto de angelologia mais significativo que nós temos. É o único registro das verdadeiras origens do mal na Terra escrito por um homem e distribuído entre os homens.

Minha inveja de Gabriella desapareceu, substituída por uma grande curiosidade pelo que a dra. Seraphina iria nos dizer.

— Quando alguns teólogos se interessaram em recuperar o *Livro de Enoque*, um explorador escocês chamado Bruce encontrou uma versão do texto na Etiópia. Outra cópia foi descoberta em Belgrado. Como vocês podem imaginar, essas descobertas contrariavam as tentativas da Igreja de eliminar os textos por completo. Talvez vocês fiquem surpresas em saber que nós ajudamos a Igreja, tirando cópias de Enoque de circulação e as guardando em nossa biblioteca. A vontade do Vaticano de fingir que os Nefilins e os angelólogos não existem é igual ao nosso desejo de permanecer ocultos. E acho que o nosso mútuo acordo de fingir que o outro não existe funciona muito bem.

— O fato de não trabalharmos juntos é surpreendente — disse eu.

— De forma nenhuma — replicou a dra. Seraphina. — Antigamente a angelologia era o centro das atenções nos círculos religiosos, um dos ramos da teologia mais reverenciados. Isso mudou rapidamente. Depois das cruzadas e dos erros cometidos na Inquisição, nós percebemos que era hora de nos distanciarmos da Igreja. Mas, mesmo antes disso, já havíamos transferido a maior parte de nossos trabalhos para a clandestinidade. Caçávamos os Famosos sozinhos. Sempre fomos uma força de resistência; um grupo de partisans, se preferirem. Lutávamos contra eles a uma distância segura. Quanto menos visíveis nós fôssemos, melhor, principalmente porque os próprios Nefilins tinham conseguido se cercar de um sigilo quase perfeito. O Vaticano está ciente de nossas atividades, claro, mas optou por nos deixar em paz, pelo menos por enquanto. Os progressos que os Nefilins fizeram sob a cobertura de atividades empresariais e governamentais os tornaram anônimos. A maior realização deles nos últimos trezentos anos foi permanecerem ocultos à vista de todos. Eles nos puseram sob vigilância constante, só emergindo para nos atacar ou para se beneficiarem com guerras e negócios escusos; depois, desaparecem discretamente. Eles também fizeram um maravilhoso trabalho ao separarem os intelectuais dos religiosos. Assim, garantiram que a humanidade jamais terá outro Newton ou Copérnico, intelectuais que reverenciavam tanto a ciência quanto Deus. O ateísmo foi sua maior invenção. O trabalho de Darwin, que apesar de tudo era um homem religioso, foi usado e divulgado por eles. Os Nefilins fizeram as pessoas acreditar que são produtos de autogênese, autossuficientes, livres da intervenção divina, seres sui generis. Esta é uma ilusão que torna nosso trabalho muito mais difícil, e a detecção dos Nefilins quase impossível.

Cuidadosamente, a dra. Seraphina enrolou o pergaminho e o enfiou no cilindro de cobre. Abriu então a cesta que continha nosso almoço, colocou uma baguete e queijo diante de nós e nos instou a comer. Eu estava com fome. O pão, macio e amanteigado, ainda estava quente, e deixou um pouco de manteiga em meus dedos quando arranquei um pedaço.

— O padre Bogomil, um de nossos fundadores, compilou nosso primeiro tratado de angelologia no século IV, como instrumento pedagógico. Mais tarde, os tratados de angelologia incluíram taxonomias dos Nefilins. Como a maioria de nossa gente morava em mosteiros espalhados pela Europa, os tratados eram copiados à mão e guardados pelas comunidades monásticas, geralmente nos próprios mosteiros. Foi um período fecundo de nossa história. Além do grupo exclusivo de angelólogos, cuja missão estava estritamente concentrada em nossos inimigos, o ensino sobre as características gerais, poderes e objetivos dos anjos floresceu. Para o angelólogo, a Idade Média foi uma época de grandes avanços. Os conhecimentos sobre os poderes dos anjos, para o bem ou para o mal, alcançaram o ponto culminante. Santuários, estátuas e pinturas propiciaram a multidões de pessoas uma ampla conscientização sobre os princípios básicos da presença angélica. Uma sensação de beleza e esperança se tornou parte da vida cotidiana, apesar das doenças que assolavam a população. Embora magos, gnósticos, cátaros e diversas outras seitas exaltassem ou distorcessem a realidade angélica, fomos capazes de nos defender das maquinações das criaturas híbridas, ou Gigantes, como frequentemente nos referimos a eles. E a Igreja, apesar de todo o mal de que era capaz, protegia a civilização sob a égide da crença. Francamente, embora meu marido possa dizer o contrário, foi a última vez que levamos a melhor contra os Nefilins.

Seraphina parou para me observar enquanto terminava o almoço, concluindo, talvez, que meus estudos me deixavam faminta. Gabriella parecia ter perdido o apetite completamente, pois não tinha comido nada. Embaraçada com minha falta de maneiras, limpei as mãos no guardanapo de linho que estava em meu colo.

— Como os Nefilins conseguiram isso? — perguntei.

— A preponderância? — perguntou a dra. Seraphina. — É muito simples. Após a Idade Média, o equilíbrio de poder mudou. Os Nefilins começaram a recuperar textos pagãos perdidos (filósofos gregos, mitologias sumérias, textos persas médicos e científicos) e a divulgá-los nos centros intelectuais da Europa. O resultado, claro, foi um desastre para a Igreja. E isso foi só o começo. Os Nefilins conseguiram que o materialismo se tornasse moda entre as famílias das elites. Os Habsburgo foram só um exemplo de como os Gigantes se infiltraram em uma família e a arrasaram; os Tudor foram outro. Apesar de concordarmos com seus princípios, o Iluminismo foi uma grande vitória para os Nefilins. A Revolução Francesa (onde nasce a separação entre Igreja e Estado, e a ilusão de que os humanos deveriam acreditar no racionalismo em vez de no mundo espiritual) foi ainda outro exemplo. À medida que o tempo passava, o programa dos Nefilins tomava conta da Terra. Eles promoviam o ateísmo, o humanismo secular, o darwinismo e o materialismo radical. E engendraram a ideia de progresso. Eles criaram uma nova religião para as massas: a ciência.

"Por volta do século XX, nossos gênios eram ateus e nossos artistas, relativistas. Os fiéis haviam se fragmentado em milhares de denominações conflitantes. Divididos, nós nos tornamos fáceis de manipular. Infelizmente, nossos inimigos se integraram totalmente na sociedade humana, desenvolvendo redes de influência nos governos, nas indústrias e na imprensa. Durante centenas de anos, eles simplesmente se aproveitaram do trabalho da humanidade, sem dar nada em troca, tirando cada vez mais e construindo seu império. Mas a maior vitória deles foi ocultar sua presença de nós. Eles nos fizeram acreditar que somos livres."

— E não somos? — perguntei.

— Olhe em volta, Celestine — respondeu a dra. Seraphina, irritada com minhas perguntas ingênuas. — Nossa faculdade está sendo desarticulada e forçada a entrar na clandestinidade. Estamos totalmente indefesos diante do avanço deles. Os Nefilins procuram as fraquezas humanas, agregando-se às pessoas mais ambiciosas e sedentas de poder; através delas, defendem seus interesses. Por sorte, o poder dos Nefilins tem limites. Eles podem ser superados.

— Como você tem tanta certeza? — perguntou Gabriella. — Talvez a humanidade é que acabe sendo vencida.

— É totalmente possível — disse a dra. Seraphina, lançando um olhar avaliativo para Gabriella. — Mas Raphael e eu faremos tudo o que estiver ao nosso alcance para impedir que isso aconteça. A Primeira Expedição Angelológica marcou o início dos esforços nesse sentido. O padre Clematis, o homem erudito e corajoso que comandou a expedição, deixou um relato de suas tentativas para encontrar a lira. Esse relato ficou perdido durante muitos séculos, mas Raphael o encontrou, como você deve saber. Vamos usá-lo para encontrar a localização da caverna.

A importante descoberta do relato da expedição de Clematis era lendária entre os alunos que adoravam os Valko. O dr. Raphael Valko havia encontrado o diário do padre Clematis em meados dos anos 1920 num vilarejo no norte da Grécia, onde permanecera enterrado por muitos séculos entre outros papéis. Ele era um jovem professor, na época, sem nenhuma projeção. A descoberta o catapultou para os mais altos patamares dos círculos angelológicos. O texto era um valioso relato da expedição, mas, acima de tudo, oferecia a esperança de que os Valko pudessem repetir a jornada de Clematis. Se as coordenadas exatas da caverna tivessem sido encontradas no texto, os Valko teriam empreendido sua própria expedição há anos.

— Pensei que a tradução de Raphael tivesse caído em descrédito — disse Gabriella, uma observação que, embora pudesse ser verdadeira, achei insolente. A dra. Seraphina, entretanto, não pareceu perturbada.

— A sociedade estudou esse texto exaustivamente, tentando entender com exatidão o que aconteceu durante a expedição. Mas você tem razão, Gabriella. Nós acabamos concluindo que o relato de Clematis é inútil.

— Por quê? — perguntei, espantada com o fato de que um texto tão importante pudesse ser descartado.

— Porque é um documento impreciso. A parte mais importante do relato foi anotada durante os momentos finais de Clematis, quando ele estava meio enlouquecido pelas provações que tinha enfrentado na viagem até a caverna. O padre Deopus, que anotou o relato de Clematis, não conseguiu captar todos os detalhes com precisão. Ele não desenhou um mapa, e o mapa original que levou Clematis até a garganta não foi encontrado entre seus papéis. Depois de muitas tentativas de encontrá-lo, aceitamos a triste realidade de que esse mapa deve ter sido perdido na própria caverna.

— O que eu não estou entendendo — disse Gabriella — é como Clematis não fez uma cópia. É um procedimento básico em qualquer expedição.

— É claro que ocorreu alguma coisa muito errada — disse a dra. Seraphina. — O padre Clematis regressou à Grécia agonizante e estava extremamente confuso em suas últimas semanas de vida. Todos os membros de sua expedição pereceram, seus suprimentos desapareceram e até os jumentos foram perdidos ou roubados. Segundo os relatos de seus contemporâneos, em especial do padre Deopus, Clematis parecia um homem que acorda de um sonho. Ele resmungava e rezava de modo horrível, como se tocado pela loucura. Assim, Gabriella, para responder à sua pergunta, nós sabemos que alguma coisa aconteceu, mas não sabemos exatamente o quê.

— Mas vocês têm alguma teoria? — perguntou Gabriella.

— É claro — disse Seraphina sorrindo. — Está tudo lá, no relato dele, ditado em seu leito de morte. Meu marido tomou muito cuidado para traduzir o texto com precisão. Eu acredito que Clematis encontrou exatamente o que foi procurar na caverna. Foi a descoberta de Clematis, os anjos na prisão, que enlouqueceu o pobre homem.

Eu não saberia explicar por que as palavras da dra. Seraphina me causavam tanta agitação. Eu tinha lido muitas fontes secundárias a respeito da Primeira Expedição Angelológica e, mesmo assim, estava aterrorizada com a imagem de Clematis preso nas profundezas da Terra, cercado de criaturas sobrenaturais.

A dra. Seraphina prosseguiu:

— Alguns dizem que a Primeira Expedição Angelológica foi imprudente e desnecessária. Como vocês duas sabem, eu acredito que a expedição foi essencial. Era nosso dever verificar se as lendas em torno dos Vigias e da gênese dos Nefilins eram de fato verdadeiras. A Primeira Expedição foi acima de tudo uma missão para descobrir a verdade: os Vigias estariam aprisionados na caverna de Orfeu e, se estivessem, ainda teriam a posse da lira?

— É incrível que eles tenham sido presos por simples desobediência — disse Gabriella.

— Desobediência não é algo simples — disse a dra. Seraphina, asperamente. — Lembre-se de que Satã foi um dia o mais majestoso dos anjos, um nobre serafim, até que desobedeceu ao comando de Deus. Além de desobedecer ordens, os Vigias trouxeram tecnologias divinas para a Terra, ensinando a arte da guerra aos filhos, que a partilharam com a humanidade. A lenda grega de Prometeu ilustra a antiga percepção dessa transgressão, considerada o pecado mais abominável, pois quebrou o equilíbrio da sociedade humana após a Queda. Como nós estamos com o *Livro de Enoque* diante de nós, deixe-me ler o que fizeram com o pobre Azazel. Foi terrível.

A dra. Seraphina pegou o livro que Gabriella vinha estudando e começou a ler:

— "O arcanjo Raphael recebeu as seguintes instruções: amarre as mãos e os pés de Azazel e o jogue na escuridão; faça uma abertura no deserto, que fica em Dundael, e o jogue lá dentro. Encha o buraco com pedras ásperas e pontiagudas e o cubra com escuridão, e o deixe viver lá para sempre, e cubra seu rosto para que ele não possa ver a luz. E no dia do grande julgamento, ele será arremessado no fogo."

— Eles não poderão nunca ser libertados? — perguntou Gabriella.

— Na verdade, não temos a menor ideia de quando ou se eles podem ser libertados. O interesse dos nossos estudiosos nos Vigias diz respeito apenas ao que eles podem nos dizer sobre nossos inimigos terrenos e mortais — disse ela, retirando as luvas brancas. — Nada vai deter os Nefilins em seu objetivo de recuperar o que foi perdido no Dilúvio. Essa é a catástrofe que estamos tentando impedir. O venerável padre Clematis, o mais intrépido dos membros fundadores, assumiu a tarefa de iniciar a batalha contra nossos vis inimigos. Seus métodos eram falhos, mas, mesmo assim, muita coisa pode ser aprendida com seu relato da expedição. Acho esse relato extremamente fascinante, apesar de deixar um mistério não esclarecido. Espero que vocês o leiam com atenção algum dia.

Gabriella olhou fixamente para sua professora, estreitando os olhos.

— E se fizermos isso? — perguntou ela.

— Descobrirem alguma coisa nova em Clematis? — respondeu a dra. Seraphina, divertida. — É uma meta ambiciosa, mas bastante improvável. O dr. Raphael é o estudioso mais destacado da Primeira Expedição Angelológica. Ele e eu repassamos cada palavra do relato e não descobrimos nada de novo.

— Mas *é* possível — disse eu, para não ser sobrepujada por Gabriella de novo. — Há sempre a chance de que surjam novas informações sobre a localização da caverna.

— Francamente, vocês usariam muito melhor o tempo se concentrando nos pormenores do nosso trabalho — disse a dra. Seraphina, descartando nossas esperanças com um aceno de mão. — Até agora, os dados que vocês estão coletando e organizando são nossa maior esperança de encontrar a caverna. Vocês podem tentar a sorte com Clematis, é claro. Mas devo avisar vocês de que ele pode ser um grande enigma. Ele nos convida a ir em frente, prometendo responder aos mistérios dos Vigias, e depois cai num silêncio sinistro. Ele é uma esfinge angelológica. Se vocês forem capazes de trazer à luz alguma coisa de novo no trabalho de Clematis, minhas queridas, vocês vão ser as primeiras a me acompanharem na Segunda Expedição Angelológica.

Durante as semanas restantes de outubro, Gabriella e eu passamos nossos dias no gabinete da dra. Seraphina, trabalhando com tranquila determinação, enquanto catalogávamos e organizávamos a massa de informações. As exigências do nosso programa e a paixão com que eu me esforçava para entender o material diante de mim me deixavam cansada demais para que eu analisasse o comportamento de Gabriella, cada vez mais estranho. Ela passava pouco tempo em nosso apartamento, e não mais comparecia às aulas dos Valko. Além disso, relaxara em seu trabalho de catalogação, só trabalhando alguns dias por semana, enquanto eu comparecia ao trabalho todos os dias. Na verdade, eu estava tão ocupada que acabei me esquecendo da ruptura que surgira entre nós. Por um mês, tabulei dados matemáticos relativos à profundidade de formações geológicas balcânicas, uma tarefa tão tediosa que comecei a duvidar de sua utilidade. No entanto, apesar da massa de informações que os Valko haviam reunido, que parecia não ter fim, eu trabalhava sem reclamar, sabendo que existia um objetivo maior à nossa frente. A pressão de nossa iminente mudança e os perigos da guerra apenas aumentavam a urgência de minha tarefa.

Em uma tarde sonolenta do início de novembro, com um céu acinzentado sombreando as altas janelas do gabinete da dra. Seraphina, nossa professora apareceu e informou que tinha uma coisa interessante para nos mostrar. Havia tanto trabalho à nossa frente — Gabriella e eu estávamos tão entretidas com os papéis — que começamos a objetar contra a interrupção.

— Venham — disse a dra. Seraphina, sorrindo levemente —, vocês trabalharam duro o dia inteiro. Uma pequena pausa vai desanuviar suas mentes.

Era um pedido estranho — a dra. Seraphina nos alertara muitas vezes de que nosso tempo estava se esgotando — mas era um alívio, de qualquer forma. Achei a pausa bem-vinda; e Gabriella, que estivera agitada durante a maior parte do dia, por razões que eu só podia conjeturar, também parecia precisar de um intervalo.

A dra. Seraphina nos conduziu para fora do gabinete e, através de um corredor sinuoso, nos levou a um recanto longínquo da escola, onde salas havia muito abandonadas se alinhavam em uma galeria escura. Nesta, sob a fraca luz de lâmpadas elétricas, trabalhadores contratados estavam colocando pinturas, estátuas e outros trabalhos artísticos em caixas de madeira. O piso de mármore estava coberto de serragem, o que fazia o local parecer uma exibição de ruínas. O característico apreço de Gabriella por obras tão preciosas fez com que ela andasse de objeto em objeto, examinando com cuidado todos eles, como se os estivesse memorizando antes que fossem levados embora. Virei-me para a dra. Seraphina, esperando que ela explicasse a natureza de nossa visita, mas ela estava totalmente absorta, olhando para Gabriella. Observava cada movimento dela, medindo suas reações.

Nas mesas, esperando para serem despachados, havia uma quantidade incontável de manuscritos abertos. A visão de tantos objetos preciosos reunidos em um só lugar me fez sentir saudades da Gabriella que eu conhecera no ano anterior. Nossa amizade era então cimentada por respeito mútuo e um enorme interesse pelos estudos. Um ano antes, Gabriella e eu teríamos parado para conversar sobre os bichos exóticos que nos espreitavam das telas — a manticora, com seu rosto humano e corpo de leão; a harpia; a anfisbena, que parecia um dragão; e o lascivo centauro. Gabriella explicaria tudo em detalhes precisos — como aquelas obras eram representações artísticas do mal, manifestações das excentricidades do diabo. Eu me maravilhava com os conhecimentos enciclopédicos de Gabriella sobre os elementos simbólicos, acadêmicos e religiosos da angelologia e da demonologia, que tantas vezes escapavam à minha mente matemática. Mas agora, mesmo sem a presença da dra. Seraphina, Gabriella guardaria suas observações para si mesma. Afastara-se completamente de mim. A falta que eu sentia de suas explanações era a saudade de uma amizade que já não existia.

A dra. Seraphina ficou perto de nós, observando nossas reações aos objetos que nos cercavam, prestando particular atenção em Gabriella.

— Este é o ponto de partida de todos os tesouros que estão deste lado da Linha Maginot — disse finalmente a dra. Seraphina. — Assim que estiverem adequadamente embalados e catalogados, eles serão enviados para lugares seguros em todo o país. Minha única preocupação — disse ela, parando diante de um díptico de marfim entalhado, coberto por papel de seda, que repousava sobre uma camada de veludo azul — é não conseguirmos retirá-los a tempo.

A ansiedade que a dra. Seraphina sentia ante a possível invasão dos alemães era evidente em sua atitude — ela envelhecera consideravelmente nos últimos meses; sua beleza estava atenuada por fadiga e preocupação.

— Estas aqui — disse ela, gesticulando em direção a uma série de caixas de madeiras já com as tampas pregadas — vão ser enviadas para uma casa segura nos Pirineus. E esta adorável representação de Miguel — acrescentou ela, levando-nos até onde estava uma pintura barroca de um anjo envergando uma reluzente armadura romana e brandindo uma espada — vai ser contrabandeada através da Espanha e enviada para colecionadores particulares dos Estados Unidos, juntamente com outras pinturas preciosas.

— Você vendeu os quadros? — perguntou Gabriella.

— Nos tempos que estamos vivendo — disse a dra. Seraphina —, o que importa é que eles sejam protegidos, não quem é o proprietário.

— Mas eles não vão poupar Paris? — perguntei, reconhecendo como a pergunta era ingênua assim que a formulei. — Estamos correndo tanto perigo?

— Minha querida — respondeu a dra. Seraphina, deixando claro seu espanto com a minha pergunta —, se eles conseguirem o que querem, não vai sobrar nada da Europa, muito menos de Paris. Venham, quero mostrar alguns objetos a vocês. Pode demorar anos até que nós os vejamos novamente.

Parando diante de uma caixa de madeira parcialmente cheia, a dra. Seraphina retirou do interior um pergaminho que estava inserido entre duas placas de vidro, espanando a serragem com a mão. Pedindo que nos aproximássemos, estendeu o manuscrito na superfície de uma mesa.

— Este é um tratado medieval de angelologia — disse ela, diante de seu reflexo no vidro de proteção. — Suas pesquisas são extensas e detalhadas, como nos tratados modernos, mas o estilo é um pouco mais ornamentado, como era moda na época.

Reconheci as características medievais do manuscrito — a hierarquia rigorosa e bem-ordenada dos coros e esferas; os lindos desenhos de asas douradas, instrumentos musicais e auréolas; a caligrafia cuidadosa.

— E este pequeno tesouro — disse a dra. Seraphina, detendo-se diante de uma pintura que tinha o tamanho de sua mão aberta — data da virada do século. Muito bonita, acho eu; seu estilo é moderno e ela se concentra na representação dos Tronos: uma categoria de anjos que tem atraído o interesse dos angelólogos há muitos séculos. Os Tronos pertencem à primeira esfera de anjos, junto com os Serafins e os Querubins. São os canais entre os mundos físicos e têm grande liberdade de movimentos.

— Incrível — disse eu, admirando a pintura com o que deve ter sido um óbvio assombro.

A dra. Seraphina começou a rir.

— É mesmo — disse ela. — Nossas coleções são enormes. Estamos criando uma rede de bibliotecas ao redor do mundo (Oslo, Budapeste, Barcelona) apenas para abrigá-las. Esperamos algum dia ter uma sala de leitura na Ásia. Esses manuscritos servem para nos lembrar da base histórica de nosso trabalho. Todos os nossos esforços são alicerçados nesses textos e pinturas. Nós dependemos da palavra escrita. Ela é a luz que criou o universo e a luz que nos guia através dele. Sem a Palavra, nós não saberíamos de onde viemos nem para onde estamos indo.

— É por isso que nos interessamos tanto em preservar esses tratados de angelologia? — perguntei. — Eles são guias para o futuro?

— Sem eles, nós estaríamos perdidos — disse a dra. Seraphina. — São João disse que no Início era a Palavra, e a Palavra estava junto de Deus. O que ele não disse foi que, para fazer sentido, a Palavra requer interpretação. Esse é o nosso papel.

— Nós estamos aqui para interpretar os textos? — perguntou Gabriella com vivacidade. — Ou para protegê-los?

A dra. Seraphina examinou Gabriella com um olhar frio e avaliador.

— O que você acha, Gabriella?

— Eu acho que, se nós não protegermos nossas tradições dos que as querem destruir, logo não vai haver nada para ser interpretado.

— Ah, então você é uma guerreira — disse a dra. Seraphina, provocando Gabriella. — Há sempre aqueles que põem uma armadura e vão para a batalha. Mas o verdadeiro gênio é encontrar um meio de obter o que queremos sem ter de morrer por causa disso.

— Nos dias de hoje — disse Gabriella, caminhando à frente —, não há escolha.

Examinamos alguns objetos em silêncio, até chegarmos ao local onde um grosso volume estava pousado no centro de uma mesa. A dra. Seraphina chamou Gabriella, observando-a cuidadosamente, como se estivesse estudando seus gestos, embora eu não soubesse por quê.

— É uma genealogia? — perguntei, examinando as tabelas traçadas nas páginas abertas. — Estão cheias de nomes humanos.

— Nem todos são humanos — disse Gabriella se aproximando para ler o texto. — Aqui estão Tzaphkiel, Sandalphon e Raziel.

Olhando com mais atenção, vi que ela estava certa: anjos estavam misturados a linhagens humanas.

— Os nomes não estão organizados em uma hierarquia de esferas e coros, mas em outro tipo de esquema — disse eu.

— Esses diagramas são tabelas especulativas — disse a dra. Seraphina, com uma seriedade na voz que me fez crer que ela nos conduzira pelo labirinto de tesouros para que finalmente chegássemos àquele lugar. — Ao longo do tempo, tivemos angelólogos judeus, cristãos e muçulmanos; as três religiões reservam na sua cosmologia um lugar central para os anjos. Tivemos também estudiosos mais incomuns: gnósticos, sufistas e alguns representantes de religiões asiáticas. Como vocês devem imaginar, os trabalhos de nossos agentes divergem fundamentalmente. Os tratados de angelologia especulativa são obra de um grupo de brilhantes sábios judeus do século XVII que se dedicaram a traçar a genealogia de famílias nefilins.

Eu viera de uma tradicional família católica e, tendo sido educada rigorosamente dentro do catolicismo, conhecia muito pouco as outras religiões. Mas sabia, entretanto, que meus colegas tinham origens diversas. Gabriella, por exemplo, era judia, e a dra. Seraphina, talvez a professora de orientação mais empírica e cética da escola, com exceção de seu marido, afirmava ser agnóstica, para desconsolo de muitos professores. Aquela, no entanto, era a primeira vez que eu entendia plenamente a extensão das filiações religiosas incorporadas à História e aos cânones de nossa ciência.

A dra. Seraphina prosseguiu:

— Nossos angelólogos estudaram as genealogias judaicas com muito cuidado. Historicamente, os sábios judeus mantinham meticulosos registros genealógicos devido ao direito hereditário, mas também porque entendiam a importância fundamental de traçar a história de alguém até suas mais profundas raízes, para que os relatos pudessem ser cotejados e verificados. Quanto eu tinha a idade de vocês e me dedicava a pesquisar os aspectos mais sutis da angelologia, estudei as práticas genealógicas judaicas. Na verdade, recomendo que todos os alunos sérios aprendam esses métodos. Eles são maravilhosamente precisos.

A dra. Seraphina virou as páginas do livro, parando diante de um documento belamente desenhado, inserido em uma moldura dourada.

— Esta é uma genealogia da família de Jesus concebida no século XII por um de nossos cientistas. Segundo o sistema cristão, Jesus era descendente direto de Adão. Aqui temos a linhagem familiar de Maria, como foi escrita por Lucas: Adão, Noé, Sem, Abraão, Davi. — O dedo da dra. Seraphina traçou uma linha no diagrama. — E aqui está a família de José, como foi escrita por Mateus: Salomão, Josafá, Zorobabel e assim por diante.

— Essas genealogias são bastante comuns, não são? — perguntou Gabriella. Evidentemente, ela já havia visto uma centena de genealogias semelhantes. Sem nunca ter me deparado com um texto daquele tipo, minha reação não poderia ser mais diferente.

— É claro — disse a dra. Seraphina. — Há muitas genealogias que demonstram como os laços sanguíneos combinavam com as profecias do Velho Testamento, como as promessas feitas a Adão, a Judas, a Jessé e a Davi. Essa aqui, no entanto, é um pouco diferente.

Os nomes se interligavam, criando uma vasta rede de relações. Eu me sentia humilde ao imaginar como cada nome correspondia a uma pessoa que vivera e morrera, rezara e lutara, talvez sem jamais conhecer seu propósito na grande teia da história.

A dra. Seraphina tocou a página, fazendo sua unha brilhar à luz difusa. Centenas de nomes estavam escritos em tintas coloridas, muitas finas ramificações que partiam de uma frágil haste.

— Depois do Dilúvio, Sem, o filho de Noé, fundou a raça semita. Jesus, é claro, emergiu desta linhagem. Cam fundou as raças da África. Jafé, ou, como vocês aprenderam na aula de Raphael, na semana passada, a criatura que se passava por Jafé, recebeu o crédito pela propagação da raça europeia, incluindo os Nefilins. O que Raphael não enfatizou na aula dele, e que eu creio ser de grande importância para os alunos adiantados, é que a dispersão genética da humanidade e dos Nefilins é muito mais complexa do que parece à primeira vista. Jafé teve muitos filhos com sua esposa humana, o que resultou em uma multidão de descendentes. Alguns eram totalmente nefilins, outros eram híbridos. Os filhos que Jafé, quer dizer, o Jafé humano, gerou antes de sua morte eram totalmente humanos. Portanto, os descendentes de Jafé eram humanos, nefilins e híbridos. O cruzamento entre eles produziu a população da Europa.

— É tão complicado — disse eu, tentando distinguir os vários grupos. — Eu mal consigo entender.

— Agora você descobriu o verdadeiro motivo da manutenção dessas tabelas genealógicas — disse a dra. Seraphina. — Nós ficaríamos em apuros sem elas.

— Eu li que alguns estudiosos acreditam que a linhagem de Jafé se misturou com a de Sem — interpôs Gabriella, apontando para uma ramificação do tratado de genealogia especulativa e isolando três nomes: Éber, Natã e Amom. — Aqui, aqui e aqui.

Eu me inclinei para ler os nomes.

— Como eles podiam ter certeza?

Gabriella sorriu, com algo de cruel em sua atitude, como se tivesse antecipado a minha pergunta.

— Eu acredito que exista algum tipo de documentação, mas, na verdade, eles não podem ter cem por cento de certeza.

— É por isso que o nome da matéria é angelologia *especulativa* — disse a dra. Seraphina.

— Mas muitos estudiosos acreditam nisso — disse Gabriella. — É uma parte válida e permanente do trabalho angelológico.

— Os modernos angelólogos, com certeza, não acreditam nisso — disse eu, tentando disfarçar minha forte reação àquela informação. Minhas crenças religiosas eram arraigadas, já naquela época, e uma especulação tão grosseira sobre a paternidade de Cristo não era uma doutrina aceitável. A tabela, que há poucos segundos me parecera maravilhosa, agora me deixava muito perturbada. — A ideia de que Jesus tivesse o sangue dos Vigias é absurda.

— Talvez — disse a dra. Seraphina —, mas há toda uma área da angelologia dedicada a esse assunto. É chamada de angelomorfismo, e lida estritamente com a ideia de que Jesus Cristo não era humano, mas um anjo. Afinal de contas, a Imaculada Conceição foi uma consequência direta da visita do anjo Gabriel.

Gabriella disse:

— Eu creio que já li alguma coisa a esse respeito. Os gnósticos também acreditavam nas origens angélicas de Jesus.

— Existem, ou existiam, melhor dizendo, centenas de livros sobre o assunto em nossa biblioteca — disse a dra. Seraphina. — Pessoalmente, não me importo com quem eram os ancestrais de Jesus. Minha preocupação é outra. Esta, por exemplo, é uma coisa que eu acho extremamente fascinante, especulativa ou não — acrescentou ela, conduzindo-nos até a mesa seguinte, onde havia outro livro aberto, como que esperando nosso exame. — É um tratado de angelologia nefilim que se inicia com os Vigias, passa pela família de Noé e se ramifica, com detalhes minuciosos, pelas famílias governantes da Europa. É conhecido como *Livro das Gerações*.

Relanceei a página, lendo a escada descendente de nomes à medida que o tratado percorria as gerações. Embora eu entendesse o poder e a influência que os Nefilins tinham sobre as atividades humanas, fiquei surpresa ao descobrir que as linhagens familiares atravessavam quase todas as famílias reais da Europa — os Capetos, os Habsburgos, os Stuarts, os Carolíngeos. Era como ler a história da Europa, dinastia por dinastia.

A dra. Seraphina prosseguiu:

— Não podemos ter certeza absoluta de que essas linhagens foram infiltradas, mas há provas suficientes para convencer a nós todos de que as grandes famílias da Europa estão profundamente infectadas com o sangue dos Nefilins.

Gabriella prestava grande atenção a tudo o que Seraphina dizia, como se estivesse decorando um cronograma de datas para uma prova ou, o que era mais provável, estudando nossa professora para descobrir suas motivações para nos mostrar aquele estranho texto. Finalmente, disse:

— Mas os nomes de quase todas as famílias nobres estão listados. Estão todos implicados nos horrores que os Nefilins perpetraram?

— Sem dúvida. Os Nefilins foram reis e rainhas da Europa. Seus desejos moldaram as vidas de milhões de pessoas. Eles mantiveram seus baluartes por intermédio de casamentos, direitos de primogenitura e força bruta militar — disse a dra. Seraphina. — Seus reinos coletavam impostos, faziam escravos, se apossavam de propriedades e de riquezas minerais e agrícolas, atacando qualquer grupo que obtivesse qualquer grau de independência, por menor que fosse. Sua influência era tão extraordinária durante a época medieval que eles nem se davam ao trabalho de se ocultar, como faziam antes. Segundo relatos de angelólogos do século XIII, os Nefilins orquestravam cerimônias religiosas dedicadas aos anjos caídos. Muitos dos males atribuídos a feiticeiras (as vítimas das acusações eram quase sempre mulheres) eram, na verdade, parte dos rituais nefilins. Eles acreditavam na adoração dos antepassados e celebravam o retorno dos Vigias. Essas famílias ainda existem hoje. Para dizer a verdade — concluiu a dra. Seraphina, lançando um olhar estranho, quase acusador para Gabriella —, elas estão sendo vigiadas por nós. Essas famílias aqui, principalmente, estão sob vigilância.

Olhei para a página e vi diversos nomes, nenhum dos quais significava nada em especial para mim. Mas o efeito das palavras de Seraphina sobre Gabriella foi enorme. Ao ler os nomes, ela deu um passo para trás, assustada. Sua atitude me recordou o horror que eu vira se apossar dela durante a aula do dr. Raphael — só que ela agora parecia estar no limiar da histeria.

— Você está enganada — disse Gabriella, com sua voz se tornando mais aguda a cada palavra. — Nós não estamos vigiando os Nefilins. Eles é que estão nos vigiando.

Com essas palavras, virou-se e saiu apressada do salão. Olhei-a enquanto se afastava, conjeturando sobre o que poderia ter provocado aquela descarga emocional. Parecia que Gabriella havia enlouquecido. Olhei para o manuscrito novamente, não mais do que uma página recheada de nomes de famílias; a maioria era desconhecida para mim, mas havia alguns nomes de famílias antigas e ilustres. Era tão trivial quanto qualquer página dos livros de história que já tínhamos estudado juntas, nenhum dos quais provocara a menor perturbação em Gabriella.

A dra. Seraphina, entretanto, parecia entender perfeitamente as reações de Gabriella. Na verdade, pela atitude confiante com que observara Gabriella, era como se, além de já contar com elas, também as tivesse planejado. Percebendo minha perplexidade, a dra. Seraphina fechou o livro e o colocou embaixo do braço.

— O que aconteceu? — perguntei, tão espantada com sua atitude quanto com o inexplicável comportamento de Gabriella.

— Me dói dizer isso a você — disse a dra. Seraphina, conduzindo-me para fora da galeria —, mas acredito que nossa Gabriella se meteu em uma enrascada terrível.

Meu primeiro impulso foi confessar tudo à dra. Seraphina. O fardo de carregar o segredo da dupla vida de Gabriella, e a mortalha que isso lançara sobre minha vida, havia se tornado quase insuportável. Eu estava para falar sobre o assunto, quando algo assustador me fez calar. Um vulto escuro surgiu diante de nós, saindo de um corredor sombrio como se fosse um demônio de capa preta. Prendi a respiração por alguns instantes, sobressaltada com a interrupção. Depois de observar mais atentamente, percebi que o vulto era uma freira usando um véu — uma participante do conselho que eu encontrara no Ateneu meses antes. Ela bloqueou nossa passagem.

— Posso falar com você por um momento, dra. Seraphina? — perguntou com voz baixa e sibilante, que, para meu constrangimento, achei repulsiva. — Queremos fazer algumas perguntas a respeito do embarque para os Estados Unidos.

Fiquei mais tranquila quando percebi que a dra. Seraphina encarou de forma normal a presença da freira e conversou com ela naturalmente.

— Que tipo de pergunta pode haver a esta hora? Já foi tudo providenciado.

— Correto — disse a freira. — Mas eu gostaria de me assegurar de que as pinturas na galeria serão embarcadas para os Estados Unidos juntamente com os ícones.

— Sim, claro — concordou a dra. Seraphina, seguindo a freira até a galeria, onde um grande carregamento de caixas e engradados aguardava o embarque. — Elas vão ser recebidas pelo nosso contato em Nova York.

Olhando as caixas, vi que muitas delas tinham sido rotuladas para embarque.

A dra. Seraphina disse:

— O embarque vai ser amanhã. Só precisamos garantir que tudo está aqui e que vai chegar ao porto.

Enquanto a freira e a dra. Seraphina conversavam a respeito do carregamento e de como elas — apesar do horário cada vez mais apertado para os navios que deixavam os portos franceses — tinham assegurado a evacuação dos nossos inestimáveis tesouros, retornei ao corredor. Engolindo as palavras que quisera dizer, afastei-me em silêncio.

Caminhando pelos sombrios corredores de pedra, passei por salas de aula vazias e salas de palestras abandonadas. Meus passos ecoavam no silêncio que se abatera sobre aqueles aposentos, meses antes. O Ateneu estava igualmente vazio. Os bibliotecários haviam saído no final do expediente, desligando as luzes e trancando as portas. Utilizei minha chave — fornecida pela dra. Seraphina no início dos meus estudos — para poder entrar. Enquanto abria as portas e examinava a sala comprida e escura, senti-me extremamente aliviada por estar sozinha. Não era a primeira vez que me sentia agradecida por encontrar a biblioteca vazia — muitas vezes eu ainda me encontrava lá após a meia-noite, continuando meu trabalho depois que todos haviam saído da escola —, mas era a primeira vez que ia à biblioteca em estado de desespero.

Prateleiras vazias se alinhavam nas paredes. Algumas ainda tinham eventuais volumes, arrumados ao acaso. De cada lado, achei caixas de livros que aguardavam a transferência para locais seguros em toda a França. Eu não fazia ideia de onde seriam esses locais, mas dava para ver que precisaríamos de muitos porões para abrigar uma coleção tão grande. Minhas mãos tremiam quando comecei a examinar uma das caixas. Os livros estavam tão desarrumados que fiquei preocupada, achando que nunca acharia o livro que viera procurar. Após alguns minutos de busca, com o pânico aumentando a cada decepção, localizei afinal a caixa com os trabalhos originais e as traduções de autoria do dr. Raphael Valko. À moda do dr. Raphael, os volumes não estavam organizados em nenhuma ordem particular. Achei um fichário com mapas detalhados de várias cavernas e desfiladeiros, esboços feitos durante expedições exploratórias nas cadeias montanhosas da Europa — os Pirineus em 1923, os Alpes em 1925, os Urais em 1930 e os Bálcãs em 1936 —, juntamente com páginas de texto com a história de cada uma delas. Examinei textos comentados e papéis com anotações de aulas e observações, além de guias pedagógicos. Olhei para o título e a data de cada um dos trabalhos produzidos pelo dr. Raphael, descobrindo que ele escrevera mais livros e ensaios do que eu imaginava. Entretanto, depois de abrir e fechar cada um de seus textos, não encontrei o único que queria ler: a tradução do relato que Clematis fizera sobre sua jornada até a caverna dos anjos desobedientes.

Deixando os livros espalhados na mesa, sentei-me em uma cadeira dura e tentei escapar da névoa de decepção que caíra sobre mim. Como que desafiando meus esforços, lágrimas encheram meus olhos, dissolvendo a penumbra do Ateneu em uma enxurrada de cores pálidas. A ambição de progredir na carreira me consumia. Mas incertezas sobre minha capacidade, sobre o meu lugar na escola e sobre o futuro me pesavam na mente. Acima de tudo eu queria ter um propósito e uma utilidade. A sensação de não ser digna de minha vocação, de que poderia ser enviada de volta para a casa de meus pais, no campo, ou de que não conseguiria garantir um lugar entre os estudiosos que admirava, me enchia de medo.

Debrucei-me sobre a mesa de madeira e enterrei o rosto nos braços, fechando os olhos e mergulhando em um estado de desespero. Não sei quanto tempo permaneci assim, mas senti um movimento no ambiente, uma leve mudança na textura do ar. O inconfundível perfume de minha amiga — um aroma oriental de baunilha e ládano — alertou-me sobre a presença de Gabriella. Levantei os olhos e vi, através da cortina de lágrimas, um borrão de tecido escarlate, tão brilhante que parecia incrustado de rubis.

— Qual o problema? — perguntou Gabriella. Minha visão clareou e o pedaço de tecido ornado com joias se transformou em um vestido de cetim com corte enviesado, sem mangas, de uma beleza líquida tão intensa que não pude fazer nada além de olhá-lo boquiaberta. Meu óbvio assombro apenas irritou Gabriella, que se acomodou em uma cadeira à minha frente, jogando sobre a mesa uma bolsa enfeitada de contas. Um colar de pedras preciosas contornava seu pescoço, e um par de longas luvas de ópera, que iam até os cotovelos, cobriam a cicatriz no antebraço. O ar no Ateneu esfriara, mas Gabriella não parecia afetada pelo frio; mesmo trajando um vestido fino, sem mangas, e meias de seda transparentes, sua pele tinha um brilho cálido, enquanto eu estava começando a tremer.

— Me diga, Celestine — disse Gabriella. — O que houve? Você está doente?

— Estou muito bem — repliquei, recompondo-me o melhor que pude. Eu não estava acostumada a ser esquadrinhada por ela; na verdade, ela não demonstrara o menor interesse por mim nas últimas semanas. Então, tentando desviar sua atenção de mim, eu disse: — Você vai a algum lugar?

— Uma festa — disse ela sem me olhar nos olhos, uma clara indicação de que iria se encontrar com o amante.

— Que tipo de festa? — perguntei.

— Não tem nada a ver com nossos estudos e não iria interessar a você — respondeu ela, encerrando qualquer possibilidade de mais perguntas. — Mas me diga: o que você está fazendo aqui? Por que está tão perturbada?

— Estou procurando um texto.

— Qual?

— Alguma coisa que me ajude com as tabelas geológicas que estou criando — disse eu, percebendo, assim que falei, que soava pouco convincente.

Gabriella olhou para os livros que eu havia deixado sobre a mesa e, percebendo que todos eram de autoria do dr. Raphael Valko, adivinhou meu objetivo.

— O diário de Clematis não foi publicado, Celestine.

— Acabei de descobrir isso — disse eu, desejando ter recolocado nas caixas os livros do dr. Raphael.

— Você deveria saber que eles nunca deixariam um livro desses exposto aqui.

— Então, onde está? — perguntei, cada vez mais agitada. — No gabinete da dra. Seraphina? No cofre?

— O relato de Clematis sobre a Primeira Expedição Angelológica contém informações muito importantes — disse Gabriella, sorrindo de prazer com a vantagem que tinha sobre mim. — Sua localização é um segredo que somente uns poucos têm permissão para conhecer.

— Então *você* já o leu? — disse eu. A inveja que senti de Gabriella por seu acesso a textos restritos me fez perder qualquer senso de precaução. — Como é possível que você, que parece não ligar muito para os nossos estudos, já leu Clematis, e eu, que dedico tudo à nossa causa, não posso nem tocar no livro?

Imediatamente lamentei o que disse. O silêncio que vínhamos mantendo era uma trégua desconfortável, mas um artifício que me permitia progredir no trabalho.

Gabriella se levantou, pegou a bolsa enfeitada na mesa e, com voz inusitadamente calma, disse:

— Você acha que entende o que vê, mas as coisas são mais complicadas do que parecem.

— Eu diria que é bastante óbvio que você está envolvida com um homem mais velho — disse eu. — E desconfio que a dra. Seraphina também pense assim.

Por um momento, pensei que Gabriella iria virar as costas e ir embora, como se tornara seu hábito quando se sentia encurralada. Em vez disso, ela se plantou diante de mim com ar desafiador.

— Eu não falaria disso com a dra. Seraphina, ou com qualquer outra pessoa, se fosse você.

Sentindo que estava em uma posição de poder, finalmente, aumentei a pressão.

— Por que não?

— Se alguém descobrir o que você acha que sabe — disse Gabriella —, uma grande desgraça vai se abater sobre todos nós.

Embora eu não conseguisse entender completamente o alcance da ameaça, a ansiedade na voz e o genuíno terror de sua expressão fizeram com que eu me calasse. Chegáramos a um impasse; nenhuma de nós sabia como proceder.

Por fim, Gabriella quebrou o silêncio:

— Não é impossível ter acesso à narrativa de Clematis — disse ela. — Se alguém quiser ler o relato, basta saber onde procurar.

— Eu pensei que o texto não tivesse sido publicado — comentei.

— Não foi — disse Gabriella. — E eu não deveria ajudar você a encontrá-lo, principalmente porque isso não vai ao encontro dos meus interesses. Mas parece que você pode me ajudar também.

Encarei-a, perguntando-me o que, exatamente, ela estava querendo dizer. Saímos então do Ateneu e entramos no escuro corredor da escola. Ela disse:

— Minha proposta é a seguinte: vou lhe dizer como encontrar o texto e você, por sua vez, vai ficar calada. Não vai mencionar a Seraphina nem uma palavra sobre mim, ou sobre suas especulações a respeito das minhas atividades. Não vai falar sobre as minhas idas e vindas do apartamento. Hoje à noite, vou estar fora por algum tempo. Se alguém me procurar no apartamento, diga que não sabe onde estou.

— Você está me pedindo para mentir aos nossos professores.

— Não — disse ela. — Estou pedindo para permanecer calada.

— Mas por quê? — perguntei. — Por que você está fazendo isso?

Uma levíssima expressão de cansaço surgiu no rosto de Gabriella, uma sugestão de desespero que me fez acreditar que ela iria se abrir para mim e confessar tudo. Mas essa esperança foi abortada tão logo emergiu.

— Não tenho tempo para isso — disse ela, impaciente. — Você concorda ou não?

Não precisei dizer nenhuma palavra. Gabriella me entendia perfeitamente. Eu faria qualquer coisa para obter acesso ao texto de Clematis.

* * *

Uma série de lâmpadas expostas iluminava nossa passagem pela ala medieval da escola. Gabriella se movimentava rapidamente; seus sapatos de salto alto marcavam o ritmo errático e ligeiro de suas passadas. Quando parou de repente, esbarrei nela, ofegante.

Embora visivelmente aborrecida com minha falta de jeito, ela não emitiu nenhum som. Em vez disso, virou-se para uma porta, uma entre centenas de portas idênticas no prédio — todas parecidas entre si em tamanho e cor, sem nenhum número ou placa informativa que indicasse para onde conduziam.

— Venha — disse ela, olhando para o arco acima da porta, um conjunto de pedras gastas que se elevava acima da porta. — Você é mais alta que eu. Talvez possa alcançar a chave.

Estiquei-me ao máximo até tocar a pedra granulosa. Para minha surpresa, o bloco se moveu sob a pressão dos meus dedos e, sacudindo-se um pouco, deslizou de seu lugar, deixando uma pequena cavidade. Seguindo as instruções de Gabriella, tateei o interior do buraco e retirei de lá um objeto do tamanho de um canivete.

— É uma chave — disse eu, segurando-a diante de mim, espantada. — Como você sabia que estava aqui?

— Com ela você vai entrar no depósito subterrâneo da escola — disse Gabriella, gesticulando para que eu recolocasse a pedra no lugar. — Depois desta porta, há uma série de escadas. Desça e você vai encontrar uma segunda porta. A chave também abre essa porta, que dá acesso aos aposentos privados dos Valko. A tradução que o dr. Raphael fez de Clematis fica guardada lá.

Tentei me lembrar se já tinha ouvido alguma coisa a respeito desse depósito e não consegui. Fazia sentido, é claro, criar um lugar seguro para nossos tesouros — e também explicava onde os livros do Ateneu estavam sendo armazenados. Eu queria perguntar mais coisas, pedir que ela explicasse os detalhes daquele espaço oculto. Mas Gabriella ergueu a mão, de modo a impedir qualquer pergunta.

— Estou atrasada e não tenho tempo para explicar nada. Eu mesma não vou poder levar você até onde está o livro, mas tenho certeza de que a sua curiosidade vai ajudá-la a encontrar o que está procurando. Quando terminar, lembre-se de recolocar a chave no esconderijo e de não falar com ninguém sobre esta noite.

Dito isso, Gabriella virou-se e saiu pelo corredor, cuja luz fraca era refletida por seu vestido de cetim vermelho. Eu queria pedir que voltasse, que me guiasse até os aposentos subterrâneos, mas ela se foi, deixando no ar uma leve fragrância de perfume.

Seguindo suas instruções, abri a porta e perscrutei a escuridão. Uma lamparina a querosene, com o globo enegrecido pela fumaça, pendia de um gancho no alto das escadas. Acendi o pavio e ergui a lâmpada. À frente, havia uma escada de degraus ásperos, bastante íngreme. Cada um de seus losangos de pedra estava coberto de musgo, tornando a descida perigosamente escorregadia. Pela umidade do ar e pelo cheiro de mofo, senti-me como se estivesse descendo, passo a passo, até a adega da minha família, um amplo bunker sob nossa casa de pedras, estocado com milhares de garrafas de vinho em processo de envelhecimento.

No final da escadaria, vi uma porta de ferro, gradeada como se fosse a entrada da cela de uma prisão. Corredores de pedra se abriam de cada um dos lados e desapareciam na escuridão. Estendi a lâmpada diante de mim, para enxergar o outro lado da porta. Nos lugares em que os tijolos haviam se desintegrado, avistei pedra calcária, clara e sem polimento; era a rocha que formava as fundações de nossa cidade. Usando a chave, abri a fechadura com facilidade; o único obstáculo que me restava agora era a avassaladora vontade de fazer meia-volta, subir os degraus e voltar ao mundo familiar da superfície.

Não demorei a chegar a uma série de aposentos. Embora a lamparina não me permitisse enxergar com muita clareza, descobri que o primeiro aposento estava cheio de caixas com armas: Lugers, Colt .45s e M1 Garands. Também havia caixas de suprimentos médicos, cobertores e roupas — os itens de que certamente precisaríamos no caso de um conflito prolongado. Em outro quarto, encontrei muitas das caixas que vira serem embaladas no Ateneu, algumas semanas antes. Mas suas tampas estavam pregadas. Abri-las sem ferramentas seria quase impossível.

Abrindo caminho em meio ao escuro corredor de tijolos, sentindo a lâmpada pesar mais a cada passo, comecei a entender a enorme amplitude da movimentação clandestina dos angelólogos. Eu não imaginara como nossa resistência seria elaborada e calculada. Movêramos todos os itens necessários à vida para baixo da cidade. Havia camas, sanitários improvisados, canos de água e alguns fogões a querosene. Armas, alimentos, remédios — tudo o que havia de valor estava sob Montparnasse, escondido em tocas e túneis abertos no calcário. Pela primeira vez, percebi que, quando a batalha começasse, muita gente não fugiria da cidade, mas se mudaria para aqueles aposentos.

Depois de examinar algumas das celas, entrei em outro espaço úmido — mais um cubículo que um depósito — escavado na rocha macia. Ali encontrei objetos que reconheci de visitas ao gabinete do dr. Raphael. Percebi, de imediato, que encontrara a sala privativa dos Valko. A um canto, sob uma pesada lona, havia uma mesa coberta de livros. A luz da lamparina iluminou o recinto empoeirado.

Descobri o texto sem muita dificuldade, embora, para minha surpresa, parecesse ser menos um livro que um maço de papéis com anotações. O volume não era maior que um panfleto, com uma encadernação feita à mão e uma capa simples. Era leve como um pedaço de crepe — pouco substancioso, pensei eu, para algo tão importante. Ao abri-lo vi que fora escrito à mão, em papel almaço; cada uma das letras borradas fora rabiscada com pressão desigual, por um escriba descuidado. Passei o dedo sobre as letras e senti o relevo. Depois, espanando a poeira das páginas, li: *Notas sobre a Primeira Expedição Angelológica de 925 d.C., realizada pelo Venerável Padre Clematis da Trácia, traduzidas para o Latim e comentadas pelo dr. Raphael Valko.*

Abaixo dessas palavras, impresso na superfície da página, havia um selo dourado com a imagem de uma lira, um símbolo que eu nunca vira, mas que, daquele dia em diante, saberia que estava no cerne de nossa missão.

Segurando o opúsculo junto ao peito, subitamente receosa de que os papéis pudessem se dissolver antes que eu tivesse chance de ler seu conteúdo, pousei a lâmpada no chão, perto de um trecho de pedra lisa, e me sentei ao lado. Quando abri o livreto novamente, a caligrafia do dr. Raphael tornou-se clara e comecei a ler. A narrativa de Clematis prendeu minha atenção desde o primeiro momento.

Notas sobre a Primeira Expedição Angelológica de 925 d.C., realizada pelo Venerável Padre Clematis da Trácia

Traduzidas para o latim e comentadas pelo dr. Raphael Valko

*I**

Abençoados sejam os servos de Sua Divina visão na Terra! Que o Senhor, que plantou a semente de nossa missão, permita que ela dê frutos!

* Embora o manuscrito original sobre a expedição do Venerável Clematis não tenha sido organizado em seções distintas, o tradutor adotou um sistema de entradas numeradas para esta edição. Estas divisões foram criadas em benefício da clareza. Os fragmentos originais — pois o livro de anotações não passa de um rascunho, pensamentos e reflexões esparsas colocados no papel durante a viagem, talvez como ferramenta mnemônica para a futura composição de um livro sobre a primeira busca para localizar os anjos caídos — não obedeciam a nenhum sistema. As divisões impostas visam a dividir o livro cronologicamente, conferindo ao manuscrito uma aparência de coesão. — R.V.

II

Com nossas mulas carregadas de provisões e almas leves com a expectativa, iniciamos nossa jornada atravessando as províncias dos Helenos, a poderosa Mésia e entrando na Trácia. As estradas largas, niveladas e bem conservadas construídas por Roma assinalaram nossa chegada à Cristandade. Mas, apesar do brilho da civilização, a ameaça de roubos permanece. Já se passaram muitos anos desde que pus os pés na montanhosa Terra natal de meu pai e do pai do pai dele. Minha língua nativa, com certeza, vai soar estranha, acostumado que estou com a linguagem de Roma. Começamos a subida e eu receio que mesmo as batinas e os selos da Igreja de pouco adiantarão para nos proteger quando deixarmos os povoados maiores. Rezo para encontrarmos poucos aldeões em nossa jornada pelas trilhas montanhosas. Não temos armas e não teremos outra saída senão depender da boa vontade de estranhos.

III

Quando paramos à beira da estrada para fazer uma pausa, na subida da montanha, o irmão Francis, um dos estudiosos mais entusiasmados, falou-me sobre a angústia que estava sentindo com respeito à nossa missão. Chamando-me a um canto, confessou sua convicção de que nossa missão é obra de espíritos malignos, uma sedução dos anjos das trevas sobre nossas mentes. Seu nervosismo não é incomum. De fato, muitos de nossos irmãos manifestaram suas reservas a respeito da expedição, mas a declaração de Francis me fez gelar até a alma. Em vez de questioná-lo sobre esse sentimento, escutei seus temores, compreendendo que suas palavras não eram mais um sinal da crescente fadiga provocada pela nossa busca. Abrindo meus ouvidos às suas preocupações, eu as dividi com ele, aliviando seu espírito angustiado. Esse é o fardo e a responsabilidade de um irmão mais velho, mas meu papel é ainda mais crucial agora, enquanto nos preparamos para o que certamente será nossa jornada mais difícil. Descartando a tentação de censurar o irmão Francis, permaneci em silêncio durante o restante da viagem.

Mais tarde, em minha solidão, tentei entender a angústia do irmão Francis, rezando para obter orientação e sabedoria, para que pudesse ajudá-lo a superar suas dúvidas. É bem sabido que erramos completamente o alvo nas expedições anteriores. Tenho certeza de que nossa sorte logo irá mudar. Ainda assim, uma frase usada por Francis, "confraria de sonhadores", contamina meus pensamentos. Uma leve sombra de dúvida começa a abalar minha insuperável fé em nossa missão. Começo a perguntar a mim mesmo: e se nossos esforços estão sendo temerários? Como vamos ter certeza de que nossa missão é abençoada por Deus? Mas a semente de descrença que brota em minha mente é facilmente neutralizada quando penso na utilidade de nosso trabalho. Batalhas foram travadas pelas gerações que nos precederam e continuarão a ser travadas pelas gerações futuras. Devemos encorajar nossos jovens, apesar das perdas recentes. É normal que sintam medo. É natural que o incidente em Roncesvalles,* que todos nós estudamos, esteja em suas mentes. Apesar de tudo, minha fé não me permite duvidar de que Deus está por trás de nossas ações, animando nossos corpos e espíritos, enquanto subimos cada vez mais alto na montanha. Vou manter a minha crença de que a esperança logo renascerá entre nós. Devemos ter fé em que esta jornada, ao contrário dos nossos recentes erros de cálculo, será bem-sucedida.**

IV

Na quarta noite da jornada, enquanto a fogueira se transformava em cinzas e nosso humilde grupo estava reunido após a refeição, a conversa se dirigiu para a história de nossos inimigos. Um dos jovens irmãos perguntou como era possível que nossa Terra, da ex-

---

* O incidente no passo de Roncesvalles ocorreu durante uma missão exploratória nos Pirineus, em 778 d.C. Pouco se sabe sobre essa jornada, exceto que a missão perdeu a maior parte de seus homens devido a uma emboscada. Testemunhas descrevem os agressores como gigantes com força sobre-humana, armas superiores e extraordinária beleza física — descrição perfeitamente condizente com os retratos dos Nefilins pintados na época. Uma testemunha afirma que figuras aladas desceram sobre os gigantes em meio a labaredas, o que sugere um contra-ataque dos arcanjos, alegação que os peritos têm estudado com certa fascinação, pois isso sinalizaria a terceira angelofonia para propósitos de batalha. Uma versão alternativa é descrita em *La Chanson de Roland*, um relato que difere significativamente dos registros angelológicos.

** A busca por artefatos e relíquias que o Venerável Padre realizou através da Europa está bem documentada em *As Sagradas Missões dos Veneráveis Padres: 925-954 d.C.*, de Frederic Bonn, que inclui cópias de mapas, vaticínios e oráculos utilizados nessas missões.

tremidade da Península Ibérica até os montes Urais,* tivesse sido colonizada pela sinistra prole de anjos e homens. Como era possível que nós, humildes servos de Deus, tivéssemos sido encarregados da purificação da Terra do Senhor? O irmão Francis, cuja melancolia tanto afetara meus pensamentos nos últimos dias, perguntou em voz alta como Deus poderia ter permitido que os demônios infestassem Seus domínios com sua presença. Como pode, perguntou ele, o bem absoluto existir na presença do mal absoluto? Então, enquanto o ar noturno ficava mais frio e uma lua gélida pairava no céu, eu contei ao grupo como aquelas sementes do mal foram plantadas em solo sagrado:

Nas décadas que se seguiram ao final do Dilúvio, os filhos e as filhas de Jafé, de procedência puramente humana, separaram-se dos filhos e filhas do falso Jafé, formando dois ramos de uma árvore — um deles puro e o outro envenenado, um fraco e outro forte. Eles se espalharam pelas estradas costeiras do norte e do sul, deitando raízes nos ricos golfos de aluvião. Invadiram as montanhas alpinas em enormes grupos, fixando-se como morcegos nos pontos culminantes da Europa. Ancoraram nas costas rochosas, nas vastas planícies férteis e nas margens dos caminhos fluviais — o Danúbio, o Volga, o Reno, o Dniester, o Ebro, o Sena — até que todas as regiões se enchessem com a prole de Jafé e do falso Jafé. Onde paravam, povoações surgiam. Apesar da ancestralidade comum, havia profundas desconfianças entre os dois grupos. A crueldade, a avareza e a força física dos Nefilins resultaram na gradual escravização de seus irmãos humanos. A Europa, alegavam os Gigantes, era deles por direito de sangue.

A primeira geração dos herdeiros espúrios de Jafé vivia em meio a grandes riquezas e felicidade, dominando todos os rios, montanhas e planícies do continente. Seu poder sobre os irmãos mais fracos estava assegurado. Após algumas décadas, entretanto, uma falha apareceu em sua raça, nítida como uma rachadura na superfície de um espelho. Foi o nascimento de uma criança que parecia ser mais fraca que as outras — miúda, choramingas, in-

* Sempre que possível, denominações geográficas modernas foram colocadas no lugar dos nomes utilizados no século X.

capaz de juntar ar suficiente nos pulmões para chorar. Enquanto crescia, ficou patente que ela era menor que as outras, mais lenta, e tinha uma suscetibilidade a doenças desconhecida em sua raça. Era uma criança humana, parecida com suas bisavós, as Filhas dos Homens.* Não tinha nada — nem a beleza, nem a força, nem as formas angélicas — dos Vigias. Quando chegou à maturidade, foi apedrejada até a morte.

Durante muitas gerações, aquela criança foi a única anomalia. Então, Deus decidiu povoar os domínios de Jafé com seus próprios filhos e enviou uma multidão de crianças humanas aos Nefilins, reavivando o Espírito Santo sobre a Terra. No início, muitos desses seres morriam na infância. Com o tempo, os Nefilins aprenderam a cuidar das crianças fracas, alimentando-as até o terceiro ano, antes de permitir que elas se juntassem às outras crianças, mais fortes.** Se sobrevivessem até a idade adulta, seriam quatro cabeças menores que os pais. Começavam a envelhecer e decair na terceira década de vida, e morriam antes da oitava. Mulheres humanas morriam no parto. Disfunções e doenças exigiam o desenvolvimento de remédios; mas, mesmo quando tratados, os humanos viviam apenas uma fração do que viviam seus irmãos nefilins. O domínio inviolável dos Nefilins fora corrompido.***

---

* A recente recuperação e sistematização do trabalho de Gregor Mendel, monge agostiniano e membro da Sociedade dos Estudiosos de Angelologia de Viena de 1857 a 1866, fez muito para lançar luz sobre o que foi um mistério de milênios para os historiadores do crescimento nefilim e humano na Europa. Agora podemos perceber que, segundo a Teoria Cromossômica da Hereditariedade, desenvolvida por Mendel, os traços humanos recessivos das Filhas dos Homens foram repassados através da linhagem nefilim de Jafé, reemergindo em gerações futuras. Embora as repercussões cromossômicas dos cruzamentos entre humanos e Nefilins pareçam aos modernos investigadores um resultado óbvio dessa procriação, o surgimento de seres humanos entre os Nefilins foi com certeza uma grande surpresa para os humanos, que consideraram o fato como obra de Deus. Em seus primeiros ensaios, o próprio Venerável Clematis escreveu que Deus inseriu crianças humanas na linhagem nefilim de Jafé. Os Nefilins, é claro, tiveram outra interpretação desta calamidade genética.

** Existem diversos documentos referentes à superioridade física dos rebentos nefilins e à inevitabilidade genética do aparecimento de humanos entre os filhos dos Vigias com mulheres, principalmente a análise da demografia nefilim efetuada pelo dr. G. D. Holland em *Corpos Humanos e Angélicos: Uma Investigação Médica* (Gallimard, 1926).

*** Entre certas tribos de Nefilins, a prática de sacrificar crianças humanas se tornou popular. Especula-se que isso era tanto um meio de controlar o crescimento da população humana — que representava uma ameaça para a sociedade nefilim — quanto uma súplica a Deus para que perdoasse os pecados dos Vigias, ainda aprisionados nas profundezas da Terra.

Ao longo do tempo, os descendentes humanos se casaram com outros de sua estirpe e a raça humana cresceu, juntamente com a nefilim. Apesar de sua inferioridade física, os filhos puros de Jafé conseguiram prosperar sob o domínio de seus irmãos nefilins. Casamentos miscigenados ocorriam entre os grupos, aumentando a hibridização da raça, mas tais uniões eram desencorajadas. Quando uma criança humana nascia de pais nefilins, era enviada para fora dos muros da cidade, onde morria ao relento, entre os humanos. Quando uma criança nefilim nascia na civilização humana, era tirada de seus pais e assimilada pela raça superior.*

Logo, os Nefilins se retiraram para seus castelos e mansões campestres. Construíram fortificações de granito, refúgios no alto de montanhas, santuários de luxo e poder. Embora em posição subalterna, os filhos de Deus eram abençoados com a proteção divina. Tinham as mentes aguçadas, as almas abençoadas e uma poderosa determinação. Embora ambas as raças vivessem lado a lado, os Nefilins se abrigaram atrás de riquezas e fortificações. Os seres humanos, vítimas da pobreza e das doenças, tornaram-se escravos de mestres invisíveis e poderosos.

V

Ao raiar do dia, levantamo-nos e caminhamos por muitas horas pela trilha escarpada que conduzia ao topo da montanha, com o sol se levantando por trás dos altaneiros pináculos de pedra, cobrindo a criação de Deus com uma luminosidade dourada e gloriosa. Munidos de mulas robustas, grossas sandálias de couro e tempo radioso, andávamos depressa. No meio da manhã, um vilarejo com casas de pedra surgiu sobre um penedo; as telhas, que encimavam as paredes de ardósia, eram de barro alaranjado. Depois de consultar

* Embora não seja a primeira vez que o termo "raça superior" aparece em uma discussão sobre os Nefilins, pois eles foram mencionados como pertencendo a uma "raça superior" ou "super-raça" em diversas oportunidades, esta é com certeza a fonte mais famosa e mais citada. Ironicamente, o conceito de Clematis a respeito de uma super-raça ou um super-homem — tido pelos angelólogos como o símbolo da mitologia promovida pelos próprios Nefilins — foi adotado e reinventado na época moderna por simpatizantes dos Nefilins, entre eles o conde Arthur de Gobineau, Friedrich Nietzsche e Arthur Schopenhauer, como componente do pensamento filosófico humano; depois, foi utilizado nos círculos nefilins para sustentar a teoria racial da *Herrenrasse*, conceito que tem crescido em popularidade na Europa contemporânea.

nosso mapa, ficou claro que havíamos alcançado a parte mais alta da montanha, nas proximidades de uma garganta que os habitantes locais chamam de Gyaurskoto Burlo. Encontrando abrigo na casa de um aldeão, tomamos banho, comemos e descansamos, antes de procurarmos um guia que nos levasse à caverna. Imediatamente, um pastor foi trazido à minha presença. Era pequeno e troncudo, como são os montanheses trácios. Tinha a barba salpicada de branco, mas um corpo forte. Ele ouviu com atenção, enquanto eu descrevia nossa missão na garganta. Eu o achei inteligente, articulado e receptivo, embora tivesse deixado claro que nos conduziria até o fundo da garganta — mas não iria mais longe. Depois de alguma discussão acordamos um preço. O pastor prometeu fornecer o equipamento e disse que nos levaria até lá no dia seguinte.

Discutimos nossas perspectivas durante uma refeição de pão e carne-seca, um repasto simples, mas nutritivo, capaz de nos proporcionar energia para a jornada do dia seguinte. Coloquei um pergaminho sobre a mesa e o abri para que os outros o vissem. Meus irmãos se inclinaram para mais perto da mesa, esforçando-se para enxergar os leves sombreados do desenho a tinta.

— O local é aqui — disse eu, arrastando o dedo sobre o mapa, ao longo de uma cadeia de montanhas em forma de cunha, destacada por tinta azul-escura. — Não deveremos ter problemas para chegar lá.

— Mas — disse um dos meus irmãos, roçando a barba desgrenhada na mesa enquanto se curvava sobre ela —, como podemos ter certeza de que este é o verdadeiro local?

— Há testemunhas — afirmei.

— Houve testemunhas no passado — disse o irmão Francis. — Os aldeões enxergam com olhos diferentes. As coisas que veem costumam não levar a nada.

— Eles alegam ter visto as criaturas.

— Se nós formos acreditar nas histórias fantásticas dos camponeses das montanhas, vamos ter de visitar todos os povoados da Anatólia.

— Na minha humilde opinião, isso merece nossa atenção — repliquei. — Segundo nossos irmãos da Trácia, a boca da caverna é um abismo escarpado. Bem no fundo, corre um rio, como é descrito na lenda. Os aldeões alegam ter ouvido vibrações quando estavam na beira do abismo.

— Vibrações?

— Música — disse eu, esforçando-me para permanecer cauteloso em minhas afirmativas. — Os aldeões realizam festas na boca da caverna, para poder ouvir o som, mesmo fraco, que sai da caverna. Dizem que a música tem um poder incomum. Os doentes ficam bons. Os cegos veem. Os aleijados andam.

— Isso é maravilhoso — disse o irmão Francis.

— A música que sai das profundezas da Terra vai nos conduzir ao nosso destino.

Apesar de minha confiança em nossa causa, minha mão treme quando penso nos perigos do abismo. Anos de preparativos fortaleceram minha determinação, mas receio a possibilidade de um fracasso. Como os fracassos passados ainda assombram minhas lembranças! Como os irmãos que sucumbiram visitam meus pensamentos! Minha fé obstinada me impele para diante, e o bálsamo da graça de Deus conforta minha alma perturbada.* Amanhã, ao nascer do sol, vamos descer a garganta.

VI

Como a Terra retorna à luz do sol, assim a Terra corrompida retorna à luz da Graça. Como as estrelas iluminam o céu escuro, os filhos de Deus irão um dia se erguer através da névoa de injustiça, livres finalmente dos mestres do mal.

VII

Nas trevas do meu desespero, eu me volto para Boécio, como os olhos se dirigem para as chamas — meu Senhor, meus dons foram perdidos na caverna infernal.**

* Neste ponto, a caligrafia de Clematis dá lugar a uma garatuja hesitante. Essa degeneração se deve, sem dúvida, às extremas pressões da missão, mas também, talvez, a uma crescente fadiga. O Venerável Padre tinha quase 60 anos no ano 325 d.C., e suas forças, com certeza, devem ter ficado comprometidas pela jornada montanha acima. O tradutor tomou grande cuidado em sua tentativa de decifrar o texto, de modo a torná-lo acessível ao leitor moderno.

** Aqui, Clematis se refere ao famoso verso de *O Consolo da Filosofia*, 3.55, associado ao mito de Orfeu e Eurídice: *Pois aquele que, vencido pela paixão, dirige os olhos para baixo e olha a caverna infernal, perderá todos os seus dons.*

*VIII**

Sou um homem desamparado. Falo através de lábios queimados, minha voz soa cavernosa aos meus ouvidos. Meu corpo está quebrado; feridas abertas em minha carne carbonizada gotejam líquido. A esperança, este anjo eterno e etéreo, em cujas asas voei para encontrar minha desgraçada sina, ainda está mais destroçada. Somente minha vontade de relatar o horror que presenciei me faz abrir os lábios queimados e ulcerados. É para você, futuro caçador da liberdade, futuro acólito da justiça, que eu conto os meus infortúnios.

O dia de nossa jornada amanheceu frio e limpo. Como é meu costume, acordei muitas horas antes do alvorecer e, deixando os outros entregues ao sono, fui até a lareira do casebre. A dona da casa já estava atarefada naquele espaço humilde, quebrando lenha para o fogo. Uma panela com mingau de cevada borbulhava sobre as chamas. Tentando ser útil, ofereci-me para mexer a mistura, o que também me manteve aquecido. Ao pé da lareira, as lembranças de minha infância me inundaram. Cinquenta anos atrás, eu era um menino de braços finos como caniços, que ajudava minha mãe nessa mesma tarefa doméstica, ouvindo-a cantarolar, enquanto torcia peças de roupa em bacias de água limpa. Minha mãe... quanto tempo já faz desde a última vez que pensei na bondade dela? E meu pai, com seu amor pelo Livro e sua devoção a Nosso Senhor... como vivi tantos anos sem me lembrar de sua gentileza?

Tais pensamentos se dissiparam quando meus irmãos, talvez sentindo o cheiro do café da manhã, desceram até a sala. Juntos, todos comemos. À luz do fogo, embalamos nossas sacolas: corda, cinzel e martelo, pergaminho, tinta, uma faca afiada feita com uma liga de boa qualidade e um rolo de tecido de algodão, para ataduras.

---

* Daqui por diante, as seções restantes do relato de Clematis são escritas pela mão de um monge trácio, padre Deopus, que foi designado para cuidar de Clematis logo após o término da expedição. A pedido de Clematis, Deopus sentou-se ao lado de seu leito para tomar um ditado. Quando não estava servindo de escriba, segundo seu próprio relato, Deopus fazia unguentos e compressas, que colocava sobre a pele queimada de Clematis, para aliviar suas dores. Que Deopus tenha sido capaz de captar um relato tão completo sobre a desastrosa Primeira Expedição Angélica, quando os ferimentos do Venerável Padre certamente estorvavam a comunicação, foi um prêmio para os estudiosos. A descoberta da transcrição do padre Deopus, em 1919, abriu as portas para maiores investigações sobre a Primeira Expedição Angélica.

Quando o sol se levantou, despedimo-nos de nossos hospedeiros e saímos para encontrar nosso guia.

Na outra extremidade do vilarejo, onde a trilha se transformava em uma escadaria de pedregulhos ascendente e serpenteante, o pastor nos esperava, com um grande saco de tecido sobre o ombro e um cajado de madeira polida em uma das mãos. Acenando um bom-dia, ele deu meia-volta e caminhou montanha acima. Seu corpo era sólido e compacto como o de um bode. Sua atitude me pareceu extremamente lacônica, e sua expressão era tão sombria que achei que ele iria desistir de seus deveres e nos abandonar na trilha. Mas ele continuou a caminhar, lenta e firmemente, levando nosso grupo até a garganta.

Talvez por termos tomado um café da manhã agradável e o dia estivesse esquentando, iniciamos a viagem animados. Os irmãos conversavam uns com os outros, catalogando as flores silvestres que cresciam ao lado da trilha e comentando a estranha variedade de árvores locais — bétulas, abetos e ciprestes imponentes. O bom humor deles dissipava as sombras de dúvida sobre nossa missão e constituía um alívio. A melancolia dos dias precedentes fora um peso sobre todos nós. Estávamos começando o dia com ânimo renovado. Minhas próprias ansiedades eram consideráveis, embora eu as mantivesse ocultas. As ruidosas risadas dos irmãos me fizeram rir também, e logo estávamos todos alegres e despreocupados. Não podíamos prever que aquela seria a última vez que qualquer um de nós ouviria o som de risos.

Nosso pastor caminhou durante meia hora montanha acima antes de atalhar por um bosque de bétulas. Através da folhagem, vi a entrada de uma gruta, uma grande fenda em um muro de granito sólido. Dentro dela, o ar estava frio e úmido. Manchas de fungo colorido cobriam as paredes. O irmão Francis apontou para uma série de ânforas alinhadas junto à parede oposta da caverna, jarros bojudos, de gargalo estreito, que repousavam no chão de terra com a elegância de cisnes. Os jarros maiores continham água e os menores, azeite, o que me levou a acreditar que a caverna era utilizada como um abrigo tosco e improvisado. O pastor confirmou minhas especulações, embora não soubesse dizer quem se daria ao trabalho de descansar tão longe da civilização, e o que o levaria a fazer isso.

Uma enorme garganta se abria no fundo da caverna. Sem hesitar, o pastor tirou de sua sacola dois grossos espigões de ferro, um martelo e uma escada de corda, que colocou no chão da caverna. A escada chamou a atenção dos irmãos mais jovens, que se juntaram para examiná-la. Duas longas tiras de cânhamo trançado formavam seu eixo vertical; hastes de metal, fixadas no cânhamo mediante cavilhas, formavam as travessas horizontais. A habilidade com que a escada fora confeccionada era inegável. Minha admiração pela engenhosidade de nosso guia aumentou quando vi aquele artefato forte e, ao mesmo tempo, portátil.

O pastor usou o martelo para pregar os espigões na pedra, e neles fixou a escada de corda, com grampos. Esses pequenos dispositivos, não maiores que moedas, asseguraram a estabilidade da escada. Após terminar o trabalho, ele arremessou a escada por sobre a borda da garganta e se afastou alguns passos, como que para admirar a queda. Um rumor de água corrente ecoava nas pedras.

Nosso guia explicou que um rio corria sob a montanha, atravessando a rocha, sendo engrossado por lençóis de água e riachos subterrâneos, até irromper na garganta em uma forte torrente, formando uma cachoeira. A partir desta, o rio serpenteava pela garganta, descendo novamente para um labirinto de cavernas subterrâneas antes de emergir na superfície da Terra. Os aldeões, informou o guia, conheciam o rio como Estige, e acreditavam que os corpos dos mortos juncavam o chão pedregoso da garganta. Eles acreditavam que a garganta era a entrada do inferno e a chamavam de A Prisão dos Infiéis. Enquanto ele falava, seu rosto se encheu de apreensão, o primeiro sinal que dava de que poderia estar com medo de prosseguir. Às pressas, declarei que já era hora de descermos pela abertura.*

IX

Nossa felicidade, ao entrarmos no abismo, é difícil de imaginar. Somente Jacó, em sua visão da grande procissão dos anjos de Deus, poderia ter contemplado uma escada mais bem-vinda e imponente.

---

* Segundo o relato do padre Deopus, Clematis demorou algumas horas para dizer essas palavras, pois já estava agonizante. Depois, em um acesso de loucura, arrancou as ataduras e compressas de sua pele queimada. Esse ato de automutilação deixou respingos de sangue nas páginas do diário, manchas ainda claramente visíveis mesmo agora, na época da tradução.

Para nosso divino propósito, penetramos na terrível escuridão daquele poço desolado, contando com Sua proteção e Sua graça.

Enquanto eu descia pelos gelados degraus da escada, o rugido das águas enchia meus ouvidos. Eu me movia rapidamente, entregando-mc à poderosa atração das profundezas. Minhas mãos deslizavam no metal úmido e meus joelhos se chocavam contra a íngreme superfície da rocha. O medo enchia meu coração. Murmurei uma prece, pedindo proteção, forças e orientação para enfrentar o desconhecido. Minha voz desaparecia no ensurdecedor barulho da cachoeira.

O pastor, último a descer, chegou alguns minutos depois. Abrindo sua sacola, retirou dela uma caixa de velas de cera, com uma pederneira e um estopim para acendê-las. Em questão de minutos, estávamos cercados por um círculo de luz. Apesar do ar frio, o suor caía sobre meus olhos. Então, rezamos de mãos dadas, acreditando que, mesmo naquele escuro e profundo buraco do inferno, nossas vozes seriam ouvidas.

Erguendo a bainha da batina, fui até a beira do rio. Os outros me seguiram, deixando nosso guia ao lado da escada. A cachoeira caía a distância, cortinas de água escaldante e inesgotável. O rio era uma grande artéria no centro da caverna, como se o Estige, o Flegetonte, o Aqueronte e o Cócito — os rios que confluem no inferno — tivessem se transformado em um só. O irmão Francis foi o primeiro a divisar o bote, uma pequena barca de madeira amarrada à beira do rio, flutuando em meio à neblina. Aproximamo-nos da proa da embarcação, refletindo sobre nosso percurso. Atrás de nós, um trecho de rocha plana nos separava da escada. À frente, do outro lado do rio, uma intrincada rede de cavernas aguardava nossa inspeção. Nossa opção era clara: descobrir o que havia do outro lado daquele rio traiçoeiro.

Como éramos cinco, todos com um peso razoável, minha primeira preocupação foi a de que não coubéssemos no estreito bote. Entrei nele em primeiro lugar, tentando me manter ereto diante do violento sacolejo sob meus pés. Eu não tinha nenhuma dúvida de que, se a embarcação emborcasse, a implacável correnteza me arrastaria para um labirinto rochoso. Depois de algumas manobras, consegui me equilibrar e sentar em segurança junto ao leme. Os outros me seguiram, e logo entramos na correnteza. Lentamente, o irmão Francis impulsionou o bote em direção à margem oposta com uma vara comprida, afastando-nos cada vez mais da entrada da caverna e nos aproximando cada vez mais de nossa perdição.

*X**

Enquanto nos aproximávamos, as criaturas sibilavam em suas celas, venenosas como cobras. Seus incríveis olhos azuis estavam fixos em nós, e suas asas possantes se chocavam contra as barras da prisão. Eram centenas de anjos das trevas, impenitentes, rasgando suas túnicas alvas e brilhantes, clamando por salvação, suplicando que nós, os emissários de Deus, as pusêssemos em liberdade.

XI

Meus irmãos caíram de joelhos, paralisados pelo horrível espetáculo diante de nós: centenas de criaturas majestosas aprisionadas em celas profundamente escavadas na rocha, que se estendiam tão longe quanto os olhos podiam enxergar. Aproximei-me tentando compreender o que via. Eram criaturas sobrenaturais, tão luminosas que eu não conseguia olhar para as profundezas da caverna sem desviar os olhos. Entretanto, assim como alguém que olha para o centro de uma chama, queimando a visão com o pálido azul do núcleo do fogo, eu desejava observar as criaturas celestiais à minha frente. Finalmente, percebi que cada cela abrigava um único anjo, acorrentado. O irmão Francis segurou meu braço, aterrorizado, implorando que voltássemos para o barco. Mas, em meu entusiasmo, não lhe dei ouvidos. Virei-me para os outros e lhes ordenei que se levantassem e entrassem junto comigo.

Os lamentos cessaram quando entramos na prisão. As criaturas nos observavam atrás de grossas barras de ferro, seguindo cada movimento nosso com seus olhos esbugalhados. O desejo de liberdade que tinham não era de surpreender: estavam acorrenta-

* O salto narrativo que se percebe nesta seção pode ser uma lacuna na transcrição do padre Deopus, porém, mais provavelmente, é um reflexo fiel da confusão mental de Clematis. É preciso lembrar que o Venerável Padre não estava em condições de relatar suas experiências na caverna de forma coerente. O fato de que o padre Deopus tenha conseguido compor uma narrativa a partir dos desesperados desvarios de Clematis é uma prova de sua habilidade.

das dentro da montanha havia milhares de anos, esperando serem libertadas. Mas não se mostravam abatidas. Suas peles irradiavam uma intensa luz dourada que criava um halo em torno de seus corpos. Fisicamente, eram muito superiores aos seres humanos — altas e elegantes, com asas que iam dos ombros aos tornozelos, envolvendo-as como capas de um branco puro. Eu jamais havia visto ou imaginado uma beleza como aquela. Agora entendia como aquelas criaturas celestiais haviam seduzido as Filhas dos Homens, e por que os Nefilins tanto valorizavam sua herança paterna. Enquanto adentrava mais no local, com minha expectativa aumentando a cada passo, ocorreu-me que tínhamos alcançado aquele abismo para concretizar um desígnio que não tínhamos previsto. Eu acreditava que nossa missão era recuperar o tesouro angélico, mas agora percebia a terrível verdade: tínhamos alcançado aquele poço para libertar os Anjos das Trevas.

Dos recessos de uma cela suja, um anjo com volumosos cabelos dourados se adiantou. Trazia nas mãos uma lira reluzente, de bojo rotundo.* Colocando-a em posição, ele tangeu as cordas até que uma melodia agradável e etérea ecoou na caverna. Não sei dizer se pela especial ressonância da caverna ou pela qualidade do instrumento, mas o som era rico e profundo, uma música encantadora que tomou conta de meus sentidos, até me fazer achar que iria enlouquecer de tanta felicidade. Logo, o anjo começou a cantar; seu tom de voz subia e descia, acompanhando a lira. Como se obedecendo ao comando daquela divina progressão, os outros anjos se juntaram a ele, criando uma música celestial, em uma congregação de dezenas de milhares de anjos, semelhante à descrita por Daniel.

---

* A referência à lira dourada do arcanjo Gabriel é a passagem mais sedutora e frustrante que há no relato do Venerável Clematis sobre sua viagem ao Hades. Segundo uma carta escrita pelo padre Deopus, o Venerável Padre trazia um pequeno disco de metal quando escapou da caverna. Depois que ele morreu, o disco foi enviado a Paris, para ser examinado. Os especialistas em musicologia etérea descobriram que o objeto descoberto por Clematis era um plectro — uma palheta de metal usada para tocar instrumentos de corda, mais comumente a lira. Como o plectro costuma ser amarrado ao instrumento por uma corda de seda, é possível inferir que Clematis, de fato, teve contato com a lira, ou com um instrumento tocado por um plectro semelhante. Isso deixa o paradeiro da lira aberto à especulação. Se Clematis tivesse saído da garganta com o instrumento, poderia tê-lo deixado cair no poço, ou talvez na montanha, enquanto fugia de lá. O plectro afasta a possibilidade de que a lira fosse um produto da mente delirante de Clematis, uma criação mitológica de sua mente perturbada.

O coro celestial nos desarmou e nos deixou paralisados. A melodia ficou gravada em minha mente, como se tivesse sido impressa a fogo. Ainda a ouço até agora.*

Enquanto eu o observava, o anjo gentilmente ergueu seus braços finos e longos, e estendeu suas enormes asas. Então, fui até a porta de sua cela e abri o trinco enferrujado. Em uma erupção de força que me atirou ao chão, ele abriu a porta da cela e saiu de lá. Pude perceber o prazer da criatura com sua libertação. Os anjos aprisionados rugiram em suas celas, ávidas criaturas malévolas exigindo liberdade, invejosas do triunfo do irmão.

Em minha fascinação com os anjos, eu não notara o efeito que a música tivera sobre meus companheiros. De repente, antes que eu pudesse perceber que um feitiço fora lançado em sua mente por aqueles seres demoníacos, o irmão Francis correu até o coro angélico. No que parecia ser um estado de insanidade, ajoelhou-se diante das criaturas, em um gesto de súplica. O anjo deixou cair a lira, interrompendo instantaneamente o coro sublime e tocou o irmão Francis, projetando uma luz tão forte sobre ele que o desnorteado irmão parecia ter sido mergulhado em bronze derretido. Ofegante, Francis caiu no chão, cobrindo os olhos, enquanto a luz intensa queimava sua carne. Para meu horror, vi suas roupas se dissolverem e sua carne derreter, expondo os músculos e os ossos. O irmão Francis, que minutos antes segurara meu braço, suplicando-me para retornar ao barco, fora morto pela luz envenenada do anjo.**

XII

Os minutos que se seguiram à morte do irmão Francis são muito confusos. Eu me lembro dos anjos sibilando em suas celas. Eu me lembro do corpo de Francis diante de mim, horrivelmente enegrecido e deformado. Tudo o mais, contudo, está mergulhado em

---

* Muitos acreditam que Deopus, a pedido do Venerável Clematis, transcreveu a melodia do coro celestial de anjos. Esta notação jamais foi localizada, embora sejam grandes as esperanças de que ainda exista.

** Depois de uma cuidadosa análise do relato de Clematis sobre a morte do irmão Francis e sobre os ferimentos que provocaram a morte do próprio Clematis, a conclusão dos angelólogos foi a de que o irmão Francis fora vítima de uma intensa exposição à radiação. Estudos sobre as propriedades radioativas dos anjos foram iniciados, após uma generosa doação da família de Marie Curie. Atualmente, estão sendo realizados por um grupo de angelólogos na Hungria.

escuridão. De alguma forma, a lira, o tesouro que me levara àquele buraco, estava diante de mim. Com pressa, as mãos chamuscadas, recolhi o instrumento que o anjo largara no chão e o coloquei em segurança dentro da minha sacola.

Vi-me então sentado na proa do barco de madeira, com as roupas rasgadas. Sentia dores no corpo inteiro. A pele das minhas mãos estava descascando, recurvando-se em caracóis enegrecidos. Tufos de pelos da minha barba haviam queimado até a raiz. Então percebi que, assim como o irmão Francis, eu fora atingido pela luz terrível que emanara do anjo.

Os outros irmãos também tinham sido atingidos. Dois deles estavam no barco, que empurravam desesperadamente contra a corrente. Suas batinas estavam chamuscadas e suas peles, gravemente queimadas. Outro membro de nosso grupo jazia morto aos meus pés, com as mãos pressionadas sobre o rosto, como se tivesse morrido de terror. Quando o barco chegou à margem oposta do rio, abençoamos nosso irmão martirizado e desembarcamos, deixando o barco à deriva no rio.

XIII

Para nosso horror, o anjo homicida estava de pé na margem, esperando por nós. Seu belo rosto estava sereno, como se ele tivesse acabado de acordar de um sono reparador. Quando viram a criatura, meus irmãos caíram por terra, rezando e suplicando, prostrados pelo terror, pois o anjo era feito de ouro. O medo que sentiam era justificado. O anjo lançou sobre eles sua luz venenosa e os matou, exatamente como matara Francis. Caí de joelhos, orando pela salvação deles, sabendo que tinham morrido a serviço do bem. Olhando em volta, percebi que não tinha nenhuma esperança de receber ajuda. O pastor desertara de seu posto, abandonando-nos na garganta, deixando apenas sua sacola e a escada, uma traição que me deixou amargurado. Nós tínhamos pedido que ele nos ajudasse.

O anjo me examinou com ar de enfado. Com uma voz mais encantadora que sua música, começou a falar. Embora não conseguisse determinar a língua, de alguma forma entendi claramente sua mensagem. Ele disse: *Nossa liberdade veio a muito custo. Por isso, grande será sua recompensa, nos céus e na Terra.*

O sacrilégio das palavras do anjo me afetou mais do que eu poderia imaginar. Eu não concebia como um demônio daqueles se atrevia a prometer uma recompensa divina. Em um acesso de fúria, investi contra ele e o atirei ao chão. A criatura celeste foi pega de surpresa pela minha fúria, o que me deu uma superioridade que usei a meu favor. Apesar de seu brilho, o anjo era um ser material, feito de uma substância não muito diferente da minha. Rapidamente, puxei suas asas portentosas, tentando alcançar a carne delicada e desprotegida, no lugar onde elas se prendiam às costas.

Agarrando o osso tépido na base das asas, atirei a luminosa criatura no chão frio e duro. Eu estava tão tomado pela emoção que não me lembro exatamente do que fiz para atingir meu objetivo. Só sei que, em minha luta para segurar a criatura e na ânsia de escapar do poço, o Senhor me abençoou com uma força extraordinária para enfrentar aquele bicho. Com uma ferocidade que eu mal conseguia acreditar que provinha de minhas velhas mãos, torci as asas da criatura. Ouvi um estalo sob minhas mãos, como se tivesse quebrado o vidro fino de uma ampola. Um súbito jato de ar escapou do corpo do anjo, um leve suspiro, e a criatura ficou indefesa aos meus pés.

Examinei o corpo quebrado diante de mim. Eu arrancara uma asa de seu encaixe, rasgando a carne rosada de tal forma que as penas alvíssimas ficaram dobradas por cima do corpo, em um ângulo assimétrico. O anjo estremecia agonizante, enquanto um fluido azul claro escapava das feridas que eu abrira em suas costas. Um som inquietante saía de seu peito, como se seus humores, agora liberados dos vasos internos, tivessem se misturado em uma alquimia desastrosa. Logo compreendi que a desgraçada criatura estava sufocando até a morte, e que aquela asfixia resultava do ferimento em sua asa.* É assim que a respiração termina. A violência de mi-

* As propriedades estruturais das asas dos anjos foram demonstradas definitivamente em *Fisiologia do Voo Angélico*, influente estudo de 1907 que, por sua superioridade no mapeamento das propriedades esqueletais e pneumáticas das asas, tornou-se a pedra de toque em todas as discussões a respeito dos Vigias. Enquanto antes se acreditava que as asas eram apêndices externos, mantidos no lugar por intermédio da musculatura, agora se acredita que as asas dos anjos são uma protuberância dos pulmões — órgãos externos de grande delicadeza que servem também como instrumentos de voo. Estudos de modelos determinaram que as asas se originam nas capilaridades do tecido pulmonar, ganhando massa e força à medida que se desenvolvem entre

nhas ações contra uma criatura celestial me atormentou além de qualquer limite. Por fim, caí de joelhos e implorei pelo perdão e pela clemência do Senhor, pois eu destruíra uma das mais sublimes criações celestes.

Foi então que ouvi um grito abafado — o pastor, agachado atrás das pedras, chamava meu nome. Somente depois que ele fez diversos acenos, entendi que ele queria me ajudar a subir a escada. Arrastei-me tão depressa quanto me permitia meu corpo deformado e me agarrei ao pastor, que, pela graça de Deus, era forte e capaz. Colocando-me sobre suas costas trêmulas, ele me tirou daquele buraco.*

Aqui terminava o relato sobre a Primeira Expedição Angelológica, ditado pelo Venerável Clematis e traduzido pelo dr. Raphael. Eu não me sentia capaz de avaliar meus sentimentos conflitantes. Minhas mãos tremiam de excitação, ou medo, ou expectativa — eu não conseguia identificar qual emoção me dominava. Mas de uma coisa eu tinha certeza: o Venerável Clematis conseguira me abalar com a narrativa de sua viagem, cuja audácia me inspirava admiração, enquanto seu encontro com os Vigias me deixava horrorizada. O fato de que um homem tivesse contemplado aquelas criaturas celestes, que tivesse tocado sua carne luminosa e ouvido sua música celestial era uma coisa que eu não conseguia imaginar.

Talvez o oxigênio nas dependências subterrâneas da escola estivesse escasso, pois, assim que terminei de ler o livreto, comecei a sentir dificuldade para respirar. A atmosfera estava mais pesada, escura e opressiva do que estivera havia apenas alguns minutos. A pequena e abafada câmara de tijolos e pedra úmida se transformou, por um momento, na prisão subterrânea dos anjos. Eu meio que esperava ouvir o borbulhar do rio ou trechos da música celestial dos Vigias. Embora soubesse que era uma fantasia mórbida, eu não aguentava ficar

---

os músculos das costas. Uma asa madura atua como um sistema anatomicamente complexo de respiração externa, em que o oxigênio é absorvido e o dióxido de carbono, expelido através de minúsculas bolsas alveolares nos raques. Estima-se que apenas dez por cento de todas as funções respiratórias ocorram por meio da boca e do esôfago, o que torna as asas essenciais para as funções respiratórias. Esta é talvez a única falha física na estrutura angélica, o calcanhar de aquiles de um organismo que de outra forma seria perfeito, uma debilidade que Clematis atacou com grande sucesso.

* Segundo anotações deixadas por Deopus, Clematis morreu antes de terminar sua narrativa, que interrompeu bruscamente.

nem mais um minuto ali. Então, em vez de recolocar no lugar a tradução do dr. Raphael, dobrei o volume, enfiei-o no bolso de minha saia e saí dos depósitos subterrâneos, emergindo no delicioso ar fresco da escola.

Embora já fosse bem mais de meia-noite e a escola estivesse deserta, eu não podia me arriscar a ser descoberta. Rapidamente, tirei a pedra do lugar e, erguendo-me na ponta dos pés, enfiei a chave no nicho estreito. Depois de ter recolocado a pedra, alinhando suas bordas com as pedras vizinhas, dei um passo para trás e avaliei meu trabalho. A porta estava igual a centenas de portas semelhantes na escola. Ninguém suspeitaria do que estava escondido atrás da pedra.

Saí da escola e caminhei na fria noite outonal, seguindo meu caminho habitual da escola até o apartamento da rue Gassendi, esperando encontrar Gabriella em seu quarto, para lhe fazer perguntas. Mas o apartamento estava completamente às escuras. Depois de bater na porta de Gabriella, sem obter resposta, retirei-me para o meu quarto, onde li pela segunda vez a tradução do dr. Raphael. O texto ocupou toda a minha atenção e, antes que eu percebesse, li o relato pela terceira vez e depois pela quarta vez. A cada leitura, eu percebia que o Venerável Clematis me deixava cada vez mais confusa. Minha inquietude começou como um sentimento vago, uma sensação de desconforto sutil, mas persistente, que eu não conseguia identificar. À medida que a noite avançava, fui conduzida a um estado de terrível ansiedade. Havia alguma coisa no manuscrito que não se encaixava em minhas ideias sobre a Primeira Expedição Angelológica, um elemento que se chocava com as lições que eu aprendera. Embora estivesse cansada pelas extraordinárias tensões do dia, não consegui dormir. Em vez disso, dissequei cada estágio da jornada, tentando encontrar o motivo específico da minha ansiedade. Por fim, depois de reviver a provação de Clematis por muitas vezes, entendi o que estava me perturbando: em todas as minhas horas de estudo, em todas as aulas a que eu assistira, em meses de trabalho no Ateneu, os Valko jamais haviam mencionado, nem uma vez, o papel do instrumento musical descoberto por Clematis na caverna. Era a finalidade de nossa expedição, uma fonte de temores diante do avanço nazista, mas a dra. Seraphina se recusara a explicar a exata natureza de seu significado.

Entretanto, como o relato de Clematis deixava claro, a lira também estava no cerne da primeira expedição. Eu me lembrei da história do arcanjo Gabriel presenteando os Vigias com a lira, mencionada em uma das aulas dos Valko. Mas mesmo nessa breve palestra, eles tinham evitado mencionar o significado do instrumento. Como eles podiam manter em segredo um detalhe tão importante me encheu de admiração. Minha frustração apenas aumentou quando percebi que Gabriella já deveria ter lido o relato há muito tempo e que, portanto, estava a par da importância da lira. Mas ela, assim como os Valko, mantivera silêncio a respeito do assunto. Por que eu fora excluída? Comecei a olhar com suspeita minha permanência em Montparnasse. Clematis falara de "uma música encantadora que tomou conta de meus sentidos, até me fazer pensar que iria enlouquecer de tanta felicidade", mas quais seriam as consequências dessa música celestial? Eu não conseguia deixar de perguntar a mim mesma por que aqueles em quem eu mais confiava, aqueles a quem eu dedicara minha mais absoluta lealdade, tinham me decepcionado. Se não haviam me contado a verdade a respeito da lira, certamente tinham me ocultado outras informações.

Essas dúvidas estavam ocupando minha mente quando ouvi o ronco de um carro embaixo da janela do meu quarto. Afastando a cortina, descobri com espanto que o céu havia clareado, adquirindo uma tonalidade cinza-clara, tingindo a rua abaixo com um enevoado anúncio da alvorada. A noite terminara e eu não dormira nada. Mas não era a única a ter passado a noite em claro. Sob a fraca luz, avistei Gabriella saindo de um Citroën Traction Avant, de cor vermelha. Embora estivesse usando o mesmo vestido que usara no Ateneu, com o cetim ainda emitindo sua luminosidade aquosa, ela mudara drasticamente. Seus cabelos estavam desalinhados e seus ombros, curvados pela exaustão. Ela retirara as luvas de ópera, expondo as ataduras no braço. Virando-se para o prédio, como se estivesse pensando no que deveria fazer, apoiou-se no carro, escondeu o rosto nas mãos e começou a soluçar. O motorista do carro, um homem cujo rosto eu não conseguia distinguir, saiu do veículo. Embora eu não soubesse quais eram suas intenções, tive a impressão de que ele queria deixar Gabriella ainda mais magoada.

Apesar do ressentimento que nutria contra ela, meu primeiro instinto foi ajudar minha amiga. Saí correndo do apartamento e desci as escadas, esperando que Gabriella não fosse embora antes que eu chegasse até onde ela estava. Quando cheguei à entrada do prédio, no entanto, percebi que estava errada. Em vez de magoar Gabriella, o homem a havia abraçado, segurando-a nos braços enquanto ela chorava. Fiquei de pé à porta, confusa, observando a cena. O homem alisou os cabelos de Gabriella e falou com ela ternamente. Ele me parecia agir como um amante, embora, aos 15 anos, eu jamais tivesse sido acarinhada daquela forma. Fechando a porta devagar, para que minha presença não fosse notada, fiquei escutando. Através dos soluços, Gabriella repetia as palavras "não posso, não posso, não posso". Sua voz estava repleta de desespero. Embora fizesse uma ideia a respeito do que despertara o remorso em Gabriella — talvez suas ações tivessem pesado em sua consciência —, meu assombro foi realmente grande quando ouvi as palavras do homem.

— Mas você deve — disse ele, apertando-a mais. — Não temos escolha a não ser continuar.

Reconheci a voz. Na crescente luminosidade da alvorada, percebi que o homem que estava abraçando Gabriella não era outro senão o dr. Raphael Valko.

Retornando ao apartamento, fui para meu quarto, esperando ouvir os passos de Gabriella nas escadas. Fazendo chocalhar as chaves, ela abriu a porta e entrou no corredor. Em vez de ir para o quarto dela, como eu esperava, foi até a cozinha, onde um entrechocar de metal me informou que ela estava preparando café. Lutando contra a ânsia de ir ter com ela, permaneci na penumbra do meu quarto, escutando, como se os ruídos que ela fazia pudessem me ajudar a entender o que acontecera na rua e qual seria a natureza do seu relacionamento com o dr. Raphael Valko.

Algumas horas mais tarde, bati à porta do gabinete da dra. Seraphina. Ainda era cedo, nem sete horas da manhã, mas eu sabia que ela estaria lá trabalhando, como de costume. Ela estava sentada em frente a uma escrivaninha Luís XIV, com os cabelos amarrados para trás, em um coque severo, segurando a caneta acima de um bloco aberto, como se eu a tivesse interrompido no meio de uma frase. Embora visitar seu gabinete tivesse se tornado uma rotina — eu vinha me sentando no divã vermelho havia semanas, todos os dias, catalogando os papéis dos Valko —, meu cansaço e minha ansiedade a respeito do diário de Clematis deviam ser visíveis. A dra. Seraphina percebeu que aquela não era uma visita comum. Veio então até o divã, sentou-se diante de mim e me perguntou por que eu chegara tão cedo.

Então mostrei a tradução do dr. Raphael. Espantada, Seraphina pegou o panfleto e folheou as páginas, lendo as palavras que seu marido traduzira havia tanto tempo. Enquanto ela lia, percebi — ou imaginei ter percebido — um brilho de juventude e felicidade em seu rosto, como se o tempo recuasse a cada página virada.

Finalmente, a dra. Seraphina disse:

— Meu marido descobriu o diário do Venerável Clematis há cerca de 25 anos. Estávamos fazendo uma pesquisa na Grécia, em um pequeno povoado na base dos montes Ródopes, um lugar que Raphael descobriu depois de se deparar com uma carta de um monge chamado Deopus. A carta fora escrita em um vilarejo de apenas alguns milhares de habitantes, onde Clematis morrera pouco depois da expedição — e dava a entender que Deopus transcrevera o relato de Clematis sobre sua expedição. Era apenas um palpite, e dos mais vagos, mas Raphael acreditou em sua intuição e empreendeu o que muita gente achou que era uma missão quixotesca na Grécia. Foi um episódio importante na carreira dele; em nossas carreiras, na verdade. Foi uma descoberta de enormes consequências para nós, que nos trouxe reconhecimento e convites para palestras em todas as grandes instituições da Europa. A tradução cimentou a reputação dele e garantiu nosso lugar aqui, em Paris. Eu me lembro de como ele se sentia feliz por ter vindo para cá, de como estávamos otimistas.

A dra. Seraphina calou-se de repente, como se tivesse dito mais do que desejava.

— Estou muito curiosa para saber onde você encontrou isso.

— Nos depósitos embaixo da escola — respondi sem hesitar. Eu não seria capaz de mentir para minha professora, mesmo se quisesse.

— Nossos depósitos subterrâneos são áreas restritas — disse a dra. Seraphina. — As portas são trancadas. Você tem de ter uma chave para entrar.

— Gabriella me mostrou onde encontrar a chave — disse eu. — Eu a recoloquei no esconderijo, embaixo da pedra.

— Gabriella? — perguntou a dra. Seraphina, perplexa. — Mas como Gabriella sabia desse esconderijo?

— Pensei que a senhora poderia saber. Ou — disse eu, medindo as palavras, preocupada em não revelar mais do que a prudência recomendava — talvez o dr. Raphael saiba.

— Eu realmente não sei, e tenho certeza de que o meu marido também não sabe nada a esse respeito — observou a dra. Seraphina. — Diga-me, Celestine, você tem notado alguma coisa estranha no comportamento de Gabriella?

— Como assim? — perguntei, ajeitando-me na seda fria do divã, esperando ansiosamente que a dra. Seraphina me ajudasse a entender o enigma que se apresentava.

— Vou lhe dizer o que eu tenho observado — disse a dra. Seraphina, levantando-se e andando até a janela, onde a luz pálida da manhã caiu sobre ela. — Nos últimos meses, Gabriella se tornou irreconhecível para mim. Está marcando passo nos estudos. Os últimos ensaios que ela escreveu estão significativamente abaixo de sua capacidade, embora ela esteja tão adiantada que só um professor que a conheça bem possa notar isso. Ela passa um tempo enorme fora da escola, especialmente à noite. E mudou a aparência para ficar parecida com as garotas que se vê no *quartier* Pigalle. E o pior de tudo: começou a ferir a si mesma.

A dra. Seraphina olhou para mim, como se estivesse esperando que eu discordasse da avaliação dela. Como não o fiz, ela prosseguiu:

— Duas semanas atrás, eu vi que ela se queimara durante a palestra do meu marido. Você sabe a qual episódio estou me referindo. Foi a experiência mais perturbadora da minha carreira, e acredite, eu tenho tido muitas. Gabriella colocou a chama embaixo do pulso descoberto e ficou impassível, enquanto sua carne queimava. Ela sabia que eu a estava observando e me encarou, como se quisesse me desafiar a interromper a aula para salvá-la de si mesma. Havia mais do que desespero em suas ações, mais do que o desejo infantil de atenção. Ela perdeu o controle.

Eu queria discordar, dizer a Seraphina que ela estava enganada, que eu não tinha notado as características perturbadoras que ela havia descrito, e que Gabriella se queimara por acidente — mas não consegui fazer isso.

— Não é preciso dizer que Gabriella me chocou — disse a dra. Seraphina. — Eu pensei em confrontá-la imediatamente. Afinal de contas, a menina precisava de atendimento médico. Mas pensei melhor. O comportamento dela indicava algumas enfermidades, todas psicológicas. Se fosse realmente o caso, eu não queria agravar o problema. Mas eu temia que o motivo fosse outro, alguma coisa que não tivesse nada a ver com o estado mental de Gabriella, mas com outra força.

A dra. Seraphina mordeu o lábio, como se estivesse pensando em como iria prosseguir, mas eu lhe pedi que continuasse. Minha curiosidade a respeito de Gabriella era tão forte quanto a dela; talvez mais forte.

— Ontem, como você se lembra, eu pus o *Livro das Gerações* entre os tesouros que estamos enviando para fora. É claro que o *Livro das Gerações* não vai ser mandado para o campo, é importante demais para isso. Vai ficar comigo ou com algum outro professor de alto nível. Mas eu o coloquei lá, junto com os outros tesouros, para que Gabriella se deparasse com ele. Deixei o livro aberto em uma determinada página, com o nome da família Grigori bem à vista. Era fundamental, para mim, pegar Gabriella de surpresa. Ela tinha de ver o livro e ler os nomes escritos nas páginas sem ter tempo para disfarçar seus sentimentos. Igualmente importante: eu queria presenciar a reação dela. Você reparou qual foi?

— Claro — disse eu, lembrando-me da violenta reação de Gabriella, sua evidente perturbação ao ler os nomes. — Foi assustadora e estranha.

— Estranha — disse a dra. Seraphina —, mas previsível.

— Previsível? — perguntei, ainda mais confusa. O comportamento de Gabriella era um completo mistério para mim. — Não estou entendendo.

— No início, Gabriella ficou apenas pouco à vontade. Depois, quando reconheceu o nome Grigori e talvez outros nomes, o desconforto dela se transformou em histeria, em puro medo animal.

— É verdade — disse eu. — Mas por quê?

— Gabriella mostrou todos os sinais de alguém apanhado no meio de uma conduta errada. Reagiu como alguém atormentado pela culpa. Eu já vi isso antes, só que os outros esconderam a vergonha com muito mais habilidade.

— A senhora acredita que Gabriella está trabalhando contra nós? — perguntei, com uma voz que traía minha perplexidade.

— Não posso dizer com certeza — disse a dra. Seraphina. — É provável que ela esteja envolvida em um relacionamento infeliz, que tomou conta dela. Qualquer que seja o caso, no entanto, ela está comprometida. Depois que alguém começa a levar uma vida dupla, é muito difícil escapar. É uma pena que Gabriella tenha se tornado um exemplo, mas *é* um exemplo, um que eu espero que você não siga.

Aturdida demais para responder, olhei para a dra. Seraphina, esperando que ela dissesse alguma coisa que aliviasse meu nervosismo com o fato de que, embora ela não tivesse provas, eu tinha.

— Os aposentos embaixo da escola têm o acesso totalmente proibido. As entradas estão seladas para a segurança de nós todos. Você não deve revelar para ninguém o que descobriu lá. — Seraphina foi até sua escrivaninha, abriu uma gaveta e pegou uma chave. — Só existem duas chaves para o porão. Eu fico com uma delas, que é esta. A outra foi escondida por Raphael.

— Talvez o dr. Raphael tenha mostrado a ela a localização da chave — aventei, lembrando-me das palavras trocadas entre o dr. Raphael e Gabriella naquela manhã. Eu sabia que aquela era a resposta, mas não tinha coragem de contar o fato para alguém.

— Impossível — disse ela. — Meu marido jamais revelaria uma informação tão importante a uma aluna.

Eu me sentia profundamente desconfortável com o que agora desconfiava ser um relacionamento íntimo do dr. Raphael com Gabriella, e também me sentia insegura quanto à natureza dos crimes de Gabriella. Entretanto, para meu pesar, fui tomada por um perverso prazer com o fato de que a dra. Seraphina me elegera como confidente. Nunca antes minha professora me falara com tanta seriedade e camaradagem, como se eu não fosse apenas sua assistente, mas uma colega.

Isso tornava ainda mais difícil aceitar as falsidades de Gabriella. Se as impressões que eu tinha estavam corretas, ela não só estava trabalhando contra os angelólogos como também, ao se envolver com o dr. Raphael, traíra a dra. Seraphina pessoalmente. Embora eu tivesse acreditado que Gabriella fora desencaminhada por um homem de fora da escola, agora sabia que o caso amoroso dela era mais insidioso do que eu imaginara anteriormente. Na verdade, até mesmo o dr. Raphael poderia estar trabalhando contra os angelólogos, juntamente com Gabriella. Eu sabia que deveria contar tudo à dra. Seraphina, mas não conseguia fazer isso. Precisava de tempo para entender meus próprios sentimentos antes de revelar o que sabia.

Sentindo necessidade de falar sobre outros assuntos, eu trouxe à baila o tópico que me levara até o gabinete da dra. Seraphina.

— Me desculpe por mudar de assunto — disse eu baixinho, espreitando a reação dela. — Há algo que tenho de lhe perguntar sobre a Primeira Expedição Angelológica.

— É por isso que você veio me ver tão cedo?

— Passei a maior parte da noite estudando o texto de Clematis — disse eu. — Li o texto várias vezes e, cada vez que lia, sentia mais dúvidas. Eu não estava conseguindo entender por que o relato me perturbava, até que percebi o motivo: a senhora nunca me falou sobre a lira.

A dra. Seraphina sorriu, recobrando a serenidade profissional.

— Foi por esse motivo que meu marido desistiu de Clematis — disse ela. — Ele passou uma década tentando encontrar informações a respeito da lira, pesquisando em bibliotecas e lojas de antiguidades em toda a Grécia, escrevendo cartas para estudiosos e até procurando parentes do irmão Deopus. Mas não adiantou. Se Clematis viu a lira na caverna, como achamos que viu, o instrumento foi perdido ou destruído. Como não tínhamos meios de obter a lira, concordamos em manter silêncio sobre ela.

— E se vocês tivessem os meios?

— Não haveria mais necessidade de manter silêncio — disse a dra. Seraphina. — Com o mapa, estaríamos numa posição diferente.

— Mas vocês não precisam de mapa — disse eu. Todas as minhas preocupações acerca de Gabriella, do dr. Raphael e das suspeitas da dra. Seraphina se desvaneceram diante da minha expectativa. Abri o relato na página que eu estivera examinando. — Vocês não precisam de mapa. Está tudo escrito aqui, no diário de Clematis.

— O que você quer dizer com isso? — disse Seraphina, olhando-me como se eu tivesse acabado de confessar um assassinato. — Nós repassamos cada palavra de cada frase no texto. Não há nenhuma menção da localização exata. Só uma referência a uma montanha existente em algum lugar perto da Grécia. E a Grécia, minha querida, é um lugar bem grande.

— Vocês podem ter repassado cada palavra — disse eu. — Mas as palavras enganaram vocês. O manuscrito original ainda existe?

— A transcrição do irmão Deopus? — perguntou a dra. Seraphina. — Sim, claro. Está trancada em nossos cofres.

— Se vocês me permitirem ter acesso ao texto original — disse eu —, tenho certeza de que posso lhes mostrar a localização da caverna.

Caverna da Garganta do Díabo, montes Ródopes, Bulgária

Novembro de 1943

Seguimos pela estreita estrada da montanha, entre a névoa e desfiladeiros escarpados. Eu estudara a geologia da região antes de partirmos e ainda assim a paisagem dos montes Ródopes não era como eu imaginara. Pelas descrições feitas por minha avó, e pelas histórias contadas por meu pai a respeito de sua infância, eu visualizara vilarejos cercados por árvores frutíferas, vinhas e rochedos ensolarados. Em minha imaginação de criança, eu acreditara que as montanhas eram como castelos de areia batidos pelo mar — blocos de areia em desintegração, com valas e buracos cavados na superfície alva. Mas, à medida que subíamos, atravessando cortinas de névoa, encontrei uma cadeia de montanhas sólida e agourenta, onde picos de granito cobertos de neve se enfileiravam uns após outros, como dentes estragados contra um céu cinzento. Os montes Ródopes se erguiam diante de mim, escuros e majestosos.

O dr. Raphael ficara em Paris, fazendo os preparativos para nosso retorno, um processo delicado em vista da ocupação nazista, e deixara que a dra. Seraphina liderasse a expedição. Para meu espanto, nada no casamento deles parecia ter mudado após minha conversa com a dra. Seraphina, ou assim me parecia sempre que os observava. Então, a guerra se abateu sobre Paris. Embora tivesse me preparado para as rupturas que traria, eu não poderia prever como minha vida iria mudar de forma tão rápida depois que os alemães ocuparam a França. A pedido do dr. Raphael, fiquei com minha família na Alsácia, onde estudei os poucos livros que levara comigo, enquanto esperava notícias. A comunicação era difícil, e por meses eu não soube nada referente à angelologia. Apesar da urgência da missão, todos os planos para nossa expedição permaneceram em compasso de espera até o inverno de 1943.

A dra. Seraphina viajava no banco dianteiro da caminhonete, conversando com Vladimir — o jovem angelólogo russo que eu admirava desde nosso primeiro encontro — em uma mistura de russo rudimentar, de um lado, e francês rudimentar, de outro. Vladimir dirigia velozmente, tão perto da beira do precipício que parecia que iríamos seguir o reflexo da caminhonete, escorregando pela superfície vítrea para nunca mais voltar. Enquanto subíamos, a estrada se transformou em trilha sinuosa que percorria trechos de ardósia e bosques densos. De vez em quando, um vilarejo surgia abaixo da estrada — aglomerados de casas montanhesas que brotavam em bolsões dos vales como grandes cogumelos. A distância, ruínas de muros construídos pelos romanos despontavam na montanha, meio enterradas na neve. A beleza agreste e sinistra do cenário me deixava assombrada com a terra de minha avó e meu pai.

Às vezes, quando os pneus atolavam em uma vala nevada, descíamos da caminhonete e a descarregávamos. Com nossos grossos casacos de lã e rústicas botas de couro de carneiro, poderíamos ser confundidos com montanheses detidos por uma nevasca. Somente a qualidade de nosso veículo — uma cara caminhonete americana K-51 equipada com rádio e correntes nos pneus, presente da generosa patrocinadora americana dos Valko — e o equipamento em seu interior, cuidadosamente acondicionado em sacos de aniagem, poderiam nos diferenciar deles.

O Venerável Clematis, da Trácia, invejaria o ritmo de nosso avanço. Ele fizera a viagem a pé, transportando os mantimentos em mulas. Eu sempre achara que a Primeira Expedição Angelológica fora bem menos arriscada do que a Segunda — nós estávamos tentando entrar na caverna no auge do inverno, durante uma guerra. Mas Clematis havia passado por perigos que nós não enfrentávamos. Os fundadores da angelologia sofriam grandes pressões para disfarçar seus esforços e ocultar seu trabalho. Viviam em uma época conformista, e suas ações estavam sob constante vigilância. Assim, seu trabalho era lento, sem os grandes avanços da moderna angelologia. Progrediam devagar, mas foram seus estudos que criaram, ao longo dos séculos, a base de tudo o que eu aprendera. Se fossem descobertos, seriam considerados hereges, excomungados e talvez aprisionados. Eu sabia que as perseguições não haviam interrompido sua missão — eles sacrificaram muita coisa pela causa —, mas provocaram grandes retrocessos. Os pioneiros da angelologia acreditavam que as ordens que recebiam provinham de uma autoridade maior, assim como eu acreditava que fora convocada para minha missão.

Enquanto a expedição de Clematis enfrentava ameaças de roubos e a má vontade dos aldeões, nosso maior medo era sermos interceptados por nossos inimigos. Depois da ocupação de Paris, em junho de 1940, fomos forçados a ir para a clandestinidade, medida que adiou a expedição. Durante anos, preparamo-nos em segredo para a viagem, reunindo suprimentos e recolhendo informações sobre o terreno. Constituíamos uma compacta rede de estudiosos e membros do conselho, angelólogos cuja lealdade era garantida por muitos anos de dedicação e sacrifício. Mas nossas medidas de segurança tiveram de ser modificadas quando o dr. Raphael encontrou uma patrocinadora — uma americana rica cuja admiração pelo nosso trabalho a levou a nos assistir. Aceitando ajuda externa, ficávamos mais expostos à detecção. Com o dinheiro e a influência de nossa benfeitora, nossos planos avançavam, mas nossos temores aumentavam. Nunca poderíamos saber com certeza se os Nefilins haviam descoberto nossos planos. Não tínhamos como saber se eles estavam nas montanhas, seguindo nossos passos ao longo do caminho.

Eu tremia dentro da caminhonete, sentindo-me enjoada com o violento balanço do veículo, enquanto prosseguíamos nosso caminho sobre estradas desniveladas e cobertas de gelo. Eu deveria estar enregelada pela falta de aquecimento, mas todo o meu corpo formigava de expectativa. Os outros membros do grupo, três angelólogos calejados, estavam sentados ao lado, falando sobre a missão à nossa frente com uma confiança incrível. Eram homens bem mais velhos que eu, e trabalhavam juntos havia mais tempo do que eu tinha de vida. Mas fora eu quem solucionara o mistério da localização, e isso me dava um status especial. Gabriella, que fora minha única rival para a posição, deixara a escola em 1940, desaparecendo sem mesmo dizer adeus. Apenas retirou seus pertences do apartamento e sumiu. Na época, acreditei que ela fora repreendida de alguma forma, talvez até expulsa, e que sua partida silenciosa se devera à vergonha. Se fora para o exílio ou mergulhara na clandestinidade, eu não sabia. Embora entendesse que meus esforços haviam me permitido conquistar um lugar na expedição, eu ainda era assaltada por dúvidas. Perguntava a mim mesma se a ausência dela não seria a razão de eu ter sido selecionada para a missão.

A dra. Seraphina e Vladimir estavam discutindo os detalhes de nossa descida na garganta, mas não me juntei à conversa, tão absorta estava em pensamentos angustiantes sobre nossa jornada. Tinha plena consciência de que qualquer coisa poderia acontecer. Subitamente, as possibilidades desfilaram diante de mim. Tanto poderíamos terminar facilmente nosso trabalho na garganta quanto jamais retornar à civilização. Mas uma coisa era certa: nas próximas horas, poderíamos ganhar tudo ou perder tudo.

Enquanto o vento silvava a distância e o leve ronco de um avião ecoava acima de nós, eu não conseguia deixar de pensar no terrível fim de Clematis. Pensei nas dúvidas manifestadas pelo irmão Francis. Ele chamara a expedição de "confraria de sonhadores". Ao passarmos ao lado de um rochedo coberto de neve, perguntei-me se a avaliação de Francis não se aplicaria a nós mesmos, muitos séculos depois. Estaríamos caçando um tesouro-fantasma? Perderíamos nossas vidas numa fantasia inútil? Nossa jornada poderia ser, como acreditava a dra. Seraphina, o ponto culminante dos esforços dos angelólogos. Mas também poderia ser o que o irmão Francis tanto temia: ilusões de um grupo de sonhadores desorientados.

Na ânsia de entender os detalhes do relato do Venerável Clematis, o dr. Raphael e a dra. Seraphina haviam negligenciado um fato sutil: o irmão Deopus era um monge trácio que, embora treinado na linguagem da Igreja e perfeitamente capaz de anotar as palavras que Clematis dizia em latim, era também, quase com certeza, um falante nativo da língua local, uma variação do primitivo búlgaro, codificado em cirílico antigo por São Cirilo e São Metódio no século IX. O Venerável Clematis era também um falante nativo de búlgaro, pois nascera e fora criado nas montanhas da Trácia. Enquanto eu lia e relia a tradução do dr. Raphael — naquela noite decisiva, quatro anos atrás —, passou pela minha cabeça que, enquanto narrava sua descida na caverna, Clematis, enlouquecido, poderia ter revertido ao conforto e à comodidade de sua língua nativa. Clematis e o irmão Deopus deviam ter se comunicado em sua língua comum, sobretudo ao falar de tradições que não seriam facilmente traduzíveis em latim. Talvez o irmão Deopus tivesse escrito as palavras em alfabeto cirílico, sua escrita nativa, enchendo o manuscrito de primitivas palavras búlgaras. Talvez, com vergonha daquela grafia deselegante — pois o latim era a língua educada da época —, ele tivesse recopiado sua transcrição em latim. Presumindo que isso ocorrera, eu tinha esperança de que a versão original tivesse sido preservada. Se o dr. Raphael usara este documento para traduzir a transcrição do irmão Deopus, eu poderia cotejar as palavras, para verificar se não haviam sido cometidos erros na passagem do latim para o francês moderno.

Depois de chegar a essa conclusão, lembrei-me de que, em uma de suas numerosas notas de rodapé, o dr. Raphael escrevera que o manuscrito continha manchas desbotadas de sangue, presumivelmente oriundas dos ferimentos que Clematis recebera na caverna. Se esse fosse o caso, o manuscrito original de Deopus não fora destruído. Caso tivesse oportunidade de examiná-lo, eu sem dúvida encontraria palavras escritas em cirílico espalhadas pelo texto. Eu aprendera cirílico com minha avó, Baba Slavka, uma mulher letrada, que lia romances russos no original e escrevia volumes de poemas em seu búlgaro nativo. Com o manuscrito original, poderia extrair as palavras cirílicas e, com a ajuda da minha avó, encontraria a tradução correta do primitivo búlgaro para o latim e depois, é claro, para o francês. Bastaria, simplesmente, retroceder da língua moderna para a língua antiga. O segredo da localização da caverna poderia ser desvendado, mas somente se eu pudesse estudar o manuscrito original.

Depois que expliquei o caminho tortuoso percorrido por minha mente para chegar a essa conclusão, a dra. Seraphina — cujo entusiasmo por minhas especulações foi aumentando à medida que eu falava — levou-me diretamente ao dr. Raphael e me pediu que explicasse novamente a teoria. Como a dra. Seraphina, o dr. Raphael aprovou a lógica da ideia, mas me alertou para que tomasse muito cuidado na tradução das palavras do irmão Deopus, e acrescentou que não vira escrita cirílica no manuscrito. De qualquer forma, os Valko foram comigo até o cofre do Ateneu, onde o manuscrito original era mantido. Chegando lá, calçaram luvas brancas e me deram um par para que eu fizesse o mesmo. Depois, retiraram o manuscrito de uma prateleira. Removendo um envoltório de tecido branco e grosso, o dr. Raphael pousou o manuscrito diante de mim, para que eu o examinasse. Enquanto se afastava, nossos olhos se encontraram e eu não pude deixar de me lembrar de seu encontro matinal com Gabriella, nem de especular sobre os segredos que ele escondia de todos, inclusive de sua esposa. No entanto, o dr. Raphael parecia o mesmo de sempre: charmoso, erudito e completamente inescrutável.

O manuscrito diante de mim logo absorveu minha atenção. O papel era tão delicado que eu temia danificá-lo. Suor borrara a tinta, e havia manchas de sangue enegrecido em algumas páginas. Como eu esperava, o latim do irmão Deopus era imperfeito — sua ortografia nem sempre era correta, e ele tendia a confundir as declinações. Mas, para minha grande decepção, o dr. Raphael estava certo: não havia letras cirílicas na transcrição. Deopus escrevera todo o documento em latim.

Minha frustração poderia ter sido avassaladora — eu pretendia impressionar meus professores e assegurar meu lugar em alguma expedição futura — se não fosse pelo gênio do dr. Raphael. No momento em que comecei a perder as esperanças, seu rosto se iluminou de entusiasmo. Ele me explicou então que, durante os meses em que traduzira o manuscrito de Deopus do latim para o francês, ele se deparara com algumas palavras desconhecidas para ele. Ele presumira que Deopus, sob pressão extraordinária para reproduzir as palavras de Clematis, que deviam ter sido ditas em ritmo alucinante, latinizara algumas palavras de sua língua nativa. O que era natural, disse, pois o alfabeto cirílico aparecera só um século antes de Deopus nascer. O dr. Raphael se lembrava bem das palavras e de seu lugar no relato. Tirando um papel do bolso, pegou uma caneta-tinteiro e começou a copiar uma série de palavras do manuscrito, como "ouro", "mundo" e "espírito", formando uma lista de 15 palavras, aproximadamente.

Ele explicou que tivera de recorrer a dicionários para traduzir as palavras do búlgaro para o latim e dali para o francês. Ao pesquisar alguns dicionários de eslavônico primitivo, descobriu que, de fato, havia correspondência com os sons representados em latim. Esforçando-se para eliminar inconsistências, escolhera os termos que acreditava serem corretos, cotejando-os com o contexto adjacente, para se certificar de que faziam sentido. Na época, a falta de precisão lhe parecera lamentável, mas rotineira. Era o tipo de conjeturas que se é obrigado a fazer na tradução de qualquer manuscrito. Agora, ele estava percebendo que esse método, na melhor das hipóteses, prejudicara a integridade da linguagem, e, na pior, levara-o a cometer erros crassos de tradução.

Examinando a lista em conjunto, logo isolamos as primitivas palavras búlgaras que haviam sido maltraduzidas. Como eram bastante elementares, peguei a caneta do dr. Raphael e as comparei. Deopus escrevera a palavra Злото (mal), que o dr. Raphael pensara ser Злато (ouro); então traduzira a frase "pois o anjo era feito de mal" como "pois o anjo era feito de ouro". Do mesmo modo, Deopus escrevera a palavra Дух (espírito), que o dr. Raphael entendera erradamente como Дъх (fôlego), traduzindo a frase "é assim que o espírito morre" como "é assim que a respiração termina". Para os nossos propósitos, no entanto, a questão mais intrigante era se Gyaurskoto Burlo, o nome que Clematis dava à caverna, era o nome de um lugar, em búlgaro antigo, ou se a palavra se corrompera de alguma forma. Pegando a caneta do dr. Raphael, escrevi Gyaurskoto Burlo em meu cirílico sofrível e em letras latinas.

Гяурското Бърло

GYAURSKOTO BURLO

Olhei para o papel como se o formato externo das letras pudesse se romper, entornando sobre o papel a essência do significado. Apesar de todos os meus esforços, eu não conseguia perceber como as palavras poderiam ter sido mal-interpretadas. Embora a etimologia de Gyaurskoto Burlo estivesse muito além da minha capacidade, eu sabia que havia uma pessoa que entenderia a história do nome e das interpretações errôneas que sofrera nas mãos dos tradutores. O dr. Raphael guardou o manuscrito em sua caixa de couro, para protegê-lo, e o embrulhou no tecido de algodão. Ao cair da noite, os Valko e eu chegávamos ao meu vilarejo natal para conversar com minha avó.

O privilégio de partilhar dos pensamentos dos Valko, para não falar do acesso aos seus manuscritos, era uma coisa que eu desejava havia muito tempo. Poucos meses antes, eles nem me notavam, eu era uma simples aluna com necessidade de autoafirmação. Agora, estávamos os três na sala da casa da fazenda de minha família, pendurando os casacos e espanando os sapatos, enquanto minha mãe e meu pai se apresentavam. O dr. Raphael foi polido e afável como sempre, personificando o próprio decoro universitário. Cheguei a me perguntar se a cena em que o vira na companhia de Gabriella era mesmo real. Eu não conseguia conciliar o perfeito cavalheiro diante de mim com o velhaco que abraçava sua aluna de 15 anos.

Sentamo-nos à mesa da cozinha da casa dos meus pais, enquanto Baba Slavka examinava o manuscrito. Embora já vivesse havia muitos anos em um vilarejo francês, ela nunca chegara a se parecer com as mulheres locais. Usava um lenço de algodão sobre os cabelos, grandes brincos de prata e pesada maquiagem em torno dos olhos. Seus dedos faiscavam com ouro e pedrarias. Explicando nossas dúvidas, o dr. Raphael lhe entregou o manuscrito e a lista de palavras que extraíra do relato de Deopus. Baba Slavka leu a lista e, após examinar o manuscrito por algum tempo, foi até seu quarto e voltou com uma pilha de folhas soltas que logo percebi serem mapas. Abrindo uma das folhas, ela nos mostrou um mapa dos Ródopes. Li os nomes das povoações escritos em cirílico: Smolyan, Kesten, Zhrebevo, Trigrad. Eram nomes de vilarejos próximos ao local onde ela nascera.

Gyaurskoto Burlo, explicou ela, significava Esconderijo dos Infiéis, ou Prisão dos Infiéis, como o dr. Raphael corretamente traduzira do latim.

— Não admira — continuou ela — que um lugar chamado Gyaurskoto Burlo nunca tenha sido encontrado, pois não existe.

Colocando o dedo perto da cidade de Trigrad, Baba Slavka indicou uma caverna que se encaixava na descrição da que procurávamos, uma caverna que havia muito era considerada um lugar místico, o local da viagem de Orfeu ao submundo, uma maravilha geológica muito admirada pelos aldeões.

— Esta caverna tem as características que vocês descrevem, mas não se chama Gyaurskoto Burlo — declarou Baba Slavka. — Ela se chama Dyavolskoto Gurlo, a Garganta do Diabo. — Gesticulando em direção ao mapa, ela disse: — O nome não está escrito aí, nem em nenhum outro mapa, mas eu mesma já fui até a abertura na montanha. E ouvi a música que sai da garganta. Foi o que me fez desejar que você prosseguisse seus estudos, Celestine.

— A senhora já esteve em Trigrad? — perguntei, surpresa com o fato de que a resposta à busca dos Valko estivera tão próxima de nós o tempo todo.

Minha avó deu um sorriso estranho e misterioso.

— Foi no velho vilarejo de Trigrad que eu conheci seu avô, e foi em Trigrad que o seu pai nasceu.

Depois de minha parte na localização da caverna, eu esperava voltar a Paris para ajudar os Valko nos preparativos para a expedição. Mas, com o perigo de invasão à espreita, o dr. Raphael nem quis ouvir falar nisso. Conversou com meus pais e combinou enviar meus pertences no trem. Depois, foi embora com a esposa. Ao vê-los partir, senti que todos os meus sonhos e todo o meu trabalho haviam sido em vão. Abandonada na Alsácia, fiquei à espera de notícias da viagem iminente.

Agora, finalmente, estávamos a caminho da Garganta do Diabo. Vladimir parou a caminhonete perto de um tosco sinal de madeira que exibia algumas letras cirílicas pintadas em preto. Segundo as orientações da dra. Seraphina, ele seguiu a sinalização em direção ao vilarejo, dirigindo por uma estrada coberta de neve que subia a montanha. A subida era íngreme. Quando a caminhonete deslizava para trás, Vladimir reduzia a marcha, para vencer a gravidade. Os pneus da caminhonete giravam na neve compacta, adquiriam tração e nos conduziam para as sombras à frente.

Quando chegamos à parte mais alta da estrada, Vladimir estacionou a caminhonete. Uma vastidão nevada se descortinava diante de nós. A dra. Seraphina se virou para falar conosco.

— Todos vocês leram o relato do Venerável Clematis sobre esta viagem. E todos estudamos a logística para entrar na caverna. Vocês estão cientes de que os perigos que enfrentaremos serão diferentes de tudo o que já encontramos antes. O processo físico de descer pela garganta vai exigir todas as nossas forças. Devemos entrar rapidamente e com precisão. Não temos margem para erros. Nosso equipamento será muito útil, mas há mais do que desafios físicos. Quando estivermos dentro da caverna, teremos de estar preparados para os Vigias.

— Cuja força é formidável — acrescentou Vladimir.

Olhando atentamente para nós, com toda a seriedade da missão estampada no rosto, a dra. Seraphina disse:

— Formidável não é a descrição mais adequada para o que podemos encontrar. Gerações de angelólogos sonharam em poder algum dia enfrentar os anjos aprisionados. Se tivermos sucesso, teremos conseguido algo que nenhum outro grupo já conseguiu.

— E se falharmos? — perguntei, quase não querendo pensar na possibilidade.

— Os poderes que eles têm — disse Vladimir — e a destruição e o sofrimento que eles podem trazer para a humanidade são inimagináveis.

A dra. Seraphina abotoou o casaco de lã e calçou um par de luvas de couro, do tipo usado pelos militares, e se preparou para enfrentar o vento gelado da montanha.

— Se eu estiver certa, a garganta está no topo deste desfiladeiro — disse ela, descendo da caminhonete.

Saí do carro e olhei para o estranho mundo cristalino que se materializara ao meu redor. Um negro paredão de pedra se erguia, projetando sua sombra sobre nosso grupo; um vale coberto de neve se estendia abaixo. Sem perder tempo, a dra. Seraphina andou até a base da rocha. Carregando uma caixa de medicamentos, segui-a de perto, escalando as dunas de neve e abrindo caminho com minhas pesadas botas de couro. Tentei me concentrar no que viria pela frente. Sabia que nossos esforços teriam de ser precisos. Além de enfrentarmos a difícil descida pela garganta, poderia ser necessário atravessar o rio e percorrer o labirinto de cavernas onde Clematis encontrara os anjos. Não haveria margem para erros.

Ao entrarmos na caverna, uma pesada escuridão se abateu sobre nós. O interior era gélido e inóspito, dominado pelo ruído da cachoeira subterrânea descrita por Clematis. A rocha plana da entrada não tinha nenhuma das depressões e poços verticais que eu esperava ver, baseada em meus estudos da geologia balcânica; na verdade, estava recoberta por uma grossa camada de neve e gelo, cuja quantidade tornava quase impossível saber o que havia embaixo.

A dra. Seraphina acendeu uma lanterna e iluminou o interior da gruta. Havia gelo na superfície da rocha e, bem no alto, morcegos abraçavam as pedras, formando grupos compactos. A luz caiu sobre as paredes nuas, percorreu as protuberâncias rochosas, o chão áspero e então se dissolveu em trevas, quando o facho atingiu a borda de uma garganta. Olhando em torno, perguntei-me o que teria acontecido com os objetos descritos por Clematis. As ânforas de barro deviam ter se desintegrado havia muito tempo, sob a ação da umidade, ou talvez tivessem sido recolhidas pelos aldeões para armazenar azeite e vinho. Agora, só havia rocha e gelo.

Segurando a caixa de medicamentos com ambas as mãos, andei até a borda da garganta. O ruído das águas se tornava mais nítido a cada passo meu. Enquanto a dra. Seraphina esquadrinhava o chão com o facho da lanterna, algo pequeno e brilhante me atraiu a atenção. Agachei-me e, pousando a mão sobre a rocha gélida, senti o frio de um espigão de metal, cuja ponta se encontrava espetada no chão da caverna.

— São restos da Primeira Expedição — disse a dra. Seraphina, ajoelhando-se ao meu lado para examinar o que eu descobrira.

No que eu passava o dedo pela fria estaca de ferro, fui tomada por uma sensação de deslumbramento. Tudo que eu havia estudado, inclusive o espigão de metal descrito pelo padre Clematis, era real.

Mas não havia tempo para refletir sobre isso. Apressada, a dra. Seraphina se ajoelhou à beira do precipício e examinou a descida íngreme. O buraco se projetava verticalmente rumo à escuridão. Enquanto ela retirava uma escada de corda de um saco, meu coração começou a bater mais depressa, ante a perspectiva de me afastar da beirada e me entregar à escura imaterialidade do ar e da gravidade. As barras da escada estavam fixadas a cordas sintéticas, de um tipo que eu nunca vira antes; talvez fossem fruto das novas tecnologias desenvolvidas para o esforço de guerra. Agachei-me ao lado da dra. Seraphina, enquanto ela jogava a escada de corda pela borda da garganta.

Usando um martelo, Vladimir pregou espigões de ferro na rocha, fixando as cordas com ganchos. A dra. Seraphina ficou de pé ao lado dele, observando seus movimentos com grande atenção. Depois deu um forte puxão na escada para determinar se iria aguentar. Satisfeita com a resistência, ela instruiu os homens, que carregavam o equipamento nos pesados sacos de aniagem, com cerca de 20 quilos cada, a amarrar a carga e nos seguir na descida.

Fiquei atenta aos sons que saíam das profundezas, tentando determinar o que haveria lá. Nas profundezas da garganta, ouvia um ruído de água batendo nas rochas. Enquanto olhava pela borda do buraco, senti um tremor. Não sabia se era o solo que estava instável ou se eu tinha começado a tremer. Para resistir ao feitiço nauseante que a caverna lançava sobre mim, pousei minha mão no ombro da dra. Seraphina.

Ela segurou minha mão e, percebendo minha perturbação, disse:

— Você precisa se acalmar. Respire fundo e não pense na distância que vai ter que descer. Eu vou conduzir você. Mantenha uma das mãos no degrau e a outra na corda. Se por acaso escorregar, não vai perder completamente o apoio e, se cair, eu estarei logo abaixo para segurar você.

Então, sem dizer mais nada, ela começou a descer.

Agarrando-me ao metal frio com as mãos, eu a segui. Tentando me tranquilizar, lembrei-me da alegria de Clematis ao escrever sobre a escada. A simplicidade de seu prazer me contagiara tanto que eu decorara suas palavras:

"Nossa felicidade ao entrarmos no abismo é difícil de imaginar. Somente Jacó, em sua visão da grande procissão dos anjos de Deus, poderia ter contemplado uma escada mais bem-vinda e imponente. Para nosso divino propósito, penetramos na terrível escuridão daquele poço desolado, contando com Sua proteção e Sua graça".

Formamos uma coluna. Cada angelólogo descia lentamente o penhasco, mergulhando na escuridão. À medida que descíamos rumo às profundezas da Terra, o som de água corrente se tornava mais alto e o ar, mais gélido. Um alarmante torpor começou a se espalhar em meus membros, como se um frasco de mercúrio tivesse sido injetado em meu sangue. Meus olhos se encheram de lágrimas, das quais não me livrava, por mais que piscasse. Em meu pânico, imaginei que as estreitas paredes da garganta iriam se juntar, e que eu ficaria presa em um torno de granito, em meio a uma escuridão sufocante. Segurando o ferro frio e úmido, com o barulho das águas enchendo meus ouvidos, senti-me como se estivesse me dirigindo ao centro de um redemoinho.

Eu descia rapidamente, ajudada pela gravidade. Ao chegarmos mais fundo, a escuridão adquiriu o aspecto de uma sopa opaca. Eu não conseguia enxergar nada além dos nós dos meus dedos, agarrados aos degraus da escada. As solas de madeira de minhas botas escorregavam no metal, desequilibrando-me ligeiramente. Para recuperar o equilíbrio, rearrumei a caixa de medicamentos, o que me fez descer mais devagar. Medindo cada passo, eu posicionava um pé após outro, cuidadosa e delicadamente. O sangue latejava em meus ouvidos. Eu olhava para cima e via a escada sumindo na escuridão. Suspensa no vácuo, eu não tinha outra escolha, exceto mergulhar na úmida escuridão. Uma passagem da Bíblia atravessou meus pensamentos, e não pude deixar de murmurá-la, mesmo sabendo que o barulho da cachoeira iria abafar minha voz:

— Então Deus disse a Noé: "É chegado o fim de todas as criaturas diante de mim, pois encheram a Terra de violência. Vou exterminá-las juntamente com a Terra."

Quando cheguei ao final da descida, e as solas das minhas botas deixaram o último degrau bamboleante da escada, pisando na terra sólida, estava consciente de que havíamos feito uma grande descoberta. Os angelólogos abriram rapidamente os sacos de aniagem e acenderam lanternas alimentadas a bateria, que dispuseram a intervalos sobre o chão rochoso da caverna. Uma vacilante luz oleosa varou a escuridão. O rio, descrito por Clematis como o limite da prisão dos anjos, era uma faixa negra e brilhante, que corria a distância. Vi a dra. Seraphina pouco adiante, gritando ordens, mas o ruído da cachoeira abafava suas palavras.

Quando a alcancei, ela estava ao lado do corpo do anjo. Ao me postar ao seu lado, caí sob o encanto da criatura, que era ainda mais bela do que eu imaginara. Eu não podia fazer outra coisa a não ser contemplá-la, tão dominada estava por sua perfeição. As características físicas da criatura eram idênticas às descrições que eu lera nos livros do Ateneu: tronco alongado, traços finos, mãos e pés grandes. As bochechas mantinham a vivacidade de um ser vivo. A túnica que vestia, de um branco imaculado, era feita de um material metálico que envolvia o corpo em requintadas dobras.

— A Primeira Expedição Angelológica ocorreu no século X e o corpo ainda parece estar vivo — disse Vladimir. Inclinando-se sobre a criatura, ele ergueu a túnica metálica e esfregou o tecido com os dedos.

— Tome cuidado — disse a dra. Seraphina. — O nível de radioatividade é muito alto.

Vladimir olhou atentamente para o anjo.

— Eu sempre achei que eles não podiam morrer.

— A imortalidade é um dom que pode ser retomado tão facilmente quanto é concedido — disse a dra. Seraphina. — Clematis acreditava que o Senhor atingira o anjo, por vingança.

— É isso o que você acredita? — perguntei.

— Considerando que Ele ajudou a trazer os Nefilins para o mundo, matar esta criatura diabólica parece perfeitamente justificado — disse a dra. Seraphina.

— A beleza dela é inconcebível — disse eu, lutando para aceitar o fato de que beleza e perversidade pudessem estar tão mescladas em um só corpo.

— O que permanece um mistério para mim — disse Vladimir, olhando para a extremidade oposta da caverna — é que os outros tenham obtido permissão para viver.

O grupo se dividiu. Metade permaneceu no local para documentar o corpo — retirando câmeras e lentes dos sacos, além do aparato biológico para testes — e metade partiu em busca da lira. Vladimir liderava o último grupo, enquanto a dra. Seraphina e eu permanecemos junto ao anjo. Os outros membros de nosso grupo começaram a examinar dois esqueletos humanos semienterrados. Eram os corpos dos companheiros de Clematis, que estavam exatamente onde haviam caído, mil anos atrás.

Seguindo as instruções da dra. Seraphina, calcei luvas protetoras e ergui a cabeça do anjo. Passando os dedos pelos cabelos lustrosos, massageei levemente sua testa, como se estivesse consolando uma criança doente. Embora as luvas impedissem o contato direto, tive a impressão de que a pele estava morna, como se o anjo estivesse vivo. Alisando a túnica metálica, desabotoei dois botões de bronze na altura da clavícula, e puxei o tecido, revelando um peito chato, liso e sem mamilos. Um conjunto de costelas se delineava sob a pele esticada e translúcida.

Da cabeça aos pés, a criatura parecia ter mais de 2 metros, uma altura que, no antigo sistema de medição usado pelos fundadores, equivaleria a 4,8 côvados romanos. Além dos cachos dourados que caíam sobre os ombros, o corpo não tinha pelos. E, para alegria da dra. Seraphina — que apostara sua reputação profissional nisso —, a criatura possuía órgãos sexuais. O anjo era macho, como todos os Vigias aprisionados. Conforme o relato de Clematis, uma das asas fora destroncada e pendia do corpo em um ângulo estranho. Sem dúvida, era a criatura que ele matara.

Juntas, nós a levantamos e a viramos de lado. Removemos então a túnica e expusemos sua pele à implacável luz da lanterna. O corpo era flexível, com juntas maleáveis. Sob a orientação da dra. Seraphina, começamos a fotografar a criatura. Era importante capturar os pequenos detalhes. O desenvolvimento das tecnologias fotográficas, principalmente o advento do filme colorido de múltiplas camadas, dava-nos esperanças de obter grande precisão. Talvez até conseguíssemos captar a cor dos olhos — azuis demais para serem reais, como se alguém tivesse moído lápis-lazúlis e os misturado com óleo, esfregando o resultado em uma vidraça ensolarada. Tais atributos seriam registrados em nossas anotações e devidamente inseridos no relato da viagem, mas a prova fotográfica era essencial.

Após completarmos a primeira série de fotos, a dra. Seraphina tirou uma fita métrica de uma sacola e se agachou ao lado da criatura. Tomou então as medidas do corpo, convertendo os resultados para côvados, de modo a melhor compará-los com a antiga documentação a respeito dos Gigantes. Calculando as medidas, gritava os números encontrados, para que eu os anotasse. As medidas eram as seguintes:

Braços = 2,01 côvados
Pernas = 2,88 côvados
Circunferência da cabeça = 1,85 côvado
Circunferência do peito = 2,81 côvados
Pés = 0,76 côvado
Mãos = 0,68 côvado

Minhas mãos tremiam enquanto eu anotava os números, deixando uma trilha de marcas ilegíveis que tive de reescrever. Depois, li os números em voz alta para a dra. Seraphina, assegurando-me de que todas as medidas estavam corretas. Pelos números, calculei que a criatura era trinta por cento maior que o ser humano médio. Dois metros era uma altura impressionante, que inspirava respeito mesmo em nossa era moderna. Nos tempos antigos, uma altura assim pareceria milagrosa. Isso explicava o terror que os Gigantes inspiravam às civilizações do passado, e o medo que tinham de Nefilins como Golias, um dos mais famosos de sua espécie.

Um som ecoou na caverna. Olhei para a dra. Seraphina, mas ela não parecia estar prestando atenção em nada, a não ser em mim. Talvez achasse que a tarefa era pesada demais para uma garota. Minha perturbação se tornou mais visível. Comecei a tremer, imaginando o que ela estaria achando do meu aspecto. Perguntei a mim mesma se, por acaso, não teria contraído alguma doença durante a jornada — o tempo estava frio e úmido, e nenhum de nós estava vestido de forma adequada para nos protegermos dos ventos da montanha. O lápis tremeu em minhas mãos e meus dentes chocalharam. De vez em quando, eu parava de escrever e olhava para uma cavidade escura, mais adiante, que parecia não ter fim. Mais uma vez, ouvi alguma coisa a distância. Um som horrível na caverna.

— Você está bem? — perguntou ela, olhando para minhas mãos trêmulas.

— A senhora não está ouvindo? — perguntei.

A dra. Seraphina interrompeu seu trabalho e se afastou do corpo, aproximando-se da margem do rio. Depois de escutar por alguns minutos, retornou até onde eu estava e disse:

— Não é nada, só o som da água.

— Há outra coisa — disse eu. — Eles estão aqui, esperando. Querem que nós os libertemos.

— Eles estão esperando há milhares de anos, Celestine — disse ela. — E se tivermos êxito vão esperar mais outros milhares.

Ela voltou para perto do anjo e me mandou fazer o mesmo. Apesar do medo que sentia, eu era atraída pela estranha beleza da criatura — sua pele translúcida e luzidia, a graça escultural de seu repouso. Havia muita especulação em torno da luminosidade angélica. A teoria predominante era a de que os corpos dos anjos continham material radioativo, o que explicava seu brilho inesgotável. Nossas roupas protetoras apenas minimizavam a exposição.

A radioatividade também explicava a morte horrível do irmão Francis durante a Primeira Expedição Angelológica, e a doença que provocara a morte de Clematis.

Eu sabia que devia ter o mínimo contato possível com o corpo — era uma das primeiras coisas que aprendíamos nos preparativos para uma expedição tão importante —, mas não conseguia deixar de me aproximar da criatura. Tirei as luvas e me ajoelhei ao seu lado, colocando minhas mãos sobre sua testa, sentindo a pele fria e úmida sob minhas palmas, ainda com a elasticidade de células vivas. Era como tocar a pele lisa e iridescente de uma serpente. Embora estivessem nas profundezas da caverna havia milhares de anos, seus cabelos louro-claros brilhavam. Os assombrosos olhos azuis, tão desconcertantes à primeira vista, tinham agora o efeito oposto. Olhando dentro deles, senti que o anjo estava sentado ao meu lado, tranquilizando-me com sua presença, acabando com todos os meus medos e me proporcionando um alívio sinistramente entorpecedor.

— Venha cá — disse eu à dra. Seraphina. — Rápido.

Os olhos de minha professora se arregalaram quando ela viu minhas mãos sobre a criatura — até mesmo uma angelóloga jovem e inexperiente como eu deveria saber que o contato físico quebrava nossos protocolos de segurança. Entretanto, talvez atraída como eu fora, a dra. Seraphina sentou-se ao meu lado e pousou as mãos sobre a testa da criatura, tocando as raízes dos cabelos com as pontas dos dedos. No mesmo instante, notei uma mudança de atitude. Ela fechou os olhos e pareceu tomada por uma sensação de enorme felicidade. A tensão em seu corpo se transformou em pura serenidade.

De repente, uma substância quente e viscosa se alastrou pelas palmas das minhas mãos. Tentando descobrir o que acontecera, ergui as mãos e as examinei atentamente. Estavam recobertas por uma película dourada, transparente e brilhante como mel. Sob a luz da pele do anjo, a substância se refratou, espalhando uma poeira brilhante no chão da caverna, como se minhas palmas estivessem revestidas com milhões de cristais microscópicos.

Rapidamente, antes que os outros angelólogos vissem o que fizéramos, limpamos as mãos na parede rochosa da caverna e tornamos a calçar as luvas.

— Venha, Celestine — disse a dra. Seraphina. — Vamos terminar com o corpo.

Abri a caixa de medicamentos e a coloquei ao seu lado. Todo o conteúdo — bisturis, cotonetes, lâminas, pequenos frascos de vidro — estava amarrado com elásticos. Pus o braço da criatura sobre meu colo, firmando-o no cotovelo e no pulso, para que a dra. Seraphina raspasse uma de suas unhas com uma gilete. Flocos de material, que lembrava sal grosso, caíram dentro de um frasco de vidro. Ainda com a lâmina, a dra. Seraphina fez duas incisões paralelas na superfície interna do antebraço e puxou a pele, tomando cuidado para que não arrebentasse. Uma camada se desprendeu, expondo a musculatura. Colocado entre duas placas de vidro, o pedaço de pele emitia uma luz dourada e brilhante, que se refletia sob a luz fraca.

Senti uma onda de náuseas ante a visão do músculo exposto. Receando estar doente, pedi licença e me afastei. A alguma distância do grupo, respirei fundo tentando me acalmar. O ar gélido estava carregado de umidade, que ficou retida em meu peito. A caverna se abria diante de mim, uma série infindável de rochas salientes que me atraíam para elas. Enquanto a sensação de náusea se dissipava, um sentimento de admiração tomou seu lugar. O que haveria adiante, oculto nas trevas?

Tirei do bolso uma pequena lanterna de metal e dirigi o feixe de luz para as profundezas da caverna. A luz ficava mais fraca à medida que eu penetrava na caverna, como se engolida pelas brumas pegajosas e vorazes. Eu só enxergava um ou dois metros à frente. Atrás de mim, ouvi a voz forte e impaciente da dra. Seraphina, que orientava os demais membros do grupo enquanto trabalhavam. À frente, outra voz me atraía — suave, insistente e melódica. Fiz uma pausa, deixando que a escuridão se acomodasse ao meu redor. O rio estava à frente, separando-me dos Vigias. Eu me aventurara para longe demais dos outros, colocando-me em risco. Alguma coisa esperava por mim no coração granítico da garganta. Eu só precisava descobrir o que era.

Parei à beira do rio, cuja torrente de águas negras mergulhava nas trevas. Enquanto eu caminhava ao longo da margem, um oscilante barco a remo se materializou à minha frente, talvez idêntico ao bote em que Clematis atravessara o rio. A imagem do pioneiro, ou talvez um eco de sua voz, convidava-me a seguir seu caminho. Quando afastei o barco da margem, a água do rio molhou as bainhas das minhas calças, escurecendo-as. O bote estava amarrado a uma roldana, de modo que, puxando a corda, eu poderia atravessar o rio sem precisar de remos. De dentro do barco, avistei uma cachoeira na cabeceira do rio, que produzia um denso nevoeiro. Enquanto puxava o barco através das águas, senti uma presença escura e mortal, um vazio tão completo que tive a sensação de que minha vida estava sendo espremida de dentro de mim.

Logo cheguei à margem oposta. Assegurando-me de que o barco estava seguramente amarrado à roldana, subi a ribanceira. As formações minerais da caverna adquiriram contornos dramáticos à medida que eu me afastava da água: pináculos de rocha, agrupamentos minerais, formações de cristais e um labirinto de cavernas que se abria em todas as direções. O indecifrável chamado que me atraíra para longe da dra. Seraphina ficou mais claro. Eu podia distinguir o som de uma voz, subindo e descendo, como que em sincronia com meus passos. Se conseguisse alcançar a fonte da música, sabia que veria as criaturas que povoavam minha imaginação havia tanto tempo.

Subitamente, o chão de pedras deslizou sob meus pés e, antes que eu pudesse recobrar o equilíbrio, caí estatelada no chão. Varrendo o chão com a luz da lanterna, vi que tinha tropeçado em uma pequena sacola de couro. Aprumei-me, peguei a sacola e a desamarrei. Estava tão usada que parecia que o material iria se desintegrar em minhas mãos. Iluminando o interior da sacola, vislumbrei um brilho metálico. Removi um pedaço de couro esfarrapado e ergui a lira, cujo ouro reluzia como se tivesse acabado de ser polido. Eu acabara de achar a lira, o objeto que estávamos rezando para descobrir.

Eu só conseguia pensar em levá-la para a dra. Seraphina. Sem perder tempo, embrulhei o tesouro na sacola e comecei a caminhar na escuridão, tomando cuidado para não escorregar de novo no granito úmido. O rio estava próximo e dava para ver o bote flutuando sobre as águas negras quando uma luz oscilante nas profundezas de uma pequena caverna atraiu minha atenção. A princípio, não consegui discernir a fonte de luz. Achei que eram os membros do outro grupo da expedição, iluminando as paredes da caverna com suas lanternas. Aproximando-me para olhar melhor, percebi que a luz era inteiramente diferente da que era emitida pelas cruas lâmpadas que havíamos trazido para a garganta. Querendo entender melhor o que via, aventurei-me mais para perto da entrada da caverna. Um anjo de aparência magnífica estava dentro dela com suas grandes asas abertas, como se estivesse preparado para voar. Era tão brilhante que eu mal conseguia olhar diretamente para ele. Para descansar os olhos, desviei o olhar. A distância, avistei outros anjos, cujas peles emitiam uma luz diáfana e amortecida, que iluminava suas celas sombrias.

Eu não conseguia tirar os olhos das criaturas. Havia entre cinquenta e cem, cada qual mais majestosa e atraente que a outra. Suas peles pareciam feitas de ouro líquido, as asas, de marfim entalhado, e os olhos, de contas azuis brilhantes. Uma névoa de luz leitosa flutuava em torno delas, realçando seus cachos de cabelos louros. Embora já tivesse lido a respeito da aparência sublime daquelas criaturas, e tentado visualizá-las, eu jamais teria acreditado que elas pudessem ter sobre mim efeito tão sedutor. Apesar do meu medo, elas me atraíam com uma força quase magnética. Eu queria dar meia-volta e fugir, mas não conseguia me mexer.

Os anjos cantavam em alegre harmonia. O coro que ecoava na caverna era tão incompatível com a natureza demoníaca que eu sempre associara aos anjos aprisionados que meu terror quase se dissipou. A música que produziam era linda e sobrenatural. Em suas vozes, vislumbrei a promessa do paraíso. A música me atraía com seu feitiço. Eu me sentia incapaz de ir embora. Para meu espanto, senti vontade de tanger a lira.

Firmando-a entre os joelhos, deslizei os dedos sobre as cordas esticadas. Eu jamais tocara aquele instrumento — meu treinamento musical se limitava a um curso de Musicologia Etérea —, mas o som que emergiu da lira era rico e melodioso, como se ela tocasse sozinha.

Ao ouvirem o som da lira, os Vigias pararam de cantar e olharam para mim. O pavor que senti por estar sendo alvo de sua atenção foi temperado com assombro — os Vigias estavam entre as mais perfeitas criações divinas; eram fisicamente luminosas, leves como uma pétala de flor pairando no ar. Paralisada, apertei a lira contra o peito, como se ela pudesse me conferir poder para lutar contra as criaturas.

Os anjos se espremeram contra as barras metálicas das celas, aproximando-se mais de mim. Uma luz ofuscante me deixou tonta e me desequilibrou. Fui invadida por um calor intenso, quente e pegajoso, como se tivesse sido mergulhada em óleo fervente. Gritei de dor, embora a voz não parecesse ser a minha. Caí no chão. Quando uma segunda onda abrasadora me atingiu, muito mais dolorosa que a primeira, cobri o rosto com a sacola. Tive a impressão de que minhas roupas grossas — feitas para me proteger do frio — iriam se derreter, assim como a batina do irmão Francis se dissolvera. A distância, as vozes dos anjos se elevaram novamente, em doce harmonia. Abraçada com a lira, desmaiei sob o encanto dos anjos.

Alguns minutos se passaram antes que eu retornasse das profundezas da inconsciência e visse a dra. Seraphina debruçada sobre mim, com uma expressão preocupada no rosto. Ela sussurrou meu nome e, por um momento, pensei que tinha morrido e emergido no outro lado da existência, que dormira em nosso mundo e acordara em outro, como se Caronte tivesse de fato me conduzido através do rio Estige. Uma onda de dor invadiu meus sentidos, e percebi que estava ferida. Meu corpo estava rígido e quente. Lembrei-me de que fora atacada. A dra. Seraphina tirou a lira de minhas mãos e a examinou, atônita demais para falar. Depois, enfiando a lira embaixo do braço com uma segurança que eu gostaria de ter, ajudou-me a sentar e me conduziu até o bote.

Enquanto puxava a corda, levando-nos para o outro lado do rio, a dra. Seraphina removeu das orelhas duas buchas de cera. Precavida, como sempre, minha professora se protegera contra a música dos anjos.

— Pelo amor de Deus, o que você estava fazendo? — perguntou ela sem me olhar. — Você deveria saber que não deve perambular por aí, sozinha.

— E os outros? — perguntei, achando que, de alguma forma, havia colocado a expedição em risco. — Onde estão eles?

— Subiram e estão esperando por nós — disse ela. — Faz três horas que estamos à sua procura. Eu já estava começando a pensar que tínhamos perdido você. Evidentemente, vão querer saber o que aconteceu. Você não deve contar nada a eles, sob circunstância nenhuma. Me prometa isso, Celestine: você não vai falar sobre o que viu no outro lado do rio.

Quando alcançamos a margem, a dra. Seraphina me ajudou a sair do barco. Ao ver que eu estava com dores, abrandou sua atitude.

— Lembre-se, querida Celestine, nosso trabalho nunca foi dirigido aos Vigias — disse ela. — Nossas obrigações estão no mundo em que vivemos e para o qual devemos retornar. Há muita coisa para ser feita. Embora eu esteja tremendamente desapontada com a sua decisão de atravessar o rio, você descobriu o objeto responsável pela nossa missão. Bom trabalho.

Ao voltarmos para a escada, com meu corpo doendo a cada passo que eu dava, passamos pelos restos do anjo. Sua túnica fora retirada e seu corpo, cuidadosamente dissecado. Embora fosse pouco mais do que a casca de seu antigo ser, o que sobrara do corpo emitia uma suave fluorescência.

Já na superfície, arrastamos pela neve os sacos de aniagem cheios de amostras preciosas. Acondicionamos tudo cuidadosamente na caminhonete, subimos no veículo e começamos a descer a montanha. Estávamos exaustos, cobertos de lama e machucados — Vladimir tinha um corte sobre um dos olhos, provocado por um ressalto de pedra em que esbarrara durante a subida pela escada, e eu fora exposta a uma luz nociva.

Enquanto dirigíamos pelas montanhas, descendo pelas estradas congeladas, tornou-se evidente que nevara durante um bom tempo. Dunas de neve se acumulavam sobre os rochedos e uma nova nevasca começou a cair. A estrada estava coberta de gelo em todas as direções, o que fazia o carro derrapar de um lado para outro. Olhei para o meu relógio e descobri com surpresa que eram quase quatro da manhã. Havíamos ficado por mais de 15 horas na Garganta do

Diabo. Estávamos tão atrasados em nossa programação que não poderíamos parar para dormir. Faríamos apenas uma pausa para reabastecer a caminhonete com a gasolina que estava armazenada em latões, na traseira do veículo.

Apesar dos esforços de Vladimir, chegamos duas horas atrasados para tomar o avião, exatamente na hora em que o sol se erguia. Um Electra Junior Model 12, de dois motores, estava na pista, tal como o havíamos deixado na véspera. Era grande o bastante para carregar seis passageiros, equipamentos e suprimentos. Gelo pendia de suas asas, como caninos, comprovando o frio intenso. Tinha sido difícil vir de avião até nosso destino, mas de carro seria impossível. Havíamos precisado fazer uma série de desvios em nosso voo até a Grécia, até voar para a Turquia, para não sermos detectados. Mas nosso retorno não seria menos difícil. Depois que colocamos nossos volumes a bordo, o avião logo decolou, atravessando ruidosamente a atmosfera carregada de neve.

Doze horas mais tarde, ao aterrissarmos no aeroporto, localizado nas cercanias de Paris, vi que um Panhard et Levassor Dynamic nos aguardava a distância. Era um veículo de luxo, com uma grade dianteira polida e largos estribos — um objeto admirável em meio às enormes privações da guerra. Eu só podia especular sobre como teríamos adquirido um tesouro como aquele, mas desconfiava que, assim como o Model 12 e a K-51, o carro deveria ter sido providenciado por nossos patrocinadores estrangeiros. Doações haviam permitido nossa subsistência nos últimos anos, e eu me sentia grata ao ver o carro. Mas o modo como conseguíamos manter tal tesouro longe das mãos dos alemães era um assunto completamente diferente, sobre o qual eu não ousava perguntar.

Enquanto o carro se deslocava velozmente sob o céu noturno, permaneci em silêncio. Apesar das horas que dormira no avião, ainda me sentia exausta com a incursão que havíamos feito à garganta. Fechei os olhos. Sem perceber, caí em um sono profundo. Os pneus sacolejavam sobre as ruas esburacadas. No limiar do sono, percebi que os outros murmuravam, mas o significado de suas palavras me escapava. Meus sonhos eram uma mistura de imagens de tudo o que eu vira na caverna. Vi a dra. Seraphina, Vladimir e outros membros de nosso grupo. Uma caverna profunda e aterrorizante se abriu diante de mim, enquanto uma legião de anjos dançava, irradiando uma pálida luminosidade.

Quando acordei, reconheci as ruas de pedra desertas de Montparnasse, uma área de resistência e absoluta pobreza durante a ocupação. Passamos por conjuntos habitacionais, cafés às escuras e árvores desfolhadas, com os galhos cobertos de neve endurecida. O motorista reduziu a velocidade e dobrou no

Cimetière du Montparnasse, parando diante de um portão de ferro. Deu uma curta buzinada e o portão se abriu, emitindo estalos. O carro avançou. O cemitério estava sem movimento e coberto de gelo, que reluzia sob a luz dos faróis. Senti que aquele lugar fora poupado das misérias e depravações da guerra. O motorista desligou o motor em frente à estátua de um anjo empoleirado sobre um pedestal de pedra — *Le Génie du Sommeil Éternel*, O Espírito do Sono Eterno, um guardião de bronze vigiando os mortos.

Desci do carro, ainda atordoada pela exaustão. Embora a noite estivesse clara, com estrelas brilhando no céu, o ar estava úmido, formando uma aura enevoada em torno das lápides. Um homem saiu de trás da estátua. Evidentemente estava esperando o carro. Mesmo assim, fiquei alarmada. Ele se vestia como um padre. Eu nunca o vira antes, em nenhuma de nossas reuniões ou assembleias, e fora treinada para suspeitar de qualquer um. Um mês antes, os Nefilins haviam seguido e matado um dos membros mais graduados de nosso conselho, um professor de Musicologia Etérea chamado Michael, levando sua coleção de ensaios musicológicos. Fora um caso de um professor graduado perdendo inestimáveis informações. O inimigo esperava por chances assim.

A dra. Seraphina parecia já esperar a presença do padre, e o seguiu prontamente. Insistindo para que o grupo o seguisse, o padre nos guiou até uma dilapidada estrutura de pedras, em uma extremidade afastada do cemitério, um dos prédios que restavam de um mosteiro abandonado havia muito tempo. Anos antes, a construção servira como salão de palestras dos Valko. Agora, estava vazio. O padre destrancou uma porta de madeira empenada e nos levou para dentro.

Nenhum de nós, nem mesmo a dra. Seraphina, que tinha estreitas ligações com os membros mais graduados do conselho — na verdade, o dr. Raphael Valko liderava a resistência em Paris —, sabia exatamente quais seriam os locais de nossos encontros, durante a guerra. Não tínhamos uma programação regular, e todas as mensagens eram transmitidas boca a boca ou, como fora esta, discretamente. As assembleias se reuniam em locais improvisados — cafés afastados, pequenas cidades nas cercanias de Paris, igrejas abandonadas. Mesmo com tais precauções extremas, eu sabia que devíamos estar sendo monitorados o tempo todo.

O padre nos levou até um corredor ao lado do santuário e parou diante de uma porta, na qual deu três rápidas batidinhas. A porta se abriu, revelando um aposento iluminado por lâmpadas elétricas — que eram coisas preciosas, adquiridas no mercado negro com dólares. As estreitas janelas estavam cobertas com panos negros, para bloquear a luz. Uma reunião parecia estar em curso, com os membros do conselho sentados ao redor de uma mesa de madeira. Quando o padre nos fez entrar, todos se puseram de pé, examinando-nos com grande interesse. Eu ainda não tinha permissão para participar das reuniões do conselho, não tendo como avaliar seus procedimentos. Mas estava claro que aquelas pessoas estavam aguardando o retorno da expedição.

O dr. Raphael Valko, diretor-executivo do conselho, estava sentado à cabeceira da mesa. A última vez que eu o vira fora quando ele saíra de minha casa na Alsácia, deixando-me isolada. Eu não conseguia perdoá-lo por isso, embora compreendesse que ele visara meu próprio bem. Ele mudara significativamente. Seus cabelos estavam grisalhos nas têmporas, e sua postura se tornara mais séria. Eu não o teria reconhecido se o encontrasse na rua.

Cumprimentando-nos secamente, o dr. Raphael indicou algumas cadeiras vazias e iniciou o que eu sabia que seria o primeiro de vários interrogatórios sobre a expedição.

— Vocês têm muita coisa para relatar — disse ele, cruzando as mãos sobre a mesa. — Comecem quando quiserem.

A dra. Seraphina fez uma descrição detalhada da garganta: a descida vertical, as plataformas rochosas que se espalhavam pelas regiões mais baixas da caverna e o nítido som da cachoeira a distância. Descreveu o corpo do anjo, exibindo uma lista de medidas exatas e resumindo as características que havia anotado em seu diário, observando com evidente orgulho as peculiaridades genitais. Informou que as fotos revelariam novas verdades acerca dos aspectos físicos dos anjos. A expedição fora um grande sucesso.

Enquanto os outros membros da expedição falavam, cada um deles oferecendo um relato elaborado da viagem, senti que estava me retraindo. Olhei minhas mãos sob a luz pálida. Estavam esfoladas pelo frio e pelo gelo da garganta, e queimadas pela luz do anjo. Comecei a conjeturar sobre a sensação de deslocamento que havia se apossado de mim. Tínhamos estado nas montanhas havia apenas seis horas? Meus dedos tremiam tanto que os enfiei nos bolsos de meu grosso casaco de lã, para escondê-los. Na minha mente, os olhos azuis do anjo me olhavam fixamente, luminosos e transparentes como vidros coloridos. Lembrei-me de como Seraphina levantara os longos braços e pernas da criatura, pesando cada membro como se fosse um pedaço de madeira. A criatura parecia tão cheia de vida que eu não podia deixar de imaginar que estivera viva até poucos minutos antes de chegarmos. Percebi que nunca havia acreditado inteiramente que o corpo estaria lá e que, apesar de todos os meus estudos, eu não esperava realmente vê-lo, tocá-lo e espetar sua pele com agulhas, para extrair fluidos. Talvez, no fundo de minha mente, eu desejasse que estivéssemos enganados. Quando a pele fora retirada do braço e a carne ficara exposta, eu fora tomada de horror. Via a cena sem parar: a lâmina penetrando na pele branca, cortando, levantando. O brilho da membrana sob a luz fraca. Sendo a pessoa mais jovem do grupo, era imperioso que me saísse bem, fazendo mais do que o esperado. Eu sempre me obrigara a passar mais horas trabalhando e estudando que os demais. Gastara os últimos anos tentando provar que seria útil à expedição — examinando textos, frequentando palestras, adquirindo informações para a viagem. Mas isso não me deixara preparada para a garganta. Desalentada, percebi que reagira como uma novata.

— Celestine? — disse o dr. Raphael, interrompendo meus pensamentos. Fiquei espantada ao ver que os outros estavam me olhando atentamente, como se estivessem esperando que eu falasse. O dr. Raphael, ao que parecia, tinha me feito uma pergunta.

— Desculpe — murmurei, sentindo meu rosto corar. — O senhor me perguntou alguma coisa?

— A dra. Seraphina estava explicando ao conselho que você fez uma descoberta crucial na caverna — disse o dr. Raphael, examinando-me cuidadosamente. — Você se importaria em nos contar como foi?

Receosa de revelar a promessa secreta que fizera à dra. Seraphina, e igualmente temerosa de expor minha atrevida decisão de atravessar o rio, não falei nada.

— É óbvio que Celestine não está se sentindo bem — comentou a dra. Seraphina, intercedendo em meu favor. — Se vocês não se importam, eu gostaria que ela agora descansasse. Deixem que eu descreva a descoberta.

Então explicou a descoberta aos membros do conselho. Disse:

— Encontrei Celestine perto da margem do rio, com uma sacola esfarrapada nas mãos. Pela textura do pano, logo percebi que deveria ser muito antiga. O relato do Venerável Padre sobre a Primeira Expedição Angelológica menciona uma sacola, como vocês devem saber.

— Sim — disse o dr. Raphael. — Você tem razão. Eu me lembro exatamente do trecho: "Apressadamente, com minhas mãos chamuscadas, recolhi o instrumento que o anjo caído largara no chão e o coloquei em segurança dentro da minha sacola."

— Só depois de abrir a sacola e examinar a lira, eu soube com certeza que era a de Clematis. O Venerável Clematis devia estar abalado demais para carregá-la até a superfície — observou a dra. Seraphina. — Esta é a sacola que Celestine descobriu.

A notícia provocou assombro nos membros do conselho, que olharam para mim como se esperassem que eu oferecesse maiores detalhes, mas eu não conseguia falar. Na verdade, mal conseguia acreditar que, entre todos os membros da expedição, fora eu quem fizera a tão esperada descoberta.

O dr. Raphael permaneceu em silêncio por alguns instantes, como se estivesse avaliando a magnitude do sucesso da expedição. Então, em um súbito acesso de energia, ficou de pé e se dirigiu aos membros do conselho.

— Vocês podem ir — disse ele, dispensando o grupo. — Há comida nos aposentos abaixo. Seraphina e Celestine, por favor, fiquem mais um pouco.

Enquanto os outros saíam, Seraphina me olhou nos olhos, com um olhar benévolo, como se para me assegurar de que tudo correria bem. O dr. Raphael conduziu os demais para fora da sala, irradiando uma serenidade confiante que eu admirei, pois a força de caráter que lhe possibilitava conter suas emoções era uma virtude que eu desejava emular. Ele então falou:

— Diga-me, Seraphina, os membros da expedição se portaram de acordo com as suas expectativas?

— Foi tudo um grande sucesso — respondeu Seraphina.

— E Celestine?

Senti meu estômago se revirar: a expedição teria sido algum tipo de teste?

— Para uma jovem angelóloga — disse Seraphina —, ela me impressionou. A descoberta, por si só, deveria ser suficiente para provar a capacidade dela.

— Ótimo — disse o dr. Raphael, olhando para mim. — Você ficou satisfeita com seu trabalho?

Olhei de Seraphina para o dr. Raphael, sem saber como responder. Dizer que eu ficara satisfeita com meu trabalho seria uma mentira, mas descrever em detalhes o que eu tinha feito seria quebrar a promessa que fizera à dra. Seraphina. Finalmente, murmurei:

— Eu gostaria de estar preparada.

— Nós nos preparamos durante toda a vida para momentos como esse — disse o dr. Raphael, cruzando os braços e olhando para mim com ar crítico. — Quando chega a hora, a única coisa a fazer é desejar ter aprendido o suficiente para obter sucesso.

— Você foi muito competente — acrescentou a dra. Seraphina, dirigindo-se a mim. — Seu trabalho foi soberbo.

— Eu não posso explicar minhas reações — disse eu, simplesmente. — Achei a missão profundamente perturbadora. Até agora, ainda não me recuperei.

O dr. Raphael abraçou Seraphina e a beijou no rosto.

— Vá se encontrar com os outros, Seraphina. Há uma coisa que eu quero mostrar a Celestine.

A dra. Seraphina virou-se para mim e segurou minha mão.

— Você foi muito corajosa, Celestine. Um dia você será uma excelente angelóloga. — Dito isso, beijou meu rosto e saiu. Eu nunca mais a veria novamente.

O dr. Raphael me conduziu para fora da sala, entrando em um corredor que cheirava a terra e a fungos.

— Siga-me — disse, descendo por uma escadaria que mergulhava na escuridão. No final da escadaria havia outro corredor, mais longo que o primeiro. Senti um acentuado declive no chão e tive de me equilibrar. À medida que avançávamos, o ar se tornava mais frio, penetrando no grosso casaco de lã que eu usara na caverna e passando por dentro de minhas roupas. Roçando as mãos nas úmidas paredes, senti algumas saliências desiguais. Percebi então que não eram pedras, mas ossos, empilhados em cavidades da rocha. Imediatamente, compreendi que estávamos nos movendo por baixo de Montparnasse, através das catacumbas.

Subimos por um segundo corredor, mais uma escadaria, e emergimos em outro prédio. O dr. Raphael destrancou uma série de portas, a última das quais se abriu para o ar gélido de uma estreita travessa. Ratos se espalharam em todas as direções, deixando para trás restos de alimentos comidos pela metade — chicória, que substituía o café durante a guerra, e cascas de batatas. O dr. Raphael me segurou pelo braço e dobramos a esquina. Entramos em uma rua, que percorremos até chegarmos a um ponto a alguns quarteirões do cemitério, onde o Panhard et Levassor estava parado, nos esperando com o motor ligado. Quando nos aproximamos do carro, percebi que um pedaço de papel, escrito inteiramente em alemão, fora fixado na janela. Embora eu não entendesse o que dizia, presumi que fosse uma licença dada pelos alemães, que nos permitiria atravessar os postos de controle espalhados pela cidade. Agora eu entendia como operávamos um carro tão luxuoso e obtínhamos gasolina: o Panhard et Levassor pertencia aos alemães. O dr. Valko, que supervisionava nossas operações clandestinas nas fileiras alemãs, obtivera permissão para usá-lo — pelo menos por aquela noite.

O motorista abriu a porta do carro, que estava aquecido, e me sentei no assento traseiro. O dr. Raphael se acomodou ao meu lado. Então se virou e segurou meu rosto entre suas mãos frias, olhando-me impassivelmente.

— Olhe para mim — disse ele, examinando meus traços, como se procurasse alguma coisa em especial. Olhei de volta para ele; pela primeira vez, eu o via de perto. Tinha pelo menos 50 anos e pele enrugada. Seus cabelos estavam ainda mais grisalhos do que eu pensara antes. Nossa proximidade me assustou. Eu jamais estivera tão perto de um homem.

— Seus olhos são azuis? — perguntou ele.

— Castanho-claros — respondi, confusa com a estranha pergunta.

— Está bom — disse ele, abrindo uma pequena mala de viagem que colocara entre nós. Retirou dela um vestido de noite, confeccionado em cetim, meias de seda, um cinto e um par de sapatos. Reconheci o vestido instantaneamente. Era o mesmo vestido de cetim vermelho que Gabriella usara anos atrás. — Vista essa roupa — continuou ele. Meu espanto deve ter sido visível, pois ele acrescentou: — Você logo vai entender por que isso é necessário.

— Mas essa roupa é de Gabriella — objetei, sem conseguir me refrear. Eu não tinha coragem de tocar no vestido, sabendo tudo o que sabia a respeito das atividades de Gabriella. Lembrei-me dele e de Gabriella juntos e me arrependi de ter falado.

— Como assim? — perguntou o dr. Raphael.

— Na noite em que ela usou este vestido — disse eu, sem conseguir olhá-lo nos olhos —, eu vi vocês juntos. Estavam na rua, embaixo do nosso apartamento.

— E você acha que entendeu o que viu — disse o dr. Raphael.

— Como eu poderia tirar outra conclusão? — sussurrei, olhando para os melancólicos edifícios acinzentados, o desfile de postes de iluminação, a sombria face de Paris no inverno. — Foi muito claro o que aconteceu.

— Ponha o vestido — disse o dr. Raphael, com voz severa. — Você deveria ter mais confiança nas motivações de Gabriella. A amizade deveria ser mais forte do que suspeitas gratuitas. Nos tempos atuais, confiança é tudo o que temos. Há muita coisa que você não sabe. Logo você vai entender os perigos que Gabriella enfrentou.

Lentamente, fui despindo minhas grossas roupas de lã. Desabotoei as calças, tirei o suéter — que me protegera contra os gélidos ventos da montanha — e me enfiei no vestido, com cuidado para não rasgá-lo. O vestido era grande demais, senti isso na mesma hora. Três anos atrás, quando Gabriella o usara, teria sido pequeno para mim; mas eu perdera 10 quilos durante a guerra, e era pouco mais que pele e ossos.

O dr. Raphael Valko também trocou de roupa. Enquanto eu me vestia, ele retirou da mala a jaqueta e as calças negras do uniforme de um Allgemeine SS Nazi, e puxou de baixo do assento um par de reluzentes botas negras. O uniforme estava em perfeitas condições, sem o aspecto gasto nem o cheiro de coisas compradas no mercado negro de roupas usadas. Presumi que fosse mais uma aquisição útil feita por algum de nossos agentes duplos na SS, com conexões entre os nazistas. O uniforme me deu arrepios — pois transformou completamente o dr. Raphael. Quando ele terminou de se vestir, esfregou um líquido sobre o lábio superior e colou um fino bigode no local. Então alisou os cabelos para trás, com brilhantina, e prendeu um alfinete da SS na lapela, um pequeno mas necessário acréscimo, que me encheu de repulsa.

Apertando os olhos, ele me examinou, verificando minha aparência com cuidado. Cruzei os braços sobre o peito, como se pudesse me esconder dele. Estava claro que eu não me metamorfoseara de modo a satisfazê-lo. Para meu enorme embaraço, ele alisou meu vestido e remexeu nos meus cabelos, do mesmo modo que minha mãe fazia antes de me levar à igreja, quando eu era criança.

Percorremos algumas ruas e paramos na entrada de uma ponte do Sena. Um soldado, que estava na ponte, bateu no vidro do carro com o cano de uma Luger. O motorista abaixou o vidro da janela e falou com o soldado em alemão, mostrando um maço de papéis. O soldado olhou para o banco traseiro, demorando-se no dr. Raphael.

— *Guten Abend* — disse o dr. Raphael com o que me pareceu um perfeito sotaque alemão.

— *Guten Abend* — murmurou o soldado, examinando os papéis e, depois, gesticulando para que atravessássemos a ponte.

Subimos a ampla escadaria de pedra de um salão municipal de banquetes, cuja fachada clássica exibia uma série de colunas, e onde homens em trajes noturnos passavam de braços dados com lindas mulheres. Soldados alemães guardavam a porta. Em comparação com aquelas mulheres elegantes, eu sabia que, magra e pálida demais, deveria estar com um aspecto doentio e cansado. Eu prendera os cabelos em um coque atrás da cabeça, e aplicara um pouco de ruge, retirado da mala do dr. Raphael. Mas era muito diferente delas — com seus cabelos penteados com estilo e aparência descansada. Banhos quentes, maquiagem, perfumes e roupas novas não existiam para mim, nem para nenhuma de nós, na França ocupada. Gabriella deixara para trás um frasco de Shalimar, em cristal trabalhado, um precioso lembrete de tempos mais felizes. Eu o guardava comigo desde que ela desaparecera, mas nunca usara uma gota do perfume, com receio de desperdiçá-lo. Eu me lembrava do conforto como algo da minha infância que tivera uma vez para nunca mais, como dentes de leite. Eram pequenas as chances de que eu fosse confundida por uma daquelas mulheres. Mas me agarrei ao braço do dr. Raphael, tentando permanecer calma. Ele caminhava com rapidez e confiança; para minha surpresa, os soldados nos deixaram passar sem problemas. Logo chegamos ao interior aquecido, barulhento e luxuoso do salão de banquetes.

O dr. Raphael me levou até a extremidade oposta do salão. Subimos então uma escada que conduzia a um balcão privado, onde havia uma mesa posta. Levei alguns momentos para me acostumar ao ruído e à luz estranha, mas, quando o fiz, percebi que a sala de jantar era longa e estreita, com um teto alto. As paredes tinham espelhos que refletiam a multidão, capturando a nuca de uma mulher aqui, o brilho de uma corrente de relógio ali... Galhardetes vermelhos estampados com suásticas negras estavam pendurados nas paredes, a intervalos regulares. As mesas ostentavam toalhas de linho branco, conjuntos de porcelana e, no centro, buquês de flores — rosas durante o inverno, em uma época de guerra, eram um pequeno milagre. Candelabros de cristal lançavam uma luz oscilante sobre o piso de ladrilhos escuros, que se refletia nos sapatos de cetim. Champanhe, joias e gente bonita reunida à luz de velas. Mãos que se erguiam brindando com taças de vinho — *Zum Wohl! Zum Wohl!* A abundância de vinho servido no salão me surpreendeu. Se alimentos, de modo geral, eram difíceis de obter, o vinho era quase impossível para quem não tivesse conexões com as forças de ocupação. Eu soubera que os alemães confiscavam garrafas de champanhe, aos milhares. A adega de minha família fora esvaziada. Para mim, até mesmo uma garrafa era um luxo extremo. Mas ali, o vinho corria como água. Logo entendi como as vidas dos conquistadores eram diferentes das vidas dos conquistados.

A altura do balcão me permitia examinar os convidados de perto. À primeira vista, eram como os que se encontram em qualquer festa elegante. Porém, olhando com mais atenção, percebi que alguns tinham uma aparência estranha. Eram como que fabricados em série: magros, angulosos, com maçãs do rosto salientes e grandes olhos felinos. Seus cabelos louros, pele translúcida e altura incomum os caracterizavam como Nefilins.

Vozes se erguiam até o balcão, enquanto garçons se moviam entre os convidados, distribuindo taças de champanhe.

— Isso — disse o dr. Raphael, apontando para a multidão abaixo — é o que eu queria que você visse.

Comecei a me sentir enjoada.

— Tantos festejos enquanto a França passa fome.

— Enquanto a Europa passa fome — corrigiu-me o dr. Raphael.

— Como é que eles conseguem tanta comida? — perguntei. — Tanto vinho, tantas roupas boas, tantos pares de sapato?

— Agora você está vendo — disse o dr. Raphael, sorrindo levemente. — Eu queria que você entendesse o motivo de nossos esforços, o que está em jogo. Você é jovem. Talvez seja difícil, para você, perceber contra o que estamos lutando.

Reclinei-me sobre a balaustrada de bronze. O frio metal queimava minha pele.

— A angelologia não é um jogo de xadrez teórico — disse o dr. Raphael. — Sei que, nos primeiros anos de estudo, quando o aluno está mergulhado em São Boaventura e São Tomás de Aquino, parece ser. Mas o seu trabalho, Celestine, não é só travar debates sobre hilomorfismo e estabelecer a taxonomia dos anjos da guarda. — Ele fez um gesto na direção da multidão. — Seu trabalho acontece aqui, no mundo real.

Não pude deixar de notar a paixão em suas palavras, e como elas ecoavam o aviso que Seraphina me dera na Garganta do Diabo. *Nossas obrigações estão no mundo em que vivemos e para o qual devemos retornar.*

— Você precisa perceber — disse ele — que não se trata só de uma batalha entre um punhado de lutadores da resistência e um exército de ocupação. Esta é uma guerra de atrito. Tem sido uma luta contínua desde os primórdios. São Tomás de Aquino acreditava que os anjos das trevas caíram vinte segundos depois da Criação; sua natureza maligna rachou a perfeição do universo quase instantaneamente, deixando uma terrível fissura entre o bem e o mal. Durante vinte segundos, o universo foi puro, perfeito, inteiriço. Imagine o que foi a existência nesses vinte segundos... viver sem o medo da morte, sem dor, sem as dúvidas com as quais vivemos. Imagine.

Fechei os olhos e tentei imaginar um universo assim. Não consegui.

— Houve vinte minutos de perfeição — disse o dr. Raphael, aceitando uma taça de champanhe de um garçom, e pegando outra para mim. — Nós ficamos com o resto.

Dei um gole no champanhe seco, que estava gelado. O gosto era tão maravilhoso que minha língua se retraiu, como se sentisse dor.

O dr. Raphael prosseguiu.

— Em nosso período, o mal tem dominado. Ainda assim, continuamos a luta. Há milhares de nós em cada parte do mundo. E milhares, talvez centenas de milhares deles.

— Eles se tornaram tão poderosos — disse eu, observando a demonstração de riqueza no salão abaixo. — Mas acredito que nem sempre foi assim.

— Os pioneiros da angelologia sentiam prazer especial em planejar o extermínio de seus inimigos. Entretanto, como já foi muito estudado, os padres superestimaram sua capacidade. Acreditavam que a batalha seria rápida. Não perceberam como os Vigias e seus filhos podiam ser petulantes, como apreciavam subterfúgios, violência, destruição. Enquanto os Vigias eram criaturas angélicas, que conservavam a beleza celestial de suas origens, seus filhos estavam maculados com a violência e maculavam o que tocavam.

O dr. Raphael fez uma pausa, como se estivesse estudando um enigma.

— Considere — disse ele finalmente — o desespero que o Criador deve ter sentido ao nos destruir, a tristeza de um pai matando seus filhos, o extremismo de suas ações. Milhões de criaturas afogadas e civilizações perdidas; mesmo assim, os Nefilins prevaleceram. Concupiscência, injustiça social, guerras são as manifestações do mal em nosso mundo. Destruir a vida no planeta, evidentemente, não eliminou o mal. Apesar de toda a sua sabedoria, os Veneráveis Padres não examinaram essas coisas. Não estavam bem preparados para a luta. Eles são um exemplo de como mesmo o mais dedicado angelólogo pode errar, ao ignorar a história.

Ele prosseguiu:

— Nosso trabalho sofreu um duro golpe durante a Inquisição, embora tenhamos recuperado terreno pouco depois. O século XIX foi igualmente preocupante, pois as teorias de Spencer, Darwin e Marx foram transformadas em sistemas de manipulação social. Mas, no passado, sempre conseguimos recuperar terreno. Agora, porém, estou ficando preocupado. Nossas forças estão diminuindo. Campos de extermínio estão lotados com nossa gente. Os Nefilins obtiveram uma grande vitória ao se associarem aos alemães. Eles estavam esperando há um bom tempo por uma plataforma desse tipo.

Achei que era a oportunidade para fazer uma pergunta que estava na ponta da língua havia algum tempo.

— O senhor acha que os nazistas são Nefilins?

— Não exatamente — disse o dr. Raphael. — Os Nefilins são parasitas que se alimentam das sociedades humanas. Afinal de contas, são mestiços — parte anjos, parte humanos. Isso lhes dá certa flexibilidade para se mover dentro e fora das civilizações. Através da história, eles têm se ligado a grupos como os nazistas, aos quais favorecem, ajudam financeiramente e apoiam militarmente. Eles abrem caminho para o êxito desses grupos. É uma prática muito antiga e bem-sucedida. Depois que esses grupos alcançam a vitória, os Nefilins absorvem as recompensas, dividem discretamente os espólios e retornam às suas vidas particulares.

— Mas eles são chamados de Os Famosos — disse eu.

— Sim, e muitos deles *são* famosos. Mas suas riquezas lhes compram proteção e privacidade — prosseguiu o dr. Raphael. — Alguns deles estão aqui. Para falar a verdade, há um cavalheiro muito influente a quem eu gostaria de apresentar você.

O dr. Raphael se levantou e apertou as mãos de um cavalheiro alto e louro, vestindo um esplendoroso smoking de seda, que me parecia extremamente familiar, embora eu não soubesse dizer de que forma. Talvez já tivéssemos nos encontrado antes, pois ele me examinou com igual interesse, olhando atentamente meu vestido.

— Herr Reimer — disse o homem. A familiaridade do cumprimento, além do nome falso usado pelo dr. Raphael, mostrou-me que o homem não fazia ideia de quem nós éramos. De fato, ele falava com o dr. Raphael como se fossem colegas. — Não o tenho visto muito em Paris este mês, a guerra está atrapalhando seu lazer?

O dr. Raphael riu, medindo as palavras.

— Não, só tenho passado algum tempo com esta jovem adorável. Esta é Christina, minha sobrinha. Christina — disse o dr. Raphael —, este é Percival Grigori.

Levantei-me e estendi a mão ao homem, que a beijou, pressionando seus lábios gelados em minha pele morna.

— Menina adorável — disse, embora mal tivesse olhado para mim, tão entretido estava com meu vestido.

Dizendo isso, tirou uma cigarreira do bolso, ofereceu um cigarro ao dr. Raphael e, para meu espanto, ergueu o mesmo isqueiro que eu vira com Gabriella quatro anos atrás. Em um terrível instante de consciência, a identidade do homem se revelou para mim. Percival Grigori era o amante de Gabriella, o homem que eu vira em seus braços. Fiquei observando, aturdida, enquanto o dr. Raphael conversava amenidades sobre política e teatro, mencionando de passagem os acontecimentos mais notáveis da guerra. Então, com um aceno de cabeça, Percival Grigori nos deixou.

Permaneci sentada na cadeira, incapaz de entender como o dr. Raphael poderia conhecer aquele homem, ou como Gabriella acabara se envolvendo com ele. Em minha perplexidade, preferi guardar silêncio.

— Está se sentindo melhor? — perguntou o dr. Raphael.

— Melhor?

— Você adoeceu na viagem.

— Sim — disse eu, olhando para os meus braços, que estavam mais vermelhos que nunca, como se tivesse sofrido sérias queimaduras solares. — Acho que vou ficar bem. Minha pele é muito clara. Vai precisar de alguns dias para ficar boa. — Desejando mudar de assunto, eu disse: — Mas o senhor não acabou de me falar sobre os nazistas. Eles estão totalmente sob o controle dos Nefilins? Se estão, como vamos derrotá-los?

— Os Nefilins são muito poderosos, mas quando derrotados, e até agora sempre foram, desaparecem rapidamente, deixando seus anfitriões humanos sós para receber o castigo, como se só eles fossem os responsáveis pelas más ações. O Partido Nazista está cheio de Nefilins, mas os que estão no poder são cem por cento humanos. Por isso os Nefilins são tão difíceis de exterminar. A humanidade entende, e até deseja, o mal. Há alguma coisa em nossa natureza que é seduzida pelo mal. Nós somos facilmente convencidos.

— Manipulados — disse eu.

— Sim, talvez "manipulados" seja uma palavra melhor. É mais generosa.

Recostei-me em minha cadeira de veludo. O tecido macio aliviou a ardência nas minhas costas. Tinha a impressão de que nunca me sentira tão quente, em muitos anos. A música começou no salão e casais começaram a dançar, enchendo a pista de dança.

— Dr. Raphael — disse eu, encorajada pelo champanhe. — Posso lhe perguntar uma coisa?

— Claro — respondeu ele.

— Por que o senhor perguntou se meus olhos eram azuis?

O dr. Raphael olhou para mim e, por um momento, pensei que ele iria me dizer alguma coisa sobre ele mesmo, alguma coisa que revelaria a vida secreta que escondia dos alunos. Com voz suave, ele disse:

— É uma coisa que você deveria ter aprendido nas minhas aulas, querida. A aparência dos Gigantes, lembra-se? A composição genética deles?

Lembrei-me das aulas e corei, envergonhada. *É claro,* pensei. *Os Nefilins possuem luminosos olhos azuis, cabelos louros e altura acima da média.*

— Ah, sim — respondi. — Agora me lembro.

— Você é bem alta — observou ele. — E magra. Pensei que conseguiria fazer você passar pelos guardas com mais facilidade se seus olhos fossem azuis.

Terminei de tomar o champanhe em um rápido gole. Não gostava de cometer erros, principalmente na presença do dr. Raphael.

— Diga-me — disse ele. — Você entendeu por que a enviamos à garganta?

— Propósitos científicos — repliquei. — Para observar o anjo e coletar evidências empíricas. Para preservar o corpo em nossos arquivos. Para encontrar o tesouro que Clematis deixou para trás.

— A lira estava no cerne da viagem, é claro — disse o dr. Raphael. — Mas você não se perguntou por que uma angelóloga inexperiente como você foi enviada em uma missão desse calibre? Por que Seraphina, que só tem 40 anos, liderou a expedição, e não algum dos membros mais velhos do conselho?

Fiz que sim. Sabia que a dra. Seraphina tinha suas ambições profissionais, mas achara estranho que o dr. Raphael em pessoa não tivesse ido até a montanha, ainda mais após o seu trabalho com a obra de Clematis. Eu achara que minha inclusão tivesse sido uma recompensa por descobrir a localização da garganta, mas talvez houvesse algo mais.

— Seraphina e eu queríamos enviar um jovem angelólogo à caverna — disse o dr. Raphael, olhando-me nos olhos. — Alguém como você, que não tivesse sido exposto demais a nossas práticas profissionais e não macularia a expedição com preconceitos.

— Não tenho certeza se entendi o que o senhor quer dizer — comentei, pousando sobre a mesa a taça de cristal vazia.

— Se eu tivesse ido — explicou o dr. Raphael —, teria visto só o que esperava ver. Já você, viu o que estava lá. Você descobriu algo que os outros não conseguiram. Diga-me a verdade: como você descobriu isso? O que aconteceu na garganta?

— Acho que a dra. Seraphina já lhe fez o relatório — respondi, subitamente preocupada com as intenções do dr. Raphael ao me trazer ali.

— Ela descreveu os detalhes físicos, o número de registros fotográficos que vocês fizeram, o tempo que levou para descer do topo ao fundo. Logisticamente, ela foi bem minuciosa. Mas não é só isso, não é? Havia algo mais, algo que assustou você.

— Desculpe, mas não estou entendendo o que o senhor quer dizer.

O dr. Raphael acendeu um cigarro e se reclinou na cadeira, o rosto iluminado por uma expressão divertida. Fiquei ainda mais perturbada ao perceber como o estava achando bonito. Ele disse:

— Mesmo agora, a salvo em Paris, você está com medo.

Arrumando o vestido, eu disse:

— Não sei como descrever exatamente. Havia alguma coisa horripilante naquela caverna. À medida que descemos a garganta, tudo ficou muito... escuro.

— Parece bem natural — disse o dr. Raphael. — A garganta desce a centenas de metros abaixo da superfície da montanha.

— Não é escuridão física — observei, sem saber bem se estava entregando demais. — Era outro tipo. Era uma escuridão elementar, uma escuridão pura, o tipo de escuridão que encontramos no meio da noite, quando acordamos em um quarto frio e vazio, com o som de bombas caindo a distância e um resto de pesadelo no fundo da mente. É o tipo de escuridão que prova a natureza pecaminosa do nosso mundo.

O dr. Raphael ficou olhando para mim, esperando que eu continuasse.

— Nós não estávamos sozinhos na Garganta do Diabo — disse eu. — Os Vigias estavam lá, esperando por nós.

O dr. Raphael continuou a me avaliar. Eu não saberia dizer se sua expressão era de pasmo, medo ou — o que eu secretamente desejava — admiração. Ele disse:

— Os outros deveriam ter mencionado isso.

— Eu estava só — disse, quebrando a promessa que fizera à dra. Seraphina. — Eu deixei o grupo e atravessei o rio. Estava desorientada e não consigo me lembrar dos detalhes exatos do que aconteceu. O que eu sei com certeza é que os vi. Estavam juntos, do mesmo modo que estavam quando Clematis os encontrou. Um anjo olhou para mim. Eu senti o desejo dele de ser livre, de estar na companhia da humanidade, de receber ajuda. O anjo estava lá havia milhares de anos, esperando nossa chegada.

O dr. Raphael Valko e eu chegamos à reunião de emergência do conselho nas primeiras horas da manhã. O local fora combinado às pressas, e todos haviam se deslocado do lugar combinado para o mais importante de nossos prédios em Montparnasse — o Ateneu. O nobre e imponente Ateneu caíra em desuso durante os anos de ocupação. No espaço antes repleto de livros e estudantes, onde se ouvia o farfalhar de páginas e os sussurros dos bibliotecários, agora só havia prateleiras vazias e cantos cobertos de teias de aranhas. Eu não punha os pés em nossa biblioteca havia muitos anos, e as mudanças me fizeram sentir saudade do tempo em que não tinha outra preocupação além dos estudos.

A mudança de local fora uma simples medida de segurança, mas a precaução nos custara tempo. Ao sair da festa, recebemos a mensagem por intermédio de um jovem soldado em uma bicicleta, que nos falou da reunião e da necessidade urgente de nossa presença. Chegando ao ponto de encontro, recebemos uma segunda mensagem, em que uma série de códigos nos permitiu chegar ao local da reunião sem sermos detectados. Eram quase duas horas da manhã quando chegamos ao Ateneu. Sentamo-nos em cadeiras de espaldar alto, ao redor de uma mesa estreita.

Duas pequenas lâmpadas no centro da mesa projetavam uma luz fraca e aquosa sobre os que estavam presentes. Um clima tenso dominava a sala, o que me deu a nítida impressão de que alguma coisa importante havia ocorrido. Essa percepção foi confirmada pela sobriedade com que os membros do conselho nos cumprimentaram. Era como se tivéssemos interrompido um funeral.

O dr. Raphael ocupou a cabeceira da mesa, gesticulando para que eu me sentasse em um banco a seu lado. Para minha enorme surpresa, Gabriella Lévi-Franche estava sentada na extremidade oposta da mesa. Eu a vira pela última vez havia quatro anos. A aparência era a mesma de que me lembrava. Usava os cabelos pretos cortados curtos e os lábios pintados de vermelho-vivo. Tinha uma expressão de serena cautela. Enquanto a maioria de nós caíra em um anêmico estado de exaustão, durante a guerra, Gabriella tinha o aspecto de uma mulher mimada e protegida. Estava mais bem-vestida e alimentada do que qualquer um dos angelólogos no Ateneu.

Ao perceber que eu viera junto com o dr. Raphael, ergueu uma das sobrancelhas, com um vago olhar de acusação se formando em seus olhos verdes. Era óbvio que nossa rivalidade não havia terminado. Gabriella desconfiava tanto de mim quanto eu dela.

— Me contem tudo — disse o dr. Raphael, com a voz falhando por causa da emoção. — Quero saber exatamente como aconteceu.

— O carro foi parado para uma inspeção na ponte Saint-Michel — respondeu uma velha angelóloga, a freira que eu conhecera alguns anos antes. Seu pesado véu negro e a luz fraca faziam com que ela parecesse uma extensão da sala escura. Eu só conseguia ver seus dedos retorcidos sobre o tampo reluzente da mesa. — Os guardas os fizeram sair do carro e os revistaram. Eles foram levados.

— Levados? — perguntou o dr. Raphael. — Para onde?

— Não temos como saber — disse o dr. Lévi-Franche, tio de Gabriella, cujos pequenos óculos de aro redondo refletiam a luz. — Nós alertamos nossas células em cada *arrondissement* da cidade. Ninguém os viu. Lamento dizer que eles podem estar em qualquer lugar.

— E a mala? — quis saber o dr. Raphael.

Gabriella se levantou e colocou uma pesada mala de couro sobre a mesa.

— Está conosco — disse ela, pousando os pequenos dedos sobre o couro marrom. — Eu estava no carro que vinha atrás deles. Quando vimos que nossos agentes estavam sendo presos, ordenei ao nosso motorista que desse meia-volta e dirigisse de volta a Montparnasse. Felizmente, a mala com as descobertas estava comigo.

O dr. Raphael relaxou os ombros, em um sinal de alívio quase imperceptível.

— A mala está a salvo — comentou ele. — Mas eles estão com nossos agentes.

— É claro — disse a freira — que eles nunca vão libertar prisioneiros tão valiosos sem exigir alguma coisa igualmente valiosa.

— Quais são os termos? — perguntou o dr. Raphael.

— Uma troca: os tesouros pelos angelólogos — respondeu a freira.

— E que tesouros, exatamente, eles querem? — murmurou o dr. Raphael.

— Eles não especificaram — disse a freira. — Mas de alguma forma eles sabem que nós trouxemos algo valioso dos Ródopes. Acho que devemos concordar com as exigências deles.

— Impossível — interpôs o dr. Lévi-Franche. — Isso está fora de questão.

— Na minha opinião, eles não sabem de fato o que o grupo trouxe das montanhas, sabem só que é algo valioso — disse Gabriella, endireitando-se na cadeira.

— Talvez os agentes capturados já tenham dito a eles o que tiraram da caverna — sugeriu a freira. — Diante do tipo de coação a que devem estar sendo submetidos, isso seria natural.

— Eu acredito que nossos angelólogos irão honrar nossos princípios — observou o dr. Raphael, com um traço de cólera na voz. — Se eu conheço Seraphina, ela não vai permitir que os outros falem. — Ele virou o rosto e eu pude ver um leve brilho de suor em sua testa. — Ela vai suportar o interrogatório, embora todo mundo aqui saiba como os métodos deles podem ser cruéis.

A atmosfera ficou pesada. Todos sabíamos como os Nefilins podiam ser brutais com nossos agentes, sobretudo quando queriam alguma coisa. Eu conhecia histórias sobre seus métodos de tortura e podia imaginar o que eles fariam aos meus colegas para extrair informações. Fechando os olhos, murmurei uma oração. Não tinha como prever o que aconteceria, mas entendia como o momento era importante: se perdêssemos o que havíamos encontrado na caverna, nosso trabalho teria sido em vão. As descobertas eram preciosas, mas deveríamos sacrificar toda uma equipe de angelólogos por elas?

— Uma coisa é certa — disse a freira, olhando para o relógio. — Eles ainda estão vivos. Recebemos o telefonema há cerca de vinte minutos. Eu mesma falei com Seraphina.

— Ela pôde falar livremente? — perguntou o dr. Raphael.

— Ela pediu com insistência que fizéssemos o negócio — disse a freira. — Especificamente, ela pediu para que o dr. Raphael fosse em frente.

O dr. Raphael cruzou as mãos diante de si. Parecia estar examinando alguma coisa minúscula na superfície da mesa.

— O que vocês pensam sobre uma troca como essa? — disse ele, dirigindo-se ao conselho.

— Não temos muita escolha — disse o dr. Lévi-Franche. — Um negócio assim é contra nossos protocolos. Nós nunca fizemos esse tipo de troca no passado, e acredito que não devemos abrir exceção, apesar do muito que valorizamos a dra. Seraphina. Não podemos entregar a eles o material trazido da garganta. Planejamos isso por centenas de anos.

Fiquei horrorizada ao ouvir o tio de Gabriella falar da minha professora naqueles termos. Minha indignação foi ligeiramente amenizada quando percebi que Gabriella o encarava com uma expressão de aborrecimento, a mesma expressão que ela antigamente reservava para mim.

— Entretanto — ponderou a freira —, a perícia da dra. Seraphina nos trouxe o tesouro. Se perdermos a dra. Seraphina, como vamos avançar?

— É impossível fazer a troca — insistiu o dr. Lévi-Franche. — Nós não tivemos a oportunidade de examinar o diário de campo, nem de imprimir as fotos. A expedição iria se tornar um enorme desperdício.

Vladimir disse:

— E a lira. Se eles se apossarem da lira, nem posso imaginar o que aconteceria conosco. Nem com o mundo, aliás.

— Concordo — disse o dr. Raphael. — O instrumento deve ser mantido longe do alcance deles, a qualquer custo. Certamente deve existir alguma alternativa.

— Sei que minhas opiniões não são populares com vocês — disse a freira. — Mas esse instrumento não vale vidas humanas. É claro que devemos fazer o negócio.

— Mas o tesouro que encontramos é a coroação de grandes esforços — objetou Vladimir, com seu forte sotaque russo. O corte sobre seu olho fora limpo e recebera pontos, mas tinha a aparência de um bordado malfeito. — Vocês, com certeza, não estão querendo dizer que devemos destruir uma coisa que lutamos tanto para conseguir.

— É exatamente o que estou querendo dizer — disse a freira. — Chega uma hora em que temos de reconhecer que perdemos o controle sobre as coisas. Esse assunto está fora de nossas mãos. Devemos entregar nas mãos de Deus.

— Ridículo — disse Vladimir.

Enquanto os membros do conselho discutiam, observei o dr. Raphael, tão próximo de mim que eu sentia o aroma agridoce do champanhe que tínhamos bebido fazia apenas algumas horas. Eu podia perceber que ele estava formulando seus pensamentos em silêncio, enquanto esperava que os demais exaurissem seus argumentos. Finalmente se levantou.

— Silêncio! — disse ele, com uma ênfase que eu jamais o vira utilizar antes.

Os membros do conselho olharam para ele, surpresos com a súbita autoridade em sua voz. Embora fosse o presidente do conselho, e nosso estudioso de mais prestígio, ele raramente demonstrava seu poder. Então disse:

— No início da noite, eu levei esta jovem angelóloga a uma reunião. Era um baile, oferecido pelos nossos inimigos. Acho que posso dizer que era uma festa esplendorosa, você não acha, Celestine?

Sem palavras, apenas assenti com a cabeça. O dr. Raphael prosseguiu:

— Meus motivos para fazer isso foram de ordem prática. Eu queria lhe mostrar o inimigo de perto. Queria que ela entendesse que as forças contra as quais estamos lutando estão aqui, vivendo ao nosso lado em nossas cidades, roubando, matando e pilhando nosso planeta enquanto assistimos, indefesos. Acho que a aula foi importante para ela. Mas agora estou vendo que muitos de vocês poderiam ter se beneficiado de uma aula como essa. Para mim, é óbvio que esquecemos o que estamos fazendo aqui.

Ele fez um gesto para a mala de couro à frente de todos.

— Não podemos perder esta luta. Lembro os Veneráveis Padres, que correram o risco de serem considerados hereges ao iniciar nosso trabalho, que salvaram textos durante os expurgos e queimas promovidos pela Igreja, que copiaram as profecias de Enoque e arriscaram suas vidas para nos legar informações e recursos. É a luta deles que estamos levando adiante. Lembro São Boaventura, cujos *Comentários sobre as Sentenças* tão eloquentemente provaram a metafísica básica da angelologia — que os anjos são feitos tanto de substância material quanto de substância espiritual. Lembro os padres escolásticos. Lembro Duns Scotus. Lembro as centenas de milhares de pessoas que lutaram para derrotar as maquinações dos malignos. Quantos sacrificaram as vidas pela nossa causa? Quantos fariam isso novamente, de boa vontade? Esta é a luta deles. Todas essas centenas de anos nos trouxeram até este singular momento de escolha. De alguma forma, o peso recaiu sobre nossos ombros. Recebemos o poder de decidir sobre o futuro. Podemos continuar a lutar, ou desistir. — Ele se pôs de pé, foi até onde estava a mala e a pegou. — Mas temos de decidir imediatamente. Vamos fazer uma votação.

Instados a votar, os integrantes do conselho ergueram as mãos. Para meu enorme espanto, Gabriella — que jamais recebera permissão para participar de uma reunião, muito menos tomar decisões — obtivera o privilégio de poder votar, enquanto eu, que passara anos trabalhando para me preparar para a expedição, e arriscara minha vida na caverna, não fui convidada a participar. Gabriella era uma angelóloga plena e eu, apenas uma noviça. Anos de raiva e frustração encheram meus olhos de lágrimas, turvando minha visão, de modo que eu tive dificuldade em assistir à votação. Gabriella ergueu a mão em favor da troca, assim como o dr. Raphael e a freira. Muitos dos outros, no entanto, optaram por permanecer fiéis aos nossos códigos. Depois que os votos foram contados, ficou claro que o número de votantes a favor da troca era igual ao de votantes que se opunham a ela.

— Estamos divididos igualmente — disse o dr. Raphael.

Os membros do conselho se entreolharam, perguntando-se quem poderia mudar o voto para acabar com o empate.

— Eu sugiro — disse Gabriella finalmente, lançando-me um olhar que parecia cheio de malevolência — que Celestine receba permissão para votar. Ela fez parte da expedição. Será que não conquistou o direito de votar?

Todos os olhos se voltaram para mim, que estava sentada em silêncio atrás do dr. Raphael. Os membros do conselho ficaram aguardando. Meu voto decidiria a questão. Analisei as opções que tinha à minha frente, consciente de que elas me colocavam, finalmente, no mesmo patamar dos outros angelólogos.

O conselho esperou que eu fizesse minha escolha.

Depois de votar, pedi licença ao conselho, saí para o corredor vazio e corri tão depressa quanto pude. Atravessei corredores, desci largos degraus de pedra e, sempre correndo, emergi na noite, fazendo meus sapatos ecoarem sobre o pavimento no ritmo das batidas do meu coração. Eu sabia que poderia encontrar solidão no pátio dos fundos, um lugar aonde Gabriella e eu sempre íamos, o mesmo lugar onde eu, pela primeira vez, vira o isqueiro de ouro que aquele monstro usara diante de mim, na noite passada. O pátio estava sempre vazio, mesmo durante o dia, e eu precisava ficar sozinha. Lágrimas embaçavam minha visão — a velha cerca de ferro se derreteu, a imponente faia de casca rugosa que havia no pátio se dissolveu e até mesmo a lua crescente, suspensa no céu, tornou-se um halo indistinto acima de mim.

Verificando que não fora seguida, agachei-me perto da parede do prédio, escondi o rosto entre as mãos e chorei. Chorei por Seraphina e pelos outros membros da expedição a quem eu traíra. Chorei pelo fardo que meu voto impusera sobre minha consciência. Eu acreditava que minha decisão fora correta, mas o sacrifício me dilacerava, destruindo minha crença em mim mesma, em meus colegas e em meu trabalho. Eu traíra minha professora, minha mentora. Lavara as mãos para uma mulher a quem eu amava tão profundamente quanto minha própria mãe. Tivera o privilégio de votar, mas, ao declarar meu voto, perdera a fé na angelologia.

Embora estivesse com um grosso casaco de lã — o mesmo que usara para me proteger dos ventos frios da caverna —, eu só tinha por baixo o fino vestido de seda que o dr. Raphael me dera para usar na festa. Limpei os olhos com as costas da mão e tremi. A noite estava enregelante, tranquila e silenciosa, mais fria do que poucas horas antes. Recuperando o controle de minhas emoções, respirei fundo e me preparei para retornar à sala onde estava o conselho. De repente, em algum lugar próximo à entrada do prédio, ouvi um suave murmúrio de vozes.

Retirando-me para as sombras, esperei, conjeturando sobre quem sairia por aquela passagem pouco utilizada — o caminho habitual era o portão da frente. Em questão de segundos, Gabriella entrou no pátio, falando de forma quase inaudível com Vladimir, que a escutava como se ela estivesse dizendo algo de suma importância.

Fiz esforço para enxergar melhor. Gabriella estava particularmente deslumbrante à luz da lua — seus cabelos negros brilhavam e seu batom vermelho contrastava de modo marcante com o branco de sua pele. Ela usava um luxuoso sobretudo de pele de camelo, amarrado na cintura, que parecia confortável; evidentemente, fora feito sob medida para ela. Eu não conseguia imaginar onde ela teria encontrado roupas como aquela, nem como as teria comprado naquela conjuntura de guerra. Gabriella sempre se vestira lindamente, mas, para mim, roupas como as que ela usava só existiam em filmes.

Mesmo depois de anos distanciadas uma da outra, eu conhecia bem suas expressões faciais. A ruga na testa significava que estava analisando alguma pergunta que Vladimir lhe fizera. Um súbito clarão em seus olhos, acompanhado de um sorriso mecânico, significava que tinha lhe respondido com o desembaraço costumeiro, com alguma observação espirituosa, um provérbio ou algo sarcástico. Ele a ouvia com toda a atenção. Não deixava de olhá-la nem por um momento.

Enquanto ambos conversavam, eu mal conseguia respirar. Depois dos acontecimentos daquela noite, Gabriella deveria estar tão desolada quanto eu. A perda de quatro angelólogos e a ameaça de perder as descobertas da expedição deveriam ser suficientes para acabar com qualquer alegria, mesmo que o relacionamento entre Gabriella e a dra. Seraphina, no momento, fosse superficial. Apesar disso, elas sempre tinham sido muito ligadas, e eu sabia que Gabriella amava nossa professora. Mas ali, no pátio, ela parecia — e eu quase não suportava pensar na palavra — *radiante*. Exibia um ar de triunfo, como se tivesse alcançado uma vitória difícil.

Um jato de luz invadiu o pátio. Eram os faróis de um carro, atravessando o portão de ferro e iluminando a grande faia, cujos galhos se estendiam para o céu como tentáculos no ar úmido. Um homem desceu do veículo. Gabriella olhou por cima dos ombros, com o rosto emoldurado pelos cabelos negros. O homem chamava atenção. Era alto e usava um belo paletó transpassado e sapatos reluzentes. Seu aspecto me pareceu extraordinariamente refinado. Ver tanta riqueza era uma coisa incomum durante a guerra — e naquela noite eu estivera cercada de riqueza. Esgueirei-me um pouco mais para perto e percebi que o homem era Percival Grigori, o Nefilim que eu vira na festa. Gabriella logo o reconheceu. Fez um gesto para que ele esperasse no carro e, dando dois rápidos beijos nas bochechas de Vladimir, virou-se e foi ao encontro do amante.

Permaneci agachada nas sombras, esperando que minha presença não fosse detectada — Gabriella estava a apenas poucos metros, tão perto de mim que eu poderia sussurrar para ela enquanto passava. Estando tão próxima, consegui ver uma coisa: a mala que continha o tesouro que havíamos trazido da montanha. O conselho sacrificara Seraphina e os outros para salvar o objeto que Gabriella estava segurando.

A descoberta teve tal efeito sobre mim que, momentaneamente, perdi o controle e me pus sob a luz da lua. Gabriella parou de repente, surpresa ao me ver ali. Quando nossos olhos se encontraram, compreendi que o voto do conselho não fazia a menor diferença: Gabriela já havia planejado entregar a mala ao amante. Naquele momento, os anos em que Gabriella se comportara de forma estranha, seus desaparecimentos, sua inexplicável ascensão nas fileiras angelológicas, seus desentendimentos com a dra. Seraphina, seu dinheiro que parecia sair do nada — tudo fez sentido para mim. A dra. Seraphina tinha razão. Gabriella estava trabalhando para os nossos inimigos.

— O que você está fazendo? — perguntei, como se fosse outra pessoa falando.

— Volte para dentro — respondeu Gabriella em voz bem baixa, como se temesse ser ouvida por mais alguém.

— Você não pode fazer isso — sussurrei. — Não agora, depois de tudo o que sofremos.

— Eu estou lhes poupando mais sofrimentos — disse Gabriella. Então, ignorando meu olhar, andou até o carro e se acomodou no banco traseiro, seguida de perto por Percival Grigori.

O choque provocado pelas ações de Gabriella me paralisou momentaneamente, mas, quando o carro desapareceu na emaranhada obscuridade das ruas estreitas, saí do torpor. Atravessei o pátio correndo e entrei no prédio. O medo me fazia correr cada vez mais rápido no corredor frio e comprido.

Subitamente, uma voz me chamou, vinda do final do corredor.

— Celestine! — disse o dr. Raphael, surgindo à minha frente. — Graças a Deus você não se machucou.

— Não — disse eu, lutando para recuperar o fôlego. — Mas Gabriella foi embora com a mala. Estou vindo do pátio. Ela roubou a mala.

— Siga-me — disse o dr. Raphael.

Sem maiores explicações, conduziu-me de volta ao Ateneu, onde o conselho estivera reunido havia apenas meia hora. Vladimir também retornara. Cumprimentou-me secamente, com expressão séria. Olhando atrás dele, percebi que as janelas na extremidade oposta da sala tinham sido estilhaçadas. Uma brisa fria e cortante soprava sobre os corpos dos membros do conselho, estendidos no chão sobre poças de sangue.

Aquela cena me impressionou tanto que fui incapaz de acreditar no que estava vendo. Apoiei-me na mesa onde havíamos votado pela eliminação da minha professora, incapaz de dizer se o quadro diante de mim era real, ou se uma fantasia maléfica se apoderara de minha imaginação. A brutalidade da matança era aterrorizante. A freira fora atingida à queima-roupa na cabeça, e seu hábito estava ensopado de sangue. O dr. Lévi-Franche, tio de Gabriella, jazia no chão de mármore, igualmente ensanguentado; seus óculos estavam quebrados. Dois outros membros do conselho estavam estirados sobre a própria mesa.

Fechei os olhos e virei as costas para a cena horripilante. Meu único alívio foi quando o dr. Raphael passou o braço em torno de meus ombros, para me manter de pé. Apoiei-me nele; o cheiro de seu corpo me proporcionava algum alívio. Imaginei que abriria os olhos e tudo estaria como anos atrás — o Ateneu cheio de caixas e papéis, assistentes atarefados embalando nossos textos. Os membros do conselho reunidos à mesa, estudando mapas da Europa em guerra, confeccionados pelo dr. Raphael. Nossa escola estaria aberta, nosso futuro, ainda indeterminado, e os membros do conselho, ainda vivos. Porém, quando abri os olhos, a realidade do massacre me atingiu mais uma vez. Não havia como escapar a ela.

— Venha — disse o dr. Raphael, levando-me para fora do aposento, com certo esforço. — Respire. Você está em estado de choque.

Olhando em volta como se estivesse em um sonho, eu disse:

— O que aconteceu? Não estou entendendo. Gabriella fez isso?

— Gabriella? — disse Vladimir, que viera se juntar a nós no corredor. — Não, claro que não.

— Gabriella não teve nada a ver com isso — disse o dr. Raphael. — Eles eram espiões. Sabíamos há algum tempo que estavam monitorando o conselho. Fazia parte do plano matá-los dessa forma.

— Você fez isso? — disse eu, abismada. — Como você pôde?

O dr. Raphael me olhou, e percebi uma sombra de tristeza passar por seu rosto, como se minha desilusão o deixasse magoado.

— É o meu trabalho, Celestine — disse por fim, segurando meu braço e me levando pelo corredor. — Um dia, você entenderá. Venha, precisamos tirar você daqui.

Quando nos aproximamos da entrada principal do Ateneu, o atordoamento que a cena me causara começou a se dissipar, e fui tomada de náuseas. O dr. Raphael emergiu comigo no frio ar da noite, onde o Panhard et Levassor nos aguardava para nos tirar dali. Enquanto descíamos pelos amplos degraus de pedra, ele me entregou uma mala. Era idêntica à que Gabriella segurava no pátio — o mesmo couro marrom, as mesmas fechaduras brilhantes.

— Pegue isso — disse o dr. Raphael. — Está tudo pronto. Você vai ser levada até a fronteira hoje à noite. Depois, receio que teremos de confiar em nossos amigos da Espanha e de Portugal para levar você.

— Levar para onde?

— Para os Estados Unidos — disse o dr. Raphael. — Você vai levar esta mala com você. Você e o tesouro da caverna estarão a salvo lá.

— Mas eu vi Gabriella sair — disse eu, examinando a mala como se esta fosse uma ilusão de ótica. — Ela levou o instrumento. A lira desapareceu.

— Era uma réplica, querida Celestine, uma isca — explicou o dr. Raphael. — Gabriella está desviando a atenção dos inimigos para que você escape e Seraphina possa ser libertada. Você deve muito a ela, inclusive sua presença na expedição. A lira agora está aos seus cuidados. Você e Gabriella seguiram caminhos diferentes, mas lembre-se sempre de que o trabalho de vocês é por uma causa comum. O dela é aqui e o seu vai ser nos Estados Unidos.

A TERCEIRA ESFERA

E apareceram dois homens à minha frente, muito altos, como eu jamais vira na Terra. Seus rostos brilhavam como o sol, seus olhos eram como lâmpadas e fogo saía de seus lábios. Suas roupas pareciam feitas de penas. Seus pés eram vermelho-escuros, suas asas, mais brilhantes que o ouro, e suas mãos, mais brancas que a neve.

— O Livro de Enoque.

Cela da irmã Evangeline, Convento de Santa Rosa, Milton, estado de Nova York

24 de dezembro de 1999, 24h01

Evangeline foi até a janela, abriu as pesadas cortinas e contemplou a escuridão. Do quarto andar, podia ver claramente a outra margem do rio. Todas as noites, a intervalos regulares, o trem de passageiros cruzava a noite, desenhando uma trilha brilhante na paisagem. A presença do trem noturno tranquilizava Evangeline — era tão certo quanto os trabalhos do Convento de Santa Rosa. O trem passava, as irmãs se encaminhavam para as orações, o calor emanava dos radiadores, o vento martelava as vidraças das janelas. O universo se movia em ciclos regulares. O sol se ergueria em poucas horas e, quando o fizesse, Evangeline iniciaria mais um dia, seguindo o rígido programa de todos os dias: orações, desjejum, missa, trabalho na biblioteca, almoço, orações, tarefas, trabalho na biblioteca, missa, jantar. Sua vida se movia em esferas, tão regulares quanto as contas de um rosário.

Evangeline às vezes observava o trem e imaginava a silhueta de um viajante tentando se equilibrar no corredor. O trem passaria à toda com o passageiro, numa trilha ruidosa de metal e luzes de neon, e desapareceria rumo a seu destino. Contemplando a escuridão, Evangeline torcia para que o trem que conduzia Verlaine passasse enquanto ela estivesse à janela.

Seu quarto era do tamanho de um armário de enxoval e, bem a propósito, cheirava a roupa recém-lavada. Havia pouco tempo, Evangeline encerara o chão de madeira, removera dos cantos as teias de aranha e limpara o aposento do chão ao teto. Os bem passados lençóis de sua cama pareciam convidá-la a tirar os sapatos e se deitar para dormir. Em vez disso, ela pegou uma jarra que estava sobre a mesa, despejou água num copo e bebeu. Depois, abriu a janela e respirou fundo. O ar frio e denso invadiu seus pulmões, relaxante como gelo em uma ferida. Estava tão cansada que mal conseguia pensar. Os dígitos do relógio elétrico lhe informaram a hora. Passava um pouco de meia-noite. Um novo dia se iniciava.

Sentando-se na cama, Evangeline fechou os olhos e deixou os pensamentos sobre o encontro do dia anterior assentarem. Pegou o maço de cartas que irmã Celestine lhe dera e contou os envelopes. Havia 11 deles, um para cada ano. O endereço da remetente — um lugar em Nova York que ela não reconheceu — era o mesmo em todos. Sua avó postara as cartas com notável regularidade; o carimbo no envelope trazia sempre a data de 21 de dezembro. Uma carta chegara anualmente de 1988 a 1998. Somente a carta deste ano não estava entre elas.

Com cuidado, ela retirou os cartões dos envelopes e os examinou, alinhando-os em ordem cronológica sobre a cama, do primeiro até o último. Os cartões estavam cobertos de esboços, feitos a lápis e a caneta, grossas linhas cujo propósito ou significado ela não conseguia entender. Um deles tinha o desenho de um anjo subindo uma escada. Era uma representação elegante e moderna, sem nenhum dos excessos das imagens angélicas da igreja de Maria Angelorum.

Embora muitas irmãs vissem as coisas de modo diferente, Evangeline preferia as representações artísticas dos anjos às descrições bíblicas, que considerava assustadoras. Os tronos de Ezequiel, por exemplo, eram descritos na Bíblia como incrustados de berilos e circulares, com centenas de olhos; e os querubins, como tendo quatro faces: de homem, de boi, de leão e de águia. Essas antigas visões dos mensageiros de Deus eram enervantes, quase grotescas, quando comparadas com o trabalho dos pintores da Renascença, que mudou para sempre a representação visual dos anjos. Anjos tocando trombetas, segurando harpas, ocultos atrás de delicadas asas — esses eram os anjos que Evangeline apreciava, não importava o quão distantes estivessem da realidade bíblica.

Ela examinou os envelopes, um por um. No primeiro deles, de dezembro de 1988, havia um cartão com a imagem de um anjo usando uma túnica branca tracejada de ouro, soprando uma trompa dourada. Ao abrir o cartão, encontrou um pedaço de papel de cor creme. Uma mensagem, escrita com tinta carmesim na elegante caligrafia de sua avó, dizia:

> Fique prevenida, querida Evangeline: entender o significado da lira de Orfeu tem sido uma provação. Orfeu está tão cercado de lendas que não podemos distinguir os contornos precisos de sua vida mortal. Não sabemos o ano de seu nascimento, sua verdadeira linhagem e a real dimensão de seu talento com a lira. Dizia-se que era filho da musa Calíope com Eagro, deus dos rios; mas isso, claro, é apenas mitologia. Nosso trabalho consiste em separar o mitológico do histórico, desenredar as lendas dos fatos, peneirar o que é mágico do que é real. Teria Orfeu presenteado

os homens com a poesia? Teria descoberto a lira em sua lendária viagem ao submundo? Teria sido influente enquanto viveu, como diz a História? Por volta do século VI a.C., ele era conhecido no mundo grego como o mestre das canções e da música. Mas o modo como se apoderou do instrumento dos anjos tem sido amplamente debatido entre os historiadores. O trabalho de sua mãe, Evangeline, confirmou antigas teorias sobre a importância da lira.

Evangeline virou o papel, esperando que o texto em tinta vermelha prosseguisse. Aquela mensagem, com certeza, era um fragmento de uma carta maior. Mas não encontrou nada.

Ela olhou ao redor do quarto, cujos contornos sólidos haviam se tornado mais suaves à medida que seu cansaço aumentava. Abriu outro cartão, e mais outro. Havia idênticos pedaços de papel creme no interior de cada um — todos cobertos de textos que começavam e terminavam sem qualquer lógica discernível. Não havia números nos papéis e nenhuma ordem podia ser depreendida da cronologia em que os cartões haviam sido postados. Na verdade, parecia que as páginas tinham sido simplesmente preenchidas com uma infindável torrente de palavras. Para piorar as coisas, as letras eram tão pequenas que faziam seus olhos arderem.

Depois de examinar as cartas por algum tempo, Evangeline as recolocou dentro dos cartões, mantendo os envelopes na ordem de postagem. O esforço de tentar entender os intrincados textos escritos por sua avó fez sua cabeça latejar. Com uma dor aguda nas têmporas, não conseguia pensar com clareza. Já deveria estar dormindo há horas. Juntando os envelopes, colocou-os embaixo do travesseiro, tomando cuidado para não dobrar as bordas. Não conseguiria fazer mais nada até ter dormido um pouco.

Sem parar para vestir o pijama, Evangeline pousou o véu sobre a mesa de cabeceira, tirou os sapatos e caiu na cama. Os lençóis estavam maravilhosamente frios e macios. Puxando o cobertor até o queixo e agitando os dedos dos pés, ela mergulhou em sono profundo.

Trem da linha Metrô-North Hudson, algum lugar entre Poughkeepsie e a estação da rua 125, Harlem, Nova York

Verlaine tomara o último trem da noite rumo ao sul. À sua direita, o rio Hudson corria paralelamente aos trilhos: à esquerda, colinas cobertas de neve se encontravam com o céu noturno. O trem estava aquecido, bem iluminado e vazio. As cervejas que tomara no bar em Milton e o suave balanço do trem haviam se combinado para acalmá-lo ao ponto de resignação, senão contentamento. Embora ele detestasse ter de deixar o Renault para trás, era provável que seu carro jamais voltasse a funcionar direito. Era um modelo dos anos 1980, de linhas retas, cujo desenho simples caracterizava os primeiros Renaults do pós-guerra, carros que Verlaine só conhecera por fotos — já que nunca tinham sido importados pelos Estados Unidos e ele jamais estivera na França. Agora estava todo amassado e estripado.

Pior do que perder o carro, contudo, era a perda de todo o material de pesquisa. Além do conjunto meticulosamente organizado que usara em sua tese de doutorado — um álbum com fotos coloridas, anotações e informações gerais referentes à atuação de Abigail Rockefeller no Museu de Arte Moderna —, havia centenas de páginas com fotocópias e transcrições que ele fizera no ano anterior, referentes ao seu trabalho para Percival Grigori. Embora suas formulações não fossem exatamente originais, eram tudo o que ele tinha. E estavam na sacola que os homens de Grigori haviam roubado do banco traseiro do carro. Ele fizera cópias de muita coisa, mas, com a pressão de Grigori, fora mais desorganizado que o habitual. Não conseguia lembrar quantos documentos relativos à pesquisa Santa Rosa/Rockefeller realmente copiara, nem tinha muita certeza a respeito do que enfiara na sacola e do que deixara de fora. Teria de ir até seu gabinete para verificar. Por enquanto, só restava esperar que tivesse sido zeloso o bastante para manter cópias dos documentos mais importantes. Apesar de tudo o que acontecera nas últimas horas, duas coisas o tranquilizavam: em primeiro lugar, as cartas originais de Innocenta a Abigail Rockefeller estavam trancadas em seu gabinete; em segundo, os desenhos arquitetônicos do Convento de Santa Rosa estavam com ele.

Enfiando a mão machucada no bolso interno do sobretudo, retirou os desenhos. Depois da atitude desdenhosa de Grigori em relação a eles, no Central Park, ele quase achara que não tinham valor. Mas, se não tinham valor, por que Grigori enviaria bandidos para arrombar seu carro?

Verlaine estendeu os desenhos sobre as pernas, observando o selo com a imagem da lira. O fato de que o selo combinara com o pingente de Evangeline era uma extravagância que gostaria muito de poder explicar. A verdade era que tudo o que dizia respeito à lira — desde sua representação na moeda trácia até a proeminência no selo do Santa Rosa — tinha uma dimensão grandiosa, quase mitológica. Era como se suas experiências pessoais tivessem adquirido as propriedades simbólicas e o significado histórico que ele costumava aplicar em suas pesquisas sobre a história da arte. Talvez ele estivesse impondo seu treinamento escolar sobre uma situação, estabelecendo ligações onde estas não existiam, romanceando seu trabalho e aumentando as coisas de forma desproporcional. Agora acomodado no trem, com tranquilidade mental para reexaminar tudo, Verlaine começou a pensar se sua reação ao pingente em forma de lira não teria sido excessiva. De fato, havia a possibilidade de que os homens que haviam arrombado seu Renault não tivessem nada a ver com Grigori. Talvez existisse outra explicação, totalmente lógica, para os estranhos eventos daquele dia.

Verlaine pegou uma folha de papel em branco com o timbre do Santa Rosa e a colocou por cima dos desenhos arquitetônicos. Era um papel grosso, rosado, encimado por um intrincado cabeçalho de rosas e anjos, executado em luxuriante estilo vitoriano, do qual ele gostou, para sua surpresa, pois sua preferência era pelo modernismo. Ele não dissera nada na ocasião, mas Evangeline errara ao dizer que a madre fundadora do convento idealizara aquele material havia duzentos anos. A invenção de um método para produzir papel da polpa de madeira, uma revolução tecnológica que impulsionara os serviços postais e permitira que indivíduos e grupos criassem papéis individualizados, só ocorrera em meados da década de 1850. O papel do Santa Rosa fora criado, mais provavelmente, no final do século XIX, utilizando como cabeçalho um desenho da madre fundadora. A prática, na verdade, tornara-se extraordinariamente popular durante a Era Dourada. Luminares como a própria Abigail Rockefeller se dedicavam a produzir menus para jantares de gala, cartões de visita, convites, envelopes e papéis personalizados — todos com símbolos e brasões de família impressos no melhor papel disponível. Ao longo dos anos, ele mesmo vendera alguns desses itens em leilões.

Ele não corrigira o erro de Evangeline, percebia agora, porque ela o tinha apanhado desprevenido. Se ela fosse uma mulher feia e mal-humorada, protegendo os arquivos a ferro e fogo, ele estaria perfeitamente preparado para lidar com ela. Passara muitos anos solicitando acesso a bibliotecas e aprendera a conquistar bibliotecárias, ou pelo menos ganhar sua simpatia. Mas ficara sem ação ao ver Evangeline. Evangeline era linda, inteligente, estranhamente tranquilizadora e, sendo freira, absolutamente fora do seu alcance. Talvez ela gostasse dele, só um pouquinho. Mesmo quando ela estava a ponto de chutá-lo para fora do convento, ele sentira uma estranha ligação entre ambos. Fechando os olhos, tentou se lembrar exatamente da aparência dela no bar de Milton. A não ser por aquele horrível hábito negro, ela parecia uma pessoa normal, saindo à noite normalmente. Ele achava que jamais conseguiria esquecer o modo como ela sorrira, levemente, quando ele tocara sua mão.

Embalado pelo balanço do trem, Verlaine começou a devanear. Estava pensando em Evangeline quando um estalido na vidraça o despertou. Uma enorme mão branca, com os dedos abertos como uma estrela-do-mar, estava colada à janela. Assustado, Verlaine recuou, tentando examinar aquilo de um ângulo diferente. Outra mão surgiu no vidro, batendo nele como se quisesse empurrá-lo para dentro, arrancando-o da moldura. Uma pena vermelha e fibrosa roçou a janela. Verlaine piscou, tentando descobrir se caíra no sono, se aquele estranho espetáculo seria um sonho. Mas, ao olhar com mais atenção, viu algo que fez seu sangue gelar: duas imensas criaturas pairavam do lado de fora do trem, batendo as asas imensas e olhando ameaçadoramente para ele com grandes olhos vermelhos.

Verlaine pulou do banco, pegou o paletó e correu para o toalete do trem, um pequeno compartimento sem janelas que cheirava a substâncias químicas. Respirando fundo, tentou se acalmar. Suas roupas estavam molhadas de suor. Um vazio em seu peito o fez achar que iria desmaiar. Só se sentira assim uma vez, no segundo grau, quando bebera demais durante a festa de formatura.

Quando o trem alcançou os limites da cidade, enfiou os desenhos e os papéis do convento no bolso interno do sobretudo. Saiu então do banheiro e caminhou rapidamente para a frente do trem, parando perto do vagão-restaurante. Poucos passageiros saltaram no Harlem. Saltando do trem, ele percorreu a plataforma, desceu os degraus de ferro e entrou na cidade escura. Teve a sensação de que algum cataclismo atingira Nova York durante sua ausência e que, através de algum truque do destino, ele regressara a uma cidade gelada, devastada e vazia.

Upper East Side, Nova York

Sneja ordenara a Percival que permanecesse dentro de casa, mas, depois de horas andando de um lado para outro no salão de bilhar, esperando que Otterley telefonasse com as novidades, ele já não aguentava mais ficar sozinho. Quando os convidados de sua mãe partiram, à noite, e ele teve certeza de que Sneja fora dormir, vestiu-se com esmero — envergando um smoking e um sobretudo negro, como se tivesse acabado de sair de uma recepção de gala — e desceu pelo elevador até a Park Avenue.

O contato com o mundo exterior costumava deixá-lo indiferente. Na juventude, quando vivia em Paris e não tinha como evitar o contato com o fedor da humanidade, ele aprendera a ignorá-la totalmente. Não precisava da correria humana — de sua labuta incansável, de suas festividades, suas diversões. Aquilo o entediava. Mas sua doença o transformara. Ele começara a observar os seres humanos, examinando com interesse seus hábitos estranhos. Começara a se interessar por eles.

Ele sabia que isso era sintomático das mudanças maiores, aquelas de cuja vinda ele já havia sido informado e que estava preparado para aceitar como a progressão natural de sua metamorfose. Disseram que começaria a sentir coisas novas e espantosas, e, de fato, ele descobriu que tinha desconfortáveis sobressaltos quando presenciava o sofrimento daquelas criaturas deploráveis. No início, esses estranhos sentimentos o envenenavam com absurdas descargas de emoção. Ele sabia muito bem que os seres humanos eram inferiores, e que seu sofrimento estava em proporção direta à sua posição na ordem do universo. Era assim com os animais, cuja miséria parecia apenas ligeiramente maior que a dos seres humanos. Mas Percival começou a enxergar beleza nos rituais humanos, no amor destes pela família, em sua dedicação à fé, em sua coragem diante da própria fraqueza física. Apesar de seu desprezo por eles, começara a entender a tragédia de sua condição: eles viviam e morriam como se suas existências tivessem importância. Se mencionasse tais pensamentos a Otterley ou a Sneja, seria ridicularizado sem piedade.

Lenta e penosamente, Percival Grigori caminhou diante dos prédios majestosos das vizinhanças, respirando com dificuldade e se apoiando na bengala para avançar pela calçada coberta de gelo. O vento frio não era obstáculo. Ele sentia apenas o rangido do colete em seu peito, uma ardência ao respirar e estalos nos joelhos e quadris, à medida que seus ossos se transformavam em pó. Ele tinha vontade de retirar o paletó e libertar seu corpo, deixando que o ar frio aliviasse as queimaduras em sua pele. As asas mutiladas que definhavam em suas costas faziam pressão contra o colete, conferindo-lhe o aspecto de um corcunda, um bicho, um ser deformado que o mundo evitava. Em caminhadas noturnas como aquela, ele gostaria de trocar de lugar com as pessoas despreocupadas e saudáveis que passavam por ele. Quase aceitaria ser humano, se isso o libertasse da dor.

Depois de algum tempo, o esforço da caminhada o deixou exausto. Parou então em um bar, um reluzente recinto coberto de bronzes polidos e veludos vermelhos, cujo interior estava aquecido e lotado. Percival pediu uma dose de uísque e escolheu uma mesa isolada, a um canto, de onde poderia observar os festejos dos humanos.

Mal terminou o uísque, notou uma mulher na extremidade oposta da sala. Era jovem, com os luzidios cabelos negros cortados curtos, no estilo da década de 1930. Estava sentada a uma mesa, cercada por um grupo de amigos. Embora usasse horrendas roupas modernas — jeans apertados e blusa rendilhada —, sua beleza tinha a pureza clássica que Percival associava a mulheres de outra época. A jovem era como uma irmã gêmea de sua amada Gabriella Lévi-Franche.

Por uma hora, Percival não tirou os olhos de cima dela. Compondo um perfil de seus gestos e expressões, percebeu que sua semelhança com Gabriella não se limitava à aparência. Talvez sua vontade de rever Gabriella fosse demasiada, pensou. No silêncio da jovem, ele detectava a inteligência analítica de Gabriella; no olhar impassível, via sua propensão para guardar segredos. A moça era quieta em meio aos amigos, assim como Gabriella sempre ficava quieta quando em grupo. Percival presumiu que sua presa preferia escutar a falar, deixando que seus amigos discutissem as bobagens que enchiam suas vidas, enquanto avaliava seus hábitos em silêncio, catalogando seus pontos fortes e fracos com uma fria falta de escrúpulos. Percival não conseguia tirar os olhos dela. Decidiu então esperar que ela estivesse sozinha para lhe dirigir a palavra.

Quando ele já havia bebido diversas doses de uísque, a jovem finalmente pegou o casaco e se dirigiu à porta. Ao passar ao lado dele, Percival bloqueou seu caminho com a bengala, roçando o ébano polido na perna dela.

— Desculpe por me aproximar de você desta maneira tão direta — disse ele, pondo-se de pé para ficar mais alto que ela. — Mas insisto em lhe pagar um drinque.

A jovem olhou para ele, surpresa. Ele não sabia dizer o que a surpreendera mais — a bengala bloqueando seu caminho, ou sua abordagem inusitada.

— Que roupa esquisita — disse ela, examinando o smoking que ele usava.

A voz dela era aguda e passional, a antítese exata do modo frio e sem inflexões de Gabriella se expressar, um anticlímax que prejudicou a fantasia de Percival. Ele queria acreditar que descobrira Gabriella, mas estava claro que aquela pessoa não era tão parecida com ela quanto ele esperava. No entanto, ele ansiava por estar perto dela, para olhá-la e recriar o passado.

Percival fez um gesto para que ela se sentasse em frente a ele. Ela hesitou por um momento, olhou mais uma vez para as roupas caras que ele vestia, e sentou-se. Para decepção dele, sua semelhança física com Gabriella diminuiu ainda mais quando ele a examinou de perto. Sua pele era salpicada por minúsculas sardas; a pele de Gabriella era cremosa e sem mácula. Os olhos dela eram castanhos; os de Gabriella eram de um verde brilhante. Mas a curva de seus ombros e o modo como os cabelos emolduravam seu rosto eram semelhantes o bastante para manter o fascínio sobre ele. Ele pediu uma garrafa de champanhe — o mais caro disponível — e começou a brindá-la com histórias de suas aventuras na Europa, que modificava para disfarçar sua idade, ou melhor, sua eternidade. Embora tivesse vivido em Paris nos anos 1930, disse que vivera lá nos anos 1980. Embora seus negócios fossem totalmente dirigidos por seu pai, ele afirmou que dirigia sua própria empresa. Não que ela percebesse os detalhes do que ele lhe dizia. O que ele falava parecia pouco importar — ela bebia o champanhe e ouvia, sem perceber a enorme impressão que lhe causava. Não tinha importância que ela fosse muda como um manequim, contanto que ele pudesse mantê-la ali, diante dele, em silêncio, de olhos arregalados, meio divertida e meio deslumbrada, com a mão pousada descuidadamente sobre a mesa, mantendo intactas suas leves semelhanças com Gabriella. Tudo o que importava a ele era a ilusão de que o tempo desaparecera.

A fantasia fez com que Percival se lembrasse da fúria cega que sentira com a traição de Gabriella. Ambos haviam planejado juntos o roubo do tesouro dos Ródopes. O plano fora precisamente calibrado e, no entendimento de Percival, brilhante. O relacionamento deles tinha como base a paixão, mas também a conveniência mútua. Gabriella lhe trazia informações sobre o trabalho angelológico — relatórios detalhados sobre o patrimônio e o paradeiro dos angelólogos — e Percival lhe dava informações que permitiam que ela subisse rapidamente na hierarquia da sociedade. Suas transações — não havia palavra melhor — serviram para que ele admirasse Gabriella ainda mais. Sua fome de sucesso a tornava mais preciosa para ele.

A família Grigori soubera da Segunda Expedição Angelológica por Gabriella. O plano havia sido brilhante. Percival e Gabriella haviam engendrado juntos o sequestro de Seraphina Valko, estabelecendo a rota que a caravana faria através de Paris, e se certificando de que a mala permaneceria em poder de Gabriella. Estavam apostando que o negócio — a libertação dos angelólogos em troca da mala contendo o tesouro — seria imediatamente aprovado pelo Conselho Angelológico. A dra. Seraphina Valko, além de angelóloga de renome, era esposa de Raphael Valko, presidente do conselho. Não havia a menor chance de o conselho deixá-la morrer, pouco importando o quão precioso era o objeto em questão. Gabriella lhe assegurou que o plano funcionaria. Ele acreditara nela. Mas logo ficou claro que algo dera totalmente errado. Quando percebeu que não haveria uma troca, ele mesmo matara Seraphina Valko. Ela morrera sem dizer nada, embora eles tivessem feito de tudo para encorajá-la a divulgar informações sobre o objeto que descobrira. E pior: Gabriella o traíra.

Na noite em que ela lhe entregara a mala de couro contendo a lira, Percival teria até casado com ela. Ele a teria trazido para dentro de seu círculo familiar, mesmo contra a vontade dos pais, que havia muito suspeitavam que ela era uma espiã infiltrada na família Grigori. Percival a defendera. Mas sua mãe levara a lira para ser examinada por um organólogo, um especialista que costumava avaliar os tesouros nazistas. Descobriram então que a lira não era mais que uma réplica benfeita, um antigo artefato sírio feito de osso de boi. Gabriella mentira para ele. Ele fora humilhado e ridicularizado por sua fé em Gabriella, em quem Sneja jamais confiara.

Após a traição, ele lavara as mãos no que dizia respeito a Gabriella, entregando seu destino aos outros, uma decisão dolorosa. Soube mais tarde que a punição dela fora excepcionalmente severa. Sua intenção fora a de que ela morresse. Ele chegara a dar instruções para que fosse morta e não torturada. Mas, por uma combinação de sorte e planejamento extraordinário, ela fora resgatada. Recuperou-se e acabou se casando com Raphael Valko, uma união que ajudou sua carreira. Percival seria o primeiro a admitir que Gabriella era a melhor profissional em sua área, estando entre os poucos angelólogos que conseguiram penetrar inteiramente em seu mundo.

Na realidade, ele não falava com Gabriella havia mais de cinquenta anos. Como os outros, ela fora mantida sob vigilância contínua. Suas atividades profissionais e pessoais eram monitoradas o tempo todo, dia e noite. Percival sabia que ela vivia em Nova York e que continuava a trabalhar contra ele e sua família. Mas sabia muito poucos detalhes de sua vida pessoal. Depois do caso, sua família tomara medidas para que qualquer informação sobre Gabriella Lévi-Franche Valko não chegasse a ele.

Até onde ele sabia, Gabriella continuava a lutar contra o inevitável declínio da angelologia, tentando manter viva uma causa perdida. Ele imaginava que ela já deveria estar velha, com um rosto ainda bonito, mas abatido. Não lembraria em nada a jovem frívola e tola que agora estava diante dele. Percival se recostou na cadeira e examinou a moça — sua blusa ridiculamente decotada e suas joias grosseiras. Ela ficara bêbada — na verdade, já deveria estar bêbada quando ele pedira o champanhe. Aquela mulher vulgar à sua frente não tinha nada a ver com Gabriella.

— Venha comigo — disse Percival, atirando um maço de notas sobre a mesa. Vestindo o sobretudo, ele pegou a bengala e saiu do bar, com o braço em torno da jovem. Ela era alta e magra, maior do que Gabriella. Percival podia sentir a pura atração sexual entre eles; sempre fora assim, desde o início, mulheres humanas se tornando presas fáceis do charme angélico.

Aquela não era diferente das outras e seguiu Percival de boa vontade. Por alguns quarteirões, caminharam em silêncio até que, achando um beco isolado, ele a segurou pela mão e a levou até a penumbra. O desejo insuportável, quase animal, que sentia alimentava sua cólera. Ele a beijou, fez amor com ela e então, num crescendo de fúria, envolveu seu tenro e tépido pescoço com os dedos longos e frios, fazendo pressão até que os ossos começassem a estalar. A moça grunhiu e o empurrou, lutando para se libertar, mas era tarde demais: Percival Grigori estava dominado pelo êxtase de matar. A dor que a jovem sentia e sua luta para sobreviver o fizeram tremer de desejo. Imaginar que era Gabriella quem estava sob seu domínio apenas tornava o prazer mais intenso.

Convento de Santa Rosa, Milton, estado de Nova York

Evangeline acordou às três da manhã, em pânico. Depois de anos seguindo uma rotina rigorosa, ela desenvolvera uma tendência a ficar desorientada quando se desviava do programa. Olhando em torno do quarto e sentindo o sono pesar, concluiu que o que via não era seu quarto em absoluto, mas um aposento bem-arrumado, com janelas e prateleiras imaculadamente limpas, que só existia em sonho. Então, voltou a dormir.

Uma fugaz imagem de sua mãe e seu pai apareceu diante dela. Estavam juntos no apartamento de Paris, onde ela passara a infância. No sonho, seu pai era jovem e bonito, mais feliz do que Evangeline jamais o vira desde a morte da mãe. Sua mãe — mesmo em sonho, Evangeline a visualizava com dificuldade — permanecia a distância, uma figura obscura, com o rosto encoberto por um chapéu de sol. Evangeline tentava alcançá-la, desesperada para tocar sua mão. Nas profundezas do sonho, gritava para que a mãe se aproximasse. Enquanto lutava para chegar perto dela, Angela desapareceu, dissolvendo-se em suas mãos como uma névoa espessa e fugidia.

Evangeline acordou pela segunda vez, assustada com a intensidade do sonho. A luz vermelha e brilhante de seu despertador exibia três números — 4:55. Foi como se um raio a atravessasse: ela estava quase atrasada para sua hora de adoração. Enquanto piscava e olhava em torno do quarto, percebeu que deixara as cortinas abertas. O quarto recebia a luz da madrugada. Seus lençóis brancos tinham adquirido uma coloração roxo-acinzentada, como se estivessem cobertos de cinzas. Levantando-se, calçou os sapatos e pôs o véu sobre a cabeça.

Quando se lembrou do sonho, foi dominada pela saudade. Apesar do tempo que passara, Evangeline ainda sofria com a ausência dos pais. Seu pai morrera subitamente três anos antes, enquanto dormia. Embora guardasse a data de sua morte todos os anos, fazendo uma novena por sua alma, era difícil para ela se acostumar com o fato de que ele não saberia como ela crescera e mudara desde que fizera os votos, como ficara mais parecida com ele do que qualquer um deles jamais teria imaginado ser possível. Muitas vezes, ele lhe dissera que, em temperamento, ela era parecida com a mãe — ambas eram ambiciosas e determinadas, com os olhos focados mais nos fins do que nos meios. Mas, na verdade, era o selo da personalidade dele que estava impresso em Evangeline.

Evangeline estava para sair quando se lembrou dos cartões de sua avó, que tanto a tinham deixado frustrada. Procurou sob o travesseiro e, apesar de estar atrasada para a adoração, decidiu fazer mais uma tentativa para entender o emaranhado de palavras que a avó lhe enviara.

Retirando os cartões dos envelopes, colocou-os sobre a cama. Uma das imagens chamou sua atenção. Em seu estado de exaustão, ela não a notara na noite anterior. Era um leve esboço de um anjo, com as mãos sobre os degraus de uma escada. Ela tinha certeza de que já vira antes aquela imagem, embora não conseguisse precisar onde, nem por que a cena lhe parecia familiar. Mas uma sensação de reconhecimento a fez olhar para o cartão ao lado. Ao fazê-lo, algo estalou em sua mente. De repente, as imagens fizeram sentido: os desenhos de anjos nos cartões eram fragmentos de um quadro maior.

Evangeline reordenou as peças, arrumando-as em diversas posições, combinando cores e bordas, como se estivesse montando um quebra-cabeça, até que uma cena emergiu: enxames de anjos subindo por uma elegante escada em espiral, até um foco de luz celestial. Evangeline conhecia bem o quadro. Era uma reprodução de *A Escada de Jacó*, de William Blake, uma aquarela exposta no Museu Britânico que seu pai a levara para conhecer quando ela ainda era criança. Sua mãe adorava William Blake — colecionava seus livros de poesia e reproduções de suas pinturas. Seu pai lhe dera de presente uma reprodução de *A Escada de Jacó*. Depois que Angela morreu, a tela os acompanhou na mudança para os Estados Unidos. Era uma das poucas imagens que adornavam o humilde apartamento em que passaram a morar, no Brooklyn.

Evangeline abriu o cartão do alto, à esquerda, e retirou o papel que estava dentro. Abriu o segundo cartão e fez o mesmo. Segurando os pedaços de papel, lado a lado, percebeu que a mensagem de sua avó funcionava do mesmo modo que as imagens. Depois de ter sido escrita, fora cortada em quadrados que, por sua vez, foram colocados aleatoriamente dentro dos cartões que Gabriella lhe enviara a intervalos anuais. Quando colocou lado a lado os fragmentos de papel creme, verificou que estes se encaixavam perfeitamente. A mixórdia de palavras se combinava para formar frases compreensíveis. Sua avó encontrara um modo de garantir a segurança da mensagem. Enquanto examinava o texto, Evangeline quase podia ouvir a voz tranquila e autoritária de Gabriella.

Quando você estiver lendo isso, já será uma mulher de 25 anos e, se tudo tiver funcionado de acordo com os meus desejos e os de seu pai, estará levando uma vida segura e contemplativa sob a supervisão das Irmãs da Perpétua Adoração no Convento de Santa Rosa. Escrevo em 1988. Você tem apenas 12 anos. Com certeza irá querer saber por que só agora está recebendo esta carta, tanto tempo depois de ter sido escrita. Talvez eu já tenha morrido quando você a ler. Talvez seu pai também já tenha falecido. Não podemos prever o futuro. Só devemos nos ocupar com o passado e o presente, que é para onde peço que você dirija a atenção.

Você também deve estar querendo saber por que me ausentei de sua vida nos últimos anos. Talvez esteja furiosa porque não mais a procurei depois do seu ingresso no Convento de Santa Rosa. O tempo que passamos juntas em Nova York, antes disso, foi muito importante e me ajudou a enfrentar muitas confusões — assim como o tempo que passamos juntas em Paris, quando você era apenas um bebê. É possível que você ainda se lembre de mim, desses tempos, mas eu duvido muito. Eu costumava passear com você e sua mãe pelos jardins de Luxemburgo. Eram tardes felizes, das quais até hoje me lembro com carinho. Você era muito pequena quando sua mãe foi assassinada. Foi um crime você ter sido privada tão cedo de sua companhia. Muitas vezes eu me pergunto se você sabe como ela vivia intensamente e como ela a amava. Mas estou certa de que seu pai, que adorava Angela, contou-lhe muita coisa sobre ela.

Ele também deve ter lhe contado que insistiu em sair de Paris logo após o incidente, por acreditar que você estaria mais segura nos Estados Unidos. E assim você foi embora, para nunca mais voltar. Eu não o culpo por levar você para tão longe — ele tinha todo o direito de protegê-la após o que aconteceu com sua mãe.

Pode ser difícil de entender, mas não posso entrar em contato direto com você, não importa o quanto eu queira vê-la. Minha presença poderia ser perigosa para você, para o seu pai e, se você obedeceu aos desejos dele, para as boas irmãs do Convento de Santa Rosa. Depois do que houve com sua mãe, não posso me dar ao luxo de correr esses riscos. Posso apenas esperar que, aos

25 anos, você já tenha idade suficiente para entender os cuidados que precisa tomar e para enfrentar a responsabilidade de conhecer sua origem e seu destino, que, em nossa família, são dois ramos de uma mesma árvore.

Não tenho como adivinhar o quanto você sabe sobre o trabalho de seus pais. Se bem conheço seu pai, ele não lhe disse nenhuma palavra a respeito da angelologia, e tentou resguardá-la até mesmo dos rudimentos de nossa ciência. Luca é um bom homem, e seus motivos são sensatos, mas eu a teria criado de forma bem diferente. Talvez você ignore por completo que sua família vem tomando parte em uma das grandes batalhas secretas entre o céu e a Terra. Crianças brilhantes, no entanto, veem e ouvem tudo. E desconfio que você seja uma dessas crianças. Quem sabe você descobriu o segredo de seu pai por seus próprios meios? Talvez você até saiba que seu lugar no Santa Rosa foi arranjado antes de sua Primeira Comunhão, quando a irmã Perpétua concordou em receber você, de acordo com os requisitos das instituições angelológicas. Talvez saiba que você, filha de angelólogos, neta de angelólogos, é nossa esperança para o futuro. Se você desconhece esses assuntos, é possível que minha carta lhe cause um choque. Por favor, querida Evangeline, leia minhas palavras até o fim, mesmo que lhe causem angústia.

Sua mãe começou na angelologia como química. Era uma brilhante matemática e uma cientista ainda mais talentosa. A inteligência dela era mesmo de primeira ordem, capaz de abrigar ideias prosaicas e fantásticas ao mesmo tempo. Em seu primeiro livro, ela considerou a extinção dos Nefilins como uma inevitabilidade darwiniana, a conclusão lógica de sua hibridização com a humanidade, que dilui as qualidades angélicas e as transforma em ineficientes traços recessivos. Embora eu não tivesse entendido inteiramente sua abordagem — meus interesses e minha formação estão na área social e mitológica —, entendi a noção de entropia material e a verdade ancestral de que o espírito sempre acaba exaurindo a carne. O segundo livro de Angela, sobre a hibridização dos Nefilins com humanos, com a aplicação das pesquisas genéticas iniciadas por Watson e Crick, deslumbrou nosso conselho. Angela subiu rapidamente na hierarquia da organização. Com a idade de 25 anos, recebeu uma cátedra universitária, uma honraria inédita em nossa instituição, e teve à disposição as últimas novidades tecnológicas, os melhores laboratórios e verbas ilimitadas para suas pesquisas.

Com a fama veio o perigo. Angela logo virou um alvo, recebendo numerosas ameaças contra sua vida. Os padrões de segurança em seu laboratório eram altos — eu mesma me certifiquei disso. Mesmo assim, ela foi sequestrada no laboratório.

Tenho o palpite de que seu pai não lhe contou os detalhes do sequestro. É doloroso falar sobre isso, e eu mesma nunca fui capaz de tocar no assunto com ninguém. Eles não mataram sua mãe imediatamente. Ela foi levada do laboratório e mantida cativa em uma propriedade na Suíça, durante algumas semanas, por agentes nefilins. Este é o método habitual deles — sequestrar importantes angelólogos com a finalidade de efetuar uma transação estratégica. Nossa política tem sido sempre a recusa em negociar, mas quando Angela foi capturada, entrei em pânico. Com política ou não, eu teria dado o mundo para que ela retornasse sã e salva.

Por uma vez na vida, seu pai concordou comigo. Muitos dos blocos de notas dela estavam com ele; então decidimos oferecê-los em troca da vida de Angela. Embora eu não entendesse os detalhes do trabalho de Angela no campo da genética, uma coisa eu sabia: os Nefilins estavam ficando doentes, seu número estava diminuindo e eles queriam achar uma cura. Comuniquei aos sequestradores de Angela que os blocos de notas continham informações secretas que salvariam a raça deles. Para minha enorme felicidade, eles concordaram em fazer o negócio.

Talvez eu tenha sido ingênua em acreditar que eles manteriam sua parte no acordo. Quando cheguei à Suíça e lhes entreguei os blocos de Angela, recebi um caixão contendo o corpo de minha filha. Ela estava morta havia vários dias. Sua pele tinha sido barbaramente queimada e seus cabelos estavam repletos de sangue. Beijei sua testa gelada e percebi que havia perdido tudo o que era mais importante para mim. Receio que os últimos dias dela tenham sido um tormento. O espectro de suas horas finais nunca está longe de minha mente.

Perdoe-me por ser a mensageira dessa história horrível. Estive tentada a guardar silêncio sobre os detalhes medonhos. Mas você já é uma mulher e, com a idade, devemos encarar a realidade das coisas. Devemos pesquisar até as áreas mais sombrias da existência humana. Devemos lutar contra as forças do mal, contra sua permanência no mundo, contra seu poder infinito sobre a humanidade e contra a disposição da raça humana em apoiá-las. Não é muito consolador, tenho certeza, saber que você não está sozinha em seu desespero. Para mim, a morte de Angela é a mais sombria de todas as áreas. Meus pesadelos ecoam a voz dela e a voz de seu assassino.

Seu pai não poderia mais viver na Europa depois do que aconteceu. Sua viagem para os Estados Unidos foi rápida e definitiva. Ele lhe proporcionou uma infância normal, um luxo que poucas famílias de angelólogos podem ter. Mas havia outra razão para sua fuga.

Os Nefilins não ficaram satisfeitos com as inestimáveis informações que lhes entreguei, de forma tão tola. Três anos mais tarde, eles revistaram meu apartamento em Paris, levando tudo o que havia de valor para mim e para nossa causa, inclusive um dos trabalhos de sua mãe. Veja você, entre os blocos de notas que entreguei na Suíça, havia um que eu conservei, acreditando que estaria a salvo entre meus pertences. Era uma estranha coleção de trabalhos teóricos que sua mãe estava compilando para seu terceiro livro. Ainda estava nos estágios iniciais e, portanto, incompleta. Mas, quando examinei o bloco pela primeira vez, percebi como era brilhante, perigoso e precioso. Na verdade, acredito que foi por causa dessas teorias que os Nefilins sequestraram Angela.

Quando essas informações caíram nas mãos dos Nefilins, eu soube que minhas tentativas para mantê-las em segredo haviam falhado. Fiquei desolada com a perda do bloco, mas havia um consolo: eu o copiara, palavra por palavra, para um diário encadernado em couro que deve ser muito familiar para você — é o mesmo livro de anotações que me foi dado pela minha mentora, a dra. Seraphina Valko, e que lhe dei após a morte de sua mãe. Esse mesmo livro pertenceu à minha professora. Agora, está aos seus cuidados.

O bloco continha as teorias de Angela a respeito dos efeitos físicos da música sobre as estruturas moleculares. Ela começou suas experiências de modo simples, usando formas primitivas de vida — plantas, insetos, minhocas —, e evoluiu para organismos maiores, inclusive, a se acreditar em suas anotações, um tufo de cabelos de uma criança nefilim. Ela estava testando os efeitos de alguns instrumentos celestiais disponíveis — tínhamos alguns em nosso poder, aos quais Angela tinha acesso irrestrito —, utilizando amostras genéticas dos Nefilins, como fragmentos de penas, de asas e de cabelos. Ela descobriu que a música de alguns desses supostos instrumentos celestiais realmente tinha o poder de alterar a estrutura genética dos tecidos nefilins. Além disso, algumas sucessões harmônicas diminuíam a força dos Nefilins, enquanto outras a aumentavam.

Angela havia discutido longamente a teoria com Luca, seu pai. Ele entendia o trabalho dela melhor que qualquer um. Os detalhes são complicados, e eu ignoro os métodos científicos que ela usou, mas seu pai me fez entender que Angela tinha provas do profundo e inacreditável efeito das vibrações musicais sobre as estruturas celulares. Algumas combinações de cordas e determinadas progressões obtinham profundos efeitos físicos sobre a matéria. Música de piano resultou em mutações pigmentares nas orquídeas; os *études* de Chopin produziram pintas rosadas em pétalas brancas; Beethoven tingiu pétalas amarelas de marrom. Violinos provocaram um aumento no número de segmentos de uma minhoca. O contínuo repicar de um triângulo fez com que moscas domésticas nascessem sem asas. E assim por diante.

Você pode imaginar meu fascínio quando, tempos atrás, muitos anos após a morte de Angela, descobri que um cientista japonês chamado Masaru Emoto criara um experimento similar, testando o efeito das vibrações musicais sobre a água. Usando técnicas avançadas de fotografia, o dr. Emoto foi capaz de documentar mudanças drásticas na estrutura da água submetida a determinadas vibrações musicais. Ele provou que certas variedades de música criavam novas formações moleculares na água. Em essência, tal experiência confirma as de sua mãe, mostrando que vibrações musicais atuam sobre os níveis mais básicos do material orgânico, modificando sua composição estrutural.

Esse experimento, aparentemente frívolo, torna-se particularmente interessante quando examinado à luz do trabalho de Angela sobre a biologia angélica. Seu pai era muito reticente sobre os experimentos de Angela, recusando-se a me dizer mais do que estava no bloco de notas. Mas, pelo pouco que vi, pude perceber que sua mãe estava testando os efeitos de alguns instrumentos celestiais em nosso poder sobre amostras genéticas dos Nefilins, principalmente penas das asas das criaturas. Ela descobriu que alguns desses supostos instrumentos celestiais tinham o poder de alterar as moléculas genéticas dos tecidos nefilins. Além disso, certas sucessões harmônicas tocadas nesses instrumentos podiam não só alterar a estrutura celular, como também corromper a integridade do genoma dos Nefilins. Tenho certeza de que Angela deu sua vida por essa descoberta. A invasão de minha residência convenceu seu pai de que você não estaria a salvo em Paris. Estava claro que os Nefilins sabiam demais.

Mas a história que motiva esta carta gira em torno de uma hipótese enraizada nas muitas teorias comprovadas de Angela. É uma hipótese que diz respeito à lira de Orfeu, que ela sabia que fora escondida nos Estados Unidos, em 1943, por Abigail Rockefeller. Angela havia proposto uma teoria que vinculava suas descobertas científicas sobre os instrumentos celestiais à lira de Orfeu, que se acreditava ser mais poderosa que todos os outros instrumentos combinados. Enquanto, antes de se apoderarem do bloco, os Nefilins tinham apenas vagas noções a respeito da importância da lira, o trabalho de Angela os fez saber que esta era fundamental — era o instrumento que poderia restituí-los a um estado de pureza angélica jamais visto sobre a Terra desde os tempos dos Vigias. Angela pode ter achado a solução para o depauperamento dos Nefilins na música produzida pela lira dos Vigias, conhecida nos tempos modernos como a lira de Orfeu.

Fique prevenida, querida Evangeline: entender o significado da lira de Orfeu tem sido uma provação. Orfeu está tão cercado de lendas que não podemos distinguir os contornos precisos de sua vida mortal. Não sabemos o ano de seu nascimento, sua verdadeira linhagem e a real dimensão de seu talento com a lira. Dizia-se que era filho da musa Calíope com Eagro, deus dos rios; mas isto, claro, é apenas mitologia. Nosso trabalho consiste em separar o mitológico do histórico, desenredar as lendas dos fatos, peneirar o que é mágico do que é real. Teria Orfeu presenteado os homens com a poesia? Teria descoberto a lira na sua lendária viagem ao submundo? Teria sido influente enquanto viveu, como diz a História? Por volta do século VI a.C., ele era conhecido no mundo grego como o mestre das canções e da música. Mas o modo como se apoderou do instrumento dos anjos tem sido amplamente debatido entre os historiadores. O trabalho de sua mãe, Evangeline, confirmou antigas teorias sobre a importância da lira. A hipótese que ela formulou, tão fundamental para os nossos progressos na luta contra os Nefilins, levou-a à morte. Isso você sabe. O que você talvez não saiba é que o trabalho dela não terminou. Passei a vida me esforçando para terminá-lo. E você, Evangeline, um dia irá continuar de onde eu parei.

Seu pai pode ter lhe falado ou não sobre as descobertas e contribuições de Angela para nossa causa. Eu não tenho como saber. Ele se fechou para mim há muitos anos, e eu não posso esperar que me faça confidências novamente. Você, no entanto, é diferente. Se pedir para conhecer os detalhes do trabalho de sua mãe, ele lhe contará tudo. É sua vez de continuar a tradição de sua família. Esta é a sua herança e o seu destino. Luca guiará você, estou certa disso. Basta lhe pedir diretamente. E, minha querida, você terá de perseverar. Com minhas mais profundas bênçãos, peço-lhe que faça isso. Mas esteja ciente de seu papel no futuro de nossa sagrada ciência e dos enormes perigos que a esperam. Há muitos querendo abortar nosso trabalho, e matarão indiscriminadamente para alcançar este objetivo. Sua mãe morreu nas mãos da família Grigori, cujos esforços têm alimentado a guerra entre os Nefilins e os angelólogos. Você deve estar preparada para os riscos que vai enfrentar. Cuidado com aqueles que lhe querem mal.

Evangeline quase chorou de frustração com o final abrupto. A carta amputada não oferecia maiores explicações sobre o que ela deveria fazer. Ela esquadrinhou então a carta e releu mais uma vez as palavras de sua avó, desesperada para descobrir alguma coisa que tivesse deixado passar.

A história do assassinato de sua mãe lhe causou tanta dor que ela teve de esconder o rosto. Os detalhes eram apavorantes, e havia algo de cruel no relato feito por Gabriella. Evangeline tentou imaginar o corpo de sua mãe — queimado e quebrado, o belo rosto desfigurado. Limpando os olhos com as costas da mão, Evangeline entendeu finalmente por que seu pai a levara para tão longe de seu país natal.

Quando leu a carta pela terceira vez, Evangeline se deteve em um trecho que dizia respeito aos assassinos de sua mãe. *Há muitos querendo abortar nosso trabalho, e matarão indiscriminadamente para alcançar este objetivo. Sua mãe morreu nas mãos da família Grigori, cujos esforços têm alimentado a guerra entre os Nefilins e os angelólogos.* Ela já ouvira o nome, mas não sabia dizer onde. Então se lembrou de que Verlaine trabalhava para um homem chamado Percival Grigori. Verlaine estava trabalhando para o maior inimigo dela.

O horror dessa constatação deixou Evangeline desconcertada. Como poderia ela ajudar Verlaine quando ele nem mesmo percebia os riscos que estava correndo? De fato, ele poderia relatar suas descobertas a Percival Grigori. O que ela acreditara ser a melhor solução — enviar Verlaine de volta para Nova York e continuar a vida no Santa Rosa como se nada importante tivesse acontecido — colocara ambos em sério perigo.

Ela começou a empilhar os cartões, passando os olhos pelo texto da carta, quando uma linha lhe pareceu estranha: *Quando você estiver lendo isso, já será uma mulher de 25 anos.* Portanto, a carta devia ter sido concebida e escrita havia cerca de dez anos, quando ela tinha 12 anos, pois os cartões haviam sido enviados em intervalos de um ano. Evangeline estava agora com 23 anos. Isso significava que deveria haver mais duas cartas, mais duas peças do quebra-cabeça concebido por sua avó esperando para serem encontradas.

Examinando os envelopes novamente, Evangeline os enfileirou em ordem cronológica e verificou os carimbos do correio, estampados sobre os selos. A última carta fora postada em 21 de dezembro de 1998. Todos os envelopes exibiam carimbos semelhantes — haviam sido remetidos poucos dias antes do Natal. Se a carta deste ano tivesse sido postada do mesmo modo, podia ter chegado no correio da tarde. Evangeline juntou as cartas, colocou-as no bolso da saia e saiu apressada de sua cela.

Universidade de Colúmbia, Morningside Heights, Nova York

Fora uma caminhada longa e congelante, da estação do Harlem, na rua 125, até seu gabinete, mas Verlaine abotoara o casaco e enfrentara o vento gelado. Quando chegou ao campus da Universidade de Colúmbia, encontrou tudo sombrio e sem movimento, como nunca vira antes. Com o recesso, todos, até os alunos mais dedicados, tinham ido para casa. Só voltariam após o ano-novo. Carros percorriam a Riverside Drive, iluminando os prédios com seus faróis. A distância, via-se a igreja de Riverside, com seus vitrais iluminados por dentro e sua torre majestosa, mais elevada que o mais alto prédio do campus.

O corte na mão de Verlaine se reabrira durante a caminhada. Um fino filete de sangue se infiltrara através de sua gravata de seda enfeitada com flores-de-lis. Depois de alguma busca, ele encontrou a chave de seu gabinete e entrou no Schermerhorn Hall, um imponente prédio de tijolos que outrora abrigara o departamento de Ciências Naturais e agora sediava o departamento de História da Arte e Arqueologia. Verlaine soubera que a edificação fora também o local onde se desenvolveram os primeiros trabalhos do Projeto Manhattan, uma informação trivial que ele achava fascinante. Sentindo-se receoso de tomar o elevador — que poderia enguiçar —, subiu correndo os degraus da escada, dirigindo-se às salas dos estudantes graduados.

Entrando em seu gabinete, trancou a porta e pegou a pasta com as cartas de Innocenta, que estava sobre a mesa, tomando cuidado para não deixar que sua mão ensanguentada entrasse em contato com o papel seco e frágil. Sentou-se então em sua cadeira, acendeu a luminária da mesa e, sob a luz fraca, examinou as cartas. Já as tinha lido numerosas vezes, atento a qualquer possível alusão ou sentido oculto. Entretanto, depois de horas de leitura e releitura na fantasmagórica solidão de seu gabinete, elas pareciam estranhamente, e até grotescamente, banais. Embora os acontecimentos do dia anterior o estimulassem a ver até os menores detalhes com novos olhos, encontrou pouquíssimos indícios que apontassem para um projeto secreto envolvendo a irmã Innocenta e Abigail Rockefeller. Na verdade, sob o círculo de luz de sua lâmpada, as cartas de Innocenta pareciam ser pouco mais que tagarelices sobre a rotina do convento e sobre o bom gosto infalível da sra. Rockefeller.

Verlaine se levantou e começou a guardar os papéis em uma bolsa que mantinha na sala. Estava a ponto de dar o dia por terminado quando parou de repente. Havia alguma coisa estapafúrdia nas cartas. Ele não conseguia distinguir um padrão óbvio — na verdade os textos pareciam intencionalmente confusos. Mas havia uma inexplicável repetição de alguns estranhos cumprimentos dirigidos por Innocenta à sra. Rockefeller — cujo bom gosto era elogiado ao fim de algumas cartas. Verlaine lera às pressas esses trechos, e achara um modo banal de finalizar a mensagem. Tirando as cartas da bolsa, ele as releu novamente, dessa vez prestando atenção nas muitas passagens elogiosas.

Os cumprimentos giravam em torno do bom gosto da sra. Rockefeller na escolha de um quadro ou desenho. Em uma das cartas, Innocenta escrevera: *Por favor, saiba que a perfeição de vossa visão artística e a execução de vossa ideia foram notadas e bem-aceitas.* No final da segunda carta, Verlaine leu: *Nossa mui admirada amiga, não podemos deixar de nos maravilhar com vossas delicadas representações, nem de recebê-las com humildes agradecimentos e grata compreensão.* Outra carta dizia: *Como sempre, vossa mão nunca deixa de expressar o que os olhos mais desejam contemplar.*

Verlaine matutou sobre essas referências por alguns momentos. Por que toda aquela conversa sobre interpretações artísticas? Haveria quadros ou desenhos acompanhando as cartas de Abigail Rockefeller para Innocenta? Evangeline não dissera se tinha encontrado coisas assim junto com as cartas, mas as respostas de Innocenta sugeriam que havia, de fato, algo dessa natureza anexado à correspondência da patrocinadora. Se Abigail Rockefeller incluíra seus próprios desenhos, e ele os descobrisse, sua vida profissional iria ganhar um grande impulso. A empolgação de Verlaine era tão grande que ele mal conseguia pensar.

Para entender completamente as referências de Innocenta, teria de encontrar as cartas da sra. Rockefeller. Evangeline tinha uma com ela. As demais, com certeza, deveriam estar em algum lugar no Convento de Santa Rosa, muito provavelmente no cofre da biblioteca. Ele perguntou a si mesmo se Evangeline teria descoberto aquela carta de Abigail Rockefeller e deixado de ver as outras, e se haveria algum envelope junto com a carta. Apesar de sua promessa de procurar outras cartas, Evangeline não tinha nenhuma razão para fazer isso. Se ele ainda tivesse o carro, poderia voltar ao convento, para ajudá-la na busca. Ele remexeu nas gavetas, procurando o telefone do Convento de Santa Rosa.

Caso Evangeline não conseguisse encontrar as cartas, era provável que estas jamais fossem encontradas. Seria uma perda terrível para a história da arte, para não falar da carreira de Verlaine. Subitamente, sentiu-se envergonhado por ter tido tanto medo e por estar relutante em voltar ao seu apartamento. Precisava se recuperar o quanto antes e retornar ao Santa Rosa do jeito que pudesse.

Quarto andar, Convento de Santa Rosa, Milton, estado de Nova York

Até o dia anterior, Evangeline acreditara em tudo que lhe fora contado a respeito de seu passado. Acreditara nos relatos que ouvira do pai, e na sequência de acontecimentos que as irmãs lhe tinham apresentado. Mas a carta de Gabriella destruíra a crença que tinha em sua própria história. Agora, desconfiava de tudo.

Reunindo forças, entrou no corredor vazio e imaculado, com os envelopes embaixo do braço. Sentia-se fraca e tonta depois de ler a carta de sua avó, como se tivesse acabado de sair dos confins de um sonho horrível. Como ela nunca entendera plenamente a importância do trabalho de sua mãe e, ainda mais incrível, as circunstâncias de sua morte? O que mais sua avó pretendia dizer para ela? Como conseguiria aguardar as duas próximas cartas, de modo a entender tudo? Lutando contra as lágrimas, desceu os degraus de pedra, dirigindo-se para o único lugar em que ela sabia que poderia encontrar a resposta.

O Gabinete das Missões e de Recrutamento ficava na extremidade sudoeste do convento, em uma série de salas modernizadas, dotadas de carpetes rosa-claros, telefones com múltiplas linhas, sólidas mesas de carvalho e armários de aço contendo todos os arquivos pessoais das irmãs: certidões de nascimento, históricos médicos, diplomas, documentos legais e — para as que já tinham partido deste mundo — atestados de óbito. O Centro de Recrutamento — que dividia o espaço com o Gabinete da Preceptora de Noviças, devido ao declínio no número de vocações — ocupava a ala esquerda do conjunto, enquanto o Gabinete das Missões ocupava a ala direita. Juntos, formavam os dois braços que cingiam o mundo e o traziam para o centro burocrático do Convento de Santa Rosa.

Em anos recentes, o movimento no Gabinete das Missões aumentara, enquanto no de Recrutamento caíra substancialmente. Houve uma época em que as jovens se apinhavam no Santa Rosa em busca da igualdade, da educação e da independência que a vida no convento oferecia às moças que não desejavam se casar. Nos tempos modernos, o Convento de Santa Rosa se tornara mais rigoroso, exigindo que as jovens optassem pela vida religiosa por si mesmas, sem coerção da família, e somente depois de pensar muito no assunto.

Assim, enquanto o recrutamento declinava, o Gabinete das Missões se tornou o departamento mais movimentado do Santa Rosa. Na parede da sala principal pendia um grande mapa-múndi plastificado, com bandeirinhas vermelhas fincadas nos países afiliados: Brasil, Zimbábue, China, Índia, México, Guatemala. Havia fotos das irmãs usando ponchos e sáris, segurando crianças, ministrando remédios e cantando em coro, juntamente com as populações nativas. Na última década, as irmãs haviam desenvolvido um programa de intercâmbio com igrejas estrangeiras, trazendo ao Santa Rosa irmãs do mundo inteiro, para que participassem da perpétua adoração, estudassem inglês e buscassem o aprimoramento espiritual. O programa era um grande sucesso. Ao longo dos anos, elas haviam hospedado irmãs de 12 países. Fotos dessas irmãs estavam penduradas sobre o mapa: 12 mulheres sorridentes, com 12 véus negros idênticos emoldurando seus rostos.

Como ainda era muito cedo, Evangeline esperava encontrar vazio o Gabinete das Missões. Em vez disso, encontrou a irmã Ludovica, a mais velha integrante da comunidade, instalada em sua cadeira de rodas, com um rádio portátil pousado sobre os joelhos enquanto ouvia a edição matutina do noticiário nacional. Ludovica era frágil e rosada, e seus cabelos brancos despontavam sob o véu. Ela olhou para Evangeline, com os olhos escuros brilhando de um modo que confirmava as crescentes especulações, entre as irmãs, de que Ludovica estava perdendo o juízo, afastando-se mais da realidade a cada ano que passava. No verão precedente, um policial de Milton descobrira Ludovica andando em sua cadeira de rodas, à meia-noite, na rodovia 9W.

Ultimamente, as atenções de Ludovica haviam se voltado para a botânica. Suas conversas com as plantas eram inofensivas, mas indicavam maior desintegração mental. Quando ela passeava pelo convento cuidando das plantas, com um regador vermelho pendurado na lateral da cadeira de rodas, era possível ouvir sua voz retumbante recitando o *Paraíso Perdido*: "Nove vezes o Espaço que mede o Dia e a Noite / Para os homens mortais, ele e seu horrendo grupo / Quedaram vencidos, rolando no Golfo bravio / Condenados, embora imortais!"

Era claro para Evangeline que Ludovica se afeiçoara aos clorófitos do Gabinete das Missões — que haviam atingido enormes proporções e transbordavam dos potes, gotejando sobre os arquivos. As plantas eram tão fecundas que as irmãs começaram a cortar os brotos, que colocavam na água até que desenvolvessem raízes. Transplantados, os novos clorófitos se tornavam igualmente enormes e eram distribuídos pelo convento, enchendo os quatro andares com emaranhados de verde.

— Bom dia, irmã — disse Evangeline, esperando que Ludovica a reconhecesse.

— Meu Deus! — exclamou Ludovica, surpresa. — Você me deu um susto!

— Desculpe por incomodá-la, mas eu não pude recolher a correspondência ontem à tarde. O correio está no Gabinete das Missões?

— Correio? — perguntou Ludovica, franzindo a testa. — Acho que todo o correio vai para a irmã Evangeline.

— Sim, Ludovica — disse Evangeline. — Evangeline sou eu. Mas não consegui recolher o correio ontem. Deve ter sido entregue aqui. Você o viu?

— Certamente que sim! — disse Ludovica, movimentando a cadeira de rodas até um armário atrás de uma mesa, onde a sacola do correio estava pendurada em um gancho. Como sempre, estava cheia até a borda. — Por favor, entregue diretamente à irmã Evangeline!

Evangeline carregou a sacola até a extremidade mais afastada do Gabinete das Missões, em um recanto escuro, onde poderia encontrar um pouco de privacidade. Despejando o conteúdo sobre uma escrivaninha, percebeu que se tratava da habitual mistura de solicitações pessoais, propagandas, catálogos e faturas. Evangeline separara a correspondência por tantas vezes, e conhecia tão bem os tamanhos de cada tipo, que levou apenas alguns segundos para localizar o cartão enviado por Gabriella. Era um envelope verde, perfeitamente quadrado, endereçado a Celestine Clochette. O endereço da remetente era o mesmo, um local em Nova York que Evangeline não conhecia.

Evangeline retirou o envelope da pilha e o colocou no bolso, junto com os demais. Então foi até o arquivo de metal, que um dos clorófitos de Ludovica quase enterrara com suas folhas. Evangeline teve de afastá-las para abrir a gaveta com seus dados.

Embora soubesse da existência de um arquivo pessoal, Evangeline jamais pensara em examiná-lo. A única vez que necessitara de registros ou provas de sua identidade fora para obter a carteira de motorista e ingressar no Bard College — e mesmo nessas ocasiões usara a identificação fornecida pela diocese. Enquanto folheava as pastas com os arquivos, sentia-se abismada com o fato de que passara a vida inteira aceitando as histórias que os outros lhe contavam — seu pai, as irmãs do Santa Rosa e, agora, sua avó — sem se dar ao trabalho de verificá-las.

Para seu desalento, o arquivo tinha mais de 2 centímetros de espessura, muito mais volumoso do que ela imaginara. No interior, ela esperava encontrar sua certidão de nascimento francesa, seus papéis de naturalização e um diploma — não tinha idade suficiente para ter mais registros do que estes. Mas, quando abriu a pasta, encontrou um grosso maço de papéis presos por um elástico. Retirando o elástico, começou a ler as páginas. Havia folhas com o que parecia, aos seus olhos não treinados, exames de laboratório, talvez de sangue. Havia páginas com análises escritas à mão, talvez anotações de uma visita a um consultório médico, embora ela sempre tivesse sido saudável e não conseguisse se lembrar de jamais ter procurado um médico. Na verdade, seu pai sempre resistira à ideia de levá-la a um consultório, tomando muito cuidado para que Evangeline nunca ficasse doente ou se machucasse. Algumas folhas de plástico opalino a intrigaram; depois de uma inspeção mais atenta, ela percebeu que eram chapas de raios X. No alto de cada uma, estava seu nome: Evangeline Angelina Cacciatore.

As freiras não estavam proibidas de examinar os próprios arquivos pessoais. Ainda assim, Evangeline sentiu-se como se estivesse quebrando alguma rígida regra de etiqueta. Restringindo momentaneamente a curiosidade sobre os documentos médicos, ela se ocupou com os papéis referentes ao seu noviciado, uma série de formulários padronizados, que seu pai preenchera quando a trouxera para o Santa Rosa. A visão da caligrafia de seu pai fez com que fosse invadida por uma onda de tristeza. Não via o pai fazia anos. Como era estranho, pensou ela, retirando os formulários da pasta, que as marcas que ele deixara para trás tivessem o poder de trazê-lo de volta à vida, pelo menos por um momento.

Lendo os formulários, ela encontrou alguns fatos que diziam respeito à sua vida. Lá estavam o endereço onde tinha vivido com o pai, no Brooklyn, o antigo número de telefone deles, o nome do lugar em que nascera e o nome de solteira de sua mãe. Então, perto do final de uma folha, identificados como contatos de emergência, ela encontrou o que estava procurando: o endereço e o número de telefone de Gabriella Lévi-Franche Valko, em Nova York. O endereço era o mesmo que estava nos envelopes dos cartões de Natal enviados por sua avó.

Antes de ter qualquer chance de analisar as repercussões de seus atos, enfiou a pasta em sua bolsa de algodão, foi até o telefone e discou o número que estava na ficha. Sua ansiedade obscurecia qualquer outro sentimento. A linha tocou uma vez e Evangeline ouviu a brusca e imperiosa voz de sua avó.

— *Alô?*

Apartamento de Verlaine, Greenwich Village, Nova York

As 24 horas passadas desde que deixara seu apartamento pareciam a Verlaine uma eternidade. Mas fora no dia anterior que ele pegara o dossiê, calçara as meias favoritas e descera os cinco lances de escadas, com seus sapatos de duas cores escorregando nos degraus molhados. Ainda no dia anterior, ele estava preocupado em evitar as festinhas de Natal e concentrado em formular planos para o ano-novo. Agora, não conseguia entender como as informações que coletara podiam tê-lo deixado no estado lamentável em que se encontrava.

Depois de colocar as cartas de Innocenta e a maior parte de seus blocos de notas em uma bolsa, ele trancara o escritório e rumara para o sul da cidade. A luz da manhã começou a despontar sobre a cidade, em uma elegante difusão de amarelos e laranjas, enquanto ele percorria quarteirões e mais quarteirões, acossado pelo frio. A certa altura, na metade do caminho, ele desistiu de caminhar e tomou o metrô. No momento em que abriu a porta do prédio, já estava quase convencido de que os acontecimentos da noite anterior haviam sido uma ilusão. Talvez tivesse imaginado tudo, disse a si mesmo.

Depois de destrancar e abrir a porta do apartamento, Verlaine a fechou com o pé, e jogou a bolsa sobre o sofá. Tirando os arruinados sapatos de duas cores e as meias encharcadas, caminhou descalço por sua humilde residência. Meio que esperava achá-la em ruínas, mas tudo parecia estar exatamente como havia deixado no dia anterior: as paredes de tijolos aparentes, a mesa de fórmica dos anos 1950, repleta de livros, os bancos de couro, a mesinha de centro no formato de um rim — todos os seus móveis de meados do século, gastos e descombinados, esperavam por ele em meio à penumbra reinante.

Seus livros de arte cobriam toda uma parede. Havia luxuosas edições da Phaidon Press, livrinhos de crítica e reluzentes álbuns com reproduções de seus modernistas favoritos — Kandinsky, Sonia Delaunay, Picasso, Bracque. Ele possuía mais livros do que seria conveniente para um apartamento tão pequeno, mas se recusava a vendê-los. Chegara à conclusão, anos atrás, de que um apartamento do tipo estúdio não era o ideal para alguém com instinto de colecionador.

De pé à janela, começou a remover a gravata Hermès que estava usando como atadura, com cuidado para não arrancar a crosta do ferimento. A gravata estava arruinada. Dobrando-a, ele a deixou no peitoril. Lá fora, um pedaço de céu matinal pairava a distância sobre fileiras de edifícios, como que sustentado por estacas. A neve cobria os galhos das árvores e se agarrava às calhas de drenagem dos prédios, formando adagas de gelo. As caixas-d'água nos telhados pontilhavam o cenário. Embora não fosse dono de qualquer propriedade, ele sentia que aquela vista lhe pertencia. A contemplação de seu canto de cidade às vezes lhe tomava toda a atenção. Mas, naquela manhã, ele queria somente desanuviar a cabeça e pensar no que faria em seguida.

Café, percebeu, seria um bom começo. Dirigiu-se então à cozinha compacta, onde ligou a máquina de expresso, colocou pó de café moído fino no porta-filtro e depois de ferver um pouco de leite, preparou um cappuccino em uma preciosa xícara Fiestaware, uma das poucas que não se quebrara. Enquanto tomava um gole da bebida, o piscar da lâmpada da secretária eletrônica atraiu sua atenção. Havia mensagens. Pressionou então o botão para ouvi-las. Alguém ligara a noite toda, sempre desligando sem deixar recado. Verlaine contou dez ocasiões em que a pessoa ficava só escutando, como se esperasse ele atender. Afinal, surgiu uma mensagem em que alguém falou. Era a voz de Evangeline. Ele a reconheceu de imediato.

— *Se você tomou o trem da meia-noite, já deve estar de volta. Eu não consigo deixar de me perguntar onde você está e se está a salvo. Me ligue assim que puder.*

Verlaine foi até o armário e retirou uma velha bolsa de couro, na qual enfiou diversos itens de roupa limpa: um par de jeans da Hugo Boss; um par de cuecas Calvin Klein; um suéter da sua universidade, a Brown; e dois pares de meias. Calçou um deles sob um par de tênis All Star, tirado do fundo do armário. Não tinha tempo para pensar se precisaria de mais algo. Alugaria um carro e voltaria a Milton imediatamente, pelo mesmo caminho da véspera, passando pela ponte Tappan Zee e seguindo as pequenas estradas ao longo do rio. Se andasse rápido, poderia chegar lá antes do almoço.

De repente o telefone tocou, produzindo um barulho tão estridente e assustador que ele deixou cair a xícara de café. Ela se despedaçou junto à janela, espalhando café com leite por todos os cantos. Ansioso para falar com Evangeline, deixou os cacos onde estavam e atendeu o telefone.

— Evangeline? — disse ele.

— Sr. Verlaine? — Uma suave voz feminina se dirigiu a Verlaine com estranha intimidade.

O sotaque da mulher, italiano ou francês, ele não sabia dizer ao certo, somado à ligeira rouquidão, deu-lhe a impressão de que era de meia-idade, talvez mais velha, mas isso era pura especulação.

— Ele mesmo — respondeu, desapontado, olhando para a xícara quebrada e percebendo que sua coleção diminuíra mais. — Em que posso ajudar?

— Em muitas coisas, eu espero — respondeu a mulher.

Por uma fração de segundo, Verlaine pensou que a mulher era uma operadora de telemarketing. Mas seu número não estava listado e não costumava receber chamadas indesejáveis. Além disso, não era o tipo de voz que ofereceria assinaturas de revistas.

— É um pedido e tanto — disse Verlaine, aceitando fleumaticamente a estranha atitude de sua interlocutora. — Por que você não começa me dizendo quem é?

— Posso fazer uma pergunta antes? — disse a mulher.

— Pois não — Verlaine estava começando a ficar irritado com a voz calma, insistente e quase hipnótica da mulher, muito diferente da de Evangeline.

— Você acredita em anjos?

— Como?

— Você acredita que existem anjos entre nós?

— Escuta, se você faz parte de algum grupo evangélico, escolheu o cara errado — disse Verlaine, enquanto se abaixava e começava a recolher os cacos da xícara. O centro não vitrificado do pires esfarelou-se entre seus dedos. — Sou agnóstico liberal, intelectualizado, esquerdista, bebedor de leite de soja, quase metrossexual. Acredito em anjos tanto quanto acredito no coelhinho da Páscoa.

— Isso é extraordinário — disse a mulher. — Pois eu estou com a impressão de que essas criaturas fictícias são uma ameaça à sua vida.

Verlaine parou de recolher os cacos da xícara.

— Quem está falando? — perguntou ele, finalmente.

— Meu nome é Gabriella Lévi-Franche Valko — disse a mulher. — Estou me esforçando há muito tempo para encontrar as cartas que estão em seu poder.

Cada vez mais confuso, ele perguntou:

— Como você sabe meu telefone?

— Eu sei de muita coisa. Por exemplo, sei que os homens de quem você escapou ontem à noite estão do lado de fora do seu apartamento. — Gabriella fez uma pausa, como se para deixá-lo assimilar a ideia. Depois disse: — Se não acredita em mim, sr. Verlaine, olhe pela janela.

Verlaine olhou através da vidraça. Uma mecha de cabelos encaracolados caiu sobre seus olhos. Tudo parecia exatamente como há poucos minutos.

— Não sei do que você está falando — disse ele.

— Olhe para a esquerda — disse Gabriella. — Você vai ver uma caminhonete preta que vai lhe parecer familiar.

Verlaine seguiu as instruções. De fato, à esquerda, na esquina da Hudson Street, uma caminhonete Mercedes preta estava estacionada na rua, com o motor ligado. Um homem alto, vestido de preto — o mesmo que ele vira arrombar o carro no dia anterior e, caso não estivesse delirando, que vira voar ao lado da janela do trem —, saiu de dentro dela e começou a andar de um lado para outro sob um poste de luz.

— Agora, se você olhar para a direita — disse Gabriella —, você vai ver uma caminhonete branca. Eu estou dentro dela. Estou esperando por você desde hoje cedo. Vim ajudar você a pedido da minha neta.

— E quem é a sua neta?

— Evangeline, claro — disse Gabriella. — Quem mais poderia ser?

Bem longe, Verlaine avistou uma caminhonete branca estacionada em uma pequena travessa, perpendicular à rua. Ele mal conseguia enxergar alguma coisa. Como se a mulher tivesse percebido seu aturdimento, um dos vidros da caminhonete foi baixado e uma pequena mão enluvada surgiu, acenando energicamente.

— O que está acontecendo exatamente? — perguntou Verlaine, embaraçado, indo até a porta, dando mais uma volta na chave e fixando a corrente. — Você se importa em me dizer por que está vigiando meu apartamento?

— Minha neta achou que você estava correndo perigo. Ela tinha razão. Agora, quero que você pegue as cartas de Innocenta e desça imediatamente — disse Gabriella, calmamente. — Mas eu o aconselho a não sair do prédio pela porta da frente.

— Não há outra saída — explicou Verlaine, pouco à vontade.

— Talvez uma saída de incêndio?

— A saída de incêndio é visível da entrada da frente. Eles vão me ver, assim que eu começar a descer — disse Verlaine, olhando para o esqueleto de metal que obscurecia um canto da janela e percorria toda a fachada do prédio. — Você poderia me dizer, por favor, por que...

— Meu caro — cortou Gabriella com sua voz calorosa, quase maternal. — Então use a sua imaginação. Eu o aconselho a sair daí. Imediatamente. Eles irão atrás de você a qualquer momento. Na verdade, eles não dão a mínima para você. Eles querem as cartas — disse Gabriella, em voz baixa. — Como você talvez já saiba, eles não vão pedir com educação.

Como se ouvisse Gabriella, o segundo homem — tão alto e pálido quanto o primeiro — saiu da caminhonete preta, juntando-se ao primeiro. Juntos, atravessaram a rua, caminhando na direção do prédio de Verlaine.

— Você tem razão. Eles estão vindo — disse Verlaine. Afastou-se então da janela e pegou a bolsa de couro, na qual enfiou a carteira, as chaves e o laptop. Depois, retirou as cartas originais de Innocenta da outra bolsa e as colocou dentro de um livro de reproduções de Rothko, fechando a bolsa rapidamente. — O que eu devo fazer?

— Espere um pouco. Eu os vejo muito bem — disse Gabriella. — Apenas siga minhas instruções e tudo vai ficar bem.

— Devo chamar a polícia?

— Não faça nada. Eles ainda estão parados na porta do prédio. Vão ver você, se sair agora — disse Gabriella com voz assustadoramente calma, um estranho contraponto ao sangue que martelava os ouvidos de Verlaine. — Me escute, sr. Verlaine. É extremamente importante que você não se mexa, até eu lhe dizer que pode.

Verlaine destrancou e abriu a janela, recebendo no rosto uma rajada de ar gélido. Inclinando-se para fora, avistou os homens, que conversavam em voz baixa. Então, inseriram alguma coisa na fechadura, abriram a porta e entraram no prédio com espantosa facilidade. A pesada porta bateu atrás deles.

— Você está com as cartas? — perguntou Gabriella.

— Sim — disse Verlaine.

— Então desça. Agora. Pela escada de incêndio. Vou ficar esperando.

Verlaine desligou o telefone, colocou a bolsa no ombro e saiu pela janela, mergulhando no ar gelado. O metal da escada enferrujada congelava sua pele. Com toda a força de que foi capaz, ele puxou a escada, que bateu com estrépito na calçada. Quando começou a descer, esticou a pele dos pulsos, reabrindo os ferimentos provocados pela cerca de arame farpado. Ignorando a dor, continuou a descida, com os tênis escorregando nos degraus de metal, que estavam cobertos de gelo. Estava quase na calçada quando ouviu, acima, o barulho de madeira sendo quebrada. Os homens haviam arrombado a porta de seu apartamento.

Verlaine pulou na calçada, tomando cuidado para proteger a sacola. Mal começou a caminhar, a caminhonete branca parou ao seu lado, no meio-fio. A porta se abriu e uma mulher miúda, com os cabelos negros cortados à pajem e batom vermelho acenou para que ele subisse no banco traseiro.

— Entre — disse Gabriella, abrindo espaço. — Depressa.

Verlaine subiu na caminhonete, sentando-se ao lado de Gabriella, enquanto o motorista dava a partida, contornava a esquina e acelerava o carro.

— Que diabo está acontecendo? — perguntou Verlaine, olhando por cima do ombro, meio que esperando ver a caminhonete negra atrás.

Gabriella colocou sua mão delicada, calçada por uma luva de couro, sobre a mão fria e trêmula de Verlaine.

— Eu vim para ajudar você.

— Me ajudar com o quê?

— Meu caro, você não faz ideia da encrenca em que nos meteu, a nós todos.

Cobertura dos Grigori, Upper East Side, Nova York

Percival pediu que a cortina fosse fechada para proteger seus olhos da luz. Voltara para casa ao nascer do sol e a pálida luz da manhã bastara para lhe dar dor de cabeça. Quando o quarto ficou escuro o bastante, tirou a roupa, jogando no chão o paletó do smoking, as calças e a emporcalhada camisa branca, esticando-se em um sofá de couro. Em silêncio, a Anaquim desatou-lhe o colete, procedimento trabalhoso que ele suportou com paciência, despejou óleo nas suas pernas e as massageou dos tornozelos às coxas, pressionando os músculos com os dedos até que ardessem. A criatura era muito bonita e silenciosa, combinação adequada para Anaquins, sobretudo fêmeas, que ele achava de uma estupidez impressionante. Percival olhou para ela, que subia e descia os dedos curtos e gorduchos por suas pernas. A intensa dor de cabeça combinava com a ardência nas pernas. Delirantemente cansado, fechou os olhos e tentou dormir.

A origem exata de sua enfermidade era ainda desconhecida, mesmo para os mais experientes médicos de sua família. Percival contratara as melhores equipes médicas, trazendo-as da Suíça, Alemanha, Suécia e Japão. Mas tudo o que puderam dizer foi o que todo mundo já sabia: uma violenta infecção viral contaminara toda uma geração de Nefilins europeus, atacando-lhes o sistema nervoso e pulmonar. Eles recomendaram tratamentos e terapias para aliviar o problema nas asas e relaxar os músculos, de modo que ele pudesse respirar e caminhar com mais facilidade. Massagens diárias eram um dos elementos mais agradáveis dos tratamentos. Percival convocava a Anaquim a seu quarto diversas vezes por dia, para massagear suas pernas, e dependia da presença dela de hora em hora — assim como das doses de uísque e dos sedativos.

Em circunstâncias normais, ele não permitiria a presença de uma desprezível criada em seus aposentos particulares — nunca fizera isso nas muitas centenas de anos antes da doença —, mas a dor se tornara insuportável no último ano, com os músculos tão comprimidos que suas pernas haviam começado a assumir posições pouco naturais. A Anaquim alongava cada perna, até que os tendões afrouxassem; depois massageava os músculos com óleo, parando quando se contraíam. Ele observava as mãos escuras da criada pressionando sua pele branca. Ela lhe causava alívio e por isso ele era grato. Sua mãe o abandonara, tratando-o como um inválido, enquanto Otterley fazia o trabalho que ele deveria estar fazendo. Não havia mais ninguém para ajudá-lo, a não ser a Anaquim.

No que relaxou, mergulhou em um sono leve. Por um breve e adorável instante, ele rememorou o prazer do passeio noturno. Quando a mulher morreu, ele fechou-lhe os olhos e ficou olhando para ela, correndo os dedos por sua bochecha. Na morte, a cor de sua pele assumira um matiz de alabastro. Para seu deleite, enxergou claramente o rosto de Gabriella Lévi-Franche, seus cabelos negros e pele lustrosa. Por um momento, ele a havia possuído novamente.

Enquanto ele mergulhava no tênue espaço entre vigília e sono, Gabriella surgiu em sua fantasia — uma mensageira luminosa, que lhe pedia que voltasse para ela, dizendo que tudo estava perdoado, que eles continuariam de onde haviam parado. Disse que o amava, palavras que nenhuma criatura, humana ou nefilim, jamais lhe dissera. Era um sonho inusitadamente doloroso. Talvez ele tivesse falado dormindo, pois acordou alarmado e viu que a criada Anaquim o olhava fixamente, com lágrimas luzindo nos grandes olhos amarelos, como se tivesse compreendido algo sobre ele. Ela abrandou a pressão dos dedos e disse alguma coisa reconfortante. Sentia pena dele, ele percebeu, e a presunção de tanta intimidade o irritou; ordenou à Anaquim que saísse imediatamente. Ela acenou com a cabeça, submissa, tapou a garrafa de óleo, recolheu as roupas sujas dele e saiu em seguida, deixando-o em seu casulo de escuridão e desespero. Ele permaneceu acordado, ainda sentindo na pele a pungência dos dedos da criada.

Esta logo retornou, trazendo um copo de uísque em uma bandeja laqueada.

— Sua irmã está aqui, senhor — disse ela. — Se o senhor quiser, eu digo a ela que o senhor está dormindo.

— Não precisa mentir por ele. Posso ver que ele está acordado — disse Otterley, passando pela Anaquim e sentando-se ao lado de Percival. Com um gesto de mão, ela dispensou a criada. Pegando a garrafa de óleo, destapou-a e jogou um pouco do líquido na palma da mão. — Vire-se — disse ela.

Percival obedeceu à ordem da irmã, ficando de bruços. Enquanto Otterley massageava suas costas, ele perguntou a si mesmo o que seria dela — e de sua família — depois que a doença o tivesse levado. Percival fora a grande esperança dos Grigori. Suas asas douradas e majestosas representavam a certeza de que, um dia, ele ascenderia a uma posição de poder, suplantando até mesmo os avarentos ancestrais de seu pai e a linhagem nobre da mãe. Mas agora era um fraco e estropiado desapontamento para a família. Ele vira a si mesmo como um grande patriarca, pai de um grande número de crianças nefilins. Seus filhos teriam as asas coloridas da família de Sneja, uma deslumbrante plumagem que honraria os Grigori. Suas filhas teriam as qualidades dos anjos — seriam leais, treinadas nas artes celestes, e teriam poderes psíquicos. Agora, em sua decadência, ele não tinha mais nada. E entendia como fora tolo em desperdiçar centenas de anos em busca do prazer.

O fato de que Otterley era igualmente decepcionante tornava seu fracasso ainda mais duro de encarar. Otterley não dera um herdeiro à família Grigori, assim como Percival não se tornara o ser angélico que sua mãe ansiava que ele fosse.

— Diga-me que você está trazendo boas notícias — disse Percival, contraindo-se enquanto Otterley esfregava a pele delicada nas proximidades dos tocos de asas. — Diga-me que recuperou os papéis, matou Verlaine e que não temos mais nenhuma preocupação.

— Meu caro irmão — disse Otterley, inclinando-se enquanto massageava os ombros de Percival. — Você, realmente, armou uma grande confusão. Para começar, você contratou um angelólogo.

— Eu não fiz isso. Ele não é mais que um simples professor de história da arte — retrucou Percival.

— Depois, permitiu que ele ficasse com o mapa.

— Plantas arquitetônicas — disse Percival.

— Depois, você sai no meio da noite e acaba num estado terrível.

Otterley esfregava os tocos apodrecidos de suas asas, provocando uma sensação que Percival achou deliciosa, ainda que estivesse com vontade de empurrar a mão dela.

— Não sei do que você está falando.

— Mamãe soube e me pediu para vigiar você bem de perto. O que aconteceria se você desmaiasse na rua? Como a gente iria explicar sua condição aos médicos do Lenox Hill?

— Diga para Sneja que não precisa se preocupar — disse Percival.

— Mas temos motivos para nos preocuparmos — replicou Otterley, limpando as mãos em uma toalha. — Verlaine ainda está vivo.

— Pensei que você tinha mandado os Giborins irem ao apartamento dele.

— Eu mandei — disse Otterley. — Mas as coisas tomaram um rumo imprevisto. Enquanto ontem nós ainda estávamos preocupados apenas com a possibilidade de que Verlaine se apossasse das informações, agora sabemos que ele é muito perigoso.

Percival sentou-se e encarou a irmã.

— Como ele poderia ser perigoso? Nossos Anaquins são mais perigosos do que um homem como Verlaine.

— Ele está trabalhando com Gabriella Lévi-Franche Valko — disse Otterley, fazendo questão de destacar cada palavra. — Evidentemente, ele é um deles. Tudo o que fizemos para nos proteger dos angelólogos foi em vão. Levante-se — disse ela, arremessando o colete de couro na direção de Percival. — Ponha a roupa. Você vem comigo.

Capela da Adoração, Igreja de Maria Angelorum, estado de Nova York

Evangeline mergulhou o dedo na pia de água benta, benzendo-se, antes de disparar pela nave central da Maria Angelorum. Ao entrar no espaço tranquilo e contemplativo da Capela da Adoração, estava ofegante. Ela jamais faltara à adoração — era uma transgressão inadmissível, que ela nem pensaria em cometer. Mal conseguia acreditar na pessoa que estava se tornando. Ainda ontem, mentira à irmã Philomena. Agora, perdera a hora da adoração. A irmã Philomena devia ter ficado espantada com sua ausência. Ela sentou-se em um banco próximo às irmãs Mercedes e Magdalena, parceiras de oração das seis às sete da manhã, esperando que sua presença não as perturbasse. Ao fechar os olhos para rezar, sentiu o rosto arder de vergonha.

Em vez de rezar abriu os olhos e correu os olhos pela capela, observando o ostensório, o altar e as contas do rosário nos dedos de irmã Magdalena. Já estava começando a rezar quando os vitrais representando as três esferas angélicas chamaram sua atenção. Era como se o tamanho, a complexidade e as cores ricas e vibrantes dos anjos retratados nos vidros fossem uma novidade na capela. Olhando com atenção, Evangeline discerniu minúsculas luzes alógenas posicionadas em torno dos vitrais. Esforçou-se então para distinguir as populações de anjos. Harpas, flautas e trompas — os instrumentos deles — polvilhavam os painéis azuis e vermelhos como poeira dourada. O selo que Verlaine lhe mostrara nos desenhos arquitetônicos estava lá. Pensando nos cartões de Gabriella e suas belas representações de anjos, Evangeline se perguntou como era possível que tivesse olhado tão frequentemente para aqueles vitrais sem jamais perceber seu significado?

Abaixo de um deles, gravado na pedra, havia a seguinte passagem:

Se perto dele estiver um anjo,
Um mediador entre mil,
Para lhe ensinar o que é certo,
Deixai que ele tenha piedade e dizei:
"Poupai-o de descer à cova,
Recebi o resgate de sua vida."

Jó 33:23-24

Evangeline lia aquela passagem todos os dias, desde que ingressara no Convento de Santa Rosa, e todos os dias ela lhe parecia um enigma insolúvel. A frase resvalava por sua mente, escorregadia e incompreensível, sem que conseguisse captá-la. Agora, as palavras "mediador", "cova" e "resgate" começavam a fazer sentido. A irmã Celestine tinha razão: olhando com atenção, ela encontraria a angelologia em toda a parte.

Ela estava impressionada com a quantidade de informações que as irmãs haviam lhe sonegado. Recordando-se da voz de Gabriella ao telefone, Evangeline pensou se não deveria fazer as malas e ir para Nova York. Talvez sua avó pudesse ajudá-la a entender tudo com mais clareza. A influência que o convento tinha sobre ela ainda no dia anterior parecia mais fraca agora, depois de tudo o que ela soubera.

A mão que pousou em seu ombro a tirou de seus pensamentos. A irmã Philomena fez um sinal para que ela a seguisse. Obedecendo, Evangeline saiu da Capela da Adoração sentindo um misto de embaraço e raiva. As irmãs não lhe tinham confiado a verdade. Como Evangeline poderia confiar nelas?

— Venha, irmã — disse Philomena, quando entraram no corredor. Qualquer irritação que pudesse ter sentido com a falta de Evangeline desaparecera. Seus modos estavam inexplicavelmente gentis e resignados. Entretanto, havia algo de dissimulado na atitude da irmã Philomena. Evangeline não confiava inteiramente na sinceridade dela, mas não sabia bem por quê. Juntas, andaram pelo corredor central do convento, passando pelas fotos das madres e irmãs notáveis e pela imagem de Santa Rosa de Viterbo, parando diante de um conjunto familiar de portas de madeira. Era natural que Philomena a levasse até a biblioteca, onde poderiam conversar com alguma privacidade. Philomena destrancou as portas e Evangeline entrou no recinto sombrio.

— Sente-se, menina, sente-se — disse Philomena. Evangeline se acomodou no sofá de veludo verde ao pé da lareira. A sala estava fria, resultado do constante desajuste do duto da chaminé. A irmã Philomena foi até uma mesa perto do seu gabinete e ligou a chaleira elétrica. Quando a água ferveu, ela a despejou em um bule de porcelana. Colocando duas xícaras de chá fumegante em uma bandeja, ela andou até o sofá e a colocou em uma mesinha. Sentando-se na cadeira diante de Evangeline, abriu uma lata de biscoitos e ofereceu a Evangeline um sortimento de biscoitos de Natal das IFPA — biscoitos amanteigados que eram preparados, assados, confeitados, embalados e vendidos pelas irmãs, em suas campanhas para levantamento de fundos.

O aroma do chá — preto com um toque de damasco seco — fez o estômago de Evangeline dar voltas.

— Não estou me sentindo muito bem — disse ela, desculpando-se.

— Demos pela sua falta no jantar de ontem e, claro, na adoração de hoje de manhã — disse Philomena, escolhendo um biscoito em forma de árvore de Natal, com glacê verde. Pegando o bule, serviu-se de chá. — Mas não estou muito surpresa. A experiência com Celestine foi uma provação, não foi?

Philomena assumiu uma postura empertigada. Sua mão que segurava a xícara se imobilizou sobre o pires. Evangeline percebeu que ela iria agora entrar no assunto.

— Sim — respondeu ela, meio que esperando a ríspida e agitada Philomena reaparecer a qualquer momento.

Philomena estalou a língua e disse:

— Eu sabia que era inevitável que um dia você soubesse a verdade sobre suas origens. Eu tinha uma nítida sensação de que seria impossível enterrar completamente o passado, mesmo em uma comunidade fechada como a nossa. Em minha humilde opinião — prosseguiu ela, terminando o biscoito e pegando outro —, tem sido um grande fardo para Celestine permanecer em silêncio. Tem sido um fardo para todas nós permanecermos tão passivas diante das ameaças que nos cercam.

— Você sabia do envolvimento de Celestine nessa... — Evangeline hesitou, tentando formular as palavras corretas para descrever a angelologia. Ela tinha a incômoda sensação de que talvez fosse a única Irmã Franciscana da Perpétua Adoração que fora mantida na ignorância — ... nessa ciência?

— Ah, sim, claro — disse Philomena. — Todas as irmãs mais antigas sabem. As irmãs da minha geração viviam mergulhadas em estudos angélicos — Gênesis 28:12-17; Ezequiel 1:1-14; Lucas 1:26-38. Meu Deus, eram anjos de manhã, à tarde e à noite!

Philomena ajustou o peso na cadeira, fazendo a madeira gemer, e continuou:

— Certo dia eu estava profundamente imersa no currículo básico prescrito pelos angelólogos europeus, nossos mentores há muito tempo, quando, no momento seguinte, o convento quase foi destruído. Todos os nossos estudos, todos os nossos esforços para livrar o mundo da pestilência dos Nefilins pareciam ter sido em vão. Subitamente, éramos simples freiras devotadas às orações e apenas às orações. Acredite, lutei muito para que entrássemos de novo na luta, para que nos declarássemos combatentes. Aquelas de nós que acreditam que isso é muito perigoso são tolas ou covardes.

— Perigoso? — perguntou Evangeline.

— O incêndio de 1944 não foi acidente — disse Philomena, estreitando os olhos. — Foi um ataque direto. Pode-se dizer que nós fomos descuidadas, que subestimamos a natureza sanguinária dos Nefilins aqui nos Estados Unidos. Afinal, eles conheciam muitos, senão todos os enclaves de angelólogos na Europa. Cometemos o erro de pensar que os Estados Unidos eram tão seguros quanto sempre foram. Lamento dizer que a presença da irmã Celestine expôs o Convento de Santa Rosa a um grande perigo. Os ataques ocorreram depois que Celestine chegou. Não apenas ao nosso convento, veja bem. Houve quase cem ataques a conventos americanos naquele ano; um esforço concentrado dos Nefilins para descobrir qual de nós tinha o que eles queriam.

— Mas por quê?

— Por causa de Celestine, é claro — disse Philomena. — Ela era bem conhecida pelo inimigo. Quando chegou, eu mesma vi como estava doente, machucada, marcada e traumatizada. Claramente, tinha escapado por pouco. Talvez o mais significativo era que ela estava trazendo uma encomenda para a madre Innocenta, uma coisa que deveria ser guardada em segurança aqui, conosco. Celestine tinha algo que eles queriam. Eles sabiam que ela tinha se refugiado nos Estados Unidos, mas não sabiam onde.

— E madre Innocenta sabia de tudo isso? — perguntou Evangeline.

— É claro — disse Philomena, erguendo as sobrancelhas, admirada; Evangeline não sabia se com madre Innocenta ou com a pergunta. — Madre Innocenta era a cientista mais importante de sua época nos Estados Unidos. Ela foi treinada pela madre Antonia, que foi aluna de madre Clara, nossa abadessa mais amada, que, por sua vez, foi instruída pela própria madre Francesca, a qual, para felicidade de nosso grande país, saiu diretamente da Sociedade Angelológica Europeia e veio para Milton, Nova York, para formar a divisão americana. O Convento de Santa Rosa era o coração pulsante do Projeto Angelológico Americano, um grande empreendimento, muito mais ambicioso do que qualquer coisa que Celestine Clochette estivesse fazendo na Europa antes de integrar a Segunda Expedição. — Philomena falara tão depressa que fez uma pausa para respirar fundo. — Na verdade — prosseguiu ela —, madre Innocenta não teria nunca, *nunca* mesmo, abandonado a luta se não tivesse sido assassinada pelos Nefilins.

Evangeline disse:

— Eu pensei que ela tivesse morrido no incêndio.

— Foi isso o que dissemos ao mundo exterior, mas não é verdade.

Philomena ruborizou e depois empalideceu, como se discutir o incêndio fizesse sua pele entrar em contato com um calor fantasmagórico.

— Por acaso, eu estava no balcão da Maria Angelorum quando o fogo começou. Estava limpando os tubos do órgão Cavasante, um trabalho extremamente difícil. O órgão tinha 1.422 tubos, divididos em trinta conjuntos e vinte registros. Já era bastante difícil tirar a poeira do órgão, mas madre Innocenta me atribuiu a tarefa de polir o metal duas vezes por ano! Imagine! Eu acredito que ela estava me punindo por alguma coisa, mas não consigo descobrir o que eu possa ter feito para desagradá-la.

Evangeline sabia muito bem que Philomena poderia mergulhar em uma depressão inconsolável ao falar sobre os eventos relacionados ao incêndio. Em vez de interrompê-la, como desejava, cruzou as mãos sobre o colo e se esforçou para ficar ouvindo, como penitência por ter perdido o horário da adoração naquela manhã.

— Tenho certeza que você não fez nada para desagradar ninguém — disse ela.

— Eu ouvi uma agitação pouco comum — prosseguiu Philomena, como faria com ou sem o encorajamento de Evangeline — e fui até a grande rosácea nos fundos da galeria do coro. Se você já limpou o órgão, ou participou do nosso coro, deve saber que a rosácea tem vista para o pátio central. Naquela manhã, o pátio estava lotado com centenas de irmãs. Logo percebi a fumaça e as chamas que estavam consumindo o quarto andar do convento, embora, isolada como eu estava no balcão da igreja, com uma visão clara dos andares superiores, eu não tivesse ideia do que acontecia nos outros andares do convento. Mais tarde soube que os estragos foram enormes. Perdemos tudo.

— Que coisa horrível — disse Evangeline, reprimindo a ânsia de perguntar como aquilo podia ser interpretado como um ataque nefilim.

— Terrível, realmente — concordou Philomena. — Mas eu não lhe contei tudo. Madre Perpétua tem me obrigado a manter silêncio sobre o assunto, mas não vou ficar calada mais tempo. Madre Innocenta, posso lhe dizer, foi assassinada. *Assassinada*.

— Como assim? — perguntou Evangeline, tentando entender a seriedade da acusação de Philomena. Havia apenas algumas horas, ela soubera que sua mãe fora assassinada por aquelas criaturas, e agora, de repente, o Santa Rosa lhe parecia o lugar mais perigoso em que seu pai poderia tê-la colocado.

— Ouvi uma porta batendo na galeria do coro. Em questão de segundos, madre Innocenta apareceu abaixo. Estava andando depressa pela nave central seguida por um grupo de irmãs, duas noviças e duas freiras. Elas pareciam estar se dirigindo à Capela da Adoração, talvez para rezar. Innocenta era assim: a oração, para ela, não era somente um ato de devoção ou um ritual, mas uma solução para tudo o que havia de imperfeito no mundo. Ela acreditava tanto no poder das orações que eu pensei que ela deveria estar acreditando que poderia parar o fogo com elas.

Philomena suspirou, pegou os óculos e os esfregou com um lenço branco amarrotado. Pondo os óculos sobre o nariz, olhou para Evangeline atentamente, como se estivesse avaliando sua capacidade de entender a história. Então continuou:

— De repente, duas figuras enormes saíram das laterais, extraordinariamente altos e ossudos, com mãos brancas e rostos que pareciam iluminados pelo fogo. Os cabelos e a pele deles, mesmo a distância, pareciam emitir uma leve luz branca, não muito forte. Tinham grandes olhos azuis, femininos, maçãs do rosto salientes e grandes lábios rosados. Os cabelos caíam em cachos em volta dos rostos deles. Mas eles tinham os ombros largos e usavam calças e casacos de chuva de modelos masculinos, não muito diferentes dos usados por um banqueiro ou um advogado. Aquelas roupas seculares afastavam a possibilidade de que fossem frades, que, naquela época, usavam batinas e tonsuras. Eu não consegui ver quem, ou o quê, aqueles seres eram.

"Hoje eu sei que se chamam Giborins, a classe guerreira dos Nefilins. São brutais, sanguinários, seres insensíveis, cuja ascendência — do lado angélico, fique bem claro — remonta ao grande guerreiro Miguel. É uma linhagem nobre demais para seres tão horrendos, o que explica a estranha beleza deles. Olhando para trás, agora sabendo bem o que eram, eu compreendo que a beleza deles é uma terrível manifestação do mal, uma beleza fria e diabólica que só poderia facilitar a prática do mal. Aqueles seres eram fisicamente perfeitos, mas de uma perfeição separada de Deus — uma beleza vazia e sem alma. Eu imagino que Eva encontrou uma beleza semelhante na serpente. A presença deles na igreja me causou uma sensação muito estranha. Devo confessar: fui pega completamente desprevenida por eles."

Mais uma vez, Philomena tirou do bolso o lenço branco amarrotado, desdobrou-o e o esfregou na testa, limpando o suor.

— Do coro, eu podia ver tudo com muita clareza. As criaturas saíram das sombras e entraram na luz brilhante da nave. Os vitrais estavam iluminados com a luz do sol, como geralmente estão ao meio-dia, espalhando manchas de cor pelo chão e pela pele dos seres, enquanto eles caminhavam. Madre Innocenta respirou fundo quando os viu; ela se apoiou em um banco e perguntou o que eles queriam. Alguma coisa no tom da voz dela me convenceu de que os tinha reconhecido. Talvez até estivesse prevendo que eles fossem aparecer.

— Ela não poderia prever que eles fossem aparecer — disse Evangeline, abismada com aquela catástrofe horrível que Philomena descrevia como se fosse obra da Providência.

— Eu não tenho como saber — replicou Philomena, limpando a testa de novo e embolando o lenço sujo na mão. — Antes que eu entendesse o que estava acontecendo, as criaturas atacaram minhas queridas irmãs. Aqueles seres maléficos dirigiram os olhos para elas e parecia que estavam lançando um feitiço. As cinco mulheres ficaram olhando para eles como se estivessem hipnotizadas. Uma das criaturas pousou as mãos sobre madre Innocenta e foi como se uma carga elétrica penetrasse no corpo dela. Ela entrou em convulsão e, naquele mesmo instante, caiu no chão, como se o espírito tivesse sido sugado de seu corpo. Os bichos sentiram prazer com o ato de matar, como qualquer monstro sentiria. Pareceram ficar mais fortes e vibrantes. O corpo de madre Innocenta ficou irreconhecível.

— Mas como isso foi possível? — perguntou Evangeline, conjeturando se sua mãe teria tido o mesmo destino infeliz.

— Eu não sei. Cobri os olhos, aterrorizada — respondeu Philomena. — Quando olhei de novo sobre a balaustrada, vi as cinco irmãs caídas no chão, mortas. No tempo que levei para correr do balcão à nave, uns 15 segundos, as criaturas desapareceram. Os corpos de nossas irmãs haviam sido queimados até os ossos, como se tivessem perdido não só os fluidos vitais como também a própria essência. Este, minha filha, foi o ataque dos Nefilins ao Convento de Santa Rosa. E nós respondemos renunciando ao trabalho que fazíamos contra eles. Eu nunca entendi isso. Madre Innocenta, que Deus dê descanso à alma dela, jamais deixaria o assassinato de nossa gente permanecer impune.

— Por que, então, nós paramos? — perguntou Evangeline.

— Nós queríamos que eles achassem que éramos um simples convento de freiras — disse Philomena. — Se achassem que éramos fracas e não representávamos nenhuma ameaça ao poder deles, interromperiam a busca pelo objeto que nós possuímos.

— Mas nós não o possuímos. Abigail Rockefeller nunca revelou onde guardou.

— Você realmente acredita nisso, minha querida Evangeline? Depois de tudo que foi ocultado de você? Depois de tudo que foi ocultado de *mim*? Celestine Clochette influenciou madre Perpétua para que adotasse uma atitude pacifista. Não é do interesse de Celestine que a lira de Orfeu seja encontrada. Mas eu apostaria minha própria vida, minha própria alma, que ela sabe o paradeiro dela. Se você me ajudar a achá-la, talvez nós possamos, juntas, livrar o mundo desses bichos monstruosos, de uma vez por todas.

A luz do sol entrava pelas janelas da biblioteca, iluminando as pernas de Evangeline e formando um círculo próximo à lareira. Evangeline fechou os olhos, analisando a história à luz de tudo o que ela aprendera no dia anterior.

— Eu acabei de saber que esses bichos monstruosos mataram minha mãe — murmurou ela. Ela tirou as cartas de Gabriella de seu hábito, mas Philomena pegou-as antes que ela pudesse entregá-las.

Philomena examinou os cartões, lendo-os avidamente. Ao terminar a leitura, declarou:

— Esta carta está incompleta. Onde está o resto?

Evangeline sacou o cartão que recolhera na correspondência daquela manhã e começou a ler em voz alta as palavras de sua avó:

— "Eu lhe contei muita coisa a respeito dos horrores do passado, e alguma coisa a respeito dos perigos que você está enfrentando no presente, mas disse pouco sobre seu futuro papel em nosso trabalho. Não posso dizer quando esta informação será útil. Pode ser que você viva sua vida em paz, em tranquila contemplação, executando fielmente suas tarefas no Santa Rosa. Mas pode ser que você seja necessária em um objetivo maior. Há uma razão para que seu pai tenha escolhido o Convento de Santa Rosa para ser sua casa e uma razão para você ter sido educada na tradição angelológica que fundamenta nosso trabalho há mais de um milênio.

"Madre Francesca, abadessa que fundou o convento onde você vive há 13 anos, construiu o Santa Rosa mediante a pura força da fé e trabalho duro, projetando cada cômodo e cada escadaria para servir às necessidades dos angelólogos nos Estados Unidos. A Capela da Adoração foi um feito da imaginação de Francesca, um brilhante tributo aos anjos que estudamos. Cada peça de ouro foi incrustada em honra, cada painel de vidro, instalado em louvor. O que você talvez não saiba é que no centro desta capela há um pequeno, mas inestimável, objeto de grande valor histórico e espiritual."

— É só isso — disse Evangeline, dobrando a carta e a colocando no envelope. — Este fragmento termina aqui.

— Eu sabia! A lira está aqui conosco. Venha, menina, vamos contar essa novidade maravilhosa para a irmã Perpétua.

— Mas a lira foi escondida por Abigail Rockefeller em 1944 — disse Evangeline, confusa com a linha de pensamento de Philomena. — Esta carta não nos diz nada.

— Ninguém sabe com certeza o que Abigail Rockefeller fez com a lira — disse Philomena. — Temos de falar com a irmã Perpétua imediatamente. Existe alguma coisa na Capela da Adoração. Alguma coisa útil para nós.

— Espere — disse Evangeline, com a voz embargada pela tensão do que ela devia dizer. — Há uma coisa que eu tenho de lhe dizer, irmã.

— Diga, minha filha — disse Philomena.

— Apesar do seu aviso, eu permiti que uma pessoa entrasse na nossa biblioteca ontem à tarde. O homem que perguntou sobre madre Innocenta veio ao convento ontem. Em vez de mandá-lo embora, como você me instruiu, eu permiti que ele lesse a carta de Abigail Rockefeller que eu descobri.

— Uma carta de Abigail Rockefeller? Eu estou procurando por uma carta dessas há cinquenta anos. Você está com ela?

Evangeline a mostrou à irmã Philomena, que a arrancou de sua mão e leu rapidamente. Enquanto lia, sua decepção ficou clara. Devolvendo a carta a Evangeline, ela disse:

— Não há nem uma gota de informação útil nesta carta.

— O homem que veio ver os arquivos não parecia pensar assim — disse Evangeline, se perguntando se Philomena iria detectar seu interesse em Verlaine.

— E como foi que esse cavalheiro reagiu? — perguntou Philomena.

— Ficou muito interessado e agitado — disse Evangeline. — Achou que a carta aponta para um mistério maior, que o contratante dele o encarregou de desvendar.

Philomena arregalou os olhos.

— Você descobriu os motivos do interesse dele?

— Acho que são inocentes, mas acabei de saber que o homem que o contratou é um dos que querem nos fazer mal. — Evangeline mordeu o lábio, sem ter certeza se deveria dizer o nome. — Verlaine está trabalhando para Percival Grigori.

Philomena pôs-se de pé, deixando cair a xícara de chá, cujo pires bateu na extremidade da mesinha e se quebrou.

— Meu Deus — disse ela aterrorizada. — Por que você não nos disse?

— Por favor, me perdoe — disse Evangeline. — Eu não sabia.

— Você não percebe o perigo que estamos correndo? — disse Philomena. — Temos de avisar madre Perpétua imediatamente. Está claro para mim que cometemos um erro terrível. O inimigo ficou mais forte. Uma coisa é querer a paz; outra é fingir que a guerra não existe.

Dizendo isso, Philomena pegou as cartas e saiu às pressas da biblioteca, deixando Evangeline sozinha com a lata de biscoitos vazia. Evidentemente, Philomena tinha a obsessão mórbida e pouco saudável de se vingar dos acontecimentos de 1944. Sua reação fora extremada, como se ela estivesse esperando havia muitos anos por uma informação daquele tipo. Evangeline percebeu que nunca deveria ter mostrado a Philomena a carta confidencial de sua avó, ou discutido informações tão perigosas com uma mulher que sempre achara um tanto instável. Em desespero, tentou pensar no que faria a seguir. De repente, lembrou-se do que Celestine lhe pedira quando lhe entregara os cartões: *Venha falar comigo quanto tiver lido tudo*. Evangeline se levantou e saiu da biblioteca, dirigindo-se à cela de Celestine.

Times Square, Nova York

Em meio ao engarrafamento da hora do rush, o motorista parou o carro na esquina da rua 42 com a Broadway. O trânsito estava quase parado próximo ao quartel-general da polícia de Nova York, onde os policiais faziam seus preparativos para o baile de ano-novo do milênio. Entre multidões de funcionários a caminho dos escritórios, Verlaine avistou policiais soldando tampas de bueiros e montando postos de verificação. Se a cidade já ficava cheia de turistas na época de Natal, pensou Verlaine, a véspera de ano-novo era um verdadeiro pesadelo, e a daquele ano seria ainda pior.

Gabriella pediu a Verlaine que saísse da caminhonete. Juntando-se à massa de gente aglomerada nas ruas, mergulharam no caos de letreiros luminosos e multidões apressadas. Verlaine levava a sacola no ombro, receoso de perder, de alguma forma, seu precioso conteúdo. Após o que ocorrera em seu apartamento, ele não conseguia se livrar da sensação de que estavam sendo observados, de que cada pessoa nas proximidades era suspeita, de que os homens de Percival Grigori esperavam por eles em cada esquina. Olhou por cima do ombro e viu um mar sem fim de gente.

Gabriella ia à frente, serpenteando pela multidão com uma rapidez que Verlaine se esforçava para igualar. Enquanto abriam caminho, notou que ela era uma visão e tanto. Baixinha, cerca de 1,50 metro, era extraordinariamente magra e de traços marcantes. Usava um sobretudo preto justo, cujo corte parecia eduardiano, e um casaco de seda estiloso, feito sob medida, com uma fileira de botões de obsidiana. O casaco era tão apertado que parecia ter sido feito para ser usado sobre um espartilho. Em contraste com a roupa preta, o rosto de Gabriella era extremamente branco, com finas rugas — a pele de uma mulher idosa. Entretanto, embora já devesse estar na casa dos 70, havia nela algo de inusitadamente jovem. Ela tinha a postura de uma mulher bem mais jovem: seus cabelos negros, perfeitamente penteados, sua coluna ereta, até mesmo o modo de andar. Ela caminhava rápido, como se desafiasse Verlaine a acompanhá-la.

— Você deve estar se perguntando por que lhe trouxe aqui, para o meio de toda esta loucura — disse Gabriella, apontando para a multidão. A voz tinha a mesma entonação serena que usara ao telefone, o que ele achou assustador e, ao mesmo tempo, profundamente reconfortante. — Times Square no Natal não é o lugar mais tranquilo do mundo para passear.

— Eu geralmente evito este lugar — disse Verlaine, olhando para as vitrines resplandecentes e para o letreiro luminoso que transmitia informações mais rapidamente do que ele conseguia lê-las. — Não passo por aqui há quase um ano.

— No meio do perigo, a melhor coisa é se esconder na multidão — observou Gabriella. — Não queremos chamar a atenção e temos de ter muito cuidado.

Após alguns quarteirões, Gabriella diminuiu o passo, conduzindo Verlaine através do Bryant Park, tomado pelas decorações natalinas. Com a neve que acabara de cair, o cenário parecia a Verlaine a perfeita representação do Natal nova-iorquino, o tipo de cena pintada por Norman Rockwell que o irritava. Ao se aproximarem do maciço prédio de pedras da Biblioteca Pública de Nova York, Gabriella fez uma pausa, olhou de um lado para outro e atravessou a rua.

— Venha — sussurrou ela, caminhando até um carro preto, grande, que estava estacionado ilegalmente diante de uma das estátuas de leões, à entrada da biblioteca. Na placa, de Nova York, lia-se: angel27. Quando os viu se aproximar, o motorista ligou o motor.

— É a nossa carona — disse Gabriella.

O carro dobrou a rua 39 e subiu a Sexta Avenida. Ao pararem no sinal, Verlaine olhou por cima do ombro, meio que esperando ver uma caminhonete preta. Mas eles não estavam sendo seguidos. Perceber que se sentia quase à vontade na companhia de Gabriella o deixava nervoso. Ele só a conhecia há 45 minutos. Ela estava sentada ao lado dele, olhando pela janela, como se ser seguida em Manhattan às nove da manhã fosse um aspecto perfeitamente normal de sua vida.

No Columbus Circle, o motorista parou. Gabriella e Verlaine saltaram em meio às enregelantes rajadas de vento que varriam o Central Park. Ela andava à frente, depressa, observando o trânsito e olhando as cercanias. Parecia estar quase perdendo sua calma imperturbável.

— Onde eles estão? — murmurou, contornando a extremidade do Central Park, passando por uma banca de jornais e entrando na Central Park West. Manteve o mesmo passo durante alguns quarteirões, e depois entrou em uma sombria rua lateral. Fez uma pausa e olhou em volta. — Estão atrasados — disse ela em voz baixa. Neste momento, um Porsche antigo contornou uma esquina, parando com um cantar de pneus. Sua pintura branca resplandecia à luz da manhã. Verlaine achou graça na placa: ANGELI.

Uma jovem saltou do assento do motorista do Porsche.

— Mil desculpas, dra. Gabriella — disse ela, entregando um molho de chaves a Gabriella, antes de se afastar às pressas.

— Entre — disse Gabriella, ocupando o assento do motorista.

Verlaine seguiu suas ordens, espremendo-se no carro minúsculo e batendo a porta. O painel era revestido com bordo e o volante, com couro. Ele se acomodou no assento do passageiro e procurou o cinto de segurança, mas não encontrou nenhum.

— Ótimo carro — disse.

Gabriella lhe lançou um olhar penetrante e ligou o motor.

— Este é o 356, o primeiro Porsche fabricado. A sra. Rockefeller comprou alguns para a sociedade. É incrível, tantos anos depois nós ainda estamos sobrevivendo com as migalhas dela.

— Migalhas bem luxuosas — disse Verlaine, passando a mão sobre o couro que forrava o assento, de cor caramelo. — Eu nunca iria imaginar que Abigail gostasse de carros esporte.

— Há muita coisa que ninguém jamais iria imaginar a respeito dela — disse Gabriella, que então mergulhou no trânsito, fez o contorno e se dirigiu para o norte, ao longo do Central Park.

Estacionou em uma rua tranquila e arborizada. A casa de tijolos marrons, para onde ela o levou, estava ensanduichada entre dois prédios semelhantes, que pareciam tê-la imprensado até que adquirisse um formato vertical. Gabriella abriu a porta da frente e acenou para que Verlaine entrasse. Seus movimentos eram tão seguros que Verlaine não teve tempo para se localizar antes que ela batesse e trancasse a porta. Levou alguns momentos para ele perceber que já estavam abrigados do ar frio.

Gabriella se apoiou na porta, fechou os olhos e deu um profundo suspiro. Na escuridão do foyer, ele notou que ela estava exausta. Com mãos trêmulas, ela afastou uma mecha de cabelos que estava sobre os olhos e colocou a mão sobre o coração.

— Pois é — disse baixinho. — Estou ficando velha demais para isso.

— Me desculpe perguntar — disse Verlaine, vencido pela curiosidade. — Mas com que idade você está?

— Estou velha o suficiente para levantar suspeitas — disse ela.

— Suspeitas?

— Sobre a minha humanidade — disse Gabriella, estreitando os olhos de um verde-claro espantoso, delineados por muita sombra verde. — Algumas pessoas na organização acreditam que eu sou um deles. De fato, devia me aposentar. Tenho lidado com suspeitas assim a vida inteira.

Verlaine a olhou de cima a baixo, das botas pretas aos lábios vermelhos. Queria pedir a ela que se explicasse, que explicasse o que acontecera na noite passada, que dissesse a ele por que fora até seu prédio para vigiá-lo.

— Venha, não temos tempo para minhas queixas — disse Gabriella, virando-se e subindo uma estreita escada de madeira. — Vamos lá para cima.

Verlaine a seguiu pelos degraus rangentes. No alto da escada, Gabriella abriu uma porta e guiou Verlaine para um quarto escuro. Depois que seus olhos se ajustaram, Verlaine viu um aposento longo e estreito, mobiliado com poltronas estofadas, estantes do chão ao teto e abajures *tiffany*, empoleirados em mesinhas de canto como pássaros mal equilibrados. Em uma das paredes, havia algumas pinturas a óleo em grandes molduras douradas — as luzes fracas não deixavam ver o que retratavam. O teto estava amarelecido por infiltração de água.

Gabriella fez um gesto para que Verlaine se sentasse, enquanto abria as cortinas de uma série de janelas estreitas, inundando o aposento de luz. Verlaine andou até um conjunto de cadeiras neogóticas de espaldar alto, próximas à janela, pousou a sacola cuidadosamente ao seu lado e se acomodou no duro assento. As pernas da cadeira rangeram sob seu peso.

— Vou ser clara, sr. Verlaine — disse Gabriella, sentando-se na cadeira que fazia par com a dele. — Você tem sorte de estar vivo.

— Quem eram eles? — perguntou Verlaine. — O que eles queriam?

— Igualmente fortuito — prosseguiu Gabriella, ignorando as perguntas e a crescente agitação de Verlaine — é o fato de que você tenha escapado incólume. — Olhando para o pulso dele, cuja ferida tinha começado a cicatrizar, ela disse: — Ou quase incólume. Você tem sorte. Escapou com uma coisa que eles querem.

— Você deve ter ficado lá por horas. De outra forma, como poderia saber que eles estavam me vigiando? Como você sabia que eles iriam arrombar o apartamento?

— Eu não tenho poderes psíquicos — disse Gabriella. — Espere tempo suficiente e os demônios aparecem.

— Evangeline telefonou para você? — perguntou Verlaine, mas Gabriella não disse nada. Visivelmente, não estava disposta a divulgar seus segredos para gente como ele. — Presumo que você saiba o que eles planejavam fazer quando me achassem.

— Eles pegariam as cartas, é claro — respondeu Gabriella, calmamente. — Depois que as cartas estivessem com eles, matariam você.

Verlaine matutou sobre o assunto por alguns momentos. Não entendia como aquelas cartas podiam ser tão importantes. Então perguntou:

— Você tem alguma teoria a respeito dos motivos para eles fazerem isso?

— Eu tenho uma teoria a respeito de tudo, sr. Verlaine. — Gabriella sorriu pela primeira vez, no curto relacionamento de ambos. — Primeiro, eles acreditam, como eu, que as cartas que estão com você contêm informações valiosas. Segundo, eles querem muito essas informações.

— O suficiente para matar por elas?

— Com certeza — respondeu Gabriella. — Eles já mataram muitas vezes por informações muito menos importantes.

— Eu não entendo — disse Verlaine, pondo a bolsa no colo, em um movimento de defesa que, ele notou pelo brilho do olhar dela, não escapou a Gabriella. — Eles não leram as cartas de Innocenta.

A informação fez Gabriella parar para refletir.

— Você tem certeza? — perguntou ela.

— Eu não entreguei as cartas a Grigori — disse Verlaine. — Eu não sabia ao certo o que eram quando as encontrei, e queria ter certeza da autenticidade delas antes de falar com ele. No meu ramo de atividade, é fundamental verificar tudo antes.

Gabriella abriu a gaveta de uma pequena escrivaninha, tirou um cigarro de uma caixa de porcelana, prendeu-o em uma piteira laqueada e o acendeu com um pequeno isqueiro de ouro. O cheiro de tabaco aromatizado tomou conta do quarto. Ela ofereceu um cigarro a Verlaine, que aceitou e chegou a pensar em pedir uma bebida forte para acompanhar.

— Na verdade — disse ele, afinal —, eu não tenho ideia de como me envolvi nisso. Não sei por que aqueles homens, ou o que sejam, foram até minha casa. Admito que obtive algumas informações estranhas sobre Grigori, enquanto trabalhava para ele, mas todo mundo sabe que o homem é excêntrico. Francamente, começo a achar que estou ficando maluco. Você pode me dizer por que estou aqui?

Gabriella o estudou, como se estivesse considerando a resposta apropriada. Por fim, disse:

— Eu o trouxe até aqui, sr. Verlaine, porque nós precisamos de você.

— Nós? — replicou Verlaine.

— Nós estamos pedindo sua ajuda para recuperar algo muito precioso.

— A descoberta feita nos montes Ródopes?

Gabriella ficou séria ao ouvir as palavras de Verlaine, que sentiu um lampejo de triunfo. Pelo menos uma vez, conseguira surpreendê-la.

— Você sabe da viagem aos Ródopes? — disse ela, recobrando a serenidade.

— Isso é mencionado na carta de Abigail Rockefeller que Evangeline me mostrou ontem. Entendi que estavam conversando sobre a recuperação de uma espécie de antiguidade, talvez cerâmica grega, ou artesanato trácio. Mas agora estou percebendo que o objeto era mais valioso do que algumas jarras de barro.

— Bem mais valioso — disse Gabriella, terminando o cigarro e colocando a guimba em um cinzeiro. — Mas seu valor é avaliado de uma forma diferente da que você pode estar pensando. Não é um valor que possa ser medido em dinheiro, embora nos últimos 2 mil anos muito ouro tenha sido gasto na tentativa de obtê-lo. Vou colocar as coisas nos seguintes termos: o objeto tem um valor ancestral.

— É um artefato histórico?

— Pode-se dizer que sim — respondeu Gabriella, cruzando os braços. — É muito antigo, mas não é peça de museu. É tão relevante hoje quanto foi no passado. Pode afetar as vidas de milhões de pessoas e, o mais importante, pode alterar o curso do futuro.

— Parece um enigma — disse Verlaine, apagando o cigarro.

— Não vou fazer jogos com você. Não temos tempo. A situação é muito mais complicada do que você imagina. O que aconteceu com você hoje de manhã começou há muitos séculos. Não sei como você se enredou neste caso, mas as cartas em seu poder o colocam em uma posição central.

— Não estou entendendo.

— Você vai ter de acreditar em mim — disse Gabriella. — Vou lhe contar tudo, mas vamos fazer um trato. Em troca dessas informações, você vai abrir mão de sua liberdade. Depois desta noite, ou você vai se tornar um de nós ou vai ter de se esconder. Em qualquer uma das hipóteses, vai passar o resto da vida olhando por cima do ombro. Quando souber a história de nossa missão, e como a sra. Rockefeller se envolveu nela (o que é só uma parte menor de uma história grande e complexa), você vai se tornar parte de um drama terrível, do qual não há como escapar por completo. Pode soar muito extremo, mas, quando você souber a verdade, sua vida vai mudar para sempre. Não há caminho de volta.

Verlaine olhou para suas mãos, analisando o que Gabriella dissera. Embora parecesse que tinham lhe pedido para pular de um precipício — tinham lhe ordenado, na verdade —, ele estava dominado pela vontade de prosseguir. Então, disse:

— Você acha que as cartas revelam o que foi descoberto durante a expedição.

— Não o que foi descoberto, mas o que estava escondido — disse Gabriella. — Eles foram até os montes Ródopes para buscar uma lira. Uma cítara, para ser exata. Nós já a tivemos por pouco tempo em nosso poder. Agora está escondida de novo. Nossos inimigos, que formam um grupo extremamente rico e influente, estão tão ansiosos para encontrá-la quanto nós.

— Foram eles que entraram no meu apartamento?

— Os homens que entraram no seu apartamento foram contratados por eles, sim.

— Percival Grigori faz parte desse grupo?

— Sim — disse Gabriella. — É um membro muito importante.

— Então, ao trabalhar para ele, eu estava trabalhando contra você.

— Como lhe disse antes, você realmente não significa nada para eles. É danoso e extremamente perigoso para Grigori se expor em público, por isso sempre contratou descartáveis (a palavra é dele, não minha) para fazer pesquisas para ele. Ele os usa para desencavar informações e depois os mata. Uma medida de segurança extremamente eficiente.

Gabriella acendeu outro cigarro, formando uma neblina com a fumaça.

— Abigail Rockefeller trabalhava para eles?

— Não — disse Gabriella. — Era exatamente o oposto. A sra. Rockefeller estava trabalhando com a irmã Innocenta para encontrar um esconderijo adequado para a lira. Por motivos que ainda não entendemos, ela interrompeu todas as comunicações conosco após a guerra. Foi um grande problema para nossa rede. Nós não sabíamos onde ela escondera a lira. Alguns acham que está escondida em Nova York. Outros, que ela a enviou de volta para a Europa. Outros, ainda, que ela a destruiu. Estamos tentando descobrir, desesperadamente, onde ela ocultou a lira, se é que a ocultou.

— Eu li as cartas de Innocenta — disse Verlaine, com ar duvidoso. — Não acho que elas irão lhe dizer o que você está esperando descobrir. Faz mais sentido procurar Grigori.

Gabriella respirou profundamente.

— Há uma coisa que quero lhe mostrar — disse ela. — Pode ajudar você a entender o tipo de criaturas com que estamos lidando.

Ficando de pé, ela começou a despir sua blusa de seda negra, desabotoando os botões com as mãos cobertas de veias.

— Isso — disse ela em voz baixa, retirando um dos braços da manga da camisa, e depois o outro — é o que acontece quando você é capturado pelo outro lado. — Então girou o corpo.

Seu tronco estava coberto de grossas cicatrizes que cruzavam suas costas, o peito e a barriga. Era como se ela tivesse sido retalhada com uma faca de açougueiro muito afiada. Pela largura e irregularidade das cicatrizes, Verlaine supôs que os ferimentos não deveriam ter sido adequadamente suturados. À fraca luz ambiente, a pele das cicatrizes era rosada e áspera. O padrão sugeria que Gabriella fora chicoteada ou, pior, cortada com uma lâmina.

— Meu Deus — disse Verlaine, chocado com a carne lacerada e com a horrível, ainda que delicada, tonalidade rósea das cicatrizes. — Como isso aconteceu?

— Houve uma época em que pensei que podia ser mais esperta do que eles — disse Gabriella. — Achei que era mais inteligente, mais forte e mais preparada. Eu era a melhor angelóloga em Paris durante a guerra. Apesar da minha pouca idade, eu subi mais rápido na hierarquia do que qualquer um. Isso é um fato. Acredite, eu sempre fui muito boa no meu trabalho.

— Isso aconteceu durante a guerra? — perguntou Verlaine, tentando extrair um sentido daquela brutalidade.

— Na minha juventude, eu trabalhei como agente dupla. E me tornei amante do herdeiro da mais poderosa família inimiga. Se alguém poderia ter êxito numa infiltração como essa, esse alguém era eu. Meu trabalho era monitorado e eu fui muito bem-sucedida no início, mas acabei sendo descoberta. Olhe bem o que aconteceu comigo, sr. Verlaine, e imagine o que poderiam fazer com você. Sua ingênua crença americana de que o bem sempre vence o mal não o salvaria. Eu garanto: você estaria perdido nas mãos deles.

Era difícil para Verlaine olhar para Gabriella, mas ele não conseguia desviar os olhos dela, seguindo a sinuosa trilha rosada desde a clavícula até a cintura, através da brancura de sua pele. Começou a sentir-se enjoado.

— Como você pode ter esperança de derrotá-los?

— Isso — disse Gabriella vestindo a blusa — é uma coisa que vou lhe explicar depois que você me der as cartas.

* * *

Verlaine colocou seu laptop sobre a mesa de Gabriella e o ligou. O *hard drive* clicou e o monitor ganhou vida. Logo, todos os seus arquivos — inclusive os documentos de pesquisa e as cartas escaneadas — apareceram como ícones na superfície da tela, balões de cores vivas flutuando em um céu azul eletrônico. Verlaine clicou na pasta Rockefeller/Innocenta e se afastou do computador, oferecendo a Gabriella espaço para ler. Pela janela empoeirada, ele observou o parque que havia em frente, tranquilo e frio. Ele sabia que, mais à frente, havia lagos congelados, um rinque de patinação vazio, calçadas cobertas de neve e um carrossel que o frio desativara. Uma falange de táxis seguia pela Central Park West. Era a cidade em seu habitual ritmo frenético.

Verlaine olhou para Gabriella por cima do ombro. Ela estava lendo as cartas, totalmente absorta pela tela do computador, como se as palavras pudessem desaparecer a qualquer momento. O monitor projetava uma luz esverdeada sobre sua pele, acentuando as rugas em torno dos olhos e da boca, e dando a seus cabelos negros uma tonalidade púrpura. Retirando uma folha de papel da gaveta da mesa, ela começou a fazer anotações, escrevendo enquanto lia, sem olhar nenhuma vez para Verlaine ou para a torrente de frases que surgiam de sua caneta. A atenção dela estava tão focalizada na tela — na caligrafia curvilínea de madre Innocenta — que somente quando Verlaine se postou a seu lado, olhando por cima de seu ombro, foi que ela o notou.

— Há uma cadeira naquele canto — disse ela, sem tirar os olhos da tela. — É mais confortável do que ficar espiando por cima do meu ombro.

Verlaine pegou um antigo banco de piano, colocou-o ao lado de Gabriella e sentou-se.

Gabriella ergueu a mão, como se esperasse que ele a beijasse, e disse:

— Um cigarro, *s'il vous plaît*.

Verlaine retirou um cigarro da caixa de porcelana, enfiou-o na piteira laqueada e o colocou entre os dedos de Gabriella, que, sem olhar para cima, levou-o aos lábios.

— *Merci* — disse, tragando a fumaça, quando ele acionou o isqueiro.

Finalmente, ele abriu sua sacola, tirou um volume de dentro e, arriscando-se a perturbá-la durante a leitura, disse:

— Eu deveria ter lhe dado isso antes.

Gabriella tirou os olhos do computador e pegou a pasta que Verlaine lhe estendia.

— Os originais? — perguntou.

— Material cem por cento roubado do arquivo da família Rockefeller — respondeu Verlaine.

— Obrigada — disse ela, abrindo a pasta e folheando as cartas. — Eu estava me perguntando o que teria acontecido com elas, e suspeitava que deveriam estar com você. Me diga, quantas outras cópias existem destas cartas?

— Só estas — explicou Verlaine. — Os originais que estão nas suas mãos. — Ele gesticulou na direção do computador. — E as cópias escaneadas.

— Ótimo — disse Gabriella, suavemente.

Verlaine desconfiou que ela queria dizer mais. Em vez disso, ela se levantou, tirou uma lata de pó de café de uma gaveta e preparou um bule de café em fogareiro elétrico. Quando a bebida borbulhou no bule, Gabriella o levou até o laptop e, sem nenhum aviso, derramou o líquido escaldante sobre o teclado. O monitor ficou branco e, depois, negro. O aparelho emitiu um ruído horrendo e parou de funcionar.

Verlaine olhou para o teclado encharcado de café, tentando não perder a calma, e falou:

— O que você fez?

— Não devemos ter mais cópias do que as absolutamente necessárias — observou Gabriella calmamente, limpando as mãos do pó de café.

— Sim, mas você destruiu meu computador — disse Verlaine, pressionando o botão de iniciar, esperando que a máquina, de alguma forma, voltasse à vida.

— Aparelhagem tecnológica se substitui facilmente — disse Gabriella, sem nenhuma entonação de desculpa. Andando até a janela, encostou-se no vidro e cruzou os braços com expressão serena. — Não podemos permitir que ninguém leia essas cartas. Elas são importantes demais.

Enfileirou então as cartas em uma mesa baixa, uma ao lado da outra, até que o tampo ficou coberto de folhas amareladas. Havia cinco cartas, cada uma com numerosas páginas. Verlaine postou-se ao lado de Gabriella. As cartas haviam sido escritas com uma caligrafia floreada — alças elegantes que se espalhavam pelo papel não pautado em ondas de azul desbotado. Era quase impossível decifrá-las sob a luz fraca.

— Você consegue ler isso? — perguntou Gabriella, inclinando-se sobre a mesa e girando uma das páginas, como se um novo ângulo pudesse melhorar a legibilidade das letras. — Eu acho difícil entender a caligrafia dela.

— Demora um pouco para se acostumar — disse Verlaine. — Mas sim, consigo.

— Então você pode me ajudar — disse Gabriella. — Temos de determinar se esta correspondência realmente é útil.

— Vou tentar — disse Verlaine. — Mas, primeiro, eu gostaria que você me dissesse o que estamos procurando.

— Lugares mencionados na correspondência. Lugares a que Abigail Rockefeller tivesse acesso irrestrito. Talvez alguma instituição onde ela tivesse autoridade para ir e vir como quisesse. Referências aparentemente inócuas a endereços, ruas, hotéis. Lugares seguros, é claro, mas não seguros demais.

— Metade de Nova York se encaixa nisso — disse Verlaine. — Se eu vou achar alguma coisa nestas cartas, tenho de saber, exatamente, o que você está procurando.

Gabriella olhou pela janela. Finalmente, disse:

— Há muito tempo, um bando de anjos perversos chamados Vigias foram condenados ao cativeiro numa caverna em uma das regiões mais remotas da Europa. Os arcanjos receberam a missão de levar os Vigias até lá. Depois que fizeram isso, ficaram ouvindo os gritos de angústia dos Vigias. Era uma agonia tão grande que, em um momento de piedade, o arcanjo Gabriel jogou uma lira de ouro para as miseráveis criaturas. Era uma lira de perfeição angélica, cuja música era tão milagrosa que os prisioneiros poderiam passar centenas de anos felizes, acalmados por suas melodias. O erro de Gabriel teve graves consequências. A lira foi um consolo para os Vigias, mas também um instrumento de poder. Além de se entreterem nas profundezas da Terra, eles se tornaram mais fortes e cada vez mais ambiciosos. E perceberam que a música da lira lhes dava um poder extraordinário.

— Que tipo de poder? — perguntou Verlaine.

— O poder para brincar de Deus — respondeu Gabriella. Acendendo mais um cigarro, ela prosseguiu: — É um fenômeno ensinado exclusivamente para alunos adiantados nos seminários de musicologia etérea realizados em nossas universidades angelológicas. Assim como foi criado pela vibração da voz de Deus, pela música de Sua Palavra, o universo pode também ser alterado, aprimorado ou totalmente destruído pela música de Seus mensageiros, os anjos. A lira (e outros instrumentos celestiais confeccionados pelos anjos, muitos dos quais estão em nosso poder há séculos) tem o poder de realizar tais mudanças, ou isto é o que nós presumimos. O grau de poder de cada instrumento varia. Nossos especialistas em musicologia etérea acreditam que, na frequência correta, pode ocorrer um número indeterminado de mudanças cósmicas. Talvez o céu se torne vermelho; o mar, roxo; a grama, laranja. Talvez o sol passe a esfriar o ar, em vez de aquecê-lo. Talvez os continentes passem a ser povoados por demônios. Acredita-se que um dos poderes da lira é curar doentes.

Verlaine olhou para ela, assombrado com o que aquela mulher, que parecia sensata, havia acabado de dizer.

— Faz pouco sentido para você agora — disse ela, pegando as cartas originais e as entregando a Verlaine. — Mas leia as cartas para mim. Eu gostaria de ouvi-las. Isso vai me ajudar a pensar.

Verlaine examinou as folhas, encontrou a data de início da correspondência, 5 de junho de 1943, e começou a ler. Embora o estilo de madre Innocenta oferecesse um desafio — pois todas as frases tinham um tom grandioso, cada pensamento era como que martelado no texto —, ele logo entrou em sintonia com a cadência do estilo dela.

A primeira carta continha pouco mais que uma polida troca de formalidades. Innocenta se expressava de forma hesitante, como se estivesse procurando se aproximar da sra. Rockefeller em um corredor escuro. Entretanto, mesmo nesta carta, havia a estranha referência ao bom gosto artístico de Abigail Rockefeller — *Por favor, saiba que a perfeição de vossa visão artística e a execução de vossa ideia foram notadas e bem-aceitas* —, uma referência que fez ressurgir a ambição de Verlaine no mesmo momento. A segunda carta era mais longa e tinha um tom ligeiramente mais íntimo. Nela, Innocenta manifestava sua gratidão à sra. Rockefeller por sua importante contribuição para o bom desfecho da missão e — Verlaine constatou com satisfação — parecia discutir algum desenho que a sra. Rockefeller devia ter incluído na carta: *Nossa mui admirada amiga, não podemos deixar de nos maravilhar com vossas delicadas representações, nem de recebê-las com humildes agradecimentos e grata compreensão.* O tom da carta dava a entender que as duas mulheres haviam feito um acordo, embora nada houvesse de concreto a esse respeito e, com certeza, nada sugerisse que algum plano fora formulado. A quarta carta continha mais uma referência a algo artístico: *Como sempre, vossa mão nunca deixa de expressar o que os olhos mais desejam contemplar.*

Verlaine começou a explicar sua teoria sobre o talento artístico da sra. Rockefeller, mas Gabriella lhe pediu que continuasse a leitura, claramente aborrecida com a interrupção.

— Leia a última carta — disse ela. — A datada de 15 de dezembro de 1943.

Verlaine folheou as páginas até chegar à carta. Então leu:

15 de dezembro de 1943

Querida sra. Rockefeller,

Vossa última carta chegou em um momento oportuno, pois temos trabalhado para a realização de nossas celebrações anuais de Natal, e agora estamos totalmente preparadas para comemorar o nascimento do Senhor. A campanha natalina de levantamento de fundos, organizada pelas irmãs, está obtendo um sucesso maior do que esperávamos, e ouso dizer que continuaremos a receber muitos donativos. Vossa ajuda tem sido também uma fonte de enorme alegria para nós. Nós agradecemos a Deus por vossa generosidade, e nos lembramos de vós em nossas orações diárias. Vosso nome permanecerá por muito tempo nos lábios das irmãs do Santa Rosa.

O trabalho beneficente descrito em vossa carta de novembro foi recebido com grande louvor por todas as irmãs do Santa Rosa, e acredito que vá fazer uma enorme diferença em nossos esforços para conquistar novas filiações. Apesar das labutas e dos sofrimentos enfrentados em nossas recentes batalhas, das grandes privações e perdas sofridas nos últimos anos, estamos vendo surgir uma luz mais brilhante.

Embora uma visão perspicaz seja como a música dos anjos — mais exata, calibrada e misteriosa do que a razão é capaz de conceber —, seu poder está no foco de luz. Querida benfeitora, nós sabemos como escolhestes sabiamente vossas representações. Esperamos ansiosamente por mais iluminação, e vos pedimos que escrevais com a devida rapidez, para que as notícias sobre vosso trabalho levantem nossos espíritos.

Vossa seguidora e camarada,
Innocenta Maria Magdalena Fiori, SAA

Enquanto Verlaine lia a quinta carta, uma frase atraiu a atenção de Gabriella. Ela pediu que Verlaine interrompesse a leitura e a repetisse. Ele retrocedeu alguns parágrafos e leu:

— "... uma visão perspicaz seja como a música dos anjos — mais exata, calibrada e misteriosa do que a razão é capaz de conceber —, seu poder está no foco de luz..."

Ele colocou sobre os joelhos a pilha de papéis amarelados.

— Você ouviu alguma coisa interessante? — perguntou ele, ansioso para testar sua teoria sobre aquelas passagens.

Gabriella parecia perdida em pensamentos. Olhava para a janela através dele, com o queixo repousando na mão.

— Metade está aí — disse ela, por fim.

— Metade? — perguntou Verlaine. — Metade de quê?

— Metade do nosso mistério — explicou Gabriella. — As cartas de madre Innocenta confirmam uma coisa da qual eu desconfiava há muito tempo. Isto é, que as duas mulheres estavam trabalhando juntas. Vou precisar ler a outra metade da correspondência para ter certeza — acrescentou ela. — Mas acredito que Innocenta e a sra. Rockefeller estavam escolhendo locais. Meses antes que Celestine trouxesse o instrumento de Paris, e até meses antes que ele fosse encontrado nos Ródopes, elas estavam planejando a melhor maneira de guardá-lo em segurança. É uma bênção que Innocenta e Abigail Rockefeller tenham tido a antevisão e a inteligência para encontrar um lugar seguro. Agora, só precisamos entender os métodos que elas usaram. Temos de encontrar a localização da lira.

Verlaine ergueu uma sobrancelha.

— Isso é possível?

— Não vou ter certeza até ler as cartas de Abigail Rockefeller para Innocenta. Obviamente, Innocenta era uma angelóloga muito mais brilhante do que se acreditava. O tempo todo, ela estava insistindo para que Abigail Rockefeller assegurasse o futuro da angelologia. O instrumento foi confiado à sra. Rockefeller somente após uma longa deliberação. — Gabriella andou pelo quarto, como se o movimento desanuviasse seus pensamentos. De repente, ela parou. — Deve ser aqui, em Nova York.

— Tem certeza? — perguntou Verlaine.

— Não há como saber ao certo, mas creio que esteja aqui. Abigail Rockefeller iria querer ficar de olho nele.

— Você deve estar vendo alguma coisa nas cartas que eu não vejo — disse Verlaine. — Para mim, são apenas algumas trocas de gentilezas entre duas senhoras idosas. O único elemento potencialmente interessante nas cartas é sempre mencionado, mas nunca está realmente lá.

— O que você quer dizer com isso? — perguntou Gabriella.

— Você reparou como Innocenta está sempre mencionando imagens visuais? Parece que havia desenhos, esboços ou algum outro trabalho artístico anexado às cartas dela — disse Verlaine. — Essas imagens devem estar na outra metade da correspondência. Ou foram perdidas.

— Você tem razão — disse Gabriella. — Existe um padrão nas cartas. Tenho certeza de que de isso será confirmado depois de lermos a outra metade da correspondência. As ideias propostas por Innocenta, com certeza, eram refinadas. Só quando colocarmos as cartas de ambas lado a lado é que teremos o quadro inteiro.

Tirando as cartas das mãos de Verlaine, ela as leu como se quisesse decorar as linhas. Depois as enfiou no bolso.

— Devemos ser extremamente cuidadosos — observou ela. — É de suma importância mantermos essas cartas e os segredos para os quais elas apontam longe dos Nefilins. Você tem certeza de que Percival não as leu?

— Você e Evangeline foram as únicas pessoas que as leram, mas eu mostrei a ele uma coisa que eu gostaria que ele nunca tivesse visto — informou Verlaine, tirando da sacola os desenhos arquitetônicos.

Gabriella pegou os desenhos e os olhou cuidadosamente, com expressão séria.

— Foi uma coisa bastante infeliz — disse ela por fim. — Isso diz tudo. Quando olhou esses papéis, ele entendeu o significado deles?

— Parece que ele achou que não eram importantes.

— Ah, bom — disse ela, sorrindo levemente. — Percival estava enganado. Devemos ir logo, antes que ele comece a entender o que você descobriu.

— E o que exatamente eu descobri? — perguntou Verlaine, sentindo que poderia finalmente entender o significado dos desenhos e do selo dourado no centro deles.

Gabriella abriu os desenhos na mesa e os alisou com as mãos.

— São um conjunto de instruções — disse ela. — O selo no centro dos desenhos marca uma localização. Se você reparar, ele está no centro da Capela da Adoração, um lugar que está sob vigilância constante.

— Mas por quê? — perguntou Verlaine, estudando o selo pela centésima vez e conjeturando sobre seu significado.

Gabriella colocou seu casaco de seda negra e se encaminhou para a porta.

— Venha comigo até o Convento de Santa Rosa e eu lhe explicarei tudo.

Quinta Avenida, Upper East Side, Nova York

De óculos escuros, para proteger os olhos da insuportável claridade matinal, Percival aguardava no saguão de seu prédio. Tinha a mente totalmente absorvida pela situação presente, que ficara mais complicada após o envolvimento de Gabriella Lévi-Franche Valko. A presença dela no apartamento de Verlaine fora suficiente para indicar que eles haviam de fato achado algo significativo. Teriam de se mexer imediatamente, antes que perdessem a pista de Verlaine.

Uma caminhonete Mercedes preta parou diante do prédio. Percival reconheceu os Giborins que ele enviara para matar Verlaine naquela manhã. Estavam sentados no banco dianteiro, rudes, indiferentes, sem inteligência nem curiosidade para questionar a superioridade de Percival e Otterley. A ideia de viajar juntamente com aqueles seres, no mesmo veículo, causava-lhe repulsa — Otterley, certamente, não esperava que ele fosse concordar com um arranjo desses. Em seus entendimentos com as formas inferiores de vida, havia certos limites que ele não cruzaria.

Otterley não tinha esses problemas. Bem-vestida como sempre, com os cabelos louros presos num coque frouxo, ela desceu do banco traseiro do carro. Usava um casaco de peles abotoado até o queixo e suas bochechas estavam rosadas de frio. Para enorme alívio de Percival, disse algumas palavras aos Giborins e a caminhonete partiu. Somente então, Percival saiu do prédio para falar com a irmã — pela segunda vez naquele dia, mas, felizmente, em uma posição menos desfavorável.

— Vamos ter de ir no meu carro — disse Otterley. — Gabriella Lévi-Franche Valko viu aquele veículo em frente ao apartamento de Verlaine.

A simples articulação do nome de Gabriella enfraqueceu a resolução de Percival.

— Você viu Gabriella?

— Ela provavelmente forneceu o número da placa da caminhonete a todos os angelólogos de Nova York — disse Otterley. — É melhor pegarmos o Jaguar. Não quero correr riscos.

— E os bichos?

Otterley sorriu. Ela também não gostava de trabalhar com os Giborins, mas jamais se dignaria a demonstrar isso.

— Eu os mandei na frente. Eles têm uma área específica para cobrir. E têm instruções para pegar Gabriella se a encontrarem.

— Duvido muito que eles tenham habilidade para pegá-la — disse Percival.

Otterley jogou as chaves de seu carro para o porteiro, que se afastou para buscá-lo em uma garagem da esquina.

De pé no meio-fio da Park Avenue, Percival lutava para respirar. Quanto mais desesperado ficava por ar, mais difícil se tornava inalar. Ele sentiu-se aliviado quando o Jaguar branco parou diante dele, com a fumaça saindo do cano de descarga. Otterley sentou-se no assento do motorista e esperou, enquanto Percival, cujo corpo doía ao menor movimento irregular, se acomodava delicadamente no assento do passageiro, ofegante. Suas asas carcomidas e putrefatas foram pressionadas contra as costas quando o colete mudou de posição. Ele conteve o impulso de gritar de dor, enquanto Otterley engrenava o carro e seguia o trânsito.

Enquanto ela se dirigia à West Side Highway, Percival ligou o aquecedor no máximo, esperando que o ar quente lhe facilitasse a respiração. Ao parar em um sinal luminoso, sua irmã se virou para examiná-lo, apertando os olhos. Não falou nada, mas era claro que ela não sabia o que fazer com aquele ser fraco e enfermo que um dia fora o futuro da família Grigori. Percival pôde perceber que ela estava tão ansiosa para obter a lira quanto ele.

Retirando uma pistola do porta-luvas e verificando que estava carregada, ele a enfiou no bolso interno do sobretudo. A arma era pesada e fria. Ele a acariciou, pensando em como seria bom pressioná-la na área macia da têmpora de Gabriella, em como ela ficaria assustada. Apesar de tudo que acontecera no passado, apesar das vezes em que sonhara com Gabriella, ele não permitiria que ela interferisse. Dessa vez, ele mesmo a mataria.

Ponte Tappan Zee, estrada I-87 Norte, estado de Nova York

Com seu motor antigo e chassi baixo, o Porsche trepidava e roncava. Contudo, apesar do barulho, Verlaine estava achando a viagem profundamente relaxante. Gabriella dirigia o carro, com o braço descansando sobre a porta. Tinha o ar de quem planejava um assalto a banco — sua atitude era concentrada, séria e cuidadosa. Ele chegara à conclusão que ela era uma pessoa extraordinariamente reservada, uma mulher que não dizia nada além do necessário. Embora a tivesse pressionado para obter informações, ela demorara algum tempo para se abrir com ele.

Por insistência dele, haviam discutido o trabalho dela — a história e os objetivos da angelologia, como ela passara a vida mergulhada no assunto, o envolvimento de Abigail Rockefeller. Isso fez com que Verlaine entendesse a dimensão do perigo que corria. A intimidade entre ambos foi aumentando à medida que os minutos passavam e, ao atravessarem a ponte, uma simpatia mútua já se desenvolvera.

Suspenso acima do Hudson, ele podia avistar pedaços de gelo presos às margens nevadas do rio. Olhando a paisagem, tinha a impressão de que a Terra se abrira em uma grande fissura geomórfica. O sol fazia o rio cintilar com calor e cores, fluido e brilhante como uma lâmina de fogo.

As pistas da rodovia estavam vazias, se comparadas às ruas apinhadas de Manhattan. Depois de atravessar a ponte, com a estrada livre, Gabriella passou a dirigir cada vez mais rápido. O motor do Porsche chocalhava como se fosse explodir. O estômago de Verlaine doía de fome. Seus olhos ardiam de exaustão. Olhando pelo retrovisor, ele notou, para sua surpresa, que tinha o aspecto de alguém que acabara de sair de uma briga. Seus olhos estavam injetados e seus cabelos, emaranhados. Gabriella fizera um curativo decente sobre seu ferimento, enrolando gaze em torno dele. Nas últimas 24 horas, transformara-se em um homem exaurido, prostrado e machucado.

Ainda assim, Verlaine se deleitava diante daquela imensa beleza — o rio, o céu azul, o brilho de casca de ovo do Porsche —, sentindo sua percepção se ampliar. Via agora como sua vida estivera confinada nos últimos anos. Ele passava dias inteiros andando em uma trilha estreita entre seu apartamento, seu gabinete de trabalho e alguns cafés e restaurantes. Raramente saía dessa rotina, se é que saíra alguma vez. Não conseguia se lembrar da última vez que realmente prestara atenção no espaço que o cercava, ou nas pessoas ao redor. Estivera perdido em um labirinto. O fato de que nunca mais retornaria a esse tipo de vida era, ao mesmo tempo, assustador e empolgante.

Gabriella saiu da rodovia e entrou em uma pequena estrada vicinal. Retesando-se no banco para alongar as costas, ela parecia um gato.

— Temos de parar para pôr gasolina — disse ela, examinando a estrada. Depois de uma curva, Verlaine avistou um posto 24 horas. Gabriella deixou a estrada e estacionou ao lado de uma bomba de gasolina. Não fez objeções quando ele se ofereceu para encher o tanque, apenas lhe disse para usar gasolina especial.

Quando se dirigiu ao caixa para pagar a conta, Verlaine olhou as prateleiras com mercadorias — garrafas de refrigerante, alimentos embalados, fileiras de revistas bem organizadas —, percebendo como a vida podia ser simples. Ainda ontem, ele jamais pensaria nas comodidades oferecidas por uma loja de conveniência em um posto de gasolina. Ficaria aborrecido demais com as luzes de neon para realmente olhar em volta. Agora, sentia uma estranha admiração por tudo o que oferecesse uma familiaridade segura. Adicionando um maço de cigarros à conta, ele retornou ao carro.

Lá fora, Gabriella esperava no banco do motorista. Verlaine sentou no do carona e deu a ela o maço de cigarros. Ela aceitou-o com um breve sorriso, mas ele percebeu que o gesto a agradara. Então, sem esperar mais, ela engrenou o carro e voltou à pequena estrada vicinal.

Verlaine abriu o maço, tirou um cigarro e o acendeu para Gabriella. Ela abaixou um pouco o vidro da janela, dispersando a fumaça em uma lufada de ar fresco.

— Você não parece estar com medo, mas eu sei que o que lhe contei deve ter tido algum efeito sobre você.

— Ainda estou tentando entender tudo — replicou Verlaine, pensando, enquanto falava, que isso era dizer pouco. Na verdade, ele se sentia perplexo com o que soubera. Não entendia como Gabriella conseguia permanecer calma. Finalmente, disse: — Como você faz isso?

— Faço o quê? — perguntou ela, sem tirar os olhos na estrada.

— Vive desse jeito — explicou Verlaine.

Mantendo os olhos na estrada, Gabriella disse:

— Eu entrei nessa luta há tanto tempo que já me acostumei com ela. É impossível, para mim, me lembrar do que é a vida sem ter o conhecimento que tenho. Descobrir a existência desses seres é como ficar sabendo que a Terra é redonda; vai contra tudo o que as pessoas sentem que é verdade. No entanto, é a realidade. Eu não consigo imaginar o que é viver sem que eles venham assombrar meus pensamentos, não consigo imaginar o que é acordar de manhã e acreditar que vivemos em um mundo livre e igualitário. Vejo tudo em preto e branco, bom e mau. Nós somos bons, eles são maus. Para nós vivermos, eles têm de morrer. Há alguns de nós que creem no apaziguamento (que nós podemos encontrar um meio de vivermos lado a lado), mas muitos acreditam que não podemos descansar até que eles sejam exterminados.

— Eu pensei — disse Verlaine, surpreso com a dureza na voz de Gabriella — que as coisas eram mais complicadas.

— Eu tenho motivos para ser passional, é claro. Embora tenha sido angelóloga por toda a minha vida, nem sempre odiei os nefilins como odeio hoje — disse Gabriella. — Vou lhe contar uma história, que poucas pessoas já ouviram. Talvez ajude você a entender meu extremismo, e por que é tão importante para mim que todos eles, até o último, sejam exterminados.

Gabriella atirou o cigarro pela janela e acendeu outro, com os olhos fixos na estrada sinuosa.

— No meu segundo ano de estudo na Sociedade Angelológica, em Paris, eu encontrei o amor da minha vida. Eu não admitiria isso na época e nem mesmo na meia-idade. Mas sou uma mulher idosa agora, mais velha do que pareço, para falar a verdade, e posso dizer com certeza que nunca amei nem amarei alguém como naquele verão de 1939. Eu tinha 15 anos; talvez fosse jovem demais para me apaixonar. Ou talvez somente naquela época, com o orvalho da juventude ainda em meus olhos, eu fosse capaz de amar daquele jeito. Nunca vou saber com certeza, é claro.

Gabriella fez uma pausa, como que pesando suas palavras, e continuou.

— Eu era uma garota peculiar, no mínimo. Era obcecada pelos estudos, do modo como muitos se tornam obcecados com riqueza, amor ou fama. Eu vinha de uma família de ricos angelólogos; muitos dos meus parentes estudaram na faculdade. E também era incrivelmente competitiva. O convívio social com os meus colegas estava fora de questão. Eu não achava nada de mais trabalhar dia e noite para ser bem-sucedida. Queria ser a melhor da turma em todos os aspectos. E, para falar a verdade, eu era a melhor da turma. No segundo semestre do meu primeiro ano, ficou claro que apenas dois alunos se destacavam: eu e uma garota chamada Celestine, uma jovem brilhante que depois se tornou minha grande amiga.

Verlaine quase engasgou.

— Celestine? Celestine Clochette, que veio para o Convento de Santa Rosa em 1943?

— Foi em 1944 — corrigiu Gabriella. — Mas esta é outra história. A que estou lhe contando começou em uma tarde de abril de 1939, uma tarde fria e chuvosa, como as tardes de abril costumam ser em Paris. As ruas realmente ficavam inundadas com as chuvas da primavera, que enchiam os esgotos, os jardins e o Sena. Eu me lembro exatamente daquela tarde. Era uma da tarde do dia 7 de abril, uma sexta-feira. Minhas aulas do turno da manhã haviam terminado e, como de costume, eu tinha saído para comer alguma coisa. O fato incomum, num dia como aquele, era que eu tinha esquecido o guarda-chuva. Como era meticulosa ao extremo, aquele foi um dos raros dias em que me vi desprotegida durante um aguaceiro. Ao sair do Ateneu, percebi que ficaria encharcada, e os papéis e livros que eu estava carregando iriam ficar arruinados. Então fiquei parada embaixo do pórtico da entrada da escola, olhando a água cair.

"No meio daquela chuva torrencial, surgiu um homem com um enorme guarda-chuva violeta, uma escolha inusitada para um cavalheiro, pensei. Eu o observei atravessar o pátio da escola, elegante, aprumado e tremendamente bonito. Talvez por estar precisando muito de um guarda-chuva, fiquei olhando para o estranho, esperando que ele viesse até onde eu estava, como se tivesse o dom de jogar um feitiço sobre ele.

"Eram tempos diferentes. Se era impróprio para uma mulher olhar fixamente para um cavalheiro bem-apessoado, era igualmente impróprio para ele ignorá-la. Apenas o mais grosseiro degenerado deixaria uma dama exposta à chuva. Ele parou no meio do pátio, percebeu que eu estava olhando para ele, girou nos calcanhares de suas botas de couro e veio me ajudar.

"Enquanto ele tocava a aba do chapéu, seus olhos se encontraram com os meus. Ele disse: 'Permita que eu a leve em segurança através deste temporal.' A voz dele transmitia uma confiança alegre, sedutora, quase cruel. Aquele simples olhar e aquela simples frase me convenceram.

"'Você pode me levar para onde quiser', respondi. Percebendo que fora indiscreta, eu acrescentei: 'Qualquer coisa para escapar desta chuva terrível.'

"Ele perguntou meu nome e, quando eu lhe disse, vi que o nome o agradara. 'Recebeu o nome de um anjo?'

"'O mensageiro das boas-novas', eu disse.

"Ele me olhou nos olhos e sorriu, satisfeito com a minha resposta. Seus olhos eram do azul mais claro e translúcido que eu já vira. Seu sorriso era delicioso, doce, como se ele estivesse consciente do poder que tinha sobre mim. Mais tarde, quando foi revelado que meu tio, Victor Lévi-Franche, havia desgraçado nossa família trabalhando como espião para aquele homem, eu me perguntei se o deleite dele ao ouvir meu nome não estaria ligado à traição do meu tio e não, como ele sugeriu, à origem angélica.

"Ele estendeu a mão e disse: 'Venha, minha mensageira das boas-novas, vamos embora.' Eu lhe estendi a mão. Naquele instante, quando lhe toquei a pele pela primeira vez, a vida que eu levara até aquele momento desapareceu e uma nova começou.

"Mais tarde, ele se apresentou como Percival Grigori III."

Gabriella lançou um rápido olhar para Verlaine, para observar sua reação.

— Não é o mesmo... — disse Verlaine, sem conseguir acreditar.

— Sim — atalhou Gabriella. — O mesmíssimo. Na época, eu não tinha nenhuma noção de quem ele era ou do significado do nome de sua família. Se fosse mais velha e estivesse há mais tempo na faculdade, eu teria dado meia-volta e corrido para longe. Na minha ignorância, fiquei encantada.

"Começamos a caminhar sob a proteção do guarda-chuva violeta. Ele segurou meu braço e me conduziu pelas ruas estreitas e inundadas do Quartier Latin até onde estava um automóvel, um Mercedes 500K, um deslumbrante carro prateado que brilhava até mesmo na chuva. Eu não sei se você é admirador de automóveis, mas era uma máquina maravilhosa, com todos os luxos disponíveis na época; travas e limpadores de para-brisa elétricos, acabamentos de primeira. Minha família possuía um carro (o que já era, por si só, um luxo), mas eu nunca tinha visto nada como o Mercedes de Percival. Veículos daquele tipo eram extremamente raros. Um 500K de antes da guerra foi leiloado há alguns anos em Londres. Eu compareci ao evento só para poder rever o carro, que foi vendido por 700 mil libras esterlinas.

"Percival abriu a porta do Mercedes com um gesto largo, como se estivesse me introduzindo numa carruagem real. Com a pele molhada grudando no couro macio, eu me acomodei no assento e respirei fundo: o carro cheirava a água de colônia com uma leve fragrância de fumaça de cigarro. O painel era reluzente, feito de casco de tartaruga, com diversos botões e maçanetas. Um par de luvas de couro, para motoristas, estava dobrado em cima do painel, esperando para calçar as mãos dele. Foi o carro mais bonito que já vi em minha vida. Eu me afundei no banco, cheia de felicidade.

"Eu me lembro vivamente do que sentia enquanto ele dirigia a Mercedes pelo boulevard Saint-Michel e pela Île de la Cité. A chuva caía com uma incrível violência, como se tivesse esperado até que nós nos abrigássemos para desabar sobre a grama e as flores de primavera. Acho que eu estava sentindo medo, embora, na época, tenha dito a mim mesma que era amor. O perigo que Percival oferecia era desconhecido para mim. Até onde eu sabia, ele era só um jovem que dirigia descuidadamente. Hoje em dia, acredito que tinha um medo instintivo dele. Mas ele conquistou meu coração sem muito esforço. Eu olhava para ele, para sua atraente pele clara e para os seus dedos longos e delicados sobre a alavanca de câmbio. Não conseguia falar. Depois de cruzar a ponte, ele chegou à rue de Rivoli. Os limpadores de para-brisas assobiavam, abrindo uma portinhola na água.

"'Naturalmente, estou levando você para almoçar', disse ele olhando para mim, enquanto reduzia a marcha diante de um grande hotel na Place da La Concorde. 'Posso ver que você está com fome.'

"'E como você consegue ver uma coisa como a fome?', eu disse, para desafiá-lo, embora ele tivesse razão: eu não tinha tomado o café da manhã e estava morrendo de fome.

"'Eu tenho um talento especial', disse ele, desligando o carro, puxando o freio de mão e tirando as luvas, uma por uma. 'Sei exatamente o que você deseja antes que você mesma saiba.'

"'Então me diga', disse eu, esperando que ele me achasse audaciosa e sofisticada, exatamente o que eu não era. 'O que eu quero mais do que tudo?'

"Ele me estudou por alguns momentos. Mais uma vez, eu vi o que já tinha visto logo que nos encontramos: seus olhos azuis exprimiam uma crueldade leve e sensual. 'Uma linda morte', disse ele, em voz tão baixa que fiquei na dúvida se tinha escutado direito. Dito isso, ele abriu a porta e saiu do carro.

"Antes que eu tivesse tempo de questionar aquela afirmativa estranha, ele abriu a porta do passageiro e me ajudou a descer. Entramos no restaurante de braços dados. Parando diante de um espelho dourado, ele tirou o chapéu e o casaco, olhando em volta como se os garçons que enxameavam em volta dele fossem lentos demais para seu gosto. Eu olhei para o reflexo dele no espelho, examinando seu perfil e seu terno de gabardine cinzenta, muito bem cortado, que, na claridade dura do espelho parecia azulado, combinando com seus olhos. A pele dele era extremamente pálida, quase transparente, mas isso tinha o estranho efeito de torná-lo mais atraente, como se ele fosse um objeto precioso que tivesse sido guardado longe do sol."

Enquanto ouvia a história de Gabriella, Verlaine tentava reconciliar a descrição de Gabriella com o Percival Grigori que vira ainda ontem à tarde. Mas não conseguiu. Evidentemente, Gabriella não falava do homem enfermo e decrépito que Verlaine conhecia, mas do homem que Percival Grigori fora um dia. Em vez de fazer perguntas a ela, como desejava, Verlaine se reclinou no assento e ficou escutando.

— Em questão de segundos, um garçom levou nossos casacos e nos conduziu até a sala de refeições, um salão de baile convertido, com vista para um pátio ajardinado. Durante o tempo todo, pude sentir que ele me olhava com um interesse intenso, como se avaliasse minhas reações.

"Não nos entregaram menus nem pedimos pratos. Taças de vinho eram enchidas e pratos chegavam, como se tudo tivesse sido combinado de antemão. Percival, é claro, obteve o efeito que desejava. Meu assombro com aquilo tudo era imenso, embora eu tentasse disfarçar. Eu estudara em excelentes escolas e fora criada à maneira burguesa da cidade, mas aquele homem estava além de todas as minhas experiências anteriores. Olhando para minhas roupas, percebi horrorizada que usava o uniforme da escola, um detalhe que eu deixara escapar na minha empolgação. Além das roupas grosseiras, meus sapatos estavam gastos e eu tinha esquecido no apartamento meu perfume favorito.

"'Você está ficando vermelha', disse ele. 'Por quê?'

"Apenas olhei para minha saia de algodão pregueada e para minha blusa ordinária, e ele entendeu meu dilema.

"'Você é a criatura mais atraente aqui', disse ele sem nenhuma ironia. 'Você parece um anjo.'

"'Eu pareço exatamente o que eu sou', eu disse, com o orgulho sobrepujando todas as outras emoções. 'Uma colegial almoçando com um homem mais velho.'

"'Eu não sou tão mais velho que você', disse ele, em tom brincalhão.

"'Quantos anos isso quer dizer?', perguntei. Embora ele parecesse estar no início dos 20 anos, uma idade não muito acima da minha, como ele dissera corretamente, seus modos e sua atitude confiante pareciam ser de um homem muito experiente.

"'Estou mais interessado em você', disse ele, descartando minha pergunta com um gesto. 'Diga-me, você gosta do que está estudando? Acho que deve gostar. Eu tenho um apartamento perto da escola e já vi você antes.

Você sempre está com a aparência de alguém que passou tempo demais na biblioteca.'

"O fato de ele saber da minha existência antes daquele dia me fez ficar arrepiada de prazer. 'Você reparou em mim?', eu disse, ansiosa pela atenção dele.

"'É claro', disse ele, bebericando o vinho. 'Eu nunca consegui passar pelo pátio sem desejar ver você. Quando você não está lá, é uma coisa aborrecida. Você, com certeza, deve ter consciência da sua beleza.'

"Fiz uma pausa, enquanto comia uma fatia de pato assado, com medo de falar. Finalmente, disse: 'Você tem razão: eu adoro o que estou estudando.'

"'Já que as matérias são atraentes', disse ele, 'conte-me tudo sobre elas'.

"E a tarde prosseguiu assim, as horas se passaram com pratos e mais pratos de comida deliciosa, garrafas de vinho e conversa ininterrupta. Ao longo dos anos, eu tive dois confidentes — talvez você seja o terceiro —, pessoas com quem eu falava abertamente sobre mim mesma. Não sou do tipo de mulher que gosta de conversa fiada. Mesmo assim, não houve nem um minuto de silêncio em minha conversa com Percival. Foi como se tivéssemos acumulado histórias para contar um para o outro. Enquanto falávamos e comíamos, eu me sentia cada vez mais atraída por ele. O brilho de sua conversa me deixava hipnotizada. Eu acabei me apaixonando por seu corpo também, com igual abandono, mas foi sua inteligência que me atraiu em primeiro lugar.

"Semanas se passaram, e eu me sentia cada vez mais próxima dele, tão próxima que não conseguia ficar um dia sem vê-lo. Apesar da paixão que tinha pelos estudos, e minha dedicação pela angelologia, não havia nada que eu pudesse fazer para me manter afastada dele. Nós nos encontrávamos no apartamento que ele possuía, perto da Sociedade Angelológica, onde permanecemos durante as tardes quentes do verão de 1939. Minhas aulas se tornaram uma coisa secundária, comparadas com as horas de lazer que desfrutávamos no quarto dele, com as janelas abertas para amenizar o calor sufocante. Comecei a odiar minha colega de quarto por me fazer perguntas; comecei a odiar meus professores por me manterem longe dele.

"Desde nosso primeiro encontro, eu desconfiei que havia algo estranho em Percival, mas ignorei meus instintos, optando por me encontrar com ele. Depois de nossa primeira noite juntos, eu sabia que tinha caído numa espécie de armadilha, embora não conseguisse perceber a natureza do perigo, nem os danos que iria sofrer. Foi somente algumas semanas mais tarde que percebi que ele era um Nefilim. Até então, ele tinha mantido as asas encolhidas — uma artimanha que eu deveria ter percebido, mas não percebi. Certa tarde, depois de fazermos amor, ele simplesmente as abriu, me envolvendo em um brilhante abraço dourado. Eu deveria ter ido embora naquela hora, mas era tarde demais; estava completamente dominada pelo encanto dele. Dizem que ocorreu a mesma coisa entre os anjos desobedientes e as mulheres dos tempos antigos; uma grande paixão que revolveu a Terra e os céus. Mas eu era só uma garota. Teria vendido minha alma pelo amor dele.

"E, de muitas formas, foi o que eu fiz. Quando nosso caso se aprofundou, comecei a ajudá-lo a obter segredos da Sociedade Angelológica. Em troca, ele me proporcionou instrumentos para que eu progredisse rapidamente, conquistasse prestígio e poder. No início, ele me pedia pequenos fragmentos de informação: a localização de nossos escritórios em Paris, datas de encontros da sociedade. Eu o informava de boa vontade. Quando suas exigências ficaram maiores, concordei com elas. Quando percebi como ele era perigoso, e que eu tinha de escapar de sua influência, já era tarde: ele ameaçou denunciar nosso relacionamento aos meus professores. Fiquei aterrorizada com a possibilidade de ser descoberta, pois isso significaria ser exilada da única comunidade que eu conhecia.

"Mas manter em segredo meu caso amoroso não era uma coisa fácil. Quando ficou evidente que eu seria descoberta, confessei tudo ao meu professor, o dr. Raphael Valko, que achou que eu estava em boa posição para ser útil à angelologia. Tornei-me uma espiã. Embora Percival acreditasse que eu estava trabalhando para ele, eu estava fazendo de tudo para acabar com a família dele. Nosso caso prosseguiu, tornando-se cada vez mais perigoso à medida que a guerra continuava. Apesar do meu sofrimento, fiz meu papel. Fornecia informações erradas aos Nefilins a respeito das missões angelológicas; levava os segredos que descobria a respeito do fechado mundo nefilim para o dr. Raphael, que, por sua vez, os transmitia aos nossos analistas; e organizei o que era para ser a maior vitória de nossas vidas: um plano para entregar aos Nefilins uma réplica da lira, enquanto mantínhamos conosco a lira autêntica.

"O plano era simples. A dra. Seraphina e o dr. Raphael Valko sabiam que os Nefilins estavam cientes de nossa expedição à garganta, e que eles iriam nos atacar até se apoderarem da lira. Os Valko sugeriram que nós orquestrássemos um plano para tirar os Nefilins da jogada. Então providenciaram a confecção de uma lira com todas as propriedades das antigas liras trácias: os braços curvados, a base pesada, as travessas. O instrumento foi criado pelo nosso musicólogo mais brilhante, o dr. Josephat Michael, que elaborou cada pequeno detalhe, até encontrando cordas tecidas com os pelos da cauda de um cavalo branco. Quando descobrimos o verdadeiro instrumento, percebemos que era muito mais sofisticado que a versão falsa — seu corpo era feito de um material metálico semelhante à platina, que nunca conseguimos classificar e que não pode ser considerado como um elemento terreno. O dr. Michael chamou a substância de "valkina", em homenagem aos Valko, que tanto fizeram para descobrir a lira. As cordas eram feitas de fios brilhantes entrelaçados. O dr. Michael concluiu que deveriam ser fios de cabelo do arcanjo Gabriel.

"Apesar das diferenças óbvias, os Valko não tinham outra opção a não ser agir. Nós colocamos a falsa lira em uma caixa idêntica à que continha a verdadeira lira. Depois, informei a Percival que uma caravana de angelólogos iria atravessar Paris à meia-noite, e ele preparou a emboscada. Se tudo corresse de acordo com os planos, Percival capturaria a dra. Seraphina Valko e pediria a lira em troca da vida dela. Nós lhe impingiríamos a lira falsa, a dra. Seraphina seria libertada e os Nefilins achariam que haviam tirado a sorte grande. Mas alguma coisa saiu terrivelmente errada.

"O dr. Raphael e eu concordamos que votaríamos a favor da troca. Presumimos que os membros do Conselho Angelológico acompanhariam o voto do dr. Raphael. Mas, por razões que não compreendemos, alguns membros do conselho votaram contra o negócio, mergulhando nosso plano no caos. Houve um empate. Então pedimos a uma participante da expedição — Celestine Clochette — que desempatasse a votação. No final, não fizemos o negócio. Tentei consertar o erro levando a lira falsa para Percival, dizendo que tinha roubado a lira para ele. Mas era tarde demais. Percival já tinha matado a dra. Seraphina Valko.

"Vivo arrependida com o que aconteceu a Seraphina. Mas minhas tristezas não terminaram naquela noite terrível. Apesar de tudo, veja bem, eu amava Percival Grigori; ou, pelo menos, estava viciada em ficar com ele. Hoje parece incrível para mim, mas mesmo depois de ele ter ordenado a minha captura e permitido que eu fosse brutalmente torturada, não consegui desistir dele. Eu o procurei uma última vez em 1944, quando os americanos estavam libertando a França. Eu sabia que ele fugiria para não ser capturado. Tinha de dizer adeus. Passamos a noite juntos e, meses mais tarde, para meu horror, fiquei sabendo que ele me engravidara. No desespero para esconder meu estado, procurei a única pessoa que conhecia a extensão do meu envolvimento com Percival: meu antigo professor, o dr. Raphael Valko. Ele compreendeu o quanto eu sofrera por ter me envolvido com os Grigori e percebeu que a criança teria de ser mantida longe deles a qualquer custo. Raphael se casou comigo, deixando que o mundo acreditasse que ele era o pai da minha filha. Nosso casamento causou escândalo entre os angelólogos leais à memória de Seraphina, mas permitiu que eu mantivesse meu segredo. Minha filha, Angela, nasceu em 1945. Muitos anos mais tarde, ela teve uma filha, Evangeline."

Ao ouvir o nome de Evangeline, Verlaine levou um susto.

— Percival Grigori é avô dela? — disse ele, incapaz de disfarçar o espanto.

— Sim — respondeu Gabriella. — Foi a neta de Percival Grigori que salvou sua vida hoje de manhã.

Sala Rosa, Convento de Santa Rosa, Mílton, estado de Nova York

Evangeline entrou na Sala Rosa manobrando a cadeira de rodas de Celestine e parou-a perto da mesa de conferências. Nove Irmãs Venerandas, curvadas e enrugadas, com tufos de cabelos brancos saindo por baixo dos véus, já estavam sentadas à mesa, entre elas madre Perpétua, uma mulher severa e corpulenta vestida de forma mais moderna, como Evangeline. Todas olhavam Evangeline e Celestine com grande interesse, uma segura indicação de que a irmã Philomena lhes contara os acontecimentos dos últimos dias. De fato, Philomena estava de pé à cabeceira, falando apaixonadamente sobre eles. A apreensão de Evangeline aumentou quando ela percebeu que Philomena colocara a carta de Gabriella sobre a mesa, diante das irmãs.

— As informações à minha frente — disse Philomena, erguendo os braços como se estivesse convidando as irmãs a examinarem a carta — vão nos trazer a vitória que desejamos há muito tempo. Elas significam nada menos que a destruição total dos nossos inimigos. Se a lira estiver escondida entre nós, precisamos achá-la rapidamente. Assim, teremos tudo o que precisamos para avançar.

— Diga-me, por favor, irmã Philomena — replicou madre Perpétua, examinando Philomena com ar duvidoso —, avançar em que direção?

— Eu não acredito que Abigail Rockefeller tenha morrido sem deixar informações concretas a respeito do paradeiro da lira. É hora de sabermos a verdade. O que você andou escondendo de nós, Celestine?

Evangeline olhou para Celestine, preocupada com a saúde dela. A velha irmã decaíra tremendamente nas últimas 24 horas. Tinha o rosto branco como cera, e estava tão curvada em sua cadeira que parecia que iria cair. Evangeline hesitara em trazê-la para a reunião. Mas, depois que soube de tudo o que acontecera — a visita de Verlaine, a carta de Gabriella —, Celestine insistira em vir.

Em voz fraca, Celestine disse:

— Minhas informações sobre o paradeiro da lira são tão incompletas quanto as suas, Philomena. Todos esses anos, como você, eu tenho pensado muito sobre a localização dela. Embora, ao contrário de você, eu tenha aprendido a moderar meu desejo por vingança.

— Meu desejo de encontrar a lira é mais do que simples vingança. Pensem. Agora é o momento. Se não a encontrarmos, os Nefilins a encontrarão.

— Eles ainda não a encontraram — disse madre Perpétua. — Acho que podemos presumir que não a encontrarão por mais algum tempo.

— Você só tem 50 anos, Perpétua, é muito jovem para entender por que eu sou contra não fazermos nada — disse Philomena. — Você não conhece a destruição que esses seres trazem. Você não viu seu amado lar pegando fogo. Você não perdeu irmãs. Você não passou dias com medo de que eles voltassem.

Celestine e Perpétua se entreolharam com um misto de aborrecimento e cansaço, como se já tivessem escutado antes os discursos de Philomena a respeito do assunto. Madre Perpétua disse:

— Nós entendemos que você presenciou o ataque de 1944 e sente desejo de lutar. De fato, você foi testemunha das terríveis baixas causadas pela destruição impiedosa dos Nefilins. É difícil defender a inação diante de um horror desses. Mas, há muito tempo, nós votamos pela manutenção da paz. Pacifismo. Neutralidade. Segredo. Esses são os princípios de nossas vidas no Santa Rosa.

— Enquanto o paradeiro da lira for desconhecido, os Nefilins não irão encontrar nada — disse Celestine.

— Mas nós iremos — disse Philomena. — Já estamos muito perto disso.

Irmã Celestine segurou os braços da cadeira de rodas com tanta força que os nós de seus dedos ficaram brancos — como se estivesse se firmando para não cair. Depois, levantou uma das mãos, olhou para as irmãs reunidas em torno da mesa e começou a falar. Sua voz era tão baixa que a irmã Boniface, sentada na outra extremidade da mesa, ajustou seu aparelho de surdez.

— É verdade: estamos em uma época de conflitos. Mas não posso concordar com Philomena. Considero sagrada nossa posição de resistência pacífica. Não devemos temer os acontecimentos. Faz parte do universo que os Nefilins se elevem ou caiam. É nosso dever resistir, e devemos estar prontas para isso. Mas o mais importante é que não devemos nos tornar tão baixas e traiçoeiras quanto nossos inimigos. Devemos preservar nossa herança de pacifismo digno e civilizado. Irmãs, não vamos esquecer os ideais de nossas fundadoras. Com o tempo, se permanecermos fiéis às nossas tradições, acabaremos vencendo.

— Tempo é uma coisa que não temos! — objetou Philomena ferozmente, com a emoção contraindo seu rosto. — Logo eles cairão sobre nós, como fizeram há muitos anos. Vocês não se lembram da destruição que sofremos? A sede de sangue daquelas criaturas mortíferas? Vocês não se lembram do horrível destino de madre Innocenta? Nós seremos destruídas se não agirmos.

— Nossa missão é preciosa demais para ações temerárias — disse Celestine. Seu rosto corara enquanto ela falava. Por um momento fugaz, Evangeline pôde imaginar a enérgica jovem que chegara ao Convento de Santa Rosa havia setenta anos.

O esforço que fizera para falar afetou Celestine. Levando à boca uma das mãos trêmulas, ela começou a tossir. Ela parecia considerar a própria fragilidade física com uma atenção desapaixonada, como se percebesse que sua mente permanecia clara como sempre, embora seu corpo estivesse a caminho do pó.

— Sua saúde alterou sua capacidade para pensar com clareza — disse Philomena, com a bainha do véu roçando seus ombros. — Você não está em condições de tomar decisões tão cruciais.

— Innocenta pensava como ela — disse madre Perpétua. — Muitas de nós se lembram de sua dedicação à resistência pacífica.

— E vejam aonde a resistência pacífica a levou — disse Philomena. — Eles a mataram sem piedade. — Olhou então para Celestine. — Você não tem direito de manter em segredo a localização da lira, Celestine. Eu sei que os meios para encontrá-la estão aqui.

— Você não sabe nada a respeito da lira nem dos perigos que a acompanham — disse Celestine, em voz tão fraca que Evangeline mal pôde ouvir suas palavras. Pousando a mão no braço de Evangeline, Celestine sussurrou: — Vamos, não adianta discutir mais. Quero lhe mostrar uma coisa.

Empurrando a cadeira de rodas de Celestine, Evangeline saiu da Sala Rosa. Seguiu pelo corredor e entrou em um instável elevador na outra extremidade do convento, cujas portas se fecharam com um estalido metálico. Quando se preparava para apertar o botão do quarto andar, Celestine a deteve. Levantando a mão trêmula, apertou um botão não marcado. Chacoalhando, o elevador começou a descer. Chegando ao porão, suas portas se abriram com um rangido.

Empurrando a cadeira de rodas, Evangeline ingressou em uma área escura. Celestine apertou um botão e uma série de lâmpadas iluminou o espaço com uma luz fraca. Depois que seus olhos se ajustaram, Evangeline percebeu que estavam no porão do convento. Podia ouvir o ronco das lavadoras de louça industriais, acima dela, e da água que escorria pelos canos. Deviam estar diretamente abaixo da lanchonete. Seguindo as orientações de Celestine, ela empurrou a cadeira de rodas em direção à extremidade oposta do porão. Chegando lá, irmã Celestine olhou por cima do ombro, para ter certeza de que estavam sozinhas, e apontou para uma porta de madeira. Era tão singela que Evangeline poderia tomá-la por um armário de vassouras.

Celestine tirou uma chave do bolso e a entregou a Evangeline, que a inseriu na fechadura da porta. Somente após várias tentativas, a chave girou.

Evangeline puxou então uma corda pendurada diante da porta. Uma lâmpada elétrica se acendeu e iluminou um estreito corredor descendente. Era uma ladeira íngreme. Segurando com força a cadeira de Celestine, para que esta não disparasse para baixo, Evangeline seguiu o corredor, cuja luz foi se tornando cada vez mais fraca. Finalmente, chegaram a uma sala bolorenta. Evangeline puxou outra corda, que poderia nem ter visto se não tivesse roçado seu rosto; era fina como um filamento de teia de aranha. Uma velha lâmpada se acendeu, chiando como se fosse estourar a qualquer momento. Musgo crescia nas paredes, e alguns velhos bancos de igreja estavam espalhados pelo chão. Perto de uma parede, havia cacos de vitrais e alguns pedaços de mármore, da mesma cor do mármore do altar — remanescentes da construção original da Maria Angelorum. No centro, estava um boiler enferrujado por muitos anos de desuso, coberto de teias de aranhas e uma camada de poeira, pesada como uma pele velha. Aquele aposento, concluiu Evangeline, não era limpo havia décadas, se é que fora limpo algum dia.

Atrás do boiler, ela avistou outra porta, tão comum quanto a primeira, e empurrou até lá a cadeira de Celestine. Tirando do bolso seu próprio molho de chaves, experimentou a chave-mestra. Milagrosamente, a porta se abriu. No outro lado, ela divisou o que lhe pareceu um grande aposento repleto de móveis. Pressionando um interruptor perto da porta, confirmou sua intuição. Era uma sala longa e estreita, quase do tamanho da nave central da igreja. Tinha um teto baixo, sustentado por vigas de madeira escura. Tapetes orientais de várias cores — carmim, esmeralda e azul-turquesa — cobriam o piso. Tapeçarias bordadas a ouro, representando anjos, cobriam as paredes. Evangeline presumiu que eram peças muito antigas, talvez medievais. Numerosos manuscritos repousavam sobre uma grande mesa no centro da sala.

— Uma biblioteca oculta — murmurou Evangeline.

— Sim — disse Celestine. — É uma sala de leitura para angelólogos. No século XIX, cientistas visitantes e dignatários se hospedavam conosco e passavam muito tempo aqui. Innocenta usava o recinto para reuniões gerais. Está abandonado há muitos anos. É o lugar mais seguro do Convento de Santa Rosa.

— Alguém mais sabe de sua existência?

— Não muita gente — respondeu Celestine. — Quando o incêndio de 1944 começou a se alastrar, muitas das irmãs correram para o pátio. Madre Innocenta, entretanto, foi até a igreja para atrair os Nefilins para fora do convento. Antes, ela me instruiu para vir aqui e guardar os papéis dela em nosso cofre. Eu não conhecia bem o convento, e Innocenta não tinha tempo para me dar instruções detalhadas, mas eu acabei encontrando esta sala. Coloquei em segurança o que ela tinha me dado e voltei para o pátio. Para minha enorme tristeza, tudo estava em chamas quando eu retornei. Os Nefilins já tinham ido embora. Innocenta estava morta.

Celestine tocou a mão de Evangeline.

— Venha — disse ela. — Tenho mais uma coisa para lhe mostrar.

Ela apontou para uma magnífica tapeçaria representando a Anunciação, na qual Gabriel, com as asas encolhidas atrás de si e cabeça baixa, informava à Virgem sobre a vinda de Cristo.

— O mensageiro das boas-novas, de fato — disse Celestine. — É claro que a santidade da notícia depende de quem recebe. Você, minha querida, merece muito. Vá até ali e afaste a tapeçaria da parede.

Evangeline seguiu as instruções de Celestine e levantou a tapeçaria, revelando um cofre de cobre embutido no concreto.

— Três-três-três-nove — informou Celestine, apontando para o botão de combinação. — São os números perfeitos das esferas celestiais, seguidos pelo total das espécies de anjos do Coro Celestial.

Evangeline examinou os números do dial e — de acordo com a combinação informada por Celestine — girou o botão para a direita, depois para a esquerda, escutando o suave arrastar dos discos de metal. Finalmente, o cofre emitiu um clique. Ela puxou a maçaneta e a porta se abriu. No interior do cofre, havia uma surrada mala de couro. Com os dedos tremendo, Evangeline a levou até a mesa. Depois, empurrou a cadeira de rodas de Celestine para as proximidades.

— Eu trouxe esta mala comigo quando saí de Paris e vim para os Estados Unidos — disse Celestine, suspirando, como se todos os seus esforços a tivessem trazido até aquele único momento. — Tem estado aqui, sã e salva, desde 1944.

Evangeline passou as mãos sobre o couro frio e envernizado. Os trincos de metal eram brilhantes como moedas novas.

Irmã Celestine fechou os olhos e agarrou os braços de sua cadeira.

Evangeline se lembrou da gravidade da doença de Celestine e percebeu que aquela incursão às profundezas do convento devia ter sobrecarregado a irmã.

— A senhora está exausta — disse. — Eu fui muito imprudente ao permitir você me trouxesse aqui. Acho que é hora de a senhora retornar ao seu quarto.

— Psit, menina — atalhou Celestine, levantando a mão para impedir que Evangeline continuasse a se lamentar. — Há mais uma coisa que quero lhe dar.

Ela enfiou a não no bolso do hábito e retirou um pedaço de papel, que entregou a Evangeline.

— Decore este endereço — pediu ela. — É o endereço onde mora sua avó, a presidente da Sociedade Angelológica. Ela vai lhe dar boas-vindas e continuar de onde parei.

— É o endereço que eu vi no meu arquivo pessoal no Gabinete das Missões hoje de manhã — disse Evangeline. — O mesmo que estava nos cartões de Gabriella.

— O próprio — concordou Celestine. — Agora é sua vez. Logo você irá entender o propósito de sua vida. Mas, por enquanto, você tem de tirar essa mala daqui. Percival Grigori não é o único a cobiçar as cartas de Abigail Rockefeller.

— As cartas da sra. Rockefeller? — sussurrou Evangeline. — A lira não está nesta mala?

— As cartas vão levar você até a lira — respondeu Celestine. — Nossa querida Philomena tem procurado por elas há mais de meio século. Elas já não estão seguras aqui. Você deve levá-las embora imediatamente.

— Se eu for embora, vou ter permissão para voltar?

— Se fizer isso, vai comprometer a segurança dos outros. Angelologia é para sempre. Depois que você entra, não pode mais sair. E você, Evangeline, já entrou.

— Mas a senhora deixou a angelologia para trás — replicou Evangeline.

— E veja os problemas que resultaram disso — disse Celestine, apalpando com os dedos o rosário preso em seu cinto. — Pode-se dizer que minha reclusão no Santa Rosa é em parte responsável pelo perigo que seu jovem visitante está correndo agora. — Celestine fez uma pausa, como que para permitir que suas palavras fossem bem compreendidas. — Não tenha medo — disse ela, segurando a mão de Evangeline. — Tudo tem sua hora certa. Você está deixando esta vida, mas está ganhando outra. Você vai fazer parte de uma tradição longa e ilustre: Cristina de Pisano, Santa Clara de Assis, sir Isaac Newton e mesmo São Tomás de Aquino não fugiram do nosso trabalho. Angelologia é uma vocação nobre, talvez a mais sublime. Não é fácil ser escolhido. É preciso ser corajoso.

Durante a conversa, algo mudou em Celestine — sua doença parecia ter se abrandado, e seus pálidos olhos castanhos brilhavam de orgulho. Quando ela falou, sua voz era forte e confiante.

— Gabriella vai ficar muito orgulhosa de você — disse ela. — Mas eu vou ficar mais ainda. Desde o primeiro minuto em que você chegou, eu sabia que você se tornaria uma angelóloga excepcional. Quando sua avó e eu éramos estudantes em Paris, nós podíamos dizer com exatidão quais dos nossos colegas teriam sucesso na profissão e quais não teriam. A habilidade para descobrir novos talentos é como um sexto sentido.

— Então, eu espero não desapontá-la, irmã.

— É impressionante como você me lembra Gabriella. Seus olhos, sua boca, seu modo de andar. É estranho. Você poderia ser irmã gêmea dela. Rezo para que a angelologia combine com você como combinou com ela.

Evangeline queria desesperadamente perguntar o que houvera entre Celestine e Gabriella, mas, antes que pudesse articular alguma coisa, Celestine falou, com a voz carregada de emoção.

— Me diga uma última coisa. Quem é o seu avô? Você é neta do dr. Raphael Valko?

— Não sei — disse Evangeline. — Meu pai se recusava a falar sobre o assunto.

Uma expressão sombria anuviou o rosto de Celestine, mas logo se desfez, substituída por uma preocupação ansiosa.

— Está na hora de você partir — disse ela. — Vai precisar de alguma habilidade para sair daqui.

Evangeline se posicionou atrás da cadeira de rodas, mas, para sua surpresa, Celestine a puxou para perto de si, abraçou-a e cochichou em seu ouvido:

— Diga à sua avó que eu a perdoo. Diga a ela que eu entendo que não havia escolhas fáceis naquela época. Nós fazíamos o que era necessário para sobreviver. Diga que ela não teve culpa pelo que aconteceu a Seraphina.

Evangeline retribuiu o abraço, sentindo como a idosa irmã era magra e frágil por baixo das roupas folgadas.

Pegando a mala, empurrou Celestine de volta pelos longos corredores, até o elevador. Quando chegassem ao quarto andar, seus movimentos teriam de ser rápidos e discretos. Ela já podia sentir o Santa Rosa se afastando dela, retirando-se para um lugar inalcançável — nunca mais acordaria às 4h45 da manhã e correria pelos corredores escuros para rezar. Não conseguia imaginar outro lugar que amasse tanto quanto o convento, e, ainda assim, de súbito, lhe pareceu inevitável deixá-lo.

Convento de Santa Rosa, Mílton, estado de Nova York

Otterley manobrou o Jaguar para um lugar afastado, próximo ao convento, escondendo o carro entre os pinheiros. Desligou então o motor e saiu do carro sob a neve, deixando as chaves na ignição. Eles haviam combinado que seria melhor para Percival — que não seria muito útil caso fosse necessário o uso de força física — que ele permanecesse a certa distância. Sem dizer uma palavra, Otterley bateu a porta do carro e caminhou rapidamente até o convento, por uma trilha coberta de neve.

Percival conhecia Gabriella o suficiente para saber que capturá-la exigiria um esforço coordenado. Por insistência dele, Otterley tinha telefonado aos Giborins e fora informada de que Gabriella e Verlaine estavam poucos quilômetros ao sul, nas estradas vicinais ao norte da ponte Tappan Zee. Ele duvidava que os Giborins fossem conseguir muita coisa com Gabriella, e estava preparado para intervir pessoalmente caso falhassem. Era obrigatório deter Gabriella, antes que ela chegasse ao convento.

Ele esticou as pernas, dormentes devido ao pouco espaço do carro, e olhou através do para-brisa. O convento surgia à frente, um grande edifício de pedras e tijolos, pouco visível entre as árvores do bosque. Se o cronograma de ambos estivesse certo, os Giborins enviados por Sneja já deveriam estar posicionados na área, esperando o sinal de Otterley para atacar. Tirando o telefone do bolso, Percival discou o número de Sneja, mas ninguém atendeu. Ele tentara lhe telefonar de hora em hora, durante a manhã, mas não teve sorte. Deixara recados com a Anaquim, quando esta se dera ao trabalho de atender, mas ela evidentemente se esquecera de transmiti-los a Sneja.

Percival abriu a porta do carro e saltou, sob o ar enregelante da manhã, frustrado com sua incapacidade. Ele mesmo deveria ter organizado a operação. Ele deveria estar liderando os Giborins. Em vez disso, era sua irmã mais nova quem estava no comando, deixando-o com a tarefa de se comunicar com sua desinteressada mãe, que naquele momento devia estar mergulhada em sua Jacuzzi, sem dar a mínima para o estado dele.

Procurando sinais de Gabriella, caminhou até a rodovia antes de ligar de novo para sua mãe. Para sua surpresa, alguém atendeu ao telefone no primeiro toque.

— Alô — disse uma voz rouca e dominadora que ele reconheceu de imediato.

— Estamos aqui, mamãe — disse Percival. Ele podia ouvir música e vozes ao fundo. Logo percebeu que ela estava em meio a uma de suas festas.

— E os Giborins? — perguntou Sneja. — Eles estão a postos?

— Otterley foi lhes dar instruções.

— Sozinha? — disse Sneja, com um tom de reprovação na voz. — Como sua irmã vai cuidar disso sozinha? São quase cem criaturas viris para comandar.

Para Percival, foi como se sua mãe tivesse lhe dado um tapa. Ela certamente sabia que sua doença o impedia de lutar. Ceder o controle a Otterley era humilhante e exigia um nível de autocontrole que, segundo acreditava, Sneja admiraria.

— Otterley é mais do que capaz — disse ele. — Eu estou vigiando a entrada do convento, para garantir que não haja interferências.

— Bem — disse Sneja. — Se ela é capaz ou não, não vem ao caso.

Percival analisou o tom de voz dela, tentando entender a mensagem implícita.

— Há alguma prova em contrário?

— Querido, ela não tem *com que* provar nada — disse Sneja. — Apesar de toda a bazófia dela, nossa Otterley está em uma situação terrível.

— Eu realmente não sei do que você está falando — disse Percival. A distância, uma fraca coluna de fumaça começou a se levantar sobre o convento, indicando que o ataque havia começado. Sua irmã parecia estar se saindo muito bem sem a ajuda dele.

— Quando foi a última vez que você viu as asas de sua irmã? — perguntou Sneja.

— Não sei — respondeu Percival. — Há séculos.

— Vou lhe dizer a última vez que você as viu — disse Sneja. — Foi em 1848, no baile de debutantes dela, em Paris.

Percival se lembrava claramente do evento. As asas de Otterley tinham acabado de despontar e, como todas as jovens Nefilins, ela as tinha exibido com muito orgulho. Eram multicoloridas, como as de Sneja, mas muito pequenas. Esperava-se que elas se desenvolvessem plenamente com o tempo. Sneja prosseguiu:

— Se você já se perguntou por que faz tanto tempo que Otterley exibiu suas asas adequadamente, o motivo é que elas não se desenvolveram. São minúsculas e inúteis, as asas de uma criança. Ela não pode voar e, certamente, não pode mostrá-las. Você pode imaginar como Otterley pareceria ridícula se abrisse esses apêndices?

— Eu não sabia — disse Percival, incrédulo. Apesar do ressentimento que sentia pela irmã, ele tinha uma atitude extremamente protetora com relação a ela.

— Isso não me surpreende — observou Sneja. — Você não parece notar muita coisa além do seu próprio prazer e do seu próprio sofrimento. Há mais de um século, sua irmã vem tentando esconder de todos nós a situação complicada em que está. Mas a verdade é que ela não é como eu ou você. Suas asas, Percival, já foram gloriosas. E as minhas são incomparáveis. Otterley é de uma classe inferior.

— Você então acha que ela é incapaz de dirigir os Giborins — disse Percival, entendendo finalmente por que sua mãe lhe contara o segredo de Otterley. — Você acha que ela pode perder o controle do ataque.

— Se pelo menos você pudesse assumir o papel que lhe é de direito, meu filho... — disse Sneja, com a voz repleta de desapontamento, como se já estivesse resignada ao fracasso de Percival. — Se pelo menos fosse você quem estivesse defendendo a nossa causa, talvez nós...

Incapaz de ouvir mais uma palavra, Percival desligou o telefone. Andando à beira da estrada, viu o asfalto se afastar, serpenteando entre as árvores e desaparecendo em uma curva. Ele nada podia fazer para restaurar a glória da família.

Rodovia 9W, Milton, estado de Nova York

Ao entrarem na estrada vicinal nos arredores de Milton, Gabriella e Verlaine já tinham fumado metade do maço de cigarros, enchendo o Porsche com uma fumaça pesada e penetrante. Verlaine abaixou um pouco o vidro da janela, permitindo que uma corrente de ar frio entrasse no carro. Gostaria que Gabriella continuasse a narrar sua história, mas não queria pressioná-la. Ela parecia frágil e cansada, como se contar o passado a tivesse exaurido — círculos negros haviam surgido embaixo de seus olhos, e seus ombros estavam ligeiramente caídos. Ela não conseguia ficar mais de um minuto sem fumar. O excesso de fumaça espiralando dentro do carro irritava os olhos de Verlaine, mas parecia ter pouco efeito sobre Gabriella, que pisava fundo no acelerador, concentrada em chegar ao convento.

Verlaine olhou pela janela, para os bosques desfolhados e cobertos de neve que desfilavam rapidamente. Árvores ladeavam a estrada, fileira após fileira de bétulas, bordos e carvalhos que se estendiam até onde Verlaine podia ver. Ele observava a sinalização, esperando avistar indicações de que haviam chegado — uma placa de madeira designando a entrada do convento, ou o campanário da igreja surgindo acima das árvores. Ele mapeara o percurso de Nova York até o Santa Rosa, assinalando as pontes e rodovias. Se suas estimativas estivessem corretas, o convento ficava a poucos quilômetros ao norte de Milton. Eles deveriam avistá-lo a qualquer momento.

— Olhe no retrovisor — disse Gabriella, com a voz estranhamente calma.

Verlaine fez o que ela pediu. Uma caminhonete preta os seguia a distância.

— Eles têm estado aí atrás nos últimos quilômetros — informou Gabriella. — Parece que não vão desistir de você.

— Tem certeza de que são eles?

— Se eu tentar escapar — disse ela —, eles vão nos seguir. Se eu seguir em frente, vamos chegar simultaneamente ao convento e teremos de confrontá-los lá.

— Então, o que nós vamos fazer?

— Eles não vão nos deixar escapar — observou Gabriella. — Não desta vez.

Pisando no freio e girando bruscamente o volante, ela entrou de repente em uma estrada de cascalho. Os pneus derraparam na estrada, desenhando um semicírculo na estrada coberta de neve. Com o impulso, o Porsche decolou. Por alguns momentos, foi como se não existisse gravidade. Finalmente, o carro aterrissou sobre o gelo, nada mais que uma caixa de metal derrapando de um lado para outro, enquanto os pneus procuravam tração. Gabriella diminuiu a marcha, segurando firme o volante, lutando para recuperar o controle. Quando o carro se firmou, ela pisou fundo no acelerador mais uma vez, até o carro ganhar velocidade, subindo pelo longo aclive de uma colina baixa. O barulho do motor era ensurdecedor. Pequenas pedras martelavam o para-brisa, produzindo uma série de estrépitos.

Verlaine olhou por cima do ombro. A caminhonete preta dobrara na mesma estrada e os seguia a distância.

— Eles estão vindo — disse ele. Gabriella acelerou ao máximo, subindo cada vez mais. No alto da colina, as árvores desapareceram e surgiu um vale descampado. Adiante, havia um celeiro abandonado, pintado de vermelho, que parecia uma mancha de sangue na neve.

— Eu gosto muito deste carro, mas ele não é veloz — disse Gabriella. — Vai ser impossível correr mais do que eles. Temos de nos livrar deles. Ou achar um esconderijo.

Verlaine observou o vale. Da estrada até o celeiro só havia um campo nevado. Depois do celeiro, a estrada serpenteava por outra colina até um bosque de pinheiros.

— Você pode ir até lá em cima? — perguntou Verlaine.

— Parece que não temos escolha.

Passando pelo celeiro, recomeçaram a subir suavemente. Quando chegaram aos pinheirais, a caminhonete preta já havia ganhado tanto terreno que Verlaine podia distinguir os traços dos homens no banco dianteiro.

O que estava no lado do passageiro se debruçou na janela, apontou um revólver para eles e atirou, errando o alvo.

— Não consigo andar mais rápido que isso — comentou Gabriella, cada vez mais frustrada. Mantendo uma das mãos sobre o volante, ela jogou uma bolsa de couro no colo de Verlaine. — Pegue o meu revólver. Está aí dentro.

Verlaine abriu a bolsa e remexeu um emaranhado de objetos, até que seus dedos roçaram alguma coisa feita de metal. Retirou então, do fundo da bolsa, um revólver prateado.

— Você já atirou antes?

— Nunca.

— Vou orientar você — disse ela. — Destrave o pino de segurança. Agora abaixe o vidro. Segure firme. Muito bom, agora alinhe o braço.

Enquanto Verlaine posicionava a arma, o homem na caminhonete fez pontaria.

— Espere um momento — disse Gabriella, desviando o carro para a pista oposta e deixando Verlaine em boas condições para acertar o para-brisa da caminhonete.

— Atire — disse ela. — Agora.

Verlaine fez pontaria e puxou o gatilho. Acertou o para-brisa da caminhonete, que rachou no formato de uma teia de aranha. Gabriella pisou no freio, enquanto a Mercedes batia numa cerca e capotava no acostamento, emitindo um ruído metálico. Verlaine ficou olhando para o veículo emborcado, com os pneus ainda girando.

— Ótimo tiro — disse Gabriella, encostando o carro e desligando o motor. — Me dê o revólver. Tenho de verificar se eles estão mortos.

— Você acha boa ideia?

— É claro — disse ela rispidamente, pegando o revólver, saindo do carro e se encaminhando até o local do desastre. — Venha, você pode aprender alguma coisa.

Verlaine desceu a encosta com Gabriella, acompanhando a trilha que ela deixava na neve. Olhando para cima, viu que as nuvens haviam formado uma massa escura. Estavam anormalmente baixas, como se fossem descer no vale a qualquer momento. Quando chegaram ao carro emborcado, Gabriella pediu que Verlaine desse um chute no para-brisa. Depois que ele estilhaçou o vidro com o calcanhar do tênis, Gabriella se agachou e olhou para o interior do veículo.

— Você acertou o motorista — disse ela, indicando o morto para Verlaine.

— Sorte de principiante.

— Eu diria que sim. — Ela apontou para o segundo homem, cujo corpo estava a cerca de 6 metros, com o rosto enterrado na neve. — Dois coelhos com uma cajadada. O segundo homem foi atirado para fora quando o carro capotou.

Verlaine mal podia acreditar na cena à sua frente. O corpo do homem havia se transformado em uma das criaturas que ele vira pela janela do trem na noite anterior. Duas asas vermelhas, retorcidas, estavam plantadas em suas costas, com as penas tocando a neve. Um vento glacial soprou sobre Verlaine, tornando impossível dizer se ele estava tremendo de frio ou de choque com a cena que tinha diante de si.

Enquanto isso, Gabriella abrira a porta da caminhonete e estava remexendo lá dentro. Emergiu com uma sacola de ginástica, a mesma que ele deixara em seu Renault na tarde anterior.

— É a minha — disse Verlaine. — Eles a roubaram quando arrombaram meu carro, ontem.

Gabriella abriu a sacola, retirou uma pasta e folheou seu conteúdo.

— O que você está procurando?

— Alguma coisa que me revele o que Percival sabe — explicou Gabriella, examinando os papéis. — Ele viu isso?

— Não — disse Verlaine, olhando por cima do ombro de Gabriella. — Eu não mostrei a ele, mas esses caras podem ter mostrado.

Gabriella virou as costas para a caminhonete emborcada e começou a subir a colina nevada em direção ao seu carro.

— É melhor nos apressarmos — disse ela. — As boas irmãs do Santa Rosa estão correndo um risco mais imediato do que eu imaginava.

Verlaine resolveu dirigir o resto do caminho. Fazendo meia-volta com o Porsche, seguiu em direção à rodovia. À frente, estava tudo tranquilo. As colinas ondulantes pareciam dormir sob o lençol de neve. O celeiro jazia abandonado sob um céu pesado de nuvens. O velho Porsche, que se portara admiravelmente, pouco sofrera além de uns arranhões e um pequeno vazamento no motor. Na verdade, parecia que nada mudara nos últimos dez minutos, com exceção de Verlaine. O volante encapado em couro começou a escorregar em suas mãos, enquanto seu coração batia forte. Imagens dos mortos lhe vinham à mente.

Adivinhando os pensamentos de Verlaine, Gabriella disse:

— Você fez a coisa certa.

— Eu nunca tinha segurado uma arma antes.

— Eles eram assassinos brutais — observou ela com voz impassível, como se matar fosse, para ela, uma atividade cotidiana. — Em um mundo de bons e maus, não se pode deixar de fazer distinções.

— Nunca pensei muito nessa distinção.

— Isso vai mudar, se você permanecer conosco — replicou Gabriella.

Verlaine diminuiu a marcha do carro e parou em um sinal luminoso, antes de reingressar na rodovia. O convento estava a apenas alguns quilômetros.

— Evangeline é uma de vocês? — perguntou ele.

— Evangeline sabe muito pouco a respeito de angelologia. Nós não lhe falamos nada a respeito disso quando ela era criança. Ela é jovem e obediente, características que poderiam ser desastrosas se ela não fosse extremamente brilhante. Entregá-la aos cuidados das irmãs do Convento de Santa Rosa foi uma decisão do pai dela. Ele era católico, muito apegado à romântica ideia de que as jovens ficam mais bem protegidas do perigo ao serem enclausuradas. Ele não conseguia fugir disso. Era italiano. Ideias assim estavam em sua corrente sanguínea.

— E ela deu ouvidos a ele?

— Como assim?

— Sua neta desistiu de tudo o que vale a pena na vida somente porque o pai dela lhe disse para fazer isso?

— O que vale ou não vale a pena na vida pode ser discutível — disse Gabriella. — Mas você tem razão: Evangeline fez exatamente o que lhe foi dito. Luca a trouxe para os Estados Unidos depois que a mãe dela, minha filha Angela, foi assassinada. Imagino que ela tenha tido uma rígida educação religiosa. Acho que ela foi preparada desde menina para o ingresso no Convento de Santa Rosa. De outra forma, nos dias de hoje, como uma jovem com as qualidades dela pode ter sido tão condescendente?

— Parece uma coisa muito medieval — observou Verlaine.

— É que você não conheceu Luca — disse Gabriella. — E não conhece Evangeline. A afeição de um pelo outro era digna de ser vista. Eles eram inseparáveis. Acho que Evangeline faria qualquer coisa que o pai lhe pedisse, absolutamente qualquer coisa. Inclusive devotar sua vida à Igreja.

Em silêncio, eles seguiram pela rodovia ladeada de bosques, ouvindo o motor do Porsche matraquear. Apenas uma hora antes, a viagem parecia estranhamente tranquila. Agora, era como se cada grupo de árvores, cada curva da estrada, cada pequena estrada transversal pudesse ocultar uma emboscada. Verlaine pisou fundo no acelerador, sempre verificando o retrovisor, como se esperasse que a caminhonete preta fosse aparecer a qualquer momento, com os assassinos ressuscitados.

Convento de Santa Rosa, Mílton, Nova York

Evangeline e Celestine foram de elevador até o quarto andar. Quando as portas se abriram, a velha freira disse:

— Salte agora, minha querida — disse ela. — Vou distrair as outras para que você possa sair sem ser notada.

Evangeline beijou o rosto de Celestine e a deixou no elevador. Assim que saiu, Celestine apertou um botão e as portas se fecharam. Evangeline ficou sozinha no andar.

Quando chegou à sua cela, abriu as gavetas, recolheu as coisas valiosas para ela — um rosário e uma pequena quantidade de dinheiro que juntara ao longo dos anos — e as colocou no bolso. Seu coração doeu quando olhou em volta. Havia não muito tempo, acreditava que jamais deixaria aquele quarto. Imaginava que a vida se estendia diante dela em uma interminável sucessão de rituais, rotinas e orações. Todas as manhãs, acordaria para rezar; todas as noites, dormiria naquele quarto com vista para o rio. Da noite para o dia, aquelas certezas se dissolveram, como o gelo na correnteza do Hudson.

Seus pensamentos foram interrompidos por uma barulheira no pátio. Saindo de seu quarto, ela abriu uma janela e viu uma procissão de caminhonetes pretas pararem na pista diante da Maria Angelorum. As portas das caminhonetes se abriram e um grupo de homens estranhos saltou diante do convento. Apertando os olhos, Evangeline tentou vê-los com mais clareza. Usavam capas negras, idênticas, luvas de couro negras e botas de combate. Enquanto se moviam pelo pátio, aproximando-se do convento, Evangeline notou que seu número aumentava rapidamente — outros apareciam, como se tivessem a capacidade de se materializar no ar frio. Quando examinou a periferia das terras do convento, percebeu que os seres saíam do bosque escuro, pulavam o muro de pedra e passavam pelo grande portão de ferro. Deviam estar esperando havia horas, escondidos. O Convento de Santa Rosa estava cercado de Giborins.

Segurando com força a mala, Evangeline saiu da janela e correu apavorada pelo corredor, batendo nas portas, alertando as irmãs que estudavam e rezavam. Depois, acendeu todas as luzes, cuja forte claridade dissipou o ar aconchegante do quarto andar, expondo os tapetes esfiapados, a pintura descascada, a lúgubre uniformidade de suas vidas enclausuradas. Se havia alguma lição a ser aprendida com o último ataque, era a de que as irmãs teriam de sair imediatamente do convento.

Os esforços de Evangeline atraíram as irmãs para fora dos quartos. Sem tempo para prender os véus, elas permaneceram no corredor, cabelos desgrenhados à mostra, olhando em volta, sem saber o que estava acontecendo. Evangeline ouviu Philomena gritar em algum lugar distante, preparando as irmãs para a luta.

— Saiam — disse Evangeline. — Desçam as escadas dos fundos até o primeiro andar e sigam as instruções de madre Perpétua. Confiem em mim. Logo vão entender.

Resistindo ao impulso de guiá-las ela mesma, Evangeline abriu caminho entre as irmãs, chegando à porta de madeira no fim do corredor. Abriu-a e subiu correndo os degraus espiralados. O quarto no alto da torre estava gelado e sombrio. Ela se ajoelhou diante da parede e retirou o tijolo solto. No espaço oco, em segurança, encontrou a caixa de metal com o diário angelológico e a foto. Ela abriu o livro quase no final. Lá estavam as anotações científicas de sua mãe, copiadas na letra clara e precisa de Gabriella. Sua mãe morrera por aquelas fileiras de números. Ela não podia perdê-los.

As janelas da torre estavam cobertas de gelo, o que produzia no vidro reflexos azulados. Evangeline soprou e esfregou o vidro com a palma das mãos, tentando limpar uma área, mas sem resultado. No afã de enxergar o pátio, tirou o sapato e, com o salto, estilhaçou o vidro da janela, limpando os cacos em rápidos movimentos. Conseguiu assim criar um posto de observação — pequeno, porém eficiente.

Enquanto o ar frio e cortante penetrava na torre, ela olhava para o rio e os bosques, que cercavam três lados do pátio. Os seres haviam se reunido no centro do terreno, formando uma multidão de figuras de capas negras. Mesmo a distância, que reduzia seu tamanho, eles faziam Evangeline se arrepiar. Havia cinquenta, talvez cem deles reunidos abaixo de sua janela, alinhando-se rapidamente em fileiras.

De repente, como que respondendo a um comando, despiram as capas ao mesmo tempo. Seus braços e pernas estavam nus, e suas peles projetavam sobre a neve áreas de intensa luminosidade. Empertigados e muito altos, os seres pareciam estátuas gregas espalhadas em um jardim deserto. Grandes asas vermelhas, aguçadas e estriadas, se abriam em suas costas, brilhando como sangue na fraca luz da manhã. Imediatamente, ela os reconheceu, pois estava vendo seres angélicos idênticos aos que vira em Nova York, dentro do armazém onde estava seu pai. A única diferença era que, nos anos que haviam se passado desde que os vira pela primeira vez, deixara de ser criança e se tornara mulher. A mudança a deixara sensível a um encanto que não sentia antes. Os corpos deles eram extremamente atraentes, tão sensuais que uma onda de desejo a invadiu. No entanto, mesmo tomada pelo desejo, Evangeline percebia que tudo naqueles seres — desde sua postura até a enorme envergadura de suas asas — era monstruoso.

Respirando fundo para se acalmar, sentiu um cheiro estranho, argiloso, carbonáceo — um cheiro característico de fumaça. Observando o pátio, avistou as criaturas que, amontoadas diante do convento, ventilavam com as asas as chamas de uma fogueira, que se erguia cada vez mais alto. Os demônios estavam atacando.

Enfiando o diário na mala, desceu em disparada os degraus da torre, enveredando pelo acesso direto à Capela da Adoração. O cheiro de fogo se tornava cada vez mais intenso à medida que ela descia. Grossos rolos de fumaça espiralavam na escadaria. Não havia como saber ao certo até que ponto o incêndio se alastrara. Percebendo que poderia estar aprisionada, Evangeline acelerou o passo, segurando firmemente a mala de couro. O ar se tornara mais pesado, confirmando sua impressão de que o fogo estava — pelo menos até o momento — limitado às áreas mais baixas do convento. Era incrível como o incêndio havia se alastrado tão rapidamente e com tanta força. Ela pensou nas criaturas diante do fogo, batendo as asas, alimentando as chamas que se elevavam cada vez mais. Então tremeu. Os Giborins não iriam parar até que o convento estivesse reduzido a cinzas.

Convento de Santa Rosa, Milton, estado de Nova York

Verlaine mal conseguiu discernir as palavras Santa Rosa sobre o portão ornamentado do convento, de tão espessa que estava a fumaça. Estacionado ao lado do muro, estava seu desmantelado Renault, com os vidros quebrados. Provavelmente fora inundado pela neve que caíra durante a noite, mas continuava onde ele o deixara. O portão estava aberto e, enquanto estacionava o carro, ele avistou uma fila de caminhonetes pretas alinhadas uma atrás da outra diante da igreja.

— Está vendo aquele carro? — perguntou Gabriella, apontando para um Jaguar branco oculto entre a folhagem, no final da pista. — Pertence a Otterley Grigori.

— É parente de Percival?

— Irmã — disse Gabriella. — Tive o grande prazer de conhecê-la na França. — Gabriella segurou o revólver e saltou do Porsche. — Se ela está aqui, podemos presumir que Percival também esteja e que ambos estão por trás desse fogaréu.

Verlaine olhou para o convento a alguma distância. Fumaça escurecia os andares superiores da estrutura. Embora visse movimento na área, estava longe demais para distinguir o que acontecia. Desceu do carro e seguiu Gabriella em direção ao convento.

— O que você está fazendo? — perguntou ela, com ar irônico.

— Estou acompanhando você.

— Preciso que você fique aqui, esperando no carro. Quando eu encontrar Evangeline, vamos precisar sair rapidamente. Dependo de você para isso. Prometa que vai ficar aqui.

Sem esperar resposta, Gabriella começou a andar na direção do convento, enfiando a arma em um bolso de seu longo casaco negro.

Verlaine se encostou em uma das caminhonetes pretas, observando Gabriella contornar uma esquina do prédio e desaparecer. Estava tentado a segui-la, apesar de suas instruções. Em vez disso, caminhou ao longo da fileira de caminhonetes e foi até o Jaguar branco. Colocando as mãos sobre os olhos, espreitou pela janela. No assento de couro bege, estava uma das pastas com suas pesquisas, com a fotocópia da moeda trácia por cima. Ele tentou abrir a porta, mas descobriu que estava trancada. Olhou então em volta, à procura de alguma coisa para quebrar o vidro da janela. Foi então que viu Percival Grigori andando em direção ao carro.

Rapidamente escondeu-se atrás do muro de pedra que cercava o convento. Aproximando-se do convento, com os sapatos triturando a neve endurecida, parou diante de uma brecha no muro, que oferecia uma vista do jardim principal. Viu então uma cena que o deixou estarrecido. Uma espessa fumaça pairava sobre um fogaréu intenso que envolvia o convento. Um exército de criaturas — idênticas às que ele matara juntamente com Gabriella — enxameava ao redor do convento, talvez uma centena de criaturas aladas, monstros reptilianos atacando em conjunto.

Ele se esforçou para enxergar com clareza. Os seres eram em parte humanos, em parte monstros. Asas grandes e vermelhas brotavam de suas costas. Suas peles irradiavam uma intensa luminosidade. Embora Gabriella lhe tivesse descrito os Giborins em detalhes, e ele os tivesse reconhecido como os seres que vira no trem, agora percebia que, até aquele momento, não acreditara que existissem tantos deles.

Em meio às chamas e à fumaça, Verlaine divisava grupos cada vez mais numerosos de Giborins. Um por um, eles arremetiam contra o convento, batendo as asas furiosamente. Depois se elevavam e flutuavam no vento, como pipas, pairando acima do prédio. Pareciam incrivelmente leves, como se fossem imateriais. Movimentavam-se de forma tão coordenada e potente que Verlaine logo compreendeu que seria impossível derrotá-los. Enquanto as chamas se elevavam cada vez mais, as criaturas alçavam voo e se entrecruzavam no ar, preparando novo ataque em um elegante balé de violência. Verlaine observava a destruição, cheio de horror.

Na orla do bosque, uma das criaturas se mantinha afastada das outras. Escondendo-se na densa folhagem ao longo do muro, Verlaine foi se aproximando dela, até chegar a menos de 3 metros de distância, de onde podia ver seus traços elegantes: o nariz perfeito, as madeixas douradas, os aterradores olhos vermelhos. Respirando profundamente, sentiu o doce aroma de seu corpo. Gabriella lhe dissera que o perfume fora considerado ambrosíaco por quem havia tido a sorte (ou o azar) de se deparar com um daqueles seres — cuja perigosa atração ele não demorou a notar. Havia imaginado que tais criaturas fossem horrendas, filhas bastardas de um colossal erro histórico, frutos híbridos e malformados do cruzamento entre o sagrado e o profano. Não pensara que fosse achá-las bonitas.

De repente, a criatura olhou para o bosque como se percebesse a presença de Verlaine e começou a caminhar em sua direção, balançando as asas vermelhas. Verlaine perdeu qualquer noção a respeito do que estava fazendo ali, do que desejava fazer e do que faria em seguida. Tinha consciência de que deveria estar com medo, mas, à medida que o Giborim se aproximava, sentia uma calma sinistra se apoderar dele. A poderosa luz do incêndio iluminava a criatura, mesclando-se com sua luminosidade natural. Verlaine ficou hipnotizado. Em vez de correr, como sabia que deveria, sentiu vontade de chegar mais perto da criatura, de tocar seu corpo alvíssimo. Deixando a segurança da floresta, deu alguns passos e se plantou diante do Giborim, olhando fixamente seus olhos vítreos, como se buscasse uma resposta para um enigma sombrio e violento.

O que descobriu o deixou atônito. Em vez de malevolência, o olhar da criatura transmitia uma assustadora insipidez animal, um vazio que não era cruel nem bondoso. Era como se não tivesse capacidade para entender o que estava diante dela. Seus olhos eram janelas para o vácuo. Ela não registrou a presença de Verlaine. Em vez disso, olhou para além dele, como se Verlaine não fosse mais que um elemento da floresta, um toco de árvore ou um monte de folhas. Verlaine compreendeu que estava na presença de uma criatura sem alma.

Com um rápido movimento, o Giborim abriu suas asas vermelhas. Sacudindo uma delas, depois a outra, ganhou impulso e se ergueu do chão, leve como uma borboleta, juntando-se aos demais no ataque.

Capela da Adoração, Convento de Santa Rosa, Mílton, estado de Nova York

Evangeline encontrou a Capela da Adoração invadida pela fumaça. Tentou respirar, mas foi sufocada pelo ar quente e nocivo, que chamuscava sua pele e irritava seus olhos — que, em questão de segundos, encheram-se de lágrimas. Através da fumaça, ela divisou as silhuetas de algumas irmãs, caídas no chão na capela. Os hábitos pareciam se fundir, formando uma mancha negra contínua. Uma luz difusa iluminava fracamente o altar. Por que as irmãs continuavam deitadas em meio ao fogo, era algo incompreensível para ela. Se não saíssem dali, a fumaça as mataria.

Confusa, virou-se para escapar pela igreja de Maria Angelorum, quando algo prendeu seu pé e ela caiu pesadamente, batendo com o queixo no chão de mármore. A mala de couro escapou de sua mão e desapareceu na cortina de fumaça. Para seu horror, viu irmã Ludovica diante dela, a expressão de medo petrificada no rosto. Evangeline tropeçara no corpo sem vida da velha freira, cuja cadeira de rodas estava caída ao seu lado, com uma das rodas ainda girando. Colocando as mãos sobre o rosto de Ludovica, Evangeline murmurou uma prece, seu adeus final. Depois, gentilmente, fechou as pálpebras dos olhos da mais velha das Irmãs Venerandas.

Erguendo-se sobre as mãos e os joelhos, ela examinou a área o melhor que pôde, em meio à fumaça. A Capela da Adoração estava cheia de cadáveres. Ela contou quatro irmãs caídas entre os bancos, mortas por asfixia. Sentiu uma onda de desespero. Os Giborins tinham aberto grandes buracos nos vitrais, bombardeando-os com escombros. Cacos de vidros coloridos cobriam o chão da capela de um lado a outro, como se fossem balas de sabores diversos. Os bancos tinham sido quebrados; o delicado relógio de pêndulo, espatifado; os genuflexórios, despedaçados; e os anjos de mármore, derrubados. Os buracos nas janelas permitiam que se visse o exterior, onde as criaturas enxameavam sobre o jardim coberto de neve. Fumaça subia em direção ao céu, lembrando-a de que o incêndio ainda estava se alastrando. Lufadas de ar gélido varriam o desolado interior da capela. E o pior: os genuflexórios diante do ostensório estavam vazios. A corrente de adoração perpétua fora quebrada. A visão era tão terrível que a deixou sem fôlego.

Próximo ao chão, o ar estava ligeiramente mais frio e a fumaça menos densa. Evangeline deitou-se novamente e se arrastou pelo piso em busca da mala. A fumaça queimava seus olhos; seus braços doíam com o esforço. A capela, antes familiar, fora transformada em um lugar perigoso — um campo minado, amorfo e enevoado, repleto de armadilhas invisíveis. Se a fumaça aumentasse, ela poderia desmaiar, como as outras; mas, caso tentasse escapar pela Maria Angelorum, podia perder a preciosa mala.

Finalmente, ela divisou um brilho metálico — eram os trincos de cobre da mala, faiscando à luz do incêndio. Estendendo a mão, ela segurou a alça, percebendo que o couro fora chamuscado. Levantando-se do chão, cobriu o nariz e a boca com a manga da blusa, tentando bloquear a fumaça. Lembrou-se então das perguntas que Verlaine fizera na biblioteca e da enorme curiosidade que ele demonstrara pela localização do selo nos desenhos de madre Francesca. O último cartão enviado por sua avó confirmara a teoria dele: os desenhos arquitetônicos tinham o propósito de marcar um objeto escondido por madre Francesca e guardado por duzentos anos. A precisão com que as plantas da capela haviam sido executadas deixava poucas dúvidas. Madre Francesca colocara alguma coisa no tabernáculo.

Evangeline subiu os degraus do altar e caminhou através da fumaça até um tabernáculo elaboradamente decorado, que repousava sobre um pedestal de mármore. Suas portas exibiam, incrustadas em ouro, as letras alfa e ômega — o início e o fim. Tinha o tamanho de um pequeno armário, grande o bastante para ocultar algo valioso. Pousando a mala no chão, Evangeline puxou as portas. Estavam trancadas.

De repente, um ruído a alertou para uma nova presença na capela. Ela se virou no momento em que dois Giborins atravessavam um dos vitrais, terminando de quebrar a resplandecente representação da Primeira Esfera Angélica e espalhando cacos dourados, vermelhos e azuis sobre os corpos das freiras. Escondendo-se atrás de uma coluna do altar, ela observou aqueles seres, sentindo sua nuca se arrepiar. Os Giborins eram altos e esbeltos, ainda maiores do que pareciam vistos da torre. Tinham grandes olhos vermelhos e enormes asas arroxeadas, que envolviam seus ombros como capas.

Jogando os genuflexórios no chão, as criaturas pisaram neles, enquanto outras decapitavam um anjo de mármore, separando a cabeça do tronco com pancadas ferozes. Na extremidade da capela, outro Giborim agarrou um candelabro dourado e, com força extraordinária, atirou-o contra um vitral, uma linda representação do arcanjo Miguel. O vidro se estilhaçou em um instante, com uma sinfonia de estrépitos, como se mil cigarras estivessem cantando ao mesmo tempo.

Atrás do altar, Evangeline apertou a mala contra o peito. Sabia que deveria ter cuidado com cada movimento. O menor barulho poderia denunciar sua presença. Ela estava examinando a capela, buscando a melhor rota de fuga, quando avistou Philomena agachada em um canto. Philomena levantou a mão lentamente, gesticulando para que ela ficasse imóvel, observasse e esperasse. De seu esconderijo próximo ao tabernáculo, Evangeline a viu se arrastar pelo piso do altar.

Então, com rapidez e precisão incríveis, Philomena agarrou o ostensório dourado que estava sobre o altar. O objeto, de ouro maciço, tinha o tamanho de um candelabro, e devia ser extraordinariamente pesado. Apesar disso, a velha freira o levantou sobre a cabeça e o atirou no chão. O ostensório propriamente dito não sofreu nenhum dano. Mas o pequeno globo de cristal que envolvia a hóstia se espatifou. De seu esconderijo, Evangeline pôde ouvir o nítido som de vidro se quebrando.

O gesto de Philomena era um sacrilégio tão terrível, em sua violação das crenças e orações das irmãs, que Evangeline ficou paralisada de espanto. Em meio à destruição e ao horror da morte das irmãs, parecia não haver justificativa para mais vandalismo. Mas Philomena ainda remexia no ostensório, afastando cacos de vidro. Evangeline saiu de seu esconderijo, se perguntando que tipo de loucura se apossara de Philomena.

Os movimentos de Philomena atraíram a atenção das criaturas, que se moveram em direção a ela, com as asas vermelhas pulsando em sincronia com a respiração. De repente, uma delas pulou sobre a irmã. Armada com o fanatismo de suas crenças, e com uma força que Evangeline jamais imaginara que tivesse, Philomena se livrou do abraço monstruoso e, com um movimento elegante, torceu uma das grandes asas vermelhas da criatura, arrancando-a do corpo. O Giborim caiu no chão, tremendo convulsivamente sobre o espesso fluido azul que jorrava de seu ferimento, e gritando em gorgolejante agonia. Evangeline sentiu que havia descido até uma versão do inferno. A capela sagrada das irmãs, o templo de suas orações diárias, estava sendo profanado.

Voltando suas atenções para o ostensório, Philomena retirou os cacos do envoltório de cristal. Então, em um momento de triunfo, ergueu alguma coisa sobre a cabeça. Evangeline tentou identificar o objeto que estava nas mãos de Philomena — era uma pequena chave. Philomena havia se cortado no vidro, e filetes de sangue escorriam sobre seus pulsos e braços. Embora a visão de tanta carnificina repugnasse Evangeline — que mal conseguia olhar para o corpo mutilado da criatura, com sua asa arrancada da carne —, Philomena não parecia nem um pouco perturbada. Apesar do medo que sentia, Evangeline estava maravilhada com a descoberta da irmã.

Philomena chamou-a, mas ela não pôde fazer nada. As outras criaturas caíram sobre a velha freira, rasgando suas roupas como gaviões se refestelando com um roedor. O tecido negro do hábito foi envolto por uma capa de oleosas asas vermelhas. Como que reunindo suas últimas forças, Philomena se livrou do abraço e jogou a chave na direção de Evangeline — que a recolheu no chão e voltou a se esconder atrás da coluna.

Quando olhou novamente, Evangeline viu o corpo carbonizado de irmã Philomena. Os sanguinários Giborins haviam se movido para o centro da capela, com as asas estendidas, como se fossem levantar voo a qualquer momento.

Um grupo de irmãs havia se reunido na soleira da porta. Evangeline quis gritar para alertá-las, mas antes que pudesse falar, o grupo se abriu e irmã Celestine apareceu em sua cadeira de rodas, empurrada por algumas serventes. Sem o véu, seus cabelos muito brancos intensificavam as linhas de tristeza que lhe sulcavam o rosto. A cadeira de rodas foi conduzida até a base do altar, em meio a um mar de hábitos negros e escapulários brancos.

As atendentes acenderam velas e, com pedaços de carvão tirados do incêndio, desenharam símbolos no chão, em torno de Celestine — sigilos arcanos que Evangeline reconheceu do diário de angelologia que sua avó lhe dera. Vira os símbolos diversas vezes, mas jamais entendera seu significado.

Os Giborins se limitavam a observar tudo.

De repente, Evangeline sentiu alguém tocar seu braço. Virando-se, foi acolhida pelo abraço de Gabriella. Por um breve momento, o terror que sentia diminuiu, e ela era apenas uma garota nos braços da avó adorada. Depois de beijar Evangeline, Gabriella olhou para Celestine, examinando suas ações com ar de conhecedora. Evangeline olhou para a avó, emocionada. Embora esta parecesse mais velha e mais magra, sentia uma segura familiaridade em sua presença. Gostaria de conversar com ela em particular. Tinha perguntas a lhe fazer.

— O que está acontecendo? — perguntou.

— Celestine ordenou que fosse feito um quadrado mágico dentro de um círculo sagrado. É a preparação para uma cerimônia de invocação.

As atendentes colocaram uma coroa de lírios sobre os cabelos brancos de Celestine. Gabriella prosseguiu:

— Agora, estão pondo uma coroa de flores na cabeça de Celestine, o que indica a pureza virginal da invocadora. Eu conheço esse ritual intimamente, embora nunca tenha visto sua execução. Invocar um anjo pode trazer uma ajuda poderosa, eliminando num instante os nossos inimigos. Em uma situação como esta, com o convento sitiado e sua população em menor número, pode ser uma medida útil, talvez a única capaz de trazer a vitória. Mas é incrivelmente perigosa, principalmente para alguém da idade de Celestine. Os perigos costumam ser maiores que os benefícios, sobretudo no caso de se convocar um anjo para uma batalha.

Evangeline olhou para a avó, em cujo pescoço brilhava um pingente de ouro, idêntico ao que ela lhe dera.

— E uma batalha — acrescentou Gabriella — é justamente o que Celestine quer.

— Os Giborins ficaram tão calmos, de repente — disse Evangeline.

— Celestine os hipnotizou — explicou Gabriella. — É o encantamento giborim. Aprendemos isso ainda crianças. Você está vendo as mãos dela?

Celestine tinha as mãos entrelaçadas sobre o peito, com os dedos indicadores apontando para seu coração.

— Isso faz com que os Giborins fiquem momentaneamente aturdidos — continuou Gabriella. — Mas o efeito vai passar daqui a pouco. Celestine vai ter de trabalhar bem depressa.

Celestine levantou os braços em um rápido movimento, libertando os Giborins do encantamento. Mas antes que pudessem retomar seu ataque, ela começou a falar. Sua voz ecoava na abóbada da capela.

— *Angele Dei, qui custos es mei, me tibi commissum pietate superna, illumina, custodi, rege et guberna.*

Evangeline estava familiarizada com o latim e reconheceu as palavras como um encantamento. Para seu espanto, a invocação começou a surtir efeito. Começou como uma leve brisa, uma fraca lufada de vento, e aumentou em questão de segundos até se transformar em um vendaval que sacudiu a capela. Com um clarão ofuscante, uma figura luminosa surgiu em meio ao turbilhão de vento, pairando sobre Celestine. Evangeline esqueceu o perigo oferecido pela invocação, o perigo representado pelas criaturas que estavam por todos os lados, e apenas contemplou o anjo — enorme, com asas douradas que se estendiam por toda a largura do domo central. Mantendo os braços estendidos, ele parecia pedir que todos se aproximassem. Sua luz intensa e suas vestes, que brilhavam mais do que o fogo, cobriam as freiras e o piso de mármore com uma luminosidade fluida como lava. Seu corpo parecia, ao mesmo tempo, material e etéreo. Flutuava no espaço, e Evangeline conseguia enxergar através dele. Estranhamente, o anjo começou a adquirir os traços de Celestine, recriando a aparência que ela deveria ter quando jovem e permitindo que Evangeline pudesse contemplar a garota que Celestine fora um dia.

O anjo pairou no meio do ar, resplandecente e sereno. Quando falou, sua voz doce e melodiosa vibrou dentro da capela com uma beleza sobrenatural.

— Você me chamou em nome do bem?

Celestine se levantou da cadeira de rodas com impressionante facilidade e se ajoelhou no interior do círculo de velas.

— Eu o chamo como servo do Senhor, para fazer o trabalho do Senhor.

— No santo nome do Senhor — disse o anjo —, eu pergunto se suas intenções são puras.

— Tão puras quanto a sagrada palavra do Senhor — disse Celestine, com uma voz cada vez mais forte e vibrante, como se a presença do anjo lhe desse forças.

— Não tenha medo, pois eu sou um mensageiro do Senhor — disse o anjo em sua voz musical. — Eu canto em louvor do Senhor.

Um coro celestial começou a cantar e a capela se encheu de música.

— Guardião — disse Celestine —, nosso santuário foi profanado pelo dragão. Nosso prédio foi incendiado, nossas irmãs foram mortas. Assim como o Arcanjo Miguel esmagou a cabeça da serpente, eu lhe peço para esmagar esses vis invasores.

— Instrua-me — disse o anjo, agitando as asas e contorcendo seu corpo flexível. — Onde estão esses demônios?

— Estão aqui nos atacando, devastando Seu sagrado santuário.

Em um instante, tão rapidamente que Evangeline mal teve tempo de perceber, o anjo se transformou em uma lâmina de fogo, que se dividiu em centenas de línguas de fogo — que, por sua vez, se transformaram em novos anjos. Evangeline segurou o braço de Gabriella para resistir à força do vento. Seus olhos ardiam, mas ela não conseguia desviá-los. Brandindo espadas, os anjos guerreiros tomaram conta da capela. As freiras fugiram apavoradas, correndo em todas as direções. O pânico despertou Evangeline do transe em que mergulhara. Os anjos fulminaram os Giborins, cujos corpos caíram sobre o altar e se espalharam pelo chão.

Gabriella correu até Celestine, acompanhada por Evangeline. A velha freira estava caída, com o hábito branco desarrumado e a coroa de lírios retorcida. Pousando a mão sobre seu rosto, Evangeline sentiu que a pele estava quente, como se a invocação a tivesse escaldado. Ela queria entender como uma mulher frágil e tranquila como Celestine tivera o poder de derrotar aqueles bichos.

De alguma forma, as velas haviam permanecido acesas durante o furacão — como se a presença violenta do anjo não tivesse afetado o mundo físico —, tingindo a pele de Celestine com um falso matiz de vida. Ao arrumar o hábito da irmã, dobrando gentilmente o pano branco, Evangeline percebeu que a mão de Celestine, que estava quente havia poucos segundos, ficara completamente fria.

Evangeline não tinha certeza, mas teve a impressão de que lágrimas tinham se formado nos olhos de Gabriella.

— Foi uma invocação brilhante, amiga — sussurrou Gabriella, enquanto se inclinava e beijava a testa de Celestine. — Simplesmente brilhante.

Lembrando-se de Philomena, Evangeline entregou a chave à avó.

— Onde você encontrou isso? — perguntou Gabriella.

— No ostensório — disse Evangeline, indicando os cacos de cristal no chão. — Estava dentro dele.

— Então era aí que elas guardavam — disse Gabriella, revirando a chave na mão. Andando até o tabernáculo, enfiou-a na fechadura e abriu a porta. No interior, havia uma pequena bolsa de couro, que ela pegou. — Não há mais nada a fazer aqui — declarou, acenando para que Evangeline a seguisse. — Ainda não estamos a salvo.

Convento de Santa Rosa, Milton, estado de Nova York

Verlaine atravessou o jardim e foi até o convento, com os pés afundando na neve. Poucos segundos antes, o convento estava quase destruído sob o peso do ataque, com as paredes tomadas pelas chamas e o pátio ocupado por criaturas beligerantes. Então, para seu enorme espanto, a batalha terminou. Em um segundo, o fogo desapareceu no ar, deixando para trás apenas tijolos chamuscados, metais em brasa e o cheiro pungente de madeira carbonizada. As asas das criaturas se imobilizaram em meio ao voo e elas despencaram no chão, como se atingidas por uma corrente elétrica, enchendo a neve com pilhas de corpos destroçados. Verlaine contemplou o pátio silencioso e os últimos resquícios de fumaça que se dispersavam no céu da tarde.

Caminhando até um dos corpos, agachou-se diante dele. Havia algo estranho na criatura, cujo aspecto mudara por completo. Sua pele, além de perder a resplandecência, estava salpicada de imperfeições: sardas, verrugas, cicatrizes, áreas cobertas de pelos negros. O branco das unhas escurecera. Verlaine colocou o corpo de bruços e descobriu que as asas haviam sumido, deixando no lugar um pó vermelho. Em vida, as criaturas eram metade humanas, metade anjos. Na morte, pareciam inteiramente humanas.

Ouvindo vozes no lado mais distante da igreja, Verlaine ergueu os olhos. As freiras do Convento de Santa Rosa saíram para o pátio e começaram a arrastar os corpos dos Giborins para as margens do rio. Ele tentou divisar Gabriella, mas não conseguiu. Todas usavam botas e pesados sobretudos. Elas mostravam grande determinação diante daquele trabalho desagradável, organizando-se em pequenos grupos e cumprindo as tarefas sem hesitação. Como os corpos eram grandes e desajeitados, quatro irmãs eram necessárias para transportar cada um deles. Lentamente, elas os arrastavam pelo pátio até a beira do Hudson, formando uma trilha na neve, cujas bordas se transformavam em gelo. Após empilhar os corpos sob a copa de uma bétula, elas os atiraram no rio. As criaturas afundaram na superfície vítrea da água como se estivessem cheias de chumbo.

Enquanto as freiras trabalhavam, Gabriella saiu da igreja, acompanhada por uma jovem. Ambas tinham os rostos escurecidos pela fumaça. Ele reconheceu na moça os traços de Gabriella, o formato do nariz, a ponta do queixo, as maçãs do rosto salientes. Era Evangeline.

— Venha — disse Gabriella a Verlaine. Ela estava carregando uma mala de couro. — Não temos tempo a perder.

— Mas o Porsche só tem dois assentos — disse Verlaine.

Gabriella parou, como se sua inabilidade para prever o problema a incomodasse mais do que ela queria demonstrar.

— Está havendo algum problema? — perguntou Evangeline, e Verlaine sentiu-se novamente atraído pela musicalidade de sua voz, a serenidade de sua atitude, a espectral evocação de Gabriella em seus traços.

— Nosso carro é muito pequeno — disse Verlaine.

Evangeline olhou para ele, demorando um pouco o olhar, como se estivesse verificando se era o mesmo homem que encontrara no dia anterior. Quando ele sorriu, ela percebeu que não tinha se enganado. Um vínculo se estabelecera entre eles.

— Venham comigo — disse ela, atravessando o pátio com passos rápidos e decididos. Verlaine sabia que seguiria Evangeline para qualquer lugar.

Passando entre duas caminhonetes negras, ela os conduziu até um calçamento coberto de gelo e, através de uma porta lateral, a uma garagem de tijolos. O ar lá dentro estava fresco, livre do intenso cheiro de fumaça. Evangeline tirou um molho de chaves de um gancho e o balançou.

— Entrem — disse ela, apontando para um sedã marrom de quatro portas. — Eu dirijo.

O CORO ANGÉLICO

Logo, o anjo começou a cantar; seu tom de voz subia e descia, acompanhando a lira. Como se obedecendo ao comando daquela divina progressão, os outros anjos se juntaram a ele, criando uma música celestial, em uma congregação de dezenas de milhares de anjos, semelhante à descrita por Daniel.

— O Venerável Padre Clematis da Trácia
Notas sobre a Primeira Expedição Angelológica,
traduzidas pelo dr. Raphael Valko.

Cobertura dos Grigori, Upper East Side, Nova York

24 de dezembro de 1999, 12h41

Percival entrou no quarto de sua mãe, um aposento meticulosamente branco e despojado, no alto da cobertura. Uma parede de vidro oferecia um panorama da cidade, edifícios cinzentos entremeados pelo céu azul. O sol da tarde passeava pelas gravuras de Gustave Doré penduradas na parede oposta, um presente que o pai de Percival dera a ela havia muitos anos. Retratavam legiões de anjos estendidos ao sol, camada após camada de mensageiros alados — imagens intensificadas pelo aspecto etéreo do quarto. Em outros tempos, Percival sentiria afinidade com os anjos das gravuras. Em seu estado atual, mal conseguia olhar para elas.

Sneja dormia, deitada na cama. No sono, com as asas encaixadas na pele macia das costas, tinha o aspecto de uma criança inocente e bem alimentada. Percival colocou a mão sobre seu ombro e a chamou. Ela abriu os olhos e o olhou fixamente. A aura de serenidade que a envolvia desapareceu. Sentando-se na cama, abriu as asas e as alinhou com os ombros. As camadas de penas coloridas estavam muito limpas e em perfeita ordem, como se ela tivesse mandado alguém cuidar delas antes de dormir.

— O que você quer? — disse ela, olhando Percival de cima a baixo, como que avaliando a real dimensão do aspecto decepcionante do filho. — O que houve? Você está horrível.

Tentando permanecer calmo, Percival disse:

— Preciso falar com você.

Sneja levantou-se e foi até a janela. Era o início da tarde. Suas asas, à luz minguante, pareciam feitas de madrepérola.

— Acho que é óbvio que eu estou tirando uma soneca.

— Eu não perturbaria você, se não fosse urgente — disse Percival.

— Onde está Otterley? — perguntou Sneja, olhando por cima do ombro dele. — Ela já retornou da operação de retomada? Estou ansiosa para saber dos detalhes. Faz muito tempo que não usamos Giborins. — Observando Percival, ela logo percebeu sua angústia. — Eu mesma deveria ter ido — disse ela, com os olhos faiscando. — O clarão das chamas, as asas se agitando, os gritos dos incautos. Como nos velhos tempos.

Percival mordeu os lábios, sem saber como responder.

— Seu pai chegou de Londres — disse Sneja, vestindo um longo quimono de seda. Suas asas, sadias e diáfanas como as de Percival outrora, atravessaram facilmente o tecido. — Venha, vamos tomar chá com ele.

Percival acompanhou a mãe até a sala de jantar, onde o sr. Percival Grigori II, um Nefilim com cerca de 400 anos de idade, espantosamente parecido com o filho, estava sentado à mesa. Tirara o paletó, permitindo que suas asas emergissem através de sua camisa. Quando ainda era estudante e vivia encrencado, Percival costumava achar o pai esperando por ele no estúdio, com as asas espetadas em guarda daquele jeito. Grigori era um homem rigoroso, mal-humorado, frio e implacavelmente agressivo, cujas asas ecoavam seu temperamento: eram apêndices sóbrios e estreitos, com discretas penas prateadas, da cor de escamas de peixes, que deixavam a desejar tanto em largura quanto em envergadura e não impressionariam ninguém. As asas de seu pai eram exatamente o contrário das de sua mãe. Percival achava o contraste apropriado. Seus pais já não viviam juntos havia quase cem anos.

O sr. Grigori martelava a mesa com uma caneta-tinteiro Meisterstück da época da Segunda Guerra Mundial, outro sinal de impaciência e irritação que Percival conhecia desde a infância. Olhando para Percival, ele disse:

— Onde você andava? Ficamos esperando notícias suas o dia inteiro.

Sneja arrumou as asas e sentou-se à mesa. Olhando para Percival disse:

— Sim, querido, conte para nós, como foram as coisas no convento?

Percival deixou-se cair em uma cadeira na cabeceira da mesa, colocou a bengala ao lado e respirou profunda e penosamente. Sentia calor e frio ao mesmo tempo. Suas mãos tremiam. Suas roupas estavam encharcadas de suor. Cada inspiração queimava seus pulmões, como se o ar alimentasse uma fogueira. Lentamente, sufocava.

— Fique calmo, filho — disse o sr. Grigori, olhando Percival com desdém.

— Ele está doente — rosnou Sneja, pousando a mão roliça no braço do filho. — Leve o tempo que quiser, querido. Conte para nós o que deixou você nesse estado.

Percival podia perceber a decepção do pai e o crescente desamparo de sua mãe. Não sabia onde arranjaria forças para falar sobre a desgraça que se abatera sobre todos eles. Sneja ignorara seus telefonemas por toda a manhã e durante sua solitária viagem de volta à cidade. Ele preferia ter dado a notícia pelo telefone. Finalmente, disse:

— A missão foi malsucedida.

Sneja ficou imóvel, compreendendo pelo tom de voz do filho que havia outras más notícias.

— Mas isso é impossível — disse ela.

— Acabei de voltar do convento — explicou Percival. — Vi com meus próprios olhos. Nós sofremos uma derrota terrível.

— E os Giborins? — quis saber o sr. Grigori.

— Se foram — disse Percival.

— Bateram em retirada? — perguntou Sneja.

— Foram mortos — disse Percival.

— Impossível — objetou o sr. Grigori. — Nós enviamos quase cem dos nossos melhores guerreiros.

— Todos foram fulminados — disse Percival. — Mortos instantaneamente. Eu caminhei por ali e vi os corpos deles. Não sobrou nenhum Giborim.

— Isso é impensável — comentou o sr. Grigori. — Nunca vi uma derrota assim em toda a minha vida.

— Foi uma derrota anormal — disse Percival.

— Você está dizendo que houve uma invocação? — perguntou Sneja, incrédula.

Percival cruzou as mãos sobre a mesa, aliviado por terem parado de tremer.

— Eu não acreditava que era possível — disse ele. — Não existem muitos angelólogos vivos que tenham sido iniciados na arte da invocação, principalmente nos Estados Unidos, onde eles carecem de orientação. Mas é a única explicação para uma destruição tão completa.

— O que Otterley acha? — indagou Sneja, empurrando a cadeira para trás e se pondo de pé. — Duvido que ela acredite que eles tenham poder para executar uma invocação. Essa prática já está quase extinta.

— Mãe — disse Percival, com a voz embargada de emoção. — Nós perdemos todo mundo no ataque.

Sneja olhou de Percival para o marido, como se apenas a reação deste pudesse tornar verdadeiras as palavras do filho.

Com a voz falha, por força da vergonha e do desespero, Percival prosseguiu:

— Eu estava a alguma distância do convento quando ocorreu o ataque, mas pude ver aquele terrível redemoinho de anjos. Eles caíram sobre os Gibborins. Otterley estava entre eles.

— Você viu o corpo dela? — perguntou Sneja, andando pela sala de um lado para outro. Suas asas estavam retraídas contra o corpo, uma reação física involuntária. — Você tem certeza?

— Não há dúvida — disse Percival. — Eu vi os humanos se livrarem dos corpos.

— E o tesouro? — perguntou Sneja, começando a ficar frenética. — E o seu fiel contratado? E Gabriella Lévi-Franche Valko? Me diga que você ganhou alguma coisa com as nossas perdas!

— Quando eu cheguei, eles já tinham ido embora — disse Percival. — O Porsche de Gabriella estava abandonado no convento. Eles pegaram o que foram buscar e partiram. Acabou. Não há mais esperança.

— Então vamos esclarecer umas coisas — disse o sr. Grigori. Percival sabia que o pai adorava Otterley e devia estar em um estado de indescritível desespero, mas falou com a calma gélida que tanto amedrontava o filho na juventude. — Você permitiu que sua irmã participasse sozinha do ataque. Depois deixou os angelólogos que a mataram fugirem, perdendo a oportunidade de pegar o tesouro que nós estamos procurando há mil anos. E acredita que terminou o trabalho?

Percival olhou para o pai com ódio e frustração. Como era possível que ele não tivesse perdido as forças com a idade e Percival, que deveria estar no auge do vigor, estivesse tão enfraquecido?

— Você vai atrás deles — disse o sr. Grigori, levantando-se em toda a sua altura e abrindo as asas prateadas. — Vai achá-los e recuperar o instrumento. E vai me manter informado do andar da busca. Vamos fazer o que for necessário para vencer.

Upper West Side, Nova York

Evangeline dobrou na rua 79 Oeste, dirigindo devagar, atrás de um ônibus. Parando em um sinal vermelho, olhou para a Broadway e percebeu que reconhecia a paisagem. Passara muitos finais de semana com o pai, caminhando por aquelas ruas, parando para tomar café da manhã em alguma das pequenas lanchonetes que se espalhavam pelas avenidas. A confusão de gente caminhando pela neve, os prédios, o incessante tráfego de veículos em todas as direções — Nova York ainda lhe era bastante familiar, apesar dos anos que passara fora.

Gabriella vivia poucos quarteirões adiante. Embora não visitasse a casa de sua avó desde a infância, Evangeline se lembrava bem dela: a discreta fachada de pedras marrons, a elegante cerca de metal, a vista oblíqua do parque. Ela costumava se lembrar com carinho daquelas imagens. Agora, o Santa Rosa ocupava sua mente. Por mais que tentasse, não conseguia se esquecer do olhar que as irmãs lhe lançaram quando saía da igreja, como se ela fosse responsável pelo ataque, como se tivesse de alguma forma atraído os Giborins. Evangeline saiu da garagem de olhos fixos na pista. Era o que podia fazer para deixar o convento sem olhar para trás.

No final das contas, ela acabou traindo seus instintos e olhou pelo retrovisor. Viu a neve cheia de fuligem e as irmãs com expressão vingativa reunidas à beira do rio. O convento estava desmantelado como um castelo em ruínas, e o jardim, coberto de cinzas. Ela também mudara. Em questão de minutos, ela deixara de ser a irmã Evangeline, Irmã Franciscana da Perpétua Adoração, e se tornara Evangeline Angelina Cacciatore, angelóloga. Enquanto saíam da propriedade, em meio às bétulas que margeavam as estradas como pilares de mármore, Evangeline pensou ter visto a distância o vulto de um anjo flamejante, acenando-lhe para que fosse em frente.

No caminho para Nova York, Verlaine sentou-se no banco dianteiro, enquanto Gabriella insistiu em sentar-se atrás, espalhando o conteúdo da mala de couro para examiná-lo. Talvez Evangeline estivesse farta do silêncio que lhe era imposto no Santa Rosa, já que, durante o trajeto, conversou francamente com Verlaine sobre sua vida, o convento e até mesmo, para sua própria surpresa, seus pais. Falou sobre a infância, os passeios que fazia com o pai na Brooklyn Bridge. Disse-lhe que a famosa passarela que atravessa a ponte era o único lugar onde sentia uma felicidade pura e despreocupada; e que por isso aquele era seu lugar favorito no mundo. Verlaine não parava de fazer perguntas e ela mesma ficou impressionada com a prontidão e sinceridade com que as respondia, como se o tivesse conhecido a vida toda. Havia muitos anos que ela não conversava com alguém assim — bonito, inteligente, interessado em cada detalhe. Na verdade, havia anos que ela não sentia qualquer coisa por um homem. De repente todas as suas ideias sobre homens lhe pareceram infantis e superficiais. Verlaine, com certeza, devia estar achando graça em seu comportamento ingênuo.

Depois que Evangeline achou uma vaga, ela e Verlaine seguiram Gabriella até a casa. A rua estava estranhamente desolada. A neve se espalhava pela calçada; os carros estacionados estavam cobertos por uma fina camada de gelo. As janelas da casa de Gabriella, no entanto, estavam iluminadas. Evangeline notou uma movimentação atrás das vidraças, como se um grupo de amigos estivesse esperando por eles. Ela imaginou o *Times* espalhado sobre os espessos tapetes orientais, xícaras de chá equilibradas nas bordas das mesinhas e o fogo ardendo na lareira — assim eram os domingos de sua infância, as tardes que ela passara aos cuidados de Gabriella. Suas recordações, claro, eram as de uma criança, e seus pensamentos estavam repletos de nostalgia e romance. Ela não fazia ideia do que a aguardava agora.

Quando Gabriella destrancou a fechadura, alguém girou a maçaneta por dentro e abriu a porta. Um homem grandalhão de cabelos pretos, vestindo um agasalho de moletom e com a barba por fazer, surgiu diante deles. Evangeline jamais o vira. Gabriella, entretanto, parecia ser sua amiga íntima.

— Bruno — disse ela, dando-lhe um abraço caloroso, num inusitado gesto de intimidade. O homem parecia ter uns 50 anos. Evangeline o examinou atentamente, perguntando a si mesma se, apesar da diferença de idades, sua avó poderia ter se casado com ele. Gabriella o soltou. — Graças a Deus você está aqui.

— Claro que estou aqui — disse Bruno, igualmente aliviado por vê-la. — Os membros do conselho estão esperando por você.

Olhando para Evangeline e Verlaine, que estavam parados no corredor, Bruno sorriu e acenou para que ambos entrassem. O cheiro da casa de Gabriella era acolhedor, assim como seus livros e os reluzentes móveis antigos.

Evangeline sentia a ansiedade se dissipar a cada passo que dava. As estantes lotadas, uma parede com retratos emoldurados de angelólogos famosos, a sobriedade que pairava nos quartos como uma névoa — tudo era exatamente como Evangeline se lembrava.

Retirando o sobretudo, ela viu sua imagem refletida em um espelho do corredor. Ficou surpresa com a pessoa que viu diante dela. Tinha os olhos cercados por círculos escuros e a pele coberta de manchas negras, deixadas pela fumaça. Ela nunca se sentira tão feia nem tão deslocada quanto agora, na presença da vida tremendamente polida de sua avó. Verlaine passou por trás dela e colocou a mão sobre seu ombro, um gesto que ainda no dia anterior a deixaria amedrontada e confusa. Agora, ela lamentou quando ele retirou a mão.

Diante de tudo o que acontecera, ela achou quase indesculpável que seus pensamentos estivessem voltados para ele. Verlaine estava a pouca distância dela e, quando os olhos de ambos se encontraram no espelho, ela desejou que ele estivesse mais perto. Gostaria de entender melhor os sentimentos dele. Gostaria de saber se ele sentia um prazer idêntico ao dela quando seus olhos se encontravam.

Voltando a atenção para o próprio reflexo, notou como seu cabelo desgrenhado a tornava cômica. Verlaine devia achá-la ridícula, com suas austeras roupas negras e seus sapatos de sola de borracha. O estilo do convento estava impresso nela.

— Você deve estar se perguntando como veio parar aqui — disse ela, tentando entender os pensamentos dele. — Você entrou nessa situação por acidente.

— Concordo — disse ele, corando. — Realmente, está sendo um Natal surpreendente. Mas se Gabriella não tivesse me achado e eu não tivesse me envolvido nisso tudo, eu não teria encontrado você.

— Talvez tenha sido melhor assim.

— Sua avó me falou um bocado sobre você. Eu sei que as coisas não são exatamente como parecem. Sei que você foi para o Santa Rosa por precaução.

— Eu fui por mais do que isso — disse Evangeline, percebendo como eram complicados os seus motivos para permanecer no Santa Rosa, e como seria difícil explicá-los a ele.

— Você vai voltar para lá? — perguntou Verlaine, com expressão ansiosa, como se a resposta dela tivesse uma grande importância para ele.

Evangeline mordeu os lábios. Gostaria de poder lhe dizer como aquela pergunta lhe parecia difícil.

— Não — disse. — Nunca mais.

Verlaine chegou mais perto dela e a segurou pela mão. Sua avó, o trabalho que tinham pela frente, tudo se dissipava na presença dele. Afastando-a do espelho, ele a levou pela mão até a sala de jantar, onde estavam os outros.

Algo estava sendo preparado na cozinha — um rico aroma de carne e tomates enchia o ambiente. Bruno apontou a mesa, guarnecida com a porcelana de Gabriella e guardanapos de linho.

— Vocês precisam almoçar — disse ele.

— Realmente, acho que não há tempo para isso — disse Gabriella, que parecia perturbada. — Onde estão os outros?

— Sentem-se — disse Bruno, indicando as cadeiras. — Vocês têm de comer alguma coisa. Ele puxou uma cadeira e esperou até que Gabriella viesse sentar-se. — Só vou demorar um minuto — informou, desaparecendo na cozinha.

Evangeline ocupou uma cadeira ao lado de Verlaine. Copos de cristal brilhavam à luz fraca. Uma garrafa com água e fatias de limão fora colocada no centro da mesa. Evangeline encheu um copo e o entregou a Verlaine. Quando sua mão roçou a dele, uma descarga elétrica percorreu seu corpo. Ela o olhou nos olhos. Parecia incrível que só o tivesse conhecido no dia anterior. Sua vida no Santa Rosa recuava rapidamente, deixando a impressão de que fora pouco mais que um sonho.

Bruno logo retornou com uma panela de chili fumegante. A ideia de almoçar não ocorrera a Evangeline por todo o dia, apesar do ronco no estômago e da tontura causada pela falta de água. Mas, quando a comida foi servida, ela descobriu que estava morta de fome. Bruno lhe serviu um prato. Depois de mexer o chili com uma colher, esfriando os feijões, os tomates e os pedaços de linguiça, ela começou a comer. O chili estava bem condimentado — e ela logo sentiu sua ardência. No Santa Rosa, a dieta das irmãs era constituída por vegetais, pão e carne pouco temperada. A coisa mais condimentada que ela comera nos últimos anos fora um pudim de ameixas, em uma comemoração de Natal. Por reflexo, ela tossiu, cobrindo a boca com um guardanapo, enquanto uma sensação de calor a dominava.

Verlaine pulou da cadeira e lhe serviu um copo de água.

— Beba isso — disse ele.

Evangeline bebeu a água, sentindo-se tola.

— Obrigada — disse, quando a sensação passou. — Faz tempo que eu não como uma comida assim.

— Vai lhe fazer bem — disse Gabriella, lançando à neta um olhar avaliador. — Parece que você não come há meses. Por falar nisso — acrescentou ela —, acho que você deve se limpar um pouco. Tenho algumas roupas que irão lhe servir.

Depois do almoço, Gabriella levou Evangeline a um banheiro no corredor, onde a fez tirar a saia e a blusa cobertas de fuligem, que jogou em uma lata de lixo. Entregou-lhe então um sabonete e toalhas limpas, para que se lavasse. Deu-lhe também uma calça jeans e um suéter de caxemira que couberam à perfeição em Evangeline, confirmando que ela e a avó tinham o mesmo peso e altura. Com olhar de aprovação, Gabriella observou a neta se transformar em uma pessoa totalmente diferente. Quando elas voltaram à sala de jantar, Verlaine olhou Evangeline admirado, como se não tivesse certeza de que se tratava da mesma pessoa.

Depois que terminaram de comer, Bruno os conduziu por uma escadaria estreita. Ao pensar no que poderia estar pela frente, Evangeline sentiu o coração palpitar. No passado, seus encontros com angelólogos haviam sempre ocorrido por acidente — encontros casuais quando estava na companhia do pai ou da avó; contatos indiretos e fugazes, que a deixavam com vontade de saber mais. Os vislumbres que tivera do mundo da mãe sempre a tinham deixado, ao mesmo tempo, curiosa e amedrontada. Na verdade, a perspectiva de encontrar cara a cara os membros do Conselho Angelológico a enchia de temor. Certamente, iriam questioná-la a respeito do que ocorrera naquela manhã, no Santa Rosa. Certamente, ficariam fascinados com a habilidade de Celestine. Evangeline não sabia como deveria responder às perguntas que lhe fariam.

Talvez sentindo que ela estava preocupada, Verlaine tocou sua mão, em um gesto de apoio e apreço. Uma vez mais, Evangeline sentiu uma corrente elétrica percorrer seu corpo. Virando-se, ela o olhou nos olhos. Eram castanho-escuros, quase negros, bastante expressivos. Teria ele percebido como ela reagia quando ele a olhava? Vira como ela ficara sem fôlego quando ele a tocara? Ela mal conseguia sentir o corpo, enquanto subia os degraus atrás de sua avó.

No alto da escadaria, eles entraram em um aposento que estava sempre trancado quando Evangeline era criança. Ela lembrava dos entalhes na pesada porta de madeira, da grande maçaneta de latão, do buraco da fechadura, pelo qual ela espreitava, mas só via um pedaço de céu. Agora, finalmente, entendia o motivo: a parede oposta era repleta de janelas.

Evangeline estava abismada. Nunca suspeitara da existência de um estúdio como aquele. Viu estantes carregadas de livros e uma escrivaninha antiga, além de poltronas e sofás ricamente estofados. As paredes estavam cobertas de pinturas em cores vivas, onde anjos de túnicas brilhantes e asas estendidas seguravam harpas e flautas. Apesar do esplendor do mobiliário, o quarto tinha uma aparência dilapidada. A pintura do teto estava descascando, os cantos de um grande aquecedor haviam enferrujado. Evangeline se deu conta das dificuldades financeiras que sua avó e todos os angelologistas haviam enfrentado nos anos anteriores.

Na outra ponta do quarto, havia uma mesa com tampo de mármore, cercada por um conjunto de cadeiras antigas, onde os angelólogos aguardavam.

Gabriella apresentou Evangeline e Verlaine ao Conselho. Entre seus integrantes, estava Vladimir Ivanov, um belo e idoso exilado russo, que estava com a organização desde a década de 1930, quando fugira das perseguições na URSS; Michiko Saitou, uma jovem brilhante que atuava como estrategista angelológica e coordenadora internacional de angelologia, além de gerir as finanças globais da organização, em Tóquio; e Bruno Bechstein, o homem que haviam encontrado na entrada, um angelólogo de meia-idade que se transferira dos escritórios de Tel-Aviv para os de Nova York.

Dos três, Evangeline só conhecia Vladimir, que envelhecera substancialmente desde que ela o vira pela última vez. Seu rosto estava sulcado por rugas profundas, e ele parecia mais sério do que antes. Na tarde em que seu pai a deixara aos seus cuidados, ele fora extremamente gentil — e ela, desobediente. Evangeline conjeturou sobre o que o tentara a voltar ao trabalho que repudiara com tanta veemência.

Gabriella foi até onde os angelólogos aguardavam e pousou a mala de couro sobre a mesa.

— Bem-vindos, amigos. Quando vocês chegaram?

— Hoje de manhã — disse Saitou-san. — Embora nossa vontade fosse chegar mais cedo.

— Viemos assim que soubemos do ocorrido — acrescentou Bruno.

— Sentem-se — disse Gabriella. — Vocês devem estar exaustos.

Evangeline afundou-se em um sofá, juntamente com Verlaine. Gabriella se empoleirou em uma cadeira. Os angelólogos a olharam com ansiedade.

— Bem-vinda, Evangeline — disse Vladimir gravemente. — Há quanto tempo, querida. — Ele apontou para a mala. — Eu não poderia imaginar que as circunstâncias fariam com que nós nos reencontrássemos.

Gabriella pegou a mala de couro e pressionou os fechos, que se abriram com um estalo. Dentro, encontrou tudo como tinha deixado: o diário angelológico; os envelopes selados com a correspondência de Abigail Rockefeller; e a bolsa de couro que haviam tirado do tabernáculo.

— Este é o diário angelológico da dra. Seraphina Valko — disse Gabriella, tirando o volume da mala. — Celestine e eu costumávamos nos referir a este livro de anotações como o manual de magia negra de Seraphina, em parte por brincadeira. Está cheio de ensaios, encantamentos, segredos e teorias de angelólogos do passado.

— Eu pensei que esse livro estava perdido — disse Saitou-san.

— Não estava perdido, apenas muito bem escondido — disse Gabriella. — Eu o trouxe para os Estados Unidos. Evangeline o guardou com ela no Convento de Santa Rosa, são e salvo.

— Bom trabalho — disse Bruno, pegando o livro com Gabriella. Enquanto o sentia pesar nas mãos, piscou para Evangeline, fazendo com que esta sorrisse.

— Diga-nos — disse Vladimir, olhando para a mala. — Que outras descobertas você fez?

Gabriella retirou da mala a sacola de couro retirada no tabernáculo e desatou cuidadosamente o cordão que a amarrava. No interior, havia um estranho objeto metálico, diferente de tudo o que Evangeline já vira. Era pequeno como uma asa de borboleta — uma fina folha de metal que brilhava entre os dedos de Gabriella. Parecia um objeto delicado, mas, quando Gabriella permitiu que o segurasse, Evangeline descobriu que era muito duro.

— É o plectro da lira — disse Bruno. — Foi uma ideia brilhante separá-lo do instrumento.

— Se vocês se lembram — disse Gabriella —, o Venerável Clematis separou o plectro do corpo da lira na Primeira Expedição Angelológica. O objeto foi enviado para Paris, onde ficou em poder de angelólogos europeus até o início do século XIX, quando madre Francesca o trouxe para os Estados Unidos com o objetivo de mantê-lo em segurança.

— E construiu a Capela da Adoração em torno dele — disse Verlaine. — O que explica os elaborados desenhos arquitetônicos que ela fez.

Vladimir parecia incapaz de desviar os olhos do objeto.

— Posso? — perguntou afinal, pegando o plectro com Evangeline e o pondo na palma da mão. — É lindo — disse ele. Evangeline ficou comovida com a delicadeza com que ele acariciava o metal, como se estivesse lendo braile. — Incrivelmente lindo.

— De fato — disse Gabriella. — É feito de valkina pura.

— Mas como ele ficou guardado? — perguntou Verlaine.

— Evangeline pode explicar melhor do que eu, foi ela quem o descobriu.

— Estava escondido no tabernáculo — disse Evangeline. — O tabernáculo estava trancado e a chave, escondida no ostensório, acima. Não sei exatamente como a chave foi parar lá, mas parece que o objeto estava bem seguro.

— Brilhante — disse Saitou-san. — Faz total sentido que fosse guardado na capela.

— Como assim? — perguntou Bruno.

— A Capela da Adoração é o lugar em que as irmãs praticam a perpétua adoração — disse Gabriella. — Vocês conhecem o ritual?

— Duas irmãs rezam diante da hóstia — disse Vladimir, pensativo. — E a cada hora são substituídas por outras duas irmãs. Correto?

— É exatamente assim — disse Evangeline.

— Elas permanecem atentas durante a adoração? — perguntou Gabriella, olhando para Evangeline.

— Claro — respondeu Evangeline. — É uma hora de extrema concentração.

— E essa concentração está focada onde?

— Na hóstia.

— Que fica onde?

Entendendo a linha de raciocínio da avó, Evangeline disse:

— É claro. As irmãs dirigem toda a atenção para a hóstia, que fica no ostensório, em cima do tabernáculo. Como o plectro estava dentro do tabernáculo, as irmãs automaticamente vigiavam o instrumento enquanto rezavam. A perpétua adoração das irmãs era um elaborado sistema de segurança.

— Exatamente — disse Gabriella. — Madre Francesca descobriu um método engenhoso de vigiar o instrumento 24 horas por dia, sete dias por semana. Não havia como ele ser descoberto, muito menos roubado, com guardiãs tão zelosas e assíduas.

— Exceto durante o ataque de 1944 — disse Evangeline. — Madre Innocenta foi assassinada a caminho da capela. Os Giborins a mataram antes que ela chegasse lá.

— Que extraordinário — disse Verlaine. — Durante centenas de anos, as irmãs desempenharam uma farsa elaborada.

— Não acho que elas acreditassem que era uma farsa — replicou Evangeline. — Elas estavam executando duas tarefas ao mesmo tempo: rezar e proteger. Nenhuma de nós sabia o que estava dentro do tabernáculo. Eu não fazia ideia de que o nosso ritual diário envolvia algo mais do que orações.

Vladimir bateu no metal com a ponta dos dedos.

— O som deve ser extraordinário — disse ele. — Por meio século, tentei imaginar o som exato que a lira produziria ao ser tangida pelo plectro.

— Seria um grande erro tentar fazer isso — disse Gabriella. — Você sabe tão bem quanto eu o que poderia acontecer se alguém tocasse o instrumento.

— O que aconteceria? — perguntou Vladimir, embora fosse claro que ele sabia a resposta antes de fazer a pergunta.

— A lira foi confeccionada por um anjo — disse Bruno. — Portanto, tem um som sobrenatural, maravilhoso e destrutivo ao mesmo tempo, e tem ramificações também sobrenaturais, até sacrílegas, diriam alguns.

— Bem colocado — disse Vladimir, sorrindo para Bruno.

— Eu estou citando sua obra-prima, dr. Ivanov — disse Bruno.

Gabriella fez uma pausa para acender um cigarro e disse:

— Vladimir sabe muito bem que não há como dizer o que pode ocorrer. Há apenas teorias, e a maior parte é dele mesmo. O instrumento, em si, não foi estudado. Nunca o tivemos em nossa posse por tempo suficiente. Mas sabemos, a partir do relato de Clematis e das observações de campo de Seraphina Valko e Celestine Clochette, que a lira exerce uma força sedutora sobre todos que entram em contato com ela. É o que a faz tão perigosa: até os que têm boas intenções ficam tentados a tocá-la. E as repercussões de sua música podem ser mais devastadoras do que qualquer coisa que possamos imaginar.

— Um toque em uma corda e o mundo tal como o conhecemos pode desaparecer — observou Vladimir.

— Pode se transformar no inferno — disse Bruno. — Ou no paraíso. Segundo a lenda, Orfeu descobriu a lira em sua jornada ao mundo subterrâneo, e a tocou. A música introduziu uma nova era na história da humanidade, o conhecimento e a agricultura floresceram, as artes se tornaram parte da vida humana. Esta é uma das razões por que Orfeu é tão reverenciado; ele proporcionou um exemplo dos benefícios da lira.

— Essas ideias românticas são extremamente perigosas — disse Gabriella, enfaticamente. — Sabe-se que a música da lira é destrutiva. Sonhos utópicos como o seu só irão provocar destruição.

— Ora, vamos — disse Vladimir apontando o objeto sobre a mesa. — Um pedaço do instrumento está aqui, diante de nós, esperando para ser estudado.

Todos os olhos se voltaram para o plectro. Evangeline refletiu sobre seu poder, sua fascinação, sobre as tentações e os desejos que inspirava.

— Uma coisa que eu não entendo — disse ela — é o que os Vigias esperavam ganhar tocando a lira. Estavam condenados, banidos do céu. Como a música poderia salvá-los?

Vladimir observou:

— No final do relato do Venerável Clematis, escrito por ele mesmo, estava o Salmo 150.

— A música dos anjos — murmurou Evangeline, reconhecendo o salmo instantaneamente. Era um dos favoritos dela.

— Sim — disse Saitou-san. — Exatamente isso. A música do louvor.

— É provável — comentou Bruno — que os Vigias estivessem tentando fazer as pazes com o Criador cantando louvores a Ele. O Salmo 150 dá conselhos àqueles que querem obter os favores divinos. Se suas tentativas dessem certo, os anjos aprisionados seriam readmitidos no exército celeste. Seus esforços visavam a própria salvação.

— Essa é a interpretação mais generosa — disse Saitou-san. — É igualmente possível que eles estivessem tentando destruir o universo do qual tinham sido banidos.

— Objetivo que obviamente não conseguiram alcançar — concluiu Gabriella, apagando o cigarro. — Bem, vamos tratar do assunto desta reunião — disse ela, claramente irritada. — Na última década, todos os instrumentos celestes em nosso poder foram roubados de nossos esconderijos na Europa. Nós presumimos que tenham sido levados pelos Nefilins.

— Algumas pessoas acreditam que uma sinfonia com esses instrumentos poderia libertar os Vigias — disse Vladimir.

— Mas qualquer um que tenha lido a literatura específica sabe que os Nefilins não dão a mínima para os Vigias — disse Gabriella. — Na verdade, antes que Clematis entrasse na caverna, os Vigias tocaram a lira, esperando que os Nefilins viessem ajudá-los. Foi uma tentativa tremendamente malsucedida. Não, os Nefilins estão interessados nos instrumentos por razões puramente egoístas.

— Eles querem se curar e salvar a raça deles — observou Bruno. — Querem se tornar mais fortes para escravizar a humanidade ainda mais.

— E estão muito perto de encontrá-la, se nós não agirmos — declarou Gabriella. — Eu acredito que eles se apoderaram dos outros instrumentos celestiais para se proteger de nós. Mas querem a lira por um motivo completamente diferente. Estão tentando voltar a um estado de perfeição que a espécie deles não desfruta há centenas de anos. Embora o silêncio de Abigail Rockefeller a respeito do esconderijo da lira tenha nos espantado, nós achávamos que ele seria descoberto. Mas, obviamente, as coisas não são bem assim. Os Nefilins saíram à caça e temos de estar preparados.

— Parece que a sra. Rockefeller estava zelando pelos nossos interesses, afinal de contas — disse Evangeline.

— Ela era uma amadora — replicou Gabriella, desdenhosa. — Ela se interessava pelos anjos da mesma forma que seus amigos endinheirados se interessavam por bailes beneficentes.

— Foi bom que ela tenha se interessado — disse Vladimir. — De outra forma, não teríamos recebido o apoio crucial que recebemos durante a guerra, para não falar do financiamento da nossa expedição de 1943. Era uma mulher dedicada, que acreditava que grandes fortunas devem ser usadas para alcançar grandes objetivos.

Vladimir se recostou na cadeira e cruzou as pernas.

— Por bem ou por mal, estamos em um beco sem saída — murmurou Bruno.

— Não necessariamente — disse Gabriella, olhando para Bruno. Guardando o plectro na sacola de couro, ela retirou um grande envelope cinzento da mala. Desenhado no envelope, estava o quadrado com as letras romanas. Se as palavras de Celestine eram verdadeiras, aquele envelope continha as cartas da sra. Rockefeller. Gabriella o pôs em cima da mesa, diante dos angelólogos. — Celestine Clochette instruiu Evangeline a trazer isso para nós.

O interesse dos angelólogos ficou evidente quando eles perceberam o símbolo estampado no envelope. A reação deles despertou a atenção de Evangeline.

— O que significa isso? — perguntou ela.

— É o quadrado Sator-Rotas, um selo angelológico — disse Vladimir. — Nós colocamos este selo em documentos há centenas de anos. Ele indica a importância do documento e comprova que ele foi enviado por um de nós.

Gabriella cruzou os braços, como se estivesse com frio, e disse:

— Hoje à tarde, eu tive oportunidade de ler a parte de Innocenta na correspondência com Abigail Rockefeller. Ficou claro, para mim, que as duas estavam falando de forma indireta sobre a localização da lira. Mas nem Verlaine nem eu conseguimos encontrar a solução.

Sentada na cadeira, com a coluna extremamente ereta, Evangeline teve uma estranha sensação de déjà-vu quando Vladimir pegou o envelope cinzento com calma deliberada. Fechando os olhos, ele sussurrou uma série de palavras incompreensíveis — um encantamento ou uma oração, Evangeline não saberia dizer — e abriu o envelope.

No interior, havia envelopes amarelados pelo tempo, da largura e do comprimento da mão aberta de Evangeline. Ajustando os óculos, Vladimir colocou as cartas junto ao rosto para obter uma visão clara do que estava escrito.

— Foram endereçadas a madre Innocenta — disse ele, pousando os envelopes na mesa.

Eram seis envelopes contendo seis cartões, um a mais do que os escritos por Innocenta. Evangeline olhou para eles. Em todos, havia selos carimbados. Pegando um deles e o examinando, viu o nome Rockefeller estampado em relevo no verso, junto com o endereço da remetente — na rua 54 Oeste, a cerca de um quilômetro e meio de onde estavam.

— A localização da lira certamente está revelada nessas cartas — disse Saitou-san.

— Acho que não podemos chegar a uma conclusão sem antes lê-las — observou Evangeline.

Sem mais hesitação, Vladimir abriu cada um dos envelopes na mesa e depositou seis pequenos cartões confeccionados em papel grosso. Eram de cor creme, dourados nas bordas. Na página de rosto, traziam desenhos idênticos: deusas gregas, usando coroas de louros, dançavam entre enxames de querubins. Dois deles — anjos gorduchos e infantis, com asas redondas como as de mariposas — seguravam liras nas mãos.

— É um típico desenho art déco dos anos 1920 — disse Verlaine, examinando um dos cartões. — As letras são da mesma fonte usada na revista *The New Yorker* em sua capa. A posição dos anjos é clássica. Os querubins com as liras espelham um ao outro, um motivo quintessencial do estilo art déco. — Inclinando-se sobre o cartão, de tal forma que uma mecha de cabelos caiu sobre seus olhos, ele prosseguiu: — E esta é, sem a menor dúvida, a caligrafia de Abigail Rockefeller. Eu examinei os diários e a correspondência pessoal dela diversas vezes. Não há como errar.

Vladimir pegou os cartões e os leu, percorrendo as linhas com seus olhos azuis. Então, com ar de um homem que tivera paciência por muitos e muitos anos, recolocou-os sobre a mesa e ficou de pé.

— Não dizem absolutamente nada — comentou ele. — Os primeiros cinco cartões são tão evocativos quanto listas de lavanderia. O último está completamente em branco, a não ser por um nome: Alistair Carroll, Curador, Museu de Arte Moderna.

— Eles devem dar alguma informação sobre a lira — disse Saitou-san, pegando os cartões.

Vladimir olhou para Gabriella por um momento, como se estivesse pesando a possibilidade de ter deixado passar alguma coisa.

— Por favor — disse a Gabriella. — Leia os cartões. Me diga que estou errado.

Gabriella os leu um por um, repassando-os para Verlaine à medida que terminava. Mas estava indo tão rápido que Evangeline se perguntou como ela poderia estar entendendo o que diziam. Gabriella suspirou.

— Eles têm o mesmo tom e conteúdo das cartas de Innocenta — observou.

— O que isto significa? — perguntou Saitou-san.

— Significa que discutem o clima, bailes beneficentes, jantares de gala e as contribuições artísticas diletantes de Abigail Rockefeller para a campanha natalina de levantamento de fundos das irmãs do Convento de Santa Rosa — respondeu Gabriella. — Não dão nenhuma instrução direta para a localização da lira.

— Nós depositamos todas as nossas esperanças em Abigail Rockefeller — disse Bruno. — E se estivermos errados?

— Eu não descartaria assim tão rápido o papel de madre Innocenta nessa correspondência — disse Gabriella, olhando para Verlaine. — Ela era conhecida por sua notável sutileza, e creio que também era capaz de iniciar outras pessoas nessa arte.

Verlaine permaneceu em silêncio examinando os cartões. Finalmente, levantou-se, retirou uma pasta de sua sacola e colocou quatro cartas sobre a mesa, perto dos cartões. A quinta carta ficara no convento, onde Evangeline a deixara.

— Essas são as cartas de Innocenta — disse, sorrindo timidamente para Evangeline, como se ela ainda o estivesse julgando por tê-las roubado do Arquivo Rockefeller. Então, alinhou em ordem cronológica, lado a lado, os cartões da sra. Rockefeller e as cartas de madre Innocenta. Em rápida sucessão, pegou quatro dos cartões da sra. Rockefeller e, colocando-os à sua frente, estudou cada folha de rosto com intensa concentração. Evangeline estava perplexa com as ações de Verlaine, e ficou ainda mais perplexa quando o viu começar a sorrir, como se alguma coisa nas cartas o divertisse. Por fim, ele disse:

— Acho que a sra. Rockefeller foi mais inteligente do que nós acreditávamos.

— Desculpe — disse Saitou-san, debruçando-se sobre a mesa —, mas não entendo como esses cartões podem estar informando alguma coisa.

— Deixe-me mostrar a vocês — disse Verlaine. — Está tudo aqui nos cartões. Esta é a correspondência em ordem cronológica. Por causa da ausência de indicações diretas sobre a localização da lira, podemos presumir que o conteúdo das mensagens da sra. Rockefeller é nulo, uma espécie de espaço em branco onde as respostas de Innocenta projetam significado. Como eu mostrei para Gabriella hoje de manhã, há um padrão recorrente nas cartas de Innocenta. Em quatro delas, ela tece comentários sobre a natureza de algum tipo de desenho que Abigail Rockefeller incluiu em suas missivas. Agora eu percebi — concluiu Verlaine, apontando para a correspondência da sra. Rockefeller que estava à sua frente — que Innocenta estava comentando esses quatro cartões, especificamente.

— Leia essas observações para nós, Verlaine — pediu Gabriella.

Verlaine pegou as cartas de Innocenta e leu em voz alta as frases que elogiavam o bom gosto artístico de Abigail Rockefeller, as mesmas que tinha lido para Gabriella naquela manhã.

— De início, achei que Innocenta se referia a desenhos, talvez a trabalhos artísticos originais incluídos nas cartas. Seria a descoberta do século para um estudioso de arte moderna como eu. Mas a inclusão de tais desenhos seria uma coisa bastante improvável por parte da sra. Rockefeller. Ela era colecionadora e amante da arte, mas não uma artista por seus próprios méritos.

Verlaine pegou os quatro cartões enviados por Abigail Rockefeller e os distribuiu entre os angelólogos.

— Esses quatro cartões eram o que Innocenta estava admirando — disse ele.

Evangeline examinou o cartão que Verlaine lhe dera. Era uma estampa de notável qualidade, representando, entre outras coisas, dois querubins gêmeos segurando liras antigas. Os desenhos eram agradáveis de se olhar e combinavam muito bem com o gosto de uma mulher como Abigail Rockefeller, mas Evangeline não viu nada que pudesse desvendar o mistério diante deles.

— Olhem com atenção para os querubins gêmeos — disse Verlaine. — Observem a composição das liras.

Os angelólogos esquadrinharam os cartões, trocando-os entre si, para poderem olhar todos.

Finalmente, depois de examiná-los durante algum tempo, Vladimir disse:

— Há uma anomalia nas gravuras. As liras são diferentes em cada cartão.

— Sim — concordou Bruno. — O número de cordas na lira da esquerda é diferente do número de cordas da lira da direita.

Gabriella examinou a carta que estava com ela e sorriu, como se tivesse começado a entender o ponto de vista de Verlaine.

— Evangeline — disse ela —, quantas cordas você contou em cada lira?

Evangeline olhou com mais atenção e percebeu que Vladimir e Bruno tinham razão — o número de cordas era diferente em cada lira, embora esse fato lhe parecesse uma singularidade dos cartões, em vez de algo com implicações sérias.

— Duas e oito — disse ela. — Mas o que isso significa?

Verlaine tirou um lápis do bolso e, com letras quase invisíveis, escreveu números abaixo das liras. Depois, passou o lápis para os outros e lhes pediu para fazer o mesmo.

— Nós estamos dando muita importância a uma representação extremamente fantasiosa de um instrumento musical — comentou Vladimir.

— O número de cordas em cada lira deve ter sido um método de codificar informações — replicou Gabriella.

Verlaine recolheu as cartas que estavam com Evangeline, Saitou-san, Vladimir e Bruno.

— Aqui estão: 28, 38, 30 e 39. Nessa ordem. E se eu estiver certo, esses números indicam a localização da lira.

Evangeline olhou para Verlaine, conjeturando se deixara passar alguma coisa. Para ela, os números pareciam totalmente sem significado.

— Você acredita que esses números fornecem um endereço?

— Não diretamente — disse Verlaine. — Mas pode haver alguma coisa na sequência que indique um endereço.

— Ou as coordenadas de um mapa — sugeriu Saitou-san.

— Mas onde? — perguntou Vladimir, franzindo a testa, como se avaliasse as possibilidades. — Existem centenas de milhares de endereços em Nova York.

— É isso o que me deixa confuso — disse Verlaine. — Obviamente, esses números devem ter sido extremamente importantes para Abigail Rockefeller, mas não há como saber como devem ser usados.

— Que espécie de informação pode ser transmitida em oito números? — perguntou Saitou-san, como se estivesse analisando as possibilidades mentalmente.

— Ou, talvez, quatro números de dois dígitos — aventou Bruno, visivelmente divertido com as especulações.

— E todos os números estão entre vinte e quarenta — observou Vladimir.

— Deve haver mais coisas nos cartões — disse Saitou-san. — Esses números são aleatórios demais.

— Para a maioria das pessoas — disse Gabriella —, os números podem parecer aleatórios. Mas, para Abigail Rockefeller, deviam formar uma ordem lógica.

— Onde os Rockefeller viviam? — perguntou Evangeline a Verlaine, sabendo que ele era perito no assunto. — Talvez esses números indiquem o endereço deles.

— Eles viviam em alguns endereços diferentes em Nova York — respondeu Verlaine. — Mas a residência da rua 54 Oeste é a mais conhecida. Abigail Rockefeller acabou doando a propriedade para o Museu de Arte Moderna.

— Cinquenta e quatro não é um dos nossos números — comentou Bruno.

— Esperem um pouco — disse Verlaine. — Não sei como não vi isso antes. O Museu de Arte Moderna foi um dos empreendimentos mais importantes de Abigail Rockefeller. Também foi um dos primeiros de uma série de museus e monumentos públicos que ela e o marido financiaram. O Museu de Arte Moderna foi inaugurado em 1928.

— Vinte e oito é o primeiro número nos cartões — lembrou Gabriella.

— Exatamente — disse Verlaine, cada vez mais empolgado. — Os números dois e oito da gravura podem estar indicando o endereço.

— Se este for o caso — disse Evangeline —, tem de haver três outros locais para corresponder às três outras representações da lira.

— Quais são os números que restam? — perguntou Bruno.

— Três e oito, três e zero e três e nove — respondeu Saitou-san.

Gabriella aproximou-se mais de Verlaine.

— Será possível — disse ela — que haja uma correspondência?

A expressão de Verlaine era de intensa concentração.

— Bem — disse ele por fim. — Os Claustros,* que foram a grande paixão de John D. Rockefeller, foram inaugurados em 1938.

---

* Os Claustros (*The Cloisters*) constituem uma extensão do Metropolitan Museum of Art, de Nova York, dedicada à arte e à arquitetura da Europa medieval. (N. do T.)

— E 1930? — perguntou Vladimir.

— A Catedral de Riverside, que, para falar a verdade, eu nunca achei interessante, deve ter sido concluída por volta de 1930.

— Fica faltando 1939 — disse Evangeline. A antecipação da descoberta a deixava tão nervosa que ela mal conseguia falar. Os Rockefeller construíram alguma coisa em 1939?

Verlaine permaneceu em silêncio, de testa franzida, como se estivesse peneirando a enorme quantidade de endereços e datas catalogada em sua memória. Subitamente, disse:

— Na verdade, eles construíram. O Rockefeller Center, a maior realização deles na área da art déco, abriu suas portas em 1939.

— Os números que ela informou a Innocenta devem se referir a esses lugares — completou Vladimir.

— Bom trabalho, Verlaine — disse Saitou-san, passando a mão sobre os cabelos desgrenhados dele.

A atmosfera na sala mudou drasticamente. O ar pesado que imperava minutos antes se transformou, num instante, em um burburinho de inquieta antecipação.

— A lira só pode estar em um desses quatro lugares — disse Gabriella.

— Seria mais prático se nos dividíssemos em grupos e procurássemos em todos — sugeriu Vladimir. — Verlaine e Gabriella vão para os Claustros, que vão estar lotados a esta hora do dia. Tirar alguma coisa de lá vai ser uma operação delicada, e convém que seja realizada por alguém que conheça o lugar. Saitou-san e eu vamos até a igreja de Riverside. Evangeline e Bruno ficam com o Museu de Arte Moderna.

— E o Rockefeller Center? — perguntou Verlaine.

— Vai ser impossível fazer qualquer coisa lá hoje. É véspera de Natal, pelo amor de Deus. Aquilo deve estar uma casa de loucos.

— Acho que é por isso que a sra. Rockefeller escolheu o lugar — disse Gabriella. — Quanto mais difícil o acesso, melhor.

Gabriella recolheu a mala de couro com o plectro e o diário angelológico. Depois, entregou a cada grupo o cartão associado com seu destino.

— Só posso esperar que os cartões nos ajudem a encontrar a lira — disse.

— E se ajudarem? — perguntou Bruno. — O que faremos?

— Ah, esse é o grande dilema que nós enfrentamos — disse Vladimir, alisando os cabelos prateados. — Preservar ou destruir a lira.

— Destruir a lira? — gritou Verlaine. — Pelo que vocês disseram, é óbvio que a lira é um objeto precioso, acima de qualquer estimativa.

— Esse instrumento não é só mais um artefato antigo — disse Bruno. — Não é algo a ser exposto em um museu. Seus riscos superam em muito a importância histórica que possa ter. Não há outra opção além de destruir a lira.

— Ou escondê-la de novo — replicou Vladimir. — Existem diversos lugares onde podemos guardar a lira em segurança.

— Nós tentamos fazer isso em 1943, Vladimir — disse Gabriella. — E o método falhou. Preservar a lira vai colocar em perigo as futuras gerações, mesmo que seja no melhor dos esconderijos. Ela deve ser destruída. Isso é claro. A questão é como.

— O que você quer dizer com isso? — perguntou Evangeline.

Vladimir respondeu:

— É uma das qualidades primárias de todos os instrumentos celestiais: foram criados no céu e só podem ser destruídos por criaturas celestiais.

— Não estou entendendo — disse Verlaine.

— Somente seres celestiais, ou criaturas com sangue celestial, podem destruir substâncias celestiais — explicou Bruno.

— Entre eles, os Nefilins — disse Gabriella.

— Portanto, se queremos destruir a lira — disse Saitou-san —, teremos de entregá-la às próprias criaturas que queremos impedir de ficar com ela.

— Um dilema bastante difícil — concluiu Bruno.

— Então para que procurar a lira? — perguntou Verlaine, desconcertado. — Por que tirar uma coisa tão importante de seu lugar seguro, só para destruí-la?

— Não há alternativa — disse Gabriella. — Temos a rara oportunidade de recuperar a lira. Depois, vamos ter de encontrar um meio de acabar com ela.

— Se nós a recuperarmos — acrescentou Bruno.

— Estamos perdendo tempo — disse Saitou-san, pondo-se de pé. — Vamos deixar para decidir o que fazer com a lira depois de encontrá-la. Não podemos correr o risco de que os Nefilins a encontrem primeiro.

Olhando para o relógio, Vladimir disse:

— São quase três horas. Vamos nos encontrar no Rockefeller Center às seis em ponto. Isso nos dá três horas para esquadrinhar os prédios e nos reunirmos novamente. Não pode haver erros. Temos de planejar a melhor rota de escape. Rapidez e precisão são absolutamente indispensáveis.

Erguendo-se das cadeiras, os angelólogos colocaram seus casacos e cachecóis, de modo a enfrentar o frio anoitecer de inverno. Em questão de segundos, estavam prontos a iniciar os trabalhos. Enquanto se encaminhava para as escadas, Gabriella falou com Evangeline:

— Apesar de nossa pressa, não podemos perder de vista os riscos de nosso trabalho. Portanto, aviso: tenha muito cuidado. Os Nefilins vão estar nos observando. Na verdade, eles estão esperando por este momento há muito tempo. As instruções que Abigail Rockefeller nos deixou são os papéis mais preciosos que já tocamos. Quando os Nefilins souberem que os descobrimos, atacarão sem piedade.

— Mas como eles irão saber? — perguntou Verlaine, postando-se ao lado de Evangeline.

Gabriella sorriu tristemente.

— Meu querido rapaz, eles sabem exatamente onde nós estamos. Plantaram informantes em toda a cidade. Em todas as ocasiões, em todos os lugares, eles estão à espera. Mesmo agora, eles estão por perto, observando. Por favor — disse ela, olhando significativamente para Evangeline —, tenha cuidado.

Museu de Arte Moderna, Nova York

Evangeline apoiou a mão no muro da rua 54 Oeste, o vento cortante lhe queimando a pele. No alto, painéis de vidro refletiam o Jardim das Esculturas, ao mesmo tempo deixando entrever a intrincada arquitetura do museu. As luzes internas haviam sido amortecidas. Visitantes e funcionários percorriam as galerias, que Evangeline distinguia pelo canto do olho. O reflexo do jardim nos vidros escuros era distorcido e irreal.

— Parece que estão fechando — disse Bruno, enterrando as mãos nos bolsos de seu casaco de esquiador e se dirigindo à entrada. — É melhor andarmos depressa.

Abrindo caminho entre a multidão, Bruno parou diante do balcão de ingressos, onde um homem alto e magro, de cavanhaque e óculos de casco de tartaruga, lia um romance de Wilkie Collins. Ele levantou os olhos do livro e olhou de Evangeline para Bruno.

— Vamos fechar dentro de 15 minutos — disse ele. — Amanhã o museu não abre, mas dia 26 estamos funcionando de novo. — Dito isso, voltou ao livro, como se Bruno e Evangeline não estivessem lá.

Bruno se inclinou sobre o balcão e disse:

— Estamos procurando por alguém que talvez trabalhe aqui.

— Nós não temos permissão para revelar informações pessoais de funcionários — disse o homem, sem levantar os olhos do romance.

Bruno colocou duas notas de 100 dólares sobre o balcão.

— Não precisamos de informações pessoais. Só saber onde encontrá-lo.

Olhando por cima dos óculos, o homem colocou a mão sobre o balcão e enfiou o dinheiro no bolso.

— Como é o nome dele?

— Alistair Carroll — disse Bruno, mostrando-lhe o cartão incluído na sexta carta de Abigail Rockefeller. — Já ouviu falar dele?

O homem examinou o cartão.

— O sr. Carroll não é funcionário.

— Então você o conhece — disse Evangeline, aliviada e um tanto espantada com o fato de que o nome correspondia a uma pessoa real.

— Todo mundo conhece o sr. Carroll — disse o homem, saindo de trás do balcão e os conduzindo até a rua. — Ele mora em frente ao museu. — Ele apontou para um elegante prédio de antes da guerra, ligeiramente castigado pelo tempo, cujo teto em mansarda exibia grandes janelas redondas, com molduras de cobre esverdeadas pela pátina. — Mas fica o tempo todo por aqui. Ele é da velha guarda do museu.

Bruno e Evangeline atravessaram rapidamente a rua e foram até o prédio. No saguão, viram o nome CARROLL escrito em uma placa de metal na caixa de correio: apartamento 9, quinto andar. Chamaram o elevador. A cabine cheirava a essência floral, como se senhoras idosas tivessem acabado de descer para a igreja. Evangeline apertou um botão preto com o número 5. A porta se fechou com um rangido. O elevador deu um solavanco e começou a subir lentamente. Bruno tirou do bolso o cartão de Abigail Rockefeller e o manteve na mão.

No quinto andar havia dois apartamentos, ambos igualmente silenciosos. Bruno conferiu os números e, achando a porta certa, com um 9 de latão, bateu nela.

A porta se entreabriu e um homem sussurrou, com voz quase inaudível:

— Quem é?

— Sr. Carroll? — disse Bruno, simpático e educado, como se já tivesse batido em uma centena de portas iguais. — Peço mil desculpas por incomodar o senhor, mas o seu nome e endereço nos foram dados por...

— Abby — disse o homem, com os olhos fixos no cartão que Bruno segurava. Escancarando a porta, chamou-os. — Por favor, entrem. Eu os estava esperando.

Dois Yorkshires com fitas vermelhas amarradas em mechas de pelos sobre os olhos correram até Bruno e Evangeline, latindo como que para espantar intrusos.

— Ah, suas bobas — disse Alistair Carroll. Inclinando-se sobre elas, colocou uma sob cada braço e as carregou para outro aposento.

O apartamento era espaçoso e o mobiliário, antigo e simples. Cada objeto parecia, ao mesmo tempo, estimado e negligenciado, como se a decoração tivesse sido meticulosamente escolhida com a finalidade de ser ignorada. Um pequeno fogo ardia em uma lareira de mármore, aquecendo o ambiente. Evangeline sentou-se em um sofá, cujas almofadas ainda conservavam o calor dos cãezinhos. Uma envernizada mesa de centro chippendale, à sua frente, tinha sobre ela um recipiente para balas, feito de cristal. Exceto por um *Sunday Times*, dobrado cuidadosamente em uma mesinha lateral, parecia que nada fora tocado em cinquenta anos. Uma litografia emoldurada repousava sobre a cornija da lareira. Era a foto colorida de uma mulher gorducha e rosada, com os traços de um pássaro alerta. Evangeline jamais tivera nenhuma razão, ou oportunidade, para procurar saber qual era a aparência de Abigail Rockefeller, mas percebeu na hora que era o retrato dela.

Alistair Carroll voltou sem os cães. Tinha cabelos grisalhos, bem aparados, e vestia um paletó de tweed sobre calças de veludo marrom. Seus modos agradáveis deixaram Evangeline à vontade.

— Peço que desculpem as minhas meninas — disse ele, sentando-se em uma poltrona ao pé do fogo. — Elas não estão acostumadas a receber ninguém. Temos tido poucos visitantes ultimamente. Elas simplesmente ficaram muito felizes em ver vocês. — Ele cruzou as mãos sobre as pernas. — Bem, chega dessas conversas — disse ele. — Vocês não vieram aqui para bater papo.

— Talvez o senhor possa nos dizer por que estamos aqui — disse Bruno, juntando-se a Evangeline no sofá e colocando sobre a mesa o cartão da sra. Rockefeller. — Não havia nenhuma explicação. Só o seu nome e o do Museu de Arte Moderna.

Alistair Carroll desdobrou um par de óculos, que colocou sobre o nariz. Pegando o cartão, examinou-o atentamente.

— Abby escreveu este cartão na minha presença — disse ele. — Mas vocês só estão com um cartão. Onde estão os outros?

— Nós somos seis pessoas, trabalhando juntas — disse Evangeline. — Nos dividimos em grupos, para poupar tempo. Minha avó está com dois envelopes.

— Diga-me — perguntou Alistair. — O nome da sua avó é Celestine Clochette?

Evangeline ficou surpresa ao ouvir o nome de Celestine, ainda mais da boca de um homem que não poderia tê-la conhecido.

— Não — respondeu ela. — Celestine Clochette morreu.

— Lamento muito por isso — disse Alistair, sacudindo a cabeça, desconcertado. — E também lamento saber que o trabalho de recuperação está sendo feito por equipes. Abby determinou especificamente que a recuperação deveria ser feita por uma pessoa, a madre Innocenta, ou, caso muito tempo se passasse, como ocorreu, uma mulher chamada Celestine Clochette. Me lembro muito bem das determinações; eu era o assistente da sra. Rockefeller no assunto, e fui eu que entreguei este cartão, pessoalmente, no Convento de Santa Rosa.

— Mas eu pensei que a sra. Rockefeller tivesse a posse permanente da lira — disse Bruno.

— Não, claro que não — disse Alistair. — A sra. Rockefeller e madre Innocenta estabeleceram, em conjunto, um prazo para que os objetos ficassem aos nossos cuidados. — Abby não desejava ter a responsabilidade de ficar com eles para sempre. Pretendia devolvê-los assim que sentisse que era seguro fazer isso, ou seja, no fim da guerra. O acordo era que Innocenta, ou Celestine Clochette, se fosse o caso, guardasse os envelopes e, quando chegasse a hora, seguisse as instruções deles em uma ordem determinada. As instruções tinham o objetivo de assegurar a segurança dos objetos e a da pessoa incumbida da recuperação.

Bruno e Evangeline trocaram olhares. Evangeline tinha certeza de que irmã Celestine nunca soubera nada a respeito daquelas instruções.

— Nós não recebemos instruções específicas — disse Bruno. — Só um cartão, que nos trouxe até aqui.

— Talvez Innocenta não tenha transmitido as informações antes de morrer — disse Evangeline. — Tenho certeza que Celestine teria se assegurado que as instruções da sra. Rockefeller seriam seguidas, se ela as conhecesse.

— Ah, bom — disse Alistair. — Parece que está havendo alguma confusão. A sra. Rockefeller tinha a impressão de que Celestine Clochette iria deixar o convento e retornar à Europa. Eu me lembro de que a srta. Clochette era uma hóspede temporária.

— Não foi o que aconteceu — observou Evangeline, lembrando-se de como Celestine estava frágil e doente em seus últimos dias de vida.

Alistair Carroll fechou os olhos, como se ponderasse sobre qual seria o caminho certo a tomar para resolver o assunto em questão. Levantando-se de repente, ele disse:

— Bem, não há outra coisa a fazer a não ser continuar. Por favor, venham comigo, eu gostaria de lhes mostrar a extraordinária vista que tenho daqui.

Eles seguiram Alistair Carroll até uma parede com grandes janelas redondas, as que Evangeline avistara da rua. De onde estavam, viam o Museu de Arte Moderna se espraiar diante deles — a entrada, a parede envidraçada com seu brilho aquoso. Evangeline se apoiou na moldura de cobre de uma das janelas e olhou para baixo. Logo abaixo, tranquilo e organizado, estava o famoso Jardim das Esculturas, com seu piso de mármore cinzento com reflexos avermelhados, agora coberto de montículos de neve. A água de um pequeno tanque, no centro, tremeluzia como um espelho de obsidiana.

— Daqui, posso observar o jardim noite e dia — disse Alistair Carroll em voz baixa. — A sra. Rockefeller comprou este apartamento para esta finalidade específica. Eu sou o guardião do jardim. Tenho observado muitas mudanças, desde que ela morreu. O jardim foi demolido e reformulado; a coleção de estátuas aumentou. — Ele olhou para Evangeline e Bruno. — Nós não poderíamos prever que, ao longo dos anos, os curadores iriam querer mudar tudo de forma tão drástica. O jardim de 1953, idealizado por Philip Johnson, o moderno jardim que virou um símbolo do museu, eliminou todos os traços do original. Depois, por alguma razão estranha, eles decidiram modernizar o jardim de Philip Johnson. Foi um terrível erro de julgamento. Primeiro, arrancaram o mármore, um lindo mármore de Vermont com um exclusivo padrão azul-acinzentado, e o substituíram por um de qualidade inferior. Mais tarde, descobriram que o mármore original era muito superior, mas isso é outra história. Arrancaram tudo de novo e substituíram o novo mármore por outro, parecido com o original. Todas essas mudanças poderiam ter tido consequências desastrosas, se eu não tivesse tomado a frente das coisas. — Com um ar de satisfação no rosto, Alistair Carroll cruzou os braços. — O tesouro, originalmente, estava escondido no jardim.

— E agora? — perguntou Evangeline, ofegante. — Não está mais lá?

— Abby o guardou no fundo oco de uma das estátuas — disse ele —, no *Mediterrâneo*, de Aristide Maillol, que tem um grande espaço oco na base. Ela acreditava que Celestine Clochette chegaria dentro de meses, um ano, no máximo. O lugar era seguro para um curto período de tempo. Mas quando Abby morreu, em 1948, Celestine ainda não tinha aparecido. Logo depois, Philip Johnson começou a fazer seus planos para criar um novo Jardim das Esculturas. Então resolvi mudar o tesouro de lugar antes que eles quebrassem o jardim.

— Parece um procedimento difícil — disse Bruno. — Principalmente diante da segurança implantada no MoMA.

— Eu sou curador antigo do museu, e meu acesso, embora não tão livre quanto o de Abby, era quase irrestrito. Não foi difícil arranjar a remoção. Foi só uma questão de remover a estátua para limpeza e retirar o objeto. Ainda bem que tomei essa precaução, ou o tesouro teria sido achado ou danificado. Quando Celestine Clochette não apareceu, eu soube que teria simplesmente que esperar.

Bruno disse:

— Deve haver meios mais seguros para se guardar uma coisa tão preciosa.

— Abby acreditava que o tesouro estaria mais seguro em um lugar movimentado. Os Rockefeller, juntos, criaram espaços públicos magníficos. A sra. Rockefeller era uma mulher prática e queria utilizá-los. E, claro, com tantas obras de arte valiosas, os museus eram os locais mais seguros da ilha de Manhattan. O Jardim das Esculturas e os Claustros estão sob constante vigilância. A igreja de Riverside foi uma escolha mais sentimental. A família construiu a igreja no lugar da antiga escola do sr. Rockefeller. E o Rockefeller Center foi uma homenagem à posição social deles na cidade, representava a dimensão do poder deles. A sra. Rockefeller poderia ter guardado os quatro pedaços em um cofre de banco e deixado por isso mesmo, mas não era o estilo dela. Seus esconderijos eram simbólicos: dois museus, uma igreja e um centro comercial. Duas partes de arte, uma de religião e uma de dinheiro — exatamente as proporções pelas quais a sra. Rockefeller desejava ser lembrada.

Bruno olhou para Evangeline como se estivesse se divertindo com o discurso de Alistair Carroll, mas não disse nada.

Carroll deixou a sala e voltou momentos depois, carregando uma caixa de metal, longa e retangular, que entregou a Evangeline, junto com uma pequena chave.

— Abra.

Evangeline inseriu a chave em uma pequena fechadura e a girou. O mecanismo de metal rangeu, tentando vencer a ferrugem, e se abriu com um clique. Levantando a tampa, Evangeline viu uma barra fina, longa e dourada, que repousava sobre um fundo de veludo negro.

— O que é isso? — perguntou Bruno, sem esconder a surpresa.

— Ora, a barra transversal, claro — respondeu Alistair. — O que você esperava?

— Nós estávamos pensando que você estivesse com a lira — disse Evangeline.

— A lira? Não, não. Nós não escondemos a lira no museu. — Alistair sorriu, por poder finalmente contar seu segredo. — Pelo menos não toda.

— Vocês tomaram a liberdade de desmontar a lira? — perguntou Bruno.

— Seria perigoso demais escondê-la em um único lugar — disse Alistair Carroll, abanando a cabeça. — Por isso, nós a desmontamos.

Evangeline olhou para Alistair Carroll como que não acreditando.

— A lira tem milhares de anos de idade — disse ela, por fim. — Deve ser extraordinariamente frágil.

— É um instrumento surpreendentemente forte — replicou ele. — E nós tivemos a ajuda dos melhores profissionais do mercado. Agora, se vocês não se incomodam — disse Alistair Carroll, voltando a sentar-se na poltrona em frente à lareira —, há algumas informações que estou incumbido de repassar a vocês. Como já mencionei, a sra. Rockefeller presumiu que as partes seriam recolhidas por uma única pessoa, e que isso seria feito em uma determinada ordem. Ela planejou a recuperação de forma meticulosa. O Museu de Arte Moderna vem em primeiro lugar; assim, ela incluiu um cartão com o meu nome na correspondência, o que está com vocês. Em seguida, a igreja de Riverside, depois os Claustros e, finalmente, Prometeu.

— Prometeu? — perguntou Evangeline.

— A estátua de Prometeu no Rockefeller Center — explicou Alistair Carroll, empertigando-se na cadeira, o que o fez parecer mais alto e aristocrático. — A ordem foi concebida dessa maneira para que eu pudesse lhes dar instruções específicas, assim como conselhos e alertas. Vocês irão encontrar um homem na igreja de Riverside. Ele se chama sr. Gray, é um antigo empregado da família Rockefeller. Abby confiou a guarda a ele, mas sinceramente não entendi por quê. Não se pode ter certeza de que, após todos esses anos, ele tenha permanecido fiel às recomendações da sra. Rockefeller. Ele veio me procurar algumas vezes para pedir dinheiro. Na minha cartilha, isso nunca foi bom sinal. De qualquer forma, se houver tempo, eu sugiro que vocês ignorem o sr. Gray. — Alistair Carroll retirou um pedaço de papel do bolso interno de seu paletó de tweed e o desenrolou sobre a mesa. — Eis a exata localização da caixa de ressonância da lira.

Carroll deu o papel a Evangeline, para que ela pudesse examinar o diagrama de um labirinto ao centro.

— O labirinto no altar da igreja de Riverside é semelhante ao que se encontra na Catedral de Chartres, na França. Tradicionalmente, os labirintos eram ferramentas destinadas a auxiliar a contemplação. Para atender aos nossos objetivos, foi feita uma cavidade embaixo do florão central do labirinto. É uma parte que pode ser retirada e recolocada sem danificar o piso. Abby pôs a caixa de ressonância lá dentro. É para ser removida conforme as instruções que estão nesse papel.

Alistair entregou o papel a Evangeline.

— Quanto às cordas da lira — prosseguiu ele —, trata-se de um assunto bem diferente. Elas estão nos Claustros e têm de ser retiradas com a ajuda da diretora, que está a par dos desejos da sra. Rockefeller e saberá qual é a melhor abordagem a ser utilizada nas atuais circunstâncias. O museu ainda vai ficar aberto por cerca de meia hora. A diretora tem ordens de permitir nosso acesso irrestrito. Basta um telefonema meu. Não há outro jeito de fazer as coisas sem provocar tumulto. Vocês disseram que seus colegas estão lá agora?

— Minha avó — disse Evangeline.

— Há quanto tempo ela foi para lá?

— Ela deve estar lá agora — disse Bruno, olhando para o relógio.

O rosto de Alistair perdeu a cor.

— Ouvir isso me deixa profundamente preocupado. Com a ordem das coisas tão modificada, quem pode prever os riscos que ela está correndo? Temos de interferir. Por favor, me diga o nome de sua avó. Vou fazer a ligação imediatamente.

Dirigindo-se até onde estava um telefone de disco, ele levantou o receptor e discou um número. Em questão de segundos, estava explicando a situação para alguém no outro lado da linha. Sua atitude descontraída deixou Evangeline com a impressão de que ele já discutira o caso com a diretora anteriormente. Alistair desligou o telefone e disse:

— Estou bastante aliviado. Não houve ocorrências inusitadas nos Claustros, hoje à tarde. Sua avó pode estar lá, mas não chegou nem perto do esconderijo. Felizmente, há tempo, ainda. A diretora vai fazer tudo o que puder para encontrar e ajudar sua avó.

Abrindo um armário, ele vestiu um pesado sobretudo de lã e enrolou no pescoço um cachecol de seda. Evangeline e Bruno se levantaram do sofá.

— Temos de ir agora — disse Alistair, levando-os até a porta. — Os membros do grupo de vocês não estão seguros. Na verdade, agora que a recuperação do instrumento foi iniciada, nenhum de nós está seguro.

— Nós planejamos nos encontrar no Rockefeller Center às seis horas — informou Bruno.

— O Rockefeller Center está a quatro quarteirões daqui — disse Alistair. — Vou acompanhar vocês. Acho que posso ajudar um pouco.

Os Claustros, Metropolitan Museum of Art, Fort Tryon Park, Nova York

Verlaine e Gabriella desceram do táxi e correram até o museu. Um aglomerado de edifícios de pedra surgia diante deles como uma fortaleza, contra um céu que começava a se avermelhar no outro lado do Hudson. Verlaine já estivera várias vezes nos Claustros, cuja perfeita semelhança com um mosteiro medieval lhe proporcionava alívio e refúgio contra a agitação da cidade. Era sempre reconfortante estar diante da História, ainda que nela houvesse um ar de falsidade. Ele pensou no que Gabriella iria achar do museu, tendo conhecido em Paris os artigos genuínos. Os Claustros — com suas coleções de antigos afrescos, crucifixos e estátuas medievais — eram uma famosa imitação do Musée du Moyen Âge, um lugar que ele só conhecia através de livros.

Os feriados natalinos estavam no auge, e o museu devia estar lotado de gente em busca de uma tarde tranquila, dedicada à contemplação da arte medieval. Se estivessem sendo seguidos, como Verlaine suspeitava, a multidão os protegeria. Ele estudou as fachadas de pedra calcária, a imponente torre central e as grossas paredes externas, conjeturando se as criaturas estariam escondidas no interior do prédio. Não tinha dúvidas de que estavam lá, à espera deles.

Enquanto subiam correndo os degraus de pedra, Verlaine analisou a missão. Tinham ido ao museu sem nenhuma ideia de como deveriam efetuar a busca. Ele sabia que Gabriella era boa no que fazia, e acreditava que ela encontraria um modo de levar a cabo a parte deles na missão. Mas parecia uma tarefa desanimadora. Com todo o seu amor pelo trabalho de investigação, a imensa dificuldade do que estava pela frente era o bastante para fazê-lo sentir vontade de dar meia-volta, chamar um táxi e ir para casa.

Sob o arco da entrada do museu, uma mulher baixinha, de cabelo ruivo brilhoso, correu na direção deles. Usava uma leve blusa de seda e um colar de pérolas que captava a luz, enquanto ela se aproximava. Verlaine teve a impressão de que ela estava esperando pela chegada deles, mas sabia que isso era impossível.

— Sra. Gabriella Valko? — perguntou a mulher. Verlaine achou seu sotaque semelhante ao de Gabriella e deduziu que ela era francesa. — Meu nome é

Sabine Clementine, diretora-associada do Departamento de Restaurações dos Claustros. Fui enviada para ajudar vocês no trabalho desta tarde.

— Enviada? — disse Gabriella, examinando-a cautelosamente. — Por quem?

— Alistair Carroll — sussurrou a mulher, gesticulando para que eles a acompanhassem. — Que zela pelos interesses da falecida Abigail Rockefeller. Venham, por favor, vou explicar enquanto andamos.

Confirmando as previsões de Verlaine, o saguão de entrada estava repleto de pessoas, que empunhavam câmeras e guias turísticos. Visitantes aguardavam a vez diante da caixa registradora na livraria do museu, formando uma fila que serpenteava por mesas carregadas de livros sobre história medieval, arquitetura gótica e românica, e arte de modo geral. Por uma estreita janela, Verlaine vislumbrou o rio Hudson, escuro e inalterável. Apesar dos perigos que corria, sentiu seu corpo relaxar; museus tinham um efeito calmante sobre ele, o que poderia ter sido — caso quisesse analisar a si mesmo — um dos motivos que o levaram a estudar história da arte. A própria atmosfera do prédio — com sua coleção de fachadas, afrescos e portais retirados de mosteiros da Espanha, França e Itália, e reunidos em uma colagem medieval — contribuía para seu crescente bem-estar, assim como os turistas que batiam fotos, os jovens casais que caminhavam de mãos dadas e os aposentados que estudavam as cores suaves e desbotadas de um afresco. Seu desprezo por turistas, tão implacável havia apenas um dia, transformara-se em gratidão pela presença deles.

Entraram no museu propriamente dito, passaram por galerias interligadas, uma se abrindo para outra. Embora não houvesse tempo para pausas, Verlaine observava as peças expostas enquanto caminhava, tentando encontrar algo que lhe desse uma pista do que estavam procurando nos Claustros. Talvez alguma pintura ou estátua revelasse alguma correlação com os cartões de Abigail Rockefeller, embora ele duvidasse disso. As gravuras nos cartões eram modernas demais, um exemplo claro de art déco de Nova York. Apesar disso, ele examinou um pórtico anglo-saxão, um crucifixo esculpido, um mosaico de vidro, um conjunto de pilares entalhados com acantos, restaurados e limpos até ficarem brilhantes. Qualquer uma daquelas peças poderia ocultar o instrumento.

Sabine Clementine os levou até um aposento arejado, onde a luz que se filtrava pelas janelas fazia reluzir o encerado piso de tábuas. Tapeçarias pendiam das paredes. Verlaine as reconheceu de imediato. Ele as estudara no curso de Obras-primas da Arte Mundial, que fizera no primeiro ano da pós-graduação, e sempre as via reproduzidas em revistas e pôsteres, embora, por algum motivo, não as visitasse havia algum tempo. Sabine Clementine os levara até onde estavam as famosas tapeçarias da Caça ao Unicórnio.

— São lindas — disse Verlaine, examinando os ricos vermelhos e verdes brilhantes da flora representada nas peças.

— E brutais — acrescentou Gabriella, apontando para o massacre do unicórnio, em que metade dos caçadores observava, plácida e indiferentemente, enquanto a outra metade cravava lanças no pescoço da indefesa criatura.

— Essa era a maior diferença entre Abigail Rockefeller e seu marido — disse Verlaine, indicando o painel diante deles. — Enquanto Abigail Rockefeller fundou o Museu de Arte Moderna e passava o tempo comprando Picassos, Van Goghs e Kandinskys, o marido colecionava arte do período medieval. Ele se recusava a incentivar a paixão da esposa pelo modernismo, que detestava e considerava profano. É engraçado como, frequentemente, o passado é tido como sagrado, enquanto o mundo moderno é visto com suspeita.

— Muitas vezes, há boas razões para se suspeitar da modernidade — disse Gabriella, olhando para os turistas por cima do ombro, como se para checar se estavam sendo seguidos.

— Mas sem os benefícios do progresso — disse Verlaine — ainda estaríamos mergulhados na Idade das Trevas.

— Querido Verlaine — replicou Gabriella, segurando a mão dele enquanto andavam pela galeria. — Você acredita mesmo que deixamos para trás a Idade das Trevas?

— Então — disse Sabine Clementine, aproximando-se deles de modo a poder falar em voz baixa. — Minha predecessora me fez memorizar uma chave enigmática, embora, até hoje, eu nunca a tenha entendido completamente. Por favor. Ouçam com atenção.

Gabriella olhou para ela, surpresa. Verlaine detectou um leve ar de condescendência em seu rosto, enquanto ela ouvia Sabine.

— "A alegoria da caçada conta uma história dentro de uma história" — sussurrou Sabine. — "Siga o percurso da criatura, da liberdade ao cativeiro. Repudie os cães, finja modéstia diante da dama, rejeite a brutalidade da matança e procure música onde a criatura vive novamente. Como uma mão no tear teceu o mistério, uma mão deve desfazê-lo. *Ex angelis* — o instrumento se revela."

— "Ex angelis"? — disse Verlaine, como se esta fosse a única expressão do enigma que o intrigara.

— É latim — explicou Gabriella. — Significa "proveniente dos anjos". Evidentemente, ela usou a expressão para descrever o instrumento angélico: que foi feito pelos anjos. Mas é um modo estranho de falar. — Ela fez uma pausa, lançou um olhar de gratidão para Sabine Clementine, reconhecendo a legitimidade de sua presença pela primeira vez, e prosseguiu: — Na verdade, as iniciais *E A* eram frequentemente impressas nos selos dos documentos que os angelólogos enviavam uns para os outros na Idade Média. Mas as letras significavam *Epistula Angelorum*, ou carta dos anjos, uma coisa completamente diferente. A sra. Rockefeller não tinha como saber disso.

— Existe algo mais que possa explicar? — perguntou Verlaine, debruçando-se sobre o ombro de Gabriella, enquanto esta tirava da mala o cartão de Abigail Rockefeller. Virando-o ao contrário, ela examinou o verso.

— Há uma espécie de desenho — disse Gabriella, girando o cartão, em uma tentativa de enxergar melhor. Viu uma série de linhas levemente traçadas e arrumadas segundo o comprimento, com um número escrito ao lado de cada uma. — Mas não explica nada.

— Então temos um enigma sem explicação — comentou Verlaine.

— Talvez — replicou Gabriella. Depois, pediu a Sabine para repetir a chave.

Sabine a repetiu, palavra por palavra.

— *"A alegoria da caçada conta uma história dentro de uma história. Siga o percurso da criatura, da liberdade ao cativeiro. Repudie os cães, finja modéstia diante da dama, rejeite a brutalidade da matança e procure música onde a criatura vive novamente. Como uma mão no tear teceu o mistério, uma mão deve desfazê-lo.* Ex angelis — *o instrumento se revela."*

— Claramente, ela está nos dizendo para seguir a ordem da caçada, que começa na primeira tapeçaria — observou Verlaine, esgueirando-se entre os grupos de pessoas e se aproximando do primeiro painel. — Alguns caçadores entram na floresta, onde descobrem um unicórnio, que perseguem sem tréguas e depois matam. Os cães, que a sra. Rockefeller aconselha a ignorar, fazem parte do grupo de caçadores; e a dama, que também devemos deixar de lado, deve ser uma das mulheres que estão por ali, assistindo a tudo. Devemos ignorar tudo isso e procurar o local em que a criatura vive novamente. Aqui — disse Verlaine, levando Gabriella pelo braço até a última tapeçaria. — Deve ser esta aqui.

Eles estavam diante da tapeçaria mais famosa, um luxuriante prado verde, repleto de flores silvestres. O unicórnio, domado, empinava-se dentro de uma cerca circular. Gabriella disse:

— Esta deve ser, definitivamente, a tapeçaria onde devemos procurar a "música onde a criatura vive novamente".

— Mas não parece haver nada que se refira a música aqui — comentou Verlaine.

— *Ex angelis* — murmurou Gabriella para si mesma, como se revolvesse a expressão na mente.

— A sra. Rockefeller nunca usou expressões em latim nas cartas a Innocenta — disse Verlaine. — Obviamente, se o fez nesta aqui, foi para chamar nossa atenção.

— Os anjos aparecem em quase todas as obras expostas neste lugar — disse Gabriella, visivelmente decepcionada. — Mas não há nenhum aqui.

— Você tem razão — concordou Verlaine, estudando o unicórnio. — Estas tapeçarias são uma anomalia. Embora a caça ao unicórnio possa ser interpretada como uma alegoria, como a sra. Rockefeller mencionou, mais obviamente uma recriação da crucificação e da ressurreição de Cristo, é uma das poucas obras aqui sem figuras ou imagens claramente cristãs. Não há representações de Cristo ou imagens do Antigo Testamento. Ou anjos.

— Repare como as letras *A* e *E* estão tecidas em toda parte ao longo das cenas — disse Gabriella, apontando para as bordas da tapeçaria. — Estão em todas as tapeçarias, sempre formando um par. Devem ser as iniciais do patrono que as encomendou.

— Talvez — disse Verlaine, examinando melhor as letras e reparando que estavam bordadas com fios dourados. — Mas veja: a letra *E* está sempre virada ao contrário. As letras foram invertidas.

— E se nós as virarmos — observou Gabriella —, temos *E A*.

— *Ex angelis* — concluiu Verlaine.

Ele estava tão próximo da tapeçaria que podia distinguir os intrincados padrões formados pelos fios que compunham o tecido da cena. O material tinha um cheiro de argila, os séculos de exposição à poeira e ao ar tendo se tornado parte inextrincável dele. Sabine Clementine, que permanecera discretamente nas proximidades, esperando poder ajudar em alguma coisa, foi até onde eles estavam.

— Venham — disse ela em voz baixa. — Vocês vieram ver as tapeçarias. Elas são minha especialidade. — Sem esperar por uma resposta, ela se dirigiu ao primeiro painel. — As tapeçarias da Caça ao Unicórnio são as grandes obras-primas da era medieval, sete painéis confeccionados com fios de algodão e seda. Juntos, eles retratam nobres realizando uma expedição de caça. Dá para ver os cães, os cavaleiros, as damas e os castelos, emoldurados por fontes e bosques. A origem exata das tapeçarias ainda é meio que um mistério, mesmo depois de anos de estudo, mas os historiadores da arte concordam que o estilo aponta para Bruxelas, por volta de 1500. O primeiro documento escrito referente às tapeçarias surgiu no século XVII, quando foram catalogadas como parte do patrimônio de uma nobre família francesa. Em meados do século XIX, elas foram descobertas e restauradas. John D. Rockefeller Jr. pagou mais de um milhão de dólares por elas na década de 1920. Na minha opinião foi uma pechincha. Muitos historiadores acreditam que essas tapeçarias são o melhor exemplo de arte medieval que existe no mundo.

Verlaine não tirava os olhos da tapeçaria, atraído por suas cores vibrantes e pelo unicórnio que se empinava no centro do painel, um animal de cor branco-leitosa, com o chifre levantado.

— Me explique, mademoiselle — disse Gabriella, a voz levemente desafiadora —, você está aqui para nos ajudar ou para nos oferecer uma visita guiada?

— Vocês vão precisar de um guia. Estão vendo o conjunto de pontos entre as letras? — replicou Sabine, ríspida, apontando para as iniciais *E A* acima do unicórnio.

— Parece que houve um grande trabalho de restauração — disse Verlaine, como se a resposta à pergunta de Gabriella fosse a mais óbvia do mundo. — Houve danos?

— Muitos — respondeu Sabine Clementine. — Durante a Revolução Francesa, as tapeçarias foram roubadas de um castelo e usadas durante décadas para proteger árvores frutíferas de geadas. Embora o tecido tenha sido restaurado meticulosamente, amorosamente, os danos são visíveis quando se olha de perto.

Enquanto Gabriella examinava a tapeçaria, seus pensamentos pareceram tomar um novo rumo.

— A sra. Rockefeller foi incumbida do grande desafio de esconder a lira e, de acordo com as pistas que ela deixou, optou por escondê-la aqui, nos Claustros.

— É o que parece — comentou Verlaine, olhando para Gabriella com ar de expectativa.

— Para isso, ela teria de achar um lugar que fosse bem guardado mas exposto, seguro mas acessível, para que o instrumento pudesse um dia ser recuperado. — Gabriella respirou fundo e olhou em volta da sala, onde multidões se aglomeravam diante das tapeçarias. Ela abaixou a voz até transformá-la em um sussurro. — Podemos ver por nós mesmos que esconder em um museu como os Claustros um instrumento tão volumoso como uma lira, formado por uma grande estrutura com hastes transversais, é uma tarefa quase impossível. Mas sabemos que ela conseguiu fazer isso.

— Você está sugerindo que a lira não está aqui? — perguntou Verlaine.

— Não, não estou dizendo isso de modo algum — disse Gabriella. — Muito pelo contrário. Não acredito que Abigail Rockefeller fosse nos enviar em uma busca infrutífera. Andei pensando no dilema de haver quatro locais para um só instrumento e cheguei à conclusão de que Abigail Rockefeller pensou muito bem quando escondeu a lira. Ela achou os lugares mais seguros, mas também converteu a lira para uma forma mais segura. Eu acho que o instrumento pode não estar no formato que esperamos.

— Agora você me confundiu — disse Verlaine.

Sabine interveio:

— Como sabe qualquer angelólogo que tenha cursado um semestre de Musicologia Etérea, História dos Coros Angélicos, ou qualquer outro seminário que focalize a construção e ajuste dos instrumentos, existe um componente essencial da lira: as cordas. Enquanto muitos outros instrumentos foram confeccionados com um precioso metal celeste chamado valkina, a sonoridade única da lira provém de suas cordas. Elas foram fabricadas com uma substância que os angelólogos há muito acreditam que seja uma mistura de seda com fios de cabelos dos próprios anjos. Seja qual for o material, o som é extraordinário, tanto por causa das cordas quanto pelo modo como são afinadas. A moldura, para todos os efeitos e propósitos, é intercambiável.

— Você frequentou nossa faculdade em Paris — disse Gabriella, impressionada.

— *Bien sûr*, dra. Valko — disse Sabine, sorrindo discretamente. — De outra forma, como me confiariam um cargo como este? Você pode não se lembrar, mas eu frequentei seu Seminário de Introdução à Guerra Espiritual.

— Em que ano? — perguntou Gabriella, examinando Sabine, tentando reconhecê-la.

— No primeiro período de 1987 — respondeu Sabine.

— O último ano em que lecionei na faculdade — comentou Gabriella.

— Foi meu curso favorito.

— Fico muito feliz de ouvir isso — disse Gabriella. — Agora você pode retribuir me ajudando a solucionar um enigma: “Como uma mão no tear teceu o mistério, uma mão deve desfazê-lo." Enquanto repetia a frase da sra. Rockefeller, Gabriella observava Sabine, na esperança de vislumbrar alguma centelha de reconhecimento.

— Estou aqui para ajudar a desfazer o mistério — disse Sabine. — E agora eu sei o que preciso retirar da tapeçaria.

— A sra. Rockefeller teceu as cordas na tapeçaria? — perguntou Verlaine.

— Na verdade ela contratou um profissional bastante tarimbado para fazer esse trabalho por ela. Mas sim, as cordas estão aí, dentro da tapeçaria do Unicórnio no Cativeiro — esclareceu Sabine.

Verlaine olhou para o tecido com ar cético.

— E como é que a gente vai tirar as cordas daí?

Embaraçada, Sabine respondeu:

— Se me informaram corretamente, o procedimento foi feito de forma hábil, e não vai haver nenhum dano.

— É estranho que Abby Rockefeller tenha escolhido uma obra de arte tão delicada para ocultar coisas tão importantes — observou Gabriella.

Sabine explicou:

— Vocês precisam se lembrar de que, em certa época, essas tapeçarias pertenciam aos Rockefeller. Ficaram penduradas na sala de Abigail Rockefeller de 1922, quando seu marido as comprou, até o final da década de 1930, quando foram trazidas para cá. A sra. Rockefeller conhecia intimamente as tapeçarias, inclusive seus pontos fracos. — Sabine apontou para um remendo grosseiro inserido na trama do tecido. — Estão vendo como aquilo é irregular? Um pequeno corte no remendo e vai aparecer um fio.

Um guarda do museu, que estava plantado na extremidade oposta da sala, andou casualmente na direção deles.

— A senhora já está pronta para nós, dra. Clementine? — perguntou ele.

— Sim, obrigada — respondeu Sabine, adotando uma atitude resoluta e profissional. — Mas, primeiro, vamos ter que esvaziar a galeria. Por favor, chame os outros. — Sabine virou-se para Gabriella e Verlaine. — Providenciei para que a área seja bloqueada durante os procedimentos. Vamos precisar de completa liberdade para trabalhar na tapeçaria, o que é uma tarefa impossível no meio da multidão.

— Você pode conseguir isso? — perguntou Verlaine, olhando para a sala lotada.

— É claro — disse Sabine. — Sou a diretora-associada do Departamento de Restaurações. Posso providenciar reparos sempre que achar necessário.

— E aquilo? — Verlaine indicou com a cabeça a câmera de segurança.

— Eu cuidei de tudo, monsieur.

Verlaine olhou para a tapeçaria, percebendo que teriam muito pouco tempo para localizar as cordas e removê-las. Como ele presumira, o tecido restaurado sobre o chifre do unicórnio, localizado no terço superior da tapeçaria, era o que apresentava o remendo maior. Devia estar a mais de 1m80 de altura. Para alcançá-lo, alguém teria de subir em uma cadeira ou banquinho e o ângulo não era o ideal. Havia grandes possibilidades de que a costura fosse difícil de abrir. Talvez fosse necessário remover a tapeçaria da parede e abri-la no chão. Mas este seria o último recurso.

Alguns guardas entraram na galeria e começaram a pedir às pessoas para que saíssem. Quando o espaço foi esvaziado, os guardas se plantaram diante da porta. Um homem baixo e calvo se encaminhou até a tapeçaria, escoltado por Sabine. Pousando no chão uma caixa de metal, ele desdobrou uma escada portátil. Sem nem mesmo olhar para Gabriella ou Verlaine, subiu na escada e começou a examinar a costura.

— A lente, srta. Clementine — disse o homem.

Sabine abriu a caixa, revelando uma série de bisturis, fios, tesouras e uma grande lente de aumento, que captou a luz da sala e a transformou numa bola de luz.

Verlaine observou o homem trabalhar, fascinado com sua autoconfiança. Muitas vezes, sentira curiosidade sobre a arte da restauração, e chegara a assistir a uma exibição dos processos químicos utilizados para limpar tecidos como aquele. Segurando a lente em uma das mãos e um bisturi na outra, o homem inseriu a ponta da lâmina em uma fileira de pontos de costura. Com uma pequena pressão, os pontos se abriram. Ele repetiu o procedimento até uma abertura do tamanho de uma maçã surgir na tapeçaria. O homem continuou seu trabalho com a concentração de um cirurgião.

Erguendo-se na ponta dos pés, Verlaine deu uma olhada no tecido desfeito. Não conseguiu distinguir nada, senão um conjunto de fiapos coloridos, finos como cabelos. O homem pediu um instrumento que estava na caixa; Sabine lhe entregou um gancho fino e longo que ele inseriu no buraco e deslizou exatamente entre o *A* e o *E*. Depois deu um puxão. Uma centelha de luz atraiu o olhar de Verlaine: uma corda opalina estava enrolada no anzol.

Verlaine contou as cordas que o homem lhe repassava. Eram finíssimas e tão macias que deslizavam por entre seus dedos como se estivessem enceradas. Cinco, sete, dez cordas flácidas e magníficas pendiam em seu braço. O homem desceu a escada.

— Isso é tudo — disse ele, com uma expressão séria, como se tivesse acabado de profanar um santuário.

Sabine pegou as cordas, enrolou-as em um novelo apertado e as enfiou em uma bolsa de pano, que entregou a Verlaine, dizendo:

— Venham comigo, madame, monsieur. — E conduziu Gabriella e Verlaine até a entrada da galeria.

— Vocês sabem colocá-las? — perguntou ela.

— Vou conseguir, tenho certeza — respondeu Gabriella.

— Sim, claro — disse Sabine. Estalou então os dedos e os guardas se reuniram em torno de Gabriella e Verlaine, três de cada lado. — Tenham cuidado — acrescentou, beijando Gabriella em cada lado do rosto, à maneira parisiense. — Boa sorte.

Escoltados pelos guardas, eles abriram caminho através da multidão onipresente. Subitamente, ocorreu a Verlaine que todos os seus estudos e suas frustrações, e as pesquisas inúteis da vida universitária, tudo isso, de alguma forma, o levara até aquele momento de triunfo. Gabriella caminhava ao seu lado, a mulher que o fizera descobrir sua vocação de angelólogo e, com licença da ousadia, preparara seu futuro com Evangeline. Enquanto passavam sob uma infinidade de arcos, observando a pesada arquitetura românica ceder lugar à leveza gótica, Verlaine apertou com força a sacola com as cordas da lira, que segurava na mão.

Igreja de Riverside, Morningside Heights, Nova York

A igreja de Riverside era uma imponente catedral neogótica que se erguia atrás da Universidade de Colúmbia. Juntos, Vladimir e Saitou-san subiram seus degraus até uma porta de madeira revestida com discos de ferro. Saitou-san usava um xale negro que apertava contra os ombros, enquanto suas botas de salto trituravam o gelo polvilhado de sal.

Quando entraram na igreja, a luz se transformou em uma pálida claridade cor de mel. Vladimir piscou enquanto seus olhos se adaptavam à luz ambiente. A igreja estava vazia. Endireitando a gravata, Vladimir passou por uma mesa de recepção vazia, depois subiu um lance de escadas que ia dar em uma ampla antecâmara. As paredes de pedra se elevavam até uma confluência de arcos, que se encontravam como velas enfunadas em um porto lotado. Passando por uma porta dupla, ele chegou à nave da igreja.

Seu primeiro impulso foi esquadrinhar a área, mas se controlou. Duas placas de cobre penduradas em uma parede lhe chamaram a atenção. A primeira delas agradecia a John D. Rockefeller Jr. por ter generosamente construído a igreja. A segunda era dedicada a Laura Celestia Spelman Rockefeller.

— Laura Celestia Spelman era a sogra de Abigail Rockefeller — sussurrou Saitou-san ao ler a placa.

— Creio que os Rockefeller eram devotos — disse Vladimir. — Principalmente a geração de Cleveland. John D. Rockefeller Jr. pagou a construção desta igreja.

— Isso explica a facilidade de acesso da sra. Rockefeller — observou Saitou-san. — Seria impossível manter algo escondido aqui sem ajuda de alguém de dentro.

Uma voz chorosa e esganiçada pegou Vladimir de surpresa.

— Ajuda de alguém de dentro — disse a voz — e muito dinheiro.

Vladimir se virou. Um velho parecido com um sapo, trajando um elegante terno verde, surgiu no corredor. Usava um monóculo no olho esquerdo, cuja corrente dourada pendia de seu rosto. Vladimir recuou instintivamente.

— Me desculpem ter assustado vocês — disse o homem. — Meu nome é sr. Gray, e não tive como não notar a presença de vocês.

O sr. Gray parecia estar ansioso. De olhos esbugalhados, olhava em volta. Seu olhar finalmente se deteve em Vladimir e Saitou-san.

— Eu ia perguntar quem são vocês. — Ele apontou para o cartão de Abigail Rockefeller que Vladimir segurava. — Mas já sei. Permita-me. — O sr. Gray pegou o cartão na mão de Vladimir, observou-o atentamente e disse: — Já vi isso antes. Na verdade, ajudei a providenciar a impressão destes cartões quando trabalhava como contínuo da sra. Rockefeller. Eu tinha só 14 anos. Uma vez a ouvi dizer que gostava dos meus modos obsequiosos, o que estou inclinado a achar que foi um cumprimento. Ela me mandou fazer as coisas para ela: comprar papel no sul da cidade, encomendar a impressão no norte, pagar o artista no sul.

— Você pode nos explicar o significado do cartão? — perguntou Saitou-san.

— Ela acreditava que os angelólogos viriam — respondeu o sr. Gray, ignorando Saitou-san.

— E nós chegamos — disse Vladimir. — Pode nos explicar como devemos proceder?

— Eu vou responder às perguntas de vocês — disse o sr. Gray. — Mas vamos até minha sala para conversarmos mais à vontade.

Eles desceram por uma escadaria de pedra que saía da antecâmara. O sr. Gray se movia rapidamente, pulando degraus na pressa. No final da escada, um corredor escuro se abriu diante deles. O sr. Gray empurrou uma porta e os introduziu em um estreito escritório entulhado de papéis. Correspondência ainda por abrir se acumulava em uma mesa de metal. Aparas de lápis juncavam o chão. Um calendário de parede, aberto no mês de dezembro de 1978, estava pendurado próximo a um arquivo.

Assim que entrou na sala, o sr. Gray assumiu uma atitude de indignação.

— Bem, vocês demoraram mesmo a aparecer! — disse ele. — Tinha começado a pensar que havia algum mal-entendido. A sra. Rockefeller teria ficado furiosa, iria se revirar na sepultura se eu morresse sem entregar a encomenda como ela queria. Mulher minuciosa, a sra. Rockefeller, mas muito generosa. Meus filhos e os filhos deles vão usufruir dos benefícios do nosso arranjo, mesmo que eu não ganhe nada, logo eu, que esperei a chegada de vocês metade da minha vida! Eu não passava de um rapaz quando ela me contratou para supervisionar as tarefas da secretaria da igreja. Tinha acabado de chegar da Inglaterra, não tinha nenhuma posição no mundo. A sra. Rockefeller me deu este lugar na secretaria e me disse para esperar a chegada de vocês, o que eu tenho feito e nunca deixei de fazer. É claro que providências foram tomadas, para o caso de eu expirar antes da chegada de vocês, o que posso dizer que poderia acontecer a qualquer momento, pois evidentemente não estou ficando mais jovem. Mas não vamos alimentar pensamentos mórbidos, não senhor. Neste momento importante devemos nos preocupar só com os desejos da nossa benfeitora. E os pensamentos dela tinham uma preocupação, única e solene: o futuro. — O sr. Gray piscou e arrumou o monóculo. — Bem, vamos tratar de negócios.

— Excelente ideia — disse Vladimir.

O sr. Gray foi até o arquivo, tirou do bolso um molho de chaves e começou a experimentar uma a uma, até achar a certa. Com uma volta, a gaveta do arquivo abriu.

— Deixe ver — disse ele, enquanto se esforçava para enxergar os arquivos. — Ah, sim, aqui! Os documentos de que precisamos. — Ele folheou as páginas, detendo-se em uma longa lista de nomes. — Isto é uma formalidade, é claro, mas a sra. Rockefeller especificou que somente as pessoas que constam desta lista, ou os descendentes delas, estão autorizadas a receber a encomenda. Os nomes de vocês, ou os nomes dos seus pais ou avós, ou mesmo dos seus bisavós estão nesta lista?

Vladimir leu a lista, reconhecendo nela os nomes dos maiores angelólogos do século XX. Perto do fim, viu seu próprio nome, ao lado do de Celestine Clochette.

— Se não se importa, assine aqui e aqui. E mais uma assinatura aqui, nesta linha perto do final.

Vladimir examinou o papel, um longo documento legal que, grosso modo, dizia que o sr. Gray cumprira a tarefa de entregar o objeto.

— Vejam bem — disse o sr. Gray, desculpando-se —, eu só sou remunerado após efetuar a entrega, como a sua assinatura comprovará. O documento legal é bastante específico, e os advogados são inflexíveis. Como vocês podem imaginar, tem sido uma inconveniência viver sem ser recompensado pelos meus esforços. Fiquei labutando aqui por todos esses anos, esperando vocês chegarem, só para poder me aposentar e sair desta secretaria ordinária. E aqui estão vocês — acrescentou o sr. Gray, entregando uma caneta a Vladimir. — É só uma formalidade, por obséquio.

— Antes de assinar — disse Vladimir, empurrando o documento — é preciso que você me entregue o objeto que está guardando para mim.

Um abatimento quase imperceptível se abateu sobre o rosto do sr. Gray.

— É claro — concordou ele, laconicamente. Enfiando o contrato embaixo do braço, guardou a caneta no bolso do paletó. — Por aqui — disse com a voz falhando, enquanto saía com eles do escritório e subia as escadas.

Retornando ao andar superior da igreja, Vladimir se manteve na retaguarda. Seus estudos de musicologia etérea haviam lhe consumido toda a juventude, e ele mergulhara cada vez mais a fundo no fechado mundo da angelologia. Depois da guerra, abandonara aquela ciência. Fora dirigir uma humilde padaria, onde preparava bolos e confeitos. A simplicidade do trabalho o reconfortava. Ele se convencera de que a angelologia era inútil, que a humanidade pouco poderia fazer para deter os Nefilins. Só voltara à atividade depois de Gabriella o procurar pessoalmente, suplicando que se juntasse a ela. Dissera que os angelólogos precisavam dele. Na época, ficara na dúvida, mas Gabriella podia ser muito persuasiva, e ele via as mudanças sinistras que estavam começando a ocorrer. Vladimir seria incapaz de dizer como sabia — talvez por conta do rigoroso treinamento pelo qual passara em sua juventude, ou talvez por simples intuição —, mas ele sabia que o sr. Gray não era uma pessoa confiável.

Caminhando vacilantemente pela nave central, Gray levou Vladimir e Saitou-san até o interior frio e escuro da igreja, onde uma musgosa fragrância enchia o ar. Vladimir reconheceu o aroma de imediato: incenso. Apesar dos numerosos vitrais, o ambiente permanecia às escuras. Candelabros góticos — círculos de ferro oxidado, decorados com intrincados arabescos e cobertos de velas — estavam pendurados por grossas cordas acima deles. Um enorme púlpito, formado por anéis consecutivos de figuras esculpidas, erguia-se no altar. Vasos com bicos-de-papagaio colocados sobre pedestais e adornados com fitas vermelhas espalhavam-se pela igreja. Separada da nave por uma grossa corda de veludo marrom, a abside estava diante deles, imersa em sombras.

O sr. Gray soltou a corda, cujo gancho, ao bater no chão, produziu um ruído metálico que ecoou na nave. Estampado no piso de mármore, estava o desenho de um labirinto. O sr. Gray bateu com o pé sobre ele, nervosamente.

— A sra. Rockefeller colocou o objeto aqui — disse, fazendo o pé deslizar sobre o desenho. — No centro do labirinto.

Vladimir percorreu todo o comprimento do labirinto, examinando com cuidado a disposição das pedras. Parecia impossível que alguma coisa pudesse estar escondida ali. Seria necessário quebrar as pedras, algo que ele não conseguia imaginar que a sra. Rockefeller aprovasse — nem ela nem qualquer outra pessoa que se dedicasse à preservação da arte.

— Mas como? — perguntou Vladimir. — Tudo parece perfeitamente nivelado.

— Ah, sim — disse o sr. Gray, colocando-se ao lado de Vladimir. — É apenas uma ilusão de ótica. Vamos, olhe com atenção.

Vladimir se agachou e examinou o piso de mármore. Um fino sulco, quase imperceptível, acompanhava a borda da pedra central.

— É praticamente invisível — disse ele.

— Chegue para o lado — pediu o sr. Gray. Posicionando-se perto da pedra central, ele a pressionou. A pedra se ergueu como que movida por molas. Girando-a com a mão, o sr. Gray a retirou do lugar.

— Incrível — disse Saitou-san, olhando por cima do ombro do sr. Gray.

— Não há nada que um bom pedreiro e fundos ilimitados não consigam fazer — disse o sr. Gray. — Você conheceu a falecida sra. Rockefeller?

— Não — respondeu Vladimir. — Não pessoalmente.

— Ah, que pena — disse o sr. Gray. — Ela tinha um aguçado sentido de justiça social, marcado pela extravagância de uma natureza poética, uma combinação rara em uma mulher de sua posição social. Por isso, ela determinou que, quando os angelólogos chegassem para reclamar o objeto aos meus cuidados, eu deveria levá-los até o labirinto e pedir para que me recitassem uma série de números. A sra. Rockefeller me garantiu que quem viesse conheceria os números. Eu conheço esses números de cor, é claro.

— Números? — disse Vladimir, desconcertado com o teste inesperado.

— Números, senhor. — O sr. Gray apontou para o buraco onde estava a pedra. Abaixo, havia a porta de um cofre com um botão de combinações. — Você vai precisar dos números para abrir isso. Pense em você mesmo como o Minotauro, abrindo caminho em um labirinto de pedra. — O sr. Gray sorriu, deliciando-se com a perplexidade que causara.

Vladimir olhou para o cofre, cuja porta estava perfeitamente alinhada com o piso abaixo do labirinto. Saitou-san se debruçou sobre a abertura e perguntou:

— Quantos números há em cada combinação?

— Isso eu não posso lhe dizer — respondeu o sr. Gray.

Saitou-san girou cada um dos mostradores em sucessão.

— Os cartões de Abigail Rockefeller foram feitos especificamente para que Innocenta os decodificasse — disse ela, falando lentamente, como se examinasse seus pensamentos. — As respostas de Innocenta afirmam que ela contou as cordas da lira nas cartas e, presumo, anotou os números.

— A sequência — disse Vladimir. — vinte e oito, 30, 38 e 39.

Saitou-san girou cada um dos quatro mostradores de acordo com os números e puxou a porta do cofre. A porta não se abriu.

— Esta é a única sequência de números que nós temos — disse Saitou-san. — Os números devem funcionar em alguma combinação.

— Quatro números em quatro mostradores — observou Vladimir. — Isso perfaz 24 combinações possíveis. Não temos como tentar cada uma delas. Não há tempo.

— A menos — sugeriu Saitou-san — que haja uma ordem preestabelecida para os números. Você se lembra da cronologia em que foram fornecidos? Verlaine nos disse a sequência em que eles apareciam nos cartões.

Vladimir pensou por alguns momentos.

— É 28, 38, 30 e, finalmente, 39.

Saitou-san moveu cada um dos mostradores, alinhando os números com todo o cuidado. Puxou então a maçaneta. A porta se levantou sem resistência. Tateando na cavidade, ela tirou um grande volume embrulhado em veludo verde e o desembrulhou. A caixa de ressonância da lira lançou reflexos de luz dourada sobre o labirinto de pedra.

— É linda — disse Saitou-san, examinando-a de todos os ângulos. A base era redonda. Dois braços idênticos se curvavam para dentro e depois para fora, como os chifres de um búfalo. A superfície dourada era lisa e reluzente. — Mas não há cordas.

— Também está faltando a barra transversal — disse Vladimir. Ajoelhando-se ao lado de Saitou-san, ele olhou para o instrumento nas mãos dela. — É apenas uma peça da lira. Uma peça muito importante, mas, por si só, é inútil. É por isso que fomos enviados para quatro locais diferentes. As peças foram espalhadas.

— Precisamos contar aos outros — disse Saitou-san, reembrulhando com cuidado a lira na peça de veludo. — Eles precisam saber o que estão procurando.

Vladimir se virou e olhou para o sr. Gray, que estava de pé entre eles, tremendo.

— Você não sabia os números da combinação — disse ele. — Estava nos esperando para saber por nosso intermédio. Se soubesse, já teria se apoderado do objeto.

— Não precisa se preocupar com o que eu sei e com o que eu não sei — replicou o sr. Gray, com o rosto vermelho e suado. — O tesouro não pertence a nenhum de nós.

— O que significa isso? — perguntou Saitou-san, incrédula.

— Isso significa — disse uma voz na outra ponta da abside, uma voz familiar, que fez Vladimir se arrepiar de terror — que o jogo já acabou há muitos anos. Um jogo que os angelólogos perderam.

Dominado pelo medo, o sr. Gray deixou cair o monóculo e, sem um segundo de hesitação, saiu correndo por uma ala lateral da nave. Ao segui-lo com os olhos, Vladimir divisou bandos de Giborins, cujos cabelos brancos e asas vermelhas eram visíveis até na escuridão reinante. Como girassóis acompanhando o sol, as criaturas se viraram para observar o sr. Gray. Uma delas o agarrou antes que pudesse escapar. Vladimir avistou então uma figura familiar, e não teve mais dúvidas: os angelólogos haviam caído em uma cilada. Percival Grigori estava lá, esperando por eles.

A última vez que Vladimir se encontrara com Grigori fora há muitas décadas, quando Vladimir era um jovem protegido de Raphael Valko — e pudera testemunhar em primeira mão as atrocidades cometidas pelos Grigori durante a guerra. Testemunhara também os enormes tormentos que eles haviam infligido aos angelólogos — Seraphina Valko perdera a vida em decorrência das maquinações de Percival, e Gabriella quase morrera pelo mesmo motivo. Naquela época, Percival Grigori era impressionante e amedrontador. Agora, parecia um mutante enfermo.

Grigori estalou os dedos e o Giborim levou o sr. Gray até ele.

Sem nenhum aviso, Grigori puxou o castão de marfim de sua bengala, que era também o cabo de um punhal. Por um segundo, a lâmina de aço se imobilizou no ar, cintilando sob a luz fraca. Então, em um rápido movimento, Grigori deu um passo à frente e cravou a adaga no corpo do sr. Gray, cuja expressão passou de surpresa para incredulidade e depois para uma angústia desamparada. Percival Grigori retirou a adaga e o sr. Gray caiu no chão, choramingando baixinho, com o sangue se acumulando ao seu redor. Em questão de segundos, seus olhos adquiriram o olhar líquido da morte. Tão rapidamente quanto desembainhara a adaga, Percival a limpou com um lenço de seda branca e a reinseriu no oco da bengala.

Vladimir percebeu que Saitou-san havia se afastado dele com a caixa de ressonância nas mãos, esgueirando-se silenciosamente em direção aos fundos da igreja. Quando Percival notou, ela já estava perto da porta. Percival levantou a mão e ordenou que os Giborins fossem atrás dela. Metade das criaturas fez isso, enquanto os Giborins restantes cercaram a abside, com as bainhas de suas túnicas roçando o piso de mármore. Com um segundo gesto, Percival ordenou que as criaturas segurassem Vladimir.

Firmemente seguro, Vladimir sentiu o frio dos corpos das criaturas, que começaram a bater as asas ritmadamente. Uma rajada de ar gélido varreu sua nuca.

— Ela vai levar a lira para Gabriella! — gritou Vladimir, tentando se livrar das criaturas.

Percival olhou com desprezo para Vladimir.

— Eu estava esperando ver minha querida Gabriella. Sei que ela está por trás desta pequena missão. Ela se tornou muito esquiva com o passar dos anos.

Vladimir fechou os olhos. Lembrava-se que a infiltração de Gabriella na família Grigori fora uma sensação na comunidade angelológica, a maior e mais importante operação secreta da década de 1940. Seu trabalho, de fato, pavimentara o caminho para os modernos procedimentos de vigilância sobre as famílias nefilins e lhes trouxera informações úteis. Mas criara um perigoso legado para todos eles. Após todos aqueles anos, Percival Grigori ainda queria vingança.

Apoiando-se pesadamente na bengala, Grigori capengou até onde estava Vladimir.

— Diga-me — intimou ele. — Onde ela está?

Inclinando-se, Percival aproximou o rosto de Vladimir, que pôde ver as olheiras sob seus olhos, arroxeadas como marcas na pele branca. Seus dentes eram perfeitamente alinhados, e tão brancos que pareciam pérolas. Mas Percival estava envelhecendo — uma teia de finas rugas se desenvolvera em torno de seus olhos, indicando que ele deveria estar com pelo menos 300 anos de idade.

— Eu me lembro de você — disse Percival, estreitando os olhos como se comparasse o homem à sua frente com o que havia em sua memória. — Você esteve na minha presença em Paris. Eu me lembro do seu rosto, embora o tempo tenha feito você mudar muito. Você ajudou Gabriella a me enganar.

— E você — disse Vladimir, recuperando o sangue-frio — traiu tudo aquilo em que acreditava, sua família, seus ancestrais. Até hoje você não conseguiu esquecer Gabriella. Me diga: você ainda sente muitas saudades de Gabriella Lévi-Franche?

— Onde está ela? — perguntou Percival, olhando nos olhos de Vladimir.

— Isso eu nunca vou lhe dizer — respondeu Vladimir, com a voz falhando. Ele sabia que, com estas palavras, havia optado por morrer.

Percival largou a bengala com castão de marfim e colocou os dedos longos e frios sobre o peito de Vladimir, como se quisesse sentir as batidas de seu coração. Uma vibração elétrica percorreu o corpo de Vladimir, destruindo sua capacidade de pensar. Nos últimos momentos de vida, com os pulmões ardendo pela falta de ar, Vladimir contemplou a aterrorizante transparência dos olhos de seu assassino. Eram olhos pálidos, cercados de vermelho, intensos como uma fogueira congelada.

Com a consciência se dissolvendo, Vladimir recordou a deliciosa sensação da lira em suas mãos, fria e pesada, e de como ele ansiara por ouvir sua etérea melodia.

Rinque de patinação do Rockefeller Center, Quinta Avenida, Nova York

Evangeline olhou para o rinque, seguindo o movimento lento e circular das pessoas patinando. Luzes coloridas se refletiam na superfície brilhante do gelo, tremendo sob as lâminas dos patins e desaparecendo nas sombras. A distância, uma enorme árvore de Natal se erguia diante de um maciço edifício cinzento. Suas luzes vermelhas e prateadas cintilavam como se fossem um milhão de vaga-lumes presos em um cone de vidro. Fileiras de anjos majestosos, de asas brancas e delicadas como pétalas de lírios, postavam-se sob a árvore como sentinelas iluminadas, formando, com seus corpos de arame e trombetas de metal, uma orquestra de louvor aos céus. Os estabelecimentos próximos à praça — livrarias, butiques, papelarias e lojas de doces — estavam fechando as portas, despejando sob o céu noturno clientes carregados com sacolas de compras.

Apertando o sobretudo, Evangeline se embrulhou em um casulo de calor. Trazia nas mãos a caixa de metal com a barra transversal da lira. Ao seu lado, Bruno Bechstein e Alistair Carroll observavam a multidão que circulava nas imediações do rinque. Centenas de pessoas lotavam a praça. Um pequeno alto-falante suspenso tocava *White Christmas*. A melodia era pontuada pelos risos que vinham do rinque de patinação. Faltavam cinco minutos para a hora do encontro e os outros ainda não tinham aparecido. O ar estava frio, cheirando a neve. Evangeline respirou fundo e teve um acesso de tosse. Sentia os pulmões tão apertados que mal conseguia respirar. O que começara com um simples desconforto no peito se transformara, nas últimas horas, em uma constante tosse seca. Tinha de se esforçar para respirar e, a cada inspiração, só obtinha um pouco de ar.

Alistair Carroll tirou o cachecol e o colocou gentilmente em seus ombros.

— Você está congelando, minha querida — disse ele. — É melhor se proteger desse vento.

— Eu nem notei — disse Evangeline, apertando o grosso tecido de lã em torno do pescoço. — Estou preocupada demais para sentir qualquer coisa. Os outros já deveriam estar aqui.

— Foi nesta época do ano que viemos com a quarta peça da lira para o Rockefeller Center — disse Alistair. — Natal de 1944. Eu trouxe Abby de carro até aqui, no meio da noite, e a ajudei a atravessar uma tempestade terrível. Felizmente, ela teve o cuidado de telefonar pessoalmente para o pessoal da segurança, informando que estávamos vindo. A ajuda deles foi muito útil.

— Então você sabe o que foi escondido aqui? — perguntou Bruno. — Você viu?

— Ah, sim — disse Alistair Carroll. — Eu mesmo coloquei na caixa as cravelhas de afinação da lira. Foi uma dificuldade encontrar uma caixa para esconder as cravelhas, mas Abby tinha certeza de que aqui era o melhor lugar. Eu carreguei a caixa nas mãos, e ajudei a sra. Rockefeller a escondê-la. As cravelhas são muito pequenas, a caixa tem apenas o peso de um relógio de bolso. É tão compacta que ninguém imagina que possa estar guardando coisas tão fundamentais para o instrumento. Mas é um fato: a lira não produz nenhuma nota sem as cravelhas.

Evangeline tentou visualizar como as pequenas cavilhas se ajustavam na barra transversal.

— Você sabe como remontar a lira? — perguntou ela.

— Como em todas as coisas, há uma ordem que deve ser seguida — disse Alistair. — Depois que a barra transversal é presa nos braços, as cordas devem ser enroladas nas cravelhas de afinação. Cada uma delas tem uma tensão diferente. A dificuldade, creio eu, é a afinação da lira, uma habilidade que exige um ouvido treinado.

Dirigindo o olhar para os anjos reunidos diante da árvore de Natal, acrescentou:

— Garanto que a lira não se parece em nada com os instrumentos que os anjos seguram em imagens estereotipadas. Os anjos de arame na base da árvore de Natal foram introduzidos no Rockefeller Center em 1954, um ano após Philip Johnson concluir o Jardim das Esculturas Abby Aldrich Rockefeller e dez anos após escondermos o tesouro aqui. Embora a aparência dessas lindas criaturas seja pura coincidência (a sra. Rockefeller já havia morrido e ninguém, exceto eu, sabia o que estava escondido aqui), eu acho o simbolismo delicioso. Essa coleção de anjos estilizados vem bem a propósito, você não acha? A gente sente isso quando entra na praça na época de Natal: o tesouro dos anjos está aqui, esperando para ser descoberto.

— A caixa foi colocada perto da árvore de Natal? — perguntou Evangeline.

— De jeito nenhum — respondeu Alistair Carroll, apontando para a outra ponta do rinque, onde se erguia a estátua de Prometeu, cuja polida superfície dourada estava banhada em luz. — A caixa é parte da estátua de Prometeu. Está lá, na sua prisão de ouro.

Evangeline estudou a estátua. Era uma escultura elevada, que parecia pairar no ar. O fogo que Prometeu roubara dos deuses ardia entre seus dedos, e um anel de bronze com os símbolos do zodíaco contornava seus pés. Evangeline conhecia bem o mito de Prometeu. Depois de roubar o fogo dos deuses, ele fora punido por Zeus, que o amarrou em uma rocha, enviando uma águia para bicar seu corpo por toda a eternidade. O castigo de Prometeu se equiparava ao seu crime: o dom do fogo assinalava o início da tecnologia humana, acentuando a crescente irrelevância dos deuses.

— Eu nunca tinha visto essa estátua de perto — disse Evangeline. Sob as luzes que iluminavam o rinque, a superfície da escultura parecia derretida. Prometeu e o fogo que roubara compunham uma entidade incendiária.

— Não é nenhuma obra-prima — observou Alistair. — Mas combina à perfeição com o Rockefeller Center. Paul Manship era amigo dos Rockefeller. Eles conheciam bem o trabalho dele e o contrataram para criar a escultura. A analogia com meus antigos empregadores no mito de Prometeu é mais que casual: a engenhosidade, a inclemência, a velhacaria e o poder deles. Manship sabia que essas referências não iriam passar despercebidas a John D. Rockefeller Jr., que usou de toda a influência que tinha para construir o Rockefeller Center durante a Grande Depressão.

— Nem passaram despercebidas a nós — disse Gabriella, surpreendendo Evangeline, ao surgir perto dela ao lado de Verlaine. — Prometeu está com o fogo nas mãos, mas, graças à sra. Rockefeller, está com uma coisa ainda mais importante.

— Gabriella — exclamou Evangeline, sentindo o alívio tomar conta dela enquanto abraçava a avó. Só então, sentindo a fragilidade de Gabriella, ela percebeu como estivera preocupada.

— Vocês estão com as outras peças da lira? — perguntou Gabriella, impaciente. — Mostrem para mim.

Evangeline abriu a caixa com a barra transversal e mostrou o conteúdo para a avó. Gabriella, por sua vez, abriu a mala onde guardara a bolsa de pano com as cordas da lira, o plectro e o diário angelológico, e enfiou a caixa lá dentro. Somente depois de guardar todas as peças na mala e se certificar de que estava bem fechada, Gabriella notou Alistair Carroll de pé, perto do grupo. Ficou olhando para ele, examinando-o cautelosamente, até que Evangeline o apresentou, explicando seu relacionamento com a sra. Rockefeller e a ajuda que ele lhes dera.

— Você sabe como retirar as cravelhas da estátua? — indagou Gabriella. — Sabe onde estão escondidas?

— A localização exata, madame — disse Alistair. — Está gravada na minha mente há meio século.

— Onde estão Vladimir e Saitou-san? — perguntou Bruno, como se de repente tivesse percebido que estavam faltando dois angelólogos.

Verlaine consultou o relógio. Estava tão perto de Evangeline que ela conseguiu discernir a hora: 6h13.

— Já deveriam estar aqui — observou ela.

Bruno olhou para a estátua de Prometeu, que brilhava na extremidade oposta do rinque de patinação.

— Não podemos esperar por muito mais tempo.

— Não podemos esperar nem mais um segundo — disse Gabriella. — É muito perigoso nos expormos dessa maneira.

— Vocês foram seguidos? — perguntou Alistair, visivelmente alarmado com a ansiedade de Gabriella.

— Gabriella acredita que sim — disse Verlaine. — Mas tivemos a felicidade de terminar nosso trabalho nos Claustros sem problemas.

— Isso foi parte do plano deles — replicou Gabriella, examinando a multidão como se esperasse ver os inimigos à espreita entre as pessoas que carregavam compras. — Saímos dos Claustros sem sermos incomodados porque eles deixaram. Não podemos esperar nem mais um momento. Vladimir e Saitou-san vão chegar daqui a pouco.

— Neste caso, vamos agir imediatamente — disse Alistair, demonstrando uma calma que Evangeline achou admirável, e que a fez se lembrar das corajosas irmãs do Convento de Santa Rosa.

Alistair os conduziu pela lateral da praça, descendo uma escadaria de concreto até o rinque. Contornando a mureta de plástico que cercava a pista de gelo, dirigiram-se até a estátua. O edifício da GE se erguia diante deles, exibindo na frente da fachada bandeiras de diversos países — Estados Unidos, Grã-Bretanha, França, Portugal, Alemanha, Holanda, Espanha, Japão, Itália, China, Grécia, Brasil, Coreia —, que o vento fazia drapejar. Talvez os anos de isolamento tivessem tornado Evangeline sensível a multidões, pois ela sentia um impulso inexplicável para observar as pessoas que patinavam. Adolescentes metidos em jeans apertados e casacos de esquiador, pais com crianças pequenas, jovens namorados e casais de meia-idade — todos rodopiavam no rinque de patinação. A multidão a fez perceber como vivera distante do mundo.

Subitamente, notou um indivíduo de capa negra, a menos de um metro e meio de onde estava. Alto, pálido, com grandes olhos vermelhos, ele a encarava fixamente. Evangeline olhou em todas as direções, sentindo o pânico crescer. Os Giborins estavam misturados à multidão. Eram vultos altos e sombrios, que os vigiavam em silêncio.

Evangeline segurou a mão de Verlaine e o puxou mais para perto.

— Olhe — sussurrou ela. — Eles estão aqui.

— Você vai ter de ir embora — disse ele, olhando-a nos olhos. — Antes de ficarmos encurralados.

— Acho que é tarde demais para isso — replicou Evangeline, olhando em volta, cada vez mais aterrorizada. O número de Giborins havia se multiplicado. — Eles estão por toda parte.

— Venha comigo — disse ele, puxando-a para longe do grupo de angelólogos. — Podemos ir embora juntos.

— Não agora — contrapôs Evangeline, inclinando-se para que só ele a ouvisse. — Temos de ajudar Gabriella.

— Mas e se falharmos? E se alguma coisa acontecer com você?

Ela deu um leve sorriso e disse:

— Você é a única pessoa no mundo que sabe qual é o meu lugar favorito. Um dia vou querer ir até lá com você.

Evangeline ouviu seu nome e ambos se viraram. Gabriella os estava chamando.

Quando se juntaram aos angelólogos, Evangeline notou que Alistair observava a multidão. A expressão dele era de horror. Evangeline seguiu seu olhar até o fim do rinque de patinação onde um grupo de criaturas alvíssimas, asas cuidadosamente ocultas sob longas capas negras, havia se aglomerado em torno da estátua de Prometeu. No meio delas, estava um homem alto e elegante, apoiado em uma bengala.

— Quem é aquele? — perguntou Evangeline, apontando para o homem.

— Aquele — respondeu Gabriella — é Percival Grigori.

Evangeline logo reconheceu o nome. Ouvira-o, pela primeira vez, mencionado por Verlaine; depois, por Gabriella. Era o homem que matara sua mãe. Ela o observou a distância, paralisada pelo terrível espetáculo. Nunca o encontrara antes, mas Percival Grigori destruíra sua família.

Gabriella disse:

— Sua mãe se parecia muito com ele. A altura, a cor e os grandes olhos dela. Sempre me senti incomodada com a semelhança que ela tinha com ele. — Ela falava tão baixo que Evangeline mal conseguia ouvi-la. — A aparência nefilim de Angela me aterrorizava. Meu maior medo era que ela ficasse como ele quando crescesse.

Antes que Evangeline pudesse reagir a esta mensagem misteriosa — e suas horríveis implicações —, Percival Grigori levantou a mão e as criaturas que estavam misturadas à multidão se adiantaram. Eram mais numerosas do que Evangeline pensara no início — fileiras e mais fileiras de figuras pálidas e esqueléticas, metidas em capas pretas, apareceram do nada, como se tivessem se materializado no ar frio e seco da noite. Apavorada, Evangeline percebeu que estavam se aproximando. A periferia da pista de gelo ficou lotada de Giborins. Sua presença pareceu provocar um transe coletivo nos patinadores, que ficaram imóveis, olhando de soslaio para a crescente multidão de figuras estranhas — que observavam com mais curiosidade do que medo. Crianças os apontavam, admiradas, enquanto os adultos, talvez acostumados com os espetáculos diários oferecidos pela cidade, faziam questão de ignorá-los. Em uma rápida manobra, os Giborins rodearam a praça. O transe coletivo se desfez instantaneamente quando as pessoas, assustadas, perceberam que estavam cercadas por todos os lados. Os angelólogos se viram em meio a uma elaborada armadilha.

Evangeline ouviu alguém gritar o nome de sua avó. Virando-se, viu Saitou-san abrindo caminho na multidão. Evangeline soube instantaneamente que algo terrível ocorrera na igreja de Riverside. Saitou-san estava machucada. Cortes cobriam seu rosto, e seu casaco estava rasgado. O pior de tudo: ela viera sozinha.

— Onde está Vladimir? — perguntou Gabriella, olhando Saitou-san com preocupação.

— Ele ainda não está aqui? — Saitou-san estava ofegante. — Nos separamos na igreja de Riverside. Os Giborins estavam lá, com Grigori. Eu não sei como eles vieram parar aqui, a não ser que Vladimir tenha falado com eles sobre este lugar.

— Você o deixou lá? — indagou Gabriella.

— Eu corri. Não tive escolha. — Saitou-san tirou um pacote embrulhado em veludo de dentro do casaco e o segurou como se fosse um bebê. — Foi o único jeito de sair com isso.

— A base da lira — disse Gabriella, tirando-a de Saitou-san. — Você a achou.

— Sim — confirmou Saitou-san. — Vocês recuperaram as outras peças?

— Todas, menos as cravelhas de afinação — disse Evangeline. — Que estão ali, no meio dos Giborins.

Saitou-san e Gabriella olharam para o rinque de patinação, que se enchera de Giborins.

Chamando Bruno, Gabriella conversou com ele, em voz baixa e imperiosa. Por mais que tentasse, Evangeline não conseguia ouvir as palavras de sua avó, apenas o tom de urgência em que eram ditas. Finalmente, Gabriella segurou a neta pelo braço.

— Vá com Bruno — disse ela, entregando a mala com as peças nas mãos de Evangeline. — Faça exatamente o que ele lhe disser. Vocês têm de levar isso para bem longe daqui, o mais longe que puderem. Se tudo correr bem, eu logo estarei com vocês.

Evangeline viu os contornos do rinque de patinação se enevoarem, à medida que seus olhos se enchiam de lágrimas. De algum modo, embora sua avó achasse o contrário, ela estava certa de que não voltaria a ver Gabriella. Talvez Gabriella tivesse lido seus pensamentos, pois lhe deu um abraço bem apertado — pela primeira vez, até onde Evangeline se lembrava. Beijando a neta de leve no rosto, ela murmurou:

— A angelologia não é um trabalho simples. É uma vocação. O seu trabalho está só começando, querida. Você já é tudo o que eu gostaria que fosse.

Sem mais palavras, Gabriella seguiu Alistair Carroll através da multidão. Abrindo caminho no rinque, ambos desapareceram na multidão agitada e barulhenta.

Bruno segurou Verlaine e Evangeline pelos braços e subiu com eles a escadaria de concreto, indo até a praça principal. Saitou-san os seguia logo atrás. Eles não pararam de andar até estarem entre os postes embandeirados atrás da estátua de Prometeu. De cima, Evangeline pôde perceber o perigo que cercava Gabriella e Alistair: o rinque de patinação se tornara uma colmeia de Giborins, uma congregação aterradora que fez Evangeline ficar paralisada.

— O que eles estão fazendo? — perguntou Verlaine.

— Estão caminhando no meio dos Giborins — respondeu Saitou-san.

— Temos de ajudá-los — disse Evangeline.

— Gabriella foi bem clara sobre o que devemos fazer — disse Bruno, embora a preocupação em sua voz e as profundas rugas em sua testa não correspondessem às suas palavras. Era óbvio que as decisões de Gabriella o haviam alarmado. — Ela deve saber o que está fazendo.

— Talvez saiba — disse Verlaine. — Mas como diabos ela vai sair dali?

Abaixo, os Giborins abriam caminho, formando uma trilha para que Gabriella e Alistair pudessem caminhar livremente até a estátua de Prometeu. Em meio às criaturas, Gabriella parecia ainda menor e mais frágil. A gravidade da situação atingiu Evangeline com toda a força: a mesma paixão e dedicação que levara o padre Clematis a descer às profundezas da garganta para enfrentar o desconhecido, a mesma sede de conhecimento que selara o assassinato de sua própria mãe — estas eram as forças que levavam Gabriella a lutar contra Percival Grigori.

Em alguma parte distante de sua consciência, Evangeline compreendia o plano de Gabriella — que estava discutindo com Grigori, distraindo sua atenção, enquanto Alistair corria até a estátua de Prometeu. Mas ficou espantada com a determinação dos movimentos de Alistair. Entrando cautelosamente no chafariz, ele o atravessou até a base da estátua, a água molhando suas roupas e cabelos. Subiu então no anel dourado que circundava o corpo de Prometeu, tateou o interior da estrutura e agarrou alguma coisa que estava por trás. De seu posto de observação, diretamente acima da estátua, Evangeline não entendia a mecânica do procedimento. Mas parecia que Alistair estava desprendendo alguma coisa. Quando ele levantou a mão, ela viu que segurava uma pequena caixa de bronze.

— Evangeline — gritou ele, com a voz tão abafada pelo barulho do chafariz que ela mal conseguiu ouvi-lo. — Pegue!

Alistair arremessou a caixa. O objeto voou por cima da estátua de Prometeu e da mureta que separava o prédio do rinque de patinação, e caiu aos pés de Evangeline — que o recolheu no chão e examinou. Era oblongo e tinha o peso de um ovo.

Segurando a caixa contra o peito, Evangeline observou novamente a praça. Em um dos lados, a pista de gelo estava lotada de pessoas que removiam seus patins, com estudada indiferença. Lentamente, os Giborins começaram a cercar Alistair, que parecia fraco e vulnerável comparado a eles. Quando as criaturas caíram sobre ele, Evangeline tocou o macio cachecol de lã que ele lhe dera, desejando poder fazer alguma coisa para ajudá-lo. Mas era impossível chegar perto. Em questão de minutos, as criaturas dariam fim a seu funesto trabalho com Alistair Carroll e se voltariam para os angelólogos.

Percebendo a medonha virada na sorte, Bruno olhou em volta, procurando uma rota de escape. Por fim, pareceu chegar a uma conclusão.

— Venham — disse, acenando para que Verlaine e Evangeline o seguissem.

Grigori gritou alguma coisa para eles e, puxando uma pistola do bolso, apontou-a para a cabeça de Gabriella.

— Venha, Evangeline — disse Bruno com voz ansiosa. — Agora.

Mas Evangeline não poderia segui-lo. Olhando de Bruno para a avó, aprisionada no meio da pista de gelo, percebeu que tinha de agir rápido. Sabia que a avó queria que ela seguisse Bruno; não havia dúvida de que a mala com a lira era mais importante que a vida de qualquer um deles. Mas ela, simplesmente, não conseguia virar as costas, deixando que a avó morresse.

Beijando Verlaine rapidamente no rosto, ela se afastou correndo. Enquanto descia as escadas e entrava no rinque, tinha consciência de que estava colocando em perigo a vida de todos — e muito mais que isso. Mesmo assim, não poderia abandonar Gabriella. Perdera todo mundo. A avó era tudo o que lhe restava.

Na pista de gelo, os Giborins mantinham Gabriella ao lado de Grigori — uma sinistra criatura segurava cada um de seus braços. Outros Giborins seguiram Evangeline de perto enquanto ela avançava pelo rinque de patinação, obstruindo uma possível rota de fuga. Ela não poderia retroceder.

— Venha — disse Percival Grigori, gesticulando para Evangeline com a bengala. Vendo a caixinha de bronze que Alistair jogara para ela, ele acrescentou: — Traga isso aqui. Entregue para mim.

Evangeline se aproximou até ficar bem à frente de Grigori. Ao vê-lo de perto, ficou chocada com a aparência dele. Não era nada como ela imaginara que fosse. Ela visualizara seu inimigo como bem-apessoado e impressionante, muito branco e amável, como era sua mãe. Em vez disso, era curvado, frágil e descarnado. Ele estendeu a mão murcha e Evangeline depositou nela a caixinha retirada da estátua de Prometeu. Percival a examinou contra a luz, como se não soubesse o que uma caixinha tão pequena poderia conter. Sorrindo, colocou-a no bolso e, com um gesto rápido, arrancou a mala de couro das mãos de Evangeline.

Rinque de patinação do Rockefeller Center, Quinta Avenida, Nova York

Verlaine sabia que as asas das criaturas estavam enfiadas embaixo das capas negras, e conhecia a destruição que eram capazes de provocar quando as abriam. Mas, para as pessoas comuns, os Giborins pareciam um bando de sujeitos com roupas engraçadas, executando algum estranho ritual sobre o gelo. Reunidos no meio do rinque, seguiam as ordens de Grigori, criando uma parede impenetrável entre ele e os angelólogos. A coreografia dos Giborins teria absorvido toda a atenção de Verlaine, não fosse pelo fato de que Evangeline e Gabriella estavam no centro da sombria massa de criaturas.

— Fique aqui — disse Bruno, gesticulando para que Verlaine permanecesse onde estava, acima da estátua de Prometeu. — Saitou-san, vá pelas escadas. Vou descer pelo outro lado do rinque, para ver se consigo distrair Grigori.

— É impossível — disse Saitou-san. — Olhe quantos eles são.

Bruno parou, olhando para o rinque.

— Não podemos abandoná-las lá — disse ele. — Temos de tentar alguma coisa.

Bruno e Saitou-san se afastaram às pressas, deixando Verlaine sozinho, observando o cenário de cima. Verlaine mal conseguia controlar sua vontade de pular a mureta e ir até o rinque. Sentia-se mal ao ver Evangeline em perigo, mas não podia fazer nada para salvá-la. Só a conhecia há um dia, mas a ideia de perder um possível futuro com ela o aterrorizava. Ele gritou o nome dela e, em meio às criaturas, ela olhou para ele. Mesmo sendo empurrada para fora do rinque, juntamente com Gabriella, ela o ouvira chamá-la.

Por um segundo, Verlaine teve a impressão de que estava fora de seu corpo, olhando sua desgraça de longe. A ironia de sua posição não lhe escapou. Ele se tornara o protagonista de uma comédia trágica, que olhava a mulher amada ser sequestrada por um abjeto vilão. Era incrível como o amor tinha o dom de fazer com que ele se sentisse, ao mesmo tempo, um clichê hollywoodiano e um personagem totalmente original. Mas tinha certeza de que amava Evangeline. Faria qualquer coisa por ela.

No lado oposto do rinque, Bruno vigiava as criaturas. Evidentemente, estaria em enorme desvantagem numérica caso entrasse em confronto com os Giborins. Mesmo se eles três juntassem forças, seria impossível chegar perto de Gabriella e Evangeline. De sua posição nas escadas, Saitou-san aguardava o sinal para entrar no rinque. Mas Bruno, como Verlaine, percebia como a situação deles era difícil. Só podiam mesmo observar.

De repente, um barulho se sobrepôs ao burburinho. No início, Verlaine foi incapaz de distinguir sua origem. Começou como um leve zumbido à distância e se transformou em questão de segundos no nítido ronco de um motor. Observando a praça, ele viu uma caminhonete negra, idêntica às que vira estacionadas perto do Convento de Santa Rosa, avançar pela praça principal, abrindo caminho através da multidão.

Quando a caminhonete se aproximou, Grigori sacudiu a pistola na direção de Gabriella e Evangeline, e as empurrou escadaria acima. Verlaine tentou enxergar Evangeline, mas os Giborins que a cercavam bloqueavam sua visão. Quando o grupo passou por Saitou-san, Verlaine percebeu a hesitação dela. Por um momento, pareceu que ela iria atravessar a parede de Giborins e pular em cima de Grigori. Mas, percebendo sua fraqueza, não fez isso.

Grigori obrigou Evangeline e Gabriella a entrarem na caminhonete, empurrando-as com a pistola e fechando a porta, num rápido movimento. Quando a caminhonete se afastou, Verlaine gritou o nome de Evangeline desesperadamente, angustiado com a própria inutilidade. Correu então atrás da caminhonete, passando pelas luzes de Natal, pelos anjos de arame com as trombetas apontadas para o céu noturno e pelo enorme e colorido pinheiro de Natal. Mas Evangeline se fora.

Os Giborins se dispersaram, subindo as escadas e desaparecendo na multidão, afastando-se como se nada tivesse ocorrido. Quando a pista de gelo ficou vazia, Verlaine desceu correndo as escadas e caminhou até o lugar no rinque onde Evangeline estivera. As solas de seus tênis escorregavam enquanto ele avançava, tentando se equilibrar. Os holofotes que iluminavam a pista provocavam reflexos na superfície do gelo — dourados, azuis e alaranjados —, como os de uma opala. Alguma coisa no meio do rinque atraiu sua atenção. Agachou-se então para examinar melhor. Passando o dedo sobre a superfície gelada, ergueu uma corrente dourada. Um pingente em forma de lira havia sido pressionado contra o gelo.

Esquina da rua 48 Leste com Park Avenue, Nova York

Percival Grigori ordenou que o motorista dobrasse na Park Avenue e seguisse para o norte, na direção de seu apartamento, onde Sneja estaria esperando por ele. A larga avenida estava engarrafada; eles se moviam aos poucos. Os galhos negros das árvores desfolhadas estavam cobertos com milhares de luzes coloridas, que piscavam ao longo do canteiro central. Isso o lembrou que as seitas humanas ainda celebravam seu feriado. Segurando a mala, sentindo o couro envelhecido e desgastado sob os dedos, Percival sabia que, pelo menos daquela vez, Sneja ficaria satisfeita. Quase podia imaginar o prazer dela quando ele pusesse a lira e Gabriella Lévi-Franche Valko a seus pés. Com Otterley morta, ele era a última esperança de Sneja. Isso, certamente, iria redimi-lo.

Gabriella estava sentada diante dele, com um olhar de puro desprezo. Mais de cinquenta anos haviam passado desde o último encontro dos dois, mas seus sentimentos em relação a ela ainda eram tão intensos — e tão conflituosos — quanto haviam sido no dia em que ele ordenara sua captura. Gabriella o odiava agora, isso era claro, mas ele sempre admirara a intensidade de seus sentimentos: fosse paixão, ódio ou medo, ela sentia cada emoção com todo o seu ser. Ele acreditara que o poder dela sobre ele havia terminado; no entanto, sentia-se fraco em sua presença. Ela perdera sua juventude e beleza, mas ainda era perigosamente magnética. Embora ele tivesse o poder de tirar a vida dela num instante, ela parecia totalmente desprovida de medo. Isso iria mudar assim que sua mãe estivesse com eles. Ela nunca se deixara intimidar por Gabriella.

Quando a caminhonete diminuiu a marcha e parou em um sinal luminoso, Percival observou a jovem que estava ao lado de Gabriella. Parecia absurdo, mas a semelhança dela com a Gabriella que ele conhecera cinquenta anos antes — sua pele de um branco cremoso, o formato de seus olhos verdes — era incrível. Era como se a Gabriella de suas fantasias tivesse se materializado diante dele. A jovem usava um pingente dourado, em forma de lira, em torno do pescoço, idêntico ao que Gabriella usava em Paris — um colar do qual Gabriella, como ele sabia, jamais se separaria.

Subitamente, antes que Percival tivesse chance de reagir, Gabriella abriu a porta da caminhonete e, agarrando a mala que estava no colo de Percival, pulou na rua, seguida imediatamente pela jovem.

Percival gritou para que o motorista as seguisse. Avançando o sinal vermelho, a caminhonete dobrou na rua 51, seguindo pela contramão. Quando já estava quase alcançando as mulheres, elas se esquivaram, atravessando a Lexington Avenue e sumindo em uma escadaria do metrô. Percival pegou a bengala e, usando todas as forças de que dispunha, pulou pela porta que Gabriella deixara aberta. Com o corpo doendo a cada passada, capengando, correu o melhor que pôde em meio à multidão.

Jamais estivera dentro de uma estação de metrô em Nova York. Para ele, as máquinas de bilhetes, os mapas e as roletas eram estranhos e indecifráveis. Em termos funcionais, estava perdido. Muitos anos atrás, estivera no metrô de Paris. A inauguração do metrô, na virada do último século, atraíra sua curiosidade e o levara ao subsolo. Ele viajara naqueles trens mais de uma vez, quando isso estava na moda, mas seu interesse se desvaneceu rapidamente. Em Nova York, isso estava fora de questão. A ideia de ficar tão próximo a seres humanos, todos grudados uns nos outros, provocava-lhe náuseas.

Chegando às roletas, parou para recuperar o fôlego. Depois de alguns momentos, empurrou a barra de metal, que não saiu do lugar. Tentou mais duas vezes e a barra resistiu. Batendo com a bengala sobre a borboleta, frustrado, praguejou, notando que as pessoas paravam para olhá-lo, como se fosse louco. Outrora, ele teria simplesmente pulado a roleta com facilidade. Cinquenta anos atrás, teria alcançado Gabriella em segundos — ela já não se movia tão rapidamente quanto antes — e a parceira dela também. Mas agora estava impotente. Não havia mais nada a fazer, a não ser passar por aquelas ridículas barreiras de metal.

Um jovem em roupas de ginástica entrou na estação e tirou um cartão plástico do bolso. Percival esperou, deixando que ele chegasse à roleta. Puxou então o castão da bengala e o apunhalou nas costas, com toda força. O corpo do rapaz tombou para a frente, bateu na roleta e voltou para trás, caindo aos pés de Percival. Percival arrancou o cartão de sua mão, passou-o na leitora e transpôs a roleta. A distância, ouviu o ronco de uma composição que se aproximava da plataforma.

Estação de metrô da rua 51 com Lexington Avenue, Linha Circular nº 6, Nova York

Quando o trem chegou à estação, Evangeline sentiu um jato de ar quente sobre a pele. Respirou fundo, inalando o odor de gasolina, borracha e metal aquecido. As portas se abriram e uma torrente de passageiros saltou na plataforma. Elas haviam corrido menos de um quarteirão, mas o esforço deixara Gabriella sem fôlego. Evangeline a ajudou a sentar-se em um banco laranja, percebendo como a avó estava fraca. Enquanto Gabriella se recostava no assento, tentando recuperar as forças, Evangeline perguntou a si mesma quanto tempo poderiam continuar, caso Percival Grigori as estivesse seguindo.

O vagão estava vazio, exceto por um bêbado estendido em uma fileira de assentos nos fundos. Depois de respirar um pouco, Evangeline percebeu por que não havia outros passageiros naquele vagão: o homem vomitara sobre si mesmo e sobre os bancos, deixando um fedor enjoativo. Ela quase engasgou, mas não iria se arriscar a voltar à plataforma. Em vez disso, tentou descobrir onde se encontravam. Consultando um mapa, viu que estavam na linha verde 4-5-6. Seguindo a linha até o sul, ela percebeu que o ponto final era próximo à ponte do Brooklyn, estação City Hall. Ela conhecia intimamente as ruas próximas à ponte. Se conseguissem chegar lá, não teria problema nenhum para encontrar um esconderijo. Tinham de partir imediatamente. Mas as portas da composição, que ela torcia para que fechassem logo, continuavam abertas.

Uma voz alta e desafinada emitiu uma rápida sucessão de palavras pelo sistema de intercomunicação. O aviso, presumiu Evangeline, tinha algo a ver com a demora na estação, embora ela não tivesse certeza. As portas estavam abertas, deixando-as expostas. A ideia de ficarem encurraladas lhe provocou uma onda de pânico, mas a súbita agitação de sua avó a distraiu.

— O que houve? — perguntou ela.

— Sumiu — disse Gabriella, com a mão na garganta, visivelmente alarmada. — Meu amuleto caiu.

Evangeline tocou sua própria garganta, instintivamente, sentindo o frio metal de sua lira de ouro. Na mesma hora, começou a soltar o fecho, para dar o colar à sua avó, mas esta a deteve.

— Você vai precisar do seu pingente mais do que nunca.

Com ou sem pingente, era perigoso demais ficarem paradas ali, esperando. Evangeline saltou na plataforma, medindo a distância até a saída. Estava prestes a puxar a avó pelo braço para tirá-la do vagão quando, através de uma janela coberta de grafites, vislumbrou o vulto de Grigori. Ele claudicava ao longo da plataforma, examinando o trem. Evangeline se abaixou, e puxou Gabriella para junto de si, esperando que ele não as tivesse visto. Para seu alívio, a sirene tocou e as portas começaram a se fechar. O trem se afastou da estação, as rodas rangendo no metal enquanto ganhava velocidade.

Ao olhar para cima, porém, Evangeline se deparou com uma bengala ensanguentada. Seu coração quase parou. Percival Grigori a olhava com malevolência, o rosto retorcido de raiva e exaustão. Sua respiração era tão penosa que Evangeline concluiu que conseguiriam fugir dele se alcançassem a próxima estação. Duvidava que ele fosse capaz de segui-las mesmo por um pequeno lance de escadas. Mas, quando Percival retirou a pistola do bolso e acenou para que se levantassem, ela sabia que tinham sido apanhadas. Segurando um balaústre de metal para se apoiar, Evangeline ajudou a avó a se levantar.

— Cá estamos nós, de novo — disse Percival, com uma voz que era pouco mais que um sussurro, enquanto se curvava para tirar a mala de couro das mãos de Gabriella. — Mas, desta vez, é possível que a mercadoria seja legítima.

Enquanto o trem avançava pelos túneis escuros, sacolejando nas curvas, Percival pousou a mala em um banco e a abriu. O trem parou em uma estação, mas, quando os passageiros entraram no vagão, sentiram o cheiro do bêbado e saíram. Percival não pareceu notar. Desembrulhou o veludo verde que envolvia a caixa de ressonância, retirou o plectro do saquinho de couro, removeu da caixa a barra transversal e desenrolou as cordas da lira. Tirando do bolso a caixinha de bronze que Alistair Carroll retirara do Rockefeller Center, abriu-a e examinou as sete cravelhas de afinação. As peças da lira estavam diante deles, oscilando levemente com o movimento do trem, esperando para serem montadas.

Percival remexeu na mala e encontrou o diário angelológico. Folheou suas páginas, pulando as seções de informações históricas, quadrados mágicos e sigilos, e parando no ponto onde se iniciavam as fórmulas matemáticas de Angela.

— O que são estes números? — perguntou ele, examinando o livro cuidadosamente.

— Olhe bem. Você sabe exatamente o que são — disse Gabriella.

Ao ler as páginas, a expressão dele mudou de consternação para júbilo.

— São as fórmulas que você sonegou — disse ele, por fim.

— O que você quer dizer é que essas são as fórmulas pelas quais você matou nossa filha.

Evangeline prendeu a respiração, compreendendo as misteriosas palavras de Gabriella no rinque de patinação. Percival Grigori era seu avô. A constatação a encheu de horror. Percival Grigori pareceu igualmente aturdido. Tentou falar, mas foi dominado por um acesso de tosse. Lutou para respirar até que, por fim, falou:

— Não acredito em você.

— Angela nunca conheceu a paternidade dela. Eu a poupei de saber a verdade. Mas Evangeline não foi poupada. Ela testemunhou, em primeira mão, a vilania do avô.

Percival olhou de Gabriella para Evangeline. Seus traços emaciados se endureceram quando ele entendeu plenamente o que Gabriella estava dizendo.

— Tenho certeza — continuou Gabriella — de que Sneja ficará muito satisfeita em saber que você lhe deu uma herdeira.

— Uma herdeira humana não vale nada — vociferou Percival. — Sneja só se importa com o sangue angélico.

O metrô entrou em uma estação da Union Square e parou com um solavanco. As portas se abriram e alguns indivíduos entraram no vagão, levemente embriagados com as celebrações natalinas. Falando alto e rindo muito, ocuparam assentos nas proximidades, parecendo não notar o fedor de vômito nem a presença de Percival. Alarmada, Gabriella tentou esconder os objetos com o corpo.

— Você não deve expor os instrumentos dessa forma — disse ela. — É muito perigoso.

Percival gesticulou para Evangeline com o revólver. Ela recolheu as peças, uma a uma, parando para examiná-las antes de guardá-las na mala. Quando seus dedos tocaram a base de metal da lira, uma estranha sensação tomou conta dela. No início, ela a ignorou, achando que era apenas o medo e o pânico que Percival lhe provocava. Então, ouviu alguma coisa sobrenatural. Sua mente foi invadida por uma melodia doce e perfeita, cujas notas subiam e desciam — fazendo-a se arrepiar. O som era tão benfazejo, tão estimulante, que ela tentou ouvi-lo com mais clareza. Olhando para sua avó, viu que ela começara a discutir com Grigori. A música não deixava que Evangeline escutasse o que ela falava. Era como se uma grossa redoma de vidro tivesse caído sobre ela, separando-a do resto do mundo. Nada mais importava, além do instrumento diante dela. E embora a estonteante melodia tivesse afetado somente ela, Evangeline sabia que não era uma alucinação. A lira a chamava.

Bruscamente, Percival fechou a mala e a tirou de Evangeline, quebrando o encanto que o instrumento lançara sobre ela. Ao ver-se privada da mala, ela foi tomada por uma violenta onda de desespero e, antes que pudesse entender suas próprias ações, pulou sobre ele e arrancou a mala de suas mãos. Para sua surpresa, foi fácil. Uma nova força percorria seu corpo, uma nova vitalidade que ela não conhecia havia apenas alguns segundos. Sua visão estava mais nítida, mais precisa. Ela apertou a mala contra o peito, pronta para protegê-la.

O trem parou em outra estação e as pessoas saltaram, indiferentes ao espetáculo. A sirene soou e as portas se fecharam. Eles estavam sós novamente, com o bêbado malcheiroso no fundo do vagão.

Evangeline virou as costas para Gabriella e Percival, e abriu a mala. As peças estavam lá, esperando para serem montadas. Rapidamente, ela prendeu a barra transversal, parafusou as cravelhas na barra transversal e fixou as cordas, enrolando-as lentamente nas cravelhas até que estivessem bem esticadas. Embora achasse que seria um procedimento complicado, ela foi capaz de ajustar cada peça na peça seguinte com facilidade. Enquanto ajustava as cordas, sentia as vibrações sob os dedos.

Ela passou a mão sobre a lira. O metal era frio e liso. Deslizando um dedo sobre as cordas sedosas, ajustou as cravelhas de afinação, ouvindo as notas mudarem de registro. Depois, segurou o plectro, cuja superfície brilhava sob as luzes cruas do vagão, e o arrastou sobre as cordas. Num instante, a textura do mundo se alterou. O barulho do metrô, a ameaça de Percival Grigori, as batidas incontroláveis de seu coração — tudo se aquietou, e uma vibração doce e alegre encheu seus sentidos uma vez mais, muitas vezes mais forte do que antes. Ela sentiu-se, ao mesmo tempo, desperta e adormecida. As sensações da realidade, nítidas e vívidas, estavam ao seu redor — o balanço do trem, o castão de marfim da bengala de Percival —, mas ela tinha a impressão de que entrara em um sonho. O som era tão puro que a desarmou inteiramente.

— Pare — disse Gabriella. Embora a avó estivesse bem perto dela, sua voz parecia vir de um quarto distante. — Evangeline, você não sabe o que está fazendo.

Evangeline enxergava a avó como que através de um prisma. Ela estava bem ao seu lado, mas mal conseguia vê-la.

— Não sabemos nada sobre a maneira correta de se tocar a lira. Os horrores que você pode trazer para o mundo são inimagináveis. Eu lhe peço que pare.

Percival olhou para Evangeline com ar de gratidão e prazer. O som da lira começara a ter um efeito mágico sobre ele. Dando um passo à frente, com os dedos trêmulos de desejo, ele tocou a lira. Subitamente, sua expressão mudou, transformando-se num misto de espanto e admiração.

Os olhos de Gabriella se encheram de lágrimas.

— Minha querida Evangeline, o que aconteceu?

Evangeline não sabia o que Gabriella estava querendo dizer. Não percebera nenhuma mudança. Então, virando-se, viu seu reflexo no vidro escuro da janela e prendeu a respiração. Curvadas sobre seus ombros, resplandecendo em um halo de luz dourada, havia um par de asas, translúcidas e luminosas, tão fascinantes em sua beleza que ela não conseguia deixar de olhar a si mesma. Com uma leve pressão de seus músculos, as asas se desfraldaram em sua envergadura máxima. Eram tão leves e delicadas que Evangeline pensou se não poderiam ser uma ilusão de ótica, provocada pela luz. Virou então os ombros, para vê-las diretamente. As penas eram de um roxo diáfano, com veios prateados. Ela respirou fundo e as asas se mexeram. Logo, estavam se movendo no compasso de sua respiração.

— Quem sou eu? — perguntou, começando a perceber a verdadeira extensão de sua metamorfose. — Em que eu me transformei?

Percival Grigori se aproximou de Evangeline. Fosse pelo efeito da música da lira, fosse por seu novo interesse nela, ele deixara de ser uma figura curvada e macilenta para se tornar uma criatura imponente, cuja altura parecia tornar Gabriella ainda menor. A pele dele parecia iluminada por um fogo interior, seus olhos azuis faiscavam e suas costas estavam retas. Jogando a bengala no piso do vagão, ele disse:

— Suas asas são iguais às da sua trisavó Grigori. Eu só as conheço de ouvir meu pai falar delas, mas elas indicam os mais puros de nossa espécie. Você se tornou uma de nós. Você é uma Grigori.

Dizendo isso, ele pousou a mão sobre o braço de Evangeline. Seus dedos estavam gelados, fazendo com que ela se arrepiasse. A sensação a encheu de força e prazer. Era como se ela tivesse vivido em uma concha durante toda a vida e essa concha, de repente, tivesse desaparecido. Ela sentia-se forte e viva.

— Venha comigo — disse Percival com voz melíflua. — Venha conhecer Sneja. Venha morar com sua família. Eu lhe darei tudo o que você precisar, tudo o que você sempre quis, qualquer coisa que você possa desejar. Nunca lhe faltará nada. Você vai viver por muito tempo, mesmo depois que este mundo que existe aqui e agora tiver desaparecido. Eu lhe mostrarei como. Eu lhe ensinarei tudo o que sei. Somente nós poderemos lhe dar um futuro.

Ao olhar nos olhos de Percival, Evangeline teve uma visão de tudo o que ele poderia lhe oferecer. Sua família e seus poderes poderiam pertencer a ela. Ela poderia ter o que perdera — uma casa, uma família. Gabriella não poderia lhe dar nada.

Virando-se para sua avó, ficou espantada ao ver como ela havia mudado. Subitamente, não parecia mais que uma mulher fraca e insignificante, um frágil ser humano com lágrimas nos olhos.

— Você sabia que eu era assim — disse Evangeline.

— Seu pai e eu mandamos examinar você, ainda criança, e vimos que seus pulmões eram como os de uma criança nefilim — disse Gabriella. — Mas, de acordo com os nossos estudos e com o trabalho de Angela sobre o declínio nefilim, nós sabíamos que noventa por cento dos Nefilins não desenvolvem asas. A genética apenas não é suficiente. É preciso haver muitos outros fatores.

Como que fascinada por sua beleza luminosa, Gabriella tocou as asas de Evangeline. Evangeline recuou, com ar de repugnância.

— Você queria me enganar — disse ela. — Você achava que eu destruiria a lira. Você sabia o que eu iria me tornar.

— Eu sempre tive medo de que isso acontecesse com Angela; a semelhança dela com Percival era enorme. Mas eu acreditava que, mesmo que se tornasse como ele, fisicamente, ela conseguiria superar isso, espiritualmente.

— Mas minha mãe não era como eu. — disse Evangeline. — Ela era humana.

Talvez percebendo os conflitos que assolavam a mente da neta, Gabriella disse:

— Sim, sua mãe era humana, em todos os aspectos. Ela era gentil, piedosa. Ela amava seu pai com um coração humano. Talvez fosse uma ilusão de mãe, mas eu acreditava que Angela poderia desafiar suas origens. O trabalho dela nos levou a acreditar que as criaturas estavam se extinguindo. Nós esperávamos que surgisse uma nova raça de Nefilins, em que os traços humanos fossem preponderantes. Eu achava que, se a estrutura biológica de Angela fosse nefilim, o destino dela era ser a primeira integrante da nova raça. Mas este não foi o destino dela. É o seu.

Quando o trem parou chacoalhando, e as portas se abriram, Gabriella abraçou Evangeline, que mal conseguiu entender suas palavras:

— Corra, Evangeline — sussurrou ela ansiosamente. — Leve a lira e a destrua. Não seja vítima das tentações que está sentindo. Você deve fazer o que é certo. Corra, querida, e não olhe para trás.

Evangeline permaneceu por alguns momentos nos braços de Gabriella. O calor e a segurança que o corpo da avó lhe transmitia faziam com que ela se lembrasse da segurança que sentira um dia na presença da mãe. Gabriella a apertou um pouco mais e depois a soltou, com um pequeno empurrão.

Ponte do Brooklyn, estação City Hall, Nova York

Percival agarrou os braços de Gabriella e a puxou para fora do trem. Ela era leve, seus pulsos eram finos e frágeis como gravetos — nunca fora páreo para ele, mas, em Paris, fora forte o bastante para oferecer resistência. Agora era tão fraca, tão vulnerável, que ele poderia machucá-la sem o menor esforço. Ele quase desejou que ela fosse mais forte. Gostaria que ela resistisse quando a estivesse matando.

Mas teria de se contentar com o terror em seus olhos enquanto a arrastava pela plataforma. Ao segurá-la pelo colarinho, os botões de seu vestido se desprenderam e se espalharam pelo piso como besouros fugindo da luz. A pele que ficou exposta era pálida e enrugada, exceto por uma grossa cicatriz rosada e encurvada. Chegando a uma escadaria escura, no final da plataforma, Percival empurrou Gabriella para baixo. Em seguida, desceu os degraus e se plantou ao lado dela, cobrindo-a com sua sombra. Ela tentou rolar para longe, mas ele a prendeu com um joelho. Jamais a deixaria escapar.

Então, colocou as mãos sobre o coração dela, que batia forte e rapidamente sob suas palmas. A pulsação era tão rápida quanto a de um pequeno animal.

— Gabriella, meu querubim — disse ele.

Ela não olhou para ele, nem lhe respondeu. Mas ele podia sentir seu medo, enquanto deslizava as mãos sobre seu minúsculo tronco: suas palmas ficaram úmidas com o suor que recobria a pele dela. Ele fechou os olhos. Ansiara por ela durante muitas décadas. Para seu deleite, ela se contorcia e se debatia embaixo dele, em uma resistência inútil. A vida dela pertencia a ele.

Quando olhou novamente para Gabriella, ela estava morta. Seus grandes olhos verdes estavam abertos e vidrados, tão claros e belos quanto no dia em que a conhecera. Por um momento, sem que ele tivesse uma explicação, foi tomado por um sentimento de ternura. Tocou então o rosto dela, seus cabelos negros, suas minúsculas mãos enluvadas. O assassinato fora glorioso, mas Percival sentia uma mágoa no coração.

Um som atraiu sua atenção para a plataforma. Evangeline estava no alto da escadaria, estendendo suas asas magníficas. Ele nunca vira nada como elas

— saíam das costas dela em perfeita simetria, pulsando no ritmo de sua respiração. Mesmo no auge da juventude, ele nunca tivera asas tão majestosas. Mas ele também estava se tornando mais forte. A exposição à música da lira renovara suas forças. Quando tivesse a lira só para si mesmo, seria mais poderoso do que jamais fora.

Aproximou-se então de Evangeline. Seus músculos já não tinham câimbras; o aperto do colete já não o prendia. A lira refulgia nas mãos de Evangeline. Lutando contra o impulso de tomá-la, ele controlou os movimentos. Devia permanecer calmo. Não podia assustá-la.

— Você esperou por mim — disse ele, sorrindo para Evangeline.

Apesar do poder que as asas davam a ela, havia algo de infantil em sua atitude. Ela o olhou nos olhos, hesitante.

— Eu não pude ir embora — disse ela. — Tive de ver por mim mesma o que significa...

— O que significa ser uma de nós? — completou Percival. — Ah, ainda há muito o que aprender. Tenho muita coisa para lhe ensinar.

Empertigando-se em toda a sua altura, Percival pousou a mão nas costas de Evangeline, deslizando os dedos até a pele delicada na base das asas. Quando pressionou o ponto onde os apêndices se encontravam com a coluna, ela se sentiu subitamente vulnerável, como se ele tivesse atingido uma fraqueza oculta.

— Recolha as asas — disse Percival — Alguém pode ver você. Você só deve abri-la em lugares reservados.

Obedecendo às instruções de Percival, Evangeline recolheu as asas, contraindo sua substância etérea, até que desaparecessem de vista.

— Bom — disse ele, conduzindo-a pela plataforma. — Muito bom. Logo, você irá entender tudo.

Juntos, Percival e Evangeline subiram as escadas e saíram da estação. Deixando para trás as luzes de neon, emergiram na noite fria e clara. A ponte do Brooklyn avultava diante eles, com suas grandes torres iluminadas por holofotes. Percival procurou um táxi, mas as ruas estavam desertas. Precisariam encontrar um meio de retornar ao apartamento. Sneja deveria estar esperando. Sem conseguir se controlar mais, Percival tirou a lira das mãos de Evangeline e a apertou contra o peito, deliciando-se com sua conquista. Sua neta lhe trouxera a lira. Ele só queria que Sneja estivesse em casa, para testemunhar a glória dos Grigori.

Ponte do Brooklyn, estação City Hall, Nova York

Sem a lira, Evangeline começou a recuperar os sentidos e a entender o encanto que o instrumento lançara sobre ela. Estivera prisioneira, mantida em um transe que só compreendera quando a lira lhe fora tirada. Horrorizada, ela se lembrou de como ficara imóvel, olhando Percival matar Gabriella. Sua avó lutara contra ele e Evangeline — que estava perto o bastante para ouvir o último suspiro que ela dera — apenas observara seu sofrimento. Não sentira nada, a não ser um interesse distante, quase clínico, no assassinato. Notara como Percival colocara as mãos sobre o peito de Gabriella, que se debatera e então, como se a vida lhe tivesse sido sugada, ficara imóvel. Observando Percival, Evangeline entendera o prazer que ele sentira com o assassinato. Para seu horror, desejou sentir ela mesma a sensação.

Lágrimas vieram aos seus olhos. Teria Gabriella morrido como Angela? Teria sua própria mãe lutado e sofrido nas mãos de Percival? Desgostosa, tocou seus ombros e suas costas. As asas haviam sumido. Embora se lembrasse claramente que Percival lhe ensinara a recolher as asas, que haviam se acomodado suavemente em sua pele, ela não tinha muita certeza da existência delas. Talvez tivesse sido um horrível pesadelo. Mas a lira nas mãos de Percival provava que tudo acontecera exatamente como ela lembrava.

— Venha me ajudar — ordenou Percival. Desabotoando o casaco e a camisa de seda, ele revelou a frente de um intrincado colete de couro. — Desafivele isso. Quero ver por mim mesmo.

As fivelas eram pequenas e difíceis de soltar, mas Evangeline logo conseguiu abri-las. Sentiu-se enojada quando seus dedos tocaram a pele branca e fria de seu avô. Percival tirou a camisa e o colete caiu no chão. Suas costelas estavam marcadas com as queimaduras e contusões provocadas pelo couro. Evangeline estava tão perto dele que podia sentir o cheiro de seu corpo. A proximidade a encheu de repulsa.

— Olhe — disse Percival com ar triunfante. Ele virou as costas e Evangeline viu pequenas protuberâncias de carne rósea intercaladas com penas douradas. — Elas estão voltando, exatamente como eu sabia que fariam. Tudo mudou agora que você se juntou a nós.

Evangeline o olhou, pesando o que ele dissera e a opção que tinha diante de si. Seria fácil acompanhar Grigori, juntar-se à família dele e se tornar uma deles. Talvez ele tivesse razão quando dissera que ela era uma Grigori. Mas as palavras de sua avó ecoaram em sua mente: "*Não seja vítima das tentações que está sentindo. Você deve fazer o que é certo.*" Evangeline olhou por cima do ombro de Grigori. A ponte do Brooklyn se erguia contra o céu noturno. O que a fez pensar em Verlaine, e no quanto ela confiava nele.

— Você está enganado — disse ela, sem conseguir conter a fúria. — Eu não me juntei a vocês. Nunca me juntarei a você nem à sua família homicida.

Ao dizer isso, lembrou-se da forte sensação de insegurança que sentira quando Percival tocara a base de suas asas. Agarrou então as protuberâncias que o haviam deixado tão orgulhoso e o derrubou no chão. Ficou surpresa com a própria força ao vê-lo bater com força no piso de concreto. Enquanto ele se contorcia de dor, ela aproveitou para virá-lo de bruços e expor as protuberâncias. Ela quebrara uma das asas. Um espesso fluido azul escorria da carne rasgada. O enorme ferimento que se abrira no local permitiu que ela testemunhasse o pavoroso colapso dos pulmões de Grigori.

Com a morte, o corpo de Grigori se transformou. A sinistra palidez de sua pele diminuiu, seus cabelos dourados se dissolveram, seus olhos se tornaram buracos negros e as minúsculas protuberâncias que ela arrancara se transformaram em uma fina poeira dourada. Inclinando-se, Evangeline pressionou um dedo contra a poeira, esticou-o para cima e soprou os grãos brilhantes no vento frio.

A lira estava sob o braço de Percival. Evangeline a retirou de lá, aliviada por tê-la em seu poder, embora o hipnótico poder do instrumento a deixasse aterrorizada. Repugnada com a visão do cadáver, afastou-se dele, como se este pudesse contaminá-la. A alguma distância, avistou os cabos entrecruzados da ponte. Holofotes iluminavam as torres de pedra, que se projetavam contra o frio céu noturno. Se ela ao menos pudesse atravessar a ponte e encontrar o pai à sua espera para levá-la de volta para casa...

Subindo por uma rampa de concreto, ela chegou a uma plataforma de madeira, que a levou à passarela de pedestres que percorria o centro da ponte. Apertando a lira contra o corpo, começou a caminhar. O vento forte a empurrava para trás. Ela avançava com esforço, mantendo o olhar nas luzes do Brooklyn. A passarela estava deserta, embora muitos carros passassem ao lado, à toda, com as luzes dos faróis piscando nos balaústres.

Quando alcançou a primeira torre, Evangeline parou. Começara a nevar. Grossos flocos úmidos atravessavam o emaranhado de cabos e pousavam sobre a lira, sobre a passarela e sobre as águas escuras do rio abaixo. A cidade se estendia ao seu redor; suas luzes se refletiam sobre a superfície negra e brilhante do East River, formando um domo de vida em um vazio sem fim. Olhando na direção do Brooklyn, ela sentiu o coração apertado. Ninguém estaria esperando por ela. Seu pai estava morto. Sua mãe, Gabriella, as irmãs do convento que ela aprendera a amar — ninguém mais estava ali. Evangeline estava completamente só.

Flexionando os músculos, ela abriu as asas em suas costas. Ficou surpresa com a facilidade com que as controlava; era como se sempre tivesse tido asas. Subiu no parapeito da passarela, tomando cuidado com o vento. Concentrando-se nas estrelas que cintilavam ao longe, ela se firmou. Uma ventania a desaprumou, mas, com um elegante movimento de asas, ela manteve o equilíbrio. Estendendo as asas, Evangeline se projetou além do mundo sólido. O vento a ergueu acima dos sólidos cabos de aço, na direção do abismo celeste.

Ela pousou no alto da torre. Olhando para baixo, viu que as pistas estavam recobertas por uma imaculada camada de neve. Sentia-se estranhamente imune ao ar congelante, como se estivesse anestesiada. Na verdade, já não sentia muita coisa. Olhando para o rio, Evangeline se recolheu aos seus pensamentos e, num instante de determinação, soube o que deveria fazer.

Levantou então a lira. Pressionando as palmas das mãos contra os cantos da base, sentiu o metal ficar quente e macio. Quando aumentou a pressão, a lira se tornou menos resistente, como se a valkina reagisse quimicamente com sua pele e começasse a se dissolver lentamente. Logo a lira começou a brilhar, o calor se fazendo sentir contra sua pele. Nas mãos de Evangeline, transformou-se numa bola de fogo, mais fulgurante que qualquer das luzes que brilhavam no céu. Por um momento fugaz, pensou em mantê-la intacta. Mas lembrou-se das palavras de Gabriella e a atirou longe. A lira mergulhou no rio como uma estrela cadente e sua luz se dissipou nas trevas abaixo.

Casa de Gabriella Lévi-Franche Valko, Upper West Side, Manhattan

Embora Verlaine quisesse ser útil, era claro que não tinha o treinamento nem a experiência necessários para ajudar muito. Portanto, ficou de lado, observando os frenéticos esforços dos angelólogos para localizar Gabriella e Evangeline. Os detalhes do sequestro se repetiam em sua mente — os Giborins ocupando o rinque, Gabriella e Alistair descendo até o gelo, a fuga de Grigori. Ao se recolher aos seus pensamentos, estranhamente se acalmou. Os acontecimentos recentes o haviam anestesiado. Talvez estivesse em choque. Não conseguia conciliar o mundo em que vivera um dia antes com o mundo em que ingressara. Afundado em um sofá, olhou pela janela, para a escuridão lá fora. Havia apenas algumas horas, Evangeline estava sentada ao seu lado naquele mesmo sofá — tão perto que ele podia sentir cada um de seus movimentos. A força de seus sentimentos o deixava perplexo. Como era possível que só a tivesse conhecido no dia anterior? Tão pouco tempo e ela já ocupava seus pensamentos. Ele estava desesperado para encontrá-la. Para isso, no entanto, os angelólogos teriam de descobrir aqueles seres, o que parecia tão impossível quanto agarrar uma sombra. Eles haviam praticamente desaparecido no rinque de patinação, dispersando-se entre a multidão após a partida de Grigori. Esta, concluiu Verlaine, era a maior força deles: surgiam do nada e se evaporavam na noite, invisíveis, letais e intocáveis.

Depois que Grigori deixara o Rockefeller Center, Verlaine se reunira a Bruno e Saitou-san no pátio principal e os três foram embora. Bruno fez sinal para um táxi, e logo eles estavam cortando as ruas, rumo ao prédio de Gabriella, onde chegaram junto com uma caminhonete repleta de agentes de campo. Bruno tomou a frente das coisas, abrindo os quartos no andar superior para os angelólogos. Seu olhar se voltava a todo momento para as janelas, como se Gabriella estivesse para chegar.

Logo após a meia-noite, eles souberam da morte de Vladimir. Verlaine ouviu a notícia — transmitida por um angelólogo vindo da igreja de Riverside — com uma calma espantosa, como se tivesse perdido a capacidade de se chocar com a violência dos Nefilins. O duplo assassinato de Vladimir e do sr. Gray fora descoberto pouco depois que Saitou-san fugira com a caixa de ressonância da lira. O estranho estado do corpo de Vladimir, totalmente carbonizado, assim como o de Alistair Carroll — no que Verlaine estava começando a reconhecer como a assinatura dos Nefilins —, seria certamente noticiado em todos os lugares na manhã seguinte. Com um angelólogo morto e duas desaparecidas, era evidente que a missão deles fora um desastre.

A determinação de Bruno só aumentou ao saber da morte de Vladimir. Ele começou a gritar ordens, enquanto Saitou-san permanecia no escritório telefonando para os angelólogos operacionais, que percorriam as ruas. Bruno pendurou um mapa no centro da sala, dividiu a cidade em quadrantes e despachou agentes por toda a cidade, usando todas as abordagens possíveis para encontrar uma pista do paradeiro de Grigori. Até Verlaine sabia que havia centenas, senão milhares, de Nefilins em Manhattan. Grigori poderia estar escondido em qualquer lugar. Embora o apartamento dele na Quinta Avenida estivesse sob vigilância, Bruno enviou agentes adicionais para o Central Park. Quando ficou claro que ele não estava em casa, Bruno retornou aos mapas e a outras pesquisas infrutíferas.

Bruno e Saitou-san formularam teorias, cada qual mais improvável que a outra. Embora eles não esmorecessem nem por um segundo, Verlaine sentia que não estavam chegando a lugar nenhum. De uma hora para outra, os esforços dos angelólogos para localizar Grigori passaram a lhe parecer sem sentido. Ele sabia que muito estava em jogo e as consequências de não acharem a lira eram incalculáveis. Mas os angelólogos só se interessavam pela lira; Evangeline quase não era levada em conta. Somente agora, sentado no sofá que partilhara com ela na tarde anterior, ele compreendia a verdade. Se quisesse encontrá-la viva, ele mesmo teria de fazer alguma coisa.

Sem dizer nada a ninguém, vestiu o sobretudo, desceu as escadas — dois degraus de cada vez — e saiu pela porta da frente. Inalando o ar noturno, consultou o relógio: passavam de duas da manhã de Natal. A rua estava vazia; toda a cidade dormia. Sem luvas, enfiou as mãos nos bolsos e começou a andar na direção sul, pela Central Park West, imerso demais em seus pensamentos para reparar no frio cortante. Em algum lugar, naquela cidade gélida e labiríntica, Evangeline aguardava.

Quando chegou ao centro da cidade e começou a andar na direção do East River, Verlaine já estava com raiva. Caminhando rápido, percorreu quarteirões de lojas fechadas, formulando planos. Não conseguia se acostumar à ideia de perder Evangeline. Imaginou todas as estratégias possíveis para encontrar as duas mulheres, mas, assim como Bruno e Saitou-san, não conseguiu pensar em nada. Obviamente, era loucura achar que poderia obter sucesso no que eles haviam fracassado. Na frustração, lembrou-se das cicatrizes no corpo de Gabriella, enquanto tremia no frio implacável. Não admitia pensar na possibilidade de que Evangeline estivesse sofrendo.

Ao longe, avistou a ponte do Brooklyn, iluminada pelos holofotes, e se lembrou da nostálgica afeição de Evangeline pela ponte. Em sua imaginação, reviu-a ao volante do carro, enquanto deixavam o convento em direção à cidade. Ela lhe falara dos passeios com o pai, com uma pureza de sentimentos e uma tristeza na voz que fizeram seu coração doer. Embora já tivesse visto a ponte centenas de vezes, ela agora adquirira um significado especial.

Verlaine consultou o relógio. Eram quase cinco da manhã e uma réstia de luz tingia o céu do outro lado da ponte. A cidade parecia lúgubre e deserta. Ocasionalmente, as luzes de algum táxi piscavam sobre a ponte, quebrando a escuridão que se desfazia. Vapor espiralava no ar frio. A ponte se erguia sólida e imponente contra o pano de fundo dos prédios. Por um momento, ele apenas olhou para aquela estrutura de granito e concreto.

Era como se tivesse alcançado seu destino final, embora involuntário. Estava a ponto de dar meia-volta e regressar ao apartamento de Gabriella quando um movimento chamou sua atenção. Ele olhou para cima. Empoleirada na torre oeste, de asas abertas, estava uma das criaturas. À meia-luz da alvorada, ele distinguia apenas a elegância das asas. A criatura estava de pé sobre a beirada da torre, como que contemplando a cidade. Enquanto se esforçava para enxergá-la melhor, Verlaine percebeu algo de inusitado em sua aparência. Enquanto as outras criaturas eram enormes — muito mais altas e fortes que os seres humanos —, aquela era pequena. De fato, parecia quase frágil sob as asas enormes. Maravilhado, ele a viu estender as asas, como se fosse levantar voo. Ao se aproximar mais, prendeu a respiração. Aquele anjo monstruoso era a sua Evangeline.

O primeiro impulso de Verlaine foi chamá-la, mas tinha perdido a voz. Estava dominado pelo horror e por uma insidiosa sensação de ter sido traído. Evangeline o enganara e, pior, mentira para todos eles. Apavorado, virou as costas e correu, com o sangue martelando nas têmporas e o coração batendo com força. O ar gélido ardia em seus pulmões. Ele não saberia dizer se a dor que sentia no peito era causada pelo frio ou pela perda de Evangeline.

Quaisquer que fossem seus sentimentos, ele teria de avisar os angelólogos. Gabriella lhe dissera uma vez — teria sido na manhã anterior? — que se ele se tornasse um deles, jamais poderia retroceder. Ele percebia agora que ela estava certa.

Torre Oeste, ponte do Brooklyn, entre Manhattan e o Brooklyn, Nova York

Evangeline acordou antes do alvorecer com a cabeça aninhada na maciez das asas. Ainda tonta de sono, meio que esperava ver as coisas familiares de seu quarto no Santa Rosa — os lençóis brancos e engomados, a cômoda de madeira e, pelo canto da janela, as águas do Hudson. Mas ao se levantar e olhar a cidade às escuras, envolta em suas asas arroxeadas, foi atingida pela realidade do que acontecera. Compreendeu então o que se tornara e soube que não havia caminho de volta. Tudo o que havia sido e tudo o que imaginara vir a se tornar desaparecera para sempre.

Olhando para baixo e verificando que não era observada, subiu na mureta da torre. O vento ergueu suas asas, zunindo por entre elas e as fazendo enfunar. A uma altura tão colossal e com o mundo a seus pés, ela tremeu por alguns momentos. Voar era novidade, e a queda parecia infinita. Mas respirou fundo e, com o coração apertado, pulou da torre. Ao flutuar com extrema leveza nas correntes de ar gelado, percebeu que suas asas jamais falhariam. Sentindo a ausência de peso, lançou-se rumo à corrente de ar frio.

Este livro foi impresso na
LIS GRÁFICA E EDITORA LTDA.
Rua Felício Antônio Alves, 370 – Bonsucesso
CEP 07175-450 – Guarulhos – SP
Fone: (11) 3382-0777 – Fax: (11) 3382-0778
lisgrafica@lisgrafica.com.br – www.lisgrafica.com.br